Scott Turow

Die Bürde der Wahrheit

Roman

Aus dem Amerikanischen übersetzt
von Günter Seib

Droemer Knaur

Die Deutsche Bibliothek – CIP-Einheitsaufnahme

Turow, Scott:
Die Bürde der Wahrheit: Roman / Scott Turow.
Aus dem Amerikanischen übersetzt von Günter Seib.–
München: Droemer Knaur, 1991
Einheitssacht.: The Burden of Proof <dt.>
ISBN 3-426-19274-8

Titel der Originalausgabe: The Burden of Proof
Originalverlag: Farrar Straus Giroux

Umschlaggestaltung: Atelier Zero, München
Satzarbeiten: Compusatz GmbH, München
Druck und Bindearbeiten: Mohndruck, Gütersloh
Printed in Germany
ISBN 3-426-19274-8

2 4 5 3 1

Für Annette

Unsere Entscheidungen respektieren die Privatsphäre
der Familie, in die der Staat
nicht eindringen darf.

Prince vs. Massachusetts, 321 U. S. 158, 166 (1944);
aus einem Urteil des Supreme Court der Vereinigten Staaten

Ich übernahm es einmal, die Ehe eines sehr intelligenten Mannes zu bessern... Er beschäftigte sich unablässig mit dem Gedanken der Scheidung, den er dann wieder verwarf, weil er seine beiden Kinder zärtlich liebte... Der Mann erzählte mir eines Tages von einem kleinen Vorfall, der ihn aufs äußerste erschreckt hatte. Er »herzte« mit seinem älteren Kinde, dem weitaus geliebteren, hob es hoch und ließ es nieder und einmal an solcher Stelle so hoch, daß das Kind mit dem Scheitel fast an den schwer herabhängenden Gasluster angestoßen wäre... (Dem Kind) wurde vor Schreck schwindlig... Die besondere Geschicklichkeit dieser unvorsichtigen Bewegung... legte es mir nahe, in dieser Zufälligkeit eine Symptomhandlung zu suchen...
Eine mächtige Determinierung ergab sich wirklich aus der Kindheitserinnerung des Patienten, daß der Tod eines kleinen Bruders, den die Mutter der Nachlässigkeit des Vaters zur Last legte, zu heftigen Auseinandersetzungen zwischen den Eltern mit Scheidungsandrohung geführt hatte. Der weitere Verlauf der Ehe meines Patienten bestätigte meine Kombination auch durch den therapeutischen Erfolg.

Sigmund Freud
Zur Psychopathologie des Alltagslebens

TEIL I

1

Einunddreißig Jahre waren sie verheiratet gewesen, und im nächsten Frühjahr sollte er wieder heiraten. Aber an diesem Tag Ende März, spätnachmittags, war Alejandro Stern nach Hause gekommen und hatte noch mit Aktenkoffer und Reisetasche in der Hand etwas zerstreut unter der Haustür nach Clara, seiner Frau, gerufen. Er war sechsundfünfzig, korpulent und glatzköpfig, doch er war noch nie ein schöner Mann gewesen. Im Moment kaute er noch heftig an einem Problem. Zwei Tage hatte er in Chicago, dieser kulturlosen Stadt, in Sachen seines schwierigsten Mandanten zugebracht. Dixon Hartnell war abgebrüht, egozentrisch und schlug den Rat seines Anwalts gern in den Wind; das schlimmste aber war, daß seine juristische Vertretung zum Dauerjob geworden war. Dixon war Sterns Schwager, verheiratet mit seiner Schwester Silvia, der er als einziger lebender Blutsverwandter immer noch von Herzen zugetan war. Seine Gefühle für Dixon waren gemischter. In den ersten Jahren, in denen Sterns Anwaltstätigkeit kaum mehr als eine verschämte Jagd nach Klienten in Bagatellstrafsachen war, hatte Stern seine Mietkosten damit decken können, daß er Dixon aus dessen unkalkulierbaren Nöten half. Inzwischen war daraus eine jener unwägbaren Schuldigkeiten geworden, tiefverwurzelt im harten Boden von Sterns verwandtschaftlichem und beruflichem Pflichtgefühl. Außerdem war es regelmäßige Arbeit. Als Eigentümer eines ausgedehnten Imperiums des Warenterminhandels, einer Maklerfirma, die er in jungen Jahren Maison Dixon getauft hatte, und einer Reihe verschachtelter Tochterfirmen, alle mit MD im Firmennamen, geriet Dixon ständig in Schwierigkeiten. Börsenaufsicht, Bundesbehörden, Steuerfahndung – sie alle

hatten ihn seit Jahren im Visier. Stern hatte ihn aus allen diesen Klemmen herausgepaukt. Doch der jetzige Fall war weit besorgniserregender. Eine von der Anklagebehörde eingesetzte Grand Jury im hiesigen Gerichtsbezirk Kindle County hatte gegen ausgewählten auswärtigen Kunden der Maklerfirma Ermittlungsverfügungen zugestellt. Mitteilungen über diese Verfügungen, von den üblichen Nußknackern des FBI überbracht, sickerten nun schon seit einer Woche zu MD zurück, und Stern war nach Ende seines letzten Prozesses sofort nach Chicago geflogen, um sich mit den Anwälten zweier dieser Kunden unter dem Siegel der Verschwiegenheit zu treffen und die Unterlagen durchzusehen, die die Staatsanwaltschaft bei ihnen angefordert hatte. Die Rechtsanwälte hatten gesagt, die zuständige Bundesanwältin, eine junge Frau namens Klonsky, habe sich geweigert, Verdachtsmomente zu benennen, und lediglich die Kunden selbst beruhigt. Doch für ein geschultes Auge wirkte das Ganze bedrohlich. Die Ermittlungsverfügungen außerhalb des Gerichtsbezirks bewiesen, wie sorgsam die Staatsanwaltschaft um Geheimhaltung bemüht war. Die Ermittler wußten also, wonach sie suchten, und schienen es darauf anzulegen, Dixon, seine Firmen oder jemanden aus seiner unmittelbaren Umgebung unauffällig einzukreisen.
Stern stand also reisemüde und leicht verdrossen in der mit Platten ausgelegten Eingangshalle des Hauses, in dem er und Clara fast zwei Jahrzehnte miteinander gelebt hatten. Aber was ließ ihn da so plötzlich hellwach werden und aufhorchen? Die durchdringende Stille, erzählte er später gern. Kein Wasser lief, kein Radio dudelte, kein Haushaltsgerät war in Betrieb. Als Einzelgänger hatte er Stille eigentlich immer genossen. Doch dies schien keine Stille des Ausruhens und Pausierens zu sein. Er stellte sein Gepäck auf den schwarzen Platten ab und ging rasch quer durch die Eingangshalle zur Treppe.
»Clara?« rief er wieder.
Er fand sie in der Garage. Schon als er die Tür öffnete, überwältigte ihn der Verwesungsgeruch, ein durchdringender, ranziger Geruch, der ihn beim ersten Atemzug schwindeln ließ

und schlagartig Brechreiz erzeugte. Das Auto, ein schwarzer Cadillac Seville vom neuesten Modell, war rückwärts eingeparkt; die Fahrertür stand offen. Die weiße Innenbeleuchtung des Autos brannte, so daß Clara in der dunklen Garage schwach angestrahlt wurde. Von der Tür aus konnte er ein Bein sehen, steif zum Betonboden ausgestreckt, und den Saum eines buntgeblümten Gürtelkleids. Dem matten Glanz nach zu schließen, trug sie eine Strumpfhose; ein einzelner schwarzer Pumps lag unter ihrem Fuß auf dem Boden.

Vorsichtig trat er näher. Die Hitze in der Garage und der mit jedem Schritt zunehmende Gestank waren unerträglich, und im Dunkeln spürte er eine Aufwallung von Angst und Schwäche, mit der er kaum fertig wurde. Sowie er sie durch die offene Autotür im Blickfeld hatte, tat er keinen Schritt weiter. Sie saß zurückgelehnt auf dem kamelbraunen Leder des Vordersitzes. Ihr Teint, der ihm zuerst auffiel, zeigte einen unnatürlichen Pfirsichschimmer, und ihre Augen waren geschlossen. Sie hatte offenbar einen gepflegten und gelassenen Eindruck machen wollen. Ihre linke Hand, tadellos manikürt, lag fast feierlich über ihrem Unterleib, und ihre Finger waren dort, wo sie Ringe trug, leicht geschwollen. Sie hatte nichts dabei, keins ihrer üblichen Accessoires. Keine Jacke. Keine Handtasche. Ganz war sie nicht nach hinten gekippt; ihr anderer Arm reckte sich starr zum Lenkrad hin, und ihr Kopf war in einem unmöglichen Winkel über die Lehne geknickt; der Mund stand offen, die Zunge hing heraus, das Gesicht reglos, absolut still.

In der weißgetünchten Waschküche neben der Garage erbrach er sich in eines der Waschbecken, und er spülte alle Spuren davon weg, bevor er kurz hintereinander den Notruf und die Nummer seines Sohnes wählte.

»Du mußt sofort herkommen«, sagte er zu Peter. Er hatte ihn zu Hause erreicht. »Sofort.« Wie immer, wenn er angespannt war, hörte er einen leichten spanischen Akzent in seiner Aussprache; dieser Akzent war ständig da, ein bleibender Makel, wie er meinte, wie ein Hinkebein.

»Es ist etwas mit Mutter«, sagte Peter. Stern hatte nichts

dergleichen erwähnt, doch sein Sohn hatte einen siebten Sinn für solche Dinge. »Was ist in Chicago passiert?«
Als Stern antwortete, sie sei nicht mit ihm in Chicago gewesen, wurde Peter getreu seiner ersten Vorahnung zänkisch.
»Wie kann sie nicht bei dir gewesen sein? Ich hab doch am Morgen deiner Abfahrt noch mit ihr gesprochen.«
Eine Welle furchtbaren Selbstmitleids überflutete Stern. Er fühlte sich verloren, seine Empfindungen tobten wirr durcheinander. Stunden später, gegen Morgen, als er allein unter einer Lampe dasaß, Sherry trank und jeden Schreckensmoment des Tages nacherlebte, an sich vorbeiziehen ließ, sollte ihm die volle Bedeutung von Peters Bemerkung aufgehen. Noch aber begriff er sie nicht. Er spürte nur wie immer eine tief in ihm verwurzelte Ungeduld mit seinem Sohn, ein vulkanisch schwelendes Leiden, während sein Herz zugleich die ersten Andeutungen aus Peters Vorwürfen las und sich ein erschütternder, unbeschreiblicher Abgrund von Reue in ihm auftat.
»Komm jetzt her, Peter. Ich hab keine Ahnung, was wirklich passiert ist. Peter, ich glaube, deine Mutter ist tot.«
Sein Sohn, ein Mann in den Dreißigern, gab einen kurzen hohen Ton von sich, einen Aufschrei der Verlassenheit.
»Du *glaubst* es?«
»Peter, bitte, ich brauch deine Hilfe. Es ist furchtbar hier. Komm her. Verhören kannst du mich nachher noch.«
»Was um Himmels willen geht da vor? Was zum Teufel ist los? Wo bist du jetzt?«
»Ich bin zu Hause, Peter. Ich kann dir deine Fragen im Moment nicht beantworten. Bitte tu, was ich dir gesagt habe. Ich werde damit allein nicht fertig.« Er legte abrupt den Hörer auf. Seine Hände zitterten, und er mußte sich erneut über das Spülbecken beugen. Noch einen Augenblick zuvor war er scheinbar so kühl und gefaßt gewesen. Jetzt brach etwas schrecklich Wundes in ihm auf. Er meinte ohnmächtig zu werden. Er band zuerst die Krawatte ab, dann zog er das Jackett aus. Anschließend ging er noch mal zu Garagentür,

konnte sich aber nicht überwinden, sie aufzustoßen. Wenn er nur ein bißchen ausruhte, so schien ihm, würde er alles verstehen.

Das Haus war bald voller Leute, die er nicht kannte. Zuerst kamen die Polizisten, paarweise, und parkten ihre Streifenwagen kreuz und quer in der Auffahrt, dann die Sanitäter und der Rettungswagen. Durchs Fenster sah Stern, wie sich ein Trupp Nachbarn auf dem Rasen gegenüber versammelte. Bei jedem Fahrzeug, das vorfuhr, reckten sie die Hälse und tuschelten miteinander, auf Abstand gehalten durch die Barriere von Streifenwagen mit blitzenden Blaulichtern. Im Haus bewegten sich die Polizisten in ihrer üblichen unverschämten Selbstverständlichkeit. Ab und zu drang lautes Quäken und Rauschen aus ihren Sprechfunkgeräten. Sie gingen in der Garage ein und aus, starrten die Leiche an und gaben Kommentare dazu, als sei er gar nicht anwesend. Sie musterten Sterns üppigen Besitz, und der Neid stand ihnen ins Gesicht geschrieben.
Der erste Polizist, der die Garage betrat, hatte sein Sprechfunkgerät ans Ohr gehoben und den Lieutenant zu sich gebeten, sowie er hier auftauchte.
»Sie ist gebraten«, meldete der Officer an die Zentrale. »Sag ihm, er soll lieber mit Atemschutz und Handschuhen kommen.« Erst da bemerkte er Stern, der im dunklen Durchgang zur Waschküche hilflos herumstand. Verlegen bot der Beamte sofort Erklärungen an. »Sieht so aus, als sei der Motor den ganzen Tag gelaufen. Jetzt ist der Tank leer. Der Konverter vom Katalysator wird heißer als ein Gartengrill – sechs-, siebenhundert Grad. Wenn Sie den Motor in einem geschlossenen Raum zwölf Stunden laufen lassen, heizen Sie damit ganz schön ein. Das ist ihr nicht gerade gut bekommen. Sind Sie der Ehemann?«
Ja, das sei er, erwiderte Stern.
»Mein Beileid«, sagte der Polizist. »Schreckliche Sache.«
Sie warteten.
»Haben Sie irgendeine Ahnung, Officer, was sich abgespielt

hat?« Es war ihm nicht klar, was er gerade glaubte, nur mutete es ihn wie Verrat an, vorschnell das Schlimmste zu denken. Der Polizist blickte Stern stumm an. Er war gedrungen und kräftig, und sein Übergewicht ließ ihn vermutlich älter erscheinen, als er war.

»Zündschlüssel steckt. Zündung eingeschaltet. Garagentür zu.«

Stern nickte.

»Sieht mir nicht wie ein Unfall aus«, erklärte der Polizist schließlich. »Vor der Autopsie kann man's nicht mit Gewißheit sagen. Wissen Sie, es könnte auch sein, daß sie gerade einen Herzanfall oder so hatte, als sie den Zündschlüssel rumdrehte. Vielleicht ist's auch einer von diesen dummen Zufällen. Macht den Motor an und denkt an was ganz anderes, wissen Sie, Haare kämmen oder Make-up richten oder so was. Manchmal kommt man einfach nicht drauf. Sie haben keinen Abschiedsbrief gefunden, oder?«

Einen Abschiedsbrief. Stern hatte während der vergangenen Minuten völlig benommen in diesem Durchgang auf die verschiedenen Notdienste gewartet und dumpf neben der Tür Wache gehalten. Der Gedanke an einen Abschiedsbrief, irgendeine Mitteilung, ließ wider alle Vernunft Hoffnung in ihm aufkeimen.

Die beiden Männer sahen einander an.

»Sie gehen da besser nicht mehr rein«, meinte der Polizist schließlich.

Stern nickte zu dieser Anweisung, tat aber nach einem kurzen Augenblick einen Schritt nach vorn.

»Einmal noch«, sagte er.

Der Polizist zögerte nur kurz und machte dann die Tür auf.

Bekannt war Stern unter seinem Vornamen Sandy, den er kurz nach seiner Ankunft mit Mutter und Schwester 1947 in den USA angenommen hatte. Eine Reihe von Heimsuchungen hatten sie aus Argentinien vertrieben; der Tod seines älteren Bruders, dann der des Vaters und schließlich Perons Aufstieg zur Macht. Der Kurzname war ihm von seiner Mutter aufgedrängt worden, ihm war nie ganz wohl dabei. Sandy hatte etwas Unbeschwertes, Lebhaftes an sich, das so schlecht zu ihm paßte wie eines anderen Kleider. Es schien die ganze hilflose Sehnsucht des Einwanderers nach Anerkennung zu offenbaren, die er so eifrig zu verbergen trachtete und die in Wahrheit womöglich sein unstillbares Leiden war.

Er hatte unbedingt ein Amerikaner werden wollen. Für ihn, in den USA 1950 volljährig geworden, sollte in dieser Bezeichnung stets eine besondere Verpflichtung mitschwingen. Nie hatte er ein ausländisches Auto gekauft und sein Spanisch schon vor vielen Jahren verdrängt. Gelegentlich mochten ihm aus Verblüffung ein paar spanische Worte, eine liebgewordene Wendung entfahren, doch war er in die USA mit dem festen Vorsatz gekommen, die Landessprache zu meistern. Sein Elternhaus war nicht gerade einsprachig gewesen – die Mutter redete mit den Kindern jiddisch, diese unterhielten sich untereinander auf spanisch; der Vater führte eher Selbstgespräche in einem hochtrabenden, schwülstigen Deutsch, das sich für Stern als Kind wie das Dröhnen einer Maschine anhörte. In Argentinien mit seinen tiefverwurzelten anglophilen Traditionen war ihm das Englisch eines Etonschülers beigebracht worden. Aber hier in den USA blendeten die Redewendungen des Alltags seinen Verstand wie blanke Münzen, Wechselgeld waschechter Amerikaner. Doch er hatte sich von Anfang an nicht überwinden können, in gleicher Münze herauszugeben. Stolz und Scham, Feuer und Eis, brannten stets in ihm; er hielt das spöttische Schmunzeln nicht aus, das auf den kleinsten falschen Zungenschlag zu folgen schien. In seinen Träumen allerdings sprach er breiten amerikanischen Slang, schlagfertig wie ein Jazzmusiker.

Den amerikanischen Optimismus wiederum hatte er sich nie zu eigen gemacht. Er konnte die tristen Lektionen des Lebens im Ausland nicht vergessen, das seine Eltern als Emigranten, auf der Flucht vor Diktatoren, im Exil als ewig Gejagte geführt hatten. Manche Sinnsprüche waren für ihn zu Glaubensartikeln geworden: Man kam eben oft vom Regen in die Traufe. Nun, mit über fünfzig, hatten sich diese Gefühle eher noch verstärkt. Das Lebensalter der Krankheiten, des geistigen Abbaus, des allgemeinen Verfalls fing nun an. Und jetzt auch noch das. Wie er so dasaß, trauernd, wund, verstört, in einem zu weich gepolsterten Wohnzimmersessel zwischen Claras Raiku-Vasen und chinesischen Seidenmalereien, die hinter einem schwarzen Lackwandschirm halb verborgen waren, nahm ein Teil seines Wesens das alles hin wie die Erfüllung eines bösen Fluchs. Er konnte kein Glied rühren. Dumpf spürte er, daß gewisse Dinge jetzt unbedingt geregelt werden mußten, doch momentan hatte er nicht die Kraft; Arme und Beine waren schlaff vom Schock, und sein Herz schien zu stolpern.

Peter kam bald nach den Sanitätern. Sie hatten ihre weißbezogene Bahre bereits in die Garage gerollt, um die Leiche wegzuschaffen. Federnd und wie immer überdreht, war Peter ins Haus gestürmt, achtlos an den Polizisten an der Haustür vorbei. Woran lag es nur, fragte sich Stern, daß ihn die Hysterie seines Sohnes so anwiderte, dieser Basedowblick ungezügelter Panik? Peter war wie aus dem Ei gepellt, ein gertenschlanker Mann mit hochmodischem Haarschnitt. Er trug eine Hemdbluse mit breiten türkisfarbenen Streifen; seine Hose war oliv, aber von einem Schnitt, flatternd in den Knien, wie er bei der Army nie üblich gewesen war. Stern konnte das Gefühl der Abneigung nicht unterdrücken, das sich plötzlich in ihm breitmachte. Allerhand, daß der junge Herr mit seinem trauerstarren Gesicht Zeit gefunden hatte, sich sorgfältig anzukleiden.

Stern erhob sich endlich und fing ihn im Durchgang von der Eingangshalle zur Küche ab.

»Ich kann es einfach nicht glauben.« Peter schien wie sein Vater keine Vorstellung zu haben, wie er sich verhalten sollte; er ging auf seinen Vater zu, aber keiner der beiden Männer nahm den anderen in die Arme. »Mein Gott«, sagte Peter, »schau dir das an. Das ist ja der reinste Karneval da draußen. Die halbe Nachbarschaft steht dort herum.«

»Hast du jemandem erzählt, was passiert ist?«
»Nur Fiona Cawley. Sie hat mir das mehr oder weniger abverlangt.« Die Cawleys wohnten schon neunzehn Jahre neben den Sterns. »Du weißt ja, wie sie ist.«
»Aha«, sagte Stern. Er riß sich zusammen, doch er merkte, wie ihn eine egoistische Scham erfaßte, so groß wie bei einem Jugendlichen. Der furchtbare Fakt war ausgesprochen, war News, war allgemein bekannt. Stern sah vor sich, welche schlauen Gedanken hinter Fiona Cawleys bernsteingelben Augen vorbeihuschten.
»Wo ist sie?« wollte Peter wissen. »Ist sie noch hier?«
Stern wies mit dem Arm in Richtung Garage. Doch kaum war Peter losgestürmt, fiel Stern ein, daß er ihn hatte bitten wollen, seine Schwestern anzurufen.
»Mr. Stern?« Vor ihm stand der Polizist, der in die Garage gegangen war. »Ein paar Leute wollen Sie sprechen, wenn Sie nichts dagegen haben.«
Sie waren in Sterns Arbeitszimmer im ersten Stock, einem Kämmerchen, das er fast ganz für sich hatte. Clara hatte die Wände grün gestrichen, und das Zimmer stand voller Möbel, darunter auch ein großer Schreibtisch, auf dem zumeist Papiere des Haushalts ungeordnet herumlagen. Es störte ihn zu sehen, wie sich die Polizei in diesem Raum breitmachte, der immer Sterns Refugium gewesen war. Zwei Polizisten in Uniform, ein Mann und eine Frau, warteten stehend, und ein Beamter in Zivil saß auf dem Sofa. Dieser, offenbar ein Detective, stand nun verlegen auf und streckte ihm die Hand hin.
»Nogalski«, stellte er sich vor. Er gab Stern schlaff die Hand und vermied es dabei, ihn anzusehen. Nogalski war kräftig gebaut und trug einen Sportmantel aus Tweed. Ein harter Typ. Sie waren alle so.
Der Detective wies Stern in einen Sessel gegenüber. Hinter seinem Rücken murmelte die Polizistin in ihr Funkgerät: »Wir reden jetzt mit ihm.«
»Sind Sie ein paar Fragen gewachsen, Sandy?«
»Was für Fragen?«

»Den üblichen. Sie wissen ja. Wir müssen einen Bericht machen. Der Lieutenant ist auf dem Weg hierher. Müssen ihn ins Bild setzen. Kam das für Sie sehr überraschend?« fragte der Detective.

Stern zögerte kurz mit seiner Antwort.

»Sehr«, sagte er.

»War sie ein Typ, der manchmal tief deprimiert und unglücklich ist, die Hausfrau?«

Mit einer solchen Charakterisierung Claras in wenigen Sätzen war er im Augenblick völlig überfordert.

»Sie war ein ernster Mensch, Detective. Als lebenslustig würden Sie sie nicht bezeichnen.«

»War sie bei einem Psychiater, wissen Sie, irgendwas in der Art?«

»Nicht, daß ich wüßte. Meine Frau war kein Mensch, der ständig jammert, Detective. Sie war sehr verschlossen.«

»Sie hat nicht damit gedroht?«

»Nein.«

Der Detective, fast völlig kahl, sah Stern zum erstenmal ins Gesicht. Es war offensichtlich, daß er ihm nicht glaubte.

»Wir haben noch keinen Abschiedsbrief gefunden, wissen Sie.«

Stern winkte schwach ab. Er konnte sich das nicht erklären.

»Und wo waren Sie?« fragte einer der Polizisten hinter Sterns Rücken.

»In Chicago.«

»Warum?«

»Rechtssachen. Ich hab mich mit ein paar Anwälten getroffen.«

Die Tatsache, daß Dixon in sehr ernsten Schwierigkeiten sein könnte, die ihn noch vor einer Stunde so belastet hatte, kam Stern nun wieder beunruhigend frisch ins Gedächtnis. Er sah die Dringlichkeit von dessen Zwangslage wie die Hand eines Ertrinkenden winken, aber im Augenblick konnte er sie nicht fassen.

»Wie lange waren Sie weg?«

»Ich bin gestern sehr früh gefahren.«
»Haben Sie mit ihr gesprochen?«
»Ich habe es gestern abend versucht, aber niemand ging ans Telefon. Wir haben ein Symphoniekonzert-Abonnement. Ich habe angenommen, sie sei danach noch mit Freunden einen Kaffee trinken gegangen.«
»Wer hat zuletzt mit ihr gesprochen, soweit Ihnen bekannt ist?«
Stern überlegte. Peter würde die Polizei mit seiner heftigen Art schnell gegen sich aufbringen.
»Vielleicht mein Sohn.«
»Ist er da draußen?«
»Er ist gerade ziemlich außer sich.«
Nogalski gestattete sich aus irgendeinem Grund ein kurzes, geringschätziges Lächeln.
»Machen Sie das oft?« fragte einer der Polizisten hinter ihm.
»Was meinen Sie, Officer?«
»Verreisen.«
»Ab und zu ist es nötig.«
»Wo sind Sie abgestiegen?« fragte die Frau. Stern bemühte sich, die allgemeine Tendenz der Fragen nicht übelzunehmen. Den Polizisten war natürlich inzwischen klar, wen sie vor sich hatten, und sie reagierten entsprechend – sie verabscheuten alle Strafverteidiger und scherten sie ohne weiteres mit ihren Klienten über einen Kamm. Strafverteidiger kamen der Polizei auf Schritt und Tritt in die Quere, stellten Polizisten häufig öffentlich bloß und wurden dafür auch noch fürstlich honoriert. Ihre Animosität war heftig, besonders gegenüber Anwälten wie Stern, die nie als Staatsanwalt für die andere Seite gearbeitet hatten. Für die Polizei war dies eine günstige Gelegenheit – die Chance, einen Gegner zu nerven und sich den üblichen schmutzigen Phantasien über Mord und Motiv hinzugeben. Vielleicht vögelte der Schmalzheini in Chicago gerade seine Freundin, während ein Lohnkiller hier die Alte kaltmachte. Genau weiß man's erst, wenn man lange genug bohrt.
»Diesmal war ich im Ambassador.« Stern stand auf. »Kann ich

jetzt gehen? Mein Sohn und ich müssen noch mit seinen Schwestern reden.«
Nogalski belauerte ihn.
»Viel Sinn ergibt das nicht«, sagte der Detective.
Stern sah Nogalski scharf an. Es ergab keinen Sinn, hatte der Mann gesagt. Das war seine sachkundige Meinung. Es gehörte zu Sterns Beruf, daß er der Polizei selten dankbar sein konnte.
Auf dem Rückweg in die Eingangshalle hörte Stern Peters Stimme. Derselbe rotgesichtige Polizist, der mit Stern in die Garage gegangen war, hörte zu, wie Peter herumjammerte. Stern packte seinen Sohn am Ellbogen, um ihn wegzuzerren. Das war unerträglich. Nicht auszuhalten! Irgendein zäher Widerstand in seinem Innern weichte langsam auf.
»Mein Gott, die werden eine Autopsie machen – hast du das gewußt?« fragte Peter, sobald sie allein im Flur waren. Peter war Arzt, und ihm standen heute offenbar seine medizinischen Kenntnisse vor Augen, seine früheren pathologischen Untersuchungen an toten Pennern aus der Gosse, die makabren Medizinerscherze der sechs oder sieben Studenten beim Studium der Eingeweide des Verblichenen. Peter litt bei dem Gedanken, daß seine Mutter auch nur ein lebloses Anatomieobjekt war, das der Säge des Gerichtsmediziners harrte. »Das läßt du doch nicht zu, oder?«
Brach diese feige Hysterie nur auf, fragte sich Stern, wenn er mit seinem Vater zusammen war? Atmosphärisch schien sich an ihrem Verhältnis zueinander seit Jahren nichts geändert zu haben. Da war immer dieses vorwurfsvolle Lamentieren, zu aggressiv, um als bloßes Jammern abgetan zu werden. Stern grübelte schon so lange darüber nach, was sein Sohn eigentlich von ihm erwartete.
»Das ist Routinesache, Peter. Der Leichenbeschauer muß die Todesursache amtlich feststellen.«
»›Die Todesursache‹? Glauben die denn, das war ein Unfall? Wollen die etwa das Gehirn abtasten und rauskriegen, was sie sich dabei gedacht hat? O Gott, wir werden nicht mal ihre Leiche beerdigen können. Es ist offensichtlich. Sie hat sich

umgebracht.« Bis jetzt hatte das noch niemand laut gesagt. Stern registrierte Peters Direktheit als eine Art Taktlosigkeit – zu grob, zu plump. Aber nichts in ihm lehnte sich entsetzt dagegen auf.

Stern, um etliches kürzer geraten als sein Sohn, straffte sich nun. Er sagte Peter, jetzt sei nicht der richtige Moment, sich mit der Polizei anzulegen. Die Polizisten stellten sich wie üblich idiotisch an, indem sie eine Art Morduntersuchung durchführten. Als nächstes würden sie vielleicht mit ihm sprechen wollen.

»Mit mir? Weswegen?«

»Wegen deines letzten Gesprächs mit deiner Mutter, nehme ich an. Ich habe ihnen gesagt, daß du im Moment zu erschüttert dafür seist.«

Aus seiner großen Trauer heraus lächelte Peter plötzlich ganz wie ein Kind. »Gut«, meinte er. Was für ein merkwürdiger Mensch. Eine eigenartige Situation entstand zwischen Vater und Sohn, so viel Ungesagtes, so viel Verständnislosigkeit. Dann erinnerte ihn Stern, daß sie seine Schwestern anrufen mußten.

»Richtig«, sagte Peter. Sein Blick wurde nüchterner. Worin auch immer seine Differenzen mit seinem Vater bestehen mochten, auf Peter als älteren Bruder war Verlaß.

Hinten in der Eingangshalle hörte Stern jemanden sagen: »Der Lieutenant ist da.«

Ein massiger Mann duckte sich in den Durchgang und sah zu ihnen hin. Er war etwa im gleichen Alter wie Stern, doch schien die Zeit anders auf ihn gewirkt zu haben. Er war gedrungen und breitschultrig und hatte offenbar wie ein Bauer oder ein Arbeiter im Freien den größten Teil seiner Körperkraft bewahrt. Er trug einen hellbraunen Anzug aus zerknittertem Synthetikstoff und ein lose fallendes Hemd aus Kunstseide; als er sich kurz umdrehte, konnte Stern unter seinem Sakko einen Hemdzipfel blitzen sehen. Er hatte ein breites rosiges Gesicht, nur noch wenig Haare, ein paar kräftige graue Strähnen, die quer über die Glatze gekämmt waren.

Er nickte Stern wie ein guter Bekannter zu.
»Sandy«, sagte er.
»Lieutenant«, erwiderte Stern. Er hatte keine Erinnerung an diesen Mann, wußte nur, daß er ihn schon einmal gesehen hatte. Sonst nichts. Irgendein Fall. Irgendwann. Er vermochte im Moment nicht klar zu denken.
»Sobald Sie können«, sagte der Lieutenant.
Zwischen Stern und seinem Sohn entstand eine gewisse Verwirrung.
»Rede du mit ihm, ich telefoniere«, sagte Peter. »Du weißt schon, mit Marta und Kate. Es ist besser, wenn sie es von mir erfahren.«
Mit einer plötzlichen Klarheit, in einem Augenblick der Offenbarung, wie er ihn vielleicht nur in höchster Seelennot erwartet hätte, erkannte Stern, daß gerade eine traditionelle Familienszene ablief. Als seine Kinder langsam erwachsen wurden, hatte Peter in der Familie eine eigenartige Führungsrolle übernommen – seine Schwestern und seine Mutter wandten sich häufig an ihn. Er hatte zu allen dreien ein stillschweigendes Vertrauensverhältnis hergestellt – Stern wußte nicht, wie, weil solche Bündnisse mit ihm nie geschlossen wurden. Stern wurde klar, daß diese furchtbare Aufgabe in Wirklichkeit in seine Verantwortung fiel, doch die Gleise der Gewohnheit waren gut eingefahren.
»Sag ihnen bitte, daß ich selbst bald mit ihnen spreche.«
»Sicher«, erwiderte Peter nickend. Eine gewisse Unreife war in seinem Sohn wieder sichtbar geworden; Peter lehnte sich an die Wand und ließ die Situation auf sich wirken. »Das Leben«, bemerkte er mit einem abwesenden Blick, »ist voller Überraschungen.«
In Sterns Arbeitszimmer nahm der Lieutenant gerade den Bericht seiner Beamten entgegen. Nogalski war herbeigeschlendert, als Stern aus der Eingangshalle kam. Der Lieutenant wollte wissen, was die Polizisten bisher getan hatten. Nogalski berichtete. Die anderen wußten, daß von ihnen keine Antworten erwartet wurden.

»Ich hab ein paar Fragen gestellt, Lieutenant.«
»Meinen Sie, Sie haben genug gefragt?« Nogalski nahm das übel. Es war unschwer zu erkennen, daß die beiden nicht miteinander konnten, der Detective und der Lieutenant. »Vielleicht können Sie draußen was machen. Da stehen eine ganze Menge Gaffer herum.«
Als die anderen Beamten gegangen waren, winkte der Lieutenant Stern herbei. Er schlug mit dem Handrücken gegen die Tür, so daß sie sich halb schloß.
»Ganz schöne Scheiße, was, Sandy? Tut mir leid, daß wir uns unter solchen Umständen wiedersehen.« Der Lieutenant hieß Radczyk, fiel Stern plötzlich ein. Mit Vornamen Ray. »Stehen Sie's durch?« fragte er.
»Im Moment ja. Mein Sohn hat einige Schwierigkeiten damit. Die Aussicht auf eine Autopsie macht ihn irgendwie fertig.«
Der Polizist, der im Zimmer umherwanderte, schien mit den Schultern zu zucken.
»Wenn wir irgendwo einen Abschiedsbrief finden, können wir vermutlich ohne auskommen. Das könnte ich wahrscheinlich mit Russels Büro regeln.« Er meinte den Leichenbeschauer. »Die sind jedenfalls in der Lage, das Kohlenmonoxid im Blut zu messen.« Der altgediente Polizist sah Stern direkt an und sagte dann, weil er vielleicht gemerkt hatte, daß er zu deutlich geworden war: »Sie wissen ja, ich schulde Ihnen noch was.«
Stern nickte. Er hatte nicht die leiseste Ahnung, wovon Radczyk da redete. Der Polizist setzte sich.
»Sind die Jungs das Übliche mit Ihnen durchgegangen?«
Stern nickte erneut. Was immer »das Übliche« sein mochte.
»Sie waren sehr gründlich«, meinte er.
Der Lieutenant begriff sofort.
»Nogalski ist in Ordnung. Er setzt den Leuten zu, aber er ist okay. Bloß ein bißchen grob.« Der Lieutenant sah durch die Tür hinaus. Er war der Typ, den man in jungen Jahren sicher als großen Lümmel bezeichnet hätte, als er noch keine Polizeimarke und Kanone hatte. »Das ist 'ne harte Sache. Ich kann's

Ihnen nachfühlen. Sie sind heimgekommen und haben sie einfach so gefunden, ja?«

Der Lieutenant fing noch einmal von vorne an. Er machte es nur viel geschickter als Nogalski. Wieder nickte Stern.

»War sie krank?« fragte der Lieutenant.

»Sie war bei bester Gesundheit. Die üblichen Beschwerden im mittleren Alter. Eins ihrer Knie war ziemlich arthritisch. Sie konnte nicht mehr so viel im Garten machen. Sonst nichts.«

Aus dem Fenster seines Arbeitszimmers sah Stern, wie die Nachbarn beiseite traten, um den Rettungswagen durchzulassen. Er rollte langsam durch die Menge. Das Blaulicht war abgeschaltet, bemerkte Stern. Nicht mehr nötig. Er sah hin, bis das Fahrzeug mit Clara hinter dem großen Apfelbaum am Ende des Grundstücks, der gerade austrieb, verschwunden war, und fand dann wieder in das Gespräch zurück. Es war das linke Knie gewesen, fiel Stern plötzlich ein.

»Sie haben keine Ahnung, was der Grund gewesen sein könnte?«

»Lieutenant, es ist doch ganz klar, daß ich etwas nicht gemerkt habe, was ich hätte merken müssen.« Stern hatte gedacht, er könne dies durchstehen, doch es gelang ihm nicht. Seine Stimme zitterte, und er schloß die Augen. Der Gedanke, vor diesem Polizisten regelrecht zusammenzubrechen, war ihm zutiefst zuwider, doch irgend etwas in ihm blutete und schmerzte wie eine offene Wunde. Eigentlich hatte er sagen wollen, daß er gerade jetzt viel zu bereuen hatte, doch er war sicher, daß ihm das nicht mit Fassung gelingen würde. So sagte er nur: »Es tut mir leid, ich kann Ihnen nicht helfen.«

Radczyk musterte ihn, höchstwahrscheinlich, um sich darüber schlüssig zu werden, ob Stern die Wahrheit sagte.

Ein Polizist schaute durch die halboffene Tür ins Zimmer.

»Lieutenant, Nogalski läßt Ihnen ausrichten, daß sie etwas gefunden haben. Oben im Schlafzimmer. Er wollte es nicht anrühren, bevor Sie es gesehen haben.«

»Und was?« fragte Stern.

Der Polizist blickte zu Stern, unschlüssig, ob er antworten sollte.

»Den Abschiedsbrief«, sagte er schließlich.
Er hatte oben auf Sterns Kommode neben einem Stapel Taschentücher, die die Zugehfrau gebügelt hatte, gelegen – ein einzelnes Blatt, auf dem etwas mit der Hand Geschriebenes stand. Wie die Einkaufsliste oder ein Merkzettel, Sachen von der Reinigung abzuholen. Unauffällig. Harmlos. Stern nahm das Blatt an sich, überwältigt von dieser Zusammenfassung eines ganzen Lebens. Der Lieutenant blickte ihm über die Schulter. Doch zu sehen war sehr wenig. Nur eine Zeile. Kein Datum. Keine Anrede. Vier Worte bloß. »Kannst du mir verzeihen?«

2

Es war noch dunkler Morgen, als Stern am Tag der Beerdigung durch einen Traum aus dem Schlaf gerissen wurde. Er irrte in einem großen Haus umher. Clara war da, aber sie saß in einem Kleiderschrank und wollte nicht heraus. Sie klammerte sich scheu an eines der Kleidungsstücke, eine Frau in den Fünfzigern in einer x-beinigen Haltung kindlicher Verschämtheit. Seine Mutter rief nach ihm und auch sein älterer Bruder Jacobo. Die Stimmen kamen aus anderen Zimmern. Als er zu ihnen wollte, sagte Clara, sie seien tot, und seinen Körper erfaßte Panik.
Im Dunkeln las er die Leuchtziffern des Radioweckers ab: 4:58. Er fand keinen Schlaf mehr. Die Traumbilder hingen an ihm wie Blutegel. Clara hatte so seltsam geblickt, als sie ihm sagte, daß Jacobo tot sei, ein tückisches Lauern. Um ihn herum schien das vollbelegte Haus in bleiernem Schlaf zu liegen. Seine älteste Tochter Marta – achtundzwanzig und Pflichtverteidigerin in New York – war gleich am ersten Abend hergeflogen und schlief nun unten gegenüber der Eingangshalle in ihrem früheren Kinderzimmer. Seine jüngere Tochter Kate und ihr Mann John, die in einem entfernten Vorort wohnten, übernachteten

ebenfalls hier, um nicht am nächsten Morgen im unberechenbaren Stau auf den Brücken steckenzubleiben. Im Gästezimmer schlief Sterns Schwester Silvia, die von ihrem Landsitz gekommen war, um ihren Bruder zu versorgen und im Trauerhaus das Nötige zu regeln. Nur die beiden Männer fehlten – Peter und natürlich Dixon, seit jeher ein Einzelgänger.

Gestern abend hatte die Trauerarbeit auf beklemmend zeremonielle Art begonnen. Sonst waren Beileidsbesuche erst nach dem Begräbnis üblich, aber Stern, der zu religiösen Bräuchen schon immer ein zwiespältiges Verhältnis gehabt hatte, hatte mehreren betrübten Freunden geöffnet, die ihn offenbar trösten wollten – Nachbarn, zwei jungen Anwälten aus Sterns Praxis, seinen näheren Bekannten vom Gericht und aus der Synagoge. Clara war Einzelkind gewesen, doch zwei Ehepaare aus ihrer Verwandtschaft waren aus Cleveland angereist. Stern empfing alle diese Menschen so freundlich er konnte. In solchen Zeiten reagierte man nach tiefverwurzelten Impulsen; Sterns Mutter, seit Jahrzehnten tot, in seinen Träumen aber immer noch lebendig, waren gesellschaftliche Konventionen heilig gewesen.

Doch als das Haus still geworden und die Familie langsam schlafen gegangen war, hatte sich Stern im Badezimmer neben seinem und Claras Schlafzimmer eingeschlossen, zum zweitenmal an diesem Abend von würgendem, luftabschnürendem Schluchzen geschüttelt. Er saß auf der Toilette, an der immer noch die Rüschen hingen, von Clara vor Jahrzehnten dort angebracht, hatte sich ein Handtuch in den Mund gestopft, heulte wie ein Schloßhund und hoffte, daß ihn niemand hörte. »Was habe ich getan?« fragte er mehrfach mit zitternder Stimme, von seinem Leid erschüttert. O Clara, Clara, was habe ich getan?

Nun stellte er mit einem Blick in den Badezimmerspiegel fest, daß sein Gesicht geschwollen und seine Augen rot und entzündet waren. Für kurze Zeit hatte er einen gewissen betäubten Abstand gefunden, doch er kannte die Grenzen seiner Kraft. Was für ein grauenhafter Tag stand ihm bevor. Einfach grauenhaft. Er kleidete sich völlig an, bis auf den Mantel, und kochte sich ein Ei; dann hockte er allein herum und sah zu, wie sich die aufgehende Sonne auf der glänzenden Fläche des Mahagonitisches im Eßzimmer immer größer spiegelte. Sogleich spürte er, wie die Trauer wieder wie mit Messern in ihn schnitt, und versuchte verzweifelt und vergebens, sich erneut zu fassen.

Wie war es bloß möglich, dachte er zum x-tenmal, daß er nicht gemerkt hatte, wie seine Frau im Bett daneben vor stummem Schmerz regelrecht schrie? Wie hatte er so abgestumpft sein können, sein inneres Ohr so taub? Die Warnzeichen waren so unverkennbar, darüber konnte er sich nicht hinwegtäuschen, daß er sie trotz seiner ständigen Zerstreutheit hätte bemerken müssen. Clara war normalerweise äußerst verschlossen. Jahrelang hatte sie sich aufs intensivste mit Japan beschäftigt; er wußte nichts darüber außer den Titeln der Bücher, die gelegentlich auf ihrem Schreibtisch lagen. Und wenn sie manchmal eine Partitur las, tobte die ganze Symphonie in ihr. Dabei hob sie dann vielleicht unmerklich das Kinn, summte aber keinen Takt, keine Note auch nur vernehmlich.

Doch hier war es um mehr gegangen. Noch vor kurzem war er an ein paar Abenden spät nach Hause gekommen, ganz beschäftigt mit der Strafsache, die er gerade vor Gericht verhandelte – einem Fall übler Bandenkriminalität –, und hatte Clara im Dunkeln sitzend angetroffen; ohne Buch oder Zeitschrift, sogar ohne das nichtssagende Geflimmer des Fernsehers. Ihr Gesichtsausdruck hatte ihn am meisten erschreckt. Nicht leer, sondern abwesend, weggetreten, ihr Mund ein verbissener Strich, ihre Augen hart wie Achat. Es schien wie eine Kontemplation ohne Worte. Solche Anwandlungen hatte sie schon früher gehabt. Sie hatten das unter sich gewöhnlich »Verstimmung« genannt und gewartet, bis es vorbei war. Jahrelang war er stolz darauf gewesen, wie rücksichtsvoll er doch war.

Wie umgetrieben schlich er nun unruhig durchs Haus, nahm Gegenstände von ihr in die Hand und prüfte sie, als suche er nach Indizien. In ihrem Schminkraum berührte er einen Schildpattkamm, ein Jugendstiltöpfchen, das Dutzend Lippenstifte, die wie Schrotpatronen neben dem Waschtisch aufgereiht waren. Du lieber Gott! Er drückte eine der goldglänzenden Tuben in den Händen, als wäre sie ein Amulett. Auf dem schmalen Perückenstand im Vorraum lag die Post von drei Tagen. Stern fingerte an den sauber aufgestapelten Umschlägen herum. Rechnungen, Rechnungen – es tat weh, sie anzusehen. Diese Alltäglichkeiten – chemische Reinigung, Warenhaus –, bezeugten alle stumm, daß sie noch Hoffnung gehabt hatte. Am 6. März hatte Clara noch damit gerechnet, daß das Leben weitergehen würde. Was war dann passiert?

»Westlab Medical Center.« Stern starrte den Umschlag an. Er war an Clara Stern an die hiesige Adresse gerichtet. Eine Rechnung lag darin. Die in Computercode näher bezeichnete Leistung war vor sechs Wochen erbracht worden und wurde schlicht »Test« genannt. Stern erstarrte. Dann lief er schnurstracks in die Küche, rief sich schon im Gehen zur Vernunft und bot seine gesamte Willenskraft auf, um seine schändliche Erleichterung zu unterdrücken. Er wußte ganz genau, daß sie von einem Arzt oder von einem Test nichts gesagt hatte. Clara hielt ihre Termine in einem ledergebundenen Buch neben dem Telefon fest. Lunch mit verschiedenen Leuten. Die unvermeidlichen Konzerte. Die Verabredungen zum Abendessen und besondere Anlässe ihres geselligen Lebens wie Synagoge oder Anwaltverein. Er hatte die Rechnung in der Hand und verglich ihr Datum mit dem Buch: »9:45 Test.« Er blätterte vor und zurück. Am dreizehnten fand sich noch ein diskreter Eintrag. »3:30 Dr.« Er suchte weiter. Am siebenundzwanzigsten dasselbe. »Dr.« – »Test.« – »Dr.«

Krebs. War es das gewesen? Im fortgeschrittenen Stadium? Hatte sie beschlossen, ihren Abgang zu machen, damit die Familie sie nicht aus Selbstsucht und um ihretwillen bitten konnte, sich der Quälerei einer Krebstherapie zu unterziehen? Das sah Clara ähnlich. Auf diese Art einen letzten Bereich freier Willensentscheidung abzustecken. Das entsprach ganz

ihrem Verständnis von Würde, von Schicklichkeit und war ihre tiefste Überzeugung.
Hin und her gehend, war er wieder ins Eßzimmer gelangt und hörte, wie sich im ersten Stock über ihm etwas rührte. Schon diese kurze Ablenkung ließ ihn plötzlich spüren, daß er sich einem Wahn hingegeben hatte, so blindlings sich sein Herz auch nach einer solchen Lösung sehnte. Es mußte eine plattere und weniger heldenhafte Erklärung für diese Arztgeschichten geben. Irgendwie fröstelte ihn bei dieser Vermutung. Gestern abend war er beim ungeschickten Herumsuchen nach Papiertaschentüchern im Badezimmer auf eine Flasche Haarfärbemittel gestoßen, versteckt in der hintersten Schublade. Er hatte keine Ahnung, wie lange sie diese harmlose Eitelkeit schon vor ihm verborgen hatte. Monatelang? Jahrelang? Es war egal. Doch Ärger auf sich selbst erfaßte ihn. So vieles hatte er nicht bemerkt, wußte er nicht über diesen Menschen, diese Frau, seine Ehefrau.

»Daddy?« Sterns Tochter Kate, die jüngste, stand unten auf der Treppe. Sie war im Nachthemd, eine hochgeschossene junge Frau, schlank und herzergreifend schön.
»Cara«, antwortete er. Bisweilen gebrauchte er bei den Mädchen dieses Kosewort. Stern hielt die Rechnung des Untersuchungslabors immer noch in der Hand und schob den Umschlag jetzt in die Gesäßtasche seiner Hose. Das war keine Sache, die mit den Kindern zu erörtern war, und schon gar nicht an diesem Tag, an dem der Gedanke den Schmerz nur noch vergrößern würde, und am allerwenigsten mit Kate. Ihre Schönheit, dachte Stern bei sich, hatte es Kate in der Welt zu leicht gemacht. Sie schien mühelos durchs Leben zu gleiten, getragen von ihrem blendenden Aussehen und einem gutmütigen Charakter. Doch vielleicht tat er ihr damit unrecht. Vieles mußte hier in der Familie festgelegt worden sein. Clara hatte sich stark auf Peter konzentriert, Stern wiederum spürte eine natürliche Seelenverwandtschaft mit seiner Tochter Marta. Kate hatte nie im Brennpunkt der stärksten Energien der mysteriösen Familiendynamik gestanden.

Als Heranwachsende hatte sie dieselbe intellektuelle Begabung wie Bruder und Schwester gezeigt; und sie hatte auch Claras Musikalität. Das alles war jedoch verkümmert. In der High-School war sie John begegnet, einem lieben, nichtjüdischen Lümmel, einem fast klischeehaften Fußballspieler und Musterbild von Manneskraft mit Allerweltsgesicht und ewig freundlicher Überschwenglichkeit. Ein Jahr nach dem College hatte sie ihn trotz sanfter Mißbilligung ihrer Eltern geheiratet. John hatte in der Druckerei seines Vaters angefangen, doch bald war deutlich geworden, daß das Geschäft keine zwei Familien ernähren konnte. Also hatte ihn Dixon bei MD eingestellt, wo John nach ein paar Fehlpässen ganz gut zurechtzukommen schien, auch so ein Fußballspieler, der an der Börse weiter dribbelte. Kate war Grundschullehrerin. Sie liebte ihren Mann mit einer rührenden Unschuld, doch Stern spürte manchmal, wie sich sein Herz vor Sorge bei dem Gedanken an die Zeit zusammenkrampfte, wenn Kate erfahren würde, was für Schläge die schnöde Welt austeilen konnte. Nun berührte sie seine Hand.

»Daddy, ich möchte, daß du etwas weißt. Wir wollten es noch einen Monat für uns behalten, aber alle sind so traurig.« Hier zitterte Kates Stimme ein wenig, und sie wandte die Augen ab. Lieber Gott, dachte Stern, sie ist schwanger.

Kate erklärte mit stolzem Blick: »Wir kriegen ein Kind.«

»Na so was«, sagte Stern. Er faßte ihre Hand. »Na so was«, sagte er wieder, lächelte tapfer und versuchte sich zu erinnern, wie er jetzt eigentlich seine Freude zeigen müßte. Er küßte sie zuerst auf die Schläfe und nahm sie dann in den Arm. Das tat er nur selten, und hier mit ihrem dünnen Nachthemd verblüffte ihn, wie sich seine Tochter anfühlte, wie schlank sie war, wie ihn ihre Brüste leicht streiften. Kate weinte plötzlich hemmungslos und entzog sich seinem Arm.

»Wir konnten bisher noch nichts sagen«, erklärte sie ihrem Vater. »Es war noch nicht sicher. Es hat schon ein paarmal nicht geklappt. Und jetzt denke ich ständig nur, was gewesen wäre, wenn Mommy es gewußt hätte?« Wieder verlor sie die

Fassung. Noch einmal nahm Stern seine dunkelhaarige schöne Tochter in den Arm. Während er Kate an sich drückte, stellte er fest, daß auch seine eigene Sicht der Dinge abrupt zurechtgerückt worden war. Clara hatte auch die Kinder im Stich gelassen. Er hatte ihre letzte Tat bisher als ausschließlich gegen sich selbst gerichtet gesehen. Doch die Kinder, erwachsen, aber schwierig, waren noch immer nicht über den Punkt hinweg, wo sie gelegentlich Unterstützung brauchten. Hätte es etwas geändert, wenn Clara von Kates Geheimnis gewußt hätte? Oder hatte Clara entschieden, daß auch die Kinder alles bekommen hatten, was sie zu geben in der Lage war?
Über ihren Köpfen rührte sich etwas. Marta stand auf der Treppe, eine kleinere Frau, ebenfalls dunkelhaarig, mit Nickelbrille und wirrem schwarzem Haarschopf. Sie betrachtete die Szene zu ihren Füßen mit wundem Blick.
»Das große Heulen?« fragte sie.
Stern überließ Kate die Antwort. Sie straffte die Schultern und wischte sich die Augen. Jetzt sollte es die ganze Familie wissen. Während er noch ihrer Erklärung harrte, blitzte in seinem bleiernen Innern eine völlig unerwartete Freude auf, so überwältigte ihn die verblüffend genaue Erinnerung daran, wie ruckartig ein Baby immer mit Armen und Beinen ruderte, so zufällig und unverhofft wie das Leben selbst.
»Ich hab's Daddy gerade gesagt. Ich kriege ein Kind.«
Martas Aufschrei hallte durchs ganze Hause. Sonst eher besonnen, ließ sie sich völlig gehen. Sie fiel ihrer Schwester um den Hals und umarmte ihren Vater. Die beiden jungen Frauen setzten sich hin und hielten Händchen. Dann erschien Peter, früh, um dem Verkehr zu entgehen, und sie erzählten es ihm. Auf den Lärm hin kam auch John herunter, und alle standen auf und umarmten ihn. Seine Zurückhaltung machte sie immer zu gefühlsbetont. Jahrelang hatten sie sich bemüht, daß sich John von ihnen akzeptiert fühlte, doch er wußte genau, daß er es aus vielerlei Gründen nie sein würde. Inzwischen war die Gruppe ins Wohnzimmer gelangt. Silvia kam in ihrem Morgenrock mit ernstem Gesicht; offenbar hatte sie den Lärm

als Hinweis auf ein weiteres Unglück gedeutet. Silvia und Dixon hatten zu Silvias großem Kummer nie eine Familie gegründet, und die Mitteilung, so unerwartet, ließ auch Silvia in Tränen ausbrechen. Es war kurz nach sieben, und die Familienmitglieder, von alldem überwältigt, klammerten sich aneinander. Und hier im Wohnzimmer wurde Stern endlich von Sehnsucht nach Clara ergriffen. Er war bereits darauf gefaßt gewesen. Stärker als die Empfindung von Chaos und Trauer war in diesem Moment das Gefühl, daß jemand fehlte. Als er aufsah, begegnete er Martas Blick. Es hatte Stern vor Kummer fast zerrissen, als er sie am Abend eintreffen sah. Marta, die tapfere Marta, sein mutigstes Kind, war wie ein Soldat den Gartenweg heraufmarschiert, ihre Leinentasche über der Schulter, und hatte laut losgeweint, sobald sie dem Taxi entstiegen war. Stern umarmte sie an der Tür. »Daddy, ich habe nie geglaubt, daß sie ein glücklicher Mensch war, aber –« überwältigt von Emotionen, hatte Marta nicht weiterreden können. Stern hatte sie in die Arme genommen und selbst gelitten, als er sah, wie klar seine Tochter ihre Mutter einschätzte. Sie war von Clara immer mehr auf Distanz gehalten worden als die beiden andern; deswegen hatte sie vielleicht auch mehr zu betrauern.
Quer durchs Zimmer blickte ihn seine Tochter mit ihren von ihm geerbten kleinen und eng beieinanderliegenden Augen traurig an.
Mir fehlt sie auch, formte sie stumm mit den Lippen.

Stern, der morgens oft Frühstück gemacht hatte, briet für alle Eier und Pfannkuchen, und Marta preßte Grapefruitsaft, eine Familientradition. Um neun, eine Stunde, bevor die Limousine des Bestatters eintreffen sollte, hatten alle gegessen, waren angezogen und fanden sich schweigend wieder im Wohnzimmer ein.
»Wir wär's mit Bridge?« fragte Marta. Sie war stolz darauf, sich über Konventionen hinwegzusetzen. In den meisten Dingen verhielt sich Marta wie die Generation der Achtundsechzi-

ger. Sie war damals noch ein Kind gewesen und hatte diese Zeit als sehr romantisch erlebt; sie lief in weiten Gewändern und Schnürstiefeln und mit wehender Mähne herum. »Mom mochte es immer, wenn wir Bridge spielten.«

»Aber sicher«, sagte Peter. »Sie hatte es auch gern, wenn wir Volkstanz machten, als wir noch klein waren. Hüpfen wir doch im Wechselschritt zur Kapelle.«

»Leck mich«, flüsterte Marta ihrem Bruder zu, lächelte aber dabei. Marta hatte ihre Konkurrenz zu Peter immer gedämpft und gestattete ihm jetzt besondere Freiheiten. Kates Tränen schienen unaufhörlich zu fließen, doch Peter war offenbar von den dreien am härtesten getroffen, schweigsam, nachdenklich, völlig aus dem Gleichgewicht. Häufig entfernte er sich, um mit sich allein zu sein, kehrte aber unweigerlich Trost suchend zu seinen Schwestern zurück. Sterns Kinder waren einander sehr nahe und schienen sich Kraft zu geben.

Marta erwähnte nochmals Bridge. »Daddy, hättest du was dagegen?«

Stern hob hilflos die Hände – nicht gerade eine Antwort.

»Spielst du mit?« fragte Kate ihren Vater.

Silvia nickte Stern ermunternd zu.

»Ich muß mich noch um ein paar Dinge für später kümmern«, sagte sie und ging hinaus, um den Haushalt auf den Besucherstrom vorzubereiten, der nach der Beerdigung einsetzen würde.

»Ich helfe Tante Silvia. Spielt ihr vier schon mal«, erklärte John. Er war bereits aufgestanden, ein hünenhafter junger Mann, ein blonder Riese mit einem Hals, kräftig wie eine Reifenfelge. Bridge hatte er nie richtig gemeistert, wie so vieles andere im Zusammenhang mit diesen seinen Verwandten auch nicht. Die Sterns mit ihrer ruhigen, intensiven Art gaben John schon fast ein Jahrzehnt lang Rätsel auf.

»Kommt schon«, rief Marta. Sie war im Wintergarten bereits auf der Suche nach Karten. Stern verstand, warum seine Tochter so aufgedreht war. Eine kurze Zeit lang würden sie so tun können, als seien sie noch mal siebzehn, und alle Kinder

geborgen vor der Welt der Erwachsenen. Stern war wie immer über die Anwandlungen seiner Marta verwundert und gerührt.
»Katy, wir spielen zusammen«, verkündete Stern. Er war immer Spielpartner von einem der Mädchen, gewöhnlich Kate. Mit Peter geriet er in Streit, wenn sie zusammen spielten. Stern hatte den größten Teil seiner wenigen Zeit zu Hause damit verbracht, daß er mit seinen Kindern das eine oder andere Spiel spielte. Gänsespiel, Monopoly, Buchstabierspiele, als sie noch in der Primary School waren. Die vier hatten viele Stunden am Spieltisch im Wintergarten verbracht. Clara beteiligte sich selten. Häufig saß sie auf einem fünften Stuhl dabei, die Beine sittsam übereinandergeschlagen, die Arme verschränkt, und sah zu oder kam Kate notfalls zu Hilfe. Doch drängte sie sich nicht auf. Regeln, Spielzüge, Strategien, das war im Guten wie im Bösen Alejandros Sache.
Peter mischte die Karten und gab sie Stern zum Austeilen. Der Wintergarten – in den alten Architektenplänen aus den zwanziger Jahren als Solarium bezeichnet – war ein schmaler Raum mit vielen Fenstern und einem Boden aus Schieferplatten. Von dort blickten sie direkt auf Claras Garten. Es war auch die Jahreszeit, in der sie ihn umzugraben pflegte. Die Stengel der Gladiolen vom Vorjahr, säuberlich fast bis zum Boden zurückgeschnitten, ragten reihenweise als Überlebende des milden Winters hervor. Stern spielte ein schwaches Kreuz. Er spielte hemmungslos. Mit allem außer Handzeichen, hatte Clara immer gesagt.
»Gehst du wieder arbeiten, wenn du das Kind hast?« wollte Marta von ihrer Schwester wissen.
Kate schien ein bißchen verwirrt. Sie konnte sich ihre Zukunft offenbar nicht vorstellen. In Stern krampfte sich etwas zusammen. Dieses Kind bekam jetzt ein Kind! Mit John war das auch nicht viel besser. Kate erklärte, sie wisse noch nicht, ob das Geld reiche oder ob sie es fertigbringen würde, das Kind allein zu lassen.
»Oh, das wird euer erstes«, sagte Peter. »Du wirst ihm sehr

viel Zuwendung geben wollen. Es wird immer etwas Besonderes sein.«
Die Türglocke läutete. Durch die Scheibe sah Stern seinen Schwager und stand auf, um ihn zu begrüßen. Dixon war gestern abend in die Stadt zurückgekommen. Er war in dringenden Geschäften in New York gewesen und hatte seinen Heimflug hinausgeschoben. Stern hatte sich zurückgesetzt gefühlt – wie üblich bei Dixon – und war daher verblüfft gewesen, wie erleichtert er reagierte, als er Dixon gestern abend mit seinen Reisetaschen auf der Türschwelle hatte stehen sehen. Sein Schwager, ein großer, kräftiger Mann, hatte Stern derb umarmt und ostentativ große Trauer gezeigt. Man war nie so richtig sicher, was Dixon wirklich fühlte. Das war ein Teil seines Genies – er war wie ein Wald voller Schattenspiele. Er konnte einem jederzeit unverhofft mit dem plattesten Vertretergeschwätz oder mit den tiefschürfendsten Wahrheiten kommen.
An diesem Morgen jedoch galt Dixons Aufmerksamkeit wieder mal typischerweise sich selbst. Als ihm Stern den Mantel abnahm, senkte er diskret die Stimme.
»Wenn du wieder dazu in der Lage bist, Stern, habe ich ein paar Fragen an dich.«
Dixon hatte Stern immer militärisch mit seinem Familiennamen angeredet. Sie hatten sich beim Militärdienst kennengelernt, was wiederum dazu geführt hatte, daß Dixon Silvias Bekanntschaft machte und mit der Zeit ihr Verehrer wurde, eine Entwicklung, die Stern noch drei Jahrzehnte später kaum verkraftet hatte.
»Geschäftliche Fragen?« wollte er von Dixon wissen.
»Etwas in die Richtung. Ich möchte dich jetzt nicht behelligen. Mich interessiert nur, wie deine Reise nach Chicago verlaufen ist.«
Ach ja, dachte Stern bei sich, der Egoismus ist groß, und das Leben geht weiter.
»Ich versteh deine Besorgnis, Dixon. Die Situation dürfte aber etwas kompliziert sein. Wir reden jetzt besser nicht darüber.«

Wie zu erwarten, huschte ein Schatten über Dixons Gesicht. Er war fünfundfünfzig, gebräunt, schlank und sogar mit solchen Unmutsfalten ein Bild der Vitalität. Ein kräftiger Mann; er trainierte jeden Tag mit Hanteln. Sein rötliches Haar war mit zunehmendem Alter heller und schütterer geworden, aber geschickt frisiert, so daß er gepflegt und seriös aussah.
»Hat dir nicht gefallen, was du gehört hast?« fragte er Stern. Tatsächlich hatte Stern nichts Greifbares erfahren. Die Unterlagen, die er in Chicago durchgesehen hatte, Kontenauszüge und Börsenabrechnungen der Kunden über einen Zeitraum von acht oder neun Monaten, hatten keine Aufschlüsse gegeben. Es ließ sich nicht sagen, wegen welcher Gesetzesübertretung die Staatsanwaltschaft ermittelte, oder gar, wer sie auf den Verdacht einer Straftat gebracht hatte.
»Es kann sein, daß wir da ein Problem haben, Dixon. Aber es ist zu früh, sich groß aufzuregen.«
»Sicher.« Dixon nickte und holte eine Zigarette aus einer seiner Innentaschen. Er rauchte wieder stark, eine schlechte Angewohnheit von früher, die in letzter Zeit wieder stärker geworden war, worin Stern ein Indiz dafür sah, daß er sich Sorgen machte. Vor drei Jahren hatte die Steuerfahndung sich zu einer umfassenden Betriebsprüfung in seinem Konferenzzimmer eingenistet, ohne daß dies Dixons lockere Art auch nur gedämpft hätte. Diesmal aber war Dixon auf der Hut. Kaum hatte er von ersten Ermittlungsverfahren gehört, hatte er schon am Telefon gehangen und von Stern verlangt, die Anklagebehörde zu bremsen. So früh aber wollte Stern ungern Kontakt mit Mrs. Klonsky, der Assistentin des Bundesanwalts, aufnehmen. Im Büro der US-Bundesanwaltschaft erfuhr man selten mehr, als sie einen wissen lassen wollten. Außerdem fürchtete Stern, daß ein Anruf von ihm die Aufmerksamkeit der Staatsanwaltschaft irgendwie auf Dixon lenken könnte, dessen Name bisher noch nicht gefallen war. Vielleicht überprüfte die Grand Jury eine ganze Reihe von Maklerfirmen. Vielleicht waren die Kunden außer durch Dixons Firma noch durch einen anderen Faktor verknüpft. Gegenwärtig war es am

besten, leise zu treten und die Anklagebehörde aus der Dekkung zu beobachten. »Sie sind immer hinter jemand her«, meinte Dixon jetzt tapfer und ging Silvia suchen.

Im Wintergarten sprachen Sterns Kinder immer noch über das Baby.

»Wird dir John eine Hilfe sein?« fragte Marta. »Windeln wechseln und so?«

Kate blickte sie erstaunt an.

»Natürlich. Er ist im siebten Himmel. Warum sollte er nicht?«

Marta zuckte mit den Schultern. In Augenblicken wie diesem war Stern betroffen, daß Männer ihr ein solches Rätsel zu sein schienen. Marta, nach ihrem Vater geschlagen, war leider nicht hübsch. Sie hatte Sterns breite Nase und kleine dunkle Augen. Schlimmer noch, sie hatte auch seine Figur. Stern und seine Tochter waren gedrungen und neigten dazu, in den unteren Körperpartien zuzunehmen. Marta quälte sich fast masochistisch mit Diäten und Gymnastik, doch konnte man dem nicht entgehen, was die Natur vorgegeben hatte. Wie sie gern sagte, entsprach ihr Körper nicht den Modezeitschriften. Trotzdem hatte Marta stets Bewunderer – doch schienen ihre Beziehungen alle zum Scheitern verurteilt. In ihren Gesprächen fielen nebenbei die Namen von Männern, die kamen und gingen. Ältere, jüngere. Irgendwie lief das immer schief. Inzwischen hatte sich Marta gefaßt.

»Daddy hat keine Windeln gewechselt«, sagte sie.

»Wirklich nicht?« fragte Stern. Seltsamerweise konnte er sich nicht genau erinnern.

»Wie hättest du auch Windeln wechseln können?« fragte Peter, etwas munterer, sah er doch eine Gelegenheit, seinem Vater eins auszuwischen. »Du warst ja nie da. Ich erinnere mich noch, daß ich nicht rauskriegen konnte, was ein Prozeß ist. Ich hab geglaubt, das sei ein Ort, wo du hingingst. Eine andere Stadt.«

Marta rief laut zu John: »Wirst du dem Baby die Windeln wechseln?«

John erschien kurz mit einem Filterkaffeebehälter für dreißig

Tassen im Wintergarten. Er sah genauso schlecht aus wie alle andern, verstört und voll Trauer. Auf Martas Frage zuckte er nur leicht mit den Schultern. John war ein schweigsamer Mensch. Er tat nur selten unbefangen seine Meinung kund.
In einem anderen Zimmer läutete das Telefon. Bereits seit zwei Tagen klingelte es ständig. Stern ging selten dran. Die Kinder antworteten, teilten knapp Ort und Termin der Beerdigung mit und versprachen, ihrem Vater das Beileid zu übermitteln. Die Mehrzahl dieser Gespräche schien auf die gleiche Art zu enden, mit einer angestrengten Pause, bevor der Hörer aufgelegt wurde. »Ja, es stimmt«, antwortete eins der Kinder meist rasch. »Wir haben keine Ahnung, warum.«
Silvia kam aus der Küche, wischte sich die Hände an der Schürze ab und winkte Stern herbei. Diesem Anruf konnte er sich offenbar nicht entziehen. Im Vorbeigehen tätschelte er seiner Schwester die Hand. Obwohl Silvia zu Hause drei Bedienstete hatte, schuftete sie hier jetzt schon drei Tage, leitete, organisierte, besorgte alles.
»Ach, Sandy. Was für ein trauriger Anlaß. Mein herzlichstes Mitgefühl.« Stern war in das eheliche Schlafzimmer hinaufgegangen, in dem die Läden immer noch unten waren, um den Anruf entgegenzunehmen. Er erkannte die Stimme Cal Hopkinsons. Cal war Anwalt. Als Sandys Freund Harry Fagel vor zwei Jahren gestorben war, hatte Cal als Harrys Kanzleipartner die Sterns als Mandanten geerbt. Er aktualisierte die Testamente der Sterns und reichte jedes Jahr die Steuererklärungen für das Treuhandvermögen ein, das Claras Eltern hinterlassen hatten. Cal war ein praktisch denkender Mensch, nicht gerade einnehmend, aber liebenswürdig, und er kam rasch zur Sache. Da Marta auch in der Stadt sei, wollte er gern wissen, ob Stern in den nächsten Tagen mit den Kindern vorbeikäme, um Claras Testament zu erörtern.
»Muß das sein, Cal?«
Cal überlegte schweigend. Vielleicht war er ein bißchen verschnupft. Er gehörte zu den Anwälten, die sich um Kleinigkeiten kümmerten, sie jeden Tag in der Überzeugung ausjäteten,

daß sie die ganze Welt überwuchern würden, wenn man nicht achtgab.
»Es muß nicht sein, Stern, aber manchmal hilft es, spätere Fragen zu vermeiden. Du weißt, Clara hat ein großes Erbe hinterlassen.«
Wußte er das wirklich? Ja, jetzt fiel es ihm wieder ein. Um der Wahrheit in diesem Moment die Ehre zu geben, da er zu gepeinigt und schwach war, ihr aus dem Weg zu gehen, hatte er Clara damals bei der Heirat vor lauter Goldesglanz kaum sehen können. Armer Junge heiratet reiches Mädchen. Ein Märchen, so spannend und verlogen wie ein Porno. Und entsprechend rabiat hatte er das immer verdrängt. Ganz zu Anfang hatte Stern Henry Mittlers offensichtliches Mißtrauen beschwichtigt, indem er seinem Schwiegervater gelobte, daß er mit Clara nur von seinem eigenen Einkommen leben würde. Dreißig Jahre waren seitdem vergangen, in denen Stern so getan hatte, als gehe ihn Claras Vermögen nichts an, in denen er die Details der Vermögensverwaltung ihr selbst und den Anwälten überließ, die er ihr dafür empfohlen hatte, und am Ende war diese Lüge in schönster Ironie Wahrheit geworden.
»Gibt es irgendeine Überraschung in diesem Testament, von der du meinst, daß wir sie kennen sollten?«
Es folgte eine typische Rechtsanwaltspause, die Gewohnheit eines Menschen, der gelernt hatte, jeden Satz vorher auf die Goldwaage zu legen. Vielleicht hielt Cal eine Antwort für standeswidrig.
»Nichts, was dich aufregen könnte«, sagte er schließlich. »Ich bin sicher, du bist einigermaßen im Bilde. Es gibt vermutlich ein paar Punkte, die wir erörtern sollten.«
Cal hatte »aufregen« besonders betont. Mit anderen Worten eine Überraschung, aber keine Katastrophe. Ja, das könnte es sein, dachte Stern bei sich. Clara, ein sorgfältiger und ordentlicher Mensch, hatte offenbar bedenkenlos trübe und unklare Verhältnisse hinterlassen. Stern erklärte, er werde mit den Kindern reden, und wollte das Gespräch beenden.
»Sandy«, sagte Cal plötzlich. Schon vom Ton her wußte er, was

jetzt kam. »Das ist alles so erschütternd. Verzeih mir die Frage, aber hat es irgendein Anzeichen gegeben?«
»Nein«, antwortete er schnell. »Keine Anzeichen.« In einer kaum unterdrückten Aufwallung knallte er den Hörer auf die Gabel. Cal war wirklich ein Trampel, dachte er. Stern schloß die Augen, gestattete sich einen Moment der Besinnung im dunklen Schlafzimmer und lauschte dabei dem lauten Stimmengewirr, das über die Treppe heraufdrang. Er war vom Gemüt her zu sehr ein Einzelgänger, um diese fortgesetzte Neugier zu ertragen. Es kam ihm vor, als horche ein großes Ohr auf jeden seiner Atemzüge. Der Gedanke an die Beerdigung wurde plötzlich unerträglich. Ein solcher Tod würde bei vielen Leuten makabre Neugier wecken. Sie würden gruppenweise dasein, Geschäftspartner, Freunde und Nachbarn, um zu sehen, wie groß die Trauer war, und Stern leicht vorwurfsvoll begaffen. Selbst bei den besten Bekannten, die gestern abend dagewesen waren, hatte er diese grausige Neugier feststellen können. Was steckte dahinter? fragten sich alle. Was genau hatte er ihr angetan? Claras Selbstmord hatte irgendein verworfenes Geheimnis aufgedeckt, als sei ihr Eheleben insgeheim grotesk entartet gewesen. Nicht ganz sicher, ob wegen seines Verlustes oder bloß wegen der Demütigung, weinte Stern, noch ein paar Minuten oben verweilend, im Dunkeln vor sich hin.

»Wünscht ihr euch einen Jungen oder ein Mädchen?« fragte Marta gerade, als Stern an den Gartentisch zurückkam.
Etwas wie Verwirrung huschte über Kates feine Gesichtszüge. Das war natürlich das erstemal, daß jemand diese Frage gestellt hatte.
»Wir wünschen uns beide ein gesundes Baby«, antwortete Kate.
»Natürlich wünscht ihr euch das«, sagte Marta. »Aber wenn ihr wählen könntet, was wolltet ihr dann haben – einen gesunden Jungen oder ein gesundes Mädchen?«
»Marta«, mahnte Stern, der seine Karten inzwischen aufgefä-

chert hatte. Er hatte die Augen noch mal zählen müssen, als habe er sein Blatt noch nie gesehen. »So eine Frage kann eine werdende Mutter nicht beantworten.«
Kate hatte überlegt. »Ich hätte lieber ein Mädchen.« Sie lächelte alle an. »Mädchen sind netter.«
»Aber nehmen sie jetzt Mädchen auch in Fußballmannschaften auf?« fragte Peter. »Wie sieht es da inzwischen aus?«
»John hätte auch furchtbar gern ein Mädchen«, erwiderte Kate sofort.
»Natürlich«, sagte Stern.
Peter streichelte seiner Schwester kurz die Hand, um sie zu beschwichtigen – er hatte bloß gestichelt.
»Mutter hat immer gesagt, daß Mädchen letztendlich schwieriger sind«, mischte sich Marta ein.
»Das hat Mommy nicht gesagt«, widersprach Kate.
»Zu mir hat sie das gesagt«, versicherte Marta. Nach dieser Äußerung starrten die beiden Schwestern einander an, während langsames Verstehen zwischen ihnen aufdämmerte. Trotz aller lauthals geäußerten Überzeugungen war Marta ein Mensch mit tiefen Zweifeln an sich und ihrer Stellung in der Welt, und sie war in den letzten Tagen viel offener als alle anderen auf die Erinnerung an Clara eingegangen. Da war noch vieles unbewältigt, dachte Stern. Jetzt aber wandte sie sich hilfesuchend an ihren Vater. »Hat sie das nicht gesagt, Dad?«
»Deine Mutter«, erklärte Stern, »hat die Erziehung von euch allen sehr ernst genommen. Was heißt, daß sie sich von Zeit zu Zeit ganz schön gefordert fühlte.« Stern lächelte Marta diplomatisch zu. »Ich glaube, ich hatte Kreuz gesagt.«
»Bedienen«, sagte Marta.
Kate bediente.
Peter saß still dabei, mit demselben gequälten Gesichtsausdruck wie in den letzten Tagen. Vielleicht fragte er sich, was seine Mutter über Jungs geäußert hatte. Schließlich merkte er, daß ihn alle beobachteten.
»Herz«, verkündete er, nachdem man ihm gesagt hatte, wie hoch gereizt worden war.

»Na so was, da sind wohl Glückwünsche angebracht!« Dixon war aus der Küche gekommen, wo er mit Silvia geredet hatte. Er breitete weit die Arme aus und war wie üblich von plumper Feierlichkeit. Er hatte Kate und John gestern abend verpaßt und drückte jetzt Kate an sich, die die Umarmung ihres Onkels steif ertrug. »Wo ist denn dein Göttergatte? Ich hätte nicht geglaubt, daß er das kann.« Dixon lief wieder davon, offenbar auf der Suche nach John, und Kate schickte ihm einen pikierten Blick nach, anscheinend unbeeindruckt vom plumpen Humor ihres Onkels oder seinen Scherzen auf ihres Mannes Kosten.
Stern selbst war, wie er genau wußte, Dixon gegenüber viel toleranter als irgend jemand sonst in der Familie. Dixons zotige Seite war bei Clara immer auf eindeutige Ablehnung gestoßen, was sich aus Loyalität zu Silvia noch verstärkte, als vor sechs oder sieben Jahren einer von Dixons Seitensprüngen – deren Einzelheiten Silvia nie mitteilte – Sterns Schwester veranlaßt hatte, ihn eine Zeitlang vor die Tür zu setzen. Dixon gegenüber hatten sich die Kinder in den meisten Dingen eher an Claras Beispiel gehalten. Peter und Marta und ganz besonders Kate waren immer sehr vertraut mit Silvia gewesen, die sie als kinderlose Tante mit Geschenken überhäufte. Doch dieses Gefühl hatte sich nie auf ihren Onkel erstreckt.
Dixon reagierte darauf wie die Potentaten vieler Jahrhunderte: Er erkaufte sich Toleranz. Im Laufe der Jahre hatte er jede Gelegenheit genutzt, Mitgliedern von Sterns Familie Arbeit zu verschaffen. Stern und John bezogen jetzt von ihm Honorar und Gehalt, und jedes der Kinder war für seine Firma MD in den Schulferien Läufer an der Warenterminbörse von Kindle County gewesen. Als Peter seine Privatpraxis eröffnet hatte, hatte Dixon ihn zum Betriebsarzt für MD bestellt und sogar zeitweilig zum Hausarzt gewählt, obwohl sie nicht miteinander auskamen und Dixons Rauchen sowie seine Weigerung, sich einen Rat erteilen zu lassen, immer wieder zu Streitigkeiten führte. Vielleicht, dachte Stern schon lange bei sich, gab Dixon mit diesen Beschäftigungsverhältnissen für die Familie sein Bestes, vielleicht waren sie für ihn eine Möglichkeit, seinen

beeindruckenden Reichtum zu teilen, der ihn selbst so sehr gefangenhielt, und dabei dennoch immer im Mittelpunkt zu stehen, was eines seiner elementarsten Bedürfnisse war.
»Wirst du ihr Mommys Namen geben?« wollte Marta von Kate wissen. Sie schien sich mit diesem Baby mehr zu beschäftigen als ihre Schwester. Silvia, die gerade durch den Wintergarten kam, runzelte die Stirn wegen Martas Direktheit, doch die beiden jungen Frauen waren daran gewöhnt. Marta hatte Kate immer zu nehmen gewußt.
»Ich glaube schon«, sagte Kate. »Wenn's kein Junge wird. Oder hast du was dagegen, Daddy?«
Stern blickte von seinen Karten auf, doch ihm war kein Wort entgangen.
»Es würde mich freuen, wenn du dich so entscheiden würdest.« Er lächelte Kate liebevoll zu. Mit seiner Krawatte um den Hals, wurde es ihm plötzlich eng im Zimmer. Mein Gott, was für ein Durcheinander. Die Dinge schienen aus allen Richtungen auf ihn einzustürzen. Er fühlte sich wie der heilige Sebastian auf diesen Gemälden, die er bisweilen in Museen und Kirchen gesehen hatte, mit Pfeilen und Wunden gespickt, Blut verspritzend wie ein undichter Gartenschlauch. Überrascht und peinlich berührt, stellte er fest, daß er wieder angefangen hatte, stumm zu weinen; die Tränen liefen ihm auf beiden Seiten übers Gesicht. Seine Kinder sahen ihn an, sagten aber nichts. Das konnte tagelang so weitergehen, dachte er bei sich. Er zog sein Taschentuch aus der Gesäßtasche und mit ihm die Laborrechnung, die ihn in den frühen Morgenstunden so beschäftigt hatte. Er hatte sie ganz vergessen.
»Ich bin gleich zurück.« Er ging hinaus, um ein Papiertaschentuch zu holen. Am besten stopfte er sich die Taschen damit voll. Aus der Küche blickte er zurück in den Wintergarten, wo seine großen Kinder mit ihrer Trauer kämpften und auf ihn warteten.
Wie wichtig waren Clara doch diese Kinder gewesen! dachte er plötzlich. Was für eine leidenschaftliche Anbetung. Sie selbst war von Bediensteten erzogen worden, von gutwilligen, aber

beschränkten Kindermädchen und Gouvernanten. Für ihre eigenen Kinder kam so etwas nicht in Frage. Wieder tauchte ein Bild vor seinem geistigen Auge auf: Es war an einem dieser wenigen Abende, an denen er nach Hause kam, bevor sie alle im Bett lagen. Er fand sie kniend in der Küche vor. Peter saß lesend am Tisch, Marta heulte, und Kate bekam gerade ihr Kleid gesäumt. Das kleine Mädchen stand mit zerkratzten Beinen still da, während seine Mutter das Kleid reihte. Auf dem Herd kochte etwas in einem Topf über. Du lieber Himmel, was für ein Radau und Durcheinander. Clara blickte zum Gruß auf und blies mit vorgeschobener Unterlippe eine Haarsträhne weg, die ihr über die Augen gefallen war. Dabei lächelte sie selig. Es war eine elende, harte Arbeit, immer schon, nervtötende Alltagspflichten, doch für Clara war der türenschlagende Radau des Familienlebens Musik. Stern mit seinem schlichten Gemüt dachte nicht viel darüber nach. Erst jetzt sah er, daß sie sich zum gebannten Zuhörer aller Lebensäußerungen ihrer Kinder – ihrer Bedürfnisse – gemacht hatte, um sich von dem Jammer abzulenken, der ständig als Dauerton in ihr gewesen sein mußte.

»Sender?« Silvia stand neben ihm und sah ihn besorgt an. Seine Schwester trug ihr Haar wie üblich aufgesteckt – ihr ganzes Leben lang ein Mensch von einfacher, anmutiger Schönheit, mit einundfünfzig immer noch ein glattes, strahlendes Gesicht. Sie hatte ihn stets bei seinem jiddischen Namen genannt, genau wie ihre Mutter.

Er lächelte schwach, um sie zu beruhigen, und senkte dann den Blick. Er bemerkte, daß er die Arztrechnung noch immer in der Hand hielt, gab sie gedankenlos an Silvia weiter und sprach sie dabei gedämpft darauf an. Ob Clara je darüber geredet habe?

Wieder klingelte jemand. Durch die lange Eingangshalle hindurch sah Stern, wie Marta zwei junge Männer in saloppen Anzügen hereinbat. Sie warteten im Vorraum, während Marta nach Dixon rief. Einer der beiden kam ihm bekannt vor. Laufburschen oder kleine Angestellte, schätzte Stern. Dixon umgab sich mit Protegés wie ein Mafiapate. Seine Geschäfte

ruhten nie, und er mußte immer wissen, was los war. Der eine, den Stern irgendwo schon mal gesehen hatte, hatte einen Umschlag und einen blauen Plastikkoffer dabei. Vielleicht war etwas zu unterschreiben? Dixon würde noch auf dem Sargdekkel ein Geschäft abschließen. Inzwischen hatte Silvia die Rechnung überflogen und gab sie ihm zurück. Sie verständigten sich wie immer mit wenigen Worten.
»Dr. Cawley, Nate, euer Nachbar – der muß es doch wissen, oder nicht?« fragte sie.
Natürlich. Auf Silvia war Verlaß. Ihr Nachbar Nate Cawley, ein Gynäkologe, war Claras Hausarzt. Der müßte eigentlich Bescheid wissen. Stern überlegte, ob er ihn jetzt gleich anrufen sollte, entsann sich aber dann, daß Nates Frau Fiona gestern abend bei ihrem Beileidsbesuch in ihrem üblichen Klageton erwähnt hatte, Nate sei für eine Woche auf einem Ärztekongreß. Er erinnerte Silvia daran.
»Ja, ja.« Seine Schwester, mit ihren hellen Augen noch immer eine schöne Frau, wechselte einen langen Blick mit ihm. Offenbar kamen ihr jetzt ähnliche Gedanken wie Stern.
Durch das Eßzimmerfenster sah Stern die taubengraue Limousine des Bestattungsunternehmers lautlos in die kreisförmige Auffahrt vor dem Haus gleiten und hinter dem dunklen Mittelklassewagen von Dixons Besuchern parken. Silvia ging hinaus, um die Familie zusammenzurufen. Stern stand da und sammelte sich.
Plötzlich erhob sich am andern Ende der Halle wütendes Stimmengewirr. Irgend etwas Beunruhigendes spielte sich an der Eingangstür ab. Dixon wurde laut. »Was soll dieser Scheiß?« brüllte er die beiden Männer an, die vor wenigen Augenblicken gekommen waren. »Was soll das?« schrie er und wedelte dabei mit ein paar Blatt Papier herum.
Auf halbem Weg dorthin begriff Stern, was passiert war. Auch das noch! Er konnte seinen plötzlichen Wutanfall nicht unterdrücken; er war seit Tagen schon nahe daran gewesen, und nun spürte er sein Herz, als wollte es ihm aus der Brust springen, mit einem Flammenschweif wie eine NASA-Rakete. »Ihr elen-

den Wichser!« brüllte Dixon. »Daß ihr nicht warten könnt!« Stern beeilte sich, zwischen Dixon und die beiden Männer zu kommen. Mittlerweile war ihm klar, daß er den Mann, den er zu kennen glaubte, nicht in Dixons Büro, sondern im Gerichtsgebäude gesehen hatte. Er hieß Kyle Horn und war Sonderagent des FBI. Dixon tobte immer noch. Stern hatte ihm inzwischen das Papier aus der Hand genommen und ihn ein paar Schritte in die Eingangshalle zurückgedrängt. Dann sah er sich die Vorladung der Grand Jury genauer an. Alles wie üblich: ein Vordruck, verziert mit dem Gerichtssiegel. Geladen wurde Dixon Hartnell, Direktor der Holding-Gesellschaft MD, und erscheinen sollte er vor einer United States Grand Jury, heute in vier Tagen um zwei Uhr nachmittags. Aktenzeichen 89/86. Beigefügt war eine lange Liste von Dokumenten, die Dixon mitbringen sollte. Unten auf der Seite erschienen die Initialen von Sonia Klonsky, Assistant United States Attorney.

»Ich erlaube einfach nicht, daß das jetzt stattfindet«, sagte Stern. Einen Kopf kürzer als die Agenten, hatte er in seiner Wut die steife Haltung eines Schulmeisters. »Wenn Sie sich nächste Woche in meinem Büro melden, werde ich die Zustellung dort entgegennehmen. Wir machen das nicht hier und nicht jetzt. Ich fordere Sie auf zu gehen. Sofort. Sie können Staatsanwältin Klonsky ausrichten, daß ich diese Taktik verabscheue und nicht hinnehmen werde.« Stern öffnete die Haustür.

Horn war jetzt schon über vierzig. Er sah aus wie alle anderen FBI-Agenten, mit einem billigen Sportsakko und sorgfältigem Haarschnitt, doch um die Augen herum war seine Haut wettergegerbt und ledrig; zuviel Sonne oder zuviel Alkohol. Er hatte einen schlechten Ruf, war als Agent eine Fehlbesetzung, ein kleiner Tyrann, voller Ressentiments.

»Nein, Sir.« Er deutete auf die Vorladung, die Stern in den Umschlag zurückgetan hatte und ihm nun hinstreckte. »Wir haben's diesem Saftsack da zugestellt.«

»Wenn Sie dem Gericht eine Annahmeverweigerung melden,

werde ich Sie wegen Mißachtung des Gerichts belangen.« Stern fiel verschwommen ein, daß diese Drohung absurd war, doch wich er keinen Fußbreit. »Haben Sie überhaupt eine Ahnung, was hier los ist?«

Horn regte sich nicht. Einen Moment lang bewegte sich keiner der vier Männer. Marta war ans Ende des Wohnzimmers geschlichen und sah in wütender Verblüffung zu.

»Wir sind im Begriff, zu einer Beerdigung zu fahren«, sagte Stern endlich. Er deutete zu den vorderen Fenstern hinaus, wo die Limousine des Bestatters und der Fahrer in seinem schwarzen Anzug warteten. »Mr. Hartnells Schwägerin«, sagte Stern. »Meine Frau.«

Der zweite Agent, ein jüngerer, blonder, zuckte zusammen. »Das wußte ich nicht«, erklärte er und wandte sich Horn zu. »Hast du das gewußt?«

Horn stierte Stern an.

»Ich weiß, daß ich von diesem Dixon Hartnell keinen Rückruf kriege. Mehr weiß ich nicht«, antwortete Horn. »Ich weiß, daß ich zur Vordertür reinkomme und er durch die Hintertür entwischt.«

»Es tut mir leid«, sagte der jüngere Agent. Er legte die Hand auf die Brust. »Ich weiß nur, daß sie gesagt haben, man könnte ihn hier finden.« Die frustrierten Agenten hatten zweifellos ihre übliche Technik angewandt. Ein Täuschungsanruf, wie sie es nannten. »Hier ist die Bank of Boston. Wir haben ein Problem mit 'ner telegrafischen Überweisung von einer Million Dollar für Mr. Hartnell. Wo können wir ihn finden?« Die Gerichte gestatteten seit Jahrzehnten solche kindischen Tricks.

»He«, sagte Horn zu seinem Kollegen, »manchmal passiert halt Scheiß.« Er nahm die Vorladung entgegen, ohne Stern anzusehen. Dann klopfte Horn auf den Umschlag. »Dieser Typ soll am Montag morgen Punkt neun Uhr in Ihrem Büro sein.«

Stern drückte mit beiden Händen die Haustür hinter den Agenten zu. Peter hatte Marta fortgezogen. Dixon blieb im Vorraum stehen. Er hatte sich eine Zigarette angezündet und grinste übers ganze Gesicht.

»Haben dich ganz schön auf die Palme gebracht, nicht wahr?«
»Wie lange versuchen sie schon, dir das zuzustellen, Dixon?«
Dixon sah bedächtig einem Rauchring nach. Er wurde immer unsicher, wenn Stern ihn durchschaute.
»Elise sagt, daß seit ein oder zwei Wochen Männer anrufen. Ich wußte nicht, um was es ging«, antwortete Dixon. »Ehrlich.« Er verzog den Mund, als ihn Stern ansah. »Ich war wirklich nicht sicher. Das ist eins der Dinge, über die ich mit dir reden wollte.«
»Ach, Dixon«, sagte Stern. Es war unglaublich. Ein Mann, der im letzten Jahr zwei Millionen Dollar verdient hatte, der sich selbst als Wirtschaftsführer bezeichnete, schlich sich hinterrücks davon und bildete sich ein, er könne sich vorm FBI verstecken. Stern setzte einen Fuß auf die Treppe und versuchte, sich auf die bevorstehenden Pflichten zu konzentrieren. Er brauchte seinen Mantel. Es war Zeit, sagte er sich. Höchste Zeit. Ihm war schwindlig und schwach ums Herz.
Das ist meine Familie, dachte er voller Verzweiflung.

3

Vier Tage nach der Beerdigung kehrte Stern in seine Kanzlei zurück. Er trug keine Krawatte, um zu signalisieren, daß er eigentlich gar nicht da war. Er wollte nur die Post durchsehen und Fragen beantworten. Wie sagte man dazu noch? Sich wieder hineinfinden.
Er war jetzt schon nahezu ein Jahrzehnt in diesen Büroräumen und hatte auf sie fast soviel Aufmerksamkeit verwandt wie auf sein Haus. So klein sie auch sein mochten, das war Sterns Reich, und das elektronische Rattern der Telefone und Büromaschinen, das geschäftige Treiben von einem Dutzend Angestellten wirkten sich unvermeidlich beruhigend auf ihn aus. Heute natürlich noch nicht. Das Büro schien wie alles andere flacher, verarmt, farbloser, unmelodischer. Er war durch den

Hintereingang hineingekommen, stand neben dem Schreibtisch seiner Sekretärin Claudia und betrachtete seine verlorene Welt. Er hielt Ausschau nach etwas Hoffnungsvollem in der Post.

»Mr. Hartnell ist da.«

Die FBI-Agenten hatten wie besprochen gestern die Vorladung zugestellt. Durchs Telefon hatte Stern einen Brief an Staatsanwältin Klonsky diktiert, in dem er darlegte, daß er Dixon und seine Firma vertrete, und die Staatsanwaltschaft anwies, sich an ihn zu wenden, wenn sie mit einem Beschäftigten von MD sprechen wolle – eine Aufforderung, an die sich die Anklagebehörde auf gar keinen Fall halten würde. Dann hatte Stern Dixon zu diesem Gespräch bestellt. Sein Schwager wartete in Sterns Büro, die Füße auf dem Sofa, die *Tribune* aufgeschlagen vor sich, während er eine von Sterns Zigarren rauchte. Seinen Sportsakko, einen Zweireiher mit vielen glänzenden Knöpfen, hatte er achtlos neben sich gelegt und zeigte seine kräftigen Unterarme, die immer noch von einem Karibikurlaub braun waren. Er stand auf und hieß Stern in dessen eigenem Büro willkommen.

»Ich hab's mir gemütlich gemacht.«

»Natürlich.« Stern entschuldigte sich für sein zu spätes Erscheinen, legte seinen Sportsakko ab und blickte sich um. Seit mehr als einer Woche war er nicht mehr hier gewesen, seine Reise nach Chicago eingerechnet, und es sah alles aus wie sonst. Er war sich nicht sicher, ob ihn diese Beständigkeit tröstete oder erschreckte. Sterns Büro war in Pastelltönen gehalten. Clara hatte unbedingt den vielgepriesenen Innenarchitekten eines Bekannten beauftragen wollen, und Stern dachte oft, daß das Ergebnis besser zum Schlafzimmer eines verwöhnten Teenagers gepaßt hätte. Es gab ein Sofa mit weichen Kissen, Sessel mit demselben beigen Bezug und passende Vorhänge. Hinter seinem Schreibtisch stand ein englischer Bücherschrank aus dunklem Nußbaum – schon eher nach Sterns Geschmack –, aber sein Schreibtisch war überhaupt kein Schreibtisch, sondern eine Rauchglasplatte auf einem verchromten Gestell. Selbst nach Jahren hatte sich Stern noch immer nicht daran gewöhnt, durch die Platte hindurch seine Oberschenkel sehen zu können. Jetzt konnte er sich neu einrichten, kam ihm plötzlich in den Sinn, und er schloß die Augen und seufzte leise. Er griff nach einem Notizblock.

»Um was geht es eigentlich, Dixon? Hast du irgendeine Ahnung?«

Dixon schüttelte seinen großen Kopf. »Ich weiß es wirklich nicht genau.«

Stern zögerte. Dixon hatte nicht gesagt, daß er gar nichts wisse, nur, daß er es nicht genau wisse. Über die Sprechanlage bat Stern Claudia, ihn mit Staatsanwältin Klonsky zu verbinden. Sie hatte eine Reihe telefonischer Mitteilungen hinterlassen, und Stern wollte eine Verschiebung des Termins erreichen, zu dem er mit Dixon der Vorladung nachkommen mußte.

»Wir müssen von vornherein ein paar Fragen klären, Dixon. Weswegen ermitteln die? Wen wollen sie anklagen? Etwa dich?«

»Glaubst du, es geht bei dieser Sache um mich?«

»Wahrscheinlich«, meinte Stern trocken.

Dixon zuckte nicht zusammen, nahm aber die Zigarre aus dem Mund und streifte sehr sorgfältig die Asche ab. Schließlich gab er ein tiefes und überlegenes Brummen von sich.

»Das ist eine Vorladung *duces tecum*, Dixon – du mußt schriftliche Firmenunterlagen mitbringen. Eine Anforderung von Aufzeichnungen. Normalerweise würde die Anklagebehörde keine zwei Agenten schicken, um sie zuzustellen. Damit wollten sie uns offenbar etwas andeuten.«

»Sie wollen, daß ich mir vor Angst in die Hosen mache.«

»Wie du meinst.« Stern nickte. »Ich kann mir vorstellen, daß sie sich dachten, daß du ziemlich bald von den Ermittlungen hören würdest. Und wenn ich nicht eingegriffen hätte, hätten sie sicher versucht, dich auszuhorchen, als du so herumgetobt hast.«

Dixon grübelte. Er tat so sehr von sich überzeugt, daß die Leute sein Gespür selten richtig einschätzten. Er studierte die Menschen hauptsächlich um seines eigenen Vorteils willen, doch hieß das nicht, daß er kein guter Beobachter war. Sicher kannte er Stern inzwischen gut genug, um zu merken, daß ihm wieder mal vorgehalten wurde, daß er sich wie ein Blödmann aufgeführt habe.

»Wie schlimm wird das werden?« wollte er wissen.

»Ich glaube, du solltest das nicht mit deinen früheren Zusammenstößen mit der Steuerfahndung und der Aufsicht der Warenterminbörse vergleichen.« Die Aufsicht der Warenterminbörse war die Behörde, die den Warenterminhandel reglementierte, das Gegenstück zur Börsenaufsicht am Aktienmarkt. »Das sind bloß Bürokraten, und sie sind verliebt in ihre eigenen Regeln. Sie denken nicht automatisch an Strafverfolgung. Aber Federal Grand Juries tagen, um eine Anklageerhebung vorzubereiten. Die machen Ernst, Dixon.«

Dixon runzelte die Stirn.

»Darf ich dir eine dumme Frage stellen?«

»So viele du willst«, sagte Stern.

»Was ist eine Grand Jury eigentlich? Außer, daß man sich wegen ihr in die Hosen machen soll?«

Stern nickte, einigermaßen erfreut, daß Dixon die Sache ernst genug nahm, Fragen zu stellen. Die Grand Jury, erläuterte er, werde vom Gericht einberufen, um mögliche Straftaten zu untersuchen, für die der Bund zuständig war. In diesem Fall traten die Geschworenen nach dem Gerichtsterminkalender alle zwei Wochen zusammen, achtzehn Monate lang, abwechselnd dienstags und donnerstags. Angeleitet wurden sie vom Büro des örtlichen Bundesanwalts der Vereinigten Staaten, das im Namen der Grand Jury mit Vorladungen und Ermittlungsverfügungen die Zeugen und Dokumente anforderte, die jeweils in einer Sitzung gehört oder geprüft werden sollten. Die Verhandlungen waren vertraulich. Nur Zeugen, die dort aussagten, konnten enthüllen, was vorging. Wenn sie Lust dazu hatten. Natürlich mochten nur wenige Leute hinausposaunen, daß sie vor eine Federal Grand Jury gezerrt worden waren.

»Und welche Chance habe ich bei denen?« wollte Dixon wissen. »Vor diesen Geschworenen.«

»Sehr geringe, wenn der Staatsanwalt Anklage erheben will. Wir müssen das Büro des US-Bundesanwalts vom Gegenteil überzeugen. Vor diesen Geschworenen ist die Beweislast der Anklagebehörde äußerst gering – sie braucht nur eine Mehrheit der Geschworenen zu überzeugen, es bestehe Grund für die Annahme, daß eine Straftat begangen worden ist. Der Staatsanwalt darf unbestätigte Aussagen Dritter zitieren, und der Beschuldigte und sein Anwalt haben kein Recht auf Akteneinsicht oder Beweisanträge. In diesem Verfahren kann von Waffengleichheit keine Rede sein.«

»Was du nicht sagst«, stieß Dixon staunend hervor. »Wer hat sich denn so was ausgedacht?«

»Die Väter der Verfassung der Vereinigten Staaten«, antwortete Stern. »Um Unschuldige zu schützen.«

»Aber wen denn sonst«, knurrte Dixon. Alles in allem, besonders im Vergleich zu der chaotischen Situation vor ein paar Tagen, nahm er das mit stoischer Ruhe hin. Aber schließlich war er ein Mensch von erstaunlichem Stehvermögen. Man konnte nicht umhin, Dixon zu bewundern. Er war einer der Jungs, wie sie die Amerikaner schon immer geschätzt hatten. Dixon stammte aus einem tristen Kohlenbergwerksstädtchen in Illinois an der Grenze zu Kentucky. Als Stern sein College und sein Jurastudium finanziert hatte, indem er für einen Frachtdienst durch den mittleren Westen fuhr, und auf der Durchreise in den fünfziger Jahren hatte er solche Städtchen gesehen – farblos, nüchtern, schlicht wie die Prärie, die Luft geschwängert vom Kohlenstaub –, mitten zwischen den Abraumhalden gelegen, die im Tagebau zur Kohleförderung ausgekoffert und aufgeschüttet worden waren. Dixons Vater war ein deutscher Einwanderer, ein lutherischer Pfarrer, ein sparsamer, nachtragender, geiziger Typ, der gestorben war, als Dixon neun Jahre alt war. Seine Mutter, von sanftem Wesen, aber leicht zu unterdrücken, war übertrieben abhängig von ihrem Sohn gewesen. Stern hatte nichts dergleichen von Dixon selbst erfahren, sondern von dessen Verwandten, altjüngferlichen Tanten und einem warmherzigen Vetter, der voller Bewunderung davon sprach, wie Dixon schon früh gespürt habe, daß er zu mehr bestimmt sei als zur stummen Sklaverei des Kohlenstädtchens.

Hinter Stern summte die Sprechanlage. Niemand sei im Büro des US-Bundesanwalts zu erreichen, verkündete Claudia. Es war zwei Uhr nachmittags, doch die Staatsanwälte gingen nur ans Telefon, wenn sie Lust hatten. Sie solle es weiter versuchen, wies Stern sie an.

»Noch etwas anderes müssen wir rauskriegen«, sagte er zu Dixon, »und zwar, wie die Staatsanwaltschaft überhaupt dazu kommt, Nachforschungen anzustellen. Wir müssen versuchen, die Quelle der Beschuldigungen herauszufinden, die sie jetzt untersuchen wollen.«

»Du meinst, wer mich angeschwärzt hat?«

»Ja, sofern du der Beschuldigte bist. Wenn wir wissen, wer dich angezeigt hat, erhalten wir eine Vorstellung davon, wie weit die Informationen der Anklagebehörde reichen. Hast du irgendeine Idee?«

»Keinerlei Anhaltspunkt«, sagte Dixon knapp und hob dabei frustriert die Hände. Sicher konnte er sich ein halbes Dutzend Gebiete denken, wo ihm die Staatsanwaltschaft Fragen stellen könnte, doch pflegte er solches Stern nicht mitzuteilen, weil dieser ihn stets mit Mahnungen nervte, jeden Rechtsverstoß unbedingt zu bereinigen. »Vielleicht die Leute von der Börsenabrechnung«, erklärte Dixon schließlich. »Sie beschweren sich ständig bei irgend jemandem über mich.« Diese Mutmaßung kam bestenfalls halbherzig heraus.

Das Telefon klingelte. Es war Sterns Privatapparat und hörte sich an wie Grillengezirp. Nur seine Familie hatte diese Nummer; sonst hatte er meist Clara am Apparat gehabt. Dieser Reflex stieß ihm bitter auf und legte sich erst beim zweiten Läuten wieder.

»Sender?« fragte seine Schwester. Eine willkommene Stimme. Sterns Liebe zu seiner Schwester war mit keinem Gefühl zu vergleichen, das er irgendeinem anderen Menschen entgegenbrachte – es war reiner, unbelasteter. Sie war siebzehn gewesen, als ihre Mutter starb, und der fünf Jahre ältere Stern hatte angenommen, daß seine Rolle ihr gegenüber etwas väterlich werden würde, doch waren ihre Bedürfnisse wie bei allen Menschen nicht gerade leicht zu erraten. Sie sorgten füreinander; sie versuchten einander den Verlust zu ersetzen. Stern und seine Schwester redeten aus Gewohnheit jeden Tag kurz miteinander. Ihre Gespräche dauerten kaum eine Minute. »Na, viel zu tun?« – »Ja, natürlich. Und du?« Sie sprachen über ihre Gesundheit, die Kinder, das hektische Leben. Heute sagte sie gleich: »Na, wieder bei der Arbeit? Ich glaub, das ist ein gutes Zeichen.«

»Was Besseres fällt mir nicht ein.« Er hielt die Hand über die Sprechmuschel und flüsterte Dixon zu: »Silvia.« Er war nicht ganz sicher, ob Dixon wollte, daß sie erfuhr, daß er hier war, doch sein Schwager gab ihm zu verstehen, er würde gern mit ihr sprechen, wenn er selbst fertig sei. Stern sagte ihr, sie säßen zusammen.

»Und erörtert die blöde Sache von neulich?«

»Genau.«

Sie stieß eine Art Stoßseufzer aus, stellte aber keine weiteren Fragen. Stern und seine Schwester ließen sich selten auf längere Diskussionen über Dixon ein, auch nicht über die Höhen und Tiefen ihrer Ehe oder die komplizierten geschäftlichen Angelegenheiten ihres Mannes. Das war mehr oder weniger das stillschweigende Einvernehmen von damals vor dreißig Jahren, als Stern so heftig gegen diese Ehe opponiert hatte. Er hatte auf das unterschiedliche Glaubensbekenntnis hingewiesen, doch das war für ihn nur ein Vorwand. Wie konnte man seiner Schwester sagen, daß dieser Kerl, der sich als sein Freund bezeichnete, mit seinen Zweireihern und seinem pomadisierten Haar so unmöglich war wie ein Jahrmarktschreier?

Damals hätte Stern gewettet, daß Dixon mit dem nächsten Zirkus aus der Stadt verschwinden würde. Doch hatte dieser mehr Stehvermögen gezeigt. Er war intelligenter, als Stern anerkennen wollte, und auch fleißiger. Und vielleicht war Amerika auch ein Ort, an dem Tugend weniger spontan belohnt

wurde, als Stern – und jedermann sonst – zu jener Zeit glauben wollten.
»Wir haben die Sache im Griff«, sagte Stern schließlich. Sie sprachen kurz über jedes seiner Kinder, und nachdem das erledigt war, gab er den Hörer an Dixon , der eine Weile heiter mit seiner Frau plauderte. Dixon stand auf seine Weise unter dem Pantoffel. Er schätzte Silvias Schönheit und sah sie gern verwöhnt und luxuriös gekleidet. Jeden Freitag schickte er einen Strauß Rosen, und man konnte mit Dixon keine Straße entlanggehen, ohne daß er im Schaufenster eines Luxusgeschäfts etwas entdeckte, das seiner Meinung nach an Silvia ganz toll aussehen würde. Es war ein merkwürdiges Verhältnis, in dem er zu seiner Frau stand; wenn Silvia einen Schnupfen hatte, machte sich Dixon Gedanken. Er rief sie viermal täglich an. Trotzdem war dieser liebende Ehemann ein Schürzenjäger, der keine Frau zwischen fünfzehn und fünfundsechzig in Ruhe lassen konnte.
»Dann arbeitet mal schön«, sagte Silvia zu Stern, als Dixon den Hörer zurückgegeben hatte. Ihre kleinen Scherze gingen unweigerlich daneben. Und in diesem Fall hatte sie nur überspielen wollen, daß sie sich echte Sorgen machte. Trotz ihrer gelegentlichen Herzensqualen lebte Silvia ganz in Dixons Bann. Sein Renommieren war ihr manchmal peinlich; daß er allen Frauen nachlief, brach ihr das Herz. Und doch blieb er der Mann ihres Lebens, eine Gestalt wie ein Denkmal, und noch immer glaubte sie halb zu träumen.
»Alles im Griff«, sagte Stern wieder. Aber kaum hatte er es ausgesprochen, nahm er es sich schon ein wenig übel. Bei Sachen dieser Art war es sein Prinzip, nie ein gutes Ende vorherzusagen. So, wie die Ereignisse im allgemeinen ausfielen und wie die Beweise lagen, war das selten gerechtfertigt; und er konnte Mandanten auch leichter zufriedenstellen, wenn er ihre Erwartungen zuvor gedämpft hatte. In dieser zwiespältigen Stimmung legte er den Hörer auf und mußte sich erst ins Gedächtnis rufen, daß es bei dieser Sache schließlich um seine Schwester und um ihren Mann ging.

Stern nahm eine Kopie der Vorladung der Grand Jury aus dem Posteingangsfach auf dem Beistellschrank hinter seinem Schreibtisch. Er las sie noch mal. Dixon kam herüber, um über seine Schulter mitzulesen, und brachte Sterns Zigarrenbehälter mit. Im Büro zündete sich Stern seine erste Zigarre meist um halb zehn oder zehn Uhr morgens an, und danach brannte immer eine, bis er Feierabend machte. Clara hatte das nie gebilligt. Sie beschwerte sich über den Geruch in seiner Kleidung und an seinen Händen und hatte ihm in einer ihrer seltenen und ungewöhnlichen Zeiten hoher Reizbarkeit Zigarren zu Hause sogar ganz verboten. Der Zigarrenbehälter stammte von seinem Vater. Er hatte Intarsien aus Perlmutt und war mit Samt ausgeschlagen; sein Vater, ein ruhiger und korrekter Mann von labilem Charakter, hatte auf seine Gebrauchsgegenstände großen Wert gelegt. Stern blickte verlangend in den Zigarrenbehälter, aber gerade jetzt veranlaßte ihn ein dumpfes Schuldgefühl gegenüber Clara, dankend abzulehnen.

»Was ersiehst du daraus?« fragte Dixon und tippte dabei auf die Vorladung.

Stern, der immer noch am Lesen war, hob abwehrend die Hand. An die erste Seite der Vorladung war eine umfangreiche Anlage geheftet, in der die von der Staatsanwaltschaft gewünschten Dokumente beschrieben wurden. Dixon wurde aufgefordert, verschiedene seine Firma und deren Filialen betreffende Unterlagen mitzubringen – Auftragszettel, Auftragsbestätigungen, Verrechnungsunterlagen –, die sich auf eine lange Liste von Warentermingeschäften bezogen. Die Transaktionen, die nach Datum, Warenart, Zahl der Verträge, Fälligkeitsmonat und Kundenkonto identifiziert waren, schienen nach dem Zufallsprinzip aufgelistet. Die Zahlenkolonnen erstreckten sich über die halbe Seite, doch die Transaktionen waren offenbar weder chronologisch noch nach Kunden geordnet. Stern zählte kurz. Es waren siebenunddreißig.

»Fangen wir mal ganz von vorne an, Dixon. Erzähl mir was über diese Dokumente. Wie kommen sie zustande?«

»Du weißt doch in meinem Laden Bescheid, Stern.«
»Tu mir den Gefallen«, erwiderte er. Die Wahrheit war natürlich, daß er sich die Dinge nie richtig merken konnte. Andere Anwälte – eine riesige Kanzlei mit Büros hier und in Chicago – kümmerten sich um Dixons normale Geschäfte. Stern lernte das wenige, das er an Informationen brauchte, an jedem Problemfall selbst und ließ anschließend alles – Verfahren, Vorschriften, Fachbegriffe – wie nach einem Examen aus seinem Kopf verdunsten. Natürlich wußte er über die einfachsten Dinge Bescheid: Ein Vertrag über ein Warentermingeschäft war eine veräußerliche Verpflichtung, eine bestimmte Menge einer bestimmten Ware zu einem bestimmten Preis an einem bestimmten Datum in der Zukunft zu kaufen oder zu verkaufen. Doch die Märkte hatten sich weit über das hinaus entwikkelt, was sie bei Dixons Firmengründung vor Jahrzehnten gewesen waren, als nur Farmer solche Termingeschäfte getätigt hatten, um sichere Preise für ihre Ernten zu haben. Heute ging das Spiel, wie Dixon es ausdrückte, um Geld; auf den Märkten wurden Termingeschäfte mit Obligationen und Fremdwährungen, Aktienkursen und sogar mit Optionen auf Termingeschäfte gemacht. Von den Gesprächsfetzen beim Telefonhandel verstand Stern bei seinen Besuchen in Dixons Büro nur Bahnhof, wenn es um Tiefstkurse und Absicherung von Ertragskurven ging. Über all den Geheimjargon hinweg erinnerte sich Stern an Dixons Eingeständnis, daß die ersten Leute, die Termingeschäfte über Aktienkurse abgeschlossen hatten, die Buchmacher von Las Vegas gewesen waren.
»Nimm mal dieses erste Geschäft hier für Chicago Ovens«, sagte Stern und tippte dabei auf die Vorladung. Dieser Kunde war eine gigantische Großbäckerei, ein Teil von International Provisions, die ein Drittel des Brots auf den Supermarktregalen erzeugte. Stern hatte die Anwälte der Firma in Chicago aufgesucht. »Wenn ich es richtig verstehe, ist dies eine typische Transaktion. Sie wollten sichergehen, daß sie im Dezember Weizen zu einem günstigen Preis einkaufen können. Also haben sie dich hier angewiesen, für sie zehn Millionen Scheffel

Weizen mit Fälligkeit im Dezember zu kaufen. Richtig? Was passiert dann in deiner Firma?«

»Also gut«, sagte Dixon. »Jeder Auftrag, den wir kriegen, ganz gleich, wo er herkommt, wird von unserer zentralen Auftragsabteilung hier in unserem Büro an der Börse von Kindle County notiert. Dann übermitteln sie den Auftrag an unseren Stand auf dem Parkett jeweils der Börse, an der das Produkt gehandelt wird. Getreide und Finanzwerte in Chicago. Nährmittel und Fasern in New York. Kleinere Aufträge erledigen wir hier. Dieser ist offenbar nach Chicago gegangen. Der Auftrag wird von unserem Makler im Börsenparkett ausgerufen, bis er Händler findet, die für Dezember Weizen verkaufen wollen. Vielleicht verkaufen sie für Farmer, vielleicht für Spekulanten. Das ist egal. Abends verrechnet die Börse dann die Geschäfte, stellt sie als paarweise zusammen, um sicherzugehen, daß MD zehn Millionen Scheffel gekauft und ein anderer sie verkauft hat. Am nächsten Tag schicken wir dem Kunden unsere Bestätigung und prüfen, ob sein Kontostand bei uns ausreicht, um das Geschäft abzudecken. Das ist die ganze Geschichte. Es gibt unzählige Variationen. Doch das ist das Grundlegende. Verstanden? Und diese Papierspur verfolgen sie jetzt.«

Stern nickte. Das alles kannte er. Er studierte die Vorladung noch mal und fragte Dixon dann, ob er aus der Auflistung der Geschäfte einen Sinn entnehmen könne, doch dieser schüttelte bloß den Kopf. Sie waren von fünf verschiedenen Großkunden im Laufe mehrerer Monate getätigt worden. Stern hatte letzte Woche in Chicago mit den Anwälten zweier dieser Kunden gesprochen – einer großen Landwirtschaftsbank in Iowa und der Großbäckerei Chicago Ovens. Es schien also wahrscheinlich, daß die Anklagebehörde auch von den drei anderen Kunden Geschäftsunterlagen eingefordert hatte. Stern sagte Dixon, daß er sich mit ihnen in Verbindung setzen müsse.

»Warum?« wollte Dixon wissen. Es steigerte nicht gerade den Umsatz, wenn man Kunden sagen mußte, daß eine Federal Grand Jury gerade in ihren Unterlagen schnüffelte.

»Um festzustellen, was für Angaben sie gemacht haben.« Eines der ewigen Probleme bei einer Untersuchung der Grand Jury bestand darin, auch nur ein ungefähres Bild davon zu bekommen, was die Staatsanwaltschaft wußte. Die meisten Firmen oder Einzelpersonen waren nicht so mutig, sich über die übliche Weisung des FBI hinwegzusetzen, die Fragen der Agenten geheimzuhalten.

Dixon machte immer noch matte Einwände, aber schließlich gab er nach. Seine Abwehrhaltung war instinktiv. Am Anfang hatte er in kleinen Landgemeinden Warentermingeschäfte aufgerissen und im Laufe von drei Jahrzehnten aus Maison Dixon einen Koloß mit Großkunden, Warenpools und Kontenverwaltung gemacht. MD war Verrechnungsmitglied aller großen Börsen in Chicago und New York und unterhielt große Büros mit summenden Telefonzentralen in Kindle County und in diesen beiden Städten.

Später, Ende der sechziger Jahre, hatte Dixon eine Reihe von Warenterminhändlern von Kindle County dazu gebracht, hier ebenfalls eine kleine Warenterminbörse aufzumachen. Dixons Vorstellung dabei war, auch kleinere Geschäfte abzuschließen, die besser zum Bedarf kleiner Einzelkunden paßten. Die Börse von Chicago verhandelte keinen Kontrakt über die künftige Lieferung von Weizen oder Sojabohnen unter fünftausend Scheffel. In Kindle County konnte man fünfhundert Scheffel zu Preisen handeln, die sich haargenau an die von Chicago hielten. Die Warenterminbörse von Kindle County hatte ihren »Minimarkt« in den meisten üblichen Produktsparten etabliert, und Dixon drängte seine Mitdirektoren ständig zu weiteren Neuerungen. In den letzten beiden Jahren hatte er sich hartnäckig um die Genehmigungen bemüht, einen Terminhandel über den Verbraucherpreisindex anfangen zu dürfen. Dixon hatte in seinem Leben nicht bloß einen raffinierten Schachzug gemacht, sondern ein halbes Dutzend. Er wurde in der Hochfinanz mit der üblichen Mischung von Achtung und Abscheu betrachtet. Ein Außenseiter. Ein Hai. Gerissen. Unberechenbar. Aber begabt. Er hatte erbitterte Feinde und zahlreiche Bewunderer.

»Wer sind diese Kunden, Dixon? Was haben sie gemeinsam?«
»Nichts. Verschiedene Produkte, verschiedene Strategien. Ich kann nur sagen, daß das wahrscheinlich meine fünf größten Kunden sind.« Dixon wirkte ziemlich verärgert. Die Staatsanwaltschaft hatte ihn an einer empfindlichen Stelle gepackt.
»Und was hast du mit diesen Konten zu tun, Dixon?«
»Nicht viel. Was sie sich da ansehen, sind alles Großabschlüsse«, sagte Dixon. »In der Firma gilt die Regel, daß ich über alle Geschäfte von dieser Größe informiert werde. Aber das ist auch schon alles.«
»Großabschlüsse?« fragte Stern.
»Sieh sie dir doch an«, sagte Dixon. »Das sind alles fünfzehnhundert Kontrakte, zweitausend Kontrakte. Das Parkett kommt bei solchen Aufträgen ganz schön in Bewegung.«
»Erklär mir das näher.«
»Du verstehst das doch, Stern. Nehmen wir mal Schweinebäuche. Ein Waggon Schweinebauch – ein Kontrakt – sind vierzigtausend Pfund. Da habe ich hier einen Kunden, der fünfzehnhundert Waggons will, das ist 'ne ganz schöne Menge Schweinebauch. Der Preis geht nach oben wie 'ne Rakete. Das ist das Gesetz von Angebot und Nachfrage. Wir versuchen ja schon jeden Trick, um das zu bremsen. Wir geben Geschäfte an befreundete Makler ab. Wenn wir Ware gegen bar kaufen, verkaufen wir dafür welche auf Termin. Aber ganz stoppen kann man's nicht. Das ist wie Kampf gegen eine Naturgewalt.«
»Aha«, sagte Stern. Jetzt kamen sie der Sache näher. Die Staatsanwaltschaft untersuchte also Großabschlüsse – Abschlüsse, die über MD gingen, von denen Dixon wußte und deren Umsätze sich kräftig auf die Preise auswirkten. »Fällt dir dazu noch was ein?«
Dixon schüttelte ernst den Kopf. Nein, nichts, es fiel ihm nichts ein. Stern legte seinen dicken Zeigefinger auf die Lippen. Selbst nach dieser Mitteilung blieb es schwierig, auf die Verdachtsmomente der Anklagebehörde zu kommen. Die angeforderten Dokumente konnten sich auf eine ganze Reihe von

Finessen beziehen, besonders an der Warenterminbörse, wo es von schmutzigen Tricks aller Art wimmelte. Wenn Stern raten sollte, würde er meinen, daß Mrs. Klonsky und ihre Kollegen einen Verdacht hinsichtlich irgendeiner Marktbeeinflussung hatten. Da gab es alle möglichen seltsamen Komplotte. Vor etwa ein oder zwei Monaten waren die Zeitungen voll von einer Geschichte über eine ausländische Regierung mit schlechter Zuckerrohrernte gewesen, die versucht hatte, den weltweiten Terminpreis für Zucker zu drücken, damit sie selbst billiger aufkaufen und eingegangene Lieferverpflichtungen erfüllen konnte. Die Regierung hatte amtlicherseits Gerüchte ausgestreut, daß so etwas wie »linksdrehender Zukker« – eine kalorienarme Variante von Naturzucker – zur Reife entwickelt worden sei. Drei Tage lang fiel der Zuckerpreis in den Keller, dann hatten die Warenterminhändler im ganzen Land den Braten gerochen und steigerten die Preise ins Uferlose. Dixon hatte vielleicht eine weniger offensichtliche – aber genauso illegale – Art und Weise gefunden, an den Reaktionen des Marktes auf die riesigen Transaktionen zu manipulieren, die er für seine Kunden vornahm. An Dixons Verhalten war jedoch abzulesen, daß er ein reines Gewissen hatte.

»In dieser Vorladung ist mein Name nicht mal erwähnt«, meinte er. »Das ist doch sicher ein gutes Zeichen?«

Daß sein Name fehlte, war nur oberflächlich ermutigend. Denn die Agenten hätten Dixon letzte Woche nicht so offensichtlich gejagt – oder ihre ersten Ermittlungen in anderen Städten eingeleitet –, wenn sie nicht davon ausgingen, daß er sehr schnell erkennen würde, was diese Nachfragen bedeuteten. Sein Mandant, stellte Stern für sich fest, behielt wieder einmal das meiste für sich – was er schon öfter unter solchen Umständen getan hatte und wie es, Gott sei's geklagt, seine liebe Gewohnheit war. Heute war jedoch wohl nicht der richtige Zeitpunkt, ihn zu drängen.

Als Stern aufstand, gönnte er sich wie so oft einen Blick aus seinem Fenster in den Morgan Towers, dem höchsten Gebäu-

de der Stadt, hinunter auf den Kindle River, der hier rasch, gespeist durch mehrere Nebenflüsse, zum Mississippi strömte. Wegen seiner silbrig glänzenden Oberfläche war der Kindle River von dem französischen Händler Jean-Baptiste DuSable, der hier auf seinem Weg von New Orleans zum späteren Chicago haltgemacht hatte, La Chandelle, englisch Candle, genannt worden. DuSables Handelsstation, die seinen Namen trug, war nun bei weitem der größte Teil einer aus drei eingemeindeten Städten bestehenden Großstadt von fast einer Million Einwohnern. Südlich, wo der Fluß sich teilte und wieder zusammenfloß, hatten sich zwei andere Städte, das von den Engländern, die den Namen des Flusses zu Kindle anglisiert hatten, besiedelte Moreland und das frühere Indianerlager Kewahnee, aus kleinen Binnenhäfen weiterentwickelt und waren Mitte der dreißiger Jahre mit DuSable verschmolzen. In dieser zersiedelten Landschaft wurde das ganze Gebiet einschließlich der Dreierstadt gewöhnlich mit dem Namen des umliegenden Bezirks Kindle bezeichnet, eine wuchernde Riesenstadt mit Zentren und Vorstädten, Wohlstand und Armut, in der insgesamt fast drei Millionen Menschen lebten. Die Bereitschaft der Einwohner, ihre Stadt nach dem Bezirk als Kindle County bezeichnen zu lassen, war vielleicht noch gewachsen, als in den sechziger Jahren entdeckt wurde, daß DuSable, der Überlieferung nach der erste weiße Mann in dieser Gegend, in Wirklichkeit schwarz gewesen war.
Dixon wollte jetzt wissen, ob sie der Staatsanwaltschaft alle angeforderten Unterlagen ausliefern müßten. Die meisten Abschlüsse seien schon vom Umfang her in Chicago getätigt worden, und die Suche nach den Dokumenten könnte Dixons Vizedirektorin Margy Allison im dreihundert Meilen entfernten Chicagoer Büro tagelang beschäftigen.
»Uns bleibt keine andere Wahl«, antwortete Stern. »Ich werde mich bei der Staatsanwältin über diese Belastung beschweren. Ich werde ihr sagen, daß dein Geschäft darüber zum Erliegen kommt. Und ich muß etwas Zeit für die Durchsicht der Unterlagen haben, um vielleicht doch noch herauszukriegen, wel-

chen Verdacht die Anklagebehörde hat. Und in der Zwischenzeit sollten wir die Originalunterlagen sorgfältig prüfen, um zu sehen, ob daraus weitere Anhaltspunkte für die Absichten der Staatsanwaltschaft zu entnehmen sind. Aber vorlegen müssen wir sie am Ende. Wir können die Ermittlungen nicht als zu breit angelegt anfechten – sie sind sehr exakt.«

»Und was ist mit meinem Aussageverweigerungsrecht nach Zusatzartikel fünf?« Das war typisch Dixon, eine solche Frage unverblümt zu stellen, bei der andere Firmenchefs ins Stottern geraten wären. Stern erläuterte, daß Geschäftsunterlagen angefordert worden waren, die von Rechts wegen der Firma gehörten und nicht Dixon privat. Die Firma als nicht natürliche, sondern juristische Person aber habe kein Aussageverweigerungsrecht. Dixon könne sich weigern, Aussagen über die Unterlagen zu machen; die Papiere selbst aber müßten ausgeliefert werden.

Über die Gegensprechanlage meldete Claudia, daß sie Staatsanwältin Klonsky am Apparat habe. Dixon kaute inzwischen auf seiner Zigarre herum und grübelte über die geheimnisvolle Logik des Gesetzes nach.

»Mrs. Klonsky«, begrüßte er sie.

»Mr. Stern«, antwortete sie. Eine helle, selbstsichere Stimme. Sie waren einander nie begegnet, doch Stern hatte sie im Gerichtssaal gesehen, als sie an den Richtertisch trat. Sie war Ende Dreißig, glaubte Stern, wirkte stämmig, eine Frau mit breiten Schultern, dunklem Haar, kräftigen Händen. Im Gerichtssaal hatte sie sich betont abweisend gegeben, wie es viele Assistenzstaatsanwälte taten, besonders ein paar Frauen. Da sie unbedingt beweisen wollten, daß sie ebenso hart waren wie die Männer, wirkten sie häufig humorlos und getrieben – Bürgerinnen des ausgehenden Jahrhunderts, für die Brutalität ein unvermeidlicher Bestandteil weiblichen Stils war. Das war zwar meistens nur nach außen hin, doch in Anbetracht der Umstände sah Stern keinen Grund für Verbindlichkeit.

»Zwei von Ihren SA-Leuten sind vor ein paar Tagen mit einer

Vorladung für meinen Klienten Dixon Hartnell bei mir zu Hause aufgetaucht.«

Sekundenlange Stille. SA-Leute. Stern wunderte sich selbst, daß er so grob werden konnte. Sonst bildete er sich viel auf seine Umgangsformen ein. Dixon grinste ihm über den Schreibtisch zu. Er hatte selten mit Stern zu tun gehabt, wenn er so geladen war.

»Vielleicht sollte ich die Umstände erläutern«, sagte Stern.

»Ich weiß Bescheid über die Umstände«, feuerte Mrs. Klonsky zurück. Sie war bereits in Fahrt.

Sicher wußten alle Bescheid, dachte Stern. Er hatte sowohl bei der Staatsanwaltschaft von Kindle County als auch im Büro des Bundesanwalts viele Freunde, aber sie waren zugleich auch Gegner – und nur allzu menschlich. Was für ein schönes Klatschthema. Haben Sie das mit Sterns Frau gehört? Als er sich das vergegenwärtigte, schien sich auch jetzt wieder der Boden unter ihm aufzutun, und er fühlte einen stechenden Schmerz in der Brust. Wie war das bloß möglich? Es war ein so sinnloses Durcheinander. Er schloß die Augen, die zu brennen begannen, und konnte spüren, daß sich Dixon rührte. Es war schon traurig, daß ihn seine eigene Scham mehr als alles andere in diese Situationen brachte und daß derselbe Stolz ihm darüber hinweghalf – irgendein Drang zwang ihn, seine Würde zu wahren. Wo, verdammt noch mal, war die Zigarre? Als er weitersprach, zitterte seine Stimme nicht mehr.

»Wenn Sie Bescheid wußten, muß ich sagen, daß ich Ihr Vorgehen mißbillige. Vielleicht sollte ich Mr. Sennett darauf ansprechen.« Stan Sennett, ein Karrierestaatsanwalt, war jetzt seit zwei oder drei Jahren US-Bundesanwalt. Er war von allen der unnachgiebigste und humorloseste und alles andere als ein Verbündeter Sterns. Es war unwahrscheinlich, daß Sennett sich über so was aufregen würde, schließlich taten die Agenten ja nur ihre Pflicht – aber Klonsky durfte ihm das jetzt nicht sagen.

»Sehen Sie, Mr. Stern, das war ehrlich ein Mißgriff«, erwiderte sie. »Ich hätte mich vielleicht sogar entschuldigt, wenn Sie mir eine Chance gegeben hätten. Ich versuche Sie nun schon seit

Tagen zu erreichen.« Stern, derart zurechtgewiesen, wartete immer noch mit seiner Antwort. Sie war jetzt erst ein Jahr stellvertretende Staatsanwältin, nachdem sie am US-Bundesgerichtshof Assistentin gewesen war und vermutlich hervorragende juristische Examina abgelegt hatte, und er spürte, daß ihre Unerfahrenheit ihm zum Vorteil gereichen konnte. Sie hatte den Ruf erworben, ein recht heller Kopf zu sein, aber ein bißchen träge, manchmal sogar unschlüssig. Er hatte keine Lust, Klonsky wieder sicher zu machen.

»Sagen Sie mir, Mrs. Klonsky«, entgegnete Stern, das Thema wechselnd, »welchen Charakter haben Ihre Ermittlungen?«

»Das würde ich Ihnen jetzt lieber nicht sagen.«

»Sind außer dem FBI noch andere Behörden beteiligt?« wollte Stern wissen und dachte dabei besonders an die Steuerfahndung. Die bedeutete immer Ärger. Und wenn das Bundesaufsichtsamt einbezogen war – die Aufsicht für die Warenterminbörse –, konnte er womöglich eine Vorstellung davon gewinnen, wie es zu den Beschuldigungen gekommen war.

»Ich darf Ihnen das nicht beantworten«, erwiderte Klonsky.

»Wie steht es mit Mr. Hartnell. Können Sie mir sagen, ob er beschuldigt wird oder nicht?«

Sie stockte, wurde vorsichtig. Klonsky hatte schon allerhand schlechte Erfahrungen mit Verteidigern gemacht.

»Ich kann Ihnen nicht sagen, daß er das nicht wird.«

»Ich verstehe.« Stern überlegte. »Wann können Sie mir Genaueres über seine Lage sagen?«

»Vielleicht nach unserem Einblick in die Dokumente, die wir angefordert haben. Der Vorlagetermin ist heute.«

»Also, ich fürchte, daß wir uns mit der Vorlage ein bißchen verspäten werden. Im Grunde verlangen Sie, daß Mr. Hartnell und seine Angestellten den Laden dichtmachen und wochenlang nach Unterlagen suchen.«

»So schlimm ist es nicht«, wandte Klonsky ein.

»Mir wurde versichert, daß es so ist.«

Klonsky seufzte. Sie hatte das Gespräch langsam satt.

»Wie lange brauchen Sie?«

»Wir brauchen eine Verlängerung von mindestens drei Wochen«, antwortete er. Dixon nickte ihm beifällig zu. Er hatte die Zigarre in den Mundwinkel geschoben und grinste begeistert. Das war besser als Fernsehen. »Nein, es tut mir leid«, korrigierte sich Stern. »Ich hatte Mr. Hartnell nicht gefragt. Geben Sie uns lieber einen Monat.«

»Das ist doch lächerlich. Diese Unterlagen sind vermutlich in ein paar Aktenschränken.«

»Ich bin anders informiert. Mrs. Klonsky, das ist eine Untersuchung durch eine Federal Grand Jury. Ich vertrete sowohl die Firma als auch Mr. Hartnell persönlich. Sie wollen mir nicht sagen, wen Sie beschuldigen. Ich muß auf Interessenkonflikte gefaßt sein und zugleich darauf achten, daß wir Ihrer Verfügung zur Beweismittelvorlage exakt nachkommen. Dazu muß ich mindestens einmal nach Chicago, wenn nicht öfter. Wenn Sie Ihre Anforderungen eingrenzen oder mir sagen, was zuerst gebraucht wird, wäre ich gern gefällig.« Sie schwieg. Wenn sie ihre Anforderungen eingrenzte, würde sie damit vielleicht preisgeben, was sie interessierte. »Wenn Sie glauben, daß ich Sperenzchen mache, beantragen Sie doch eine einstweilige Anordnung. Ich werde Richterin Winchell das alles mit Freuden erklären.«

Oberrichterin Moira Winchell, eine frühere Staatsanwältin, würde letztendlich zugunsten der Staatsanwaltschaft entscheiden. Doch kein Richter der hiesigen Bundesgerichtsbarkeit würde Stern noch für diesen Monat einen strikten Erfüllungstermin setzen. Seine persönlichen Umstände brauchten hier nicht erwähnt zu werden. Mrs. Klonsky wußte Bescheid.

»Keine weitere Verlängerung«, sagte sie. Sie nannte ihm ein Datum, den 2. Mai. »Ich schicke Ihnen einen Brief.«

»Sehr schön«, erwiderte Stern. »Ich freue mich darauf, mich mit Ihnen zu treffen, wenn Sie durchgesehen haben, was wir vorlegen.«

»In Ordnung«, sagte sie.

»Und, Mrs. Klonsky, natürlich nehme ich Ihre Entschuldigung an.«

Klonsky, ertappt, zögerte, behielt aber lieber für sich, was sie hatte sagen wollen.
»In Ordnung«, sagte sie noch mal und legte den Hörer auf.
Stern konnte seine Zufriedenheit nicht verhehlen. Es war gut gelaufen. Mrs. Klonsky war überspannt und humorlos, und er hatte sie kleingekriegt. Wenn der Monat vorbei war, konnte er notfalls um weitere ein oder zwei Wochen Verlängerung bitten. Dixon lachte und freute sich, daß die Anklagebehörde ihr Fett gekriegt hatte. Er wollte wissen, was sie zu ihm gesagt hatte.
»Sehr wenig. Nur, daß sie die Möglichkeit nicht ausschließen kann, daß ihre Ermittlung gegen dich gerichtet ist.«
Dixon saugte an seiner Zigarre. Seine gute Stimmung war sofort etwas gedämpft, doch er zuckte heldenhaft mit den Schultern.
»Du hast ihr ganz schön Zunder gegeben«, sagte er.
Stern machte eine Liste der anderen Dinge, um die man sich kümmern mußte. Er würde nach Chicago fliegen, um die angeforderten Unterlagen zu sichten, sobald sie herausgesucht waren.
»Du weißt ja, Dixon, wie es mit derlei Dingen ist, also sprich in der Zwischenzeit mit niemandem darüber außer mit mir. Verhalte dich so, als würde jeder in deiner Umgebung ein Minitonband mit sich herumtragen. Es würde mich nicht wundern, wenn jemand das tatsächlich täte.«
Zum erstenmal an diesem Tag zeigte Dixon kurz Unbehagen. Er preßte die Lippen zusammen und schüttelte den Kopf. Dann drückte er die Zigarre aus und stand auf.
»Es tut mir leid, daß das ausgerechnet jetzt passiert, Stern«, erklärte Dixon. »Es geht mir sehr gegen den Strich, daß ich es bin, der dich zurück ins Büro treibt.«
Stern sagte abwehrend: »Ich denke, daß ich ohnehin ziemlich oft hier sein werde.« Seine Worte klangen ein bißchen heroisch, doch das Gefühl der Verlorenheit überfiel ihn mit neuer Heftigkeit. Er hatte wirklich keine Vorstellung von der unmittelbaren Zukunft und erst recht nicht von den Dingen, die

noch weiter vor ihm lagen. Ein paar Bilder schwebten ihm vor: Eindrücke von Stille und Ordnung. Er würde sich als gesetzter Witwer um Kanzlei und Mandanten kümmern.

Dixon gingen natürlich ganz andere Dinge durch den Kopf. »Ach, weißt du, du wirst am Ende auch noch andere Ablenkungen haben.« Er blickte mit einer nur angedeuteten Zotigkeit auf seine ausgedrückte Zigarre. Stern zuckte ein wenig zurück, doch es war ihm klar, daß Dixon in seiner Plumpheit nur aussprach, was andere dachten. Sogar in verweinten Augen voller Trauer und Mitgefühl konnte Stern lesen, daß man ihn bereits anders betrachtete. Als einen Mann, der zu haben war. Gewisse Dinge waren elementar. In seiner derzeitigen Stimmung fühlte sich Stern von jedem Gedanken an dieses Thema abgestoßen. Genauer gesagt, wußte er, daß seine Lage nicht gerade üblich war. Welche Frau mit halbwegs gesundem Menschenverstand würde mit einem Mann zusammensein wollen, mit dem zu leben es eine andere Frau buchstäblich nicht mehr lebenswert gefunden hatte?

»Ich nehme an, daß mich das ein Vermögen kosten wird«, sagte Dixon, als er seinen Sportmantel von der Sofalehne nahm.

»Ja, das wird teuer«, bestätigte Stern und konnte dabei kaum ein Lächeln unterdrücken. Dixon war reich. Seine Firma war Millionen wert, und er zahlte sich selbst jedes Jahr ein siebenstelliges Gehalt, doch bewahrte er sich die Knausrigkeit eines Mannes, der nach oben gekommen war. Er jammerte ohne Unterlaß über die hohen Anwaltshonorare. Doch vor vielen Jahren, in Sterns frugalen Tagen, als Dixon noch versuchte, Stern wieder für sich einzunehmen, nachdem er Silvia geheiratet hatte, hatte Dixon Stern netterweise gedrängt, ihm Honorare wie jedem anderen Mandanten in Rechnung zu stellen, und Stern hatte sich stets an diese Anweisung gehalten. Eine weitere merkwürdige Harmonie war zwischen ihnen entstanden. Dixon zahlte für Sterns Toleranz, und Stern ließ sie sich gern abkaufen. Und jede Seite fragte sich stets, wer bei diesem Handel besser abschnitt.

»Ein paar von den Dokumenten kann ich den jüngeren Anwäl-

ten zur Untersuchung überlassen«, erklärte Stern. »Aber wir wissen zuwenig. Hier muß ich das meiste selbst machen. Mrs. Klonsky wird Priorität vor anderen Fällen haben.«
»Ich bitte darum«, sagte Dixon. Er ließ seinen Blick noch mal durch den Raum schweifen. Die Sache bedrückte ihn allmählich doch. Er wirkte unglücklich. »Ich möchte hier keinen Scheiß machen.«
Stern betrachtete seinen Schwager mit seinen vielfältigen Geheimnissen. Claras Stimme fiel ihm ein, wie jetzt so oft. Sowenig sie für Dixon übrig hatte, hatte sie sich doch nie über ihr Bündnis gewundert. Stern hatte oft geklagt, daß er Dixon nicht wirklich kenne, nicht sicher sei, ob er je zu ihm durchgedrungen war, und daß er manchmal so wenig zu fassen sei wie blauer Dunst.
»Ich könnte mir vorstellen«, hatte sie geantwortet, »daß er von dir dasselbe sagt.«

4

In dem in imitiertem Chippendale möblierten Empfangszimmer der großen Anwaltskanzlei Barstow, Zahn & Hanks saß Stern mit seinen Kindern und wartete auf Cal Hopkinson, mit dem sie verabredet waren, um Einzelheiten über Claras Testament zu erfahren. Stern betrachtete diesen Vorgang mit denselben gemischten Gefühlen, wie sie jede längere Beschäftigung mit Claras Vermögen in ihm auslöste, doch derzeit verlor sich das meiste davon in der trauervollen, zärtlichen und wohltuenden Stimmung, daß seine Kinder bei ihm waren.
Morgen würde Marta wegfahren. Sie war nach dem Begräbnis noch eine Woche geblieben. Viel Arbeit habe sie derzeit nicht, hatte sie gemeint, Kate und sie hätten vor, Claras Sachen zu sortieren. Statt dessen hatte Marta Stunden allein verbracht, verträumt in ihrem eigenen Zimmer gekramt und im Haus herumgestöbert, als sei es eine neue Mietwohnung. Sie hatte

bereits angekündigt, sie werde bald wiederkommen, um die Sache zu Ende zu bringen.
Wenn Marta fort war – das Kind, das ihn am liebsten hatte, oder besser, am wenigsten fürchtete –, würde Stern allein sein. Seine Kinder hatten ihn in den letzten Wochen so gut wie möglich getröstet, doch er spürte, daß sie lieber wieder ihr eigenes Leben führen wollten und wie ungewohnt es für sie war, mit ihm allein umzugehen. Bei allen Kindern war Clara seine Mittlerin gewesen; sie hatten sehr viel weniger direkte Erfahrungen mit ihm. Natürlich waren sie ihm wichtig gewesen. Sogar sehr. Doch auf seine zwanghaft pedantische Art nur da, wo es seiner Pflicht oblag. Wie spät er abends auch aus der Kanzlei nach Hause kam, Clara teilte ihm routinemäßig wie das Abendgebet mit, was es bei den Kindern Neues gab, ihre Mißhelligkeiten und Triumphe, und wie sich jedes dieser kleinen Leben entfaltete. Irgendwie glaubte er damals, sie würden es schon merken, daß ein Teil von Claras Interesse auch das seine war. Als sie zehn, zwölf Jahre alt wurden, reagierte er verblüfft und getroffen, als ein Kind nach dem andern eine Haltung einnahm, die ihn stumm beschuldigte, unnahbar und gleichgültig zu sein. Wenn sie an jemandem hingen, dann an ihrer Mutter. Es war wie im antiken Recht, erkannte er jetzt, den Ertrag genossen nur die, die unmittelbar Fühlung hielten, ein Vertrauensverhältnis hatten.
Endlich erschien Cal. Er schüttelte allen die Hand, exakt wie ein Uhrmacher, und entschuldigte sich für die Wartezeit. Cal war ein unauffälliger Mensch – zurückhaltend, freundlich, eine Art Faktotum. Das Beeindruckendste an ihm war ein Körpermerkmal: Etwa zwei Zentimeter hinter seinem linken Ohr, kurz unter dem Haaransatz, hatte er eine Vertiefung, die dunkler wurde und direkt in seinen Schädel hineinzureichen schien, als habe jemand seinen kleinen Finger in einen Teigklumpen gedrückt. Für jedermann sah das aus wie das Loch einer Kugel – und genau das war es auch, eine Kriegsverletzung aus Korea, ein medizinisches Wunder. Es war ein glatter Durchschuß gewesen, und zurück war nur die sichtbare Schädelverletzung

geblieben. Wenn man es einmal bemerkt hatte, mußte man immer wieder hinsehen. Bei seinen Begegnungen mit Cal wartete Stern immer auf den Moment, da dieser den Kopf abwandte und Stern ungehindert hinstarren konnte.

Cal führte die Familie in ein getäfeltes Konferenzzimmer. Stern kam als letzter, und Cal hielt ihn an der Tür auf.

»Bevor wir anfangen, Sandy – wie ich dir letzten Monat schon am Telefon gesagt habe, sind da ein paar Fragen, die ich wegen Claras Nachlaß habe, ein paar Merkwürdigkeiten, über die du sicher Bescheid weißt.«

»Ich?« Im Laufe der Jahre waren seine Gespräche mit Clara über ihre Finanzen auf die seltenen Gelegenheiten beschränkt gewesen, bei denen sie sie selbst zur Sprache brachte, und gewöhnlich verwies er sie dann an ihre Bankiers oder Rechtsanwälte.

Sie wurden unterbrochen, weil Cals Partnerin hinzukam, eine junge Frau mit Brille und glattem braunem Haar namens van Zandt. Marta streckte den Kopf aus der Tür, um zu sehen, was sie aufhielt, und auf Sterns Vorschlag hin gingen sie alle ins Konferenzzimmer, wo sie um den großen Nußbaumtisch Platz nahmen. Kleine Stiche, kostbare Karikaturen verschiedener Gerichtsszenen hingen an den Wänden, und da war auch die überwältigende Aussicht auf die Stadt – Anwaltskanzleien und Firmenleitungen hatten die besten Büroräume der Stadt mit Beschlag belegt. Harry Fagel hatte vor Jahren versucht, Stern in dieses moderne Versailles zu locken, aber er hatte sich nicht darauf eingelassen.

»Ich meine«, sagte Cal, »ich sollte einfach von vorn beginnen und euch alles über Claras Nachlaß mitteilen.«

Stern nickte. Marta nickte. Alle waren sich einig, daß das so richtig sei. Van Zandt gab Cal ein Dokument – sicher eine Niederschrift, in der das Testament zusammengefaßt war –, und Cal las feierlich vor. Wie die meisten komplizierten Anlagevermögen war auch das von Clara vorrangig mit Blick auf die Steuergesetze zusammengesetzt. Als Ergebnis der sorgfältigen Vorausplanung ihres Vaters vor Jahrzehnten und sorgfältiger

Beratung seither hatte Clara über ein beträchtliches Vermögen verfügen können, ohne auch nur einen Pfennig Steuern dafür zu entrichten. Cal enthüllte dieses Faktum mit einem strahlenden, triumphierenden Lächeln.

Der Großteil von Claras Vermögen war nie auf sie übertragen worden. Ihr Erbe von ihrem Vater, ihrer Mutter und einer ehelosen Tante war in eine Reihe von Treuhandvermögen eingebracht worden, die Henry Mittler bei der River National Bank begründet hatte; diese Treuhandvermögen sollten über Generationen fortdauern, Erträge erbringen und das Grundkapital nicht antasten, wie dies bei altem Geld üblich war. In jüngeren Jahren hatte Stern geglaubt, Harry habe diese komplizierten Regelungen getroffen, weil er seinen Schwiegersohn für eine Art Windhund hielt. Inzwischen wußte Stern, daß seine Gründe schlichter gewesen waren. Jede Verfügungsgewalt, so begrenzt sie auch war, konnte zum Mißbrauch führen. Mit diesem eiskalten Zynismus war Henry ein hervorragender Anwalt geworden, obwohl dieselben Charaktereigenschaften vermutlich auch dazu beigetragen hatten, daß seine Tochter ihr Leben lang mit ihm haderte. Clara hatte ihre heftigsten inneren Kämpfe mit ihrem Vater ausgefochten, einem schlauen, herrschsüchtigen, eigenwilligen Mann. Nun lag Clara auf dem kleinen Friedhof der Synagoge in Sichtweite des großen Grabmonuments, das Henry Mittler für sich und Claras Mutter Pauline mit demselben Testament wie die Treuhandvermögen hatte errichten lassen. Zu Staub waren sie alle wieder geworden, mitsamt ihren Leidenschaften, während ihre Bankkonten Bestand hatten. Stern, der Geld durchaus zu schätzen wußte, betrachtete diese traurigen Tatsachen dennoch mit Verblüffung.

»Nach unseren Unterlagen«, sagte Cal, »als wir die Vermögensanlage nach den neuesten Änderungen der Steuergesetzgebung revidierten, beliefen sich die Treuhandvermögen auf etwas über sieben Millionen Dollar. Claras eigenes Vermögen«, fuhr er unter Bezugnahme auf die Zinserträge für Clara im Laufe der Jahre fort, die zum größten Teil nicht verbraucht und von der Bank für sie angelegt worden waren, »belief sich auf zwei Millionen Dollar. Natürlich hat es Veränderungen gegeben, etwa beim Börsencrash und auch bei anderen finanziellen Entwicklungen, aber das ist das allgemeine Bild.« Cal hatte sich Zeit genommen, bis er zu diesem Punkt kam, und man konnte sehen, daß er die Wirkung genoß, die die Zahlen auf seine Zuhörer hatten. Kate riß die Augen auf, und Peter pfiff laut. Es war schon eine Leistung, dachte Stern bei sich, die Kinder darüber im dunkeln gelassen zu haben. Ihn selbst schockierten die Zahlen nicht, und sie lagen auch nicht weit von den Schätzungen, die er heute auf seinem Weg in die Stadt und auch sonst während der vergangenen Jahre über diese Dollar angestellt hatte, von denen er nur selten etwas angenommen hatte.

Claras Testament enthielt schlichte Bestimmungen. Stern war als Vollstrecker eingesetzt. Das Anrecht auf die Erträge aus den Treuhandvermögen ging an die Kinder – »zu gleichen Teilen«, wie Cal es formulierte. Aus Claras eigenem Vermögen gingen eine Anzahl umfangreicher Legate an die Kinder und an wohltätige Einrichtungen; der Rest wurde in ein Treuhandvermögen eingebracht, über das Stern nach Belieben verfügen konnte.

Nachdem er das Testament skizziert hatte, stürzte Cal sich auf die Einzelheiten. Bei der Beschreibung der Klauseln sprach er in der dritten Person – »der Ehegatte Alejandro«, »die Kinder Peter, Marta und Kate« – und machte sich nicht die Mühe, viele der Fachbegriffe zu übersetzen. Dennoch schienen die unvermeidlichen Berechnungen nach einer gewissen Pause um den Tisch herum einzusetzen, und Kate fing plötzlich an zu weinen. Die Kinder konnten erwarten, einen Jahresertrag von etwa einer halben Million Dollar untereinander aufzuteilen. Hierzu kam eine Barzuwendung von zweihunderttausend Dollar für jeden, ganz zu schweigen von der Aussicht auf noch mehr, wenn Stern das Zeitliche segnete. Stern kam in den Sinn, daß Dixon, wenn er ihn lange genug außer Gefahr halten konnte, vermutlich ein passender Finanzberater für seine

Nichten und Neffen werden würde. Was ihn selbst anging, hatte Stern aus Gründen, die er kaum formulieren konnte, so gut wie keine Gewissensbisse, das Geschenk seiner Frau anzunehmen; vielleicht groteskerweise gerade deswegen, weil sein eigenes Vermögen schon viel zu groß war, als daß er es nötig gehabt hätte; oder weil er nach alldem fühlte, daß es ihm zustand. Nach kurzer Überschlagsrechnung dürfte sich der treuhänderisch verwaltete Rest des Nachlasses für ihn – was von Claras Aktien und Wertpapieren bei der Bank verbliebe – auf etwa eine Million Dollar belaufen.

Cal unterbrach kurz seine Abhandlung der Einzelheiten der Treuhandklauseln und blickte Stern an. »Clara hat speziell stipuliert, daß du zeitlebens den Nießbrauch haben sollst, auch im Falle einer Wiederheirat.«

»Ich verstehe«, sagte Stern.

Cal lächelte kurz, entzückt über diese Vorsorge für die Zukunft, doch die Kinder schienen über die Fürsorge ihrer Mutter verblüfft – ein gewisses Unbehagen machte sich im Raum breit. Keines der Kinder hatte Stern bisher auf dieses Thema angesprochen. Ohne Frage, gedacht hatten sie daran, jeder von ihnen. Sogar Clara. Doch alle störten sich daran – auch Stern –, daß sie ausdrücklich alle Einwände ausgeräumt hatte.

Cal hatte weitergesprochen, doch Stern unterbrach ihn.

»Cal, betreffen die Fragen beziehungsweise Merkwürdigkeiten, auf die du mich im Vorraum angesprochen hast, dieses Treuhandvermögen? Machst du dir deswegen Sorgen?«

Jetzt kam er nämlich darauf, warum Cal ihn unter vier Augen hatte sprechen wollen. Denn es konnte ein Widerspruch aufgetaucht sein zwischen Claras Wunsch, für ihn zu sorgen, und den einschränkenden Bedingungen, die Henry Mittler vor Jahrzehnten niedergelegt hatte.

»Sorgen mach ich mir keine, Sandy. Ich hab nur eine Frage.«

»Aber doch wegen dieses Treuhandfonds zu meinen Gunsten?«

»Mehr oder weniger. Wart noch einen Moment.« Cal wedelte mit der Hand; er war zu penibel, als daß er sich durcheinanderbringen ließ. Er hatte gerade Claras wohltätige Legate erörtert, und kehrte zu diesem Thema zurück. Kate weinte herzzerbrechend. Als Partnerin in einer Großkanzlei war van Zandt wohl vorbereitet mit einem Päckchen Papiertaschentücher erschienen und gab es Kate, während Cal weiter die Einzelheiten vortrug, die ihm so sehr am Herzen lagen.

»Clara hat außerdem der Synagoge von Riverside fünfhunderttausend Dollar vermacht, von denen die Hälfte nach ihrem Willen für das kommunale Kulturprogramm verwendet werden soll.«

Die Kinder registrierten das, immer noch geblendet von der sprudelnden Geldfontäne, aber Stern – der sonst vermutlich das Geld bekommen hätte – fand Claras Wohltätigkeit typisch und lobenswert. Für Stern war seine Selbstwahrnehmung als Jude ein absoluter und fester Bezugspunkt, sozusagen der Nordpol auf seinem persönlichen Kompaß, nach dem alle anderen Fragen der Identität zu beurteilen waren. Clara und er waren beide von der Wichtigkeit der jüdischen Erziehung der Kinder und der Einhaltung der hohen Feiertage überzeugt. Doch ihre Religiosität hatte sehr viel tiefere Wurzeln als seine. Für Clara war die Synagoge, die ihre Großeltern mütterlicherseits mitgegründet hatten, ein wichtiger Anker, und gegen jede Vernunft hing sie auch an dem Rabbi, einem gerissenen Selbstbeweihräucherer, und an seinen zahlreichen gemeindepolitischen Projekten. Auf Drängen von Rabbi Weigel hatte Clara drei oder vier Jahre lang Musiklehre im kommunalen Kulturprogramm unterrichtet, einem Projekt verschiedener Glaubensrichtungen, das den Lehrplan der ärmsten Schulen von DuSable bereichern sollte. Clara bewunderte die Kultur und die Umgangsform der Wohlhabenden, aber nicht deren Hang zum Privileg. Sie hatte immer ein soziales Gewissen gehabt.

»Das ist in etwa alles.« Cal war fertig. Er legte das Schriftstück nieder und sah alle beifallheischend über den Tisch hinweg an.

»Und das Problem?« fragte Stern, noch mal bezugnehmend auf das Treuhandvermögen, das Clara ihm hinterlassen hatte. Cal schien es schon wieder vergessen zu haben.

»Ach so, ja. Wie ich gesagt habe, nur eine Frage, Sandy. Wir haben uns gefragt, was daraus geworden ist.«
»Woraus?«
»Aus dem Geld. Du verstehst schon.« Cal beugte sich vor. »Oder etwa nicht?«
»Aus deinen Zahlen, Cal, hatte ich entnommen, daß noch eine weitere Million im Nachlaß sein muß.« Kaum hatte er die Worte ausgesprochen, bedauerte er es schon, besonders die Genauigkeit, mit der er die Zahl ausgerechnet zu haben schien.
»Tja, nicht ganz«, sagte Cal, pedantisch wie immer. »Claras Wertpapiere haben sich von dem Kurssturz noch nicht wieder ganz erholt. Aber ich rede von den achthundertfünfzigtausend Dollar, die auf ihrem Investmentkonto fehlen.«
Einen Augenblick lang waren alle sprachlos.
»Fehlen?« fragte Stern schließlich.
»Abgezogen wurden«, sagte Cal.
Die beiden Männer sahen einander an.
»Du willst mir doch nicht erzählen, daß es eine Unterschlagung gegeben hat, oder?«
»Um Gottes willen, nein!« Cal wandte sich an van Zandt, als suche er Hilfe. »Wir erhalten von der Bank jedes Vierteljahr einen Sammelauszug über die Treuhandvermögen und Claras Investmentkonto. Als wir hörten, was passiert ist, schauten wir natürlich nach, und ich sah, daß die Summe letzten Monat abgehoben worden ist. Ich habe angenommen, Sandy – ich war sicher, daß sie das mit dir besprochen hat.« Cal hielt inne. »Deswegen hab ich angerufen.«
Jetzt erst verstand Stern.
»Du glaubst, daß Clara dieses Geld ausgegeben hat?«
»Was sonst? Ich bin davon ausgegangen, daß sie eine eigene Investition gemacht hat, ein Ferienhaus gekauft...« Cal ließ die Hand herunterhängen.
Marta ergriff nun das Wort.
»Was sollte sie mit achthundertfünfzigtausend Dollar anfangen? Das ist eigenartig.«
Stern war sehr geneigt, ihr recht zu geben, und wollte Marta

beipflichten. Doch irgendein gesunder Instinkt warnte ihn. Er bewegte sich hier auf dünnem Eis. Es kam ihm nicht zu, Aussagen darüber zu machen, was bei Clara in diesen letzten Tagen möglich oder unmöglich war. Vielleicht finanzierte sie eine Hippiesekte. Oder war drogensüchtig.

»Cal, ich glaube, ich verstehe nicht ganz, wie das passieren konnte.«

»Ich vermute, Clara ging zur Bank, veräußerte den größten Teil ihres Wertpapierdepots und nahm das Geld in Empfang. Schließlich gehörte es ja ihr.«

»Hast du bei der Bank rückgefragt?«

»Sandy, zuerst wollte ich mit dir reden. Deswegen habe ich ja angerufen.« Cal fühlte sich sichtlich unbehaglich. Notare leben in einer Welt fester Richtlinien. Sie werden mit Überraschungen nicht fertig. Offenbar fürchtete er, die Familie könnte ihm die Schuld geben, und war bereits in die schwülen Niederungen anwaltlicher Rechtfertigung hinabgestiegen. »Ich bin davon ausgegangen, daß du darüber Bescheid weißt. Es kam mir nicht in den Sinn ...« Cal unterbrach sich. Er schien zu merken, daß er nur noch mehr Schaden anrichtete, wenn er immer wieder betonte, wie sehr es ihn schockierte, daß Clara ohne Rücksprache mit ihrem Mann gehandelt hatte. Cals plötzliche – und untypische – Sensibilität schien Stern infolge einer verqueren Logik seine eigene Lage klarzumachen. Es warf ihn wirklich fast um. Es war absolut kindisch, eine Reaktion, so gierig wie die eines Sechsjährigen, aber er konnte den Gedanken nicht unterdrücken. Sie hatte die Kinder versorgt; sie hatte den Rabbi und sein Vorzeigeprojekt gut bedient. Nur er war in ihren letzten Tagen zu kurz gekommen. Die bekannte tückische Mischung von Scham und Schmerz stieg wieder in ihm auf.

Cal hatte weitergeredet.

»Jetzt, da du mir gesagt hast, daß du keine Ahnung hast, um was es geht, werde ich sofort Jack Wagoner drüben in der Bank anrufen. Wir werden das völlig aufklären. Schon das Nachlaßgericht wird das fordern.« Diese Versprechungen schienen Cal

selbst jedoch nicht trösten zu können; noch immer saß er sorgenvoll und niedergeschlagen da und leckte sich die Lippen. Bei ihm hörte sich das an, als habe sich das Geld von selbst davongemacht.
»Wann war diese Transaktion?« fragte Marta. »An welchem Tag im Monat?« Cal wandte sich an van Zandt, die das Datum hatte – fünf Tage vor dem Nachmittag, an dem Stern nach Hause gekommen war und Clara gefunden hatte. Van Zandt reichte Marta ein Papier, den Kontoauszug; diese legte ihn dann vor ihrem Vater auf den Tisch, doch der schob ihn beiseite. Wieder dachte Stern an Veruntreuung, an irgendein Verbrechen, doch das war unwahrscheinlich, ja absurd.
Ein Geräusch ließ ihn aufblicken. Kate hatte wieder zu weinen begonnen. Obwohl bereits sechsundzwanzig, sah sie mit ihrem tränennassen Gesicht und ihrem verlaufenen Make-up nur halb so alt aus. Sie lehnte sich hilflos gegen den Arm ihres Bruders, der die ganze Zeit weitgehend stumm gewesen war, immer noch niedergedrückt von der Erinnerung an seine Mutter. In der Verfassung, in der sich Stern derzeit befand, fühlte er sich durch Peters Fürsorglichkeit leicht irritiert. Woher kam es, fragte er sich, daß sich die Frauen immer an Peter zu halten schienen? Keine von ihnen würde sagen, daß er ungerührt war; doch sie alle bewunderten offenbar seinen stummen Trotz. Er war eben da. Zuverlässig. Jemand, auf den man zählen konnte. Peter hatte die Autorität seines Vaters auf die tückischste Weise untergraben – indem er ihm den Rang ablief. Indem er das war, worauf es am meisten ankam, und das Stern nicht war. Dieser plötzliche Scharfblick auf die merkwürdigen Mechanismen seiner Familie war auch nicht gerade ein Damm gegen die steigende Flut seiner Trauer.
Er schüttelte Cal und van Zandt die Hand. Auch seine Kinder erhoben sich, schienen aber nicht zu wissen, was sie tun sollten, dableiben oder gehen, oder ob sie sich überhaupt bewegen sollten. Stern wurde plötzlich klar, daß er im Mittelpunkt der Aufmerksamkeit stand. Alle beobachteten ihn – seine Kinder, die Rechtsanwälte – und harrten seiner Signale. Was tun, wie

reagieren? Doch er hatte wenig Anleitung zu bieten. Hier in dieser eleganten Umgebung fiel seine Seele erneut ins tiefste Elend. Selbstmord. Geld. Krankheit. Clara hatte ein unüberschaubares Chaos hinterlassen.
Plötzlich überkam ihn unerklärlicherweise eine Erinnerung an sie, wie er sie eines Tages zufällig auf ihrem Weg zu ihrem Lehrauftrag im kommunalen Kulturprogramm beobachtet hatte. Stern und die Kinder hatten schon länger Sorgen über ihre persönliche Sicherheit geäußert, aber Clara fuhr zweimal wöchentlich mit ihrem Cadillac Seville den ganzen Morgen in die ärmsten Viertel der Stadt. Als er vorbeikam, um die Autos zu tauschen, damit er ihres in die Werkstatt bringen konnte, hatte Stern sie erblickt, wie sie tapfer auf die Schultür zustrebte – eine resolute Dame mittleren Alters von vornehmer Haltung, mit rötlichem Haar und einem großen Busen. Ohne Handtasche, hatte sie die Hände in die Taschen ihres einfachen Mantels gesteckt, trug den Kopf hoch und ignorierte dabei gelegentliche streitsuchende Blicke. In diesem Sekundenbruchteil erkannte er etwas sehr Wesentliches: Nicht etwa, daß sie keine Angst hatte, sondern daß er denselben Gesichtsausdruck schon oft gesehen hatte und Clara offenbar jedesmal, wenn sie das Haus verließ, dieselben Ängste überwinden mußte. Da waren alle diese inneren Dämonen, die sie nur überwand, indem sie sich einredete, daß sie nicht wirklich vorhanden seien. Irgendwie waren sie am Ende zum Leben erwacht, hatten sie umzingelt und verschlungen. Clara Stern, eine schweigsame, aufrechte, würdevolle Frau, war in das Schlammloch der Welt geraten und darin untergegangen wie eines jener prähistorischen Geschöpfe, deren Gebeine in den Asphaltgruben gefunden wurden. Er wußte, daß auch er früher oder später an den Kern der Sache rühren würde und ihm derselbe Alptraum bevorstand wie ihr.
Sie schafften es bis zur Straße, bevor Kate, die sich kurz gefangen hatte, erneut losweinte.

5

Wie wirft jemand sein Leben weg? Nachts wanderte Stern in dem großen Haus umher und suchte nach Antworten. In den Schränken hing noch immer der größte Teil von Claras Sachen. Bei weit offenen Schranktüren starrte er die Kleider an; sie schienen so mystisch wie Relikte. Die leeren Kleiderbügel, befreit von den Sachen, die Kate und Marta weggepackt hatten, hingen da wie Vogelskelette.

Nachdem Marta abgereist war, zog er zum Schlafen in ihr Zimmer. Sein eigenes Schlafzimmer schien ihm auseinandergerissen; hier fühlte er sich eine Spur ruhiger. Wenn er ins gemeinsame Schlafzimmer ging, um ein paar Sachen zu holen, machte ihm die Stille zu schaffen. Schon nach ein paar Tagen Unbewohntheit hatte sich eine verhangene, staubige Ruhe darüber gelegt. Es war, als betrachte man ein Foto, einen Ausschnitt aus einer unerreichbaren Vergangenheit, ohne Leben, aber für die Nachwelt konserviert. Er nahm seine Socken, seine Kragenstäbchen und huschte wieder zur Tür hinaus.

Die Nachbarn und die Familien aus der Synagoge gingen irgendwie feierlich freundlich mit ihm um. Der Gatte der Selbstmörderin war eine zu schreckliche Jammergestalt, um ihn zum Abendessen einzuladen. Wie hätte man das den Kindern erklären sollen? Doch die Frauen brachten ihm Eintöpfe, verschiedene Geflügelgerichte, die er allein verzehren sollte. Die Tiefkühltruhe quoll über davon. An den meisten Abenden schob er etwas in den Mikrowellenherd, entkorkte eine Flasche Wein, aß und trank und wanderte im Haus umher. Auf dem Kühlschrank war ein Merkzettel: »Nate Cawley anrufen.« Er hatte es ein paarmal versucht in der Hoffnung, die Frage von Claras Arztrechnung klären zu können, doch Nate, nach dem eine Woche dauernden Ärztekongreß in Kanada sehr beschäftigt, hatte noch nicht zurückgerufen. Stern, vom Wein leicht benebelt, nahm Anrufe entgegen, Freunde oder Marta oder Kate, die sich nach seinem Befinden erkundigten, und setzte dann seine Rundgänge fort. Er saß auf Stühlen, an die er

seit Jahren nicht gedacht hatte. Er ging von Zimmer zu Zimmer, starrte die Möbel und Bilder an. Dieser winzige Porzellanvogel da. Wo kam der her?
Gelegentlich wurde er eingeladen, im allgemeinen von Gruppen, und meist von anderen Rechtsanwälten, eine Art konventionelle Fürsorglichkeit, die mehr seine Stellung in der Anwaltschaft widerspiegelte als irgendeine besondere Intimität. Das war die Art gesellschaftlichen Verkehrs, die die Sterns nur wenn unbedingt nötig gepflegt hatten. Clara mit ihrer ruhigen und entschlossenen Art hatte kein Interesse an Leuten oder Anlässen, die wenig Substanz boten. Jetzt, da er allein ausgehen konnte, vermochte er sich nicht zu dem So-tun-als-ob zu überwinden, das solche Abende leeren Geschwätzes verlangten, wobei ihn alle mit stummen Fragen zu seiner Frau anstarrten, die sie sich nicht zu stellen trauten.
Nur mit seinen Kindern ging er gern aus. In den ersten beiden Wochen nach Martas Abreise war er zweimal bei Kate zum Abendessen gewesen, und einmal war er mit ihr und John in der Stadt verabredet; doch wegen der zersiedelten Vororte von Kindle County wohnten sie fast eine Stunde auseinander, und an Arbeitstagen war die Fahrt aufreibend, besonders für Kate, die unter dem Frühstadium ihrer Schwangerschaft litt. Und selbst bei ihr spürte er, daß ihre Aufmerksamkeiten eine Art bewußte Anstrengung erforderten; Kate, die stets ohne Nachdenken liebevoll gewesen war, schien nun irgendwie Angst zu haben, mit ihrem Vater allein umgehen zu müssen.
Auch Peter hatte angerufen, sicher auf Drängen seiner Schwestern, und auf Sterns Vorschlag hin waren sie einmal abends zusammen essen gegangen. »Etwas Schnelles«, hatte Peter gesagt, als er sich darauf einließ. Sie trafen sich in einem Feinkost-Schnellrestaurant in der Innenstadt, aber Claras Fehlen legte sich beklemmend und niederdrückend auf sie. Die Entfremdung zwischen ihnen hatte Clara stets gequält – und um ihretwillen hatten sie sich immer sehr bemüht. Nun war plötzlich klar, daß diese Bindung mit ihrem Tod erloschen war; beide spielten sie Rollen in einem abgesetzten Stück. Nach ein

paar Minuten Peinlichkeit fielen sie im Tellergeklapper und Stimmengewirr des Restaurants in völliges Schweigen.
So war er meist allein. Eines Abends gab es eine unerwartete Störung. Eine Frau aus der Nachbarschaft rief ihn an und behauptete, eine Freundin Claras zu sein. Dann beschrieb sie unvermittelt das wiederholte Versagen ihres Mannes im Bett – der Ärmste hatte viele Probleme – und beendete das Gespräch mit der schlichten Aufforderung: »Ruf doch mal an.« Stern rief natürlich nicht an. Dennoch löste der Vorfall einen Sturm eigenartiger Gefühle in ihm aus. Wie jeder hatte auch er die Geschichten von ungebundenen Weibern gehört, die sich mit verblüffender Kühnheit an einen Mann heranmachten, doch angesichts der Umstände von Claras Hinscheiden war er sicher gewesen, daß ihm das nicht passieren würde. Ja, vielleicht waren da ein paar Postkarten gewesen, ein paar mitfühlende Anrufe von Witwen und Geschiedenen aus der entfernten Bekanntschaft. Jetzt, plötzlich, schien eines klar: Die Menschen waren einsam; besonders Frauen waren so einsam wie er. Doch wer kannte sich da aus, vor allem bei Frauen? Er gewiß nicht. Und wozu das Ganze? Wenn er nur an all das dachte, fühlte er sich schlechter, verstört und unbeholfen, in sich eingekapselt, wie begraben.
Worin die Zerstreuungen auch bestanden, jeden Abend lief er am Ende ziellos herum. Er trank Wein, sagte sich dann, er werde arbeiten, und wanderte durchs Haus. Sobald diese Routine einsetzte, merkte er, daß dieses Nichtarbeiten die Haupttätigkeit eines Tages war. Er litt fürchterlich – gefangen in zärtlichen Erinnerungen und umfangreichen Selbstvorwürfen –, und dennoch drängte es ihn regelrecht zu diesen Momenten zurück, in denen die Jahre an ihm vorbeizogen.
Seine Erinnerung an die Vergangenheit bestand aus unzähligen Seiten, von einem einzigen Blitzlicht beleuchtet; Türen, die sich öffneten, wenn er, beladen mit den Akten schwieriger Fälle, in hundert verschiedene Gerichtssäle ging. In den Jahrzehnten seiner Erinnerung war es immer spätabends oder morgens am entscheidenden Prozeßtag, seine Gefühle eine

schäumende Mischung aus entschlossener Konzentriertheit und unterdrückter Angst. An seinen Fällen tüftelte er zu Hause; seine Kinder sprachen ihn an und blieben ohne Antwort, während er im Geist Prozeßtaktiken, einen präzise kalkulierten Richtungswechsel im Kreuzverhör durchging und mit abwesendem Blick zärtlich nach ihnen langte, um sie zum Schweigen zu bringen, während er an etwas ganz anderes dachte. Sicher, er hatte es zu etwas gebracht. In seinem Büro mit seinen Zigarren, seinen Büchern, seinem Telefon, seinen Mandanten saß er von sieben Uhr morgens bis neun oder zehn Uhr abends. Er kehrte heim in ein stilles Haus. Die Kinder waren nicht mehr wach, sie lagen längst im Bett. Clara wartete mit einem Buch im Schoß im stillen Wohnzimmer, der Geruch seines warm gehaltenen Abendessens durchzog das Haus: ein Bild der Ordnung, der Ruhe und Genügsamkeit.

Hatte er sich von ihrem Verhalten täuschen lassen? Wie viele Jahre hatte er sich mit dem Gedanken getröstet, daß sie keinen Streit hatten, daß sie selten Kritik wie andere Ehefrauen äußerte? Das wäre Clara vulgär vorgekommen. Sicher, er behandelte sie immer mit vollendeter Höflichkeit. Er setzte sich selten über ihre Wünsche hinweg. Aber natürlich hatte er klug gewählt, da sie ihre Wünsche selten äußerte. Natürlich hatten sie auch ihre Krisen. Wer hatte die nicht? Die Zeit, als die Kinder aus dem Haus und aufs College gegangen waren, war für Clara ein tiefer Einschnitt. Besonders als Kate gegangen war, gab es Zeiten, da er sie in Tränen aufgelöst im Dunkeln vorfand. Jeden Tag war sie da, die stumme Anspielung, die wie eine Prellung pochte: Sie liebte ihr Leben nicht, keinen Teil davon. Wenn er versuchte, sie zu besänftigen, fiel sie offen über ihn her, rasend vor jahrzehntelang unausgesprochenen Vorwürfen. Doch sie hatten sich weitergeschleppt, und Clara hatte schließlich zu ihrer strengen Selbstbeherrschung zurückgefunden, ihrem angespannten Lächeln und der Behauptung, es ginge schon. Sie war wie ein schwedischer Sektenpfarrer, der die Qual der Existenz stumm und beharrlich ertrug.

Er hatte nie viel getrunken, und der Wein machte ihn schläfrig an diesen Abenden, wenn er auf Wanderung war. Er schreckte aus dem Schlaf hoch und fand sich mit trockenem Mund aufrecht in einem Sessel sitzend, während alle Lichter brannten.

Eines Nachts schreckte ihn ein besonders lebhafter Traum aus dem Schlaf. Er badete bei Wolfs Point im Kindle River. Ohne es zu merken, geriet er in einen Strudel, und bald zappelte und kämpfte er, während um ihn herum weißer Schaum wirbelte. Am Ufer sahen seine Mutter, sein Vater und sein älterer Bruder, in schwere dunkle Wollsachen gekleidet, zwischen den Bäumen stehend zu, alle unbeweglich wie Statuen. Obgleich er auf dem Rücken schwamm, konnte er durch die nackten Zweige irgendwie die Blicke auf Clara und die Kinder erhaschen. Die Kinder saßen an Pulten und wurden von Clara mit erhobenem Finger belehrt. Obwohl er schrie und in dem Wildwasser strampelte, bemerkten sie Stern nicht, der gegen den Strom kämpfte und immer weiter abgetrieben wurde.

Fiona Cawley, seine Nachbarin, begrüßte ihn mit einem Cocktailglas in der Hand.

»Sandy!« schrie sie. Schon beim ersten Wort war Stern klar, daß sie betrunken war. Fiona stieß die Haustür weiter auf und stand mit ausgebreiteten Armen da, von hinten beleuchtet durch die Lampen im Wohnzimmer. Nate, Fionas Ehemann, trank ebenfalls mehr, als gut für ihn war. Vielleicht hielt das die beiden zusammen. Jetzt aber war Stern verblüfft, daß er plötzlich verstand, was Fiona dazu trieb. Vom Alkohol enthemmt, war sie attraktiver; ihre Haltung war von verlockendem Entgegenkommen. Offenbar genoß sie ihre Freiheit. Ein elegantes pastellfarbenes Strickkleid betonte vorteilhaft ihre schlanke Figur. Ihre Frisur und ihr Make-up waren makellos, und sie trug auch abends zu Hause Schmuck, einen großen Diamantanhänger im Dekolleté. Fiona verbrachte ihre Tage damit, sich zu pflegen. Sie schien entzückt, ihn zu sehen. Sie scheuchte den Hund weg und zog Stern an der Hand ins Haus, wobei sie ihm auf seine Frage versicherte, daß er nicht beim Abendessen störe.

»Wie geht es dir denn so, Sandy?« Sie streichelte sein Gesicht, eine trunkene, übertriebene Geste. »Wir denken so viel an dich.«

Sogleich setzte er als Reaktion eine undurchdringliche Miene auf. Darin war er schon immer gut gewesen, in einem wortlosen Stirnrunzeln als Andeutung vielschichtiger Gefühle. Sofort bekam er einen verkniffeneren, schmerzerfüllteren Gesichtsausdruck.

»Mir geht's den Umständen entsprechend, Fiona. Hat Nate vielleicht einen Augenblick Zeit? Ich möchte ihn etwas fragen.« Sein persönliches Erscheinen, hatte Stern überlegt, könnte Nates Aufmerksamkeit erregen. Nachdem er Cals Geschichte gehört hatte, war Stern entschlossen, beim Versuch der Entwirrung von Claras verwickelten Angelegenheiten direkter zu werden.

»Hat er dich nicht angerufen? Ich habe es ihm zwanzigmal ausgerichtet. Heut abend ist er leider weg, Sandy, aber bleib doch ein bißchen. Trink einen mit mir. Ich wollte dich sowieso was fragen. Ich bin froh, daß du gekommen bist.«

Ohne auf eine Antwort zu warten, ging sie halb in die Eingangshalle hinein, um den Hund in die Küche zurückzujagen. Fiona war ein Mensch, der immer bekam, was er wollte. Sie hatte ihm keine Chance gegeben, eine Ausrede vorzubringen.

Seit neunzehn Jahren lebten die Sterns neben den Cawleys. Sie hatten zugesehen, wie Cawleys Haus im Landhausstil drei Anbauten erhielt, so daß es heute einen seltsam anmutenden zweiten Stock hatte, der wie ein kleiner Hut auf einem großköpfigen Mann klebte. Sie waren Zeugen geworden, wie die Kinder der Cawleys erwachsen wurden. Jetzt waren beide auf dem College. Sie hatten am Wochenende Gespräche über den Gartenzaun genossen; einen gelegentlichen Drink oder ein Grillfest; zwei Jahrzehnte lang Post entgegengenommen und Gartengeräte ausgeliehen – doch hatten sie die Cawleys als Ehepaar wie viele andere mit Zurückhaltung behandelt. Vor Jahren, als

der Arzt, der Sterns Kinder zur Welt gebracht hatte, in den Ruhestand gegangen war, hatte sich Clara für Nate als Gynäkologen und Hausarzt entschieden. Bei Notfällen – einem Sturz vom Baum, einer kleineren Infektion – war er für die ganze Familie der inoffizielle ärztliche Berater. Irgendwie paßte dieses sachliche Verhältnis den Sterns ganz gut, da es auf diese Weise möglich war, Nate ohne Fiona zu genießen. Als Arzt war er beschlagen, entspannt und leutselig; zu Hause wurde er leicht von seiner Frau an die Wand gespielt. Fiona war in jüngeren Jahren zweifellos eine große Schönheit gewesen und immer noch eine gutaussehende Frau, hübsch und schlank mit fesselnden hellen Augen, die fast bernsteingelb waren. Doch sie war schwer zu ertragen: nervös, überspannt und stets konkurrenzbewußt. Fiona verbreitete eine schwüle Atmosphäre von Rivalität und sinnlichen Ressentiments.
»Einen Cocktail?« fragte Fiona jetzt.
Stern ließ sich in einem Sessel mit Blumenmuster nieder. Das Wohnzimmer der Cawleys war im modernen irischen Stil eingerichtet, einer leicht geschmacklosen Weiterentwicklung des amerikanischen Kolonialstils. In den Räumen waren überall dunkle Tische und Kommoden, und auf den meisten Möbeln lagen Spitzendeckchen. Fiona beschäftigte sich in einem kleinen angrenzenden Arbeitszimmer, wo sie die Flaschen auf einem Teewagen arrangiert hatte. Sie soff mit Stil; sie schenkte in geschliffene Gläser ein, und als Prunkstück stand ein großer echtsilberner Eiskübel in der Mitte.
»Einen kleinen trockenen Sherry, wenn du hast, Fiona. Mit Eis. Ich muß heute abend wirklich noch arbeiten.«
»Arbeiten?« fragte sie. »Jetzt schon wieder? Sandy, du solltest dir lieber was gönnen.«
Das hörte er in der letzten Zeit häufig. Natürlich wurden dabei keine Vorschläge gemacht. Tanzen? Nachtlokale? Irgendwo mußte ihm etwas entgangen sein. Was war denn in Trauerfällen schicklich? Nützliche Arbeit zu meiden und im Fernsehen Schwachsinn anzugucken? Stern war dieser konventionellen Bemühungen müde, seine Gefühle umzupolen.

Als sie ihm seinen Drink gab, fragte er, ob es ihr gutgehe.
»Mir? Mir geht es blendend«, sagte Fiona und blickte in ihr Glas. Stern erinnerte sich jetzt, daß er vor Jahren, ohne groß darüber nachzudenken, beschlossen hatte, Fiona keine solchen Fragen zu stellen. Der Hund tobte und knurrte in der Küche, wo er eingesperrt war; man konnte seine Klauen über die Fliesen schaben hören. »Was hast du von Nate gewollt?«
»Ich hätte bloß ein paar Fragen zu Clara. Sag ihm, daß es nur ganz kurz dauert. Ich wollte wissen, ob er sie wegen irgendwelcher Beschwerden behandelt hat.«
»Irgendwas war da«, sagte Fiona und schwenkte dabei betrunken ihr Glas.
»Wirklich?«
»Er schaute gewöhnlich morgens bei ihr vorbei. Sie brauchte irgendein Medikament oder so was.« Fiona wedelte mit der freien Hand herum und deutete damit an, wie Nate wahrscheinlich ihre Fragen abgewehrt hatte.
»Aha.« Wie er gedacht hatte. Stern blieb kurz still und stand dann auf, bestärkt durch die Richtigkeit seiner Vermutung, und wollte gehen.
»Ach, du kannst doch jetzt noch nicht gehen. Weißt du nicht mehr? Ich wollte dich doch was fragen.«
»Tatsächlich«, sagte Stern. Er hatte es wirklich vergessen. Sie ging in ein anderes Zimmer und kam mit einem kleinen Päckchen zurück.
»Sandy, vielleicht bist du noch nicht soweit, aber wenn du es bist, möchte ich dich Phoebe Brower vorstellen. Sie ist ganz reizend. Und ihr hättet so vieles gemeinsam. Ihr Mann, weißt du...« Fiona schlackerte mit der Hand und verzog das Gesicht. »Schlaftabletten.«
Ganz stumm konnte er nicht bleiben – ein Ton entfuhr ihm, irgendein Geräusch. Wenn Fiona nicht betrunken oder nicht Fiona gewesen wäre, hätte er das wohl übelgenommen. Vielleicht glaubte sie, er wolle eine Selbsthilfegruppe aufmachen. Anonyme unerträgliche Ehegatten. Er erkannte das Einwickelpapier des örtlichen Fotogeschäfts um das Päckchen, das ihm

Fiona hinhielt. Schon wieder Fotos? Er sollte ein Schild auf seinem Haus anbringen. Stillgelegt. Abgewrackt. Außer Betrieb.
»Wie du schon sagst, Fiona. Es ist viel zu früh.«
Sie zuckte mit den Schultern. »Ich hätte geglaubt, daß das was ist, worauf sich die meisten Männer freuen. Endlich wieder frei zu sein.«
Na, bisher waren sie einigermaßen klargekommen, aber jetzt geriet Fiona auf Abwege. Stern schlug sich auf die Schenkel, zum Zeichen, daß er aufbrechen wollte.
»Na ja, vielleicht hast du recht. Frauen wissen immer besser über Männer Bescheid.«
»Red mir nicht nach dem Mund, Sandy. Das machst du zu oft bei anderen Leuten. Ich hab einen Grund für meine Frage.«
Sie war herrisch, kein Zweifel. Stern saß schweigend da und beobachtete, wie sich Fiona endlich ein Herz faßte.
»Sandy, ich möchte, daß du dir das ansiehst. Ich muß dich etwas fragen.« Sie hielt ihm das Päckchen hin.
»Was ist das, Fiona?«
Sie schüttelte den Kopf und sagte, er solle sich's nur ansehen. Erklären wollte sie nichts. Irgendwie spürte er stark, daß Clara nicht mehr da war. Vor ein paar Wochen hätte sich diese Szene nie abspielen können. Sogar betrunken hätte sich Fiona nicht so frei gefühlt, ihn in Anspruch zu nehmen und festzuhalten.
Als er das Päckchen aufmachte, fand er eine Videokassette.
»Sieh's dir nur an.« Sie wies durch einen Durchgang auf das kleine Fernsehzimmer. Stern, der sich noch weiter sträuben wollte, gab es auf. Bei Fiona war das zwecklos.
Er fand den Videorecorder und drückte die Knöpfe; mit Geräten kannte er sich aus. Das Band fing ruckartig mitten in einer Szene an. Die Bilder waren von schlechter Amateurqualität. Die Hauttöne waren viel zu rosig. Aber sie zeigten genug. Als erstes war eine junge Frau aufgenommen. Sie wurde scharf und unscharf gezoomt, war aber so nackt, wie sie auf die Welt gekommen war. Sie war schlank, mit kleinem Busen, saß auf

einem Bett und lächelte harmlos in die Kamera. Zuerst war er zu verblüfft, um zu kapieren, was diese nackte Frau für Fiona bedeuten konnte. Doch dann wurde ihm klar, daß er dazu Nates Stimme hörte; die Worte waren undeutlich, und Stern, wie er so dastand und an seinem Sherry nippte, hatte keine Lust, die Lautstärke aufzudrehen und noch mehr zum Schlüssellochgucker zu werden. Er hatte schon verstanden: der Kameramann war Nate.

Merkwürdigerweise war seine erste Regung Mitleid mit seinem Nachbarn. Wie hatte er sich so was antun können? An den Posen des Mädchens war nichts besonders Verruchtes. Sie schlug an einer Stelle lässig die Beine übereinander, hatte schwarze, hochhackige Schuhe an, und als Nate mit der Kamera über ihre Gestalt fuhr, wurde das schwarze Dreieck der Schamhaare sichtbarer und dazwischen die hellrosa Schamlippen. Die Bilder wirkten irgendwie fast unschuldig. Auf jeden Fall entspannt. Nate und die junge Dame, wer immer sie auch sein mochte, waren jedenfalls gut miteinander bekannt. Sie lächelte, als liege sie am Strand.

Dann, als Stern schon auf den Ausschaltknopf drücken wollte, kippte das Bild; der Bildschirm wurde dunkel, flimmerte wieder und füllte sich schließlich erneut mit Gestalten. Er brauchte ein paar Sekunden, um sich zurechtzufinden, und fühlte sich etwas unangenehm berührt, bevor er benennen konnte, was er da sah. Nate hatte offenbar die Kamera auf sich selbst gerichtet. Obwohl unscharf, war sein erigierter Penis dennoch erkennbar; die Perspektive war schwer auszumachen, aber Nate schien recht gut ausgestattet. Dann wurde das Bild ohne Warnung erneut geschnitten und stellte sich schließlich auf das ein, was Nate vermutlich die ganze Zeit schon hatte filmen wollen. Der Abstand war zu kurz für die Brennweite der Kamera, und man sah hauptsächlich das Haar der jungen Frau, das durch die Unschärfe wie eine flauschige Badezimmermatte wirkte. Doch war unverkennbar, daß ihre roten Lippen sich um das Ende von Nates Glied schlossen. »Das ist geil«, sagte Nate auf dem Band. »Das ist geil.« So viel konnte Stern verstehen.

Für alle Zeiten war auf Band festgehalten, wie Nate einen geblasen bekam.

»Ich verstehe«, sagte Stern. Er hatte den Recorder abgestellt. Fiona war mit dem Rücken zur Mattscheibe neben dem Teewagen stehengeblieben.

»Ziemlich übel, meinst du nicht? Der Saukerl hat mir weisgemacht, er ginge an diesem Abend zu den Anonymen Alkoholikern. Was sagst du dazu?«

»Fiona –« stammelte er, hatte aber keine Ahnung, was er weiter sagen sollte.

»Jetzt will ich eins von dir wissen, Sandy.« Sie warf rasch Eiswürfel in ihr Glas; das Gesicht kehrte sie ihm noch immer nicht zu. »Wenn ich die Scheidung einreiche, kann ich das vor Gericht verwenden?«

Stern suchte sofort nach Ausflüchten. Er hatte keine Lust, zwischen seine Nachbarn zu geraten. Seine Kanzlei bearbeite keine Scheidungssachen, sagte er. Vor verschiedenen Gerichten seien häufig verschiedene Verfahrensregeln üblich.

Sie unterbrach ihn mit einem abweisenden Gesichtsausdruck: »Red nicht um den heißen Brei herum, Sandy. Ja oder nein? Was hältst du davon? Ich bin noch nicht soweit, mir einen Anwalt zu suchen. Ich möchte bloß wissen, wo ich stehe.«

Er merkte plötzlich, daß er sehr aufgeregt war. Das Videoband hatte ihn offenbar durcheinandergebracht. Und es störte ihn mehr, als er erwartet hatte, daß die Cawleys, auch ein fester Bezugspunkt in seinem Leben, am Auseinandergehen waren. Schließlich brachte er doch eine Antwort heraus.

»Ich würde meinen, daß es wahrscheinlich vom Gericht zugelassen wird.« Das stand eigentlich außer Frage. Jeder Anwalt, der ein bißchen denken konnte, würde auf ein Dutzend Möglichkeiten kommen, das Videoband als Beweismittel einzuführen.

»Na, an dem Tag wird's dem kleinen Bastard ordentlich leid tun. Ich sage ihm nämlich seit Jahren, daß er sich eine Scheidung von mir einfach nicht leisten kann. Jetzt wird er endlich merken, was das heißt.« Fiona streckte das Kinn herausfordernd vor. Es fiel ihm schwer, nicht über ihre offensichtliche Vorfreude auf den Schmerz zu erschrecken, den sie Nate zufügen wollte. »Weißt du, wo ich das zum erstenmal gesehen habe, Sandy? Im Fotoladen. Nate hat mich sogar gebeten, die Kamera zur Reparatur hinzubringen. Und der Junge hinterm Ladentisch hat mir die Kassette vorgeführt und gesagt: ›Was ist das denn?‹ Er hat sie mit der Kamera abgespielt – weißt du, wie das geht –, und dann hat er mich so komisch angesehen. Dieser zwanzigjährige Bengel. Und rat mal, was ich gemacht hab. Du wirst es nicht glauben. Ich hab geschauspielert, Sandy. Mir fiel nichts anderes ein. Ich hab tatsächlich behauptet, das seien Bilder von mir.«

Dann fing sie natürlich zu weinen an. Stern war überrascht, daß sie so lange durchgehalten hatte. Verblüfft stellte er fest, daß Fiona recht hatte. Die junge Frau sah ihr sehr ähnlich. Dieselbe schlanke Schönheit mit hohen Jochbeinen. War das ein Hoffnungszeichen oder etwas Schlimmes? Oder nur ein weiterer Hinweis darauf, daß manche Leute immer dieselben Fehler machten? Jetzt brauchte er nicht mehr zu fragen, welche Ablenkungen Nate gehindert hatten, ihn zurückzurufen.

»Fiona, du bist ganz durcheinander«, sagte Stern.

»Freilich bin ich durcheinander!« schrie sie. »Tu nicht so gönnerhaft, verdammt noch mal.«

Mit dem Gedanken, sie zu trösten, hatte er sich vorsichtig auf sie zubewegt. Doch jetzt hielt er inne.

»Nate weiß nicht, daß ich das gesehen habe. Ich hätte es nicht ausgehalten, mir anzuhören, wie er mir das erklärt.« Sie blickte Stern grimmig an. »Verrat jetzt bloß nichts. Ich weiß immer noch nicht, was ich machen werde.«

»Nein, nein, natürlich nicht«, versprach Stern, obwohl er sich kaum vorstellen konnte, daß Nate, der ihr schließlich die Kamera gegeben hatte, völlig unschuldig war. Doch Fiona gehörte nicht zu den Leuten, die komplizierte Ansichten über menschliche Beweggründe hatten. Sie hatte einen engen Blick, einen begrenzten Horizont – ihre Gefühle schwankten nur zwischen leichter Feindseligkeit und blinder Wut. Sie war also drauf und dran, blindlings um sich zu schlagen und sich selbst dabei ernstlich zu schaden, wie eben, als sie Stern gedrängt hatte, sich das Videoband anzusehen. Dabei hatte sie geglaubt, Nate vor den geachteten Nachbarn zu beschämen, und statt dessen feststellen müssen, daß sie selbst die Demütigung nicht aushielt. Vermutlich war es das Beste, wenn sie die Konfrontation mit ihrem Ehemann vermied. Spaßeshalber hatten Clara und er sich im Laufe der Jahre versprochen, daß sie einander ihre Fehltritte nie beichten würden. Ein Spaß, der aber etwas für sich hatte. Bei so einer Sache konnte man sich eine liebevolle Erklärung schwer vorstellen. Immerhin hatte er das Glück gehabt, sich ohne Untreue – zumindest nicht sexueller Art – durch seine Ehe zu schleppen.

Stern versuchte zu trösten. Ehepaare hätten trotzdem weitergemacht, erzählte er Fiona, aber sie hörte nicht zu. Sie saß auf der Ecke des Sofas ein paar Meter von ihm entfernt und schluchzte in ihren Drink. Er konnte das Rouge auf ihren Wangen und ihre gefärbten Haare sehen.

»Und weißt du, was mich am meisten aufregt? Das er das jetzt macht. Jetzt. Zwanzig Jahre war da immer einer, der mir nachlief. Ich stieg aus dem Auto, und die Männer sahen mir nach, wie ich die Straße entlangging. Sie wollten was von mir, das hab ich genau gespürt«, sagte Fiona. »Aber er muß jetzt hingehen und sich einen Jungbrunnen suchen. Wofür? Was findet er denn daran so toll? Was bringt ihm das? Ist diese Geschichte da noch zu glauben? Dieser verdammte Hengst.« Fiona schluchzte lauter und hielt ihr Glas in Augenhöhe. »Meinst du nicht, daß ich das auch machen kann? Ich habe immer geglaubt, daß er meine Würde wahren will. So was kann ich auch. Ich laß ihn das auch filmen. Mir ist das egal. Laß die Hosen runter, Sandy, dann besorg ich es dir. Gleich hier.«

Für einen winzigen Moment wurde Fionas Blick viel zielstrebiger, als der Alkohol zu rechtfertigen schien, und Stern war überzeugt, daß sie ihm an die Wäsche wollte. Vielleicht setzte sie sogar an und konnte es dann doch nicht. Irgendwas kam

ihr dazwischen – in einem Sekundenbruchteil, in dem er vor Schreck nicht einmal genau beobachten konnte.
»Ach, dir ist das doch egal«, murmelte sie. Sie war aufgestanden, sank aber nun beim Sprechen zurück. Er war nicht ganz sicher, was sie mit der Bemerkung meinte – vermutlich, daß er kein Mitgefühl habe; doch war in ihrer Stimme, in ihrem gewohnten herrschsüchtigen Ton eine merkwürdige Anzüglichkeit, als sei er eine Jammergestalt, die sich nicht sträuben dürfe.
»Fiona«, sagte er.
Sie wedelte mit der Hand.
»Geh heim, Sandy. Ich bin am Durchdrehen.«
Er wartete kurz, bis sie sich wieder ein bißchen gefangen hatte.
»Ich werde Nate sagen, daß du ihn sprechen willst.«
»Ja, bitte«, erwiderte er, und sie schieden voneinander in dieser seltsam sittsamen Stimmung.

In dieser Nacht konnte er nicht schlafen. Während ihrer ganzen Ehe hatte Clara gelegentlich an Schlaflosigkeit gelitten und die Tage dann mit sorgenvollem Blick und rotgeränderten Augen verbracht. Manchmal erwachte er tief in der Nacht und sah sie hellwach im Schein der Leselampe auf ihrer Bettseite liegen. In den Anfangsjahren hatte er sie gefragt, was sie bedrücke. Sie hatte stets beschwichtigend, aber ausweichend geantwortet, und mit der Zeit reagierte er auf diese Episoden nur noch mit der gemurmelten Bitte, sie möge das Licht ausmachen. Sie tat dies auch, blieb aber dann im Dunkeln aufrecht im Bett sitzen. Hin und wieder, wenn das nächtelang so ging, hatte er sanfte Ratschläge gegeben, doch Clara war viel zu stoisch, um sich oder ihre Probleme auf die Couch eines Psychiaters zu legen. Wie Stern war sie überzeugt, daß man mit solchen Sachen letztendlich selber fertig werden mußte. Nun hatte er die nächtlichen Qualen.
Mit einem Kissen im Rücken lehnte er sich aufrecht gegen das Kopfende des Bettes; und der Kegel seiner Nachttischlampe war das einzige Licht im Haus. Er nahm einen Geschichtsband

von Braudel zur Hand und legte ihn dann wieder auf den Nachttisch zurück. Diese Episode mit Fiona war nicht so leicht abzutun. Um seinen Körper schien ein schwaches Kraftfeld zu entstehen, eine fast elektrische Aura. Im Dunkeln tappte er in den Wintergarten, um sich einen Drink zu machen. Wodka und Mineralwasser, wie er es einmal jemanden in einer Bar hatte bestellen sehen. Er schob den Vorhang beiseite und blickte zu den Cawleys hinüber. Nates BMW stand in der kreisförmigen Auffahrt, und die einzige Beleuchtung kam von den Straßenlampen und vom Mond und ließ die dunklen Fenster wie eingeschlagen erscheinen. War Fiona auch ruhelos, oder schlief sie tief, erschöpft von Zorn und Verzweiflung?

Mit einem Drink in der Hand ging er ins Schlafzimmer zurück. Der Alkohol machte die Empfindung stärker und örtlich begrenzter. Sein Geschlechtsteil summte regelrecht. Mit einer gewissen Scheu spielte er die Videoaufzeichnung vor seinem geistigen Auge noch mal ab. Ein Bild schien ihn besonders zu faszinieren, eine merkwürdig schräge Kameraführung, als sie den Kopf der Frau in Nates Schoß erfaßte, den weißen Fleck ihres Haares einfing, ihren glänzenden Nasenrücken und das feuchtschimmernde bleiche Glied, das zwischen ihren Lippen hervorkam, als sie den Kopf zurückzog. Leicht angetrunken, hatte er nicht die Macht, seine eigene Erregung zu unterdrükken. Sein Penis wurde steif und hob die Bettdecke. Vor drei Wochen hatte er geglaubt, er sei gegen derlei Reize auf Dauer immun.

Plötzlich dachte er: Was hätte passieren können? Hätte er sie gebremst, wenn sie vor Wut und Verzweiflung kühn genug geworden wäre? »Ach, dir ist das doch egal.« Er hatte noch immer keine Ahnung, was Fiona gemeint hatte, doch in der Erinnerung ließ ihn ihre Bemerkung erschauern, als sei es eine aufreizende Botschaft schrankenloser Freizügigkeit. War ihm das wirklich egal?

»Absurd«, sagte er laut und versuchte einzuschlafen, verärgert bei dem Gedanken, daß er sich halbbetrunkenen Phantasien über Fiona hingab. Ausgerechnet Fiona! Sie gehörte zu den

Frauen, die er nie anziehend gefunden hatte. Doch nun, als am Rande des Einschlafens wirre Gedanken kamen und gingen, vermischte sie sich in seinem Kopf beunruhigend mit dem Bild der jungen Frau, um derentwillen Nate sie verschmäht hatte. Clara hatte seit Peters Geburt zwanzig Pfund zuviel gehabt, doch Stern konnte sich nicht erinnern, auch nur für einen Augenblick gewünscht zu haben, daß dem nicht so wäre. Aber nun verweilte er in Gedanken bei dem schlanken Körper dieser viel jüngeren Frau, die sich in Traumfetzen in Fiona verwandelte. Gegen fünf Uhr schlief er fest und fuhr plötzlich hellwach auf. Er hatte den ordinärsten und eindringlichsten Traum gehabt; er hatte geträumt, er wäre an Nates Stelle; sein Glied stand aufrecht und brannte vor Lust und Harndrang. Welche sanfte Berührung, fragte er plötzlich träge, hätte wohl seine Reaktion beschleunigt? Irgendwie stellte er sich Finger mit Flötentriller vor.

Noch vor sechs fuhr er ins Büro. Der Himmel färbte sich langsam grau und rosa wie über der Prärie. Nach der fast schlaflosen Nacht fühlte er sich völlig erschöpft; er konnte sich kaum konzentrieren, während sich die Empfindungen seiner schwülen Träume hartnäckig hielten. Noch hinter seinem Schreibtisch blieb er erregt, so daß sogar seine Fingerspitzen, die Härchen auf seinen Knöcheln überempfindlich reagierten. Immer noch hörte er, gedämpft, aber hartnäckig, die anzügliche Stimme sagen: »Ach, dir ist das doch egal.«

6

Vor drei Jahren war Stern das Mandat übertragen worden, den ersten Stellvertreter des Bezirksstaatsanwalts von Kindle County zu vertreten, der beschuldigt worden war, seine Kollegin Staatsanwältin ermordet zu haben. Für die Stadt war das der Prozeß des Jahrzehnts gewesen, der seichte Triebhaftigkeit und politische Intrigen enthüllt hatte, und Stern hatte dabei infolge seiner Rolle für kurze Zeit landesweite Aufmerksamkeit auf sich gezogen. Danach war seine Anwaltskanzlei, die nie unbedeutend gewesen war, beträchtlich gewachsen. Hatte er zuvor einen Mitarbeiter gehabt, beschäftigte Stern jetzt drei jüngere Juristen, die in letzter Zeit einhellig behaupteten, mindestens ein weiterer würde noch gebraucht. Einer der Anwälte in Sterns Diensten, Alec Vestos, bearbeitete ausschließlich Zivilsachen, und das weitgehend selbständig; Stern hatte auch nach drei Jahrzehnten zu dem endlosen Hin und Her des Zivilprozesses – Beweiserhebung, Zeugenbefragungen und so weiter – keine rechte Lust. Die zwei anderen – Raphael Moya und Sondra Duhaney – waren beide ehemalige Pflichtverteidiger und etwa zur selben Zeit vor zwei Jahren zu Stern gestoßen. Sie vertraten Strafsachen vor dem Bezirksgericht, während Stern gewöhnlich die Federführung in Bundesstrafsachen übernahm.

Alec, Raphael und Sondra wurden mit den meisten Sachen ohne Anleitung fertig, und seit Claras Tod hatten sie das Schiff gesteuert. Stern hatte seine Stunden in der Kanzlei drastisch reduziert. Nach seinen unruhigen Nächten fand er sich morgens oft geplagt von mißlichen Visionen aus seinen Träumen, die häufig zu bedrohlich waren, als daß er sich genau erinnern konnte. Er lag dann im Bett und fühlte sich, als habe er eine zweite Haut, sah sich selbst auf eine distanzierte, abstrakte Art wie eine schwebende Gestalt, wie einen der Dybbuks, die im Hintergrund eines Gemäldes von Chagall herumtanzen, oder wie einen Astronauten mit Nabelschnur zu seiner Raumkapsel, der schwerelos im Weltall trieb und jederzeit ins Unendliche abdriften konnte. Vermochte er sich aufzuraffen und zur Arbeit zu gehen, so fühlte er sich bereits entnervt, wenn er die Kanzlei betreten hatte.

Die Haltung eines ganzen Lebens machte es ihm unmöglich, Rechtsfragen gleichgültig anzugehen. Das Recht würde ihn immer wieder in seinen Bann schlagen, wie manche Kinder stets von neuem von einem bestimmten Spielzeug fasziniert wurden. Sogar jetzt kam er sich in seinen Fähigkeiten nicht beeinträchtigt vor; dennoch schob er seine Pflichten vor sich her. Mandanten mit ihren Problemen und drängenden Fragen – alldem fühlte er sich derzeit nicht gewachsen. Es gab eine begrenzte Zahl von Rechtssachen, bei denen Stern unabänderlich in der Pflicht stand. Alles übrige wurde an die jüngeren Anwälte delegiert. Jeden Tag im Büro erhielt er Berichte von seinen Kanzleipartnern, empfing Mandanten, die er unbedingt selbst sprechen mußte, überprüfte Schriftsätze, erledigte nötige Anrufe oder Auftritte vor Gericht und verbrachte den Rest des Tages mit ziellosem Grübeln. Er selbst hätte gesagt, daß er an Clara dachte, doch das stimmte nicht ganz. Er dachte praktisch über alles nach: Werbefernsehen; Graffiti an einer Hauswand; die Kinder und ihr Elend; erforderliche Einkäufe; Rechnungen; aufgeschobene Gartenarbeiten; an die vier- oder fünfmal, als er Clara eine nochmalige Reise nach Japan versprochen und diese weder angetreten noch auch nur Anstalten dazu getroffen hatte. Vorige Woche hatte er einen ganzen Tag lang Broschüren über ein neues Textverarbeitungssystem gelesen.

Er hatte den Aktendeckel seines heutigen Falls zugeschlagen und bereitete sich auf seine Wandernacht zu Hause vor, als Alec mit einer Fernkopie erschien, die vor wenigen Augenblicken eingegangen war. Es war fast sieben Uhr abends, und in der Kanzlei herrschte Stille, nur die Anwälte waren noch da und arbeiteten jetzt die unerledigten Tagesreste auf, ohne immer wieder durch ständiges Telefongeklingel gestört zu werden. Die Mitteilung an Stern – ein Deckblatt und ein Brief – kam von Dixon aus seinem prächtigen Landsitz in Greenwood County, wo er ein Arbeitszimmer voller technischer Finessen hatte: Telefax, Computer, Ticker, Modems. Als moderner Geschäftsmann mußte Dixon stets erreichbar sein. Dann klingelte das Telefon, Sterns Privatapparat.

»Hast du's gekriegt?« fragte Dixon.

»Ich sehe es mir gerade an.« Wie versprochen, gehörte Dixons Fall zu den wenigen Sachen, um die sich Stern weiterhin ständig kümmerte. Er hatte die von der Staatsanwaltschaft

erwähnten drei Kunden Dixons aufgetrieben, die er zuvor nicht hatte erreichen können – jeder hatte sich inzwischen einen Anwalt genommen, und die Anwälte hatten bestätigt, daß sie tatsächlich Kontakt mit dem FBI gehabt hatten, doch nur einer war bereit, Stern Kopien der von der Grand Jury angeforderten Geschäftsunterlagen zu übermitteln. Anfang dieser Woche hatte Al Greco aus Dixons Büro hier in DuSable telefonisch die Namen zweier hiesiger Großkunden durchgegeben, gegen die ebenfalls Ermittlungsverfahren eingeleitet worden waren, und es betraf dieselbe Art von Geschäftsunterlagen. In welche Richtung die Staatsanwaltschaft ermittelte, war daraus auch nicht deutlicher geworden.
Die Briefkopie, die Dixon herübergefaxt hatte, bot jedoch einen gewissen Einblick. Seine Hausbank, die First Kindle Bank, teilte ihm darin mit, daß bei ihr vor über einem Monat ebenfalls Ermittlungen durch die Grand Jury angestellt worden waren. Dem Brief zufolge hatten FBI-Agenten die Bank aufgesucht und kurz Dixons Kontoauszüge überprüft. Dann hatten sie die Belege aller Einzahlungen Dixons im letzten Jahr und aller von ihm ausgestellten Schecks auf seine drei Privatkonten verlangt und Kopien mitgenommen. Eine ungeheure Arbeit, bei der die Bankangestellten ganze Rollen Mikrofilme durchsehen mußten, doch die Bank würde diese Unterlagen nächste Woche termingerecht vorlegen können. Das FBI hatte die übliche Vertraulichkeit gefordert, doch hatte sich die Bank nach Rücksprache mit ihren Anwälten entschlossen, Dixon zu verständigen, falls er Einspruch einlegen wolle. In dem Brief wurde diese Geste als ein heroischer Widerstandsakt im Interesse eines geschätzten Kunden dargestellt, aber natürlich war das lediglich Routine.
»Was bedeutet das?« fragte Dixon.
Es konnte vieles bedeuten, das war Stern klar. Mit Sicherheit jedenfalls, daß sich die Ermittlungen der Staatsanwaltschaft gegen Dixon richteten; und daß sie irgendwie herausgefunden hatte, wo er seine Privatkonten hatte. Vor ein paar Monaten hätte sich Stern an diesem Punkt eine Zigarre angezündet, um

sich einen Moment zum Nachdenken zu verschaffen. Seine Finger zuckten immer noch zu dem schönen Kristallaschenbecher auf seinem Schreibtisch, als hätten die Nerven einen verselbständigten Instinkt. Nach seiner Rechnung war es neunundzwanzig Tage her, seit er seine letzte Zigarre geraucht hatte, am Tag seines Abflugs nach Chicago. Das war die kummervolle Reaktion eines Südamerikaners, wie ihm klar war, eine stumme Kasteiung, ein katholisches Überbleibsel von früher, das er noch aus seiner Jugend mit sich schleppte. Und dabei war er doch Jude. Das war typisch für die völlig unvorhersehbare Art, wie ihm Argentinien gelegentlich nachhing.
»Meiner Meinung nach bedeutet das«, sagte Stern, »daß die Staatsanwaltschaft versucht, Geld aufzuspüren. Dixon, die glauben, daß du irgendwie illegal von den umfangreichen Termingeschäften profitiert hast, die sie gerade untersuchen.«
Dixon schwieg.
»Das ist doch alles Quatsch«, erwiderte er schließlich. »Was glauben die denn? Daß ich das ganze Geld geklaut und dann sofort auf mein Privatkonto eingezahlt habe, damit es auch ja auffällt? Für wie blöd halten die mich eigentlich?«
Stern gab keine Antwort. In seiner Empörung war Dixon überzeugend, doch die von der Bank beschriebene Abfolge der Ereignisse – daß die Agenten die Auszüge zuerst durchgesehen hatten – ließ eins klar erkennen: Sie glaubten, auf der richtigen Spur zu sein. Dixon hatte letztesmal eingeräumt, daß die von der Staatsanwaltschaft untersuchten Warentermingeschäfte groß genug waren, die Marktpreise kräftig zu beeinflussen. Vielleicht hatte sich Dixon von anderen Maklern etwas dafür bezahlen lassen, daß er sie über die Pläne seiner Kunden informierte. Das würde passen. Der Staatsanwalt würde alle Privatschecks überprüfen wollen, die Dixon von anderen Börsenmitgliedern erhalten hatte.
»Aber wenn sie nach Geldern suchen, die ich eingezahlt habe, wozu brauchen sie dann meine verdammten Auszahlungsschecks?« fragte Dixon.
»Im allgemeinen wollen sie deine Schecks nicht, um zu sehen,

was vorne draufsteht, sondern wegen der Rückseite.« Dixon schien nicht zu begreifen. »Wenn sie sich die Indossamente anschauen, Dixon, können sie andere Konten identifizieren, andere Geldinstitute, mit denen du zu tun hast. Wenn sie das Gesuchte nicht auf diesem Konto finden, probieren sie es bei den anderen.«

»Ist ja großartig«, sagte Dixon. Er wurde wieder still. Stern kritzelte inzwischen einen raschen Entwurf eines Briefs an die Bank mit der Bitte um Kopien der Verfügung und der an die Strafverfolgungsbehörde ausgehändigten Unterlagen. Es hatte, wie die Anwälte der Bank sehr wohl wußten, für die Bank keine Möglichkeit bestanden, sich zu weigern. »Das Weib ist wirklich schlau.« Dixon sprach offenbar von Klonsky. »Sie will alles. Margy hat mir gesagt, daß die per Verfügung angeforderten Unterlagen bereits ein halbes Zimmer füllen.« Ein paar Kisten, hatte Margy Stern mitgeteilt, aber das würde er selbst überprüfen. Nächste Woche wollte er nach Chicago fliegen, um die Unterlagen durchzusehen, bevor er sie der Staatsanwaltschaft übergab. »Du weißt doch, wie sie sie nennen?« fragte Dixon. »Die Klonstadt. Hast du das gehört? Das Genie ohne Titten.« Dixon lachte. Freitag abends bei Gil's, einem vornehmen Restaurant, wo die in Bundessachen tätigen Rechtsanwälte regelmäßig zusammenkamen, um sich über laufende Prozesse und die täglichen Mühen ihrer Praxis auszulassen, hatte Stern den Spitznamen gehört. Diese Art schwarzen Humors war nie nach seinem Geschmack gewesen.

Dixon war tief gekränkt. Verbittert. Fühlte sich verfolgt. Mrs. Klonskys Einfallsreichtum übertraf seine Erwartungen. Doch aus seinem plumpen Bemühen, so zu tun, als sei dieser vulgäre Spitzname lustig, hörte Stern dennoch erstmals einen bekannten Ton heraus. Den kannte er schon seit Jahrzehnten, das weinerliche Blöken eines in die Enge Getriebenen. Der Manschetten oder Fracksausen hatte, egal, wie man's nannte. So klang es, wenn der innerliche Zerfall unmittelbar bevorstand, wenn die inneren Stützpfeiler vor ihrem Zusammenbruch seufzten. Bei diesem wehleidigen Ton in Dixons Stimme lief es

Stern selbst kalt den Rücken hinunter. Wenn er neuerdings den Spitznamen der Staatsanwältin wußte, war Dixon also nicht imstande gewesen, Sterns Rat zu beherzigen und mit niemandem über die Ermittlung zu reden. Statt dessen hatte er wohl in der Sauna in seinem Club oder in einer Ecke des Umkleideraums, wo er sonst über Getreidepreise oder Weiber an der Börse redete, die er gern vögeln würde, irgendwem sein Herz ausgeschüttet – angesichts der Information, die er zurückbrachte, vermutlich einem Juristen. Man konnte nur hoffen, daß wenigstens der das Maul halten würde.
»Und weißt du schon das Neueste?« fragte Dixon. »Ich dürfte das eigentlich nicht wissen, aber zwei FBI-Agenten sind die ganze Woche bei Datatech gewesen und haben Aufzeichnungen über eines der Konten meiner Firma überprüft. Ich hab erst heute davon erfahren.«
Stern brummte eine Tonlage tiefer. Kein Wunder, daß sich Dixon umzingelt fühlte. Datatech war Dixons Vertragsfirma für die Datenverarbeitung, die die Computerabrechnung für alle Konten von Maison Dixon erstellte.
»Über welches Konto, Dixon?«
»Das Irrläuferkonto.«
»Und was ist das bitte?«
»Genau das, wonach es sich anhört. Wo wir Fehler ausbügeln. Der Kunde will zwei Waggons Bohnen, und wir kaufen ihm statt dessen Mais. Wenn wir merken, was wir gemacht haben, kaufen wir ihm die Bohnen doch noch und verbuchen den Mais auf dem Irrläuferkonto, so daß am Ende wir selbst den Mais haben und nicht der Kunde.«
»Und die Staatsanwaltschaft will die Buchungsunterlagen für dieses Konto?«
»Es kommt noch besser. Die Kerle haben Datatech aufgefordert, einen besonderen Computerauszug zu machen. Sie wollen nur die Irrläufer bei Geschäften an der Produktenbörse von Kindle County.«
»Kindle County?« fragte Stern ungläubig.
»Genau.« Dixon wartete. »Das ergibt doch keinen Sinn, oder?«

»Nein«, antwortete Stern schlicht. Die Abschlüsse, über die die Staatsanwaltschaft zuvor per Verfügung Angaben angefordert hatte, waren sämtlich an der Chicagoer Börse erfolgt. Die Irrläufer aber, die die Strafverfolgungsbehörde jetzt untersuchen wollte, waren nach Dixons Angaben alle bei Geschäften an der kleineren hiesigen Börse entstanden. Es war, als untersuche man Transaktionen an der New Yorker Börse, indem man Unterlagen auf der Börse von San Francisco anforderte. Verblüffend. Doch in Dixons unsicherer Stimme war etwas, das Stern darauf schließen ließ, daß die Staatsanwaltschaft auf der richtigen Spur war. »Von wem hast du das gehört, Dixon, das über das FBI bei Datatech?«

»Hintenrum. Bei Datatech haben sie sich in die Hosen geschissen, als sie die Verfügung gesehen haben. Ich zahle diesen Wichsern dreihunderttausend Dollar im Jahr, und die geloben feierlich, so was vor mir geheimzuhalten.«

»So ist das eben«, sagte Stern. »Aber hast du Gründe für die Annahme, daß diese Information den Tatsachen entspricht?«

»Eine junge Frau«, berichtete Dixon schließlich. »Ich kenn sie schon lange. Sie würde mir keinen Scheiß erzählen. Ich habe ihr versprechen müssen, daß sie deswegen keine Schwierigkeiten kriegt. Ich will nicht, daß Tittenlos was davon hört.«

»Klar«, sagte Stern. Wie anderen Börsianern war Dixon ein gegebenes Wort heilig. Dolchstöße in den Rücken waren jederzeit erlaubt, aber ein Auge in Auge gegebenes Versprechen durfte nie gebrochen werden.

»Wie lange wird sie damit eigentlich noch weitermachen«, quengelte Dixon, »die Kronstadt oder wie sie heißt?«

»Klonsky«, verbesserte Stern. »Das läßt sich nicht sagen.«

»Monatelang?«

»Theoretisch jahrelang.«

»Und die können einfach weiter eine Verfügung nach der anderen loslassen? Sogar an mich?«

»Wenn ein berechtigter Ermittlungsgrund vorliegt, ja.« Durchs Telefon hörte Stern das leise metallische Klicken von Dixons Feuerzeug. »Darf ich annehmen, daß es dir um etwas Besonderes geht, Dixon?«

»Nichts von Belang«, sagte er. Er seufzte schwer. »Können die mit so einer Verfügung irgendwas beschlagnahmen?«
»Ich kann dir nicht folgen, Dixon.«
»Nehmen wir mal an, ein paar Privatsachen. Können sie die beschlagnahmen?«
Stern wartete ab. Was erzählte ihm Dixon da?
»Wo liegen diese Privatsachen, Dixon?«
Stern konnte hören, wie sein Schwager an der Zigarette saugte und dabei überlegte, wieviel er zugeben sollte.
»In meinem Büro. Du weißt doch. Da ist ein kleiner Safe. Unten in meiner Kredenz eingebaut.«
»Und was ist drin?«
Dixon gab einen unbestimmten Ton von sich.
»Ganz allgemein«, sagte Stern.
»Privatkram«, erwiderte Dixon, »halt Sachen.«
Stern fuhr sich mit der Zunge über die Lippen. Dixon brauchte keine Ermahnungen, ihm gegenüber weniger geschwätzig zu sein. Bisweilen bestand eine merkwürdige Kameradschaft zwischen Stern und seinem Schwager. Dixon war ein kluger Mann mit einem einnehmenden Sinn für Humor; mitunter konnte man seine Gesellschaft richtig genießen. Er und Stern gingen zusammen zu Fußballspielen und betrieben Körperertüchtigung, soweit Stern mithalten konnte. Beide Männer liebten technische Spielereien, und in der East Charles Street waren zwei Läden, die sie jedes Jahr einmal nachmittags aufsuchten. Und dennoch war da immer eine letzte Grenze gewesen, bewacht von einer Art Rivalität, Mißbilligung, Mißtrauen. Stern fand sich damit ab, daß ihn Dixon oft im dunkeln ließ. Er wünschte keinen laufenden Bericht über Dixons Seitensprünge oder Geschäftspraktiken am Rande der Legalität. Im Laufe der Jahre hatte sich diese Beziehung zwischen Anwalt und Mandant für sie angenehmer erwiesen als irgendein angestrengtes Bemühen um verwandtschaftliche Intimität. Stern verlangte nur, was das Gesetz mit seinen strikten Vorschriften erforderte, und Dixon hörte genau zu und antwortete knapp, wie es ihm in den Kram paßte.

»Sprechen wir wirklich von Privatsachen, Dixon? Dinge, die nur dich angehen und nicht die Firma, die außerhalb der Firma entstanden sind und die du dem Firmenpersonal nicht zugänglich machst?«

»Richtig. Können die da mit einer Verfügung ran?«

Stern überlegte. Es widerstrebte ihm stets, derlei unfundierte Urteile abzugeben. Der Mandant behielt immer eine Einzelheit für sich, durch die sich alles änderte.

»Im allgemeinen kannst du nicht gezwungen werden, private Dinge vorzulegen, solange dir nicht Straflosigkeit garantiert wird. Das dürfte beim jetzigen Stand der Ermittlungen aber nicht in Frage kommen. Ein Hausdurchsuchungsbefehl ist natürlich etwas ganz anderes.«

»Ein Hausdurchsuchungsbefehl?«

»Diese Ermittlungen gegen Maklerfirmen sind bisweilen höchst unangenehm. Je nachdem, worauf die Staatsanwälte aus sind, könnte ihnen der Versuch angebracht erscheinen, alle deine Unterlagen in die Finger zu bekommen. Wenn sie im Büro anfangen und glauben, daß etwas fehlt, könnte als nächstes deine Wohnung dransein.«

»Soll ich die Sachen besser auslagern? Ist es das, was du mir sagen willst?«

»Nur wenn es dir was ausmacht, wenn es der Staatsanwaltschaft in die Hände fällt. Wenn dieser Gedanke dir aus irgendeinem Grund Sorgen bereitet, solltest du erwägen, deinen Safe woanders unterzubringen, wo eine Hausdurchsuchung nicht so wahrscheinlich ist.«

»Und wo?«

»Wie groß ist er?« fragte Stern.

»Einen Fuß im Kubik«, sagte Dixon.

»Dann könntest du ihn hierherschicken. Die Bundesanwaltschaft durchsucht auch heute noch ungern Anwaltskanzleien. Der Durchsuchungsbefehl erfordert eine Sondergenehmigung vom Justizministerium in Washington, und die Durchführung schmeckt nach einem Verstoß gegen das Recht auf anwaltliche Vertretung. Aus ihrer Sicht ist das sehr unsauber.«

»Und wie komm ich an den Safe, wenn ich was brauche?« Stern wollte das Offensichtliche nicht aussprechen. Dixon hatte bereits klargemacht, daß er keine Absicht hatte, ihm den Inhalt zu verraten.
»Ich werd dir einen Schlüssel zum Büro geben. Du kannst kommen und nachschauen, wenn du willst. Oder noch besser, wie wär's mit einem andern Anwalt, der nicht mit dieser Sache befaßt ist? Wally Marmons Büro wäre hervorragend geeignet.«
Das war die große Anwaltskanzlei, die Dixon bei den Routinesachen seiner Firma vertrat, welche Stern nicht übernehmen wollte. Dixon grunzte bei dem Gedanken.
»Er wird Miete von mir verlangen«, meinte Dixon, »stundenweise. Und er würde zu nervös werden. Du kennst doch Wally.«
Bei näherer Betrachtung hatte Dixon vermutlich recht.
»Wenn du dich dabei nicht wohl fühlst, dann laß deinen Safe dort, wo er ist, Dixon. Oder nimm ihn mit nach Hause. Als dein Anwalt aber sähe ich ihn lieber hier.«
Am besten grenzte man Dixons Privatsphäre klar ab. Nur der Himmel konnte wissen, wo es enden mochte, wenn Dixon ständig Zugang zu irgendeiner schwarzen Kiste hatte, in der er jedes Dokument verschwinden lassen konnte, nach dem die Strafverfolgungsbehörde fahndete, und dessen Inhalt ihm unangenehm war. Mandant wie Anwalt konnten dabei schweren Schaden nehmen.
Dixon sagte schließlich, er werde den Safe nächste Woche schicken.
»Regle das Nötige selber«, sagte Stern. »Wenn niemand außer dir weiß, wo der Safe ist, kann auch niemand der Staatsanwaltschaft sagen, wo sie danach suchen soll.«
»Was meinst du damit?« fragte Dixon.
Stern zögerte erneut. Er wollte ihn nicht ängstigen, doch er mußte es ihm mitteilen.
»Dixon, hör zu, ich bin fest überzeugt, daß die Staatsanwaltschaft einen Zuträger hat.«

»Einen Spitzel?«
»Jemand, der dir oder der Firma nahesteht. Die Staatsanwaltschaft hat viel zu genaue Informationen. Deine Geschäftsvorfälle. Deine private Bankverbindung. Wer die Daten für dich verarbeitet. Und bei dem, was sie freiwillig rausgelassen haben, ist die Reihenfolge seltsam. Ich habe den Verdacht, daß sie dich über ihre Quellen irreführen wollen.«
»Ich glaube, daß sie mir nur zeigen wollen, wie verdammt schlau sie sind«, sagte Dixon.
»Denk drüber nach, Dixon. Die Identität dieses Spitzels könnte für uns von größter Bedeutung sein.«
»Vergiß es, Stern. Du bist nicht im Bilde. Jede Hyäne an der Börse von Kindle, die mir je in den Arsch beißen wollte, liefert vermutlich Angaben an diese Kerle.«
Dixons Tonfall war bitter, als er von seinen Kritikern und Konkurrenten sprach.
»Aber wer zuletzt lacht, lacht am besten. Denk an meine Worte. Denk daran«, sagte er. »Ich werd jetzt mein Maul halten, weil du mir sagst, daß ich das muß. Aber wenn diese Geschichte vorbei ist, bin ich immer noch obenauf. Und dann sind ein paar Rechnungen fällig.«
Dixon war es nicht gewohnt, angreifbar zu sein – oder sich zurückhalten zu müssen. Daß beides der Fall war, machte ihn wütend. Er blieb noch kurz in der Leitung und schnaufte wie ein Stier. Nachdem er so zuversichtlich Triumph und Rache verheißen hatte, schien ihm nichts mehr einzufallen. Vielleicht erkannte er, wie müßig das war. Die Strafverfolgungsbehörde würde trotzdem weitermachen, seine Unterlagen einfordern, seine Kunden verprellen, seine Feinde hofieren und in jede denkbare Verbindung, die ihm wichtig war, ihre Nase stecken. Von seinem Landsitz aus schien Dixon zuzusehen, wie sein Arkanbereich schrumpfte. Geheimhaltung war immer sein bester Schutz gewesen – nicht seine Freundschaften oder Bündnisse, von denen er wenig hatte, ja nicht einmal sein Reichtum oder seine persönliche Ausstrahlung. Dixon mußte wie Caliban oder Gott einfach unergründlich wirken. Seine

derzeitige Zwangslage machte ihm daher schwer zu schaffen. »Wart's nur ab«, sagte Dixon noch, bevor er den Hörer auflegte.

7

»Rühr dich nicht vom Fleck«, befahl ihm die Frau am Telefon, »ich bring dir dein Abendessen.«
»Wer ist da?« fragte Stern. »Helen?«
»Ja, natürlich bin ich's. Stört dich das? Ich bring's dir bloß und geh wieder. Ich hab noch einen Termin.«
Sie mußte in viertelstündigen Abständen angerufen haben, denn er war eben erst heimgekommen. »Das ist aber nett«, sagte er und betrachtete das unidentifizierbare Tiefkühlgericht, das auf dem Küchentisch bereits vor sich hin taute.
Aha, dachte Stern, das Weibervolk meldet sich wieder. Helen Dudak war natürlich nicht daran gelegen, allzu direkt zu wirken. Die Dudaks und die Sterns tauschten nun seit zwanzig Jahren Gefälligkeiten aus. Als Ehepaare waren sie hauptsächlich durch ihre Kinder zusammengebracht worden. Kate war fast ihr ganzes Leben lang die beste Freundin von Helens ältester Tochter Maxine. Die beiden Familien hatten die gleichen Vorstellungen darüber, was wirklich wichtig war, wenn man Kinder großzog: daß man um Erlaubnis bitten mußte, bevor man vom Tisch aufstand; wieviel Bonbons am Tag erlaubt waren; und von welchem Alter an man allein Auto fahren oder abends mit einem Jungen ausgehen durfte. Die Dudaks waren feine Leute mit Prinzipien und vernünftigen Wertvorstellungen und hingen an ihren Kindern. Also ruhte das Verhältnis auf dieser soliden, wenn auch schmalen Grundlage. Seine Kenntnisse über Helens persönliche Interessen waren bestenfalls flüchtig. Clara schien Miles und Helen nie als interessantes Paar betrachtet zu haben, und in den letzten Jahren war ihr Verhältnis angesichts vieler Veränderungen

etwas abgekühlt. Maxine hatte Betriebswirtschaft studiert, geheiratet und arbeitete in St. Louis; und Helen war nun schon seit drei Jahren von Miles geschieden. Sie hatte eine altkluge, lustige, selbstbewußte Art, entschlossen, mit dem Mitleid und der Demütigung nach den traurigen Umständen fertig zu werden, unter denen ihr Mann, der reiche Eigentümer einer Kistenfabrik, nach mehr als zwanzig Jahren von zu Hause ausgezogen war und wenige Monate später seine dreißigjährige Sekretärin geheiratet hatte.

Aus dem Küchenfenster beobachtete Stern, wie sie mit einer großen Handtasche und etlichen Behältern aus Aluminiumfolie beladen aufs Haus zukam. Bauxitaktien müßte man kaufen, dachte Stern, als er sie so auf die Haustür zusegeln sah, die Aluminiumtabletts bis unters Kinn gestapelt.

»Helen, mein Gott, hier ist doch nur ein Esser.« Stern befreite sie von ihrer Last und führte sie in die Küche. »Das reicht ja für sechs Personen. Oder für sechzehn.« Er zog die Folie von einem Tablett mit Huhn ab, und der Duft stieg ihm in die Nase. Er hätte wetten können, daß Helen Dudak eine hervorragende Köchin war. Das paßte zu dem soliden Bild, das er von ihr hatte. »Du mußt mir helfen. Es wäre ein Jammer, wenn das alles nur aus der Tiefkühltruhe gegessen würde. Hast du vor deinem Termin noch Zeit zum Abendessen? Bleib doch. Ich würde mich über deine Gesellschaft freuen.«

Helen zögerte, ließ sich aber schließlich überreden, ihren Mantel abzulegen. War das geplant gewesen? Stern bezweifelte es. Helen war nicht berechnend, obwohl sie sich eindeutig freute, zum Essen gebeten worden zu sein. Er hängte ihren Regenmantel in die Garderobe, ein rehbraunes Kleidungsstück mit einem berühmten Etikett – Miles hatte sich seine Freiheit nicht billig erkauft. Sie hatte bereits Teller und Besteck gefunden und deckte den Küchentisch, als Stern zurückkam. Er bewunderte Helens Feingefühl, daß sie das nicht zu einem hoffnungsvolleren Zusammensein im Eßzimmer machte, und doch empfand er eine gewisse freudige Erregung, als er sie zwischen den Küchenschränken und dem Tisch hin- und hergehen sah. Da waren sie nun, zwei Leute mittleren Alters. Seine Frau war seit fünf Wochen tot. Doch er war ledig, und sie war ungebunden, und das bewirkte bei ihnen beiden eine merkwürdige und fast schmerzhafte Lebendigkeit.

Interessiert war er, das konnte er vor sich selbst nicht verhehlen. Seit seinem Abend bei Fiona erregte ihn sozusagen jede Frau, die er traf. Für Stern war das eine beunruhigende Fixierung. Doch wie er sich selbst einredete, hatte er nicht erst jetzt auf diesen Kanal geschaltet. Früher natürlich nur in Gedanken. Täglich hatte er hundert Frauen bewundert, wenn er nur durch die Stadt ging oder fuhr. Doch er hatte es bewußt in Vergessenheit geraten lassen. Er hatte zu den Männern im mittleren Alter gehört und das Gefühl von Gesetztheit gehabt, sich also in einer Lage befunden, in der man sein Interesse für Sexualität ohne weiteres abtun konnte, ohne deswegen in seiner Männlichkeit angezweifelt zu werden. Nun empfing er fast widerwillig aufregende Bereitschaftsmeldungen aus seinem eigenen Körper. Er konnte sich noch nicht so recht als Partner einer anderen Frau vorstellen – es war noch immer viel zu früh –, und doch warf er Helen einen leicht lüsternen Blick zu, als er den Flur hinunterging, um eine Flasche aus dem Weinkabinett zu holen.

Alles in allem war sie eine hübsche Person – um die Mitte hatte sie etwas zugenommen, aber Stern saß in diesem Punkt selbst im Glashaus. Und auch wenn sie ein bißchen vom Leben gezaust wirkte, war daran auch etwas richtig Attraktives. Ihr Haar war rötlich, fuchsrot, inzwischen wohl etwas nachgefärbt, wurde allerdings mit dem Alter trocken und daher allmählich schwer zu frisieren. Ihre Beine waren gut geformt; sie hatte keinen nennenswert ausladenden Hintern; ihr Gesicht war großporig und stark geschminkt, aber auf seine Art hübsch. Helen hatte einen Blick, der ihm bekannt vorkam – Humor, Kummer und Würde lagen darin. Stern hatte den Eindruck, daß sie nach Miles' Auszug völlig verloren gewesen war, doch sie war hart im Nehmen, vielleicht keine Intellektuelle, aber mit guten Grundlagen. Sie hatte tapfer weitergemacht, in der richtigen Überzeugung, daß sie sich nichts bieten lassen mußte.

»Na, das ist aber ein unerwarteter Genuß«, sagte er erfreut, als das Essen schließlich vor ihnen stand. »Was hast du mit diesen Kartoffeln gemacht, Helen? Wirklich, sie schmecken ganz besonders gut.«

Helen beschrieb das Rezept. Stern hörte genau zu. Kartoffeln aß er gern.

Sie erzählte ihm von ihrer Arbeit. Sie hatte sich irgendwann mal zur Touristikberaterin ausbilden lassen, sehnte sich aber nach etwas Besserem und war Kongreßplanerin geworden. Große Organisationen engagierten sie, um Tagungsstätten, Hotels und Präsentationen zu arrangieren. Sie tat das in Heimarbeit mit Telefax und Telefon. Der Anfang war etwas holprig gewesen, aber jetzt lief es gut. Sie berichtete humorvoll darüber, erzählte unterhaltsam und übernahm in dieser eigenartigen Atmosphäre ihres gemeinsamen Essens bereitwillig die Führung.

Es klingelte an der Tür. Durch die Scheiben neben der Haustür erblickte er Nate Cawley. Stern schien ihn in einem Augenblick des Nachdenkens ertappt zu haben. Auf der Natursteinschwelle hatte Nate sich umgedreht, um sein Gesicht in den Wind zu halten. Er war eher kleingewachsen und schmal. Sein Haar war grau, und das meiste davon schon ausgegangen; ein paar längere Haare richteten sich nur in der Brise auf. Es roch nach Regen; der April war hier immer naß. Nate war ohne Mantel gekommen und trat auf der Stelle, um sich warm zu halten. Er trug eine Golfjacke und blaue karierte Hosen.

»Komm rein, Nate.« Helen war vom Tisch in der Frühstücksecke aufgestanden und spähte zu Stern und Nate in die Eingangshalle hinüber. Trotz der Entfernung versuchte Stern eine Vorstellung. »Kennst du Helen Dudak?« fragte er.

»Sicher.« Nate nickte steif. Dann herrschte kurz Befangenheit. Nate blieb stehen. Er glaubte zweifellos, daß er störe, und Stern wurde sich augenblicklich bewußt – auch wenn dies altmodisch war –, daß er es nicht mochte, allein mit einer Frau zu Hause angetroffen zu werden. Das war es ganz und gar nicht, was Nate Fiona als Neuigkeit mitbringen sollte, die sie dann prompt in der Nachbarschaft verbreiten würde. Stern bewegte gravitätisch den Arm wie ein Schmierenschauspieler, um Nate ein bißchen weiterzudrängen.

»Wir sitzen gerade bei einem phantastischen Essen, das Helen mitgebracht hat, Nate. Möchtest du etwas von dem köstlichen Hähnchen Vesuvio, oder soll ich dir einen Drink holen?«

»Nein danke, Sandy. Ich bin nur eine Sekunde herübergekommen. Fiona hat gesagt, daß du nach mir gefragt hast.« Nate entschuldigte sich, daß er so schwer zu erreichen sei. Es sei allerhand im Gange. In der Tat, dachte Stern. Nur der liebe Gott wußte, was Fiona über ihr Gespräch erzählt hatte, aber es war eindeutig eine entschärfte Version gewesen. Obwohl er leicht abweisend schien, machte Nate nicht den unverkennbaren Eindruck eines Mannes, der wußte, daß man sich mit seiner Frau bereits über ein Video von seiner Erektion unterhalten hatte. Stern führte ihn in sein Arbeitszimmer.

»Hast du irgendeine Vorstellung, wofür das hätte sein können?«

»Hm«, sagte Nate. »Westlab.« Er studierte die Rechnung eingehend, bevor er sie zurückgab. »Ich arbeite nicht viel mit denen.«

»Offenbar hat Clara im letzten Monat einen Arzt aufgesucht.«

Nate brauchte einen Augenblick, um das zu begreifen. »Wie kommst du denn auf die Idee?«

Stern erläuterte die Eintragungen in Claras Kalender. »Ehrlich gesagt, Nate, habe ich angenommen, das seist du. Ich hab eine Arztrechnung gefunden.« Nate, ein Arzt und Nachbar nach alter Tradition, untersuchte häufig einfach so und schickte Clara nur hin und wieder eine Rechnung, wenn überhaupt. Nach der Testamentseröffnung in Cals Büro hatte Stern Claras Scheckbuch sorgfältig geprüft. Und zwangsläufig hatte er auch die Post durchgesehen. Er sei auf die Idee gekommen, meinte er zu Nate, daß Clara vielleicht krank gewesen sei. »Etwas Ernstes«, sagte Stern und fügte dann leiser hinzu: »Unerträglich.«

Endlich ging Nate auf ihn ein. Er wurde weicher, bekam den sanften Blick des Arztes am Krankenbett.
»Nein, nein, Sandy, da war nichts dergleichen, nichts, wovon ich weiß.«
»Ich verstehe.« Sie standen einander im Arbeitszimmer gegenüber, und ihr Zusammensein war irgendwie belastet. Vielleicht fand Nate es unschicklich, daß Stern die Papiere seiner Frau durchwühlt hatte; oder er war wegen Helens Anwesenheit befangen. Seine Antworten klangen irgendwie bemüht. »Vermutlich hat mich Fionas Bemerkung irregeführt, daß du Clara von Zeit zu Zeit Medikamente gebracht hast.«
»Ach, Fiona«, sagte Nate, und über sein Gesicht flog ein Ausdruck des Mißfallens. Es war falsch gewesen, schoß es Stern sofort durch den Kopf, daß er etwas vom betrunkenen Gerede dieser Frau wiedergegeben hatte. »Ihre Knie haben Clara in diesem Winter Schwierigkeiten gemacht, Sandy. Ich hab ihr etwas Entzündungshemmendes vorbeigebracht.«
»Ach so«, sagte Stern. Die beiden Männer sahen einander weiter an.
»Sandy, soll ich nicht Westlab für dich anrufen? Ich finde schon heraus, was da los ist.«
»Das kann ich auch selbst machen, Nate.«
»Nein«, sagte Cawley, »laß mich das tun. Sie reden lieber mit mir als mit dir. Wenn sie überhaupt jemandem was sagen. Wenn ihr Juristen nicht wärt –« Nate schickte sich in seiner sanften und vertrauten Art an, Stern mit den typischen Klagen eines Arztes über die Anwaltschaft und die Auswirkung der neuesten Schadensersatzprozesse auf die ärztliche Praxis zu überfallen, doch schnitt er sich selbst das Wort ab. »Weißt du«, erklärte er, »vielleicht ist es nur ein Irrtum. Ich hab schon erlebt, wie solche Rechnungen fürchterlich verwechselt worden sind. Vielleicht mit jemandem, der auch Stern heißt.«
Stern fand das ziemlich an den Haaren herbeigezogen. Aber dann ging ihm plötzlich ein Licht auf.
»Ach du liebes bißchen.« Stern schlug sich mit der Hand auf den Mund. »Da fällt mir was ein.« Die Rechnung war für Clara

gewesen – nicht aber der Test. Der war, Nates Einwand hatte ihn darauf gebracht, für jemand anders gewesen – und zwar für Kate. Eine Schwangerschaftsuntersuchung. Oder so was Ähnliches. Kate hatte erzählt, daß sie mehrfach Probleme damit gehabt hatte. Sie hatte sich vermutlich ihrer Mutter anvertraut, die wie so oft darauf bestanden hatte, sich an den Kosten zu beteiligen. Das könnte einer der Gründe für Kates Untröstlichkeit sein, daß Clara gestorben war, ohne die frohe Nachricht erhalten zu haben – und warum hier im Haus keine Arztrechnung eingegangen war. Eine Waagschale stieg, eine sank, doch dann setzte sich alles in ihm mit der Unerschütterlichkeit der richtigen Lösung. »Ich meine jetzt, Nate, daß das vielleicht etwas mit Kates Schwangerschaft zu tun hat.«

»Aber sicher«, sagte Nate. Es war ihm sichtlich wohler. »Das muß es gewesen sein.« Er strebte sogleich zur Tür, froh, daß die Sache geklärt war.

»Vielleicht, Nate, wenn ich doch noch Fragen habe, dürfte ich dich bitten, trotzdem das Labor anzurufen?«

»Aber sicher doch«, sagte Nate. »Kein Problem. Brauchst mir nur Bescheid zu geben.«

Im Gehen wandte sich Nate um, um Helen kurz zuzuwinken. Sie hatte immer noch eine Hand erhoben und blickte dabei sehr traurig drein, als Stern wieder zu ihr kam. Sie hatte allein vor ihrem Teller gesessen, ohne weiterzuessen. Sicher spürte auch sie, daß die Stimmung jetzt verdorben war. Man sah ihm an, daß sich Claras Geheimnis mit seinen vielen Komplikationen hineingedrängt hatte. Er zappelte wie ein Fisch im Netz. Daran war hier und jetzt nichts zu ändern.

»Ich muß mich entschuldigen«, sagte Stern. »Ein paar Fragen, die ich stellen mußte. Claras Arzt.«

»Meiner auch«, erwiderte Helen.

»Ach so«, sagte Stern. »Also daher kennt ihr euch.«

Helen aß weiter. Aus dem Radio kam Musik, Brahms. Er saß in dem Korbstuhl und war sich seines Gewichts, seiner Körperlichkeit sehr bewußt. Und wie so oft wurde die Trauer wieder alles bestimmend.

»Ist Clara krank gewesen, Sandy? Das habe ich nicht gewußt.«
»Offenbar nicht.« Er berichtete kurz. Die Rechnung. Seine Gedanken. Helen, die sie beide so lange kannte, nickte bei jedem Wort mit raschem, konzentriertem Blick.
»Ich verstehe«, sagte sie. Dann schwiegen sie beide.
»Ich habe keine Ahnung, warum das passiert ist, weißt du«, sagte Stern plötzlich. Gegenüber den vielen anderen Nachfragen, ob angedeutet oder offen, hatte er ein würdevolles Schweigen bewahrt und damit zu der durchaus nicht falschen Schlußfolgerung ermuntert, das Thema sei für ihn zu schmerzlich. Helen Dudak dagegen war eine zu treue Seele, viel zu vertraut, um sie so kurz abzufertigen. »Ich nehme an, die Leute reden darüber?« Diese Frage hatte er schon lange jemandem stellen wollen.
»Würdest du mir etwa glauben, wenn ich dir erzählen würde, daß sie es nicht tun?«
Er lächelte gequält. »Und was reden sie?«
»Blödsinn. Unfug. Wer kennt sich schon in jemandes Leben aus, Sandy? Wirklich, bis zum Kern. Die Leute stehen natürlich vor einem Rätsel. Niemand ist mehr sicher, daß er Clara gekannt hat. Sie war sehr verschlossen.«
»Eben«, sagte Stern weich. Er gestattete sich einen etwas wehmütigen Ausdruck.
Helen ließ sich klugerweise Zeit mit ihrer Bemerkung. »Du mußt sehr zornig sein«, sagte sie schließlich.
So hatte er seine Emotionen, die wütende Unruhe und das Gefühl des Elendseins bisher nicht benennen können. Aber natürlich hatte sie recht. Tief in seinen Knochen konnte er spüren, daß ein heftiges Gefühl wie eine zu hohe Bestrahlungsdosis in ihm brannte, und Zorn war das richtige Wort dafür. Es war keins der Gefühle, in denen er in seinem Leben bisher oft bewußt Trost gesucht hatte. Als Sohn seiner Mutter und Bruder Jacobos war er in dem Glauben aufgewachsen, daß Zorn eine Emotion sei, die von vornherein für andere Menschen da war. Er war der Ruhige. Nun ließ ihn ein gewisses Gefühl für Schicklichkeit zögern, ihr zuzustimmen.

»Ich denke schon«, sagte er schließlich.
»Es wäre verständlich«, fuhr Helen fort.
Langsam kauend, schüttelte er den Kopf.
»Das überwiegt allerdings nicht«, meinte er.
»Nein?«
Er schüttelte wieder den Kopf. Das starke Schwanken seiner Gefühle, die Art, wie sie sich ständig aufdrängten, machte es ihm nun unmöglich, seine gewohnte Zurückhaltung zu wahren.
»Ich zweifle an mir selbst«, erklärte er. »Ich habe versagt.« Und bei diesen Worten, und weil sie ins Schwarze trafen, fühlte er sich, als habe er sich selbst mit einem Pfeil durchbohrt. »Ganz eindeutig.«
»Und was ist mit ihr?« fragte Helen. Sie blickte forsch von ihrer Gabel auf, doch er konnte sehen, daß sie ihre Fragen abwog und seine Empfindlichkeiten abtastete, um festzustellen, wie weit sie gehen durfte. Es war, wie Stern fand, eine eindrucksvolle Leistung.
»Hat Clara versagt?«
Helen gab keine Antwort. Sie sah zu, wie er die Frage erwog. Er verstand, was sie meinte, konnte aber das Wort nicht aussprechen, daß ihn irgendwie wie Rauch umgab: Verrat. Für ihn war das Geheimnis tiefer und komplizierter. Dabei wurde ihm zum erstenmal klar, wie weit er sich vor sich selbst verpflichtet hatte, zur Zeit über diese Sache kein abschließendes Urteil zu fällen. Wiederum schüttelte er wortlos den Kopf. Das war etwas, was man nicht wissen oder sagen konnte.
Helen wartete einen Augenblick.
»Du kannst schließlich nicht alles auf sich beruhen lassen, Sandy.« Stern nickte. Auch das war ein richtiger Gedanke. »Ich spreche aus Erfahrung. Ihr habt zusammen viel geleistet. Und ihr wart ein wunderbares Paar.«
»O ja«, sagte Stern. »Ich redete gern und sie nicht.«
Helen lächelte, lehnte sich aber zurück, um ihn aus der Distanz zu betrachten.
»Du bist zu streng mit dir selbst.« Sie faßte ihn am Handge-

lenk, und er reagierte sogar in dieser Stimmung auf die Berührung einer Frau. »Wie gut sind wir befreundet? Darf ich einen Vorschlag machen?« Ihre Hände waren gebräunt und kräftig, die Nägel poliert. »Hast du jemanden, Sandy?«
Du lieber Gott, schon wieder! Wo blieb denn heutzutage die Moral?
»Bestimmt nicht, Helen.«
Helen blickte auf ihren Teller und verkniff sich ein Lächeln.
»Ich meine einen Therapeuten.«
»Ach so«, sagte er. Sein erster Impuls war ein kategorisches Nein, doch er antwortete schlicht: »Bis jetzt nicht.«
»Es könnte helfen«, meinte sie.
»Sprichst du aus Erfahrung?«
»Natürlich. Eine Scheidung in mittleren Jahren ist härter als ein Hockeymatch.«
Sie sagte das leichthin, und Stern lächelte. Er erkannte, daß Helen der Selbsthilfe anhing, ganz Bürgerin des ausgehenden Jahrhunderts. Sie glaubte an die Kraft des Willens, oder wie es in heutigen Worten hieß, an die Selbstbestimmung. Als Existentialisten können wir mit entsprechender Anleitung genau der Mensch werden, der wir sein wollen. Stört dich was an dir, dann schmeiß es raus. Laß dich vom Seelenarzt neu einrichten. Ein zutiefst konservatives Empfinden Sterns mißtraute diesem Ansatz. Es war alles viel schwerer. Er konnte sehen, daß Helen und er unterschiedliche Lebensphilosophien hatten. Er wählte einen Scherz als diplomatischen Ausweg.
»Lieber rede ich mit dir.«
»Gebongt«, erwiderte sie.
Sie lächelten, froh darüber, eine schwierige Situation überstanden zu haben, verharrten aber dann einige Sekunden in gedrückter Stimmung. Endlich fragte Helen nach Kate. Für den Rest des Abendessens bewegten sie sich auf vertrautem Boden und redeten über ihre Kinder.
Um neun Uhr stand sie auf. Jetzt kam sie spät zu ihrem Treffen. Stern begleitete sie an die Tür und dankte ihr überschwenglich für das Essen.

»Du bist eine gute Freundin, Helen.«
»Das möchte ich auch sein«, erwiderte sie.
»Das war seit langem mein erfreulichster Abend.« Indem er das sagte, merkte er, daß es die Wahrheit war, und fügte in einer plötzlichen Aufwallung von Dankbarkeit hinzu: »Das müssen wir wieder mal machen.«
»In Ordnung.« Sie standen da und sahen einander an. Er war zu neu in dem Geschäft, um sich darüber klar zu sein, worauf er sich eingelassen hatte, und weil ihm nichts Besseres einfiel, nahm er jetzt ihre Hand und küßte sie ganz kurz und höflich. Helen verdrehte die Augen, während sie die Tür öffnete. »Du lieber Gott«, sagte sie. »Wie charmant, wie charmant!« Sie schüttelte den Kopf und schritt mit ihrer großen Handtasche und dem rehbraunen Mantel lachend den Gartenweg hinunter.

8

In die entlegene Vorstadt, wo Kate und John ein kleines Eigenheim gekauft hatten, ein neugebautes Fertighaus, so unsolide wie ein Kinderspielzeug, wagte sich Stern hin und wieder zu einem Abendessen. Dieses Haus lag so weit vom Stadtzentrum entfernt, daß es noch von Maisfeldern umgeben war, und die umgepflügte Erde reichte bis vors Wohnzimmer, da Kate und John sich noch keinen Rasen hatten leisten können. Auf dem Vorgartenrasen an der Auffahrt stand ein einzelnes dünnes Bäumchen, und seine Blättchen raschelten immer leise, wenn der Wind ging.
Kate bemühte sich zwar um ihren Vater und versuchte ihn zu trösten, doch wurden ihre Aufmerksamkeiten hauptsächlich ihrem Mann zuteil. Immer wieder mal berichteten die Zeitungen über Zwillinge, die so ineinander aufgingen, daß sie eine eigene Sprache entwickelten. So war es auch bei Kate und John. Sie hielten ständig geheime Zwiesprache: Geflüster, Murmeln, Kates vertrauliches Gurren. Eine Welt für zwei. Stern hatte

andere Paare wie sie gekannt, die wie eine seltsame Musik aufeinander eingestimmt und davon high waren wie vom Opiumrauchen. Seit der High-School waren sie zusammen, und soweit Stern das sagen konnte, waren sie füreinander der einzige Mann und die einzige Frau, die sie je wirklich kennengelernt hatten. Diese Naivität hatte ihre eigene Schönheit. Füreinander waren sie ausschließliche Verkörperung des anderen Geschlechts: Adam und Eva, Yin und Yang.

Was ein Kind in dieser zweidimensionalen Welt sollte, war schwer vorstellbar, doch Kates Schwangerschaft hatte das Liebesgeturtel eher noch vertieft. John eilte hinter den Stuhl seiner Frau, um ihr aufzuhelfen, und küßte sie hemmungslos, als sie sich in die Küche verdrückten, um die Teller abzuwaschen. Wenn er sah, wie die dunkeln Augen seiner Tochter an ihrem Mann hingen, fühlte sich Stern von ihrer Liebe zu ihm merkwürdig angerührt. Der arme John war ein Schlaffi erster Güte. Als seine größte Leistung würde vermutlich in der Welt bleiben, daß er an einer High-School, die traditionell mittelmäßige Mannschaften stellte, ein Jahrzehnt lang der beste Verteidiger gewesen war. Die energischen Sportler mit dem gierigen Blick auf Agenten, Prämien und die Bundesliga hatten ihn an der Universität von Wisconsin buchstäblich in den Boden gerannt. John, sagten die Trainer, hatte zwar die Körpergröße und die Begabung, nicht aber die Motivation. Für Stern, der sich schon Jahre zuvor Durchblick verschafft hatte, war das nicht gerade neu. Doch in letzter Zeit war etwas Wichtiges hinzugekommen: Seine Frau behandelte er stets liebevoll. In einer harten Welt, in der es nicht viel Anstand gab, in diesem Reich voller Grobiane und Klötze – auch voller Leute wie Stern selbst, die es gut meinten, ihre Gefühle aber nicht zeigen konnten – ragte John als Mann von sanfter Wesensart und großer Zärtlichkeit heraus. Im Sport war er zwar erfolglos geblieben, weil er keinen Killerinstinkt hatte entwickeln können, doch hatte er etwas anderes in sich entdeckt, was er zusammen mit Kate pflegte. Wer hätte nicht gern mit ihm getauscht?

Als John den Abfall vom Abend in den Hof brachte, stand Stern bei seiner Tochter in der Küche. Sie und John hatten gerade das Geschirr vom Abendessen abgewaschen, und sie wrang ein Tuch aus.
»Cara, ich wollte dich was fragen«, sagte Stern. »Neulich ist etwas mit der Post gekommen, und ich hätte gern gewußt, ob du in der letzten Zeit mit deiner Mutter beim Arzt gewesen bist.«
Kate sah ihn verständnislos an. Auch in Sandalen war sie noch ein paar Zentimeter größer als er, mit ihren glatten dunklen Haaren und ihren ebenmäßigen Zügen eine vollendete Schönheit.
»In der letzten Zeit?«
»Innerhalb der letzten Monate?«
»Nein. Natürlich nicht. Ich hab dir doch gesagt, sie hatte keine Ahnung.«
»Aber vielleicht – gibt es keine Möglichkeit, daß deine Mutter vielleicht die Rechnung für einen deiner Tests, für irgendeine Behandlung bekommen hat?«
»Nein, Daddy, aber wie um Himmels willen kommst du darauf?« Kate war vom Spülbecken weggetreten. Bei jeder Erwähnung Claras wurde sie angespannt und emotional, und er wollte plötzlich nicht mehr weiterfragen. Sie hatte eine zufriedenstellende Antwort gegeben.
Er faßte sie an der Schulter, um sie zu besänftigen, und ging in das Wohnzimmer, das noch mit Kisten und Klappstühlen möbliert war, zu John, der sich nach seiner Rückkehr ins Haus sofort vor den Fernseher gesetzt hatte. In solchen Augenblikken empfand Stern eine fast religiöse Dankbarkeit für die Erfindung der Sportschau, mit der sich die kurzen Zeiten ausfüllen ließen, die er mit seinem Schwiegersohn verbringen mußte. Heute abend spielte die ewig vom Pech verfolgte Oberliga-Baseballmannschaft ihrer Heimatstadt, und Stern und John tauschten ihre Meinung über die Aussichten für die laufende Spielsaison aus. Bei den Trappers war es immer die gleiche Geschichte: Junge Stars verkauften sich woandershin,

sobald ihre Gehälter größer wurden; Ballwerfer kamen groß heraus, sobald sie das kleine Stadion der Trappers hinter sich ließen. Stern, der sich bei seinem Studium des American Way of Life höchst intensiv mit Baseball befaßt hatte, freute sich an den Bemerkungen seines Schwiegersohns. John hatte den Blick eines Sportlers für die Nuancen sportlicher Leistungen: der Shortstop warf mit Drall. Tenack, der großartige Right Fielder, versuchte wie jedesmal im April einen Uppercut mit dem Ball. John, der beim Fernsehen eine Brille trug, schob das Gestell von Zeit zu Zeit wieder auf seiner Nase hoch, während sich das Gewusel auf dem Spielfeld in seinen Gläsern spiegelte. Er schien gebannt, kindlich, immer noch mit Haut und Haaren von Glanz und Ruhm des Spiels gepackt; wenn John einem Spiel zusah, konnte man fast das Gebrüll der Menge im Stadion in seinen Ohren dröhnen hören.

Es verging immer eine Weile, während Stern auf Johns gelegentliche Bemerkungen wartete, die er dann sachverständig kommentierte. Stern fragte John selten nach seiner Arbeit; es war schon lange klar, daß er nie ehrlich antworten würde, aus Furcht, seine eher klagend klingenden Antworten könnten Dixon wieder zugetragen werden. John hatte bei Maison Dixon einen langsamen Anfang gehabt, hatte verwirrt Buchhaltung und Kundenabrechnung durchlaufen, bevor er schließlich in der Auftragsabteilung hängenblieb, wo seine Leistung, wie Stern mutmaßte, noch immer nicht berauschend war. Sie saßen schräg vor der Mattscheibe, wobei Johns sture Aufmerksamkeit für das Spiel zweifellos durch den daneben sitzenden Schwiegervater verstärkt wurde, und Stern erinnerte sich seiner eigenen ähnlich schweigsamen Reaktionen im selben Lebensalter auf seinen übermächtigen Schwiegervater Henry Mittler. Bei solchen Reflexionen hatte er Mitgefühl mit John, besonders weil Stern im tiefsten Herzen immer knapp davor war, John zu tadeln, weil er nicht besser, klüger, geschickter und fähiger war, in Kate etwas Erhabeneres zu wecken, anstatt sie, wie es schien, auf dem Schlammgrund der Gewöhnlichkeit sanft zur Ruhe sinken zu lassen.

Nachdem genug Zeit vergangen war, um der Schicklichkeit Genüge zu tun, sagte er John gute Nacht und suchte Kate in der Küche auf, bevor er ging. Bei ihrem Anblick aber kam ihm wieder in den Sinn, wie frustriert er nach dem Zwiegespräch mit ihr vorhin war. Wenn die Rechnung von Westlab nicht für Kate war, was dann? Er war wieder am Nullpunkt.

»Katy«, sagte er, als er sie nach seiner Abschiedsumarmung freigab, »bist du ganz sicher, daß da keine Rechnung für dich war, die vielleicht an deine Mutter geschickt wurde?«

»Daddy, das ist völlig ausgeschlossen, was hast du bloß?« Sie starrte ihn ungläubig an, und er zuckte leicht abwehrend mit den Schultern. Es war ihm doch so einleuchtend erschienen, so typisch für Clara, daß das etwas mit den Kindern zu tun hatte. Beim nächsten Gedanken blieb Stern auf halbem Weg durch die Küche abrupt stehen.

Jetzt hatte er es.

Er war daran vorbeigetappt. Doch jetzt wußte er, warum Clara keine Arztrechnung erhalten hatte; warum Peter damals bei der Aussicht auf eine Autopsie so verstört gewesen war. Der Arzt war nämlich er selbst, Sterns Sohn. Peter hatte den Labortest bestellt, und Peter war auch jetzt noch fest entschlossen, eine frühere Zusage der Vertraulichkeit gegenüber seiner Mutter einzuhalten. Stern hatte Verständnis für die Notwendigkeit von Berufsgeheimnissen, doch hatte er den leisen Verdacht, daß sein Sohn diesen Vorteil gegenüber seinem Vater genießen würde, allein in das letzte Stückchen ihres Lebens eingeweiht zu sein. Wußten die andern vielleicht auch Bescheid?

»Kate.« Sie blickte ihm ins Gesicht, offenbar angezogen vom grübelnden Ausdruck ihres Vaters. »Weißt du irgendwas darüber, daß eure Mutter von Peter ärztlich behandelt worden ist?«

»Was?« Sie sperrte den Mund auf, und ihr Gesicht war starr vor Schreck. Offensichtlich hielt sie diese Vermutung für grotesk. Was sie sich fragte, ließ sich leicht an ihren Augen ablesen: War ihr Vater etwa durchgedreht, völlig von der Rolle,

verlor er jeden Halt? Sie blickte ernsthaft besorgt drein, als er eine verrückte und unwahrscheinliche Idee nach der andern vorbrachte.
Lag er falsch? Das Licht in der Küche schien plötzlich grell. Zum erstenmal in seinem Leben spürte er eine Verwirrtheit, von der er instinktiv wußte, daß sie für ältere Leute typisch ist. Kate hatte natürlich recht. Völlig in seinen Grübeleien versponnen, hatte er die Orientierung verloren. Was war aus seiner seit jeher geübten Vorsicht, seinem Takt und der Diskretion geworden? Er konnte nicht einfach mit dieser hirnrissigen Idee losrennen und seinen Sohn damit konfrontieren. Wenn Peter durch seinen Vater auch nur der harmlosesten Manipulationen beschuldigt würde, würde er mit Sicherheit empört reagieren; und außerdem würde ein solches Vorgehen das bißchen Familienzusammenhalt erschüttern, das noch verblieben war. Er würde wieder Nate Cawley nachjagen und ihn bitten müssen, im Labor Erkundigungen einzuziehen, dachte Stern. Das war die beste und diskreteste Lösung.
»Ein müßiger Gedanke«, beruhigte er Kate. »Vergiß ihn wieder.« Stern nahm die Hand seiner Tochter und küßte sie auf die Schläfe. Er bedankte sich für das Abendessen und wehrte ihre Fragen ab, ob mit ihm alles in Ordnung sei. Doch stellte er bei sich eine zunehmende Irritiertheit fest, als er in die milde Abendluft hinaustrat, um die Heimfahrt über die Stadtautobahn anzutreten. In seinem Cadillac im Scheinwerferlicht dahinfahrend – es war sein Auto, ein Sedan de Ville; Claras Auto war im Rahmen der Veränderung von Bühnenbild und Kulissen, die ihm inzwischen wie eine Filmmontage vorkamen, vom Autohändler abgeschleppt worden –, spürte er wieder diese merkwürdigen Gefühle in sich hochsteigen. Er hatte Claras fürchterliche Überraschungen allmählich satt, ihre verborgene Welt mit gigantischen Ausgaben und geheimen Krankheiten. In seiner Verwirrung verdächtigte er jetzt sogar schon seine Kinder. Das war ihre Schuld, dachte Stern plötzlich, ihre Schuld! Der Vorwurf dröhnte fast in ihm. Immer noch in dieser Stimmung, hielt er, fast zu Hause, vor einem

Lebensmittelgeschäft an. Manche Dinge mit dem Haushalt klappten einfach nicht. Claudia gab seine Einkaufsliste von der Kanzlei aus telefonisch durch, und der Laden lieferte die Tüten freundlicherweise bis zu seiner Hintertür. Doch immer fehlte etwas: Weichkäse oder Milch, und es war nie genug Orangensaft. Beim Warten in der Schlange beobachtete er bewundernd zwei arme junge schwarze Frauen, die trotz der Frühlingskühle in rückenfreien Kleidern vor ihm standen und in ihrem schnellen Bebop-Slang tratschten, bei aller sexuellen Ausstrahlung entwaffnend gelassen. Wieder spürte er den Hochspannungsschock sexueller Erregung. Was hatte das alles zu bedeuten? fragte er sich. Das Leben meldet sich ganz natürlich, gab er sich selbst die Antwort, doch an diesem Drang war etwas Ungehemmtes und Unvorhergesehenes. Fast jede Frau erregte ihn so stark. War es rassistische Überheblichkeit zu denken, daß er diesen Frauen so fremd sein würde wie ein Marsmensch? Dennoch phantasierte er. Wie sahen diese schweren braunen Brüste wirklich aus und wie fühlten sie sich an, waren sie glatt, mit großen Brustwarzen? Seine Phantasie stürzte sich auf solche Gedanken. Er stand unbeweglich im Laden, mit leicht offenem Mund und erregt.

Wieder draußen auf dem Parkplatz, saß er in seinem Auto, ein wenig erschrocken über sich selbst. Wie konnte er bloß? Bei seiner jugendlichen Bereitwilligkeit könnte man meinen, er habe mit Clara kein Liebesleben gehabt, was nicht stimmte. Als junger Mann hatte er sie heftig begehrt, nach der Heirat sogar noch mehr als vorher, als noch so viele Nebendinge wichtig schienen; und sogar trotz der durch Alter und Zeitablauf abnehmenden Frequenz war dieser Hunger nie ganz verlorengegangen. Letztendlich waren ein Mann und eine Frau füreinander immer dasselbe, geheimnisvolle Gegensätze, und im Akt mit seinem Vereinigen und Spüren lagen auf ewig Dinge, die magischer und feierlicher waren als die ältesten Rituale. Manche gleichaltrigen und älteren Paare machten Anspielungen auf das Erlöschen dieser Triebe. Dick Harrison hatte eines Abends zu Stern bemerkt: »Ich halte ihn hoch, und die Sonne scheint

durch.« Doch drei- oder viermal monatlich erneuerten er und Clara diesen grundsätzlichen Vertrag, mit ächzenden, dicklichen Leibern, wie sie zu scherzen pflegte, indem sie im Bett zueinanderfanden und wie zehntausendmal zuvor verschmolzen. Neuerdings hatte er versucht, sich an das letztemal zu erinnern, und fast mit Gewißheit festgestellt, daß es mehr als einen Monat vor ihrem Tod gewesen war. Ein weiteres Anzeichen, das ihm hätte auffallen müssen. Aber er hatte gerade einen Strafprozeß laufen, war belastet und zerstreut, und wer löst nicht nach so vielen Jahren lieber keine kleinen Krisen aus? Man entfernt sich voneinander und findet wieder zusammen. Ein Bild wie auf einem Röntgenschirm, ein Negativumriß, der sich beim Einatmen öffnet und sich dann wieder schließt und aneinanderlegt wie die Flügel einer Motte im Dunkeln oder Herzkammerwände.
Nun hatte ihn eben diese Frau auf ein Amerika des ausgehenden Jahrhunderts losgelassen, in welchem sexuelle Leistungsmaßstäbe platt auf den Titelblättern von Zeitschriften ausgebreitet waren. War er darauf vorbereitet? Die unangenehme Wahrheit war, daß er keine nennenswerte Vergangenheit hatte, keine stärkende Erinnerung daran, wie sich der junge Alejandro Stern ausgelebt hatte. Die Geographie, fiel ihm ein, war gegen ihn gewesen. Argentinien mit seinen Gauchos und Machos wäre vielleicht ein besserer Ort gewesen, seine Jugend zu verleben. Die männliche Lust war dort etwas viel Öffentlicheres, ein Erbe der italienischen und spanischen Vorfahren der Nation. Sein Bruder hatte schon mit fünfzehn und sechzehn eindrucksvolle Erfahrungen gemacht. Er hatte viele Frauen gehabt oder behauptete dies zumindest: Huren, Indianermädchen, ältere Frauen, die geil auf jugendliche Potenz waren. Stern konnte sich noch immer genau erinnern, wie ehrfurchtsvoll er Jacobos Bericht über sein erstes Mal zugehört hatte, im Alter von dreizehn Jahren mit einer überschlanken jungen Frau, die ein schulterfreies schwarzes Abendkleid angehabt und sich mit ihm in der Halle des Roma getroffen hatte, eines heruntergekommenen Hotels in der Innenstadt von Bue-

nos Aires. Monate später gab Jacobo zu, daß er sie auf der Straße in einer Kutte erkannt hatte, wie sie mit ihren tiefliegenden Augen in einer Reihe von Novizinnen aus dem Kloster Santa Margarita kam. Stern fand auch noch fünfundvierzig Jahre später den Gedanken an diese Frau in seiner Phantasie mit ihren tiefliegenden Augen und kleinen Brüsten beklemmend aufreizend.
Doch in seiner Jugend in Amerika in den fünfziger Jahren war nichts derart Exotisches gewesen. Die Puritaner waren wieder am Ruder, und Sexualität schien für einen schwarzhaarigen Ausländer ein besonders mißliches Merkmal zu sein, eine verdächtige Regung wie Sympathisieren mit Kommunisten. Die Geilheit war noch so ein wilder Hunger, den zu stillen er sich gern für die Zukunft aufhob, sogar bei Clara, mit der er nicht vor der Hochzeit geschlafen hätte, wenn sie nicht hartnäckig behauptet hätte, sie würden die Flitterwochen besser genießen können, wenn sie diese Angst schon hinter sich hätten. Daher hatte Clara zwei Wochen vor der Feier in Pauline Mittlers Salon mit all den orientalischen Stickereien und dem Wiener Glas bei voller Beleuchtung, damit niemand im Haus daraufkam, ihren Hüftgürtel und Schlüpfer ausgezogen, den Rock hochgehoben und sich auf den roten Diwan ihrer Mutter gelegt. Aus vielerlei Gründen war dies Stern wie ein Akt verblüffenden Zutrauens zu ihm vorgekommen. Und er? Er hatte eine Scheißangst dabei gehabt und war deswegen auch etwas indigniert über die Würdelosigkeit dieses schäbigen mechanischen Tuns gewesen. Einunddreißig Jahre später konnte er diese Gefühle ganz deutlich nachempfinden, hier im dunklen Auto, dieses merkwürdige Überbleibsel eines hochgestimmten Abends, an dem er verwirrt und erregt und aus der Fassung gebracht worden war. Doch er hatte damals weitergemacht; auch daran erinnerte er sich noch. Er hatte endlos herumfummeln müssen, um seinen Ständer aus der Hose zu kriegen, und dann war Clara Mittler die erste – und einzige – Frau seines Lebens geworden.

9

Stern hatte Chicago zum erstenmal erblickt, als er dreizehn war, am Ende einer langen Reise über Land mit seiner Mutter und Silvia von Argentinien hierher. Die Reise war erforderlich geworden, weil sich seine Mutter mit einem gewissen Gruengehl eingelassen hatte, einem Rechtsanwalt, der ihr offenbar seit seines Vaters Tod heftig den Hof gemacht hatte. Er war eine führende Figur in einer der wenigen antiperonistischen Gewerkschaften gewesen, und nach seiner Verhaftung waren seine Freunde und Kollegen in Sterns Elternhaus gestürmt, um ihnen packen zu helfen, wobei der Reiseweg ins Exil bereits geregelt war. 1947, als sich Vertriebene in ganz Europa um die Einreise in die Vereinigten Staaten bemühten und Argentiniens diplomatische Beziehungen zu den Vereinigten Staaten nach dem Krieg gespannt waren, war eine legale Einwanderung problematisch. So fuhren sie mit dem Zug nach Mexico City und wurden dann über die Grenze gebracht, wobei sie wie eine beliebige Familie von Braseros aussahen. In Brownsville stiegen sie in den Zug nach Norden.

Stern hatte, so jung er auch noch war, bereits gewußt, daß Argentinien nicht das Land seiner Träume war. Sein Vater, ein Arzt, hatte Deutschland 1928 verlassen und stets betrauert, daß ihm die Nazis die Rückkehr verwehrten. Papa zog immer negative Vergleiche zwischen dem Leben in Argentinien und dem, was er vorher gekannt hatte: Waren, Musik, Baumaterial, und den Menschen fehlte es in seinen Augen schlicht an Qualität. Jacobo, den Stern so bewunderte, war ein glühender Zionist geworden und predigte etwa seit Sterns neuntem Lebensjahr den Ruhm von Eretz Israel. Als Stern in Chicago aus dem Zug stieg, glaubte er, sein Leben fange jetzt erst an. Sie fuhren weiter nach Kindle, wo Vettern seines Vaters auf sie warteten, doch Chicago sollte für ihn immer Amerika bleiben, mit seinen klobigen rosafarbenen Gebäudekomplexen aus Ziegeln, Naturstein und Granit, voller Schlote und plötzlich wimmelnder Menschenmassen, das Land Gary Coopers, des Stahls,

der Wolkenkratzer, der Autos. An jenem Tag hatte er in jedem Gesicht ein strebsames Einwandererkind gesehen.
Mehr als vier Jahrzehnte später kam Mr. Alejandro Stern nun wieder nach Chicago, ein geachteter Mann, der seine eigenen Sorgen hatte. Im fünften Stock der Chicagoer Börse saß er im walnußgetäfelten Konferenzzimmer von Maison Dixon und blätterte Dokumente durch, die er nicht so recht verstand. Draußen toste das Getriebe in den riesigen Geschäftsräumen von MD – achtzig junge Männer und Frauen, salopp gekleidet, jeder hinter einer Telefonkonsole mit blinkenden Lämpchen von zwanzig gleichzeitigen Gesprächen und einem Turm von Bildschirmgeräten. Über diese leuchtenden Schirme huschten Zahlen wie kurz aufblitzende Fische im Meer, eine Matrix von Dollar und Cents, Bohnen und Öl, Tickermeldungen, Höchstwerte, Tiefstwerte, offene Werte, Umsatz, Kursänderung. Die Telefone zirpten wie Grillen, und verschiedene Stimmen drangen bisweilen durch. »Will hier jemand Altrenten zu sechs plus?« – »Er bewegt sich, er bewegt sich.« – »Ich decke dir steigende D-Mark.« Zwischen ihren Telefongesprächen kommentierten diese jungen Leute, die mit Kunden und Depotkonten arbeiteten, ironisch das Geschehen für den ganzen Raum. Einer winselte im Falsett: »Ach, der Markt, er ist wie 'ne Frau, erst will sie, dann will sie nicht, sie kann sich nie entscheiden.« Eine attraktive junge Blondine neben ihm drohte ihm als Reaktion darauf mit gekrümmtem Mittelfinger.
»Kommst du damit klar?« Margy Allison, Dixons Vizedirektorin, war für einen Moment zurückgekehrt, um zu sehen, wie er vorankam. Sie war fast ihr ganzes Erwachsenenleben schon in diesem Geschäft, fast ausschließlich für Maison Dixon, und fand das offenbar immer noch spannend. Da sei doch nichts dabei, schien sie mit einer Geste zu dem Papierhaufen um Stern herum zu meinen – selbst eine Landpomeranze wie sie aus Oklahoma würde das schnallen. Margy produzierte sich gern so für ihre Freunde zu Hause. Trotz ihres akademischen Grades führte sie sich gern wie ein Ölarbeiter auf. ›Margy‹, pflegte sie sich vorzustellen. ›Mit hartem g, ein hartes Mädchen.‹

»Ich glaube, wir brauchen einen Buchhalter«, sagte Stern zu ihr.
Margy verzog das Gesicht. Sie hatte in dieser Filiale die Finanzen unter sich und war für ihre Knauserigkeit berühmt. Bei jedem Unterschreiben eines Schecks pflegte sie zu erzählen, was man früher mit einem Dollar alles hätte kaufen können. »Ich kann dir das alles zusammenstellen.«
Daß sie das konnte, stand außer Frage, aber wahrscheinlich würde sie die Zeit dafür nicht haben. Mit dem Aufkommen des Börsenhandels nach Übersee und der Nachtbörsen lief der Betrieb bei Maison Dixon vierundzwanzig Stunden am Tag, und ständig waren Probleme zu lösen. Vor ihrer Tür stand zu jeder beliebigen Zeit gewöhnlich eine Schlange, Angestellte und Sekretärinnen und Jungs von unten aus dem Börsenparkett in saloppen Sakkos und mit großen Plastikerkennungsschildern an der Brusttasche. Stern sagte ihr also, sie könne es sich gar nicht leisten, so viele Stunden wie nötig mit dieser Sache zu verbringen.
»Wenn du uns deinen üblichen Stundensatz berechnest, Sandy, kann ich mir eine Menge Zeit leisten.« Sie lächelte, aber sie hatte sich klar ausgedrückt. »Ich bin sicher, du hast wie immer auf unsere Rechnung eins von den Hotelzimmern, in das die ganze Oper reinpaßt und der Zirkus dazu. Wir können diesen ganzen Kram mitnehmen und ihn durchsehen. Wobei ich natürlich davon ausgehe« – Margy schlug kokett die Augen nieder – »daß du dich dort allein mit mir hintraust.« Sie liebte es, den Vamp, den weiblichen Sexteufel zu spielen. Sie tat gern hartgesotten und etwas ordinär wie der Frauentyp, den man sich zigarettenrauchend in einer Bar in der Innenstadt vorstellt. Stern hatte keine Ahnung, wieviel davon wahr war, doch hatte sie auf ihre Art reichlich dick bei ihm aufgetragen, vielleicht um ihm zu schmeicheln oder schlicht, weil sie ihn für harmlos hielt. Jetzt natürlich entflammte schon die bloße Anspielung sein neues libidinöses Verlangen. Doch sich selbst treu, wechselte er rasch das Thema.
»Margy, haben irgendwelche von diesen Unterlagen etwas mit

dem Irrläuferkonto zu tun?« Er dachte dabei an Dixons letzten Telefonanruf.
»Wollen die das jetzt etwa auch noch?« Margy, die die Hartnäckigkeit der Staatsanwaltschaft fast genauso irritierte wie Dixon, hielt sogleich Ausschau nach einem Angestellten, der die Aufzeichnungen über das Irrläuferkonto heraussuchen sollte. Wegen solcher Sachen mußte er zu den Dokumenten reisen, dachte Stern bei sich. Irgendwas fehlte immer.
Stern ging davon aus, daß Margy irgendwann in den letzten zwanzig Jahren eine von Dixons Frauen gewesen war. Vielleicht die meiste Zeit. Sie war viel zu attraktiv, um Dixon nicht aufzufallen. Aber es war nicht gutgegangen. Stern war selbst überrascht, wieviel er über sie nachgedacht und gemutmaßt hatte. Allmählich hatte er Lücken ausgefüllt, Vermutungen an Beobachtungen überprüft und für wahr befunden. Schon lange nahm er an, daß Margy endlos darauf gewartet hatte, daß Dixon Silvia verließ; daß sie irgendwie der Auslöser der Krise vor einigen Jahren gewesen war, als Silvia Dixon kurz aus dem Haus geworfen hatte; und daß sie den Kampf verloren gegeben hatte, als Dixon wieder bei seiner Frau einzog. Etwa ein oder zwei Jahre war Margy verschwunden und hatte bei einer anderen Maklerfirma gearbeitet. Doch ohne sie lief MD einfach nicht. So wurde ihr Chicago als eigener Bereich angeboten, dazu noch die Geschäftsführung, ein halbes Dutzend Tochterfirmen, von einem sehr hohen Jahresgehalt ganz zu schweigen. Unter diesen Bedingungen hatte sie weitergearbeitet, Dixons Geschäftsinteressen und vielleicht sogar noch ihm selbst treu ergeben, wie eine der verzichtenden und verschmähten Heldinnen aus den Country-Balladen, die sie seit ihrer Jugend trällerte. Darin erinnerte Margy an eine dieser Ladies aus den Südstaaten, die mit rauchiger Stimme, kurzgeschnittenen Haaren und Schminke traurig und glanzvoll, hart und lebensklug auf der Bühne standen. Endlich kam der Angestellte. Die Buchungsunterlagen über das Irrläuferkonto wurden zu den übrigen auf den Tisch gelegt. Stern überflog die Papiere kurz, und es wurde ihm klar, daß er davon nichts

begriff. Jedesmal, wenn Stern vor ein ganzes Zimmer voller Dokumente geriet, verfluchte er die Habsucht, die ihn zu einer Arbeit verführt hatte, die euphemistisch als »Weißer-Kragen-Job« bezeichnet wurde, und zu einer Klientel von Hochstaplern in Anzug und Krawatte, die ganze Wälder für die Papierberge roden ließen, mit denen sie ihre Straftaten zudeckten.

Margy tauchte nach einer Weile wieder auf, lehnte sich lässig gegen den metallenen Türrahmen und legte das Gesicht schräg in ihre manikürte Hand. Daß er sich nicht zurechtfand, war offenkundig. Doch Margy lächelte nachsichtig; sie hatte Stern schon immer gemocht.

»Soll ich dir helfen? Ich tu's wirklich gern. Laß es uns so durchziehen, wie ich's gesagt habe. Mach, daß du hier rauskommst. Gib mir fünfzehn Minuten.«

Es dauerte dann doch mehr als anderthalb Stunden, aber schließlich hatte einer der Boten vier Dokumentenkoffer hinuntergetragen und in Margys Auto geladen. Sie raste durch die unübersichtlichen Straßen zum Ritz. Ihr rotes ausländisches Auto fuhr sie wie beim Stock-Car-Rennen. Seine Mutter war nervös und empfindlich gewesen, Clara sanft und würdevoll. Für Stern war das die Bandbreite weiblichen Verhaltens. Diese Frau aber, um der Wahrheit die Ehre zu geben, war stärker als er. Sie konnte einen Hürdenlauf schneller als er absolvieren oder der Folter länger standhalten. Bewundernd und leicht verschüchtert beobachtete er sie am Steuer.

Diese offensichtlichen Fähigkeiten von Margy sagten auch etwas über Dixon aus, ging es Stern plötzlich auf. Es war falsch, ihn bloß als zotenden Weiberheld zu sehen, der neue Kerben an seinem Revolver oder Schmetterlinge für seine Sammlung wollte. Dixon schätzte Frauen, vertraute ihnen, gab etwas auf ihren Rat. In Gegenwart einer Frau entfalteten sich sein Charme und Humor und die beinahe elektrische Ausstrahlung seiner Persönlichkeit. Sogar Stern konnte dann trotz seiner tiefverwurzelten Rivalität Dixon besser leiden. Und die Frauen reagierten auf Dixons Aufmerksamkeiten. Es war eine der Symmetrien der Natur.

Selbstverständlich war dieses Interesse keineswegs platonisch. Bei Dixon dachte man besser immer auch an die niederen Triebe. Der Markt, das angespannte, hektische, aufreibende Börsenparkett, war voller Kokser und Säufer; Dixon entspannte sich natürlicher, er vögelte. Den schnellsten Reißverschlußöffner im Westen hatte ihn einmal einer genannt. Nicht, daß man Stern Details anvertraut hätte. Er war schließlich der Schwager, Silvias Blutsverwandter, und Dixon war klug genug, Sterns Loyalität nicht auf die Probe zu stellen. Doch niemand, Dixon am allerwenigsten, konnte ein solches ständiges Interesse ganz geheimhalten. Bisweilen überwältigte ihn die pure Lust, und er vertraute sich Stern an, wie so vielen anderen Männern. So zum Beispiel machte sich Dixon einen Sport daraus, sich die Zahl der Frauen jeden Tag von neuem zu merken, die in ihm die eindeutigsten Gelüste weckten. »Einunddreißig«, pflegte er zu ihm zu sagen, wenn sie von einer Empfangsdame im Hotel begrüßt wurden. »Zweiunddreißig«, wenn er aus dem Fenster eine Frau in den Bus steigen sah. Im Stadion unter all den Studentinnen und der anfeuernden Mädchentruppe auf dem Rasen behauptete er einmal, bis zur Halbzeit auf zweihundertdreiundsechzig gekommen zu sein, obwohl er sich voll auf das Spiel konzentriert hatte.

Gewöhnlich war das Ausmaß von Dixons Interesse weniger amüsant. Stern war mit ihm einmal im Flughafen durch den Metalldetektor gegangen, als Dixon seine Taschen auf das Tablett für Wertsachen leerte und ganz unbefangen, als handle es sich um Kaugummi, ein Päckchen Kondome drauf warf. Das war vor ein paar Jahren gewesen, als derlei Dinge noch nicht allgemeines Gesprächsthema waren. Aus späteren Kommentaren entnahm Stern, daß Dixon in diesen Dingen persönlicher Hygiene wie in so vielen anderen offenbar ein Pionier und sorgfältig auf seinen eigenen Schutz bedacht gewesen war, lange bevor dies Mode wurde. Doch die Sicherheitsbeamtin, eine junge Frau, wurde puterrot und war erschrockener, als wenn Dixon ein Messer gezogen hätte. Selbst

Dixon war auf dem Weg zum Flugzeug leicht bekümmert. »Ich sollte ihn mir einfach in Plastik einschweißen lassen.« Wie eine Mitgliedskarte oder ein Kinderfoto. Abstinenz oder Zurückhaltung kamen für ihn offenbar nicht in Frage.
Wenn er solche Zwischenfälle beobachtete, versuchte Stern, kein allzu lebhaftes Interesse zu zeigen. Doch er paßte auf. Wer hätte das nicht getan? Bisweilen kam es ihm so vor, als könne er sich an alle Einzelheiten einer der gepfefferten Geschichten Dixons erinnern. Und Dixon, dem natürlich keine Schwachstelle entging, hatte Sterns Neigung schon lange bemerkt. Einmal, als er und Dixon in New York unterwegs waren, flirtete Dixon heftig mit einer Kellnerin, einer glattgesichtigen jungen Puertoricanerin von atemberaubender Schönheit, die auf Dixons anzügliches Lächeln und seinen laszisven Humor anzuspringen schien. Er sah ihr nach, wie sie sich wiegenden Gangs vom Tisch entfernte, und erwischte Stern dabei, wie auch er ihr nachblickte.
»Weißt du, was für ein Gefühl das ist, eine so junge Frau anzufassen?«
»Dixon, ich bitte dich.«
»Es ist ganz anders.«
»Dixon!«
Stern erinnerte sich, daß er das Essen auf seinem Teller mit Messer und Gabel besonders energisch attackiert und wie ein Ochse gekaut hatte. Doch als er aufschaute, beobachtete ihn Dixon noch immer, pfiffig und männlich, belustigt, ihn aus der Fassung gebracht zu haben.

Im Hotel richtete sich Margy gleich häuslich ein. Sie hatte die Schuhe abgestreift, bevor der Page auch nur die Dokumentenkoffer abgestellt hatte, und warf die strohfarbene Seidenjacke ihres maßgefertigten Kostüms aufs Bett. Sie griff nach einer Speisekarte, bestellte beim Zimmerservice Abendessen und öffnete dann die Minibar. »Lieber Gott, jetzt brauch ich einen Drink!« verkündete sie. Stern bat um Sherry, doch es war keiner da, und so trank er mit Margy zusammen Scotch.

Als Stern anfing, die Dokumentenkoffer auszuräumen, nahm sie seine Hand.
»Na, wie geht es dir denn so, Sandy Stern?« Auf dem Bett sitzend, blickte sie ihn liebevoll besorgt an. Claras Tod war unerwähnt geblieben; Stern hatte sich gefragt, ob sie überhaupt davon wußte. Nun plötzlich wirkte sie so weich, als könne man sich bei ihr ausheulen, wobei sich weitere Möglichkeiten abzeichneten. Er war sich nicht sicher, was er von ihr halten sollte. Sie hatte ein eindrucksvolles Auftreten, von der Art, die andere Frauen »herrisch« nannten. Ihr Haar war strähnig gefärbt, und sie trug teure Kleider. Sie hatte die Augenbrauen fast bis zu den Augenwinkeln nachgezogen und wirkte dadurch so rätselhaft wie eine Siamkatze. Sie war eine große schöne Frau, kräftig gebaut, mit einem hübschen breiten Hintern – und mit ihren Hüften machte sie was, was Stern aus irgendeinem Grund schon seit Jahren aufregend gefunden hatte, wenn er sie so in ihren Tweedröcken herumlaufen oder sich über einen Aktenschrank beugen sah. Sie war intelligent und ehrgeizig; im Laufe der Jahre war sie von einer Sekretärin zur Vizedirektorin aufgestiegen. Doch wirkte sie, als habe sie das Leben an sich herankommen lassen. Ich bin das unbeschriebene Blatt. Trag dich ein. Doch die Eintragungen waren traurig.
»Ich komme zurecht, Margy«, sagte Stern. »Natürlich habe ich auch schon bessere Zeiten erlebt. Das scheint eine Frage der Anpassung zu sein. Tag für Tag.«
»Das stimmt.« Margy nickte. Man konnte sehen, daß sie sich als Expertin für Tragödien fühlte, beschlagen in allen Lebenslagen. »Du bist ein lieber Kerl, Sandy. Den größten Kummer im Leben kriegen immer die, die ihn nicht verdienen.«
Diese schlichte Formulierung brachte Stern zum Lächeln. Er sah Margy an, die etwas nachlässig in Strümpfen auf der Bettkante saß.
»Ich werd's überleben.« Schon diese Prognose, merkte er, klang nach Besserung.
»Sicher«, meinte sie. Nach einer Sekunde ließ sie seine Hand

los. »Das Leben geht weiter. Bald werden dich all diese mitleidigen alten Mädchen umschwirren, damit du dich nicht so einsam fühlst. Du weißt ja, die Witwen und Geschiedenen, die auf dem Heimweg vom Schönheitssalon kurz hereinschauen und sagen: ›Hallo, hoffentlich bist du nicht zu blau.‹«
Margy glaubte immer, sie blicke bei jedem voll durch. Stern mußte laut lachen. Unwillkürlich erinnerte er sich an Helen Dudaks Besuch. Sogar Margy schien koketter zu sein als vor zwei Monaten. Jedenfalls war er an derlei Aufmerksamkeiten nicht gewöhnt. Frauen hatten ihn bei Geselligkeiten immer vertrauenswürdig und charmant gefunden, doch hatte er nie irgendwelche Lockungen gespürt.
Sie arbeiteten eine Weile, bis das Abendessen kam. Stern stapelte die Dokumente in der Reihenfolge der Kategorien der Verfügung auf dem Teppichboden und zeigte sie ihr. Sie lag lässig auf dem Bett, das Kinn an den Hals gedrückt, ohne Schuhe, und bewegte die Beine ungezwungen wie ein junges Mädchen. In der Minibar hatte sie eine Dose Pistazien gefunden und öffnete die Nüsse mit ihren hellrot lackierten Fingernägeln, wobei die Schalen immer mit leisem Aufschlag in den Papierkorb fielen. Zum Abendessen rollte der Zimmerkellner einen kleinen Wagen mit einem Warmhaltebehälter herein und zog die Seiten zu einem Tisch aus. Margy hatte auch Wein bestellt. Der Kellner wollte Stern ein Glas einschenken, doch ihm schwirrte vom Scotch bereits der Kopf.
Sie warf die Dokumente hin und fing heißhungrig zu essen an, sobald der Kellner die Warmhalteglocke aus Edelstahl von ihrem Teller genommen hatte. Die Leute, erzählte sie, zogen sie immer damit auf, wie schnell sie ihr Essen in sich hineinschaufelte, doch sei sie mit vier älteren Brüdern groß geworden und habe lernen müssen, daß man mit Zurückhaltung nur das Nachsehen hat. Als sie fertig war, warf sie ihre Serviette aufs Bett und lehnte sich zurück.
»Um was geht es bei dieser Sache überhaupt?« fragte sie. »Aus Dixon kriege ich nicht viel heraus.« Stern schüttelte kauend den Kopf. Er genoß sein Essen und zog es in die Länge. In den

letzten Wochen hatte er um diese Tageszeit, die ihm am liebsten war, selten etwas Lohnendes zu essen bekommen. »Glaubst du etwa, er hat seinen Zeh in der Bärenfalle? Dieser alte Knabe ist zu gerissen, um sich erwischen zu lassen.« Wie alle, die Dixon gut kannten, glaubte auch Margy nicht, daß er auf krumme Touren verzichtete. Sie wußten es alle besser.
»Ich sorge mich weniger um Dixons Verschwiegenheit«, sagte Stern, »als um die anderer Personen.« Margy legte verständnislos den Kopf schräg. »Aus der Exaktheit der Schachzüge der Staatsanwaltschaft schließe ich auf einen Informanten.«
»Diese Leute von der Börsenabrechnung«, sagte Margy, »können mit ihren Computern allerhand anstellen.«
»Das vermutet auch Dixon. Doch die Staatsanwaltschaft hat zuviel persönliche Angaben. Ich würde nach jemandem suchen, der früher Dixons Vertrauen hatte, nach einem Kollegen aus der Firma.« So gleichmütig er konnte, fügte Stern hinzu: »Nach jemandem Befreundeten.« Ein Teil von ihm lauerte auf eine verräterische Reaktion ihrerseits; in solchen Dingen war niemand über jeden Verdacht erhaben.
»Ach was«, sagte Margy, »ich glaube nicht, daß du einen Haufen Leute auf der Straße findest, die sich mit Mr. Dixon anlegen wollen. Die Geschichte kennen doch alle. Die sind klüger.«
»Was für eine Geschichte?« fragte Stern.
»Hast du sie etwa nie gehört?« Margy prustete. Sie schenkte in beide Gläser Wein nach. Stern protestierte, griff aber nach seinem Glas, kaum daß es voll war. Es schien ihm, als habe sie reichlich viel getrunken, drei Scotch zum Abendessen und den größten Teil des Weins, aber man merkte es kaum. »Das war der Abschuß.« Sie lachte wieder.
»Ich bin sein Schwager«, sagte Stern. »Im Laufe der Jahre sind mir ganz sicher so einige Geschichten entgangen.«
»Darauf kannst du wetten«, erwiderte Margy und sah ihn mit einem wissenden Blick unter gesenkten Augenlidern an. Sie setzte sich mit gekreuzten Beinen im Bett auf, offenbar gleichgültig gegenüber ihrem Tagesimage als männermordende Ge-

schäftsfrau mit Lockenfrisur, kräftigem Make-up und Parfüm. Vielmehr wirkte sie aufgedreht, high, lebhaft, weil sie, wie Stern klar wurde, vertraulich über Dixon reden konnte. »Laß dir was über Mr. Dixon Hartnell erzählen. Der alte Dixon kann sich ganz gut wehren, Sandy. Erinnerst du dich an die Sache mit der Steuerfahndung? Du warst doch sein Anwalt, oder nicht?«
Das Problem damals war nach Dixons Darstellung, daß seine Frau das ganze Haus neu eingerichtet hatte, als Preis dafür, daß sie ihn wieder hineinließ. Als Silvia fertig war, legte der Innenarchitekt ihm eine Endabrechnung über einhundertfünfundsiebzigtausend Dollar vor, ohne die Abschlagszahlungen; doch nach den finanziellen Unterlagen sowohl Dixons als auch des Innenarchitekten war diese Summe nie gezahlt worden. Statt dessen entwickelte der Innenarchitekt, ein liebenswürdiger, hochnervöser Knabe, der Jahr für Jahr jeden Heller ausgab, der flüchtig in seine Hände geriet, unerklärlicherweise ein Interesse für Währungsspekulationen und eröffnete ein Konto bei Maison Dixon, auf dem sich eine erstaunliche Aktivität entfaltete. Im Verlauf von zehn Tagen tätigte er sechzig Abschlüsse. Als sich der Staub gelegt hatte, belief sich seine Einlage von fünfzehntausend Dollar auf einhundertneunzigtausend und ein paar Zerquetschte; Nettogewinn einhundertfünfundsiebzigtausend Dollar, das meiste davon langfristiger Kapitalertrag, für den nur etwa zwei Fünftel der Steuern zu zahlen waren, wie wenn Dixon dem Innenarchitekten schlicht einen Scheck ausgestellt hätte. Die Steuerfahndung versuchte fast zwei Jahre lang hinter die Tricks zu kommen, deren sie Dixon verdächtigte – zwischengeschaltete Makler, Briefkastenfirmen in Steueroasen –, bevor sie es aufgab. Dixon blieb während der ganzen Zeit bester Laune, wohingegen Stern auf glühenden Kohlen saß, nachdem er im Gegensatz zu den Steuerfahndern entdeckt hatte, daß Dixons Mercedeshändler und der Bauunternehmer, der den Anbau an seinem Haus ausgeführt hatte, ebenso unbezahlt geblieben waren, während sie zugleich rauschende Erfolge als Warenterminhändler jeweils in Heizöl und Baumwolle feierten.

»Weißt du, wie die Sache losgetreten wurde? Hast du diese Geschichte je gehört?« fragte Margy.
»Alle pikanten Einzelheiten hat man mir nicht erzählt«, antwortete Stern. »Meiner Erinnerung nach war Dixon der Ansicht, daß die Steuerfahndung Informationen von einem Angestellten erhalten hatte. Eine Denunziation. Brady? Hieß er nicht so?«
»Richtig. Du erinnerst dich doch an Merle Brady. Mit seiner kleinen Rotzbremse. Eine Zeitlang hat er bei uns den Laden geschmissen. Ein Computerfreak, ein Hacker oder so was.« Margy wedelte mit der Hand. »Erinnerst du dich?«
Stern zuckte mit den Schultern. Ganz vage. Dixons Laden war ein Taubenschlag. Soweit sich Stern entsinnen konnte, hatte es einen merkwürdigen zeitlichen Zusammenhang zwischen Merles Ausscheiden im Streit über eine Gehaltserhöhung und dem Beginn der Steuerfahndung gegeben. Offenbar hatte er geschäumt und bei seinem Weggang Drohungen ausgestoßen wie etwa: Ich weiß allerhand, ihr werdet schon sehen. Er hatte Dixons Schiff unbedingt torpedieren wollen.
»Ich hab damals angenommen«, sagte Stern, »daß Merle der Mann gewesen sein muß, der bestimmte kitzlige Arbeitsaufträge bekommen hat.«
»Nein, nein«, widersprach Margy mit einem ausweichenden Lächeln. »Dixon ist nicht der Typ, der jemandem den Hanf reicht, damit dieser ihm einen Strick drehen kann. Aber Brady, weißt du, der glotzte nur auf seine kleine Mattscheibe. Er kriegte allerhand mit. So ist er Dixon auf die Schliche gekommen.«
Stern schnaubte kurz. Das war einleuchtend. Brady wußte genug, um sich mausig zu machen, aber nicht genug, um den ganzen Laden hochgehen zu lassen.
»Jedenfalls, jetzt versetz dich mal in die Zeit zwei Jahre später. Die Steuerfahndung hat bei Dixon ihre Mastdarmspiegelung gemacht –«
»Seine Formulierung«, sagte Stern.
»Seine Formulierung«, bestätigte sie. Sie lächelten einander

an. Dixon mit allen seinen Eigenheiten und Leidenschaften, seinem wohlverborgenen Inneren, war ein geheimes Terrain, das sie beide erforscht hatten. Sie waren Eingeweihte. Helfershelfer. Eine merkwürdige Intimität lag in ihrem beiderseitigen Verständnis dieses Phänomens.

»Und jetzt kommt der schönste Teil der Geschichte, wie sie bei mir zu Hause sagen.« Sie übertrieb den ländlichen Dialekt. »Eines Tages ist Dixon im Union League Club in DuSable, und rat mal, wer auch da ist? Sieh mal einer an, der alte Brady. Man möchte meinen, Dixon nimmt jetzt einen Aschenbecher oder so was und haut das dem Kerl auf den Kopf, aber nein, Sir, er ist katzenfreundlich zu ihm. Dixon schüttelt ihm die Hand. Sagt ihm, wie er sich freut, ihn zu sehen, wie leid es ihm tut, daß sie einander so aus den Augen verloren haben, all diesen Seich. Und Brady geht es natürlich wie anderen Leuten in dieser Lage, er hat nicht gewußt, ob er lächeln oder in die Hosen machen soll, als Dixon auftauchte, und ist jetzt unheimlich erleichtert. Dixon läßt sich seine Visitenkarte geben. Brady arbeitet freiberuflich als Berater in einem winzigen Büro, und Dixon fängt an, ihm Aufträge zu geben. Ich traute meinen Augen nicht, als ich die Schecks sah. Ich schnappte mir das Telefon und schrie ihn an: ›Dixon, was zum Henker machst du da?‹ Er sagt bloß: ›Laß mich doch in Ruh, Lady, ich weiß genau, was ich mache.‹ Ich denk mir, vielleicht hat er sich 'ne Charaktertransplantation oder so was machen lassen, vielleicht hält er jetzt die andere Wange hin, vielleicht hat er Billy Graham predigen hören.«

Sie nahm ihren Drink, und Stern stieß mit ihr an. Diese Seite von Margy hatte er noch nie erlebt. Sie war eine Geschichtenerzählerin von altem Schrot und Korn. Eigentlich brauchte sie eine Holzveranda und einen Krug Maiswhisky dazu. Wenn er ihr so zuhörte, spürte er, wie sie als Heranwachsende Männer beobachtet, bewundert und in gewissem Sinne nachgeahmt hatte. Vielleicht war das der Schlüssel zu ihrer langjährigen Anhänglichkeit an Dixon und die prahlerischen Piraten der Warenterminbörse.

»Jedenfalls, als nächstes höre ich, daß Dixon und Brady wieder dicke Freunde sind. Sie gehen miteinander aus, weißt du, mit den Ehefrauen. Brady ist einer der Typen, die mit einer dieser spillerigen Frauen verheiratet sind, die nie genug kriegen können. Du weißt schon, was ich meine. Sie muß irgendwas kompensieren. Ich weiß nicht was. Also sie gehen zusammen ins Theater und auswärts essen. Wenn ich's dir sage. Vielleicht waren sie sogar mit euch aus, mit dir und Clara.«

»Nicht daß ich wüßte«, sagte Stern.

»Dann, eines schönes Tages, quatsche ich mit einem alten Bekannten, ich weiß nicht mehr, mit wem, und der erzählt mir, er habe gehört, Brady komme als Direktor für Kindle zu MD zurück. Dixon wollte mir keine Antwort geben, du weißt ja, wie er ist, aber ich frag so herum, und alle wissen's. Und siehe da, aus dem Büro in Kindle ist zu erfahren, daß eine große Erklärung abgegeben werden soll. Dixon arrangiert einen luxuriösen Lunch im Restaurant Fina. Er bestellt alle wichtigen Leute hin. Auch ich hab meinen kleinen Arsch aus Oklahoma hinbewegt. Du mußt dir vorstellen, wir saßen alle um den Tisch und amüsierten uns. Da guckt der alte Dixon Brady an. ›Übrigens‹, sagt er quietschvergnügt und heiter vor allen Leuten.« Margy nahm einen Schluck und sah Stern mit glänzenden Augen an. »›Gestern abend habe ich deine Frau gefickt.‹ Einfach so. Und er hatte das auch tatsächlich getan. Bei Dixon, dem alten Schwerenöter, war da kein Zweifel möglich. Kannst du dir so was vorstellen? Er hat acht Leute um den Tisch versammelt, damit sie das hören. Der Lunch war vorbei, bevor auch nur die Suppe serviert war. Ehrlich. Glaub mir, das hat allerhand Wirbel gemacht. Und deshalb sage ich dir: Niemand kann Dixon verarschen.«

Stern war stumm. Er nahm die Flasche und schenkte sich den Rest Wein ein. »Bemerkenswert«, sagte er endlich. Er meinte es auch so. Die Geschichte verursachte ein merkwürdiges Unbehagen in ihm. Die Wahrheit über Dixon war immer etwas häßlicher, als Stern sie sich vorstellte.

»Das ist hart, was? Der alte Dixon, Junge, manchmal meine ich,

er sollte sich den Schwanz amputieren lassen. Er hat 'ne merkwürdige Art, die Dinge zu regeln.«
Stern lachte kurz auf, doch Margy warf ihm einen bedeutsamen Blick zu, alkoholenthemmt und mißbilligend, als ob sie ihn vor dem warne, was er alles nicht verstand. Diese Frau, das wußte er, begriff Dinge über Mann und Frau, über Sinnenlust, von denen er keine Ahnung hatte.
»Machen wir mit diesen langweiligen alten Papieren weiter.« Sie lächelte, setzte sich auf und strich sich Rock und Bluse glatt. Aber ganz fertig war sie noch nicht. Sie blickte weg und wirkte einen Moment verloren. Irgendwo in ihrer Erzählung war viel von ihrem eigenen Schmerz um Dixon aus dem Verborgenen hochgekommen. Der Kummer hatte ihr gutes Aussehen verändert und eine Art Verkniffenheit in ihre Züge gebracht. »Dieser Hundesohn«, sagte sie plötzlich und schüttelte den Kopf. Stern war von ihrer verlorenen Stimme und der Vorstellung, wie die schöne Margy hier in ihren Vierzigern saß, ihre Karriere und ihr Leben im Schatten des Gebirges Dixon, irgendwie angerührt. Er langte hinüber und hielt kurz ihre Hand.
»Na, du bist doch ein ganz lieber alter Knabe, nicht wahr?« fragte sie.
Stern wußte, was jetzt geschehen würde. Nach all dem Alkohol wurde ihm plötzlich klar, daß er das schon seit Stunden wußte, seit sie ihn so merkwürdig angesehen und scheinbar interesselos nach den Frauen gefragt hatte, die ihn umschwärmten. Dahinter stand vielleicht Einsamkeit, müdes Sehnen der einsamen Seele, doch jetzt, vom Alkohol beflügelt, spürte er auf einmal eine Hitzewelle froher Erwartung. Mit zitternden Händen harrte er der Dinge, die da kommen würden. Er brauchte nicht lange zu warten. Margy wandte sich noch mal kurz den Papieren zu; sie redete, murmelte etwas. Dann blickte sie plötzlich mit heißem, wirrem Verlangen zu ihm auf. Nüchtern hätte er es vielleicht komisch gefunden, daß eine Frau ihm einen so feurigen Blick zuwarf, doch nüchtern war er freilich nicht. Er blieb einfach sitzen und sah zu, wie sie aufstand, sich

dann zu ihm in den brokatbespannten Hotelsessel beugte und ihn küßte. Ihre Lippen waren rauh und irgendwie hart, wie er es sich schon beinahe gedacht hatte. Vom Abendessen schmeckten sie leicht nach Salz. »Magst du das?« Sie drückte sanft seinen Kopf an ihre Brust. Der starke Duft ihres Parfüms umfing ihn, und an seiner Wange spürte er, wie sich seidige Dessous unter ihrer Bluse rieben. Er rührte sich nicht. Er war sicher, daß ihm weitere Anleitung gegeben würde.
Sie küßte ihn noch mal, ließ ihn dann los und marschierte ins Bad; das Wasser rauschte. Stern setzte sich auf die Bettkante und riß sich zusammen. Mein Gott, war er betrunken. Das Zimmer drehte sich noch nicht im Kreis, doch er spürte, daß es nicht mehr ganz sicher stand und seitlich im Augenwinkel wegzurutschen begann. Wie hieß es doch bei so was? Hab nur Mut! Nun gut, Mut hatte er. Er war bereit.
Das Licht ging aus. Margy stand neben dem Schalter. Sie trug jetzt nichts mehr außer ihrer jasminfarbenen Seidenbluse, aufgeknöpft und über der Brust ein paar Zentimeter offen und so lang wie ein Negligé. Ihre Beine waren nackt, ihr Haar aufgelöst, und ohne ihre elegante Kleidung und ihre hochhakkigen Schuhe wirkte sie sehr viel zarter. Ihren Rock und ihre dünne Unterwäsche hatte sie zusammengeknüllt in der Hand. Sie legte den Kopf schräg.
»Unverhofft kommt oft«, sagte Margy.
Stern machte die Lampe hinter sich aus. Auf dem Weg zu ihr quer durchs Zimmer stieß er ein paar Dokumentenstapel um. Sie war viel kleiner, als es den Anschein hatte, ein paar Zentimeter kleiner als er, aber kräftig in seinen Armen. Ihr Mund war rauh und rauchig. Wie seltsam freundschaftlich das alles war. Einmal bog sie sich sogar zurück und lachte. Er schob ihre Bluse beiseite, berührte ihre Brust und beugte sich dann kühn hinunter und küßte die kleine dunkle Brustwarze, denn dort mehr zu erwarten, hatten ihn seine Jahre mit Clara gelehrt. Obwohl er betrunken war, tat er dies immer noch zu täppisch, und sie fielen fast sofort aufs Bett. Körper an Körper spürte er in den kleinen Einzelheiten – wie sich die Haut

anfühlte, wo genau Ellbogen und Knie waren – das aufregende Gefühl, eine andere Frau zu berühren, doch zugleich spürte er auch zu seiner Überraschung etwas sehr Vertrautes, und er war gelöster, als er sich hätte vorstellen können. Wieder erlebte er dieses alte menschliche Geheimnis zwischen Mann und Frau, und mehr war es auch nicht. Sie nestelte an seiner Krawatte und knöpfte sein Hemd auf. Dabei legte sie ein Bein über ihn, und fast beiläufig kroch seine Hand an die warme feuchte Stelle zwischen ihren Schenkeln. Mit den Fingerspitzen drang er ein wenig ein, und dieses alte süße warme Gefühl erregte ihn plötzlich so sehr, daß er aufstöhnte.

Ein paar Minuten später waren sie vereint. Margy verfiel in eine Art Trance. Sie hielt die Augen geschlossen, summte eigenartig vor sich hin und preßte bei jedem Stoß ihren Körper gegen den seinen. Es war etwas merkwürdig Erfahrenes und Selbständiges darin; Margy wußte, wie sie auf ihre Kosten kam. Gegen Ende legte sie eine Hand unter seinen Hintern und hielt ihn, wo sie ihn haben wollte, stürzte sich ein letztes Mal auf ihn, erreichte dann mit einem schrecklich tremolierenden Wimmern ihren Höhepunkt und grub dabei beide Hände mit ihren langen roten Nägeln in seinen Rücken. Irgendwie war der Gedanke an diese Hände mit ihren blutroten Nägeln in seiner schlaffen blassen Rückenhaut für ihn sehr erregend, und das ließ ihn zusammen mit Margys Erregung und ihren immer schnelleren Atemzügen schließlich kommen, so daß er sie trotz ihrer immer noch wilden Bewegungen kurz vergaß und sie dann erwachend plötzlich wieder spürte, die weiche süße duftende Frau auf ihm, die fast gleichzeitig mit ihm zur Ruhe kam. Sie zog ihn in einer Art dankbaren kameradschaftlichen Umarmung an sich. »Phantastisch«, sagte sie, eine Bemerkung, die Stern eher auf das Geschehene als auf sich bezog. Sie hatte die Augen noch immer geschlossen und lächelte sanft. Ihr Make-up war verwischt, Wimperntusche und Lidschatten verschmiert. Ihre Vertrautheit mit alldem und ihre Zutraulichkeit im Arm eines fremden Mannes war ein Phänomen. Irgendwann vor langer Zeit hatte sie sich wohl geschworen zu nehmen, was sie kriegen konnte.

Sie küßte ihn neben sein Ohr und rollte sich weg, wobei sie nach den Kissen auf ihrer Bettseite griff. Mit der Vertraulichkeit einer Ehefrau drückte sie ihren Hintern gegen seine Hüfte und fiel augenblicklich in Schlaf, so rasch und entschlossen, daß Stern erkannte, daß Margy mehr als alles andere diesen Moment der Geborgenheit gesucht hatte. Für sie war er ein Mann, neben dem sie ruhig schlafen konnte. Schläfrig murmelte sie etwas. Stern glaubte, er solle das Licht ausknipsen. Er beugte sich näher in ihren fremden und intimen Duft, um ihr Flüstern zu verstehen.
»O Gott«, sagt er, als er sie verstanden hatte, umarmte sie dann, schmiegte sich an sie und schlief ebenfalls ein.
»Setz es nicht auf die Rechnung«, hatte sie geflüstert. »Nicht bei deinem Stundensatz.«

Irgendwann wachte er auf. Er schreckte hoch und starrte blind ins Dunkel. Er hatte keine Ahnung, wo er war, bis er einen Stuhl erkannte, auf dem sein Anzug lag, und sich an das Hotel in Chicago und an Margy erinnerte. Er konnte das Gewicht ihres Körpers neben sich immer noch fühlen, traute sich aber nicht, sie anzufassen. Hinter seinen Schläfen war ein bohrender Schmerz. Er tastete nach seiner Uhr auf dem Nachttisch und merkte dann, daß er die blauen Digitalzahlen auf dem Radiowecker lesen konnte: 3:34. Doch das war es nicht, was ihn eigenartig berührte. Es war das Datum, das dort in kleineren Zahlen ebenfalls leuchtete.
Er hockte auf der Bettkante und rechnete nach, während er auf Margys schwere Atemzüge im Dunkeln horchte. Vierzig, dachte er. Seit dem Tag, als er heimgekommen war und sie gefunden hatte. Genau vierzig Tage.

10

Als er wach wurde, saß sie mit gekreuzten Beinen auf seinem Bett und hatte sein Hemd an. Stapel fotokopierter Unterlagen waren vor ihr in ein wirres Durcheinander gerutscht. Margy stützte den Kopf in die Hand.

»Also, ich hab's herausgeknobelt«, sagte sie. »Er ist wirklich ein Schlauberger.«

Stern fand seine Unterhose neben dem Bett und zog die Vorhänge ein bißchen auf. An einem bewölkten Himmel war die Sonne gerade aufgegangen. In Mund und Kopf hatte er ein taubes Gefühl. Einen Kater? Er suchte in seiner Sakkotasche nach seiner Lesebrille.

»Und was ist es?«

»Das Irrläuferkonto der Firma sieht beschissen aus.« Margy legte sich auf den Bauch. Ihr Hintern war nackt, und ihre Position auf dem Bett gestattete reizvolle Einblicke. Stern versuchte kurz, sich das jüngste Geschehen zu vergegenwärtigen. Er war Witwer, in Unterhosen, in einer Geschäftsbesprechung begriffen, und sein Penis wurde schon wieder steif. Sie langte nach den Kopien der Verfügungen und machte Häkchen neben vier Geschäftsvorfälle, große Positionen mit vier verschiedenen Daten. »Diese Jungs hier bringen den Markt ganz schön in Bewegung, stimmt's?«

Vielleicht wegen der Ablenkung war er kurz verwirrt. Dann erinnerte er sich an Dixons Erläuterungen vom letzten Monat: Großaufträge über jeweils tausend Kontrakte konnten den Preis der Ware an der Börse heftig nach oben treiben.

»Angebot und Nachfrage«, sagte Stern.

»Richtig.« Sie nickte. »Nun nimm mal an, du hast einen Kunden, der mit einer riesigen Kauforder aufs Börsenparkett kommen will, bei der die Preise durchs Dach gehen. Und du bist ein großer Schlauberger und willst ein paar Mäuse dabei machen. Was tust du jetzt?«

Stern überlegte. »Kaufen, was der Kunde kaufen will?«

»Genau.«

»Und früher als der Kunde?«
»Genau.«
»Und dann wieder verkaufen, wenn der Preis gestiegen ist.«
»Darauf kannst du wetten. Es gibt allerhand Namen dafür. ›Trittbrett fahren.‹ – ›Vor dem Kunden absahnen‹. Aber dieses Spiel wird gespielt, seit es eine Börse gibt.« Margy blickte auf. Ungekämmt wirkte ihr Haar dunkler, und ihre Augen waren wohl wegen der kurzen Nacht ein wenig geschwollen. Sie war jedoch immer noch eine Augenweide, dieses kräftige und gesunde Weib, klug und energisch. Stern bemerkte, daß sie ihre Ohrclipse, kleine goldene Beeren, gar nicht abgelegt hatte.
»Ich darf annehmen, daß die Leute in der Verrechnungsstelle auf so was aufpassen?«
»Aber sicher. Wenn die Börse dich dabei erwischst, landest du ganz schnell draußen auf deinem Arsch. Und die passen immer auf.«
»Und wie sind dann hier die Kontrollmechanismen umgangen worden?«
»Irrläuferkonto.«
»Das Irrläuferkonto«, wiederholte Stern mechanisch. Bei ihrem Hin- und Herrutschen auf dem Bauch war das Hemd irgendwie ganz von der einen Brust geglitten, die nun blaß und rund auf der Bettdecke lag. Er hatte sich kurz von dem Gespräch fesseln lassen, doch dieser neue Anblick weckte andere Gelüste. Die Libido war wie ein rostiges Gartentor, dachte er sich, wenn es einmal offen war, ging es schwer wieder zu. Er nahm ein Stück Papier vom Bett und verdeckte damit unauffällig seine Erektion.
»Hut ab vor dem alten Schlauberger. Auf so was wäre ich nie gekommen. Auf dem Irrläuferkonto bereinigen wir sonst nur Fehler. Kapiert? Bisweilen kaufen und verkaufen wir einen Kontrakt über ein Produkt, das der Kunde gar nicht gewollt hat. Oder wir kaufen drei Waggons, obwohl der Kunde nur zwei bestellt hat. Oder sonst irgendein blöder Fehler. Vielleicht stimmt die Kontonummer nicht oder so was. Sobald jemand den Irrläufer bemerkt, schon im Parkett oder in der Buchhal-

tung, oder erst wenn sich der Kunde beschwert, wird der Abschluß auf das Irrläuferkonto umgebucht. Wenn wir ihn nicht mehr dorthin kriegen können, wo er hingehört, gleichen wir die Position aus – also wir verkaufen das Gekaufte und kaufen das Verkaufte. Kapiert?«

»Kapiert«, sagte Stern.

»Nimm jetzt mal an, ich bin ein wirklich gerissener Schlauberger und will bei einem Kunden Trittbrett fahren und dabei nicht erwischt werden. So kauf ich in Kindle ein bißchen von dem, was die meines Wissens gleich in Großabschlüssen in Chicago kaufen wollen. An beiden Börsenplätzen bewegt sich der Preis Punkt für Punkt. Jetzt brauch ich nur noch zu warten, bis der Markt den Sprung nach oben macht. Und den Abschluß mach ich nicht auf meinen eigenen Namen. Ich begeh bloß einen Fehler. Absichtlich. Sagen wir 'ne falsche Kontonummer. Wenn dann der Markt nach oben gegangen ist, verkaufe ich die Position wieder.«

»Und wieder mit 'ner falschen Kontonummer?«

»Genau. Ein paar Tage später, wenn sich der Rauch verzogen hat, sind beide Geschäftsvorfälle auf dem Irrläuferkonto der Firma gelandet. Die Börsenabrechnung wird nie auf die andere Börse in Kindle gucken, und selbst wenn, würden sie niemanden finden, der Trittbrett fährt. Sie finden bloß irgend 'nen blöden Fehler. Aber wenn wir die beiden Positionen ausgleichen, den Kauf und den Verkauf, verbuchen wir einen hübschen kleinen Gewinn auf dem Irrläuferkonto.«

Stern schüttelte verblüfft den Kopf. Wie hübsch der kleine Gewinn denn sei, wollte er wissen.

Margy zuckte mit den Schultern. »Ich hab's noch nicht bis zum Ende durchgesehen. Bei fünf Abschlüssen wurden jedenfalls insgesamt fast hunderttausend erzielt. Ich würde sagen, es ist vermutlich sechsmal soviel. Nicht schlecht, weißt du, für ein paar Telefongespräche, bei denen du dir den Hintern kratzt.«

Sechshunderttausend, dachte Stern. Mrs. Klonsky verfolgte immerhin keine läppische Ordnungswidrigkeit.

»Mich stört daran bloß«, sagte Margy, »daß dieser kleine Dreh überhaupt nicht nach unserem Freund Schlauberger aussieht.« Darauf war Stern auch schon gekommen. Der Gewinn war für einen Mann von Dixons Vermögen einfach das Risiko nicht wert. Doch Margy lachte, als er es aussprach.
»Ach, für anderthalb Dollar würde er dich in Grund und Boden stampfen, ganz zu schweigen von 'ner halben Million. Nein, das ist es nicht. Es sieht einfach nicht nach Dixon aus. So was mit unseren Kunden? Das ginge sozusagen gegen sein Glaubensbekenntnis. Ich kann mir nicht vorstellen, daß er sie reinlegt. Er ist loyal.« Sie nahm Sterns Hände. »Aber ich weiß, er muß es gewesen sein«, sagte sie.
»Weil er immer informiert werden muß, bevor ein großer Auftrag rausgeht?« Diese Tatsache, die Dixon in Sterns Büro eingeräumt hatte, war ihm bereits eingefallen.
»Das zum einen. Aber 'n Haufen Leute in der Firma wissen, was wir machen. Nur, wenn ich fünf-, sechshunderttausend Dollar stehlen würde, würde ich sie in deiner Tasche verstekken? Das ist doch das Irrläuferkonto der Firma. Und der alte Dixon Hartnell, der ist doch die Firma. Dem gehört MD Clearing Corp, MD Holding Corp, Maison Dixon. Der ganze Laden gehört ihm. Das ist vermutlich irgendein blödes Spiel, das er getrieben hat, um zu sehen, ob er sich danach ins Fäustchen lachen kann.«
Stern dachte darüber nach, ob Dixon wohl Straftaten nur zur eigenen Unterhaltung beginge. Ganz ausgeschlossen war das nicht. Bei Dixon war nichts unmöglich.
»Und was ist aus dem Geld geworden?« Stern dachte an die Ermittlungen des Staatsanwalts bei Dixons Bank.
Margy, die sich auf den Rücken gedreht hatte, schüttelte ein bißchen den Kopf, um anzudeuten, daß sie das nicht wußte. Ihr Busen bewegte sich locker hin und her; unter ihrem Kinn zeigte sich am Ende vom Make-up ein heller Hautstreifen, der merkwürdig blaß war, als habe die jahrelange Kosmetik ihre Haut ausgebleicht. Diese kleinen Schönheitsfehler störten ihn wenig; er war und blieb geil.

»Ich kann's nicht sagen, ohne noch länger zu suchen. Aber willst du meine Vermutung hören, was er mit dem Geld gemacht hat?«
»Sag's mir.«
»Nichts.«
»Nichts?«
»Nichts. Er hat's einfach dort gelassen. Jedenfalls würde ich das tun. Das Irrläuferkonto hat immer ein Defizit. Wenn man bei einer Order nämlich einen Fehler macht und der Kunde daran verdient, hält er das Maul. Er akzeptiert einfach das Geschäft. Beschweren tun sich nur die Verlierer. Das ist auch ganz in Ordnung so. Geht auf Geschäftskosten. Aber es kann sein, daß man vierzigtausend im Monat verliert, und wenn man jetzt anfängt, Gewinne zu machen, verliert man plötzlich nur noch zweitausend im Monat. Kapiert? Keiner merkt etwas. Außer dem alten Schlauberger. Denn am Jahresende tauchen die sechshunderttausend wieder auf. Als ob er sich sozusagen eine Prämie zahlt.«
»Schlau eingefädelt«, meinte Stern zu dem ganzen Plan. »Ziemlich raffiniert von dir, Margy, dahinterzukommen.« Er küßte sie auf beide Handrücken.
»Oh, ich bin ein raffiniertes Luder«, sagte sie und lächelte Stern an. Stern fragte sich, wessen Satz das war, wer sie schon so genannt hatte. Es schien etwas zu sein, das sie nachsprach. Stern könnte natürlich Vermutungen anstellen. »Aber die Schlaueste bin ich nicht.«
»Nein?« fragte Stern, der jetzt neben ihr auf dem Bett saß, wo sie auf dem Rücken lag und ihn anblickte. »Wer ist es denn?«
»Der alte Du-weißt-schon-wer«, sagte sie. »Die werden ihn nie festnageln können. Er brauchte nur die Auftragsabteilung anzurufen und die Positionen durchzugeben, die dann auf dem Irrläuferkonto landeten. Das macht er mindestens zwanzigmal am Tag. Niemand wird sich daran erinnern können, daß er es war. Und es gibt nicht ein Stückchen Papier bei dieser ganzen Schweinerei, auf dem auch nur seine Initialen wären. Er wird auf vierzig andere Leute zeigen, die es auch getan haben

können. Telefonisten, Kundenbeauftragte. Sogar ich hätte es sein können.« Margy lächelte jetzt. »Sie glauben vielleicht, daß er es war, sie wissen vielleicht, daß er es war. Aber sie werden's ihm nie nachweisen können.« Margy hatte offenbar beim Fernsehen solche Sprüche gehört; vielleicht imitierte sie auch Stern. Sich selbst hatte sie gewiß überzeugt. Auch Dixon war zuversichtlich, dachte Stern, indem er sich an Dixons Prognosen über seine Rehabilitierung am Telefon erinnerte. Bestärkt wurde sein Klient durch seine früheren Erfolge gegenüber der Steuerfahndung und das Wissen, daß die Staatsanwaltschaft seine Privatkonten beschnüffelt hatte, während das Geld nie die Firma verlassen hatte. Stern jedoch war weniger zuversichtlich. Die Assistenzstaatsanwälte waren häufig gewiefte Finanzfahnder. Am Anfang stocherten sie vielleicht blind herum, aber wenn Margy richtig vermutete, was Dixon mit seinen illegalen Gewinnen angestellt hatte, würden sie sie schließlich bei ihm finden und in der Schuldfrage zu denselben Schlußfolgerungen kommen wie sie. Dixon war noch immer in großer Gefahr.

»Ich sollte mit den Angestellten der Firma in Kindle sprechen, die solche Kauforders erhalten haben, um sicherzugehen, daß ihre Erinnerung so verschwommen ist, wie du meinst«, sagte Stern. Es wäre klug, jeden, der direkt mit Dixon zu tun gehabt hatte, daran zu erinnern, wie lange die Ereignisse bereits zurücklagen und welches verwirrende Ordervolumen jeden Tag über seinen Tisch ging; Stern würde das unverzüglich tun müssen, bevor das FBI bei den Leuten gegenteilige Erinnerungen ausgrub. Margy versprach, die Auftragstickets aus der Registratur zu entnehmen und an Stern schicken zu lassen; dann konnte er die Auftragserteiler identifizieren und direkt mit ihnen in Verbindung treten. Sie würde auch eine Hausmitteilung nach Kindle schicken und alle Angestellten der Auftragsabteilung auffordern, mit ihm als dem Firmenanwalt zusammenzuarbeiten.

»Natürlich würde ich das alles trotzdem nicht komisch nennen«, sagte Margy. »Wenn die Börse dahinterkommt, wird sie die Firma an der Hecke langziehen. Sie werden uns 'ne ganze Reihe Strafen und Rügen aufbrummen und ein großes Trara machen. Dann werden sie die Sache der staatlichen Börsenaufsicht übergeben und uns von der auch ein bißchen schikanieren lassen. Aber der alte Du-weißt-schon-wer wird obenauf sein. Er wird mit den andern zusammen herumsuchen und wütend sein und aufgeregt tun, wie so was direkt unter seiner Nase passieren konnte. Und dann wird er 'ne Kehrtwendung machen und irgend jemanden entlassen, um seinen verdammten Arsch in Sicherheit zu bringen.« Margy legte den Kopf etwas schräger, um besser sehen zu können, was sich da in Sterns Unterhose tat. Mit einem wissenden Grinsen blickte sie ihm wieder ins Gesicht, und er meinte, sie mache sich über ihn lustig. Das war es aber nicht. Sie dachte immer noch darüber nach, wen Dixon wohl entlassen würde. »Vermutlich mich«, sagte sie mit einem traurig verkniffenen Lächeln. »Vermutlich mich«, wiederholte sie und lachte dann, lachte, nahm Stern in die Arme und zog ihn auf sich herunter, damit er sie tröste.

Beim Abschied an der Hotelzimmertür versprach er, sie anzurufen. »Das wäre nett«, antwortete Margy schlicht. Sie glaubte ihm ganz offensichtlich nicht; Männer sagten so was immer. Sobald ihn das Taxi am O'Hare Airport abgesetzt hatte, blätterte er in den Gelben Seiten und schickte ihr einen riesigen Blumenstrauß ohne Karte ins Büro. Als er so in der engen Telefonzelle hinter den perforierten Chromstahlwänden dasaß, drängten sich ihm Erinnerungsbilder an den Abend und den Morgen auf, und er erschauerte fast vor freudiger Erregung. Hatte wirklich er, Alejandro Stern, ein gesetzter Anwalt und Kind eines katholischen Landes, sich vor ein paar Stunden fast um den Verstand gevögelt? Ja, tatsächlich. Sein Geist war hellwach, seine Fahne flatterte im Wind. Er spürte Margys rauchigen Geschmack auf seinen Lippen, ihre Unterwäsche in seiner Handfläche. Wann würde er wieder herfliegen? Er lachte so laut über sich selbst, daß eine Frau in einer Kabine auf der anderen Seite des Ganges erschrocken herübersah. Ein wenig beschämt fand er schließlich etwas Dauerhafteres dicht an seinem Herzen. Dankbarkeit. Aber ja, er war Margy dankbar, der ganzen Gattung Weib, die es unglaublicherweise für lohnend erachtet hatte, ihn noch mal an sich zu ziehen. Die Hand immer noch auf dem Hörer, überlegte er, welcher Hochgenuß doch darin lag, von einem anderen Menschen umarmt zu werden.

Am Flugsteig verkündete jemand von der Abfertigung, das Flugzeug für seinen kurzen Rückflug nach Hause starte erst später. »Wartungsprobleme!« Wie gehabt! Sogar in seiner beschwingten Stimmung konnte sich Stern nicht von seinem Haß auf diesen Flughafen mit seinen endlosen Gängen und seiner unwirklichen Beleuchtung, mit seinen wimmelnden, hastenden Menschen und ihren sorgenvollen Gesichtern befreien. Er suchte die Executive Lounge seiner Fluglinie auf, die ganz in schwarzem Leder und Granit gehalten war, und telefonierte mit seiner Kanzlei.

»Claudia, ruf bitte Mrs. Klonsky an und mach einen Termin für Freitag. Sag ihr, ich möchte ihr die Dokumente überbringen, die sie von MD angefordert hat.« Stern hatte jetzt über einen Monat nicht mehr mit der Staatsanwältin gesprochen. Raphael hatte sie angerufen, um noch eine weitere Woche Terminverlängerung herauszuschinden, und hatte berichtet, Klonsky habe ziemlich wütend geklungen. Stern reizte die Staatsanwältin ungern – das war nicht sein Stil, und außerdem wurde jeder Fall durch Feindseligkeit zwischen den Juristen nur komplizierter. Er würde Klonsky irgendwie besänftigen müssen. Anwaltsalltag, dachte er, immer einseifen. Richter, Staatsanwälte, auch manche Mandanten.

»Wollen Sie wissen, welche Anrufe Sie hatten?«

»Ja, bitte.« Stern saß auf einem Sofa; der Telefonapparat war geschickt in die Granitplatte eines Cocktailtisches eingelassen. Claudia meldete einen Anruf von Remo Cavarelli, einem alten Gauner, der wie schon so oft unter Anklage stand und für seinen nächsten Prozeßtermin bei Richterin Winchell den neuesten Stand wissen wollte. Notiert war auch der Anruf

einer Mrs. Helen Dudak, die Stern zu sprechen wünschte. Privat. Und Cal Hopkinson hatte angerufen. Es hatte sich was ergeben, dachte er mit einem plötzlichen unbestimmten Gefühl von Interesse oder böser Vorahnung, als er Cals Namen hörte. Er ließ sich von Claudia zu ihm durchstellen, doch Cals Sekretärin sagte, er telefoniere gerade. Stern wartete ein wenig, entschied sich dann für Rückruf und tastete die Nummer ein, die Helen hinterlassen hatte. Sie hatte ihm erzählt, sie arbeite am Telefon zu Hause mit Kopfhörern und einem winzigen Kehlkopfmikrophon. So stellte er sie sich jetzt vor.
»Ich knüpfe da an, wo wir unser Gespräch neulich abends beendet haben«, sagte Helen.
»Ja, natürlich«, antwortete er und war nicht ganz sicher, was sie meinte.
»Ich möchte dich zu mir zum Abendessen einladen. Samstag in zwei Wochen«, sagte Helen. »Nur wir beide.«
»Aha.« Stern spürte, wie ihm das aufs Herz schlug. Was jetzt? Helen meinte es gut, dachte er. Und sie war charmant. Aber war er solchen Komplikationen gewachsen? Ja, sagte seine innere Stimme plötzlich. Ja, in der Tat.
Trotzdem dachte er nach seiner Zusage an Margy und war mit sich selbst uneins, als er den Hörer auflegte. Essen war schließlich keine Form von Geschlechtsverkehr. Aber dann wieder dachte er insgeheim, er sei ja jetzt ganz schön gefragt. In der belebten Flughafenlounge, in der die festsitzenden Passagiere um ihn herum halblaut redeten, lachte er nochmals laut auf. Diesmal kam er zu Cal durch.
»Sandy!« rief dieser. »Wo bist du?« Cal erzählte ihm die Geschichte, wie er neulich unerwartet auf dem O'Hare festgesessen hatte. Schließlich fragte Stern nach der Bank.
»Deswegen habe ich angerufen«, sagte Cal. »Nur um dir den neuesten Stand mitzuteilen.« Die River National Bank, sagte Cal, reagiere völlig neurotisch wegen dieser Transaktion auf Claras Investmentkonto. Jedesmal, wenn es um ein Testament ging, mache sich die Bank um alles mögliche Sorgen, zum Beispiel um das Erbschaftsgericht und das Büro des Staatsan-

walts. Die Banker beharrten darauf, jedes Stückchen Papier ausfindig zu machen, bevor sie in ein Treffen einwilligten. Cal drängte auf ein Meeting nächste Woche. Er sprach in einem selbstzufriedenen Ton, den Stern selber oft gegenüber Mandanten anschlug, und schilderte dabei seine Auseinandersetzungen mit den Bankern und den Leuten in der Registratur als einen Kampf auf Leben und Tod.

»Nicht möglich, Cal!« sagte Stern. Er wollte nicht auch noch den kritischen Mandanten spielen und beendete lieber das Gespräch, als seine Meinung zu äußern. Cal war zu penibel, um entschlossen aufzutreten – auch er würde jeden Fetzen Papier sehen wollen. Außerdem hatte er vermutlich kein Durchsetzungsvermögen gegenüber den Bankern, die ihm aller Wahrscheinlichkeit nach Umsatz brachten – reiche Bankkunden, bei denen Treuhandfonds errichtet oder Testamente aktualisiert werden mußten. Doch war es unfair, entschied Stern gleich darauf, Cal die Schuld an den Komplikationen zu geben, die Clara hinterlassen hatte. Stern hatte Jahrzehnte dahingelebt und nie genau gewußt, was hinter Claras gesetzter und höflicher Fassade vorging. Und sogar jetzt hielt der Zweifel an. Der ganze schwelende Verdruß siedete wieder in ihm.

Er wählte noch mal die Nummer seiner Sekretärin.

»Claudia, hat Dr. Cawley zurückgerufen?« Nach seinem Abend bei Kate und John war Stern Nate hinterhergejagt und hatte Nachrichten in der Praxis, im Krankenhaus und bei ihm zu Hause hinterlassen, in denen er Nate bat, das Labor anzurufen. Es war nicht sicher, ob Nate das ausgerichtet worden war, und Stern wußte auch nicht, ob Nate die Sache auf jeden Fall zu Ende verfolgen würde. Schließlich hatte er ja auch noch andere Sorgen.

»Soll ich versuchen, jemanden in seiner Praxis zu erreichen?« fragte Claudia.

Stern trommelte mit den Fingern auf der Tischplatte und antwortete nicht. Draußen vor dem Fenster wurde der Blick durch eine Boeing 747 versperrt, die von Arbeitern auf mehreren verstellbaren Gerüsten gewaschen wurde – Stern erinnerte das an Zoowärter und eine Giraffe. Gewiß konnte er selbst zu Westlab hingehen – wo immer das auch sein mochte. Als Claras Testamentsvollstrecker war er juristisch zu Nachfragen befugt. Doch wenn die Verwaltung von Westlab auf dem Arztgeheimnis beharrte, wie Nate vermutete, würde Stern Vollmachten brauchen, wegen derer er Cal einweihen müßte. Lieber Geduld üben, dachte sich Stern. Nate würde schließlich dazu kommen.

Doch da war eine neue, schmerzhafte Irritation, anhaltender als seine Clara betreffende Neugier, die mit Ebbe und Flut seiner Trauer zuzunehmen oder abzunehmen schien. Stern brauchte einen Augenblick, um sie auszumachen: Peter. Der bei seinem Besuch bei Kate und John entstandene Verdacht, sein Sohn wisse mehr, als er sage, war nicht ohne weiteres abzutun gewesen. Natürlich war ihm klar, daß es unfair, unwahrscheinlich und unanständig war zu glauben, Peter habe in seinem großen Schmerz die Geistesgegenwart oder Gerissenheit aufgebracht, seinen Vater im Hinblick auf die Autopsie zu manipulieren. Doch Peter hatte in Sterns Erinnerung so dringend geklungen – er hörte noch immer, wie seine jammernde Stimme im Flur widerhallte, als er dem armen verwirrten Polizisten Vorwürfe machte –, und er sah auch noch das hektische Glänzen in Peters Augen vor sich. Da waren noch Fragen. Bei Peter, vermutete Stern, würde es immer offene Fragen geben.

»Claudia, stell mich bitte zur Stadtpolizei von Kindle durch.« Stern hatte das kaum ausgesprochen, da wußte er schon, daß das vermutlich ein Fehler war. Während seines ganzen Berufslebens hatte er jede Gelegenheit genutzt, der Polizei aus dem Weg zu gehen. Sie machte am Ende immer Ärger. Er gab der Telefonistin den Namen und das Revier durch und tröstete sich mit dem Gedanken, daß der altgediente Polizist vermutlich nicht da war. Sie waren doch nie da, wenn man sie brauchte.

»Ray Radczyk.«

»Alejandro Stern, Lieutenant.«

»Na so was. Wie geht es Ihnen, Sandy?«

»Es geht so.« Er hörte den Summton der Verbindung über die üblichen Geräusche des Polizeireviers im Hintergrund. Der alte Polizist schien sich wirklich zu freuen, von ihm zu hören. Und Stern konnte sich um alles in der Welt noch immer nicht erinnern, was sie miteinander verband. Er hatte ein paarmal darüber gerätselt, in einem müßigen Gedanken, der ihn zusammen mit vielen anderen überkam, wenn er an den bewußten Spätnachmittag zurückdachte. »Haben Sie immer noch die Akte mit meinem Namen drauf, Lieutenant?«

»Na, nun aber mal halblang«, sagte Radczyk und lachte. »Ich nehm meinen Job ernst, genau wie Sie. Da hat's nie 'ne Akte gegeben. Das wissen Sie doch.«

»Natürlich«, sagte Stern. Dieser Radczyk, erinnerte er sich, war eigentlich kein übler Kerl. Natürlich hatte er auch seinen beruflichen Ehrgeiz.

»Sagen Sie mal, wo sind Sie denn? Hört sich ja an, als würden wir durch zwei Blechbüchsen miteinander reden.«

»O'Hare Airport. Ich sitz fest«, erklärte Stern.

»Ach so«, sagte Radczyk.

»Lieutenant, da ist 'ne Frage, mit der ich Sie wohl nicht belästigen würde, wenn ich nicht gerade hier rumsäße und etwas Zeit hätte.«

»Kein Problem«, erwiderte der Polizist. »Sagen Sie's nur.«

Stern zögerte.

»Ich hab mich gefragt, ob der Leichenbeschauer etwas Ungewöhnliches im Zusammenhang mit seiner Untersuchung meiner Frau gemeldet hat.«

»Hm«, sagte Radczyk. Als er sich selbst so hörte, wurde Stern klar, wie ausgefallen diese Frage klingen mußte, wenn sie so unvermittelt gestellt wurde. Radczyk nahm sich Zeit. »Ich weiß, daß er auf Selbstmord erkannt hat, natürlich. Ich wollte Sie anrufen, dann dachte ich, was soll's.«

»Sicher«, sagte Stern. Einen Augenblick sprach keiner von beiden. Stern verscheuchte einen weißbejackten Kellner, der ihm einen Drink anbieten wollte. »Ich bin mir natürlich darüber im klaren, daß das eine merkwürdige Anfrage ist...«

»Kein Problem. Lassen Sie mich den Fallbericht raussuchen. Er ist vor ein oder zwei Wochen vom Diktat zurückgekommen. Geben Sie mir Ihre Nummer. Ich ruf Sie sofort zurück.« Stern las die Nummer vom Apparat ab. Was würde Radczyk tun? Vielleicht wies er gerade jemanden an mitzuhören, oder prüfte, ob der Anruf auch auf Band ging.
Eine Frau schlenderte vorbei, schlank, etwa fünfzig, ganz in Rot. Sie trug ein Seidenkostüm mit einem engen glatten Rock und einen dazu passenden schwarzgesäumten Bolerohut; auch ihre Strumpfhosen waren schwarz – eine schöne Figur. Sie schaute unbestimmt in Sterns Richtung und wandte sich dann ab, doch schon der kurze Blickkontakt erinnerte ihn irgendwie an Margy, und er fiel voll in ihren Bann zurück, als ob er plötzlich durch die Tür eines Kinos getreten wäre und von der Helligkeit und den Bildern auf der Leinwand geblendet würde: Margy, wie sie am Lichtschalter stand, mit nackten Beinen und wohlgeformtem Hintern, aufgeknöpfter Bluse, das schwarze Dreieck darunter sichtbar; wie ihre rotlackierten Fingernägel sich in bestimmte Teile seines Körpers krallten, wie ihr Mund schlaff offenstand und sich ihre Haut im grellen Morgenlicht sogar auf den zarten Augenlidern rötete, während sie sich ihrem Gefühl hingab.
Ein eigenartiges Geräusch ließ sich vernehmen; es war das Telefon, erkannte er plötzlich.
»Da bin ich wieder«, sagte Radczyk. »Wollen mal sehen. Was brauchen Sie?«
»Es ist bloß Wißbegier, Lieutenant. Ich dachte, da könnte irgendwas Ungewöhnliches sein, was dem Gerichtsmediziner aufgefallen ist.«
»Da ist nicht viel. Keine Autopsie. Das wollten Sie doch. Ich habe ihnen gesagt, es gebe religiöse Vorbehalte. Was anderes fiel mir nicht ein.«
Auf einmal merkte Stern, daß Radczyk von einer privaten Nummer aus zurückgerufen hatte. Kein Piepton, kein Tonband. Jedenfalls sehr wahrscheinlich nicht. Doch Stern sprach es nicht an.

»Es ist kurz und bündig, Sandy. Blutproben mit hohem Kohlenmonoxidanteil, eine Kopie des Abschiedsbriefs und der Befund des Gerichtsmediziners. Nichts in den Polizeiberichten. Ich hab sie mir durchgesehen, als sie eingingen.«

»Ich verstehe.«

Radczyk holte Luft. »Was dagegen, wenn ich frage, was los ist?«

»Eine unbedeutende Sache, Lieutenant. Es ist unwichtig.«

»Sicher«, sagte Radczyk. »Was für 'ne Sache?« Bei diesen Fragen kam eine gewisse Autorität in seine Stimme. Immerhin war er Polizist, und es war schließlich auch sein Fall. Stern verfluchte sich selbst kurz und raffte sich dann zu einer knappen und sauberen Erklärung auf: Eine Rechnung von einem medizinischen Labor sei gekommen und unerklärlich. Es sei, sagte Stern, sicher unwichtig.

»Ich könnte hingehen und das für Sie nachprüfen«, bot Radczyk an.

Stern fand den Einfall verblüffend – besonders, daß er selbst den Vorschlag machte. Theoretisch wurden ärztliche Unterlagen nicht ohne gerichtliche Anordnung offengelegt. Doch bei einer Polizeimarke kriegten die meisten Leute Herzklopfen. Die Angestellten der Registratur würden einem Polizisten fast alles sagen, wenn nicht gar das Papier herausrücken. Radczyk konnte genausoviel wie Nate erfahren, vielleicht sogar mehr. Doch Stern fühlte sich mit dem Polizisten zu unsicher, besonders bei dessen eigenartiger Vertraulichkeit. »Ich möchte Sie nicht bemühen, Lieutenant.«

»Macht mir nichts aus«, sagte Radczyk und senkte dann ein wenig die Stimme. »Sie wissen ja, ich bin Ihnen immer noch was schuldig.«

Stern legte noch nicht auf.

»Westlab, richtig?« fragte Radczyk. »Ich werd selbst hingehen, Sandy. Auf die Art bleibt's unter uns. Ich werde feststellen, was los ist. Für den Fallbericht alle Unklarheiten beseitigen, okay?«

Stern wartete. »Ja, okay«, sagte er dann.

»Freitag, spätestens Montag sollte ich was haben. Ich ruf Sie an. Guten Rückflug.«
Stern legte sacht den Hörer auf. Die Gegenstände in der Lounge – Aschenbecher, Lampen – hatten plötzlich scharfe Umrisse. Wieder hatte er das bedrückende Gefühl, das er schon seit früher Kindheit kannte.
Er war sicher, daß er da gerade etwas Falsches gemacht hatte.

11

Das Wartezimmer der US-Bundesanwaltschaft war schäbig. Dem Aussehen nach hätte man denken können, man besuche eine heruntergekommene Einzelpraxis. Der Florteppich erinnerte an ein Tier, das die Räude hatte; die hölzernen Armlehnen der kantigen Stühle gingen aus dem Leim, und die Wartenden waren das übliche Volk von der Straße. Ein paar Verrückte saßen zusammengekauert in den Ecken, spähten verstohlen um sich und schrieben langatmige und unverständliche Beschwerden über verschiedene Politiker oder eine Verschwörung, ihnen durch Mikrowellen eine Lobotomie zu verpassen. Zeugen und künftige Angeklagte, zu arm und zu unerfahren, um sich von Anwälten begleiten zu lassen, saßen mit Vorladungen der Grand Jury in der Hand da und warteten, was die Staatsanwälte mit ihnen vorhatten. Hin und wieder kamen FBI-Agenten oder gelegentlich auch ein ziemlich niedergeschlagener und enttäuschter Anwalt aus den Büros heraus. Und natürlich saß da auch Mr. Alejandro Stern, prominentes Mitglied der Anwaltskammer, zwei umfangreiche Aktenkoffer neben sich, und wartete auf Mrs. Klonsky, die nach Angaben der Empfangsdame gerade telefonierte.
Diese Dienststelle war Stern immer wie ein fröhlicher Ort erschienen. Die Juristen waren jung und eifrig, und fast alle waren sich darüber einig, daß das für sie nur eine Durchgangsstation war. Assistenzstaatsanwälte blieben sie nicht lange –

durchschnittlich fünf oder sechs Jahre. Zeit genug, um einen Fall vor dem Geschworenengericht verhandeln zu lernen und jedem das Gefühl zu vermitteln, daß er sich ernsthaft um das Gemeinwohl bemüht hatte, bevor die fetteren Weiden der privaten Anwaltstätigkeit lockten, die Stern immer noch für die eigentliche Juristenpraxis hielt. Es war ein guter Job, dachte Stern. Er hatte den besten jungen Juristen, den er je gehabt hatte, Jamie Kemp, an das Büro des Staatsanwalts in Manhattan verloren, wo Kemp jetzt eigene Fälle vor Gericht brachte und nebenbei an einem Rockmusical arbeitete, das ein paar Lieder aufgriff, die Kemp vor zwei Jahrzehnten komponiert hatte, als er kurze Zeit eine Art Schlagerstar gewesen war.
Beinahe hätte er Kemp bei seinem Eintritt in den Dienst einer Bundesbehörde Gesellschaft geleistet. Bevor der gegenwärtige US-Bundesanwalt Stan Sennett vom Justizministerium wieder von San Diego hierher zurückversetzt worden war, war Stern die Stelle angeboten worden. Der erste Assistent des dienstälteren der beiden Senatoren des Bundesstaats hatte Stern in einen der Clubs in der Innenstadt gebeten. Dieser junge Mann, der ungefähr wie der Gesangstar Garfunkle aussah und dessen weißblonder Haarschopf vom Kopf abstand wie die Samenschirmchen eines verblühten Löwenzahns, hatte sämtliche bekannten Phrasen gedroschen; es war schlimmer als ein Nachruf gewesen. Dieses Angebot sei ein Kompliment für Sterns Fähigkeiten, hatte der junge Mann behauptet, und für seine Weisheit, sich sein ganzes Leben lang nie auf eine bestimmte politische Seite geschlagen zu haben. Zwar gestattete der Senator Bürgermeister Bolcarro nicht, seine Anhänger mit Ernennungen im Bundesdienst zu belohnen, doch wurden dessen stadtbekannte Feinde auch selten befördert.
Für Stern war die Aussicht, Bundesanwalt zu werden, keine Sache, die er leichthin abtun konnte. Für einen Juristen bedeutete das umfassende Machtbefugnisse. Vier Jahre lang konnte Stern die Zivilarmeen der Steuerfahndung, der Drogenfahndung und des FBI befehligen und nach Gutdünken einsetzen. Schluß mit den fürchterlichen Pleiten der Drogenfahnder.

Schluß mit der herzlosen Strafverfolgung von Witwen und Feuerwehrleuten, weil sie ihr Einkommen aus Teilzeitjobs nicht angegeben hatten. Selbstverständlich aber würde er Strafverfolger werden müssen. Stern würde sich dem Überführen, Anklagen und Abstrafen widmen müssen, dieser Triade von Unaussprechlichkeiten, die Stern aus einem langgehegten Gefühl heraus verabscheute. Konnte Alejandro Stern sich im Gerichtssaal gravitätisch erheben und die Leidenschaften der Geschworenen entfesseln, konnte er sie auffordern, Strafen zu verhängen, unter denen er sich selbst krümmen würde? Das konnte er nicht. Nein. Er konnte es nicht. Schon die Vorstellung machte Stern krank. Oh, einen Haß auf Staatsanwälte hatte er nicht. Das hatte er schon ganz am Anfang seiner beruflichen Laufbahn überwunden. Bisweilen beeindruckte ihn der feurige Einsatz dieser jungen Leute sogar, wenn sie versuchten, das Böse zu strafen und damit indirekt jedes Wandeln auf dem schmalen Pfad der Tugend zu belohnen. Doch das war nicht seine Funktion, nicht seine Berufung. Er war Sandy Stern – ein stolzer Apologet abweichenden Verhaltens. Kein Argentinier von Geburt, kein lebender Jude, der vom Holocaust gehört hatte, konnte ohne heftige Selbstzweifel in den Stiefeln der Staatsgewalt einhergehen; besser war er nur eine Stimme unter vielen und setzte sich täglich für diese so häufig fehlinterpretierten schwachen Bürgerrechte ein, deren Geltung ein Land mehr als jede Strafverfolgung als anständig, zivilisiert, human auszeichnete. Er konnte seine lebenslangen Überzeugungen jetzt nicht mehr über Bord werfen.

Mrs. Klonsky war fertig mit Telefonieren. Hinter der einzigen Zugangstür, die elektronisch von einem grimmigen Wachmann hinter gelblichem kugelsicherem Glas geöffnet wurde, lag ein halber Block Bürolärm. Telefone schrillten, und es klapperten Schreibmaschinen, die hier in diesem Zeitalter der Textverarbeitung immer noch in Gebrauch waren. Die Assistenzstaatsanwälte, hervorragende Jungjuristen mit glänzender Ausbildung, wurden in der hier herrschenden Atmosphäre zu Grobianen und brüllten einander in den Fluren an.

Stern kam häufig in dieses Büro, gewöhnlich nur mit einem Vorsatz: zu bremsen, zu verhindern, zu verzögern. Gelegentlich – aber das war selten und meist ganz zu Beginn einer Untersuchung – bot er hier eine offenherzige Schilderung dessen an, was er für die Wahrheit hielt. Doch in der Regel war Verteidigung Vermeidung. Sein Ziel war es, soviel wie möglich zu erfahren und selbst nur preiszugeben, was der Staatsanwalt ohnehin wußte, was ihn nicht interessierte oder was ihn ins Bockshorn jagte oder ablenken konnte. Es gab Staatsanwälte, die an Aufrichtigkeit glaubten und ihren Fall als blanke Herausforderung darzulegen pflegten. Doch für die meisten war der Reiz der Geheimhaltung unwiderstehlich. Stern konnte lediglich Ideen in die Welt setzen, Fragen stellen, von Fakt zu Fakt schwirren wie eine Wespe, die das Obst anknabbert.
»Meine besten Wünsche für Sie«, sagte Stern zu Mrs. Klonsky, als er in ihr kleines Büro trat. Von kräftiger Statur und dunkelhaarig, war sie aufgestanden, um ihn zu begrüßen. Zu Sterns Überraschung trug sie Umstandskleidung, ein einfaches blaues Baumwollkleid, das noch recht locker herunterhing. Auf den ersten Blick schien Mrs. Klonsky recht attraktiv – große Augen, eine gerade Nase, vorstehende Wangenknochen, die Art guten Aussehens, die man bei einer Empfangsdame im Restaurant erwarten würde. Sie bot eine füllige Figur von bäuerlichen Proportionen, kräftige Arme und Beine und einen großen Busen, obwohl letzteres Merkmal bösen Gerüchten zufolge etwas irreführend war. In Gil's Restaurant ging das Gerücht, daß Mrs. Klonsky noch als Jurastudentin eine einseitige Brustamputation gehabt hatte. Daher der Spitzname »das Genie ohne Titten«. Stern war nie überzeugt gewesen, daß diese Information stimmte – bei Gil's schienen die Witze auf Kosten der Staatsanwälte um so grausamer zu werden, je weiter der Abend fortschritt –, und jetzt hatte er wieder Zweifel. Würde eine frühere Krebspatientin eine Schwangerschaft mit ihren Hormonschüben und großen körperlichen Veränderungen riskieren?
»Meine Tochter ist auch in diesen wunderbaren Umständen«,

sagte er. »Unser erster Enkel.« Stern hörte sich »unser« sagen, wollte sich aber nicht korrigieren. Er würde eine Weile suchen müssen, bevor er das anders formulieren konnte.

Klonsky schien dieser Versprecher auch aufgefallen zu sein. Sie gratulierte Stern, fragte kurz nach Kates Befinden – Stern hatte schon vor langer Zeit gemerkt, daß die Affinität, die Frauen zueinander fühlten, nie größer war als beim Vorgang des Kinderkriegens, in den kein Mann eintreten konnte –, doch dann fügte sie mit der unvorhersagbaren Logik, die die Leute immer zeigten, hinzu: »Mein Beileid zu Ihrem großen Verlust.«

Er nickte wortlos. Die beiden Aktenkoffer, jeder so groß wie ein Akkordeon, standen neben ihm. Nachdem die Freundlichkeiten erschöpft waren, verharrten sie kurz im Vorfeld ihrer Auseinandersetzung.

»Mrs. Klonsky, Sie scheinen einen falschen Eindruck von meinem Mandanten zu haben.«

Sie reagierte mit einem kleinen verschlossenen Lächeln, das Haltung und Furchtlosigkeit signalisieren sollte. Mit den Jahren bekam Stern in seiner Praxis jetzt junge Männer und Frauen zu Gegnern, die ungefähr im gleichen Alter wie seine Kinder waren. Allgemein hatte er den Eindruck, daß sie ihn charmant fanden; seine bisherigen Leistungen verliehen ihm fast staatsmännische Statur. Die Assistenzstaatsanwälte waren häufig ehrerbietig, ohne jedoch die Posen aufzugeben, die die Auseinandersetzung erforderte. Bisweilen ertappte sich Stern dabei, daß er sich fragte, wie Peter und Marta reagieren würden, wenn sie die Natürlichkeit, die völlige Offenheit erleben könnten, die er in seine Beziehungen zu Leuten wie ihnen einbrachte. Was würden sie denken? Wäre das für sie eine Offenbarung, oder würden sie auf das Naheliegende kommen? Diese Leute waren eben nicht seine Kinder.

»Inwiefern, Mr. Stern?«

»Ich weiß, daß Sie ihn einer Straftat verdächtigen. Das ist doch so?« Sie schien zu nicken. »Sagen Sie mir, Mrs. Klonsky...«

»Sie dürfen mich Sonia nennen, Mr. Stern.«

Stern nahm ihre Verbindlichkeit zum Zeichen, daß sie überzeugt war, sich gegen ihn durchsetzen zu können.
»Dann müssen Sie gleichziehen«, sagte er zu ihr. »Bitte nennen Sie mich Sandy.«
»Vielen Dank.«
»Aber bitte.«
Sie lächelte ihn so unverhofft an, mit einem Aufblitzen so bemerkenswerter offener Erheiterung über ihr Hin und Her, daß Stern selbst verblüfft war.
»Sie wollen mir lieber nichts verraten?«
»Ich kann nicht, Sandy.«
»Gibt es einen Informanten? Ist das der Grund für Ihr Zögern?«
»Kein Kommentar.«
»Ich hab so was bereits vermutet.«
»Wenn es einen Informanten gibt, Sandy, habe ich nicht die leiseste Idee, wer es ist.«
Das war, wie Stern wußte, eine geschickte Reaktion. Die Assistenzstaatsanwälte waren über die Identität von Informanten häufig im unklaren, besonders bei solchen, denen versprochen worden war, sie würden nie vor Gericht aussagen müssen. Das Geheimnis blieb bei den FBI-Agenten, die sich insgeheim mit ihren Quellen trafen und die Berichte an die Bundesanwälte schrieben, in denen sie das »c/i« – *cooperating individual* – mit einer Nummer identifizierten, die vom FBI-Hauptquartier in Washington zugeteilt wurde.
»Mr. Hartnell ist nicht von der zurückhaltenden Art«, sagte Stern. »In seinen Geschäftskreisen wimmelt es zweifellos von Leuten, denen er auf die Zehen getreten ist. Entlassene Angestellte. Neidische Konkurrenten. Sie sind sich natürlich darüber klar, daß die Aussagen solcher Leute sorgfältig abgewogen werden müssen.«
Mrs. Klonsky legte ihre Fingerspitzen an ihr hübsches Kinn und lächelte gefällig. Sie nahm alles in sich auf und beobachtete ihn bei der Arbeit.
»Er ist schon früher in Schwierigkeiten gewesen«, sagte sie.

»Die Börsenaufsicht. Nur an einer Börse oder an zwei?« Sie hielt kurz inne. »Ganz zu schweigen von der Steuerfahndung.« Aber ja, dachte Stern, sie hatte eine dicke Akte angelegt. Wie zu erwarten.

»Ich habe Dixon in all diesen Sachen vertreten. Es gab Zeiten, in denen ihm die Expansion seines Geschäfts wichtiger war als die Buchhaltung. Offen gesagt, Mrs. Klonsky, die Börsen und die Steuerfahndung verlangen eine penible Korrektheit, die selbst das Büro des US-Bundesanwalts nur schwer einhalten könnte.« Stern deutete zur Tür hinaus. Bisweilen konnte man in diesem Büro das tiefste Geheimnis einer Grand Jury schon dadurch erfahren, daß man gemächlich durch die Flure schlenderte. Die jungen Assistenzstaatsanwälte standen unter der Tür und tratschten über Ermittlungen. Ließen Namen fallen. Alte Akten waren wie Abfall gestapelt, ohne Rücksicht auf ihren vertraulichen Inhalt. Vor ein paar Jahren hatte Stern zwei große Faltordner mit dem Namen von Bürgermeister Bolcarro gesehen, die auf die Registratur warteten, und schmerzliches Bedauern darüber verspürt, daß die Staatsanwaltschaft hier erfolglos geblieben war. Seine Bemerkung brachte Mrs. Klonsky zum Lachen.

»Sie sind wundervoll. Stan Sennett hat gesagt, Sie würden zur Tür reinkommen und mir die Hosen runterschmeicheln, und jetzt sind Sie schon dabei.«

»Ich?« Er sah sie mit einem Blick demütiger Unschuld an, registrierte jedoch leicht besorgt, daß Sennetts Name gefallen war. Stern und der derzeitige Bundesanwalt waren keine Fans voneinander. Ihr Verhältnis reichte mindestens ein Dutzend Jahre zurück, bis in die Zeit, als Sennett noch einfacher Staatsanwalt war und offenbar vor keinem Geschworenengericht eine Verurteilung erreichen konnte, wenn Stern der Verteidiger war. Die Wunde war in der letzten Zeit eher noch tiefer geworden. Bei einem seiner seltenen Auftritte im Gerichtssaal war Sennett im Januar Staatsanwalt in einem Fall gewesen, in dem Stern einen Stadtrat verteidigte, der beschuldigt wurde, Leute seines Personals zu sexuellen Gefälligkeiten und Bargeldzahlungen genötigt zu haben. Stern hatte den Hauptzeugen der Anklage verächtlich gemacht, indem er ihn als professionellen Spitzel charakterisierte, als sogenannten Privatdetektiv, der immer jemandem zum Denunzieren fand, wenn er durch seine eigenen fragwürdigen Aktivitäten in Schwierigkeiten geriet. Der Stadtrat aber wurde nur in einem Punkt schuldig gesprochen – wegen eines Steuervergehens – und blieb im Amt, während Sennett halbherzig einen Sieg geltend machte, worüber sich die Lokalpresse dann spöttisch ausließ. Wenn sie einander trafen, waren sie liebenswürdig – Stern war das mit jedem –, doch Stan hatte ein langes Gedächtnis, und sein Groll saß tief. Entsprechend bedeutsam war unter den gegebenen Umständen Mrs. Klonskys unfreiwilliges Eingeständnis, daß der Bundesanwalt mit diesem Fall befaßt war. Bei fünfhundert Anklageerhebungen jährlich und der dreifachen Zahl von Ermittlungen der Grand Jury kamen nur Angelegenheiten von erstrangiger Bedeutung auf seinen Schreibtisch. Alles in allem war das eine höchst unwillkommene Bemerkung. Dixon machte sich die falschen Feinde. Mrs. Klonsky bat um die angeforderten Dokumente, und Stern hob die Koffer nacheinander auf den Tisch. Sie stand etwas ungeschickt auf, offenbar in der Einschätzung ihres Körperumfangs nicht mehr ganz sicher, und ging in den Flur, um ihre Akte zu holen. Allein gelassen, inspizierte Stern unauffällig die Besitztümer in ihrem schmalen Büro. Bei ihrem endlosen Arbeitstag als junge Gerichtsjuristin machte sie keinen Unterschied zwischen zu Hause und ihrem Arbeitsplatz; die Vorlieben ihres Privatlebens griffen auch hierher über. Zwischen den unvermeidlichen Diplomen und Prüfungsurkunden hing ein großes Ölbild im Stil Kandinskys, und ein Transparent von einer Demonstration für den Weltfrieden war über ihr Bücherregal gespannt. Die Bücher selbst waren nicht bloß die üblichen gewichtigen juristischen Abhandlungen und Fallschilderungen, sondern auch reihenweise Taschenbücher. Es schienen eine ganze Menge europäische Romane und viele politische Werke darunter zu sein. Stern las ein paarmal den Namen Betty Friedan und auch

C. G. Jung. Das unterste Regal schien der Ehrenplatz zu sein. Auf der einen Seite stand ein einzelnes Foto von Mrs. Klonsky und einem breitschultrigen, kraushaarigen Mann, viel jünger als sie. Vier Bücher drückten sich zwischen silberne Buchstützen: drei dünne Bändchen, die nach Lyrik aussahen, alle von einem Mann namens Charles, und ein gebundenes Buch mit dem Titel *Krankheit als Metapher*. Auf der anderen Seite stand in einem Glasrahmen die Momentaufnahme eines zahnlückigen Knaben; am Rand angeklebt war eine krakelige Kinderzeichnung einer Gestalt in leuchtenden Farben über der wackligen Inschrift S. O. N. N. Y., bei der beide N.s verkehrt herum geschrieben waren.

»Ihr Sohn?« fragte Stern und deutete auf das Bild des Knaben, als Klonsky, eine braune Faltakte schleppend, zurückkam. Wie Stern gefürchtet hatte, war sie ziemlich umfangreich.

»Sam ist der Sohn meines Mannes. Er lebt bei seiner Mutter. Das hier ist unser erstes Kind.«

»Wunderbar«, meinte Stern. »Eine besondere Freude.« Von seiner Stimmung her hatte er immer noch den innigen Wunsch, mit ihr zu einer freundschaftlichen Basis zu gelangen.

»Wunderbar oder verrückt«, bemerkte sie. »Ich bezeichne das Altersschwangerschaft. Mein Gynäkologe ist völlig geschlagen. Eine einundvierzigjährige Juristin mit einer Krankengeschichte! Er hat Angst, daß ihm seine Versicherung wegen Kunstfehler die Prämien verdoppelt.«

Stern lächelte liebenswürdig, gab jedoch keinen Kommentar ab. Eine Krankengeschichte, vermerkte er für sich.

»Manchmal denk ich, ich bin verrückt, in diesem Alter noch damit anzufangen.«

»Doch, wie Sie sagen, hat ja wenigstens Ihr Mann Erfahrung.«

»Oh, Charlie? Ich bin nicht ganz sicher, ob er gemerkt hat, daß ich schwanger bin.« Sie lachte, doch ihr Blick schweifte ab, als sie für einen Moment einem privaten Gedanken nachhing, und Stern wußte, daß sie mit dem Geplänkel abrupt ans Ende gelangt waren.

Sie griff nach den sortierten und von Gummiringen zusam-

mengehaltenen Dokumenten, die Stern auf dem Schreibtisch aufgestapelt hatte. Sie waren nach einzelnen Geschäftsvorfällen geordnet, und sie hakte sie auf der Verfügung ab. Während sie arbeitete, begann Stern ruhig seine Fragen zu stellen. Er habe die Unterlagen sorgfältig geprüft, sagte er, und nichts Außergewöhnliches darin gefunden. Keine offensichtliche Marktmanipulation, kein Verschieben schlechter Abschlüsse auf Verfügungskonten, keine Doppelbelastung von Kunden, keine Manipulationen, bei denen der Kunde einen schlechteren Preis erhielt als den auf dem Börsenparkett erzielten.
»Es ist äußerst schwierig, sich aufgrund dieser Unterlagen vorzustellen, was Ihr Informant behauptet. Sie haben Unterlagen von keinem einzigen Konto angefordert, über das Dixon verfügt. Nichts von dem hier steht mit ihm in Verbindung.«
Ihre Augen flackerten kurz und wurden ganz schmal. Natürlich erwähnte Stern das Irrläuferkonto der Firma nicht und auch nicht die Dokumente, die Klonsky von Dixons Bank zu bekommen versuchte. Er würde nie den Eindruck zerstreuen, daß er so ahnungslos war, wie ihn die Anklagebehörde gern halten wollte.
»Darf ich eine Frage stellen?« sagte sie plötzlich.
»Natürlich.«
»Warum ist es wichtig, ob da ein Informant ist? Nehmen Sie mal an, da sei einer.«
Also doch, dachte Stern.
»Meinen Sie nicht, daß Ihr Beschuldigter ein Recht darauf hat zu erfahren, welche Straftat dieser Informant ihm anlastet?« Er wollte sie gerade mit Namen ansprechen, fühlte sich aber bei Sonia nicht wohl und meinte, es wäre zu förmlich, wieder Mrs. Klonsky zu sagen. »Ist Mr. Hartnell verpflichtet, müßig zuzusehen, während die Anklagebehörde einen Fetzen Papier hier und einen andern dort aneinanderfügt, bis sie ihren Fall beisammen hat, und buchstäblich darauf aus ist, seinen Lebensunterhalt und sein Leben zu vernichten?«
»Ich sehe nicht, wie es ihm schaden kann, wenn er jetzt abwartet.«

»Er könnte zur Aufklärung beitragen. Wenn Sie mir sagen würden, was Ihr Informant behauptet, könnte ich in der Lage sein, Ihnen relevante Angaben zu machen.«

»Und Sie wären vielleicht auch in der Lage, den Zeugen zu identifizieren, zu versuchen, ihn zu beeinflussen, und Ihr Bestes zu tun, um den Informationsfluß unter Kontrolle zu bekommen.«

Er starrte sie eine Sekunde lang an.

»Ach so«, sagte Stern ruhig. Er konnte sich ein kurzes unwilliges Stirnrunzeln nicht verkneifen. Die Witzbolde in der Bar hatten doch recht gehabt. Nicht, daß sie Sterns Absichten völlig falsch einschätzte. Doch es war etwas Naives in der Art, wie sie ihn einschüchtern wollte. Ob Mrs. Klonsky das wußte oder nicht, sie hatte sich auf eine Konkurrenz, auf einen Prozeß eingelassen und nicht auf die Suche nach dem Heiligen Gral. Wenn sie sich windende Zeugen in den Saal der Grand Jury schleppte, wohin diese nicht von ihren Anwälten begleitet werden durften, und sie der Gedanke an jede Indiskretion, jeden Fehler wie der schwarze Mann verfolgte, so daß die armen Leutchen den Staatsanwälten mit sklavischem Eifer gefällig waren, war dies nach Klonskys Meinung offenbar keine Zeugenbeeinflussung. So funktionierte Strafverfolgung eben. Doch wenn der Anwalt des Beschuldigten selbst mit den Zeugen sprach, ihre Unterlagen überprüfte und versuchte, ihre Erinnerungen ausgewogen zu halten, grenzte das an Zeugenbeeinflussung. Das Problem lag ganz einfach: Sie war noch neu in ihrem Job. Die arme Sonia Klonsky. Schon über vierzig und noch so viel zu lernen. Er spürte eine gewisse Enttäuschung.

»Jetzt sind Sie wütend«, sagte sie.

»Durchaus nicht.«

»Ich habe nicht unterstellt, daß Sie was Standeswidriges tun würden.«

»Ich hab's auch nicht so aufgefaßt.«

Stern fuhr fort, seinen Dokumentenkoffer auszupacken, und zog Dokumentenbündel raus, die vom Kopierer schwarze

Ränder hatten. Mrs. Klonsky war aufgrund des veränderten Klimas immer noch ganz verwirrt.
»Ich dachte« – sie wedelte mit der Hand – »an einen freundlichen Meinungsaustausch.«
»Wir sind verschiedener Meinung«, sagte Stern. »Betrachten Sie's als Angelegenheit der Pflicht, unserer jeweiligen Funktionen.« Er stand auf. »Wo darf ich erwarten, daß Sie als nächstes suchen?«
Sie sah ihn immer noch an.
»Wir haben das noch nicht ausgeräumt, Sandy.«
Warum um alles in der Welt hatte Stan Sennett diese Frau eingestellt? Machte sie vielleicht gruppendynamische Sitzungen mit der Grand Jury? Was für eine bemerkenswerte Person. Trotz seines Widerwillens, es zuzugeben, übte sie große Anziehungskraft aus. Ihr Lächeln, besonders wenn es gerissen sein sollte, und ihre Augen waren sehr intelligent. Doch fühlte er sich gewappnet durch die Erkenntnis, die er kurz zuvor gewonnen hatte. Bei Sonia Klonsky hatte man das Gefühl, daß sie trotz aller Gesetztheit als berufstätige Frau mit einem Winkel ihrer Seele kurz davor war, hysterisch zu werden. Da war etwas Siedendes, Wallendes, Unbeherrschtes, Unbekanntes. Auch das war irgendwie rührend – eine Frau über vierzig, die sich immer noch wie ein Teenager benahm.
»Mrs. Klonsky«, sagte er, »wir brauchen uns wirklich keine Vorwürfe zu machen. Ich versichere Ihnen, wir werden weiter freundlich miteinander umgehen.« Er streckte ihr die Hand hin. Anstatt sie zu nehmen, sank sie auf den Stuhl hinter ihrem Schreibtisch, das Gesicht immer noch finster und beunruhigt, und zog eine Schublade auf.
»Da ist noch eine andere Sache. Da Sie Mr. Hartnell vertreten, können wir nicht darauf eingehen, die Zustellung an Sie zu tätigen, wenn wir andere Zeugen von MD vorladen. Die Möglichkeit einer Interessenkollision ist zu groß.« Jetzt kam was Neues, spürte Stern. Klonsky kündigte damit nämlich an, daß sie bald auf Dixons Angestellte losgehen und versuchen würde, sie zu Aussagen gegen ihren Chef zu veranlassen.

Wenn es nach der Staatsanwaltschaft ging, hätte jeder einen anderen Anwalt nehmen müssen. Das war die übliche Haltung der Anklage. Teile und herrsche. Unter dem Deckmantel des standesgerechten Verhaltens versuchte sie zu gewährleisten, daß jeder, der ihnen etwas erzählen konnte, nicht unter den Einfluß des Anwalts des Beschuldigten geriet. Stern billigte das Standesrecht zwar voll und ganz, war aber überzeugt, daß die Entscheidung über Interessenkollision zuallererst ihm oblag und nicht der Staatsanwaltschaft. Er protestierte jetzt, doch Mrs. Klonsky bekam wieder ihren entschiedenen Blick, der jede Diskussion unterband.

»Jedenfalls«, sagte sie, »hat Stan gemeint, daß da eine Vorladung ist, die Ihnen zugestellt werden sollte. Als Gefälligkeit.« Klonsky öffnete einen amtlichen Umschlag und nahm ein einzelnes Blatt heraus, das sie Stern hinhielt. »Wir haben ihm eine lange Frist gesetzt – fast einen Monat –, also werden Sie genug Zeit haben, einen eigenen Anwalt für ihn zu besorgen.« Verwirrt nickte Stern. Als er aufsah, füllte Klonsky gerade die Zustellungsurkunde auf der Rückseite ihrer Kopie aus und trug ein, wem die Vorladung wann überreicht worden war.

Es hatte ihm solchen Auftrieb gegeben, dachte Stern plötzlich verloren, mit dieser fähigen jungen Frau Wortgefechte zu führen und ihren Charakter einzuschätzen. Während er die Vorladung las, waren seine Arme bleiern vor Schreck. Ein stummer Fluch gegen Dixon und seine krummen Wege drängte sich ihm auf. Aus der Art, wie dies gehandhabt wurde, aus der zugegebenen Vorzugsbehandlung hatte Stern sofort vermutet, was in der Luft lag.

»Gibt es noch andere Personen aus der Auftragsabteilung, die Sie vorladen wollen?« Er fragte das ganz beiläufig in der Hoffnung, sie würde die Bedeutung der Frage nicht erkennen, und Klonsky schüttelte beim Schreiben lediglich verneinend den Kopf. Stern spürte, wie es ihm sofort schlechter ging. Die Auftragstickets, die Margy vom Büro in Kindle anzufordern versprochen hatte, hatten ihn noch nicht erreicht, doch jetzt wußte er, was daraus hervorgehen würde. Dixon hatte nicht jemand Beliebigen in der Auftragsabteilung angewiesen, Trittbrett zu fahren, wie Margy gemutmaßt hatte; das hätte offenbar ein zu großes Risiko bedeutet, die Möglichkeit eingeschlossen, daß ein klügerer und nicht ganz so fügsamer Angestellter widersprochen, Einwände erhoben hätte. Statt dessen hatte Dixon die Anweisung einem einzigen gefügigen Trottel gegeben, der einzigen Seele in der Auftragsabteilung, mit der die Anklage zu reden brauchte. Und natürlich war der mit seiner Tochter verheiratet. Stern faltete die Vorladung in drei gleich große Teile. »John Granum« war in die Rubrik für Name und Adresse eingetippt. Sein Schwiegersohn hatte einen Termin für eine Aussage vor der Grand Jury. Klonskys Zurückhaltung, ihre Furcht vor einer unrechtmäßigen Beeinflussung der entscheidenden Zeugen wurde verständlicher.

»Ist er Beschuldigter?« fragte Stern mit einer Kopfbewegung zu der Vorladung.

»Vielleicht hat er etwas zu erzählen.«

»Wird ihm möglicherweise Straffreiheit zugesichert?«

»Ich glaube schon.« Klonsky senkte wieder den Blick; sie erzählte ihm zuviel. »Ich verstehe Ihr Interesse, Sandy. Doch dieses Gespräch führe ich besser mit jemandem, der ihn als Anwalt vertritt. Wie ich schon sagte, ist das eine Gefälligkeit Ihnen gegenüber. Stan wollte keinen weiteren Vorfall wie den bei Ihnen zu Hause.«

»Sehr rücksichtsvoll«, sagte Stern. »Ich bedanke mich.« Er wollte nicht kurz angebunden klingen, aber jetzt war seine Selbstbeherrschung doch leicht angeknackst.

Mrs. Klonsky sah ihn traurig an. Er konnte deutlich erkennen, was er für sie war – ein Witwer mit zerstörtem Heim und allerhand sonstigen großen Problemen in der Familie. Er hatte ihr Mitgefühl, aber das war es nicht, weswegen er hierhergekommen war.

Der Aufzug kam vor dem Büro der Staatsanwaltschaft an, ging auf und fuhr dann nicht mehr weiter. Stern, immer noch geladen, schmiß seine leeren Aktenkoffer hin und schlug auf alle Knöpfe. Aufwärts. Abwärts. Tür öffnen. Tür schließen. Das neue Gebäude der Bundesbehörden war vor zehn Jahren fertiggestellt worden, wobei alle Aufträge wie Schokoladenstreusel von Bürgermeister Bolcarros Fingerspitzen auf seine Kumpane hinabgerieselt waren. Der Bau war als Gerichtsgebäude geplant gewesen, doch hatten die Richter nach kurzer Verweildauer verschiedene Verfügungen und einstweilige Anordnungen erlassen und waren zurück ins alte Gebäude am Federal Square auf der anderen Straßenseite ausgewichen. In diesem Bau funktionierte nichts. Weder die Aufzüge noch die Heizung. Die Fenster platzten bei starkem Wind oder Frost und überrieselten die Fußgänger unten mit Glassplittern. Die Bauzeit hatte sechs Jahre betragen, und zehn Jahre später liefen immer noch Prozesse. Der Architekt, die Konstrukteure, der Generalunternehmer und praktisch jeder Gewerbetreibende, der mit dem Bau zu tun hatte, waren Nebenkläger, Mitangeklagte oder Prozeßpartei in vier oder fünf getrennten Verfahren. Bisweilen konnte Stern die Anwaltstruppe für die verschiedenen Sachstandsberichte anrücken sehen. Sie standen dann zwanzig oder dreißig Mann vor dem Richter und stritten herum. Inzwischen kühlte das Gebäude in den gelegentlichen Frostperioden dieser Stadt so aus, daß ein Bundesrichter während der kurzen Episode, als dort noch Prozesse geführt wurden, in Fäustlingen den Richterstuhl bestieg und den Anwälten mitteilte, sie dürften die Hüte aufbehalten.

Endlich begann sich der Stahlkäfig zu bewegen. Nach dem langen Stopp hielt er jetzt in jedem Stockwerk. Stern, der sich mit Lieutenant Radczyk zum Mittagessen verabredet hatte, drehte fast durch. Dixon. John. Was für eine Scheiße hatte sein Schwager da angerührt!

Auf der Fahrt nach unten war die winzige Kabine kurz vor dem Mittagessen proppenvoll. Selbstverständlich waren die Fahrstühle knausrig geplant worden, viel zu klein für das Personal im Gebäude. In seinem aufgeregten Zustand, gegen die Rückwand gepreßt, reagierte Stern nicht sogleich, als eine Frau vor ihm, eine schlanke Brünette in den Dreißigern, zurückwich und Fühlung aufnahm. Es war sogar etwas peinlich, denn sie hatte ihn nicht bloß gestreift oder ihn zufällig mit den Absätzen auf die Zehen getreten. Vielmehr drückte diese junge Frau ihren Hintern fest gegen seine Hand. Und wäre nicht der Stern von vor einem Monat prüde zurückgezuckt? Keine Frage. Jetzt aber bewegte er sich nicht. Er war sicher, daß sie ihn für die Wand hielt. Doch beim nächsten Stopp ruckelte der Fahrstuhl an seinem Kabel und schaukelte ein wenig. Und schob sie sich da nicht noch weiter zurück? Es schien so. Und ertappte sich Stern nicht dabei, daß er, während die Stockwerke vorbeizogen, fast unwillkürlich seine Hand um eine Winzigkeit bewegte? Doch, er tat es, so daß sich zwei oder drei seiner Finger nach dem vierten Stockwerk sanft in ihre Pospalte und gegen die dünnen Falten ihres grünen Kleides und die elastischen Erhebungen ihrer Unterwäsche schmiegten. Durch die Eigenbewegung der Kabine wurde daraus jedesmal, wenn der Fahrstuhl bei einem Halt ruckte, ein äußerst diskretes Streicheln.

Stern versuchte diese junge Frau von hinten zu studieren. War sie eine seiner zufälligen Gerichtsbekanntschaften, eine andere Juristin, die sich auf so merkwürdige Art Lust verschaffte? Nein, er war ihr noch nicht begegnet. Ihre Augen waren grün, und an der Backe hatte sie einen kleinen Pickel, das konnte er jetzt von der Seite erkennen. Eine berufstätige Frau, kein Zweifel, in einem teuren grünen Seidenkleid, eine Aktentasche in der Hand. Mit jedem Halt schien sie sich ein bißchen weiter zurückzulehnen. Ihr Gesichtsausdruck wirkte abweisend, doch wenn sie nicht gerade querschnittsgelähmt war, mußte sie bemerken, was vorging. Im Erdgeschoß ließ sie sich mit ihrem ganzen Gewicht auf ihn fallen, so daß seine Hand für einen flüchtigen Moment zwischen ihre Beine geriet und – war denn das die Möglichkeit? – sacht gedrückt wurde, ehe sie vorwärts und zur Tür hinausging. Jenseits der metallenen Türschwelle sah sie sich orientierungssuchend um, und als sich ihre Blicke kreuzten, war ihr Gesichtsausdruck viel zu unbestimmt, als daß man es ein Lächeln hätte nennen können. Beim Weggehen langte sie nach hinten und zupfte kurz ihren Rock zwischen den Beinen hervor, wo er eingeklemmt war.

Schwindelig und erregt, von dieser Kühnheit beeindruckt oder gar beflügelt, folgte ihr Stern aus dem Aufzug. So also sah das Leben von Männern und Frauen in dieser modernen Zeit aus! Cincinnatus war einst vom Pfluge weg zur Schlacht gerufen, bewaffnet, aufs Pferd gesetzt und für Krieg und Strategie verantwortlich gemacht worden. Genauso fühlte sich Stern – außer daß Cincinnatus in seiner Jugend ein Kriegsheld und Offizier gewesen war und Stern nie mehr als ein grüner Gefreiter. Er hatte in den letzten vier Tagen mehr sexuelle Erfahrungen gemacht als in seinem ganzen Leben zuvor. Und er konnte seine Freude daran vor sich selbst nicht verbergen. Seine reizende Episode mit Margy hatte ihn wiederbelebt wie ein Guß Wasser eine vertrocknende Pflanze – er spürte die Kraft seiner eigenen Vitalität von der Wurzel bis zu den Blattspitzen. Kein Wunder, daß sich die Leute deswegen so leicht zum Narren machten. Wenn er es nie gewußt hatte, jetzt war es ihm klar – das machte ja Spaß! Wie ging man auf solche Angebote ein? Kaffeetrinken? Ein Hotelzimmer? Was passierte dann? Verblüfft über sich selbst, immer noch seine Aktenkoffer schleppend, folgte er der jungen Frau sogar einen Block weit, bevor er sich an Radczyk erinnerte. Sie blickte nicht einmal zurück; offenbar war das Aufreizen für sie schon Befriedigung genug. Und sogar als er innehielt, wußte er noch nicht sicher, wie weit seine Fähigkeiten gingen. Er wußte nicht, zu welchen Exzessen er fähig war; er könnte sich Flügel wachsen lassen und davonfliegen, er könnte nackt auf der Straßenkreuzung tanzen. Er fühlte sich wie eine schwebende Seifenblase, ein dünnes Bläschen, das die aufregende Gewichtslosigkeit der Freiheit umschloß.

12

Am Kindle River, nahe den Docks am Ufer von Kewahnee, war eine Unterwelt entstanden. Stern stapfte die Eisentreppe von den Boulevards oben stets mit einem Gefühl des Abstiegs hinunter, das ihn irgendwie an einen plötzlichen Wechsel vom hellen Tag ins Düstere gemahnte. Diese Hafenpiers, an denen die Flußschiffer ihre Frachten von Südfrüchten, Reis und Kohle zu löschen pflegten, hatten bis weit in dieses Jahrhundert hinein ihre wirtschaftliche Bedeutung behalten. In den zwanziger Jahren hatten lokale Profiteure und Immobilienhaie in der unwahrscheinlichen Hoffnung, die Dreierstadt wie ein Aschenputtel zu einem zweiten Paris herausputzen zu können, beschlossen, so zu tun, als seien die Docks gar nicht vorhanden. Auf Betonpfeilern im sandigen Ufer des Kindle River hatten sie die Innenstadt von Kewahnee erweitert; breite Straßen waren aufgeständert und bescheidene Wolkenkratzer erbaut worden. Etwas tiefer arbeiteten verdreckte Docker und Binnenschiffer in einer Unterwelt weiter, die kaum vom Tageslicht erreicht wurde, während die Herren in Anzug und Krawatte oben geschäftig hin und her eilten, feilschten, prozessierten und die unten im Dunkeln für die Stadt angelieferten Arbeitskräfte und Waren kauften und verkauften.

Heutzutage herrschte am Lower River, wie diese Gegend hieß, das grelle Zwielicht von Natriumdampflampen. Die an die Straßen grenzenden Docks der Speditionsfirmen, die ursprünglich hier ansässig geworden waren, um weiterzutransportieren, was die Flußschiffe heranschafften, und später an deren Stelle getreten waren, waren mit Packkisten und verfaulendem Gemüse bedeckt. Die Luft schwirrte vom Reifengeräusch und von sonstigem Verkehrslärm von den Straßen hoch oben. Seit vielen Jahren war dies der Ort, wo Leichen abgekippt und Drogengeschäfte getätigt wurden. Gerüchten zufolge ging immer noch ständig heiße Ware über die Laderampen der Lastzüge. In seinen ersten Anwaltsjahren war Stern dauernd hier unten, um den einen oder anderen Tatort aufzusuchen.

Tausend Passanten, und keiner hatte etwas gesehen. Die Situation war für die Polizei meist weitaus verdrießlicher als für Stern gewesen.
Anstatt sich mit dem Mittagsverkehr herumzuschlagen, war er zu Fuß über die Brücke gegangen, seine leeren Aktenkoffer immer noch bei sich. Mit Radczyk war er in Wally's Kneipe verabredet. Ein Aussichtsrestaurant war das nicht. Bei jedem Lokal am Lower River war der Eingang hinten. Die Fenster an der Vorderseite gingen auf den ansonsten unzugänglichen Fluß hinaus, mit Ausblick auf die Pfeiler und die stählerne Unterkonstruktion der Straßen. Am Sichthorizont brach Tageslicht hindurch und leuchtete je nach Sonnenstand bisweilen so hell auf die schieferfarbene Wasserfläche, daß der treibende Schmutz und die Industrieabfälle sichtbar wurden. Radczyk saß an einem Tisch, rauchte eine Zigarette und begutachtete aus unbekannten Gründen sein Hemd, als Stern herankam.
»Ach, Sandy!« Das runde Bauerngesicht des Polizisten strahlte. Diese Wärme, an deren Anlaß sich Stern noch immer nicht erinnern konnte, war ihm auch heute unbehaglich. Radczyk hatte an diesem Morgen angerufen und von gewissen Ergebnissen gesprochen. Er hatte Wally's als Treffpunkt vorgeschlagen, eine Stammkneipe von Polizisten, was Stern, der ungern ein Polizeirevier betrat, ganz recht war. Hier machte die Körpergröße des Mannes stärkeren Eindruck auf Stern als damals zu Hause; Radczyk paßte kaum auf seinen Stuhl, eine gewaltige Gestalt, die im Alter langsam schrumpfte. Er trug eine Tweedsportjacke und ein leuchtendrotes Golfhemd, das er bei Sterns Eintreten gemustert hatte. Er erläuterte jetzt, es sei ein Ostergeschenk von seinen Kindern. »Sie liefern die Enkel ab, und die stellen die Bude auf den Kopf, so daß man froh ist, wenn man sie wieder heimschicken kann.«
Stern lächelte zuvorkommend. Ihm fiel ein, daß auch er bald Anlaß zu derlei sentimentalen Klagen haben würde. Aber heute gab ihm diese Aussicht erheblich weniger Trost. Der Gedanke an John stach Stern vielmehr kurz ins Herz.
»Also«, sagte Stern, »Sie haben Erfolg gehabt?« Er wollte

Radczyk unbedingt aufs Thema bringen. Der gehörte zu den Leuten, die lieber von allem anderen redeten.
Der alte Polizist langte in die Innentasche seines Sportjacketts und holte ein einzelnes graues Blatt heraus, eine Kopie. Er setzte seine Lesebrille auf und betrachtete das Papier, als ob er es nie zuvor gesehen hätte. Dann nahm er die Brille ab und blickte Stern schräg von unten an.
»Haben Sie schon daran gedacht, mit ihren Ärzten zu reden? Das würde ich an Ihrer Stelle tun.«
Einen Augenblick lang spürte Stern denselben Verdruß, der ihn auf seinem Weg aus dem Büro der Staatsanwaltschaft übermannt hatte. Warum hatte er sich nur mit diesem Polizisten eingelassen? Er war alt und vermutlich nie besonders kompetent gewesen. Eigentlich klar, daß Radczyk einen Ausgangspunkt vorschlagen würde, den Stern schon lange hinter sich hatte. Er konnte seine Irritation nicht ganz verhehlen.
»Lieutenant, ich fürchte, das habe ich bereits versucht.«
»Darf ich fragen, was dabei herausgekommen ist?«
»Herausgekommen ist«, sagte Stern, »daß Claras Hausarzt mir erklärt hat, er habe diesen Test nicht angeordnet, und ich nicht rauskriegen konnte, welcher Arzt es gewesen ist.«
»Hm.« Radczyk blickte wieder auf das Blatt in seiner Hand. »Ein Name steht hier nicht«, stellte er fest. »Vermutlich hätte ich fragen können, als ich da draußen war.« Die Vorstellung, daß der Name des behandelnden Arztes vielleicht relevant gewesen wäre, kam Radczyk von fern in den Sinn, als ausgefallener Gedanke, wie eine Vorstellung von Leben auf den anderen Planeten. Stern fiel es immer schwerer, sich zu beherrschen.
»Sie waren bei Westlab?«
»O sicher, sicher. Hab genau gemacht, was ich Ihnen gesagt hatte. Ich bin hinaus zum Medical Center, hab mir die Verwaltungsleiterin geschnappt und ihr meine Polizeimarke gezeigt. Nettes Mädchen. Heißt Liz oder so. Sehr professionell. Sie sah aus wie eine kleine Mexikanerin oder Italienerin. Ich habe ihr gesagt, daß ich eine Routinenachfrage hätte, und die Unterlagen verlangt. Sie hat mir die ganze Akte gleich in ihrem Büro gezeigt

und mir eine Kopie der Ergebnisse gemacht.« Radczyk hielt das Papier in seiner Hand hoch, und Stern langte unaufgefordert über den Tisch danach. Radczyk ließ es los. Die müde Kellnerin trabte mit einem grünen Bestellblock an und fragte jeden von ihnen bloß »Und Sie?«. Stern bestellte, während er die Kopie studierte. Es war ein DIN-A5-Blatt mit einem Briefkopf von Westlab. Darunter standen Computerziffern. Zahlencodes. Ein sinnloser Ziffernsalat. In seiner Enttäuschung hätte Stern beinahe aufgestöhnt.

»Haben die Ihnen gesagt, Lieutenant, was das für ein Test war?«

»Sicher«, sagte er, »'ne Viruskultur.« Er griff nach dem Blatt und zeigte Stern mit einem schmutzigen Fingernagel ein winziges Kästchen mit einem X darin.

»Also ein Virus?«

Radczyk nickte.

Stern schluckte. Clara war wegen eines Virus' beim Arzt gewesen. Das also war das Ergebnis von fast zwei Monaten Suche. Seine Frau hatte Schnupfen. Einen hartnäckigen Husten. Kein Wunder, daß sie nur zu Peter gegangen war. Er lächelte schwach. Bei all dem Schmerz war das schon fast burlesk.

»Und mehr konnten die nicht sagen?«

Radczyk schien mit den Gedanken ganz woanders zu sein. Er betrachtete Stern mit seinem freundlichen Blick und rückte näher.

»Sie erinnern sich immer noch nicht an mich, oder?«

Stern, der sonst ziemliche Verrenkungen machte, bevor er etwas so Peinliches zugab, zuckte bloß mit den Schultern. Er war klug genug, einen so alten Polizisten nicht täuschen zu wollen.

»Hab ich mir gedacht.« Der Polizist rückte noch näher. »Marv Jacoby.«

Die Erinnerung kam Stern wie der Blitz.

»Ihr Stiefbruder«, sagte Stern. Die Waise, dachte er bei sich. »Das ist aber schon ein paar Jährchen her.«

Radczyk, der sich wie ein Kind freute, daß er sich erinnert hatte, saß lächelnd da. »Damals hatte ich noch nicht meine Sergeantenstreifen.«
Also das war der Stiefbruder. Stern erinnerte sich sofort an die ganze Geschichte. Dieser Radczyk war von seinem Großvater aufgezogen worden, der einen Zeitungskiosk hatte, eine dieser Blechbuden an einer Straßenecke; im Winter heizten sie mit einem Altölofen. Eines Tages versuchten zwei jugendliche Kriminelle aus der Nachbarschaft auf der Suche nach Fünf- und Zehncentstücken einen Überfall auf den Großvater und erschossen ihn dabei aus Versehen. Der Streifenpolizist war Harold Jacoby gewesen – Juden konnten damals noch nicht Lieutenant werden –, und er hatte den Enkel mit nach Hause genommen und zusammen mit seinen eigenen Kindern großgezogen. Harold hatte zwei Söhne, wie sich Stern erinnerte, und alle drei wurden Polizisten. Ray war der älteste. Eddie quittierte schließlich den Dienst und ging nach Kalifornien, wo er im Aktiengeschäft groß herauskam. Es war der jüngste gewesen, Marvin, der Sterns Mandant geworden war.
Mein Gott, was für ein Ganove war das gewesen, dachte Stern, als er sich an Marvin erinnerte. Kaugummikauend, witzereißend, mit schwarzen Knopfaugen und, wie sie auf der Straße sagten, einer Leck-mich-am-Arsch-Haltung. Marvin war von dem Tag an, an dem er seine Blechmarke erhielt, ein krummer Polizist und der tägliche Kummer von Ray, der sich um Marvin kümmerte, als ihr Vater gestorben war. Vor fast zwölf Jahren hatten gewisse Polizeioffiziere, von den üblichen Rivalitäten im Präsidium verprellt, Beweise für Fehlverhalten im nördlichen Polizeibezirk der Stadt zu sammeln begonnen. Hierzu gehörte keine besondere Findigkeit. Der Nordbezirk war bis auf die Knochen korrupt: geschmierte Polizisten; professionelle Kautionsbürgen, die Prozesse steuerten; bestechliche Richter. Marvin war nicht der größte Ganove, doch einer der unbeliebtesten, und zu der Zeit, als er Stern zum erstenmal begegnete, hatte er eine Vorladung vor eine Grand Jury des Bundesstaates, welche der Anschuldigung nachging, Marvin

habe von bestimmten Rauschgifthändlern monatliche Zahlungen erhalten, damit er sie vor bevorstehenden Polizeirazzien warne.
»Ich bin Ihnen für das alles noch was schuldig«, sagte Radczyk.
Stern schüttelte den Kopf. Das war nicht viel gewesen. Er hatte lediglich die richtigen Knöpfe gedrückt. Wie jemand, der beim Jiu-Jitsu die empfindlichen Stellen kannte. Stern hatte diskret bei bestimmten Politikern vorgesprochen, deren Kreise seiner Schätzung nach durch einen plötzlichen Aufruhr im Norden gestört werden würden. Der Bezirksstaatsanwalt Raymond Horgan, der eben auch seine Freunde hatte, hatte es für sinnvoll erachtet, die Untersuchung niederzuschlagen. Für diese Bemühungen war Radczyk über die Maßen dankbar gewesen; er hatte Marvin bei jedem seiner Besuche in Sterns Kanzlei begleitet und sich dabei wie eine Mutter gegrämt; schon damals war er so redselig gewesen wie heute. Marvin hatte bloß in seiner Uniform dagesessen und Kaugummi gekaut, während Ray ständig jede seiner Bemerkungen uminterpretierte und zu einem Argument für Marvins Unschuld zu machen suchte. Er schien entschlossen, das Schlimmste einfach nicht zu glauben, ein hingebungsvoller älterer Bruder, wie ihn jedermann haben sollte. Nichts von alledem hatte Marvin genützt, der ein paar Jahre später im Kofferraum eines Autos gefunden wurde, das von einem Parkplatz in der Nordstadt abgeschleppt werden sollte. Wie Stern damals gehört hatte, war Marvin splitternackt, und seine Geschlechtsteile waren mit einem Schweißbrenner verkohlt worden.
Stern sprach es jetzt laut aus, daß er Marvin letztendlich keine große Hilfe gewesen war.
»Ist eine Chance für ihn gewesen«, meinte Radczyk. »Er war damals gerade dreimal sieben Jahre alt. Da muß man einem Jungen doch eine Chance geben.« Stern und er dachten kurz über diese Bemerkung nach. »Ich hätte wissen sollen, daß nie ein Polizist aus ihm werden würde. Verdammt«, sagte Radczyk, »ich weiß nicht einmal, was für ein Polizist ich gewor-

den bin.« Radczyk, in seine eigenen Reminiszenzen versponnen, lächelte schief. Es war etwas unbedingt Rührendes an diesem Geständnis – schon wegen seiner Schlichtheit. Radczyk ging auf die Pensionierung zu und hatte immer noch diese grundsätzlichen Zweifel. Stern kannte solchen Kummer nicht; er hatte keine Zweifel daran, wie er seinen Beruf ausfüllte, kein Bedauern darüber, was er mit größerem Fleiß oder härterer Arbeit hätte erreichen können. Er versuchte jetzt nur zu ermessen, was ihn diese Konzentration auf den Beruf gekostet hat. Dieser Gedanke brachte sie wieder auf ihren Anfang zurück. Stern sah sich nach seinen Dokumentenkoffern um und stand auf.

»Ich danke Ihnen für Ihre Bemühungen in dieser Sache, Lieutenant. Ich bin in Ihrer Schuld.«

Radczyk war noch immer in der Vergangenheit gefangen, sah Stern mit einem unsicheren, traurigen Blick an und hatte zum erstenmal nichts zu sagen.

»Übrigens, hat meine Frau nun einen Virus gehabt?« wollte Stern wissen. Er fragte sich inzwischen, welchem Hirngespinst er nachgejagt war.

Als Antwort zeigte Radczyk auf das Papier. Stern spähte über den Tisch. Radczyks dicker Finger wies auf die Ergebnisrubrik des Formblatts: »HSV-2 positiv.« Als Stern ihn fragend ansah, zuckte Radczyk mit den Schultern. Was immer das bedeuten mochte, Medizinerlatein eben.

»Vielleicht sollte ich noch mal hingehen und für Sie den Namen des Arztes erfragen«, meinte Radczyk.

Diesmal erfaßte Stern den wissenden Blick, der in Radczyks zerfurchtem fröhlichen Gesicht aufblitzte, kurz und plötzlich wie eine Messerklinge. Er war nur kurz aufgezuckt, wie etwas, was man sieht und doch nicht sieht. Dieses wissende Glitzern war schon vorher da, stellte Stern fest, doch er hatte nicht darauf geachtet. Nach all den Jahren verblüffte ihn, daß ihn ein Polizist immer noch täuschen konnte.

Stern stellte seine Koffer ab und setzte sich wieder. Er sprach nun so präzise wie vor Gericht.

»Sie müssen schon entschuldigen, Lieutenant, aber ich glaube, Sie haben meine Frage nicht beantwortet.«

Radczyks fröhliches Gesicht nahm plötzlich einen blöden Ausdruck an. Ertappt blickte er nach rechts und links und wog noch mal etwas ab, vielleicht einen Impuls, eine weitere Finte zu versuchen: Welche Frage? Doch er unterließ es.

»Ja, wirklich«, antwortete Radczyk schließlich. »Das habe ich nicht.«

»Wofür war dieser Test?«

»Oh«, sagte Radczyk. Er schob die paar verklebten Haarsträhnen über seine rote Glatze. »Das sollte Ihnen der Doktor sagen, Sandy. Ich möchte lieber nicht.«

»Ich verstehe. Sie weigern sich?«

Der Polizist blickte sich unglücklich um.

»Nein, ich schlage es Ihnen nicht ab, Sandy. Wenn Sie fragen, sage ich Ihnen die Wahrheit.«

»Also bitte, heraus damit.«

Radczyks altes Gesicht wurde weich und leer.

»Herpes«, sagte er.

»Herpes?«

»Ich hab die Lady gefragt. Und das hat sie mir gesagt. Herpes.« Radczyk fuhr sich mit der Hand über den Mund, als wische er ihn sich ab und sagte: »Herpes genitalis.«

Stern ertappte sich, wie er auf den schmutzigen Fluß hinaussah, auf die vorbeitreibenden Flecken von Sägespänen, aufgeweichtem Karton, weißlichem Schaum. Erst vor kurzem hatte er sich genauso gefühlt, dachte er plötzlich mit müßiger Exaktheit. Wann war das gewesen? Dann erinnerte er sich, wie er die Tür zur Garage geöffnet hatte. Als er den Blick senkte, bemerkte er, daß er mit einer Hand die Kante des schmutziggrauen Tischs umklammerte.

»Der Test war positiv?« fragte er, obwohl er es natürlich wußte.

»Sandy, Sie fragen jemanden, der keine Ahnung hat. Ich wiederhole nur, was die Lady mir gesagt hat. Wer weiß? Wer weiß, wovon wir reden? Ich geh gleich noch mal dorthin. Ich krieg den Namen dieses Arztes heraus. Ich hab ihn für Sie im Handumdrehen.«

»Bitte bemühen Sie sich nicht, Lieutenant.«

»Das macht mir nichts aus.«

»Sie haben genug getan, Lieutenant.« Natürlich kam es falsch heraus. Stern stand da, schwankend, leidend, gerade jetzt unfähig, das irgendwie auszubügeln.

Mein Gott, Clara, dachte er.

Stern bestand darauf, die Zeche zu zahlen. Er ergriff die Hand des alten Polizisten und schüttelte sie feierlich, und Radczyk nahm in einer Art Beschwichtigungsgeste das kopierte Blatt und steckte es Stern in die Anzugtasche. Dann wandte sich Mr. Alejandro Stern mit seinen leeren Aktenkoffern zum Gehen und fragte sich dabei, wo er so früh am Tag einen Ort finden konnte, an dem er allein war.

TEIL II

13

Clara Mittler war bereits zu alt gewesen, als sie ihm begegnete. Das war 1956 gewesen.

Bekanntschaft machten sie erstmals im günstigen Klima der Anwaltskanzlei ihres Vaters, wo Stern einen Büroraum von Henry Mittlers ganzer Flucht gemietet hatte. In jenen Jahren verehrte Stern Henry; gegen Ende sah er seinen Schwiegervater als einen Mann, der ein zu geringes Rechtsempfinden hatte, um bewundert zu werden. Doch 1956, mit seiner einnehmenden und bisweilen übersprudelnden Persönlichkeit und, relevanter noch, seinem Einfluß und Reichtum, ragte Henry Mittler vor Stern, der gerade die Easton Law School absolviert hatte, wie ein Diorama-Riese auf, ein ehrfurchtgebietendes Symbol dessen, was man in einem Leben als Anwalt erreichen konnte. Er war ein hochgewachsener Typ mit erheblichem Bauchansatz und weißem Haar, das hinter einer Kopfglatze pfeilgerade abstand, und gab sich je nach Bedarf gerissen, buchgelehrt oder skrupellos. In vielerlei Hinsicht war Henry ein vollendeter Gentleman; er sammelte Briefmarken, und noch nach vielen Jahren sollte Stern verblüfft beobachten, wie Henry mit Uhrmacherbrille und Pinzette Briefmarken studierte, klassifizierte und einsortierte. In anderer Stimmung war er ein Mensch von hundsgemeiner Gewöhnlichkeit. Doch in jeder beliebigen Gemütsverfassung wirkte er so imposant wie ein Orchesterdirigent.

Diese verschiedenen eindrucksvollen Eigenschaften – und, wie Stern später erfuhr, eine glückliche Heirat mit einer Frau von hervorragender Stellung – hatten ihn zu einem Firmenanwalt gemacht, dessen Durchblick und Diskretion in der kleinen, aber wohlhabenden deutsch-jüdischen Gemeinde der Stadt sehr geschätzt wurden. Zwei der größeren selbständigen Banken in der Innenstadt waren seine Mandanten; ebenso die Familien Hartzog und Bergstein, die damals in ihren späteren Imperien in Luftfahrt und Hotelwesen gerade erst Fuß faßten. Henry war in einer Zeit groß geworden, als seine Mandanten für Hinterhoffabriken, Zerschlagung von Gewerkschaften und herzlose Zwangsversteigerungen von Eigenheimen standen – das frühere Reich des Wohlstands, das als göttliche Ordnung akzeptiert wurde. Heute war die Welt anders; Kapital wurde in Amerika nicht mehr so brutal mit Macht gleichgesetzt. Doch Henry war genau wie alle andern von seiner Zeit geprägt, als erwartet wurde, daß ein Firmenanwalt seines Ranges gegenüber seinen Mandanten wie ein Gentleman und gegenüber allen anderen wie ein Schweinehund auftrat.

Sieben junge Anwälte arbeiteten für Henry in getäfelten Büros im alten LeSueur-Gebäude mit seinen Art-deco-Verzierungen aus massivem gedrehten Messing. Stern hatte sich nach Absolvierung der Juristischen Fakultät auf eine Anzeige in einer Juristenzeitschrift gemeldet und eines dieser Büros gemietet. Es war ein vielversprechendes Arrangement. Henry trat selber nicht vor Gericht auf. Es gab gelegentlich belanglose Fälle, die er an Stern überweisen konnte. Beitreibungen, Eigentumsvorbehalte, Pfändungen. Ein paar kleine Ehescheidungen. Bagatellfälle von Beleidigungen oder Verkehrsordnungswidrigkeiten. Was genau, war ziemlich egal. Wenn solches Kleinzeug stetig genug anfiel, konnte Stern seine Miete von fünfunddreißig Dollar im Monat zahlen.

Für diese Summe hatte Stern auch Benutzerrecht an Mittlers juristischer Bibliothek – was eine bedeutende Konzession schien, obwohl die goldgeprägten Abhandlungen über Handelsrecht wenig zu der Strafverteidigerpraxis paßten, die Stern aufbauen wollte –, und Mittlers Sekretärin nahm Telefonanrufe für ihn entgegen. In diesen ersten Monaten konnte er sich kein eigenes Telefon leisten. Wollte er selbst telefonieren, mußte er aus dem zweiunddreißigsten Stockwerk in die Eingangshalle hinunter, wo eine hölzerne Telefonzelle stand.

Diese für Stern sehr bequeme Regelung wurde für Henry bald unerträglich. Er hatte keine Klagen über Sterns Abwicklung der Sachen, die er ihm zuwies. Zuwider war ihm nur die Klientel, die Stern vom Polizeigericht mitbrachte, wo er ein- oder zweimal wöchentlich in den Fluren herumstand und hoffte, ein paar Fälle zu ergattern. Nach ein paar vergeblichen Versuchen war ein Polizeisergeant namens Blonder auf ihn aufmerksam geworden und hatte für ein Honorar von fünf Dollar pro Vermittlung begonnen, Sterns zahlreiche juristische Erfolge lyrisch anzupreisen und seine Visitenkarte an die Verhafteten in der grünen Minna auszugeben. Diese Mandanten – Zigeuner, Ladendiebe, Betrunkene, die in Kneipen eine Schlägerei angefangen hatten – pflegten in die eichengetäfelte Kanzlei von Henry Mittler zu kommen und neben dessen eleganten Mandanten sitzend zu warten, zum Beispiel neben Buckner Levy, dem Direktor der Cleveland Street Commercial Bank mit seinem Zwicker und eleganten Hut. Zwischenfälle gab es nicht, doch der Anblick dieser Ganoven, die hemdsärmelig dasaßen, Zigaretten rauchten und ein paarmal die Aschenbecher mit Spucknäpfen verwechselten, brachte Henry auf die Palme. Um die Zeit, als Stern zufällig Clara traf, waren seine Mandanten auf eine Bank im Flur verwiesen worden, während Henry daran dachte, Stern ganz hinauszuwerfen. In der Tat hatte Henry in seinem ersten Zorn Stern angewiesen, sich eine neue Bleibe zu suchen, obwohl später darüber kein Wort mehr fiel.

Clara war zwei- oder dreimal wöchentlich im Büro ihres Vaters beschäftigt. Stern erblickte sie zum erstenmal im Vorbeigehen vom Flur aus. Sie war eine schlanke junge Frau von aufrechter Haltung, die mit einem grünen Stenoblock vor Henry Mittler saß. Stern verhielt den Schritt; irgend etwas stimmte nicht. Sie sah elegant aus, war mit einer Seidenbluse und einem braunen Rock aus feiner Wolle teuer gekleidet und trug Perlen. Dann bemerkte er, daß sie nicht auf einem Stuhl saß, sondern auf der Fußbank vor Mittlers bequemem Sessel.

»Ja, Stern.« Henry hatte ihn durch die Tür erblickt. Stern, der nicht zu ihm hereinschauen wollte, sagte, er werde später

wiederkommen, doch Mittler war guter Laune und befahl ihn mehr oder minder in sein Büro herein. »Meine Tochter«, erklärte er mit erhobener Hand, während er auf seinem Schreibtisch nach etwas suchte.

Ihr Haar, sanft rötlich wie lackiertes Kirschholz, war unmodern kurz geschnitten; ihr Teint, durch zwei kleine bläuliche Male an einem Wangenknochen etwas entstellt, war eher bläßlich; und Stern konnte auf den ersten Blick nicht sagen, ob sie hübsch oder nicht hübsch war. Ihr Gesichtsausdruck war jedenfalls ziemlich schlaff. Sie nickte Stern mit nicht mehr Interesse als einem Möbelstück zu.

Da war die Pfeife, nach der Henry Mittler gesucht hatte.

»Ich nehme an, Sie haben inzwischen etwas anderes gefunden«, sagte er, während er sich seine Meerschaumpfeife anzündete.

»Bis jetzt noch nicht«, erwiderte Stern.

Noch Jahre später konnte sich Stern erinnern, wie schockierend schnell er ausgerechnet hatte, wie vorteilhaft es für ihn wäre, wenn er diese junge Frau auf sich aufmerksam machen konnte. Es war indessen Henry und nicht Stern, durch den alles angefangen hatte.

»Stern ist aus Argentinien«, sagte ihr Vater.

Ihr Gesicht hellte sich auf. »Und von wo dort?« fragte sie.

1956 betrachteten die meisten Amerikaner Ausländer aller Art mit Mißtrauen; von Argentinien wollten sie außer Tango nichts wissen. Stern reagierte augenblicklich dankbar auf ihr Interesse.

»In erster Linie aus Buenos Aires. Wir haben in verschiedenen Landesteilen gelebt. Mein Vater hat es fertiggebracht, eine Arztpraxis zum Wandergewerbe zu machen.«

»Ihr Vater war Arzt?« fragte Henry. »Sie haben immer so getan, als seien Sie ein elender Hungerleider. Entschuldige, Clara.«

»Das ist bedauerlicherweise wahr«, sagte Stern.

»Übrigens, das ist der Mann, der zum Telefonieren runter in die Eingangshalle muß«, erklärte Henry.

»Ah«, sagte Clara.
Die Schamröte stieg dem armen Stern ins Gesicht. Clara faßte ihn am Arm.
»Daddy, du bringst Mr. Stern in Verlegenheit.«
Henry verzog das Gesicht. Ihm war das egal.
Von diesem ersten Augenblick an schienen einige Dinge unverständlich. Sie war eine zu elegante – zu reiche – junge Dame, um Stenotypistin zu sein, doch sie tauchte zwei- oder dreimal wöchentlich auf, tippte und beantwortete Telefonanrufe. Wenn Stern vorbeikam, lächelte sie müßig, ein zurückhaltender Mensch, hinter einem schwermütig-stoischen Äußeren schwer zu enträtseln.
»Sind Sie Studentin?« fragte er eines Tages impulsiv im Flur nahe dem kleinen Vorzimmer, das sie mit zwei anderen Frauen teilte.
»Ich? Nein. Ich habe das College vor drei Jahren absolviert. Vor vier. Warum fragen Sie?«
»Ich habe mir vorgestellt...« sagte Stern. Wie üblich fiel ihm nicht das Passende ein.
»Daß ich jünger sei«, sagte sie.
»Aber nein«, widersprach er sofort. Das war ihm wirklich nicht in den Sinn gekommen, doch die junge Frau schien sich vor ihm zurückzuziehen. Sie hatte sich selbst in Verlegenheit gebracht, indem sie diesen wunden Punkt preisgab. »Ich habe mich nur gefragt, was Sie sonst machen, wenn Sie nicht hier sind.«
»Sie glauben, ich hätte was Besseres zu tun, als für meinen Vater zu tippen?«
»Miss«, sagte Stern, doch dann merkte er, daß sie kokett sein wollte und dabei bloß ungeschickt war. »Ich bin sicher, Sie können viele andere Dinge.«
Sie gab keine Antwort. Verstimmt wandte er sich ab. Mit dieser Familie hatte er wirklich kein Glück. Aber ein paar Tage später, als er im Flur vorbeiging, rief sie ihn.
»Mr. Stern?« Er sah hinein, nicht ganz sicher, daß es ihre Stimme war, die er gehört hatte. Sie hielt den Kopf gesenkt, während sie auf der Schreibmaschine herumhackte, einem

wuchtigen Ding aus schwarzlackiertem Gußeisen. Schließlich sagte sie etwas, obwohl es sie offenbar allerhand Überwindung kostete. »Sagen Sie mal, Mr. Stern, was haben Sie denn geglaubt, was ich studiere?«
Ach du lieber Gott. Was jetzt? Er verfiel auf etwas, woran man keinen Anstoß nehmen konnte.
»Meiner Meinung nach sind Sie Musikerin.«
Sie strahlte plötzlich vor Freude.
»Das hat Ihnen mein Vater gesagt.«
»Nein«, widersprach Stern maßlos erleichtert.
»Hören Sie gern Musik?«
»Sehr gern.« Das war nicht gerade eine Lüge. Wer hörte denn nicht gern Musik? Sie habe viele Jahre Klavier studiert, sagte sie, Jahrzehnte. Sie erwähnte Komponisten, die Stern nur dem Namen nach kannte. Vage kamen sie überein, irgendwann in der Zukunft mal zusammen Musik zu hören. Dennoch war Stern nach diesem Gespräch erneut verblüfft, wie seltsam diese junge Frau schien. Mit Collegebildung halbwegs untätig, voller Überempfindlichkeiten. Wie alt war sie? Vierundzwanzig oder fünfundzwanzig, rechnete Stern, ein oder zwei Jahre älter als er. Auch in den Vereinigten Staaten bereits ein spätes Mädchen.
In der Woche darauf rief ihn Henry in sein Büro. Auf dem Weg dorthin fürchtete Stern, daß sein Rausschmiß jetzt vollzogen werden sollte, doch aus der Art, wie Henry brummte und um den heißen Brei herumredete, wußte er sofort, daß er etwas anderes im Sinn hatte. Wenn Henry ein Zugeständnis willkürlich widerrief, tat er das ohne Umschweife.
»Wir können die nicht nutzen«, sagte Mittler. »Pauline und ich.« Karten für ein Symphoniekonzert. Er streckte sie ihm hin. »Ich bin sicher, daß Clara gern hinginge.« Stern war sprachlos vor Verblüffung. »Wissen Sie«, fuhr er fort, »Clara hat mich dazu angestiftet. Sie war zu scheu, selber zu fragen.«
»Das ist sehr nett von Ihnen, Mr. Mittler. Ich freue mich sehr.«
»Jaja«, sagte Henry. »Sehen Sie, ich weiß verdammt noch mal

nicht, wie ich meine Tochter einschätzen soll. Ich habe keine Ahnung, ob das richtig ist oder nicht. Vielleicht glauben Sie, daß sie ganz clever ist, doch die halbe Zeit weiß sie nicht, worauf sie hinauswill. Glauben Sie mir. Ich habe ihrer Mutter versichert, daß es da kein Problem geben wird. Ich habe ihr gesagt, Sie seien harmlos.« Mittlers Augen waren gelblich, und er fixierte Stern jetzt.
Hätte er ablehnen sollen? Jahrzehnte später konnte er sich aus seiner tiefen Trauer heraus die Frage stellen, aber seiner Ehe nie mit einem Ja das Urteil sprechen. Er hatte Henry die beiden Karten aus der Hand genommen und zu dessen Einschätzung seiner Harmlosigkeit nur etwas gemurmelt. Ein unbeteiligter Zuhörer hätte sicher gemeint, er habe zugestimmt.

14

In dem Augenblick, als Peter seiner ansichtig wurde, konnte Stern schon sagen, daß sein Sohn aus der Fassung war. Es war ein vertrauter Blick, jedenfalls nicht allzuweit von Panik entfernt, die mit einem Zwinkern und erwachsender Willenskraft zurückgedrängt wurde. Peter schaute sich ostentativ in seinem Wartezimmer um, ob sonst noch jemand da war, und fragte dann: »Wo brennt's denn?«
Stern hatte die Praxis seines Sohnes nie aufgesucht. Solange Peter noch Assistenzarzt im Krankenhaus gewesen war, hatten Clara und Stern ein paarmal mit ihm zusammen in der Cafeteria der Universitätsklinik zu Abend gegessen. In seinem grünen Arztkittel mit dem Stethoskop in der Tasche erschien er lebhaft, klug und bemerkenswert entspannt. Daß Peter sich an diesem Ort wohl fühlte, hatte Stern gerührt; er war glücklich für seinen Sohn gewesen, der so häufig übernervös war. Offenbar hatte Peter diese Begegnungen nicht als so angenehm empfunden. In den anderthalb Jahren seiner Privatpraxis hatte er seinen Vater nie zu einem Besuch eingeladen. Clara war

natürlich öfter zum Mittagessen dagewesen. Doch Stern war heute eine Zeitlang in dem kleinen vorstädtischen Bürozentrum auf der Suche nach der Praxis umhergeirrt und hatte dabei Unbehagen empfunden, war fast sicher gewesen, daß er jeden Augenblick aus Ungeduld und Angst kehrtmachen würde. Das war nicht geschehen. Leider lag ein reales Bedürfnis vor, ein echter Notfall.

»Ich brauche deinen Rat in einer Sache«, sagte Stern zu seinem Sohn. »Etwas ziemlich Peinliches.«

Immer noch sichtlich verblüfft, führte ihn Peter zurück durch ein Labyrinth ungestrichener Flure in ein kleines Büro, nicht größer als ein Schrankzimmer. In dieser Umgebung hatte Peter weltlichen Anforderungen nachgegeben. Sein Schreibtisch war aufgeräumt, staubfrei, und es lagen nur ein paar Artikel darauf, wie sie die Pharmakonzerne verschenkten, darunter ein Schreibset aus Onyx und ein achteckiges Plastikding, offenbar ein Kalender. An der einen Wand hing ein Bild, ein nichtssagender Seidendruck. Seine Diplome waren typischerweise untereinander an einer Säule angebracht. Auf dem obersten Bücherregal erblickte Stern das einzige Foto im Büro, ein kleines ovalgerahmtes Bild von Clara vor ein paar Jahren. Vermutlich war es noch nicht lange da. Erwachsene Männer von Peters Generation stellten zu Lebzeiten keine Fotos ihrer Mütter auf, auch nicht so kleine.

»Also was ist los?« fragte Peter. »Ist mit dir alles in Ordnung?«

»Im allgemeinen ja«, sagte Stern.

»Claudia hat Kate erzählt, daß du manchmal morgens nicht ins Büro kommst.«

Stern hatte keine Ahnung, daß seine Tochter und seine Sekretärin miteinander telefonierten. Es war rührend, daß sie es auf sich nahmen, sich über sein Wohlbefinden auszutauschen – und typisch für Peter, daß er ihr Geheimnis ganz nebenbei preisgab. Stern hatte den Rest des Tages nach seinem Treffen mit Radczyk blaugemacht und gestern, Montag, genauso. Sogar heute war er nicht sicher gewesen, ob er sich würde aufraffen können. Doch er war nicht auf der Suche nach

Mitleid hierhergekommen. Er sagte einfach, daß es ihm den Umständen entsprechend gutgehe, und Peter nickte dazu. Nachdem sie diese Freundlichkeiten erledigt hatten, war sein Sohn nicht mehr verpflichtet, weiter nachzufragen.

Und hätte er Antwort gegeben, wenn Peter gefragt hätte? Stern, von seinem Sohn auf einen kleinen Polsterstuhl gewiesen, ließ sich mit einer gewissen mißmutigen Schwerfälligkeit darauf nieder. Nein, er hätte nicht geantwortet. Irgendwo in Sterns Herzen ruhte ein vollkommener Peter, ein Sohn, wie ihn sich jedermann wünschte, voller sofortiger unausgesprochener Sympathie und in allen maßgebenden Dingen mit den gleichen Neigungen wie sein Vater. Doch diese Gestalt war bloß ein Schatten, so weit vom Alltag entfernt, daß sie nicht einmal in der Phantasie existierte. Stern ging so gut er konnte mit dem realen Menschen um. Er respektierte Peters Fähigkeiten; er war intelligent – immer ein Musterstudent – und äußerst clever. Wie die Frauen war Stern bereit, sich an Peter zu wenden, wenn er in Not war. Doch er war nicht bereit – und auch nicht fähig –, im Gegenzug etwas von sich preiszugeben. Das war die schlichte Wahrheit. So war es eben. Peter reagierte; Stern saß da wie ein Stein. Es war alles so, wie es immer sein würde.

»Ist wieder irgend etwas mit Mutters Testament?«

»Nein«, antwortete Stern. Er konnte die Ungeduld in seiner Stimme hören; Peter forderte regelrecht, sein Vater solle sagen, was er hier wolle. Hier als Herr über Behandlung und Wissen war sein Sohn souverän. Er war eindeutig eine unwillkommene Störung.

»Es gibt da Fragen, Peter, die ich irgend jemandem stellen muß. Ich verlasse mich auf deine Diskretion.«

»Du meinst medizinische Fragen?« Mit diesen Worten trat Peter hinter seinen Schreibtisch, der attraktive junge Arzt mit Mittelscheitel und langem grünen Kittel. Sogar wenn man Kate berücksichtigte, war Peter möglicherweise das Kind mit dem besten Aussehen. Er schien körperlich in Spitzenkondition, gertenschlank und vom Sport gestählt.

»Ja. Medizinische Fragen. Sachliche Fragen.«

»Was ist mit Nate?«

Eine berechtigte Frage. Stern hatte das Wochenende damit zugebracht, hinter Nate herzutelefonieren, der als ärztlicher Berater immer noch seine erste Wahl war. Doch Dr. Cawleys Privatleben schien ihn so sprunghaft wie einen Teenager gemacht zu haben, und Stern hatte es satt, ihm ständig etwas ausrichten zu lassen.

»Es handelt sich um eine Sache mit einem etwas unangenehmen Beigeschmack. Ich bin davon ausgegangen, daß ich dich behelligen darf. Wenn es dir aber zu einer andern Zeit recht ist . . .«

Peter winkte ab. »Ich wundere mich bloß. Also um was geht es?«

Stern spürte, wie sich sein Mund unbewußt zusammenzog. Unbehagen begann in verschiedenen Körperteilen zu zirkulieren. Dennoch war er entschlossen weiterzusprechen. Er mußte nämlich Bescheid wissen, nicht nur um einen makabren Wissensdurst zu befriedigen, sondern auch, weil ihm am Wochenende gedämmert hatte, daß seine eigene Gesundheit auf dem Spiel stehen könnte. Er kannte auch andere Ärzte, aber es war schwierig, sich jemandem mit solchen Fragen anzuvertrauen. Und letztendlich weckte sein Sohn natürlich auch eine gewisse Gehässigkeit, besonders im Hinblick auf dessen Verhältnis zu seiner Mutter. Rational konnte Stern keinen realen Verdacht hegen. Nimm's mir nicht krumm, Clara Stern. Irgendwann am letzten Freitag hatte er jede Fähigkeit verloren, ihr Verhalten einzuschätzen. Doch keine Frau aus Claras sozialer Schicht, mit ihrer Erfahrung oder Reserviertheit, keine Mutter hätte sich für die Behandlung einer solchen Infektion an ihren Sohn wenden können. Stern aber saß hier, unter anderem begierig, seine letzten Zweifel zu zerstreuen.

»Ich möchte Bescheid wissen.«

»Über dich selbst?«

»Die Fragen stelle ich.«

»Das sehe ich.«

»Nimm mal an, daß ich im Auftrag von jemandem frage, der es unbedingt wissen muß.« Peter zeigte wie üblich vor seinem Vater seine Gefühle ziemlich offen. Er verzog säuerlich den Mund, um anzudeuten, daß er diese Prüderie blödsinnig fand. Stern sagte wie üblich kein weiteres Wort. Er wollte sich schlicht an diese Linie halten und so tun, als brauche ein verstörter Mandant diese Auskünfte. Da er annahm, daß sein Sohn an dieser Sache unbeteiligt war, wollte Stern Clara auf keinen Fall kompromittieren – sowohl um Peters als auch um seiner selbst willen. In der Vorbereitung darauf hatte er sich dieses Treffen so ziemlich wie ein Gespräch mit einem entscheidenden Zeugen vorgestellt – wie einen der riskanten Hochseilakte im Gerichtssaal, bei dem das übelste Fehlverhalten des Zeugen offengelegt wurde, ohne auch nur die leiseste Andeutung, daß sein Mandant dabei mit von der Partie gewesen sein könnte.

»Peter, bist du in deiner Praxis vertraut mit allen Arten von...« Wie hieß es doch? »Zu meiner Zeit sagte man Geschlechtskrankheiten, aber ich glaube, das ist jetzt nicht mehr die richtige Bezeichnung.«

»Geschlechtlich übertragbare Krankheiten«, sagte Peter.

»Genau.«

»Welche?«

»Herpes«, antwortete Stern. Irgendwie sah Peter anders drein, seit diese Erörterung begonnen hatte. Er hatte in seine Rolle als untersuchender Arzt zurückgefunden. Er saß aufrecht auf seinem Stuhl, die Stirn gerunzelt, mit fast feierlichem Gesichtsausdruck. Nun, da das Wort gefallen war, schienen seine Berechnungen noch weit komplizierter abzulaufen. Seine Hände blieben im ärztlichen Gestus gefaltet, doch seine Augen veränderten die Farbe wie das Meer, so daß Stern flüchtig intuitiv meinte, sein ursprünglicher Verdacht sei vielleicht doch berechtigt. »Bist du auf diesem Gebiet beschlagen?«

»Bin ich«, sagte Peter. »Was ist das Problem?«

»Wenn man sich einer Ansteckung ausgesetzt hat«, sagte Stern.

»Ja«, ermunterte ihn sein Sohn.
»Wie lange dauert es, bis die Krankheit auftritt?«
Peter wartete.
»Sieh mal, Dad. Das ist keine Sache, bei der man nur auf den Busch klopft. Glaubst du, du hast Herpes?«
Stern versuchte unbewegt zu bleiben, doch innerlich spürte er ein Versagen – wie letztes Flügelflattern. Nach seinen Grübeltagen, dieser emotionalen Folter, hatte er nicht mehr genau abschätzen können, was hierbei herauskommen würde. Jetzt, da Peter ihn auffordernd anstarrte, war das nur zu deutlich. Sie kannten einander zu gut. Peter hatte natürlich sofort gemerkt, daß sein Vater der interessierte Dritte war – und machte sich, wie jeder Doktor, jeder Sohn, entsprechende Sorgen. Wenn er schockiert war, dann nur, weil seine Mutter kaum zwei Monate tot war und der Pater familias bereits hier saß und einen kompletten Überblick über die Folgen der Sünde verlangte. Die Atmosphäre des Unbehagens zwischen ihnen verdichtete sich langsam, während Stern allmählich klar wurde, daß er schlimmstenfalls keine andere Wahl haben würde, als seinen Sohn in diesem falschen Glauben zu bestärken. Inzwischen versuchte er noch mal, das Gespräch wieder auf unverfänglicheren Boden zu bringen.
»Die Fakten, wegen derer ich mir Sorgen mache, Peter, sind ganz einfach. Eine Frau ist infiziert. Ein Mann war bei ihr. Ich möchte lediglich wissen, wie groß die Aussichten sind, daß auch er die Krankheit bekommt.«
»Sieh mal, das ist so unbestimmt«, sagte Peter und musterte seinen Vater erneut. »Laß uns über einen konkreten Menschen reden, in Ordnung? Über diesen Mann. Woher weiß er, daß es da ein Problem gibt?«
»Nimm einmal an, der Beweis ist eindeutig. Sie hat einen Test gemacht.«
»Einen Test. Ich verstehe.« Peter schwieg eine ganze Weile. »Und du bist informiert worden?« Peter korrigierte sich mit kurzem Kopfschütteln. »Der Mann ist informiert worden?«
»Genau.«

»Von dieser Frau?« Peters Tonfall ließ klar erkennen, daß er sich irgendeine hemmungslose Kurtisane vorstellte.
»Wie ich schon erklärte, ich gehe von einer sachkundigen Mitteilung aus.«
»In Ordnung«, sagte Peter. »Und war sie zum Zeitpunkt des Kontakts akut infiziert? Säte der Virus aus?«
»Was heißt das?«
»Äußerliche Anzeichen der Krankheit. Läsionen. Bläschen. Geschwüre. Hautrötung.«
Stern zuckte unwillkürlich zurück. Ihm war nichts dergleichen aufgefallen. Doch inzwischen war ihm klar, daß er sich nicht zufällig nicht an sein letztes Zusammensein mit Clara erinnern konnte.
»Ich fürchte, so genau weiß ich das nicht, Peter.«
»Kannst du fragen?«
»Ich glaube nicht.«
»Du glaubst nicht?« Peter sah seinen Vater von unten an. Seine imaginäre Begegnung, erkannte Stern, hörte sich allmählich an, als habe sie in einer dunklen Gasse stattgefunden. Peter blickte auf seine gefalteten Hände hinab, vielleicht peinlich berührt. »Die Krankheit wird nur durch direkten Hautkontakt mit jemandem übertragen, der akut infiziert ist oder kurz vor dem Ausbruch steht. Die Infektion setzt zwei bis zwanzig Tage nach dem Kontakt ein. Viel häufiger innerhalb der ersten Woche. Wenn man's kriegt. Manche Leute sind tatsächlich immun. Wenn du nach diesen Fristen symptomfrei bist, ist wahrscheinlich alles in Ordnung. Wahrscheinlich«, wiederholte sein Sohn.
»Ich verstehe«, sagte Stern. Peter beobachtete ihn scharf, um festzustellen, welche Wirkung diese Mitteilung auf ihn hatte.
»Und wie lange hält das an, wenn man infiziert ist?«
»Die erste Bläschenbildung erfolgt gewöhnlich nach spätestens drei bis sechs Wochen. Doch das ist eine der Virusinfektionen, die sich wiederholen können. Ich bin sicher, daß du davon gehört hast. Gewöhnlich kehrt sie alle sieben bis zehn Tage wieder.«

»Und wie weiß man, ob man infiziert ist?«
»Nun, das allererste ist der Augenschein.«
»Und wo?« fragte Stern.
Peter legte mit einem verdrießlichen Blick die Hand ans Kinn. Endlich stand er hinter seinem Schreibtisch auf und schloß die Tür. Dann deutete er auf seinen Vater.
»Hosen runter.«
»Peter...«
»Scheiß auf das Getue. Steh auf. Mach schon.« Er war viel zu entschieden, als daß Streit möglich gewesen wäre. Irgendwie erinnerte sich Stern voll Ironie oder Sehnsucht daran, wie dieses Gespräch in seiner Vorstellung abgelaufen war. Da hatte er es völlig in der Hand gehabt.
»Peter«, wehrte er noch einmal schwach ab.
»Auf, komm!« Peter klatschte in die Hände. Er war ungerührt und entschlossen. Seine Augen ruhten bereits unterhalb von Sterns Gürtellinie.
Als Moment ging das Ganze fast beiläufig vorüber. Körperliche Dinge, das lernte er jetzt, hatten etwas absolut Sachliches an sich, gegen das man sich nicht wehren konnte. Peter ließ sich auf ein Knie nieder und holte eine schmale Taschenlampe hervor. Er gab Anweisungen wie ein Tanzlehrer. Links, rechts, zieh das hoch, und jetzt das. Sein Arztgehabe war völlig antiseptisch, eine Inaugenscheinnahme, peinlich genau und sachlich.
»Irgendeine Reizung?«
»Nein.«
»Brennt es manchmal?«
»Nein.«
»Irgendwelche Funktionsprobleme? Beim Wasserlassen? Beim Ejakulieren?«
Stern beschloß, sich Äußerungen über die Probleme des Alters zu schenken. Er verneinte.
»Irgendein Ausfluß?«
»Keinen.«
»Schwellungen?«

»Schön wär's. Nein.«
Peter berührte ihn einmal, exakt und kurz, in der Leiste und drückte dabei auf seine Lymphdrüsen.
Die Untersuchung war beendet, nachdem Stern sein Glied wie einen Fischschwanz hingestreckt und Peter den schlaffen Schlauch und den Hodensack angeleuchtet hatte.
»Es scheint alles in Ordnung«, sagte er und machte Stern ein Zeichen, sich wieder anzuziehen. Dann fiel ihm noch was ein. »Wart 'ne Sekunde.« Er schlüpfte diskret durch die Tür und kam mit einem kleinen Plastikbecher zurück. »Ich hätte gern eine Urinprobe.«
Stern machte natürlich Einwände.
»Das ist wirklich sinnvoll, Pa. Es gibt seltene Fälle, wo Patienten, besonders männliche, sich HSV-2 ohne die üblichen Symptome zuziehen können. Du könntest mit einer Infektion in der Prostata oder im Harnleiter herumlaufen und sie schließlich verbreiten.« Peter sah ihn bedeutsam an und fügte dann hinzu, daß er auch Blut für einen Serumtest abzapfen wollte, bei dem das Antikörperniveau seines Vaters mit dem in fünf oder sechs Wochen verglichen werden sollte, um sicherzugehen, daß keine Infektion stattgefunden hatte.
»Ist das alles nötig?« fragte Stern wieder.
Peter deutete schlicht auf das kleine Klo am Ende des Flurs, und Stern ging. Er stand in dem winzigen Kabuff und klopfte ermunternd auf sein Glied, wobei er wie üblich Schwierigkeiten hatte, auf Befehl zu urinieren. Unmittelbar vor der Tür tratschten zwei Krankenschwestern über einen Patienten.
War Peter schwul? Die vertraute Frage traf ihn heute wie ein Blitz und vom Zeitpunkt her wie üblich so, daß sie das größtmögliche Unbehagen verursachte. Dennoch konnte er den Gedanken nicht abtun. Der junge Mann war dreißig Jahre alt, und seine Schwestern und seine Mutter schienen die einzigen Frauen in seinem Leben gewesen zu sein. Er hatte nie mit einer Freundin zusammengewohnt; wenn ihn seine Eltern trafen, war er selten in weiblicher Gesellschaft. Das bedeutete nicht viel. Wer setzte eine Außenstehende schon freiwillig der Psy-

chopathologie seiner Familie aus? Dennoch erblickte Stern bisweilen etwas, was er amateurhaft und bigott für Anzeichen hielt: Peters große Anhänglichkeit an seine Mutter. Eine gewisse Zimperlichkeit. Na ja, schon diese Mutmaßung war gemein. Und vor allem von einem Vater völlig unangebracht. Praktisch aber – und hier ging ihm die Wahrheit mit einer gedämmten Explosion auf wie eine Sprengladung im Panzerschrank – bereitete der Gedanke daran Stern immer ein geheimes Vergnügen. Damit hätte er endlich die Oberhand. Geschähe Peter ganz recht. Stern schüttelte unbewußt den Kopf, während sich dieser Strom von Ressentiments über ihn ergoß. Heute in diesem stinkenden kleinen Kabuff wurde ihm sein Widerwille gegen seinen Sohn mit unwiderruflicher Traurigkeit klar.

Im Behandlungszimmer stand Peter schon mit Gummimanschette und Spritze bereit. Nachdem der Plastikbecher an eine Arzthelferin weitergegeben war, kniete sich Peter neben seinen Vater hin und stach die Kanüle zum Blutabzapfen ein. Inzwischen raffte sich Stern zu einer weiteren Frage auf, wie sie von ihm erwartet wurde.

»Ich gehe davon aus, daß man über so eine Sache mit den Partnerinnen reden sollte?«

Als Stern sich umwandte, sah er, daß seinem Sohn der Mund vor Staunen offenstand. Da er von seiner Schauspielerei selber nicht überzeugt war, hatte Stern gar nicht daran gedacht, welchen Eindruck diese Frage machen würde. Erst war es eine Frau, die ein Problem hatte. Und jetzt sprach er schon von Partnerinnen, im Plural. Ein paar Monate waren ja immerhin vergangen. Als Peter ihn anstarrte, lächelte Stern unbestimmt zurück.

»Das wäre vermutlich ratsam«, sagte Peter endlich. »Ganz pauschal. Wenn die Sache mit dem Blut schneller ginge, würde ich meinen, daß du dir die Peinlichkeit ersparen kannst. Aber fünf, sechs Wochen.« Peter schüttelte den Kopf. »Du sagst besser Bescheid, für alle Fälle. Zu neunundneunzig Prozent ist bei dir alles in Ordnung. Aber wenn sich doch etwas zeigt, sollten sie wissen, woran sie sind.«

»Ich verstehe.« Gut, nur der Himmel wußte, was Margy in ihrem Leben so zu hören bekommen hatte, doch der Gedanke, ihr das beibringen zu müssen, ließ Stern dennoch frösteln. Die wirklichen Umstände konnte er ihr genausowenig erzählen wie irgend jemandem sonst. Ihr würde das wie ein weiteres Beispiel für die Gemeinheiten vorkommen, zu denen Männer allemal fähig sind. »Und ich vermute, daß du mir derzeit Enthaltsamkeit rätst?« fragte er fast hoffnungsvoll. Übers Wochenende hatte er beschlossen, derlei Dingen in Zukunft völlig zu entsagen.
Peter lächelte kurz; er amüsierte sich offenbar, daß sein Vater ein Sexualleben hatte, oder wahrscheinlicher noch, daß er nun plötzlich darüber bestimmen durfte.
»Na ja, ansteckend bist du nicht. Und ob du infiziert bist, werden wir bald wissen. Solange es nicht akut ist, genügt ein Kondom zum Schutz deiner Partnerin. Alles in allem würde ich meinen, das reicht. Vorausgesetzt natürlich, daß es so bleibt.«
»Ja, natürlich.« Stern wedelte mit der Hand, um anzudeuten, daß dieses Gespräch rein spekulativ war. In Wirklichkeit war ihm jetzt alles egal.
Peter zog den dunkelrot schimmernden Behälter von der Nadel ab. Er schüttelte das Blut, sah es an und ging zurück an seinen Schreibtisch, um sich verschiedene Notizen zu machen. Während er damit beschäftigt war, überlegte sich Stern seine letzte Frage. »Mit dieser Krankheit kann man sich nicht zufällig anstecken, oder?« Er konnte sich diese Frage nicht verkneifen, doch klang sie sogar für ihn lahm und mitleiderregend.
»Hast du wirklich Angst, daß du sie gekriegt hast, Pa?« Beim Aufblicken vermochte Peter seine Belustigung nicht mehr zu verbergen. Sein Sohn pflegte einen etwas bissigen Humor, der ihm in jüngeren Jahren einen Freundeskreis von Bewunderern eingebracht hatte. Nicht, daß diese Bemerkung besonders giftig gewesen wäre, doch Stern wurde dabei klar, daß nur wenig Aussicht bestand, daß seine Töchter völlig aus dieser Sache herausgehalten würden. Das Arztgeheimnis deckte schließlich nicht alles ab. Diese Indiskretion reizte einfach zu sehr. Die Details würden nicht ausgemalt werden, aber ein klares Wort

würde fallen. Kate zum Beispiel brauchte etwas Trost: Weißt du noch, was du dir für Sorgen gemacht hast, wenn Pa morgens zu spät ins Büro ging? Das Kichern würde wenigstens wohlwollend sein – und weit vom wirklichen Problem ablenken.
»Ich hab dabei nicht an mich selbst gedacht.«
»An deine Freundin?«
Stern gab einen zustimmenden Laut von sich. Seine Freundin.
Peter ließ sich etwas Zeit und etikettierte sorgsam das Röhrchen.
»Ich möchte dir gern deine Illusionen bewahren, aber die Chancen sind äußerst dünn. Wenn deine Freundin einen Test gemacht hat, bedeutet das eine Viruskultur, und wenn HSV vom Typ Zwei identifiziert ist, ist die Ursache fast mit Sicherheit ein sexueller Kontakt. Weißt du, das alte Märchen von der Klobrille...« Peter sprach den Satz nicht zu Ende, sondern verzog nur das Gesicht.
Stern seufzte unwillkürlich. Natürlich war er auf dieses Urteil gefaßt gewesen. Clara Stern, wie er sie gekannt hatte, war eine attraktive Frau mit üppigem Busen und mit fortschreitendem Alter, wie sie selbst gern anerkannte, eher noch schöner geworden. Während Fettpölsterchen und Krähenfüße und alle sonstigen körperlichen Gebrechen andere erfaßten, hatte Clara ihr anmutiges, würdevolles und gesetztes Aussehen bewahrt. Stern hatte sie immer bewundert, weil sie in jedem Lebensalter ein sehr viel schönerer Mensch war als er. Doch gewisse Frauen, vor allem verheiratete, und ganz besonders Mütter, verfingen sich zu sehr im dichten Netz ihrer Aktivitäten, im Erziehen, Organisieren, Schaffen und Versorgen, um noch erkennbar sexuelle Interessiertheit auszustrahlen. Aus über dreißig Jahren konnte er sich an keinen Augenblick bewußter Eifersucht erinnern oder an einen Mann, dessen Aufmerksamkeiten sie aus irgendeinem Grund durcheinandergebracht hätten. Als Mensch war sie von ihrem täglichen Verhalten her einfach nicht auf Abenteuer aus. Sie bewegte sich auf einer höheren Ebene.
So war Radczyks Mitteilung noch Tage später unergründlich.

Sie lag irgendwo zwischen richtig und falsch. Die Vorstellung, daß eine Achtundfünfzigjährige – diese Achtundfünfzigjährige, die bald Großmutter werden sollte – eine geschlechtlich übertragene Krankheit hatte, war so schrecklich wie etwas aus einer Monstrositätenschau. Brachen die früheren Gewohnheiten im Alter wieder aus? Vielleicht hatte sie ihn während seines ganzen Ehelebens zum Narren gehalten. Er weigerte sich, das zu glauben. Es war wie der Versuch, sich eine vierte oder fünfte Dimension vorzustellen. Jenseits der Möglichkeiten eines gewöhnlichen Verstands – oder zumindest des seinen. Mochte man es Machogehabe oder eigene Beschränktheit nennen, er konnte sich seine Frau nicht mit einem anderen Mann vorstellen, und doch war sie ganz eindeutig eine solche Beziehung eingegangen.

Und aus diesem Grund hatte sie diesen letzten Schritt getan. In seinem niedergeschmetterten Zustand der letzten Tage – zwischen Qual, Wut, Beschimpfung und völligem Unglauben – war ihm zumindest das nicht entgangen. Sie hatte ihn schonen wollen. Das war keine Sentimentalität oder Selbsttäuschung. Nach allen Berechnungen blieb nur diese Schlußfolgerung. Hier gab es einen Fehltritt, einen gigantischen Vertrauensbruch, den er ihr vielleicht in ihrem ganzen Leben nicht verziehen hätte. Doch hatte auch sie sich großen Schmerz erspart. Aber am Ende war ihre Güte, ihre grundlegende Güte, ihr Leitstern geblieben.

Ach Clara! Auf dem Stuhl sitzend, mit aufgerolltem Ärmel und immer noch leichtem Kribbeln im Arm, wo ihm Blut abgezapft worden war, wäre Stern einen Augenblick lang beinahe in Tränen ausgebrochen. Damit aber würde sich sein Leben, oder der Rest davon, die vielen kleinen Illusionen, in Nichts auflösen. Peter würde ins Vertrauen gezogen werden müssen oder könnte das Ganze sogar erraten. Er sah das, und im Schwall seiner starken Reue war ihm das für einen Augenblick egal. Dann sprang sein Stolz mit der knarrenden Präzision einer schwerfällig arbeitenden Maschine wieder an und brachte ihn ruckartig zu sich. Er rollte seinen Hemdsärmel über das

Heftpflaster hinunter, das ihm Peter in die Armbeuge geklebt hatte.

»Und wenn diese Krankheit ausbrechen sollte«, fragte Stern, »gibt es da keine Behandlung?«

»Es gibt ein Mittel namens Acyclovir. Salbe oder Tabletten. Es dämpft sehr wirksam die akute Phase und verhindert bei manchen Leuten sogar einen Rückfall. Im allgemeinen zieht sich die Krankheit in die Nervenganglien zurück und lauert dort, bis sie wieder rauskommen kann. Und manchmal geschieht das nie. Manchmal kommt sie alle paar Monate wieder, in immer schwächeren Schüben. Das ist der übliche Verlauf. Doch es gibt alle möglichen merkwürdigen klinischen Fallgeschichten. Akute Fälle. Entzündliche Rückfalle noch nach Jahren. Der schwierigste Teil ist der vor dem Ausbruch – meist ein oder zwei Tage lang ansteckend, bevor augenfällige Anzeichen auftreten, und sofern keine Kultur angelegt wird, kann man nie völlig sicher sein, daß man nicht jemand anderen infiziert. Das kann einem das Leben ganz schön versauen. Außerdem ist es äußerst unangenehm.«

»Ja.« Sterns Gedanken waren noch bei Clara. Nachdem alles gesagt war, erschien das Gewicht der Ereignisse wieder mit der Materiedichte einer erloschenen Sonne auf ihm zu lasten. Die Fakten, die Fakten. Er hatte immer an konkrete Einzelheiten geglaubt. Nun ja, jetzt hatte er sie, eine ganze Menge. Viele Fakten und ein paar unausweichliche Schlüsse, wie er sich schon denken konnte.

Er stand auf, strich seinem Sohn über das glatte Gesicht, ohne ihm Zeit zum Zurückziehen zu lassen.

»Du bist ein guter Arzt, Peter. Ich weiß deine Mühe zu schätzen.«

Peter nickte weise und traurig. Er ließ seinen Vater nicht aus den Augen. Sein Sohn schien mit einem Sinn für menschliche Nuancen begabt, für das Rührende, das mit jeder Krankheit und mit dem Gespinst der Sterblichkeit einherging. Es freute Stern, ihn so welterfahren zu finden. In ihrer Beziehung war solche Subtilität selten.

»Sieh mal, ich bin sicher, daß du in Ordnung bist«, sagte Peter. »Wir wollen bloß aufpassen. Klar?«

»Natürlich«, antwortete Stern. Er warf seinen Mantel über. »Ich bin dir dankbar und, Peter, es tut mir leid, daß ich dich in eine so scheußliche Sache hineingezogen habe.«

»Ach, scheiß drauf! Du weißt doch, wie man so sagt.«

»Was meinst du damit?« fragte Stern. Er war schon in der Tür.

»Das Leben ist voller Überraschungen.« Sein Sohn lächelte. Sicher malte er sich bereits aus, wie er es seinen Schwestern beibringen würde.

15

Dixon genoß Konkurrenz ganz offensichtlich und verleitete Stern seit Jahren unter jedem nur denkbaren Vorwand, mit ihm zusammen seine diversen Sportarten zu betreiben. Wie Stern gern sagte, war eine geschäftliche Besprechung mit Dixon für ihn ganz allgemein schweißtreibend. Als Stern noch jünger und um etliches schlanker gewesen war, hatten sie zusammen Handball in Dixons Club in der Innenstadt gespielt. Stern war flinker, als sein Äußeres vermuten ließ, vermochte aber mit seinem Schwager nicht mitzuhalten. Dixon, größer, kräftiger und viel athletischer gebaut, konnte offenbar nicht oft genug gewinnen. In der Angelsaison nahm er Stern mit auf den Lake Fowler. Stern verhedderte dann meist seine Angelschnur und hakte sich in Büschen und Wasserlilien fest; waren sie wieder an Land, schilderte Dixon jedem Hinzukommenden gern Sterns Mißgeschicke. »Hier sehen Sie den einzigen Menschen auf der Welt, der sich fast einen Vogel geangelt hat. Kein Scheiß. Ein Dompfaff da oben im Baum? Stern hat ihn um ein Haar mit dem Angelhaken erlegt.« Stern bemerkte Clara gegenüber häufig, in Wirklichkeit sei er selbst die Trophäe, die Dixon ausgestopft und aufgezogen sehen wolle.

Mittlerweile hatte Stern diese Konkurrenz auf den Golfsport

beschränkt. Dieses Spiel zu Lande lag ihm eher; Wasser hatte für ihn eben keine Balken. Doch wie sonst auch übte er nicht oft genug, um Dixon, dem Klassespieler, Paroli bieten zu können. Dixon spielte kühn und riskant; er liebte Lagen, bei denen er mit einem Fuß zwischen Baumwurzeln stand oder den Ball um einen Lampenmast mogeln mußte, und war bei Heimspielen in seinem Club besonders leichtsinnig. Der Greenwood Country Club war hier vor einem Jahrhundert in den sanften Hügeln fast vierzig Meilen vor der Stadt angelegt worden, in einer Landschaft mit Pferdekoppeln und vielen Hügeln, die mit Ulmen, Eichen, Pappeln und Fichten bestanden waren. Zur Easton University waren es keine zehn Minuten. Hier in der Nähe des Lake Fowler genossen die Reichen im Hochsommer die kühle Brise und taten so, als sei die Stadt, in der sich ihr Reichtum mehrte, weit weg. Dixon hing sehr an diesem Leben wie an allen seinen Statussymbolen, und hatte ganz in der Nähe seinen Hauptwohnsitz, eine riesige Bruchsteinvilla auf anderthalb Hektar Ufergrundstück.
Sie fuhren mit einem elektrischen Golfkarren und hatten einen Caddy dabei. In Dixons Dunstkreis gab es immer ein paar Oberschüler, die ihm sehr beflissen assistierten und die er mit ihrem Geschlechtsleben aufzog und nach jedem gelungenen Schlag mit seinen Golftheorien nervte. Dixon behandelte die Jungs gut und gab ihnen ungeheuer hohe Trinkgelder. Heute wurden sie von dem jungen Ralph Peters begleitet, einem Schwarzen, der in DuSable zu Hause war und am Wochenende fast anderthalb Stunden Zugfahrt zum Greenwood Club auf sich nahm. Nächstes Jahr wollte Dixon Ralph als dem besten Caddy ein Golfstipendium verschaffen. Bei Dixon war das kein leeres Gerede. Notfalls stiftete er das Stipendium selbst. Dafür erwartete er aber dann auch Lobeshymnen und Gebärden der Verehrung wie ein gnädiger König.
Stern wartete bis zum dritten Loch, bevor er von den Ermittlungen anfing.
»Ich hab Margy besucht.«
»Hab's gehört«, knurrte Dixon. Er übte gerade seinen Ab-

schlag, doch Stern meinte, in Dixons Gesichtsausdruck leise Wehmut zu entdecken. Allerdings konnte er keine Zweifel haben, daß Margy die Diskretion gewahrt hatte.

Das Loch hier war wie die meisten in Greenwood kurz und schmal, eine kleine Schneise durchs Gehölz, etwa dreihundert Meter lang. Das Green lag etwas rechts vom Fairway, so daß das Loch auf dem Übersichtsplan hinten auf dem Punkteblatt wie ein kleines p aussah. Dixon zog seinen Schläger mit sausendem Schwung über den Ball und schlug ihn tief zwischen die Bäume.

»Scheiße. Na, Ralph wird ihn schon auftreiben. Da.« Er wies mit dem Schläger nach unten in die Senke, wo Ralph schon wieder aus dem Wald kam und damit anzeigte, daß der Ball gefunden war.

Stern fetzte bei seinem Schlag ein Stück Rasen heraus, doch der Ball flog trotzdem den Fairway hinunter. Angesichts des Knicks bei diesem Loch lag Dixon ziemlich weit ab. Er brachte den Golfkarren auf Tempo, und sie sausten zusammen den Hügel hinunter. Stern hielt seine Golfkappe mit der Hand fest und mußte den Fahrtwind ein bißchen überschreien.

»Ich hab die Dokumente durchgesehen, die die Staatsanwaltschaft verlangt hat, bevor ich sie ablieferte. Außerdem hab ich überprüft, was die FBI-Agenten vermutlich bei Datatech herausgefunden haben.«

»Und nun?«

»Nun mach ich mir Sorgen.«

Dixon drehte sich kurz nach ihm um. Er stoppte den Golfkarren bei Ralph.

»Genau dort, Mr. Hartnell. Sie werden ihn raushieven müssen.«

Dixon stapfte krachend durch die Büsche. Stern konnte nicht sehen, wie der Ball lag, doch drängte ihn nichts hinterherzugehen. Das hatte er schon so oft erlebt: einen Dixon, der Grimassen schnitt, vor sich hin knurrte und wie ein Generalstäbler mit Ralph beratschlagte.

»Ich gehe aufs Ganze«, schrie Dixon.

Sonst noch was Neues? Man vernahm Ralphs Einwände. Er beschwor Dixon, das schaffe er nie. Die Sonne blitzte hinter den beiden Gestalten durch das Blattwerk.

Der Schlag aus trockenen Blättern und Zweigen heraus klang sauber, doch nach wenigen Sekunden knallte der Ball mit hellem Marimbaklang gegen einen Baumstamm. Er rappelte hoch oben in der Krone, brach kurz durchs Gezweig und plumpste plötzlich wie ein Geschenk des Himmels schwer zu Boden, nur zwanzig bis dreißig Meter vom Loch entfernt. Dixon kam gerade noch rechtzeitig aus den Büschen geprescht, um den Ball fallen zu sehen. Er drehte sich mit strahlendem Lächeln zu Stern um. »Klasseschlag.«

Ralph trabte kopfschüttelnd mit dem Schläger hinterher.

Als er Dixon so beobachtete, wie er quer über den Fairway zum Golfkarren marschierte und sich dabei fortwährend selbst beglückwünschte, stieg in Stern sacht wie ein Schattenbild die Erinnerung an den jungen Rekruten auf, den er vor Jahrzehnten bei der Grundausbildung in der Wüste bei Fort Grambel kennengelernt hatte. Sie waren einander irgendwie über den Weg gelaufen – in der Stube oder auf der Latrine. Jetzt hätte er gern eine erhabenere Erinnerung an ihre erste Begegnung gehabt, doch ihm fiel wenig ein – fast nur die üblichen Jugendsehnsüchte. Dixon hatte ihm gefallen; er hatte ihn sogar regelrecht bewundert. Dixon war einer dieser großen dominanten Gestalten, wie Stern nie eine werden konnte – ein gewitzter Bengel vom Lande, redegewandt mit unüberhörbarer Dialektfärbung, der mit seinen breiten Schultern, seinem Nußknackerkinn und dunkelblonden Locken in Uniform traumhaft aussah. Mit dem drohenden Krieg und nach dem Tod seiner Mutter hatte sich Dixon, brennend vor Ehrgeiz, freiwillig gemeldet. Die Armee mit ihren großartigen Traditionen, Medaillen und Heldengeschichten kam ihm wie eine Gußform vor, die nur Goldbarren ausspucken konnte. Dixon sah sich bereits als künftigen Helden Amerikas.

Auch Stern hatte sich freiwillig gemeldet, allerdings nicht mit so hochfliegenden Ambitionen. Eine ehrenvolle Entlassung würde automatisch die amerikanische Staatsbürgerschaft nach sich ziehen und damit seine Familie von ihren ewigen Ängsten wegen ihrer abgelaufenen Visa befreien. Er war erst zwanzig und hatte bereits das College absolviert, nachdem er im Eiltempo die Schule durchlaufen hatte, ein dunkler, hohlwangiger Typ mit dichtem schwarzem Haar, sehr viel schlanker als heute. Er hatte sich beim Militär besser geschlagen, als jemand aus seiner Bekanntschaft von heute erwartet hätte; ohne große Begeisterung hatte er Kletterwände überwunden und schwere Tornister geschleppt, doch er war damals für die meisten Unannehmlichkeiten ziemlich unempfindlich. Hunger nach Anerkennung trieb ihn voran.

Stern war nie ganz sicher, was an ihm Dixons Interesse auf sich gezogen hatte – vielleicht, daß Stern Collegebildung hatte und alsbald für einen Offizierslehrgang vorgesehen war. Ausschlaggebend aber war das wohl nicht gewesen. Eine Kameradschaft unter Rekruten ergibt sich schnell, und 1953 hatten ein Hillbilly oder ein Jude mit spanischem Akzent nur wenig Auswahl, mit wem sie sich zusammentun wollten. Eines Abends hatten er und Dixon auf einem Feldbett gesessen, eine eingeschmuggelte Flasche Jack Daniels und eine Packung Camel-Zigaretten brüderlich geteilt und miteinander geredet. Worüber? Über die Zukunft, glaubte Stern. Beide hatten sie so ihre Pläne.

Für Stern lag die Zukunft näher, als er ahnte. Eines Tages am Ende der Grundausbildung, als er auf seine Abkommandierung zum Offizierslehrgang wartete, verkündete sein Major, daß Stern dringend nach Hause müsse. Eine Erklärung gab ihm der Offizier nicht, doch der Marschbefehl, der Stern ausgehändigt wurde, war von typisch militärischer Schroffheit. In einer Rubrik stand »Härtefall – Mutter schwer krank«. Sie hatte einen Schlaganfall erlitten. Im Krankenhaus fand er sie gelähmt und sprechunfähig vor. Ihre unsteten dunklen Augen schienen sein Gesicht bedeutungsvoll zu mustern, doch er war sich nie sicher, ob sie ihn überhaupt erkannte. Binnen einer Woche war sie tot, und Stern, nunmehr Silvias einzige Stütze, wurde ehrenvoll entlassen. Nach Fort Grambel kehrte er gar nicht erst zurück.

Alles blieb hinter ihm, seine Ausrüstung und sein Seesack, die sadistischen Feldwebel, der Offizierslehrgang – und Dixon Hartnell. Jetzt, nach dreißig Jahren, hatte Dixon für Stern so viele Gesichter übereinander wie ein Totempfahl – er war Silvias Ehemann, ein wichtiger Mandant, eine Lokalgröße im Geschäftsleben, einer der wenigen von Sterns näheren Bekannten, deren Lebensleistung seiner Ansicht nach seine eigene weit in den Schatten stellte. Nur selten erinnerte er sich an Dixon als den strebsamen jungen Mann, der sich irgendwie hilfesuchend an ihn gehängt hatte.

Dixon sprang wieder auf den Golfkarren, immer noch restlos begeistert von seinem Wunderschlag. Stern war klar, daß Dixon von sich aus nicht mehr von der Untersuchung anfangen würde. Doch wie jemand, der im Schlaf lernt, wollte er von Stern zum Zuhören gezwungen werden. Sie hatten jetzt ein Stadium erreicht, wo Dixon – wie jeder Mandant – erkennen mußte, daß er in wachsender Gefahr schwebte.

»Das ist eine ernste Sache, Dixon. Diese Unterlagen sind sehr belastend.«

»Vielleicht hätte ich sie mir ansehen sollen, bevor du sie übergeben hast«, sagte Dixon. »Ein paar Probleme hätten sich dann unter Umständen verflüchtigt.« Er lächelte tapfer.

»Dixon, so was schlägst du dir besser aus dem Kopf. Wenn du in dieser Richtung weitermachst, kannst du genausogut gleich in den Knast gehen und dir die Zwischenschritte sparen. Zu viele Leute hatten Einblick in deine Geschäftsunterlagen. Die Firma, die sie auf Mikrofiche verfilmt hat. Margy. Und ich.« Stern ließ das kurz einwirken. »Ganz zu schweigen von der Plaudertasche, die die Staatsanwaltschaft zuerst darauf gestoßen hat, wo sie suchen soll.«

Dixon blickte Stern direkt ins Gesicht. Seine Augen waren grüngrau, von schwer bestimmbarer Farbe.

»Ist das Ding bei dir angekommen?« fragte Dixon. Stern merkte erst nach einer Weile, daß er den Safe meinte. Er beschloß, Dixon lieber nicht zu fragen, warum er in diesem Zusammenhang darauf kam.

»Alles klar«, sagte Stern.

»Ich hab's gemacht, wie du's mir gesagt hattest. Mich selbst drum gekümmert. Ich hab sogar Margy in Chicago den Scheck für die Spedition ausstellen lassen.« Der Spediteur hatte sich typischerweise geweigert, den Safe weiter als bis zur Mitte von Sterns Büro zu tragen. Der brünierte Stahlwürfel maß nicht viel mehr als einen Kubikfuß, wog aber sicher hundertfünfzig Pfund. Eine Woche lang hatten sich Stern und Claudia abgemüht, den Safe dorthin zu schieben, wo er jetzt war, hinter seinen Schreibtisch. Aus einer schalkhaften Anwandlung heraus benutzte ihn Stern jetzt als Fußschemel.

»Wo ist übrigens mein Schlüssel zu deinem Büro? Du hast gesagt, du würdest mir einen schicken.«

»In Kürze«, erklärte Stern. Er würde Claudia daran erinnern müssen, da Dixon den Inhalt des Safes offenbar immer noch für sich behalten wollte. Das verchromte Kombinationsschloß sah aus, als würde es einer Ladung Dynamit standhalten. Dixon hatte inzwischen dem Golfkarren die Sporen gegeben und raste zu Sterns Golfball hin. Stern hielt wieder seine Golfkappe fest und überschrie den Fahrtwind: »Ich sage dir, die Lage ist ernst.«

»Das hast du in einer anderen Situation auch behauptet.«

»Und recht behalten. Du hast bloß Schwein gehabt.«

»Dann habe ich wieder Schwein.« Bei Sterns Ball bremsten sie unvermittelt. »Kannst du nicht irgendwas machen, irgendwas einreichen? Stell halt irgendeinen Antrag.«

»Derzeit können wir keine glaubwürdigen Anträge stellen, Dixon. Oberrichterin Winchell läßt Verschleppungstaktik nicht durchgehen. Es wäre unklug, sie zu vergrätzen, denn wir brauchen ihre Geduld vielleicht später noch.«

»Hm«, brummte Dixon. Er stieg vom Golfkarren und zündete sich eine Zigarette an, wandte dabei Stern den Rücken zu und heuchelte plötzlich Interesse für den Wald. Stern sprach trotzdem weiter.

»Dixon, aus deinen Geschäftsunterlagen geht eindeutig hervor, daß irgend jemand bei MD bei deinen größten Kundenorders Trittbrett gefahren ist.«

Dixon fuhr herum. Mit gesenktem Kinn sah er wie ein grimmiger Preisboxer auf dem Titelblatt einer Illustrierten aus; das Weiße seiner Augen blitzte vor verhaltenem Zorn. Es paßte ihm nie, wenn man ihm auf die Schliche kam, weshalb Stern unter anderem auch jede weitere Erwähnung Margys vermieden hatte.

»Na so was«, sagte Dixon.

»Ja, so was«, erwiderte Stern. »Ziemlich geschickt gemacht. Deine Orders wurden an der Börse von Kindle plaziert, kurz bevor du große Orders nach Chicago vergeben hast, die sich überall auf die Preise auswirken mußten. Diese Aufträge in Kindle wurden immer mit verdrehten Kontonummern ausgeschrieben, so daß sie nach dem Clearing schließlich auf deinem Irrläuferkonto landeten. Dazu noch jeweils Kompensationskäufe oder -verkäufe, und unterm Strich blieb ein Gewinn von etwas über sechshunderttausend Dollar. Ein raffiniertes Manöver.«

»Sechshunderttausend«, sagte Dixon. Er wies auf den Golfball. »Du bist dran.«

Ralph stand bereits mit Sterns Fünfereisen in respektvollem Abstand hinter dem Golfkarren. Sterns Ball war bergab gerollt, aber rechts vom Fairway liegengeblieben – für dieses Loch auf der falschen Seite –, so daß Stern nach links spielen mußte. Er stellte sich deshalb natürlich schräg zum Loch auf, um mit einem Seitwärtsdrall zu spielen.

Dixon schrieb es verschiedenen Göttern zu, wenn er Pech hatte, beispielsweise den Waldfeen. Verluste an der Börse sackte der Bohnengott ein. Hier auf dem Golfplatz opferte er dem Balldämon.

»Für den Balldämon!« schrie Dixon, als Sterns Ball in den dichtesten Wald zischte. Ralph drehte sich um und blickte mit gespielter Trauer hinterher.

Stern holte einen neuen Ball aus der Tasche und schlug ihn sauber ab. Der Ball verlor sich fast in einem Gebiet links vom Green, kam dort auf dem unebenen Boden auf und sprang wie magnetisch angezogen in ein Sandloch.

»Gestrandet«, kommentierte Dixon, falls es Stern entgangen war. Sie stellten den Golfkarren im linken Rough ab, während Ralph im Wald herumkroch und ohne Hoffnung nach Sterns Ball stöberte.
»Also was geschieht jetzt in der Sache?« fragte Dixon. »Die wollen das Geld, ja?«
»Das ist bloß der Anfang, Dixon. Wenn die Staatsanwaltschaft das RICO-Gesetz zur Einziehung krimineller Profite anwendet, wie ich vermute, werden sie die zur Straftat benutzte Firma beschlagnahmen wollen – versteh mich recht, sie dir zur Strafe wegnehmen.«
»Welche zur Straftat benutzte Firma?«
»Maison Dixon.«
»Die ganze beschissene Firma?«
»Durchaus möglich. Ganz abgesehen von der Haftstrafe.«
»Na klar«, versetzte Dixon und hüpfte wieder vom Golfkarren, »daß sie ein Auge zudrücken, ist nicht zu erwarten.«
Dixons Stehvermögen war bewundernswert. In seiner beruflichen Laufbahn hatten sich bei Stern schon zweimal andere Mandanten, die mit Beschlagnahme rechnen mußten, nach den Rechtsfolgen eines Selbstmords erkundigt: Ob die Staatsanwaltschaft ihr Moos immer noch wegnehmen könnte, wenn sie tot seien? Aus Angst vor den Folgen hatte sich Stern damals um eine wahrheitsgetreue Antwort gedrückt, da ein Strafverfahren in der Tat in jedem Stadium beim Tode des Beschuldigten eingestellt wurde. Bei Dixon bestand natürlich nicht die Gefahr, daß er sich umbrachte. Vermutlich konnte er sich gar keine Welt vorstellen, in der es ihn nicht mehr gab. Aber Stern wußte, daß er einen Nerv getroffen hatte. Dixons Firma bedrohen, hieß an seine lebenslange Fixierung rühren. Er hatte in seinen Anfängen vor etwa dreißig Jahren auf Kundenjagd den ganzen Mittleren Westen abgeklappert und die Gewerbetreibenden in den Kleinstädten bearbeitet, die mit ihrem Lebensunterhalt völlig von den Produktenpreisen abhingen – Händler, Viehmäster, Raiffeisenkassen, die Warentermingeschäfte zur Absicherung ihrer Kredite brauchten. Wie er Stern

später bekannte, war es Dixons Strategie gewesen, zuerst den Feuerwehrhauptmann zur Unterschrift zu bewegen. Alle Männer dort waren in der freiwilligen Feuerwehr organisiert und kämpften gemeinsam gegen Feuer und Tod; dem Feuerwehrhauptmann hatten sie sich mit Haut und Haaren verschrieben. War dem etwas recht, war es allen recht. Keine Bauernfängerei war Dixon zu platt. Im Kofferraum führte er immer einen Feuerwehrhelm mit sich.
Jetzt flog er in Geschäften von Küste zu Küste, doch am liebsten saß er immer noch in seinem Maklerbüro und heckte Strategien für Depotkonten, Warenterminpools und Großkundenorders aus. Mit jedem Rattern des Börsentickers verdiente oder verlor er Geld an beliebigen Produkten, doch nie verlor er das Interesse an diesem Spiel, einer Kreuzung aus Straßeninstinkt und knallhartem Poker. Drei- oder viermal im Jahr schnappte er sich seinen dunklen Sakko und seine Ausweisplakette und begab sich für einen Teil des Tages aufs Börsenparkett. Sogar in dem dort herrschenden Chaos sprach sich in Windeseile herum, daß er da war. Er trat in die Börsensäle, schüttelte Hände, grüßte wie Frank Sinatra auf der Bühne nach allen Seiten und zog dabei genau wie dieser stille Verehrung und manchen stummen Abscheu auf sich. Dixon war das egal. Stern hatte einmal im Büro an der Börse von Kindle miterlebt, wie Dixon in weniger als einer halben Stunde vierzigtausend Dollar verlor und trotzdem weiter den Tumult auf dem Parkett genoß, das Getümmel und Durcheinanderschreien des Maklerhaufens, das er für ein wesentliches Moment des Lebens hielt.
Dixon schlug seinen Ball hoch durch das Laub von zwei Ästen. Der Ball kam schlecht auf und rollte etwa vier Meter über das Loch hinaus.
»Schwere Sache«, sagte Dixon und dachte dabei an sein Einlochen.
Ralph stand wie ein gutbewaffneter Soldat am Rand des Sandbunkers, Sterns Sandwedge in der einen und den Rechen in der andern Hand. Stern trabte pflichtschuldig in die Grube hinunter und drehte sich wie ein Hund hinternwackelnd hinein.

Solche Schläge aus zwei Zentimeter Abstand vom Ball gelangen nur mit Gottvertrauen. Stern dachte an eine fließende Bewegung und holte aus. In einer Wolke von Sand stob der Ball aus dem Bunker. Er rollte fast quer zur Schlagrichtung, als er auf dem Green aufschlug, blieb aber dann doch bloß zwei Meter vom Fähnchen entfernt liegen.

»Du machst's mir ganz schön schwer«, meinte Dixon. Stern hatte bis jetzt bei jedem Loch einen Schlag weniger gebraucht. Ralph händigte ihnen ihre Putter aus und fuhr den Golfkarren dann zum nächsten Abschlag.

»Die müssen doch beweisen, daß ich es war, oder nicht?« fragte Dixon, als sie beide auf dem Green standen. »Dieses ganze blöde Gerede von Beschlagnahme – die können mir doch meine Firma nicht wegnehmen, weil irgendwer einen Scheiß gemacht hat, von dem ich keine Ahnung hatte? Richtig?«

»Richtig«, antwortete Stern nickend. Er bewegte seinen Putter zu seinen Schuhen hin. »Wenn es wirklich so war.«

»Aber Stern, alle in der Firma erteilen mal Aufträge, die auf dem Irrläuferkonto landen. Da laufen monatlich hundert, hundertfünfzig Transaktionen durch.« Das war natürlich der springende Punkt, der schon Margy aufgefallen war. »Vielleicht will mich jemand reinlegen, mich als Ganoven abstempeln.«

»Verstehe«, sagte Stern. »Aber die Staatsanwälte, Dixon, und erst recht die Geschworenen, werden sich kaum weismachen lassen, daß ein Angestellter ohne Rückendeckung ein paar hunderttausend Dollar abzockt und sie aus purer Bosheit seinem Boß unter die Weste jubelt.«

»Mir?«

»Auf dein Konto, Dixon.«

»Ach, scheiß drauf, ein Firmenkonto.«

»Von deiner Firma, Dixon. Und es ist logisch, dir alles in die Schuhe zu schieben, wenn das Geld auf dem Konto ruht.«

Dixon lächelte plötzlich, kurz und verächtlich.

»Also das glauben die?« fragte er. Er warf die Zigarette weg, entfernte einen Tabakskrümel von seiner Zunge und fixierte Stern dabei trockenen Auges. Klar, was er damit sagen wollte: So bescheuert bin ich doch nicht. Offenbar hatte Dixon mehr Umsicht walten lassen, als Margy vermutete. In Dixons Trickkiste mußte es noch eine weitere Ebene der Komplexität geben, auf der die ungesetzlichen Gewinne irgendwie vom Irrläuferkonto abgekoppelt wurden. Einen kurzen Moment blitzte etwas wie ein Lächeln zwischen den beiden Männern auf, bevor sie auf verschiedenen Seiten des Fähnchens zu ihren Bällen gingen.

Dixon versuchte zuerst einzulochen und fluchte unbändig, als der Ball das Loch umkreiste. Stern, der mit einem kurzen Schlag nur die Entfernung halbieren wollte, verblüffte sich selbst mit einem direkten Treffer.

»Gottverdammich«, fluchte Dixon wieder.

Sie gingen zum nächsten Abschlag und setzten sich mit ihren Drivern auf eine Bank unter einem Baum, während sich die Vierergruppe vor ihnen zu ihrem zweiten Schlag fertigmachte. Der Fairway war recht lang und flimmerte um Loch fünf herum in der Sonne. Hier gab es zehn Sandbunker – Stern bezeichnete dieses Loch als »Marsch durch die Wüste«. In dieser kleinen Zwangspause ging er im Geiste kurz die staatsanwaltschaftlichen Ermittlungen zu Dixons Bankkonten durch. Vielleicht hatte das mit Dixons Tricks beim Verstecken des Geldes zu tun. Aller Wahrscheinlichkeit nach. Die suchten immer noch.

»Da ist noch ein Problem«, sagte Stern.

»Warum auch nicht«, antwortete sein Schwager.

Stern teilte ihm mit, daß John vorgeladen sei.

»Und das bedeutet?«

»Sie wollen ihn über die Sache ausfragen.«

»Na und? Er ist ein lieber Junge. Sollen sie doch fragen.«

»Sie lassen durchblicken, daß sie ihm vielleicht Straffreiheit zusichern.«

Dixon kniff die Augen zusammen und musterte Stern eine ganze Weile.

»Was sagst du da?«
»Ich sage, sie glauben, daß er was Belastendes über dich weiß. Sie wollen ihn zum Kronzeugen gegen dich machen.«
»Und was willst du jetzt von mir hören?«
»Macht dir das keine Sorgen?«
Dixon, die ewige Sphinx, verzog das Gesicht – ein Philosoph hätte es nicht besser machen können. Wer kennt sich heutzutage mit einem anderen schon aus?
»Könnte sein.«
»Verstehe.« Stern blickte kurz weg. Doch er hatte gewußt, daß das kommen würde. Die Tickets über die Orders, die unmittelbar vor den großen Chicago-Orders an der Börse von Kindle plaziert worden waren, hatten gestern seine Kanzlei erreicht, und Johns krakelige Schriftzüge, bisweilen sogar seine Initialen, waren auf jedem Formular. Was die Staatsanwälte sich von John erhofften, lag auf der Hand: Sie wollten von ihm Dixon als den Mann benannt haben, der jeweils die Orders für Kindle erteilt hatte. Unklar war bisher allerdings noch, ob John ihnen den Gefallen tun konnte. Er gab jeden Tag Hunderte von Orders weiter. Blieb die Möglichkeit, daß Dixon John regelmäßig eingesetzt hatte, weil er so unbeeindruckt blieb wie ein Pflasterstein, von allen Leuten in der Orderabteilung das kürzeste Gedächtnis hatte und es in ihrem Umgang miteinander nichts Denkwürdiges oder Greifbares gab, das John jetzt auf die Sprünge helfen konnte. Es hatte keinen Zweck, Dixon danach zu fragen. Er konnte nicht wissen, woran sich John zu erinnern vermochte, und würde auf jeden Fall eine präzise Antwort scheuen.
»Dann suchen wir für ihn am besten einen anderen Anwalt«, erklärte Stern schließlich.
»Wie du meinst.«
»Aber sicher. Ich kann niemanden vertreten, in dessen wohlverstandenem Interesse es liegen könnte, gegen dich auszusagen. Wie könnte ich John und dir zugleich die Treue halten? Das wäre eine hoffnungslose Interessenkollision.«
Einen kurzen Augenblick stand der trübe Morast von Familien-

problemen den beiden Männern in diesem Licht vor Augen. Selbst Dixon, fand Stern, blickte etwas hilflos drein.
»Wen willst du ihm besorgen?«
»Das muß natürlich John entscheiden. Ich nenne ihm ein paar Namen, Anwälte, die ich gut kenne.« Also Anwälte, die mit Stern reden und ihr Bestes versuchen würden, die Gefahren von Johns Aussage zu dämpfen. Das war ziemlich kitzlig. Trotz allem mußte Stern bei seinem nächsten Einfall lächeln. »Dein Haustarif schreibt vor, daß die Firma Johns Prozeßkosten übernimmt.«
Dixon verdrehte die Augen. »Großartig.«
Der matte Scherz konnte die trübe Stimmung zwischen ihnen offenbar nicht heben.
»Sieh mal«, sagte Dixon. Er beabsichtigte wohl, etwas zu erklären, doch Sterns Blick ließ ihn verstummen. Beide erkannten plötzlich, wie hart Stern mit ihm dafür ins Gericht ging, daß er John in einen solchen Sumpf hineingezogen hatte. Dixon ertrug den Vorwurf nur kurz, bevor er sich abwandte. Ralph, der beim Golfkarren wartete, meinte, jetzt könnten sie weitermachen. Dixon marschierte zum Abschlag, holte mächtig aus und trieb seinen Ball mit einem miserablen Schlag tief zwischen die Bäume. Er lief empört hin und her, hieb mit dem Golfschläger mehrfach in den Rasen und warf ihn schließlich weg.
Stern war aufgestanden, als er zurückkam.
»Willst du mir irgendwas dazu sagen?« wollte Dixon wissen. Keiner konnte so tun, als habe er seinen Abschlag gemeint.
»Dixon, in meinem Honorar sind Moralpredigten nicht enthalten.«
»Du meinst, daß es eine saublöde Geschichte war, ja? Die ganze Scheißidee. So blöd, wie es nur geht. Und daß du mich zumindest für schlauer gehalten hättest.«
Stern zögerte kurz.
»Genau«, antwortete er dann.
Mit seinem Schläger ging Stern auf dem Abschlagplatz nach vorne, doch Dixon packte ihn im Vorbeigehen mit seiner

behandschuhten Hand am Arm. Er schien plötzlich zu erregt für Höflichkeiten. Jetzt zeigte er sich, wie er war, massig, grob, bedrängend. Da Stern es immer schon gewußt hatte, gab er sein häßliches Geheimnis preis – trotz seines teuren Haarschnitts und seiner maßgeschneiderten Markenbaumwollhemden war Dixon ein Prolet geblieben. Er wies mit dem Zeigefinger auf sich.

»Stern, weißt du, warum ein Rüde sich die Eier leckt?«

Stern mußte kurz überlegen.

»Nein, Dixon, weiß ich nicht.«

»Weil er's kann«, sagte Dixon grinsend und sah seinem Schwager dabei ins Gesicht. Bevor er allein zum Golfkarren schritt, wiederholte er: »Weil er's kann.«

16

Irgend jemand hatte einmal bemerkt, man sehe einem Mann mit Hut seinen Kummer nicht mehr so an. Stern fand diese Binsenwahrheit auf merkwürdige Weise bestätigt. Auf dem Kopf eine Kreissäge mit leuchtendrotweißblauem Band, spazierte er die Avenue zur River National Bank hinunter, um sich mit Cal Hopkinson und dem Verwalter von Claras Treuhandfonds zu treffen. Es war ein strahlend schöner Frühsommertag, wie Ende Mai in Kindle County üblich.

Der Hut stammte von Marta – aus einer Schultheateraufführung vor zehn Jahren. Stern hatte ihn in ihrem Zimmer ausgegraben. In einem der langen Ferngespräche, wie sie sie seit neuestem spätabends führten, hatte sie ihn gedrängt, den Hut zu tragen, und dabei die Hoffnung geäußert, das werde seine Stimmung heben. Er war sicher gewesen, sich wie eine Schießbudenfigur zu fühlen, sobald er damit einen Fuß vor das Haus setzte. Statt dessen fand er es seltsam aufmunternd, daß ihn gute Bekannte vielleicht gar nicht erkannten und womöglich für einen Fremden hielten.

Am andern Ende der marmornen Eingangshalle der River National Bank winkte ihm Cal Hopkinson zu. Zusammen suchten sie das Büro des Vizedirektors Jack Wagoner auf. Wagoner war der übliche vornehm zurückhaltende Bankmensch, wie aus dem Ei gepellt und mit vollendeten Manieren. Henry Mittler hatte Stern mit seinen geknurrten Kommentaren über seine Bankmandanten, denen er seinen Wohlstand verdankte, schon vor langer Zeit alle Illusionen über Banker genommen.

Welche abfälligen Bemerkungen Henry Mittler vielleicht auch über ihn gemacht hätte, Jack war immerhin klug genug zu erkennen, daß die Sache problematisch war. Er mußte einen Mann jetzt darüber aufklären, was seine Frau ohne sein Wissen mit fast einer Million Dollar angestellt hatte. Obendrein war der Mann Rechtsanwalt. Ein Selbstmord kam noch dazu. Das Testament wurde angezweifelt. Schon für einen normalen Menschen eine üble Geschichte, für einen Banker erst recht. Die Atmosphäre in Wagoners Büro, in dem Reproduktionen von Klassikern an den Wänden hingen und ein wertvoller Perserteppich auf dem Boden lag, war entschieden gespannt. Ein einsamer Hängehefter lag mitten auf Wagoners ansonsten peinlich aufgeräumter Schreibtischplatte.

»Mrs. Stern hat uns am 20. März schriftlich angewiesen, Wertpapiere im Mindestbetrag von achthundertfünfzigtausend Dollar aus ihrem Depot zu veräußern.« Hierzu legte Wagoner einen handgeschriebenen Brief auf Claras Briefpapier vor. Cal und Stern sahen sich den Brief auf Wagoners Schreibtischecke an, und dann nahm Stern das Dokument in die Hand. Die Schriftzüge waren energisch und klar. Sie hatte den Auftrag in einem Satz formuliert, in dem sie den Betrag nannte und der Bank anheimstellte, geeignete Wertpapiere flüssig zu machen. Als Stern diese Notiz in der Hand hielt, kam ihm unwillkürlich die andere in den Sinn, zu der sich Clara ein paar Tage später entschlossen hatte. Botschaften hatte sie etliche hinterlassen, aber ausführliche Erklärungen nicht. Stern schüttelte gedankenlos kurz den Kopf.

»Darf ich fragen, wer das erledigt hat?«

Wagoner hatte alles parat. Seine Assistentin Betty Fiori hatte Mrs. Sterns Anruf entgegengenommen und wie hausüblich wegen des hohen Betrags um schriftliche Bestätigung gebeten.

»Und was geschah dann mit diesem Betrag?« hakte Stern nach.

»Er wurde ausgehändigt«, sagte Jack, »wie Mrs. Stern es gewünscht hatte.«

»Und wie?« fragte Cal.

Mit einem bestätigten Scheck auf ihr Depotkonto. Wagoner hatte offensichtlich mit einem Anwalt konferiert und beantwortete nur die Fragen, die ihm gestellt wurden. Nun legte er einen weißen Zettel vor, auf dem Clara um Bestätigung des Schecks ersucht hatte; sie wollte offenbar jemandem beweisen können, daß ihr Scheck gedeckt war. Stern erkannte ihre Unterschrift auf dem Formblatt, doch die Summe, etwas mehr als achthundertfünfzigtausend Dollar, war in einer anderen Handschrift ausgeschrieben.

»Wessen Schrift ist das?« fragte er und zeigte darauf.

»Das war Betty.«

»Und auf wen wurde dieser Scheck ausgestellt?« wollte Stern wissen.

»Wir haben nach dem abgebuchten Scheck gesucht.« Er drückte einen Knopf auf seiner Telefonkonsole und bat darum, Mrs. Fiori hereinzuschicken. Sie war sofort zur Stelle, noch eine Gestalt im dunkelblauen Kostüm. Sie zählte die Maßnahmen ihrer Suchaktion nach dem vermißten Scheck auf. Sie habe in der Abteilung Kontoführung nachgeforscht, dann in der ganzen Bank und schließlich bei der Landeszentralbank. Die Treuhandfirma, an die die abgebuchten Schecks und Auszüge dieses Kontos normalerweise gingen, habe alles auf den Kopf gestellt. Offenbar war diese Suchaktion im Gange gewesen, als die Bank Cal immer wieder vertröstet hatte.

»Ich bin sicher, er ist nicht eingelöst worden«, sagte Mrs. Fiori.

»Können wir ihn sperren?« wollte Cal wissen.

»Sperren?« fragte Wagoner. »Es ist ein bestätigter Scheck. Wir haben die Zahlung garantiert.«

»Er ist nicht eingelöst worden.«
»Wie könnten wir ihn denn sperren?« fragte Wagoner.
»Er ist überfällig, oder nicht?«
Stern ging dazwischen. Seine Frage von vorhin war noch nicht beantwortet.
»Auf wen wurde dieser Scheck ausgestellt?«
Mrs. Fiori sah Wagoner an.
»Normalerweise halten wir das nicht fest«, sagte er. »Dafür gibt es keinen Grund.«
»Sie wissen es nicht?« sprach Stern Mrs. Fiori nun direkt an. Wagoner würde wahrscheinlich keine klare Antwort geben.
»Wir wissen es nicht«, erwiderte sie. »Normalerweise haben wir ja den abgebuchten Scheck. Manchmal notieren wir's auf dem Auszahlungsbeleg. Aber auf Mrs. Stern war er nicht ausgestellt, wenn Ihnen das was hilft. Das weiß ich genau.«
»Tatsächlich?« fragte Stern nach.
»Ja.«
»Eindeutig?«
»Ja.«
Er agierte jetzt wie im Kreuzverhör. Vertrautes Gelände. Irgend etwas, spürte er, war bei ihr hängengeblieben.
»Gibt es einen besonderen Grund, an den Sie sich erinnern?«
Sie zuckte mit den Schultern. »Eigentlich nicht.«
»Erinnern Sie sich an den Namen?«
»Nein, Mr. Stern. Ich habe mir schon das Hirn zermartert.«
»Aber eine juristische Person war es nicht? Eine Firma? Zwei verschiedene Namen?«
»Nein, da bin ich sicher.«
»Keine Wohlfahrtsgesellschaft oder Stiftung?«
»Nein.«
»Eine Einzelperson?«
»Ich glaube ja.«
»Ich verstehe.« Stern nickte. Das weitere kannte er schon. Jetzt war klar, warum sie sich erinnerte. »Ein Männername«, sagte Stern schließlich.
Mrs. Fiori biß unwillkürlich auf ihre Oberlippe.

»Ja«, sagte sie.
Ja, dachte Stern. Natürlich.
Eine kurze Weile sagte keiner etwas.
»Also trägt irgendein Kerl in der Stadt den Scheck meiner Frau über achthundertfünfzigtausend Dollar mit sich herum?«
Die Bemerkung war natürlich absurd, aber er fühlte sich unerträglich gedemütigt. Das raste durch seine Adern wie eine bittere Injektion und stieg ihm offenbar bis in die Augen. Bestimmt hatte er jetzt eine knallrote Birne.
Endlich brach Cal das Schweigen.
»Jack, es muß eine Möglichkeit geben, diesen Scheck zu sperren.«
»Cal, er ist bestätigt. Wir hätten eine Klage wegen Zahlungsverweigerung am Hals. Wir haben ja keine Ahnung, um was für eine Transaktion es da eigentlich ging.« Wagoner, der sich von Cal hatte provozieren lassen, sah Stern jetzt schuldbewußt an. Er war taktlos geworden. »Eins kann ich Ihnen versprechen. Wir geben Ihnen Bescheid, wenn der Scheck eingereicht wird. Wenn Sie dann eine Verfügung beantragen wollen, viel Erfolg.«
Stern war bereits aufgestanden. Er wandte sich an Wagoner und Mrs. Fiori und dankte ihnen für ihre Hilfe. Zu Cal sagte er, er werde sich melden, und ging aus dem Büro. Ihm schwindelte – schon wieder.
Draußen vor der Drehtür der Bank setzte er Martas Strohhut auf und sah zu, wie der Wind ihn sofort packte und zwischen den Fußgängern hindurch auf dem Gehweg davontrieb. Als er sich umwandte, stand Cal neben ihm und sah dem Hut nach.
»Ich hol ihn dir«, sagte Cal, rührte sich aber nicht.
Stern winkte ab, nicht der Mühe wert. Wortlos gingen sie in die Richtung, die der Hut genommen hatte.
»Ich wette«, sagte Cal schließlich, »wenn alles gelaufen ist, haben wir immer noch 'ne Chance, diese Transaktion rückgängig zu machen. Sie hat wahrscheinlich keinen Schimmer gehabt, was das alles steuerrechtlich nach sich zieht.«
Stern konnte kaum an sich halten. Was für ein Trampel war

doch dieser Cal, der sich stets umständlich selber beglückwünschte, daß er nicht noch dümmer war. Wen scherte denn das Geld? Da hatte Clara jetzt nach drei Jahrzehnten endlich ein sicheres Mittel gefunden, daß er das Interesse an ihrem Vermögen endgültig verlor. Als er sich umwandte, merkte Stern, wie sich seine Augen an der dunklen Vertiefung hinter Cals Ohr festsogen.

»Es ist mir egal, Cal. Was es auch war, laß es sausen!« Dabei stach ihm das bunte Hutband seiner Kreissäge in die Augen; sie haftete am Gitter eines Abfallbehälters hundert Meter entfernt.

Er tat einen Schritt in diese Richtung und verharrte dann, als ihn plötzlich die scheußliche Frage durchzuckte: Wer war's? Ach, jetzt war er schon wieder an diesem Punkt. Wer war dieser Mann? In den ersten paar Tagen hatte sich Stern äußerst diszipliniert verhalten und sich aus Verletzungsangst geweigert, sich zu diesem widerlichen Ratespiel herabzulassen. Doch schließlich wallte Empörung in ihm auf, und er konnte die trübe Neugier nicht mehr unterdrücken. Edler wäre es gewesen, hätte er behaupten können, es gehe ihm um Rache für Clara – den herzlosen Schuft zu finden und zu bestrafen, der ihr die Krankheit angehängt hatte, an der sie indirekt gestorben war. Doch seine Bedürfnisse waren schlichter und selbstbezogener. Ob morbides Interesse oder nicht, er brauchte für sich einfach das komplette Bild.

In dieser Stimmung verdächtigte er praktisch jeden Mann, der ihm unter die Augen geriet. War es der Briefträger oder, wie in einer anderen ekelhaften Geschichte, ein klinkenputzender Vertreter? Heute hatte er erfahren, daß dieser Jemand Geld gebraucht hatte – vielleicht einer ihrer bettelarmen Musikschüler, dem sie verfallen war und den sie bemuttern wollte, oder ein Musikus, der sich in einer Dachkammer durchhungerte und eine ständige Unterstützung benötigte? Vielleicht ein junger Mann, der sich selbständig machen wollte. Oder ein älterer, verheirateter Mann, der Bargeld brauchte, um seine Scheidung zu finanzieren?

Ein paarmal hatte er sich zu Hause Claras ledergebundenes Adreßbuch vorgenommen, war es Seite für Seite durchgegangen und hatte dabei bei jedem Männernamen die Aussichten abgewogen, so unwahrscheinlich sie auch sein mochten. Jeder Mann kam in Frage. Wie war es mit Rechtsanwalt Cal? Vielleicht schauspielerte er bloß seine Verblüffung darüber, daß das Geld verschwunden war? In liebender Dankbarkeit hatte Clara Cal etwas von dem Geld geschenkt, das er schon so lange verwaltete. Doch Mrs. Fiori hätte sich sicher an Cals Namen erinnert, saß er doch direkt neben ihr. Vielleicht Dixon. Allerdings wirkte Claras Abneigung gegenüber Dixon sehr echt, und bei Dixon mit seinem plastikgeschützten Penis war es, wie Peter bestätigt hatte, unwahrscheinlich, daß er eine solche Krankheit verbreitete – oder sich einfing. Auch hatte Dixon anderer Leute Geld nicht nötig. Was aber war mit Nate Cawley? Er hatte das Sexualleben eines Schimpansen. Vielleicht war sein Meidungsverhalten ein Zeichen von Schuld. Oder der salbungsvolle Rabbi aus der Synagoge? Der genoß ohnehin Claras Wertschätzung und Spendenfreude.

In seinem Kummer griff sich Stern an der Straßenecke unwillkürlich ans Herz. Ein Stück weiter unten auf der Straße wedelte Cal mit Sterns Hut, um zu zeigen, daß er ihn sichergestellt hatte. Stern blickte auf das Gewimmel korrekt gekleideter Männer, die die Straße bevölkerten. Wer? dachte er siedend vor Haß und schwach vor Scham. Wer?

17

Im Büro von Maison Dixon an der Terminbörse von Kindle County fragte Stern die Empfangsdame nach seinem Schwiegersohn John Granum und nahm Platz. Dixon hatte ein repräsentatives Bürohaus ein paar Straßenecken weiter, einen Bau mit Klinkermauern und Lärmschutzblenden, der häufig in Architekturzeitschriften abgebildet war; dort befanden sich die

Orderabteilung und die Direktionsbüros von MD. Das Orderdesk und das Backoffice waren aber hier in dem hellen, funktional wirkenden Raum in der Terminbörse verblieben.
Nach wenigen Augenblicken erschien Al Greco, Dixons Stellvertreter in Kindle, leutselig, mit Halbglatze und Übergewicht. Aus einer unbestimmten Furcht heraus hatte Stern die Begegnung mit John auf die lange Bank geschoben. Schließlich hatte er heute morgen ausrichten lassen, daß er komme, aber John war offenbar im Börsenparkett gebraucht worden und mußte erst geholt werden. Al nahm seinen roten Börsenanstecker, auf dem seine Initialen und die Verrechnungsnummer von MD eingepreßt waren, aus der Schreibtischschublade und griff sich sein blaues Börsenjackett vom Haken. Unten wurde Stern dann an einem Tisch des Sicherheitsdienstes für fünfzehn Minuten als Börsenbesucher eingetragen. Vor zwei Jahren nämlich hatte ein Mann mit Perücke dutzendweise Orders plaziert und sich anschließend in Luft aufgelöst, als er seine Verlustgeschäfte begleichen sollte. Überschritt Stern jetzt seine erlaubte Zeit um mehr als eine Minute, würde ein Trupp von Sicherheitsleuten ins Parkett ausschwärmen und ihn ohne Federlesen abführen wie einen Spion.
Ein aufregender Ort. Das bunte Gewimmel und der Geräuschpegel auf dem Börsenparkett waren atemberaubend. Man fühlte sich wie in der Arena eines überfüllten Leichtathletikstadions. Die riesigen schwarzen Kurstafeln in zehn Metern Höhe blitzten jeweils orange, rot, grün und gelb auf, wenn ihre Zahlen umklappten, während darunter Lokal- und Landesnachrichten auf einem roten Leuchtband durchliefen. Junge Leute – Läufer, Börsenmakler, Maklerangestellte – wimmelten in bunten Jacken und Cordhosen durcheinander und wirkten dabei alle zielbewußt, aufgedreht, konzentriert. Der Boden war mit weggeworfenen Auftragszetteln übersät. In den Börsensälen lief derweil das Hauptgeschäft, wobei die Börsianer in Gruppen von vierzig und fünfzig in einem schreienden Gedränge mit ausgestreckten Händen kauften und verkauften. Finger winkten zustimmend herbei oder stachen ablehnend in

die Luft. Von ihren schwarzen, gußeisernen Beobachtungskanzeln notierten die Protokollanten jeden Abschluß. Obwohl die ganze Börse elektronisch vernetzt war und ständig Daten über Telefone, Faxgeräte und Computer in das Gebäude hineinströmten und wieder hinausflossen, kam es am kritischen Schnittpunkt immer noch auf körperliche Fähigkeiten an, auf ein scharfes Auge, eine kräftige Lunge und gute Ohren. Es herrschte ein unglaubliches Getöse und Geschrei. An Besucherfenstern drei Stockwerke höher standen ein paar Gaffer und drückten sich die Nasen an den Scheiben platt.

In dieser Welt verschmolz die Geldgier mit dumpfem Männlichkeitswahn und artete bisweilen in eine Atmosphäre von Geilheit aus. Junge Männer – Stern war unwohl wegen der vielen Juden darunter – bewegten sich mit verblüffendem Renommiergehabe. Sie waren achtundzwanzig, höchstens dreißig Jahre alt. Junge Spunde, die mit Ach und Krach den Schulabschluß geschafft hatten, hatten sich in die Börse eingekauft, spekulierten auf eigene Rechnung und verdienten häufig Millionen. Andere verloren das letzte Hemd oder vertaten binnen Tagen ein gewachsenes Vermögen. Das machte nichts. Wer sich aufs Börsenparkett wagte, trug das Machogehabe eines Stierkämpfers zur Schau. Wie die Höhlenmenschen waren die Börsianer abhängig von den unberechenbaren Launen von Wind und Wetter, Markt und Jahreszeit. Das mache sie hart, meinten sie. Das Risiko war für sie Kitzel. Stern hatte amüsante, wenngleich womöglich nur gut erfundene Geschichten gehört, wie es gewisse Sekretärinnen manchen Maklern im dichtesten Gewühl der Börsennischen mit geschickter Hand besorgten. Ob Wahrheit oder Erfindung, darauf kam es bei diesen Stories nicht an. Sie bewiesen nur, welch prickelnde Luft viele hier zu atmen glaubten. Sie meinten, es besser getroffen zu haben als gewöhnliche Sterbliche – Geld, dieser Lebenssaft, rann ständig in gigantischen Summen durch ihre Hände. Einmal, vor vielen Jahren, als Dixon noch oft selbst auf dem Parkett agierte, hatte Stern ihn zum Lunch abgeholt und ihn im Gespräch mit vier jüngeren Kollegen angetroffen, allesamt Börsenmakler.

»Ich setze auf den hier«, hatte einer der Männer gesagt und sich vor einen der Aufzüge gestellt.
»Wieviel?« hatte ein zweiter gefragt.
»Einen Lappen.«
»Einen Riesen?«
»Jawoll.«
Dixon hatte gelacht, in seinen Taschen gewühlt und war vor den zweiten Aufzug getreten.
Schließlich hatten die fünf Männer Stern ihre Einsätze zur Verwahrung gegeben. Jeder tausend Dollar. In bar. Sie hatten eben mal gewettet, welcher Aufzug zuerst kommen würde.
Al, der Stern auf dem Parkett ein paar Meter voraus war, wies ihn zu John im Börsenstand von MD, einem schmalen grauen Schalter wie ein Zeitschriftenstand im Hotel. Zwischen den Börsenabteilungen hatten die verschiedenen Verrechnungsfirmen diese winzigen Reservate, an die Orders und Bestätigungen von und zum Parkett telefonisch durchgegeben werden konnten. Hier kam es auf jeden Quadratzentimeter an. Zehn Leute hatten hier engere Tuchfühlung miteinander als im Zwischendeck eines Auswandererschiffs.
John telefonierte gerade, kritzelte hastig etwas auf ein Blatt Papier und sprach in den Telefonhörer. Oben im Büro, wohin diese Verbindung ging, hatte Dixon ihn offenbar für seine finsteren Zwecke mißbraucht. Er mußte dabei immer speziell nach John gefragt haben. Hatte er dabei auf Johns Loyalität oder auf seine Dummheit spekuliert? Vermutlich auf beides. John hatte es ihm immer rechtmachen wollen. Dixon hatte einmal erwähnt, John habe mehrfach darum gebeten, hinunter in das Getümmel auf dem Parkett versetzt zu werden. Aber soweit sei er noch nicht, hatte Dixon gemeint, er sei noch nicht lange genug im Geschäft. Er beließ John in der Orderabteilung, auch wenn John bei jeder sich bietenden Gelegenheit unten im Parkett einsprang. Wie alle Läufer und kleinen Angestellten, das Treibgut dieser Branche, hatte John offenbar einen großen Traum. Erfahrungen sammeln. Einen Börsensitz kaufen. Reich werden. Die Börsensäle gehörten heutzutage zu den

wenigen Orten, wo ein junger Mensch ohne große Zukunftsaussichten und mit schlechtem Schulabschluß, der nie eine elektrische Gitarre oder ein Zwölfgangrad sein eigen genannt hatte, immer noch groß herauskommen konnte. John, meinte Stern bei sich, wollte seine letzte Chance nutzen und es doch noch schaffen.

John quetschte sich aus dem Kabäuschen, und Al nahm seinen Platz ein. Sein Schwiegersohn begrüßte Stern mit einem ähnlichen Flackern im Blick wie vor nicht langer Zeit sein Sohn Peter. Nach ein paar kurzen, vergeblichen Ansätzen zu einem Gespräch gingen sie hinauf in die Büros von MD. John hatte nur einen kleinen Schreibtisch mitten im summenden Großraumbüro. Er blieb dort kurz stehen, um einen Aktenstapel abzulegen, und dirigierte Stern dann in ein Besprechungszimmer. Ein prächtiges Foto von Kate stand zwischen Papierstapeln auf Johns Schreibtisch. Stern dachte wieder einmal bei sich, was für eine Schönheit seine Tochter doch war.

Selbst in dem kurzen, nichtssagenden Austausch mit seinem Schwiegervater wirkte John kindlich verunsichert. Er beugte die Schultern und spielte müßig mit einem Umschlag auf dem Tisch. Er trug die Einheitskluft der Börse, den glatten dunkelblauen Baumwollsakko von MD, Cordhosen, und sein aufgezerrter Krawattenknoten hing ein paar Zentimeter unter dem offenen Hemdkragen. Eine Ausweisplakette mit Foto war an seiner Brusttasche befestigt.

Was war es, was Stern an diesem jungen Mann so ärgerlich fand? Manchmal erinnerte er an einen Tolpatsch aus einem Comic, so breitschultrig und treudoof, daß über seinem Kopf eigentlich eine Sprechblase mit dem Wörtchen »Duh« schweben müßte. Aber blöd war er nicht. Clara war jahrelang bemüht gewesen, das klarzustellen. Er hatte ohne Schwierigkeiten den Collegeabschluß geschafft, lange nach dem Ende seiner Sportlerkarriere. Doch irgendwie wirkte er unbeholfen. Mit seinen breiten Schultern, seinen Apfelbäckchen, seinem blonden Haar und etwas mehr Körperfülle als in seiner Sportlerzeit mutete er so harmlos an wie ein zu groß geratener

Zweijähriger. Stern war überzeugt, die jetzige Sache würde ihn völlig überfordern. Er würde einfach nicht wissen, was er tun sollte, und wenig Reserven gegen den Streß der kommenden Monate mobilisieren können. Stern hatte solche Situationen in seiner Anwaltstätigkeit immer wieder erlebt: wie der Staatsanwalt einem Familienmitglied, einem Geschäftspartner den Rettungsring hinwarf und als Gegenleistung für eine belastende Aussage Straffreiheit zusicherte. Manche schmissen den Ring mit erhabenem Gleichmut zurück. Aber viele waren das nicht. Die meisten versuchten ihre Haut zu retten, indem sie mit der Wahrheit schacherten und Verständnis von denen erbaten, die sie mit ihrer Aussage ans Messer lieferten. Am Schluß wurden sie von allen Seiten mit Verachtung gestraft. Stern konnte sich kaum vorstellen, daß John belastbar genug war, diesen Sturm heil zu überstehen.

Stern hatte sich erhoben, um die Tür zu schließen, und kam nach kurzer Vorrede zur Sache.

»Gegen Dixon Hartnell laufen Ermittlungen vor einer Federal Grand Jury.«

»Ooh«, sagte John. Er glotzte wie ein Zimmermann, der sich gerade auf den Daumen gehauen hat.

»Ja. Sehr unerfreulich.«

»Und warum?«

»Na, ich denke, die Einzelheiten sollte dir jemand anderes erklären. Generell scheint die Staatsanwaltschaft eine Art illegales Trittbrettfahren bei Kundenorders zu vermuten. Hat dich jemand vom FBI angesprochen? Ein Typ namens Kyle Horn?«

John schüttelte den Kopf. »Ich glaube nicht. Wie sieht er aus?«

»Ein großer Kerl.« Ein großer, blonder Klotz, ein typischer Goi in einem billigen Sportsakko, dachte Stern bei sich. Aber das auszusprechen, ging natürlich nicht.

John schüttelte wieder unsicher den Kopf. Man sollte doch annehmen, ein FBI-Ausweis hätte selbst bei John einen bleibenden Eindruck hinterlassen, aber man konnte nie genau wissen. Stern nahm die Vorladung aus seinem Aktenkoffer und versuchte kurz zu erklären, was sie bedeutete.

»Wegen des Verwandtschaftsverhältnisses zwischen dir und mir hat mich die Staatsanwältin das aus Gefälligkeit quittieren lassen. Weil ich aber bereits Dixon vertrete, solltest du einen anderen Anwalt zu Rate ziehen, bevor du Fragen der Staatsanwaltschaft beantwortest.«

»Was für Fragen?«

»Ich könnte darüber spekulieren, John, aber das wäre wahrscheinlich nicht so gut.«

John kniff die Augen zusammen. Natürlich hatte er nichts kapiert. Stern erläuterte, die Staatsanwaltschaft glaube, er könne wichtige Aussagen machen.

»Sie wollen mich also benutzen, um ihn dranzukriegen?«

»Genau.«

Das große Staunen, das Stern schon erwartet hatte, spiegelte sich in Johns Augen. Wie ein Reh im Scheinwerferlicht. Er hatte keinen Schimmer, was zu tun war. Er war hin- und hergerissen zwischen Selbstverständlichkeiten wie Loyalität, Wahrheitsliebe, Selbsterhaltungstrieb, zwischen denen für ihn einfach kein Widerspruch aufkommen konnte.

»John, du und dein Anwalt müssen entscheiden, ob du mit der Staatsanwaltschaft über Straffreiheit verhandeln willst. Wenn ja, wird dein Anwalt der Staatsanwaltschaft ein Angebot machen, was du vermutlich aussagen wirst.«

»Ja«, entgegnete John, »aber was ist, wenn ich nichts sagen will?«

»John, das ist eine gute Frage, die du deinem Anwalt stellen kannst. Aber die Staatsanwaltschaft kann sich immer ohne Rücksicht auf deine Wünsche dafür entscheiden, dir Straffreiheit zuzusichern, und dann hast du nur die Wahl zwischen der Beantwortung von Fragen oder Gefängnis.«

»Gefängnis?« John schluckte auch das mit brütender Nachdenklichkeit. »So viel weiß ich doch nicht.«

Im Laufe dieses Gesprächs hatte Stern allmählich gespürt, wie ihm das Herz tiefer sank, und mit dieser Antwort war es ihm vollends in die Hose gerutscht. So viel nicht, hatte John gesagt. Aber immerhin mehr als nichts. Dixon war erst in Sicherheit, wenn sich John auf totalen Gedächtnisschwund berief. Selbst die leiseste Erinnerung, wer hinter den Transaktionen stand, würde der Staatsanwaltschaft schon reichen, besonders wenn sie den Gewinn bis zu Dixon verfolgen konnte. Und wie er so dasaß, zeigte sein Schwiegersohn deutliches Unbehagen, für ein geschultes Auge sehr verräterisch. Es kam keine empörte Frage von John, was das alles mit ihm zu tun habe oder warum die Staatsanwälte ausgerechnet auf ihn verfallen seien. Er wußte genau, das Interesse der Staatsanwaltschaft an seiner Aussage war sehr wohlbegründet.

»Und Dixon, was meint er zu alldem? Kannst du mir das sagen?«

Stern schüttelte den Kopf. Doch einen Augenblick war ihm, als müsse er den Atem anhalten. Eine äußerst kitzlige Situation war entstanden. Bei jemand anderem, einem anderen Angestellten, hätte Stern einen Kommentar riskiert, zwar vorsichtig, aber so deutlich wie eine sachte Brise: Das wird für Dixon natürlich höchst kritisch, sein ganzes Leben und seine Firma stehen auf dem Spiel. Aber John war ohne Feingefühl. Er war imstande, eine unmögliche Frage zu stellen – meinst du damit, ich sollte lügen? – oder schlimmer noch, Sterns Bermerkung als höheres Gebot aufzufassen. Letztendlich mußte Dixon – und Stern – darauf bauen, daß Johns Anwalt die Sache richtig anging und ihn entsprechend instruierte.

»Und wo soll ich diesen Anwalt hernehmen?« fragte John.

»Ich könnte dir sogar ein paar vorschlagen, wenn du möchtest.«

»Aber klar.«

»MD wird es dir erstatten – deine Prozeßkosten übernehmen, also brauchst du dir darüber keine Sorgen zu machen.«

Stern stellte gleich eine Liste auf, schrieb Namen und Telefonnummern auf ein Stück Briefpapier. George Mason. Raymond Horgan. Niemand würde so gut wie er selbst abschätzen können, was John in seiner Situation jeweils brauchte, aber das kam nicht in Frage, denn Stern war sonnenklar, daß er John auf diesem Wege nicht als Minenhund dienen durfte. In diesen wenigen Minuten hatte sich sein Bild von John grundlegend gewandelt.

John nahm die Liste und zuckte mit den Schultern. »Ich geh jetzt besser zurück aufs Parkett«, meinte er. Er zeigte weiter seine übliche Miene, wirkte geduckt und verwirrt. Als er John so nachsah, wie er zum Fahrstuhl stapfte, schoß in Stern wieder eine maßlose Wut auf Dixon hoch. Wie konnte er so was bloß machen? Wie konnte er diesen unbedarften Jungen in die üblichen Börsensauereien hineinziehen? Doch die Antwort lag auf der Hand. Dixon mit seinem unfehlbaren Instinkt, was ihm nützte, hatte gewiß erkannt, daß seine beste Deckung ein Mitglied der Familie war, das nicht so viel vom Geschäft verstand. Vielleicht auch beflissen seine halblauten Anweisungen ausführte, wobei er sich darauf verlassen konnte, daß sie nicht hinterfragt und gegebenenfalls auch nicht ohne weiteres erinnert wurden. Bald würde Stern sich der Frage stellen müssen, wann und wie er sich aus dem Fall abseilen konnte. Wenn Anklage erhoben wurde und John als Kronzeuge auftrat, konnte Stern unmöglich selbst vor Gericht verhandeln. Undenkbar, den Mann seiner Tochter ins Kreuzverhör zu nehmen. Vielleicht sollte er jetzt schon Dixon eine Liste von Rechtsanwälten aushändigen und einen schnellen Abgang machen. Doch er spürte, daß er noch nicht so überzeugt war. Gerade jetzt war Stern nicht darauf erpicht, noch mehr langjährige Beziehungen zu beenden. Und er hatte es viele Jahre vermieden, mit Dixon zu brechen.

Natürlich auch wegen Silvia. Und aus Dankbarkeit. Den Aufschwung seiner Anwaltskanzlei, in der er heute meist Juristen, Bankiers und Firmenvorstände vertrat, verdankte er zu einem großen Teil der Tatsache, daß er als Dixons Anwalt bekannt geworden war. Das war sein Aufstieg aus der Halbwelt der Kleinkriminellen in die Arena anspruchsvollerer Straftaten gewesen – Unterschlagung und Betrug, Steuerhinterziehung, Bestechung und hin und wieder ein Mord aus Leidenschaft. Dixon – ein juristischer Gratwandler von Niveau – hatte Stern entsprechend der eigentümlichen Logik in solchen Dingen die

Treppe hinauffallen lassen, und Stern ließ schon fast instinktiv niemanden verkommen, der ihm in seiner Anwaltspraxis weitergeholfen hatte.
Dennoch wußte er, daß ihn nicht bloß solche Äußerlichkeiten mit Dixon verbanden. In zweiunddreißig Jahren Anwaltspraxis hatte er zahllose Bekannte und viele Bewunderer gewonnen, doch auf eine Art, über die nachzugrübeln er sich versagte, kam sich Stern bisweilen etwas verloren vor – sich selbst überlassen. Natürlich gab es Hunderte von Menschen, die ihm etwas bedeuteten, deren Leben und Denken ihn interessierten und mit denen er sich gern verbunden fühlte. Sobald er im Gerichtsgebäude den Fahrstuhl betrat, grüßten ihn ein halbes Dutzend Leute. Er war bekannt, beliebt, gefällig und stieß ungern jemanden vor den Kopf. Stern hatte seinen Bekanntenkreis, zumeist Männer ungefähr seines Alters, hauptsächlich Anwälte und Richter, von denen manche jiddisch wie seine Mutter sprachen, feinfühlige, kluge Leute, deren Gespräche über Bücher und Sport und Fachsimpeleien er beim Mittagessen regelmäßig mitbekam und aufrichtig schätzte. Eine angenehme Gesellschaft. Doch natürlich sehnte er sich nach mehr. Er dachte an die Art selbstverständlicher Männerfreundschaft, wie sie zwischen jungen Männern in Sportmannschaften, Cliquen, an Straßenecken gang und gäbe war. Wurde das von den Frauen zerstört, von der Häuslichkeit? Oder in den gnadenlosen Kämpfen des Alltags, wo jeder des anderen Feind war? Wer wußte das schon. Aber Dixon war etwas Bleibendes. Er war schlichtweg da. Einen anderen Vorzug konnte Stern an ihm nicht ausmachen. Doch wie ein granitener Meilenstein an seinem Wege schien ihm Dixon immer nahegestanden zu haben.
Mein Schwager, dachte Stern in dem winzigen Besprechungsraum, in dem John ihn allein zurückgelassen hatte. Schwager. Brother in law. Bruder vor dem Gesetz. Was für ein seltsamer Begriff.

18

Ausgerechnet in die Symphony Hall von Kindle County mit ihren Logen wie Etagen einer Hochzeitstorte und ihrer Saaldecke aus vergoldetem Stuck, wo Clara Mittler und Alejandro Stern ihre erste Verabredung gehabt hatten, geriet Stern nun, als er das erstemal mit Helen Dudak ausging. Dieser Zufall wurde ihm erst bewußt, als der greise Dirigent Adolph Fronz den Taktstock hob, und dann steigerte sich sein Unbehagen bei diesem Gedanken rasch. Stern hätte die Verabredung fast platzen lassen; nur seine Gutmütigkeit gegenüber Helen und seine Angst, sie zu verletzen, hatten ihn dann doch veranlaßt, sie einzuhalten. Es war trist, widerwärtig, furchtbar – wie immer man es auch nennen mochte –, aber Radczyks Mitteilung hatte ihn auf eine Art geschwächt, wie es der schreckliche Augenblick an der Garagentür nicht vermocht hatte. Er hatte fürchterlicher und auf einem wichtigeren Gebiet versagt, als er es sich je hätte träumen lassen. Sexualität war wichtig. Immer und überall. Das erfuhr er erst jetzt, und seine Gefühle pendelten zwischen rasender Wut und Verzweiflung und flößten ihm eine starke Abneigung gegen jedes weibliche Wesen ein. Er wollte die Vorstellung, einen ganzen Abend den charmanten, verführerischen Gentleman zu mimen wie vor ein paar Wochen, einfach nicht an sich heranlassen. Im letzten Moment, als er Karten für den heutigen Abend aus einem von Claras vielen Symphonieabonnements an der Pinnwand in der Küche entdeckt hatte, hatte er Helen angerufen und diese Programmänderung vorgeschlagen.

»Ich hab was gekocht«, hatte sie schlicht geantwortet.

Vielleicht erst ins Konzert und dann ein spätes Abendessen?

»In Ordnung.« Helen war ihm entgegengekommen. Er war ungeheuer erleichtert gewesen. Im dunklen Konzertsaal, bei Fronzens Gefuchtel und dem Gefiedel der Musiker, konnte er mit sich allein sein und war der Notwendigkeit eines Gesprächs enthoben. Anschließend konnte er dann einfach Müdigkeit nach einer langen Arbeitswoche vorschützen.

»Ich kann nicht genau sagen, warum«, meinte Helen in der Pause, »aber auf Symphonien hätte ich bei dir nicht getippt. Eher auf Quartette«, ergänzte sie, »oder auf Sologitarre.« Sie standen im Foyer und zwinkerten in der plötzlichen Lichtfülle. Paare, denen Clara und er hier jahrelang begegnet waren, hoben grüßend die Hand. Aber niemand trat zu ihnen. In Stern wallte völlig unerwartet heftige Trauer und Reue auf, als ihm klar wurde, daß er jetzt ein neues Leben begonnen hatte. Helen zuliebe lächelte er reumütig.

»Ich kann das nicht auseinanderhalten.« Stern faßte sich ans Ohr. »Völlig unmusikalisch. Ich merke keinen Unterschied zwischen dem Symphonieorchester von Kindle und einer Schulkapelle.« Das hatte er Clara dreißig Jahre lang verhehlt, obwohl sie was gemerkt haben mußte, als sich herausstellte, daß Marta keine zwei Noten unterscheiden konnte.

»Ach, Sandy.« Helen faßte ihn am Handgelenk, und sie lachten miteinander über seine Schwächen. Warum nur vergaß er immer, wie gern er Helen Dudak hatte, bis er wieder mit ihr zusammen war? Sie sah großartig aus. Ihr fuchsrotes Haar ließ auf einen Besuch beim Friseur schließen, und sie trug ein schlichtes schwarzes schulterfreies Kleid. Als die Saalbeleuchtung wieder ausging, war er entgegen aller Erwartung froh, hier zu sein.

»Also bist du all die Jahre ins Symphoniekonzert gegangen und hast nie gewußt, was du dir da anhörst?« fragte Helen, als sie aus dem Parkhaus fuhren. Sie hatte sich ihm auf dem Beifahrersitz voll zugewandt und hockte wie ein junges Mädchen auf den Knien. Typisch für Helen mit ihrem Sinn für Feinheiten, daß sie dieses Thema wieder aufgriff. Sie waren auf dem Weg zum Abendessen bei ihr. Zum Schluß hatte er keine Möglichkeit gehabt, nein zu sagen. Außerdem tat ihm Helens Gesellschaft gut. Und nach allen seinen stummen Klagen, daß man Frauen nicht trauen könne, spürte er jetzt ein altbekanntes Bedürfnis, das sie alle zuverlässig befriedigt hatten: Er hatte einen Bärenhunger.

»Für Clara war es ein Genuß.«

»Ich weiß. Aber...«, sagte Helen und verstummte.
»Ja?«
»Ach nichts.«
»Sag's doch.«
»Ich frage mich, warum du jetzt immer noch hingehst.«
»Ah«, machte Stern in der Hoffnung, eine taktvolle Antwort aus dem Hut zu zaubern, und leicht verstört wegen ihres Scharfblicks. Am Beifahrerfenster huschte die Innenstadt vorbei, menschenleer, geisterhaft unter den vereinzelten Straßenlampen, die Hauseingänge finstere Löcher. Zu seiner Erleichterung sprach Helen selber weiter.
»Ich glaube, ich wollte dir einen Rat geben.«
»Nur zu.«
»Nein«, lehnte sie ab. »Zwischen deiner und meiner Lage ist wirklich kein Vergleich.«
»Akzeptiert«, sagte Stern. »Aber was hast du gerade gedacht?«
»Ach, nur daß man, so schlimm alles auch ist, manche Dinge allein wieder genießen kann. Wieviel freier ist man doch. Man kann herausfinden, was man selber will.« Von den Straßenlampen immer wieder beleuchtet, wandte sich Helen zu ihm hin, um seine Reaktion zu sehen. »Das war jetzt sicher reichlich taktlos.«
»Aber nein«, sagte Stern und pflichtete ihr eifrig bei, froh, damit zeigen zu können, daß er ihre guten Absichten verstand, und glücklich, den Eindruck erwecken zu können, er habe das Symphoniekonzert aus einem unbewußten Reflex heraus vorgeschlagen. Das war wirklich ein wertvoller Hinweis. Als gestandene Frau mit gesundem Urteilsvermögen war Helen auf etwas gestoßen, was ihm ansonsten entgangen wäre. So groß sein Elend auch sein mochte, ein Teil von ihm – ein beträchtlicher – hatte sein neues Junggesellendasein mit Freuden akzeptiert. Nicht bloß die kurze Zeit des Herumtändelns. Der Augenblick gerade jetzt war ein weiteres Beispiel – er war entspannt, fühlte sich wohl und konnte sich über sich selbst auf eine Weise äußern, zu der ihn Clara selten aufgefordert hatte. Clara hatte ihre kleinen Ablaufpläne, tanzte immer das gleiche

stumme kleine Menuett. Viele Jahre (zu viele, dachte er und spürte wieder den gewohnten harten Stich des Schuldbewußtseins) hatte er irgendwie unausgesprochen erkannt, daß dieses ganze stille Planen für sie ein Mittel war, ihrer Trägheit und Depression zu entfliehen. Entscheidend aber war, daß sie es zwar so gemacht, er es aber gewußt, sich angepaßt hatte, und daß das jetzt plötzlich vorbei war, wie ein tickendes Metronom, das angehalten wird. Trotz Verwundung und Schock hatte sich seine Seele unter den neuen Umständen geweitet und wieder auf Gebiete gewagt, die jahrelang tabu gewesen waren.
Helen tischte ein vorzügliches Abendessen auf. Sie machte einen Krabbensalat und briet ein kleines Stück Heilbutt. Neben dem Herd stehend, auf dem der Fisch in der gußeisernen Pfanne brutzelte, nippte sie an ihrem Wein und plauderte wie eine Fernsehköchin. Ihr jüngster Sohn Rick, im vierten Semester Jura an der Easton University, hatte wie viele Neunzehnjährige den Traum, Strafverteidiger zu werden. Helen übermittelte seine Fragen. Ob Stern von der Unschuld der meisten seiner Mandanten überzeugt sei? Wenn nicht, wie er sie dann verteidigen könne? Was in ihm vorgehe, wenn er herausfinde, daß sie schuldig waren?
Altbekannte Fragen, Rätsel seines ganzen Lebens, und Stern genoß es, Helen antworten zu können, die hellwach zuhörte. Manche sagten, das Recht sei heilig; Stern glaube nicht daran. Zuviel Atmosphäre von Knochenmühle, zuviel Schlachthausgeruch sei in jedem Gerichtssaal, den er betrete. Doch die Justiz sei zumindest bestrebt, dem Unglück, dem Unrecht und der Gemeinheit unserer Gesellschaftsordnung Abhilfe zu schaffen, die sonst blindlings zuschlügen. Gegenstand der Rechtsprechung sei es, nur die dem alles verschlingenden Meer auszuliefern, die in einem ordentlichen Verfahren zum Ersaufen bestimmt worden seien. Wo Menschen am Werk seien, werde die Vernunft nie restlos siegreich sein; doch könne man sich keine bessere Sache auf die Fahne schreiben. Helen setzte sich wieder, trank ihren Wein und lauschte gebannt.
Zum Nachtisch überraschte sie mit Beeren. Sie hob Stern

einladend die Weinflasche entgegen, doch er winkte ab. Helen hatte unbekümmert getrunken; Stern nur ein einziges Glas. In letzter Zeit trank er zuviel, was zuvor nie seine Gewohnheit gewesen war; er bekam häufiger leichte Kopfschmerzen.
»Wie immer«, sagte er schließlich, »ich rede die ganze Zeit, und noch dazu über mich.«
»Es ist schön, dir zuzuhören, Sandy. Und das weißt du auch.«
»Wirklich? Na, ein empfängliches Publikum weiß ich zu schätzen.«
Helen sah ihm in die Augen.
»Du hast hier eins«, erwiderte sie sanft. Sie schwiegen und sahen einander an. »Schau«, sagte Helen Dudak. »Du weißt es. Ich weiß es. Also kann ich es auch sagen. Ich bin für dich da. Klar?«
»Klar.«
Sie hob ihre dunklen Augenbrauen. »In jeder Beziehung.«
Einen Augenblick lang schien Sterns Herz regelrecht zu stokken. Was war da an Helen? Sie hatte eine Art, mit Dingen umzugehen, die einen völlig entwaffnen konnte. Was sie auf dem Herzen hatte, sprach sie so unfeierlich aus, wie ein Metzger das Fleisch auf die Waage schmeißt. Beiden war klar, daß sie jetzt an einem entscheidenden Punkt angelangt waren.
»Du bist noch nicht soweit«, sagte sie sofort. »Ich kann das nachfühlen.« Sie griff nach ihrem Wein und stürzte ihn hinunter, ihre erste eindeutig nervöse Geste. »Aber wenn du es bist, dann ist das eben so. Wir sind bald im einundzwanzigsten Jahrhundert, Sandy. In diesen Dingen gibt es keine Anstandsfristen mehr. Nicht jeder tötet in der Trauerzeit jedes Gefühl ab.«
Er war nicht sicher, was er sagen würde, wenn sie ihm die Möglichkeit dazu gab. Es kam überhaupt nicht in Frage, ihr seinen derzeitigen Zustand zu erklären, daß er wie ein Vampir seine Lust gesucht hatte, obwohl sein Trieb eigentlich hätte erloschen sein müssen, und dafür nun mit einem Pflock durchs Herz wieder in seine Gruft gebannt war. Glücklicherweise schienen keine Erklärungen verlangt zu werden. Das hier war

ein gutes Drehbuch, und Helen hatte den ganzen Dialog für sich gepachtet. Sie wollte Stern erlösen, ihn von sich selbst überzeugen. Gleich würde sie ihm sagen, daß er noch immer attraktiv war. Er kannte Helen seit Jahrzehnten und bemerkte erst jetzt, daß diese Direktheit untypisch für sie war. Das war nicht Helens wahre Art, sondern eher das neue und verbesserte Modell, beim Psychiater aufgearbeitet und umgestellt. So vieles schien bewußt strategisch angelegt. Ehemalige Kolonialvölker sollen Selbstbestimmung üben. Sag, was du auf dem Herzen hast. Gesteh deine Wünsche ein. Du bist gleichberechtigt und hast das Recht dazu. Er war von den Vorzügen dieser Revolution nicht so begeistert wie sie. Für heute abend aber war es ihm recht. Er würde seine Rolle spielen. Hier sehen Sie Mr. Alejandro Stern, die erste kahle Kokotte in der Geschichte.
»Du bist ein recht attraktiver Mann, Sandy.«
Er konnte sich ein Lächeln nicht verkneifen. Wieder mißverstand sie ihn.
»Meinst du vielleicht, Frauen finden nur einen zwanzigjährigen Körper attraktiv?«
Das war nun wirklich das fünft- oder sechstgrößte Geheimnis des Lebens. Was fanden Frauen eigentlich attraktiv? Aufmerksamkeit. Soviel wußte er. Stärke auf die eine oder andere Art, hatte er lange vermutet. Doch auch das Körperliche kam irgendwo ins Spiel.
»Was attraktiv auch immer sein mag, Helen, mir fehlen, glaube ich, ein paar wesentliche Zutaten.«
»Glaub ich nicht. Ich bin überzeugt, daß du alle wesentlichen Zutaten hast. Vielleicht auch ein paar unwesentliche...« Sie machte eine unbestimmte Handbewegung, und beide mußten herzlich lachen.
Es hatte weiß Gott keinen Sinn, so zu tun, als genieße er das nicht. Das tat er. Angesichts der Gemütsverfassung, in der er in diesen Abend hineingegangen war, schienen ihre Offenheit, ihre Zuneigung, ihre Aufregung in seiner Gegenwart ein mutmachendes Wunder. Er ergriff ihre Hand.
»Helen, das ist ein reizvolles Angebot. Ich bin sicher, es wird

mich lange beschäftigen.« Wie üblich genoß er es, sich nicht festzulegen. Er hatte wieder zu seiner eigentlichen Form zurückgefunden, war wieder der unbekannte und schwer durchschaubare Ausländer. Sein unentschlossener Blick überforderte sie offenbar. Sie zuckte zurück und schüttelte den Kopf.
»Mein Gott, wie habe ich das verpfuscht.«
»Unsinn.«
»Ach Sandy.« Sie schlug die Hände vors Gesicht. »Ich bin betrunken. Ich kann es einfach nicht glauben.« Sie saß da, mit geschlossenen Augen, plötzlich rot im Gesicht, und litt. Die liebe, ehrliche Helen so gedemütigt zu sehen, machte ihm das Herz schwer. Er wurde allmählich emotional so labil wie ein Jüngling. Aber das war jetzt nicht wichtig. Er stand sofort auf und legte, hinter ihrem Stuhl stehend, die Arme um sie.
»Helen«, bat er.
»Ich bin betrunken«, wiederholte sie. »Ich habe mich gerade aufgeführt wie eine Besoffene an einer Bar, die Anschluß sucht.«
»Du hast dich als die wahre, liebe Seele gezeigt, die du bist. Ich fühle mich geschmeichelt und glühe richtig vor Stolz«, fügte er hinzu, »das Angebot interessiert mich sehr.«
»Wirklich?« Sie bog den Nacken zurück, so daß sie ihn jetzt mit dem Kopf nach unten ansah, ein neckisches Manöver, das irgendwie zu jemandem paßte, der halb so alt war wie sie. Auch ihr Lächeln war mädchenhaft.
»Aber sicher«, bekräftigte Mr. Alejandro Stern. Er hatte sie viel zu gern, um sie jetzt nicht zu küssen. Er beugte sich zu ihr, nicht im mindesten gefaßt auf den elektrischen Schlag, der ihn bei der ersten Berührung durchzuckte. Auch Helen spürte es und stöhnte sogar auf. Er kam um den Stuhl herum und nahm sie in die Arme. Er berührte ihre Brüste.
»Nach oben«, sagte sie kurz darauf. Sie nahm seine Hand und führte ihn in ihr Schlafzimmer. Dort hakte er Helens Kleid auf, zog das Mieder herunter und half ihr den BH abnehmen. Ihre Brüste standen weit auseinander und waren vom Alter und den Mühen des Frauseins etwas flach geworden, doch der Anblick

war für Stern immer noch zutiefst erregend. Sie löste sich von ihm, um das Bett aufzudecken. Helen hatte seine Krawatte gelockert, und er zerrte sie aus dem Kragen.
Genau da fiel ihm Peter ein und wovon er ihm abgeraten hatte. Stern blieb schreckensbleich stehen. Er hatte den unerläßlichen Schutz nicht dabei. Das würde entsetzlich werden.
»Helen«, stammelte er. Sie blickte ihn an, aber sein Mund schien bloß nach Worten zu suchen. »Helen, mir ist das furchtbar peinlich...«
»Oh«, sagte Helen nur. »Gehst du nicht mit der Zeit?« Sie deutete quer über das Bett auf einen Nachttisch. »In der obersten Schublade.«
Zwischen Slips lag da ein Päckchen Kondome. Er bemühte sich, seine Verblüffung nicht zu zeigen. Helen, die wieder in ihre Kleiderärmel geschlüpft war, lächelte schwach.
»Es macht mir nichts aus, wenn es dir nichts ausmacht. Um die Wahrheit zu sagen, es ist sogar nötig.« Er begriff immer noch nicht. »Empfängnisverhütung«, erklärte sie.
»Nanu, Helen.« Die Mitteilung freute ihn irgendwie.
»Reg dich nicht zu sehr auf«, sagte sie und warf die Tagesdecke beiseite. »Ich bin im Klimakterium. Wie jede andere Frau. Aber es ist noch nicht lange her.«
Stern befühlte das Päckchen. Eine Großpackung. Vierundzwanzig Stück, und die meisten schon verbraucht. Lieber Gott, das Leben heute forderte allerhand. Helen war wieder ums Bett herumgekommen, um ihn an sich zu ziehen. Sie streifte die Kleiderärmel ab.
»Wo waren wir stehengeblieben?« fragte sie.
Danach lag er mit Helen in ihrem Bett. Irgendwie war er heute abend nicht so geschickt gewesen. Er hatte mit diesem blöden Gummiding gefummelt, und ihre Nervosität hatte sich in einer fast schon komischen Höflichkeit geäußert: »Ist das schön für dich?« – »O ja, ja, bitte.« Trotzdem lagen sie jetzt ruhig da, aneinandergekuschelt, völlig zufrieden. Irgendwann dachte er, daß er eigentlich gehen müsse. Aber jetzt noch nicht. Und ihm kam in den Sinn, was für ein verworfenes Subjekt er doch war,

so ein gewissenloser Lumpenhund aus einer französischen Schlafzimmerkomödie, der Enthaltsamkeit gelobte und dann über die erste Frau herfiel, die ihm begegnete. Was stimmte nicht mit ihm?

Aber er kam sich gar nicht verworfen vor – nicht einmal schlecht. Vom Fernsehen her und aus Filmen, Gesprächen – oder woher auch immer ihm solche Gedanken zugeflogen sein mochten – hatte er vermutet, daß es bei derlei sogenannten spontanen Begegnungen lieblos und gefühlskalt zuging. Doch hier im weichen Dämmerlicht war er voll zärtlicher Gefühle. Diese Frau würde ihm wie Margy sein Lebtag lieb und teuer sein. Eine Selbsttäuschung? Oder hatte die Pop-Mythologie genau danebengetippt? Suchten nicht alle Menschen nach Intimität und Körperkontakt? Seltsamerweise fiel ihm Dixon ein. Spürte der große Frauenbetörer das bei seinen tausend Begegnungen auch? Ja. Wahrscheinlich. Nur mußte es Dixon bei seinen vielen Abenteuern um mehr gehen als darum, damit angeben zu können. Er gierte nach Anerkennung, Zärtlichkeit, weiblicher Zuwendung, bevor er wieder in die grausame Männerwelt hinaus mußte. Mr. Alejandro Stern ging es ebenso. Sein Leben, wie er es gekannt hatte, war vorbei, und der Weg, den er jetzt entlangmarschierte, schien ihn völlig zu überfordern. Was lag da vor ihm? Die letzten Monate, erkannte er jetzt plötzlich, waren voller Ängste gewesen. Aber jetzt waren sie weg. In diesem Moment, mit Helen hier in seine Armbeuge geschmiegt, mit ihren immer langsameren Atemzügen beim Einschlafen, war er hinausgetreten, hatte sich eine Auszeit genommen, sich in frischer Nachtbrise abgekühlt. Denn heute, an diesem Abend, konnte er zum erstenmal seit dem bewußten Tag von sich sagen, daß er Frieden gefunden hatte, und sei es auch nur für kurze Zeit.

Für den besonderen Anlaß hatte Stern den 1954er Chevrolet von seinem Jurakommilitonen George Murray ausgeliehen. Damals sahen Automobile in Amerika erst seit kurzem nicht mehr wie Teekessel aus, und auf Stern wirkte dieses Fahrzeug, das als Sonderausstattung lediglich eine Heizung hatte, stromlinienförmig und hinreißend. In den Vereinigten Staaten hatte er nicht viele Mädchenbekanntschaften gehabt; es schien so wenige Gelegenheiten dafür zu geben. Jahrelang war er an der Universität seinem Alter voraus gewesen und folglich recht uninteressant für die jungen Frauen seines Umfelds. Seit dem siebzehnten Lebensjahr hatte er jedes Wochenende gearbeitet, in einem klapprigen, stinkenden Laster seines grantigen, einäugigen Chefs Milkie eine Lieferstrecke durch den ganzen Mittleren Westen abgefahren. Im Laufe der Zeit schien seine Unerfahrenheit sich noch zu steigern. Im Ausland geboren, mit spanischem Akzent und von jüdischer Abstammung, fühlte er sich in weiblicher Gesellschaft eher wie jemand, der von einem anderen Planeten hier abgesetzt worden war.

Daher war er dankbar für Claras Unbefangenheit ihm gegenüber. Sogar als er über die eigenen Füße stolperte, als er vor ihr an der Autotür sein wollte, blieb sie amüsiert und gelassen. Er merkte, daß sich diese schwerblütige junge Frau mit ihm irgendwie wohl fühlte. Ebenso, wie er sie blindlings und instinktiv begehrte, glaubte sie vielleicht, mehr als ihn verdiene sie nicht.

»Wissen Sie«, sagte sie, sobald er saß, »eigentlich war das meine Idee. Ich hab meinen Vater gebeten, Sie aufzufordern.«

»Das hier«, erwiderte Stern mit einer Handbewegung auf sie beide, »war meine Idee. Aber Sie haben sie ausgeführt.«

»Oh, Sie sind sehr geschickt«, entgegnete sie. »Daddy sagt das auch. Er hält Sie für sehr schlau.«

»Wirklich?« Stern, ans Autofahren in der Stadt nicht gewöhnt, starrte verzweifelt auf die Straße. Wurde dieses Auto auch nur leicht beschädigt, blieb ihm nur die Flucht aus diesem Bundesstaat. Das hatte Murray unmißverständlich klargemacht.

»Was halten Sie von ihm?« fragte sie. »Von meinem Vater.«

Stern war viel zu abgelenkt, um nicht unwillkürlich aufzustöhnen.

Clara lachte schallend. Sie berührte ihn am Arm, während er sich mit der Lenkradschaltung abmühte.
»Ich bin schrecklich, nicht wahr? Aber so bin ich gar nicht, Mr. Stern. Das ist alles nur Ihre Schuld. Wissen Sie, daß ich sonst ganz still bin? Alle Leute werden Ihnen das von mir sagen.«
»Und was würden die mir sonst noch sagen?« fragte Stern. Er war ganz umgänglich geworden. Sie lächelte, aber er hatte die falsche Frage gestellt.
»Erzählen Sie mir was von Argentinien«, sagte sie nach einer Weile.
Im Konzert wurde Ravel gegeben. Sie sprach zu ihm von der Musik und machte beiläufige Bemerkungen zu Passagen, die ihm ihrer Ansicht nach so klar waren wie Geschriebenes auf einem Blatt Papier. In der Pause besorgte er Orangensaft. Nur eine Flasche, für sie. Ohne zu überlegen, war er seinem Instinkt für Sparsamkeit gefolgt, und er merkte sofort, daß er sie in eine peinliche Lage gebracht hatte, indem er seine Mittellosigkeit so deutlich zeigte. Doch sie ließ sich dadurch nicht die Stimmung verderben. Sie bot ihm den durch den Kartondeckel hindurchgedrückten Strohhalm an und ließ ihn mittrinken. Und da passierte es. Das Foyer der Konzerthalle war voller Menschen; die großartige Akustik des Gebäudes verstärkte das Stimmengewirr, und das Licht war nach der Stunde vorher im Dunkeln schmerzhaft grell. Doch für Stern war der Moment intimer als eine Umarmung. Irgendwie war ihm ihr Charakter so klargeworden wie die Noten, die gespielt worden waren: Sie war gütig. Aus Überzeugung. Immer. Güte war ihr wichtiger als Umgangsformen. Dieser Einblick in ihr Wesen überwältigte Stern, er ließ sich sozusagen in diese warme Strömung fallen, und sein Herz schwamm ihr entgegen.
»Das war wunderschön«, sagte sie, als sie nach dem Konzert durch den hellerleuchteten Theatereingang hinaustraten. Sie hatte ihren Mantel auf dem Arm mit hinausgenommen, und nun standen sie da und wurden von Passanten angerempelt, während sie noch mit einem Ärmel kämpfte. Stern gab sich

einen Ruck und lud sie zum Abendessen ein. Über diesen Augenblick hatte er die ganze Woche gegrübelt. Er mußte sie irgendwohin ausführen. Chinatown, hatte er am Ende beschlossen, war billig und romantisch zugleich, und der Gedanke an dieses Essen – er war in jenen Jahren schmal und ewig hungrig – hatte ihn schon seit Tagen verfolgt. Sie sagte jedoch nein. Sicher dachte sie dabei daran, was das kosten würde.
»Ich muß Ihnen gestehen, Miss Mittler, daß ich mir nächste Woche ein Telefon legen lasse.« Das stimmte sogar. Er hatte das nur hinausgeschoben, weil er nicht sicher war, ob Henry ihm sein Büro lassen würde. Doch die scherzhaft gemeinte Bemerkung amüsierte sie. Das, wurde Stern sofort klar, war eine seltene Gabe bei ihr. Im Licht des Theatereingangs lachte Clara Mittler unbeschwert. Sie trug ein winziges rosa Hütchen mit einem kleinen weißen Schleier und griff danach, um es festzuhalten.
»Nächste Woche«, sagte sie. »Wir machen einen Extraabend daraus. Warum sollen wir heute etwas überstürzen?«
»In Ordnung.« Er bot ihr seinen Arm, und sie hängte sich ein. Zusammen schritten sie durch die Menge der Konzertbesucher, die Männer in Mänteln, die Frauen mit Pelzstolen und Schmuck. Stern ergriff ein Gefühl der Freude. Er war sicher, irgendwer hier sah sie und dachte bei sich: Was für ein schönes junges amerikanisches Paar.

19

Auf der Telefonnotiz stand »Margy Allison«. Hätte da nur »Margy« gestanden, wäre ihm etwas schneller eingefallen, um wen es ging, und er hätte keine solchen Gewissensbisse bekommen. Seit dem Abschied im Hotel hatte er kein Wort mehr mit ihr geredet, keine Blumen mehr geschickt – auch nicht angerufen, um guten Tag zu sagen oder wenigstens mitzuteilen, daß er sie vielleicht angesteckt hatte. Er hatte sich das fest vorge-

nommen gehabt. Doch wäre es einfacher gewesen, das Gesundheitsamt ein Kärtchen schicken zu lassen, als so eine Sache am Telefon zu erklären. Wie konnte er die ursächlichen Zusammenhänge schildern und dabei seine und Claras Privatsphäre wahren? Peter hatte bereits telefonisch mitgeteilt, seine Blutprobe sei völlig ohne Befund. Nach dem zweiten Bluttest in ein paar Wochen würde er es schriftlich haben, daß er gesund war und ihr nichts zu sagen brauchte. Besser abwarten, hatte er sich gedacht. Doch jetzt, mit dem Notizzettel in der Hand, mußte er sich stellen. Da hatte er doch binnen weniger Monate den großen Bogen vom treuen Ehemann zum kompletten Schweinehund durchlaufen. Er seufzte und bat Claudia, ihn mit Margy zu verbinden.
»Na du«, meldete sie sich. Stern meinte, eine gewisse Fröhlichkeit aus ihrer Stimme herauszuhören, doch seine Hoffnung trog. Es war reiner Sarkasmus. »Hab lang nichts mehr von dir gehört.«
In der Leitung summte es. Was hatte ihn je glauben lassen, er könne mit Frauen umgehen?
»Glaubst du mir, wenn ich sage, daß mir das furchtbar peinlich ist?«
»Sicher«, erwiderte Margy. »Glaub ich gern. Hast auch allen Grund dazu.«
Sie war wütend. Aufgebracht. Stern rutschte ein bißchen tiefer in seinen Sessel in dem Versuch, sein bleiernes Schuldgefühl zu lindern. Jetzt würde sie es ihm geben. Geschah ihm recht.
»Ich fürchte...« stammelte er und verstummte. Er hatte sagen wollen, diese Dinge seien zu neu für ihn, er sei etwas durcheinander. Aber als Ausrede war das viel zu mitleiderregend.
»Was fürchtest du?« fragte Margy. »Willst du mir etwa sagen, daß da was ist, wovor du Schiß hast?«
»Margy, es tut mir aufrichtig leid. Ehrlich. Du bist ein viel zu feiner Mensch, um so schäbig behandelt zu werden.«
»Da kannst du drauf wetten«, erwiderte sie.
»Ich weiß, wirklich, ich...«
»Und du läßt mich anrufen.«

»Daß du das machst, freut mich doch.«
»Ich ruf nicht an, damit du dich freust. Ich hab was, das du dir besser mal ansiehst.«
»Ich?«
»Ja, du. Ob es dir paßt oder nicht, meiner Meinung nach bist du derjenige, mit dem ich drüber reden sollte.«
Als es ihm einfiel, war das wie ein Messerstich. O Gott, dachte er. O Gott. Er schloß die Augen. Sie hatte es auch gekriegt.
»Ich hab dagesessen und mir das verdammte Ding beguckt, und da hab ich mir gedacht, jetzt red ich mit dem Schuft.«
»O Margy«, stammelte Stern. Er verstummte kurz in unerträglicher Scham. »Seit wann weißt du es?«
»Seit gestern.«
Natürlich. Peter mußte ja völlig danebenliegen.
»Ich bin verantwortlich«, sagte Stern. »Da solltest du keine Zweifel haben.«
»Warum sollte ich Zweifel haben? Hab ich dich angerufen oder nicht?«
Stern hielt die Augen immer noch geschlossen. Noch nie in seinem Leben hatte er einen solchen Moment durchgemacht. Noch nie. Er hatte immer viel auf seine Ehre gehalten. Seine Hand kroch wie geistesabwesend über den Schreibtisch, bis er merkte, daß seine verstohlene Suche vergeblich war. Gleich heute würde er sich wieder Zigarren kaufen. Das versprach er sich. Er schwor es sich.
Als er nicht weitersprach, fuhr sie fort: »Ich brauche dich, damit du mir sagst, was ich alles tun muß.«
»Natürlich.«
»Wie lange dauert diese gottverdammte Geschichte eigentlich?«
Was hatte Peter darüber gesagt? Zwischen drei Wochen und lebenslänglich. Er antwortete schlicht, das wisse man nie so genau. Auf Einzelheiten wollte er sich nicht einlassen.
»Na fein. Ich muß wohl zu dir kommen?«
»Hierher?«

»Wohin sonst?« Offenbar war da was mit der Behandlung oder der Diagnose nicht klar.
»Ich denke, alles Erforderliche könnte auch in Chicago veranlaßt werden.«
»Na, das denke ich auch«, sagte sie. »Aber so machen wir's nicht.«
Er hatte keine Ahnung, welcher empörten Eingebung sie jetzt folgte.
Als ihm schlagartig Helen einfiel, blieb ihm die Luft weg. Starr vor Schrecken und wie betäubt lehnte er sich in seinem Schreibtischsessel zurück. Hier war doch hoffentlich nicht noch ein Problem. Peter hatte ihm das doch so gut wie garantiert. Aber wenn er sich doppelt geirrt hatte? Stern riß jetzt die Augen weit auf.
Margy fragte, ob er noch da sei.
»Entschuldige.« Er bat sie um eine kurze Pause und zog sich näher an seinen Schreibtisch heran. Diese ganze Entsagung, diese übertriebene, abstoßend zwanghafte Selbstbeherrschung, die er stets geübt und im stillen verachtet hatte – sie hatte ihren Sinn. Das sah er jetzt ein.
»Du weißt, ich hab nur drei Wochen Zeit«, sagte Margy.
»Drei Wochen?« fragte er.
»Bis ich erscheinen muß. In dem Wisch hier steht 27. Juni.«
In welchem Wisch, hätte er fast gefragt. Doch er tat es nicht, denn augenblicklich schaltete sein Gehirn wie durch Zauber um. Ach, er lebte ja noch. Jetzt ging ihm ein Licht auf: Sie hatte eine Vorladung vor die Grand Jury erhalten. Er schlug sich gegen die Brust, in der er sein Herz heftig pochen fühlte.
Seine Frage beantwortend, schilderte sie kurz die Ereignisse vom Vortag. Die Vorladung war von Chicagoer FBI-Agenten überbracht worden, von lokalen Beamten, die mit dem Ermittlungsverfahren nichts zu tun und nur die Urkunde zugestellt und ihr mitgeteilt hatten, sie werde über die angeforderten Dokumente am 27. Juni aussagen müssen.
»Du hast ganz recht«, sagte Stern, »du mußt herkommen. Ich habe kurz geglaubt, sie verlangen kein persönliches Erscheinen

vor der Grand Jury, aber da sie dir was anderes gesagt haben« – jetzt log er bereits fließend, in einer Sekunde würde er das ganze Gespräch neu aufgezogen haben. »Also am siebenundzwanzigsten.« Er langte nach seinem Terminkalender, doch den hatte Claudia. Er holte ihn gar nicht erst. »Ja, das paßt mir, dann sehe ich dich also hier.«

»War das alles?« fragte sie.

»Nein, nein«, sagte Stern. »Natürlich nicht. Ich muß mich mit dir treffen, die Unterlagen durchsehen und feststellen, was sie von dir wollen.«

»Aber du bist doch mein Anwalt. Es ist nicht wie bei John. Wie du schon gesagt hast – du bist verantwortlich.«

»Ich muß bei der Staatsanwaltschaft rückfragen, um sicherzugehen. Aber ich kann dir jetzt schon sagen...« Halt, befahl er sich, aufhören. Er fing an zu faseln, immer noch überschwenglich vor Erleichterung. »Margy. Fax mir die Vorladung rüber. Gleich jetzt.« Sie blieben noch kurz miteinander verbunden, stumm, während Unausgesprochenes in der Leitung summte. Dann verkündete Stern, Claudia habe jemand anderen für ihn an der Strippe, was frei erfunden war, und schaltete Margy auf Warteleitung, bis ihm die Faxkopie der Vorladung auf den Schreibtisch gelegt wurde. Angefordert wurden darin Firmenunterlagen, und eigentlich hätte sie ihm als dem Hausanwalt zugestellt werden müssen. Er hatte Klonskys Warnung nicht so verstanden, daß die Staatsanwaltschaft zu solchen Mitteln greifen würde. Doch Oberrichterin Winchell hatte der Staatsanwaltschaft diese Taktik in anderen Fällen durchgehen lassen, bei denen diese argumentiert hatte, das müsse sein, damit Angestellte auch garantiert die richtigen Unterlagen vorlegten. Und wie bisher schon fiel Stern auch jetzt auf, daß der Informant der Staatsanwaltschaft ganz genau wußte, wer sich in den Akten von Maison Dixon am besten auskannte.

Was in der Vorladung stand, war größtenteils zu erwarten gewesen. Zuerst waren etwa ein Dutzend Kalendertage aufgelistet; die Staatsanwaltschaft wollte jeden an diesen Tagen vom zentralen Orderdesk ausgeschriebenen Auftragszettel haben.

Indem sie noch immer alle Geschäftsunterlagen von MD vom jeweiligen Datum anforderte und keine bestimmten Transaktionen herausgriff, wollte die Staatsanwaltschaft weiterhin ihren Ermittlungsschwerpunkt verschleiern. In diesem Wust von Papier würden sich auch die Auftragszettel finden, die John auf Dixons Geheiß für Orders ausgeschrieben hatte, die später auf dem Irrläuferkonto gelandet waren. Auch hier hatte der Informant wieder ins Schwarze getroffen.
Im zweiten Abschnitt der Vorladung forderte die Grand Jury alle Unterlagen über alle Schecks von Maison Dixon über mehr als zweihundertfünfzig Dollar aus den ersten vier Monaten des Jahres an. Stern faßte dies als weiteren Schritt in dem Bemühen der Staatsanwaltschaft auf, die illegalen Gewinne aus dem Trittbrettfahren bis zu Dixon selbst zu verfolgen. Aber das hatte auch eine ermutigende Seite; offenbar hatte die Beweismittelanforderung an die Bank, wie Dixon gleich gesagt hatte, nichts ergeben. Stern hatte ein paar Abende lang die Kopien der von der Bank ausgelieferten Unterlagen gesichtet und nichts Auffälligeres als Dixons gelegentliche sechsstellige Schecks für Investitionen und Einkäufe bemerkt – bei seinem Lebensstil als Millionär durchaus übliche Beträge. Große Einzahlungen aus unerklärlichen Quellen hatte es ohne Zweifel nicht gegeben.
»Was bedeutet der letzte Punkt auf der Liste?« wollte Stern von Margy wissen, als er wieder auf Leitung geschaltet war. Sein Puls hatte sich normalisiert. Stern las vor: »›Alle Unterlagen über Kontoeröffnung, Käufe und Verkäufe, Buchungsbestätigungen und Monatsauszüge für Konto 06894412, das Wunderkind-Konto.‹ Haben wir eine Ahnung, was das sein könnte?«
»Ich hab das nachgesehen«, antwortete Margy.
»Und?«
»Er ist schon ein gerissener Hund. Hast du meine Auszüge von dem Irrläuferkonto parat?«
Stern bat sie einen Moment zu warten, während Claudia den Ordner heraussuchte.

»Schlag mal den 24. Januar auf«, wies sie ihn an. »Siehst du, wo auf dem Irrläuferkonto ein Kauf und ein Verkauf von siebenhundertfünfzig Tonnen Hafer stehen?«
Jetzt sah er es. Dixon – oder ein Dritter, um korrekt zu bleiben – hatte diese beiden Orders vor und hinter einem großen Preissprung des Hafers plaziert, den die Großbäckerei Chicago Ovens an diesem Tag an der Chicagoer Börse mit dem Kauf von mehr als dreißigtausend Tonnen Hafer ausgelöst hatte.
»Mit diesen beiden Transaktionen ist ein Gewinn von rund sechsundvierzigtausend Dollar gemacht worden, ja?«
Er kam nicht mit und konnte schon gar nicht ihre Berechnung anzweifeln. Er bejahte.
»Nun schau dir den nächsten Tag an. Siehst du dort auf dem Irrläuferkonto den Kauf von zwei Silberkontrakten für April 1990?«
»Ja.« Nach den Buchungsdaten auf dem Auszug des Irrläuferkontos war dieses Geschäft wie die Hafergeschäfte am Vortag unter einer Kontonummer gelaufen, die es bei Maison Dixon gar nicht gab. Folglich waren alle Transaktionen auf das Irrläuferkonto gebucht worden.
»Nun rate mal, wie hoch der Geldwert des Silbers ist? Wundert es dich, daß es fast siebenundvierzigtausend Dollar sind?«
Für Stern war hier alles zum Wundern, aber er schickte sich in seine Rolle und sagte lakonisch: »Nein.«
»Nun sieh mal den Auszug des Irrläuferkontos durch«, forderte sie ihn auf. »Findest du die beiden Silberkontrakte wieder?«
»›Journalumbuchung auf A/C 06894412‹«, las Stern den Eintrag aus dem Kontoauszug vor und blickte dann erneut auf die Vorladung. Die Nummer des Wunderkind-Kontos. Wieder kapierte er nichts.
»Siehst du, er hat den Gewinn, den er am 24. mit Hafer gemacht hat, am 25. zum Kauf von Silber verwendet. Das Irrläuferkonto wird mit dem Debet für das Silber belastet, und nachdem es damit bezahlt ist, macht er ein paar Umbuchun-

gen und verbucht das Silber auf diesem anderen Konto, auf Wunderkind. Siehst du? Er hat den Gewinn in Silber verwandelt und hält ihn in seinem kleinen heißen Patschhändchen.«

»Und passiert bei anderen Gelegenheiten ähnliches?«

»Soweit ich's überblicke, jedes einzelne Mal. Er macht ein hübsches Sümmchen mit Trittbrettfahren, mogelt dann einen Irrläufer hinein, der den Gewinn aufsaugt, und schiebt diesen anschließend immer auf dasselbe Konto.«

»Wunderkind?«

»Worauf du wetten kannst.«

Stern sagte sich das Ganze selbst noch mal laut vor, damit er es auch gewiß verstanden hatte: ein komplizierter Trick, um die Trittbrettgewinne vom Irrläuferkonto herunterzubekommen. Sobald ein Gewinn anfiel, wurden neue Kontrakte gekauft und wiederum falsch ausgezeichnet, so daß die neue Transaktion auch wieder auf dem Irrläuferkonto landete; war die neue Position dann daraus abgedeckt, wurde sie auf das Wunderkind-Konto verschoben – wem immer das gehören mochte. Deshalb hatte ihn Dixon auf dem Golfplatz so verschmitzt angesehen.

»Und was passiert mit den Beträgen, die jetzt auf dem Wunderkind-Konto stehen?«

»Weiß nicht, weil ich die Unterlagen noch nicht habe. Vielleicht hat er sie einfach abgehoben und das Geld in die Tasche gesteckt.«

»Was bedeutet Wunderkind eigentlich?«

»Keine Ahnung. Kann die Kontenbezeichnung sein. Eins jedoch ersehe ich schon aus der Nummer: Es ist ein Firmenkonto.«

Stern nickte. Das Rennen ging allmählich in die Zielgerade. Vermochte die Staatsanwaltschaft nachzuweisen, daß Dixon für dieses Wunderkind-Konto zeichnungsberechtigt war, hatte sie den nötigen Zusammenhang gefunden, um ihm alles in die Schuhe zu schieben. Doch nach seinem Mienenspiel auf dem Golfplatz konnte man wohl darauf wetten, daß Dixon noch eine letzte Finte in petto hatte, noch eine raffinierte Sicherung

gegen das Finanzamt, damit es die schmutzigen Dollar nicht bis zu ihm verfolgen konnte. Ein Firmenkonto, hatte Margy gesagt. Vielleicht wurden die Aktien dieser Firma von einem Treuhandfonds gehalten und dieser wiederum von einer Steueroase aus verwaltet und aufgefüllt. Anläßlich der Steuerfahndung vor ein paar Jahren hatte Stern Dixon allerlei Tricks anwenden sehen, abgefeimte Manöver, die der CIA würdig gewesen wären. John aber blieb sein Sorgenkind: Was würde er der Staatsanwaltschaft erzählen? Wenn er Klonsky und Sennet gegen eine Wand laufen ließ oder Halbwahrheiten erzählte, würden diese mit Strafverfolgung drohen – mit tödlichem Ernst. Wieder schüttelte Stern den Kopf über die unhaltbare Lage, in der sich sein Schwiegersohn befand.
Stern bat Margy, die Unterlagen auch bestimmt bis zu ihrem Auftritt am Montag zusammenzustellen.
»Sicher. Ich mache halt das Wochenende durch. Sonst noch was Neues? Ich denke, vielleicht fliege ich schon Sonntag abend runter«, sagte Margy leichthin. »Ich übernachte dann im Gresham.«
»Ah, ja. Ich sehe Claudia winken«, wich Stern aus. »Bestimmt etwas Dringendes. Vielen Dank, Margy, vielen Dank.« Er legte den Hörer auf und fühlte sich zugleich unbehaglich, dankbar und befreit.

20

Zweimal war Stern in der letzten Woche morgens heimgefahren, um sich zur Arbeit umzuziehen und die Post vom Vortag durchzusehen, da er die Nacht bei Helen verbracht hatte. Seit ihrem Abend im Symphoniekonzert waren sie dreimal miteinander ausgegangen – ins Restaurant und ins Theater –, und jedesmal hatte sie es geschaft, daß er die störenden Überbleibsel seines gescheiterten Lebens vergaß. Wenn er mit Helen zusammen war, mochte er eigentlich nur ihr bezauberndes, melodisches Lachen, ihre klare und sichere Stimme hören und natürlich das pochende Drängen seines wiedererwachten Liebeslebens spüren. Liebe, süße Helen – sie wollte unbedingt, daß es ihm besser ging.

Mit der gestrigen Post hatte Stern noch eine Kopie der Laborrechnung von Westlab erhalten, diesmal rosa und mit einem großen roten Stempel »Dritte Mahnung«. Ganz recht, dachte er gleich. Seit kurzem mutmaßte er, daß Clara mit ihrem Problem eine Ärztin konsultiert hatte; er hatte noch mal ihr Telefonbüchlein nach einem Namen durchgeblättert, obwohl er wußte, daß das sinnlos war. Was konnte ihm diese Ärztin sagen? Was konnte sie noch ändern? Mit Logik aber hatte seine Neugier nichts mehr zu tun. Er nahm diese dritte Mahnung als Wink des Schicksals und begab sich, sobald er angezogen war, mit der Rechnung von Westlab und seinem Scheckbuch in der Hand auf den Weg zu dem Ort, wo Anfang März ein Abstrich von Clara Stern gemacht, untersucht und mit klinischer Exaktheit diagnostiziert worden war. Und wenn es ein Irrtum war, fiel ihm plötzlich im Auto ein, doch gleich wurde ihm, wie schon hundertmal zuvor, wieder klar, daß es letztendlich nicht um den Befund ging. Clara hatte einen Grund für ihren Verdacht gehabt, daß mit ihr etwas nicht stimme. Und nur in der Bibel und in den Sagen von König Artus' Hof wurden tugendhafte Frauen im Schlafe geschändet.

Stern hatte die Adresse des Labors nie so recht wahrgenommen, doch auf seinem Stadtplan fand er es an einem kleinen Platz zwischen zwei Hauptgeschäftsstraßen, bloß fünf oder sechs Häuserblocks vom Haus der Sterns entfernt. Und da war es schon, ein niedriges Backsteingebäude mit Flachdach und Sprossenfenstern im Stil der fünfziger Jahre. Zwanzig Jahre lang war er an Westlab vorbeigefahren und hatte das Gebäude nie bemerkt. Hinter den gläsernen Eingangstüren lag ein kleiner Publikumsbereich zum Warten mit vier Plastiksitzen auf einem Stahlträger und einer gläsernen Trennwand. An dem Schalter fragte er nach Liz. Sie wurde herbeigewinkt und kam zum Schalter. Sie sah genauso aus, wie Radczyk sie

beschrieben hatte, klein und dunkel, mit kurzen schwarzen Haaren und einem Pony. Sie trug graue Hosen und viel Make-up; auch ihre unteren Wimpern waren mit einem dikken Lidstrich nachgezogen. Sie lächelte gewinnend, und man merkte gleich, daß sie mit Publikum umgehen konnte.
»Mein Name ist Stern«, stellte er sich vor. »Diese Rechnung ging an meine Frau, bevor sie Ende März verstorben ist. In dem Durcheinander danach habe ich sie wohl leider übersehen.«
»Ach, das macht doch nichts«, beruhigte ihn Liz. Mit einem unbestimmten Handwedeln vor ihrer Nase erteilte sie ihm beiläufig völlige Absolution.
Er zögerte einen Augenblick
»Vermutlich gibt es da auch eine Arztrechnung dazu. Entweder haben wir sie nie erhalten, oder sie ist verlorengegangen. Ich würde mich gern mit dem Arzt in Verbindung setzen, um sicher zu sein, daß wir seine Rechnung nicht übersehen haben, aber ich weiß nicht genau, wer es war. Können Sie mir sagen, welcher Arzt den Test gemacht hat? Ich bin Testamentsvollstrecker für das Vermögen meiner Frau, wenn Sie irgendwelche Zweifel haben...«
»Aber nein.« Noch mal die Handbewegung, und Liz verschwand sofort mit Sterns Kopie von Westlabs Mahnung in den einsehbaren Büroraum, der wie in den meisten Gebäuden aus dieser Zeit viel zu grell beleuchtet war. Von irgendwo weiter hinten roch es leicht nach Desinfektionsmittel. Mit energischen Bewegungen suchte Liz die Schubkästen durch, fragte eine andere Frau laut etwas und kam dann mit einem Schnellhefter zurück, in dem sie blätterte. Sie redete, bevor sie den Schalter ganz erreicht hatte.
»Colling«, meinte er, habe sie gesagt.
»Wie bitte?«
»Kennen Sie ihn? Dr. Nathaniel Cawley? Er hat seine Praxis drüben an der Grove Avenue. Etwa drei Häuserblocks weiter. Hier haben Sie die Adresse.« Mittlerweile hatte sie den Schnellhefter vor Stern hingelegt und zeigte ihm den Testauf-

trag, ein langes Formblatt mit Kleingedrucktem und Kästchen, in der üblichen unleserlichen Arztklaue ausgefüllt. Nates Name und Praxisadresse waren oben auf das Formblatt gestempelt. Es bestand kein Zweifel, daß er den Test selbst in Auftrag gegeben hatte, denn er hatte mit seinem Krakel unterschrieben und »Viruskultur für HSV-2« in einem Kästchen unten auf der Seite vermerkt.

Stern fröstelte, und ihm wurde plötzlich schwach. Aufblickend bemerkte er, daß Liz ihn merkwürdig ansah. Vielleicht reagierte sie damit auf sein Verstummen oder hatte sich an Radczyk erinnert, oder aber jetzt gemerkt, um was es bei dem Test ging. Sein erster Impuls jedoch war, daß er weiterhin etwas vortäuschen mußte, und er nahm den goldenen Füllhalter aus seiner inneren Sakkotasche, damit er so tun konnte, als schreibe er Nates Adresse auf. Doch da lag kein Papier, und er wandte sich statt dessen sprachlos ab.

»Wollten Sie das zahlen?« Liz hielt ihm die Rechnung hin.

Stockend schrieb er den Scheck aus. Er vertauschte Zahlen und mußte seinen ersten Versuch zerreißen.

Nate! Draußen ließ sich Stern schwer auf das kirschrote Leder des Fahrersitzes seines Cadillacs fallen. Sicher gab es auch dafür eine Erklärung. Weil er zuviel trank oder ihm das Durcheinander seines Privatlebens über den Kopf wuchs, war Nate die Sache schlicht entfallen. Trotzdem war Stern ziemlich erschüttert. Nate war bisweilen etwas wirr, aber zuverlässig. Aus unerklärlichen Gründen beunruhigte es ihn, einen Arzt für unzuverlässig oder ungenau halten zu müssen. Er langte nach seinem Autotelefon; es gehörte zur Standardausrüstung dieses Typs. Stern hatte eigentlich keine Verwendung dafür – seine tägliche Fahrt zum Büro dauerte nicht mehr als zehn Minuten, und beide Gerichtsgebäude konnte er zu Fuß erreichen –, aber wegen seiner Vorliebe für technische Spielereien hatte er sich durch Claudia eine Nummer besorgen lassen und benutzte das Telefon bei jeder Gelegenheit. Jetzt schaltete er die Zündung ein und wählte dann die Auskunft und anschließend Nates Praxis an.

»Er ist nicht in der Praxis. Kann ich Ihnen irgendwie behilflich sein, Mr. Stern?«
»Ich muß mit ihm reden.« Er war zu Nate höflich genug gewesen; jetzt meinte er, Anspruch auf eine sofortige Antwort zu haben. »Es ist sozusagen ein Notfall.«
Die Arzthelferin überlegte. Stern wußte, was sie dachte. So waren Patienten eben – immer waren es Notfälle.
»Er ist in der Klinik.« Sie wiederholte die Nummer. »Sie können versuchen, ihn ausrufen zu lassen, aber er ist gerade mitten in der Visite, und ich bin nicht sicher, ob Sie ihn kriegen. Ich richte ihm aus, daß er Sie zurückrufen soll.«
Er hinterließ seine Telefonnummern – Kanzlei, Auto und Wohnung – und wählte dann die Klinik an. Als sich jemand vom Empfang meldete, beschrieb er seinen Anruf als dringend. Hinter ihm zerrte eine Mutter ihr brüllendes Kind über den Gehweg zum Eingang von Westlab. Stern drehte sich ganz um, um die Szene zu beobachten. Der Kleine wußte offenbar, was ihm bevorstand; er führte sich schrecklich auf und legte sich fast auf den Boden. Auch die Mutter war ganz außer sich; Stern bemerkte dann, daß sie ebenfalls weinte.
»Hier Dr. Cawley.«
»Hallo, Nate, hier Sandy Stern.«
»Sandy?« Seine Stimme klang merkwürdig, wie verärgert oder ungläubig.
»Es dauert nicht lange. Ich muß dich unbedingt sprechen, wegen Clara.«
»Wegen Clara? Lieber Gott, Sandy, ich bin mitten in der großen Visite.« Nate schwieg kurz, um sich zu fassen. »Sandy, können wir später darüber reden?«
»Nate, ich entschuldige mich, aber...«
»Sieh mal, Sandy, ist es wegen der Sache mit Westlab? Rufst du deshalb an? Ich hab deine Nachrichten erhalten.«
Wie er schon erwartet hatte, würde ihm Nate jetzt gleich alles ganz einfach erklären. Schon schwante es Stern, wie zwangsneurotisch und dumm er dann dastehen würde, und wollte den Hörer fast schon wieder auflegen.

»Ich weiß, es ist eine blöde fixe Idee, Nate, aber…«
Hastig unterbrach ihn Nate wieder.
»Nein, nein, Sandy, meine Schuld, sorry, daß du so hinter mir hertelefonieren mußtest, aber ich bin der Sache nachgegangen. Okay? Ich hab meine Akten überprüft, ich hab bei Westlab angerufen, und niemand weiß, um was es geht. Sie haben dort keinerlei Unterlagen, und ich auch nicht, also weiß ich nicht, was ich dir sagen soll. Es ist bloß ein Irrläufer, ganz sicher. Okay? Wir haben alles gründlich überprüft. Laß es auf sich beruhen. In Ordnung?«
Stern ertappte sich, wie er auf seine Handfläche starrte. Was war jetzt das? dachte er bei sich. Doch schon rührte sich etwas in ihm, aber es dauerte noch einen Moment, bis er schaltete: Nate log. Ganz offensichtlich. Er hatte schon die ganze Zeit gelogen. Einen kurzen Augenblick schien Stern sich zum Weiteratmen zwingen zu müssen, während er horchte, wie Nate nach Worten suchte. Was hatte er sonst noch alles nicht gemerkt? fragte er sich und beschloß dann, wie schon so oft in letzter Zeit, es gar nicht wissen zu wollen.
Danach wußte er nicht mal mehr genau, wie das Gespräch geendet hatte. Der Hörer mit seinem beleuchteten Tastenfeld lag auf der Gabel. Er starrte auf seine noch immer dort verweilende Hand, bevor er sich wieder fing. Dann begann er neu zu wählen, doch eine weise Stimme drängte ihn, erst ruhig zu werden. Eins hatte er vor Gericht gelernt: Ein Lügner setzte, wenn man ihn überführte, noch einen drauf. Nate würde glatt bestreiten, ihn angelogen zu haben. Mit den Faktoren konfrontiert, würde er Stern weismachen wollen, das Formular sei gefälscht, egal, was draufstehe. Er mußte unbedingt ruhig werden – viel ruhiger als jetzt –, bevor er sich damit eingehend befaßte.
Langsam rollte er vom Parkplatz. Als er ein paar Häuserblocks weit unter den hohen und mächtigen Bäumen gefahren war, die in diesem Teil der Stadt die Straßen säumten, schoß ihm ein Gedanke durch den Kopf, scharf und plötzlich: Sie hatte ihn gehaßt. Verabscheut. Das war das Motiv hinter allen diesen

Gemeinheiten. Er konnte Nates Beweggründe verstehen; das hatte nur ein paar Minuten Nachdenken erfordert. Nate log aus Feigheit – weil er vor Stern nicht mit den Tatsachen herausrücken wollte. Nicht nur was Claras Untreue betraf. Die war Symptom, nicht Ursache. Stern den wahren Hintergrund zu enthüllen – ihre krasse und unablässige Unzufriedenheit in der Ehe –, war ihm zu unangenehm. Und doch lag diese Unzufriedenheit offenbar jeder ihrer Handlungen zugrunde, dem anrüchigen Chaos, das sie ihrem Ehemann zur Aufdekkung hinterlassen hatte. Weil sie nicht in der Lage war, darüber zu sprechen, war sie auf ein drastisches Anschauungsobjekt verfallen – ein beschmutztes und besudeltes Leben und Heim. Sollte er jetzt etwa so tun, als habe er das nicht herausgefunden? Am River Drive entlangfahrend, kam er zu einem betonierten Platz mit einer alten Sandsteinmauer direkt am Flußufer mit einer Reihe Parkbänke, von denen aus man einen Blick auf die grünen Hügel von Moreland und die eleganten Vororte am Westufer hatte. Kurzentschlossen stellte er das Auto ab und ging über die Straße. Er lehnte sich über die massive Ufermauer und beobachtete das Wasser, das mit verborgenen, wallenden Wirbeln und Geglitzer vorbeischoß, und ließ sich dann auf eine der Bänke fallen.

Erst mit den Jahren, als die Kinder nacheinander aufs College gegangen waren, war etwas sichtbar geworden. Als Kate aus dem Haus war, hatte Clara etwas Grübelndes und Verzweifeltes an sich gehabt, etwas Unfrohes, das nicht weichen wollte. Von immerwährender Höflichkeit, war sie trotzdem regelmäßig bedrückt gewesen, und er hatte sie nicht aufmuntern können. Sehr indirekt hatte er ihr eine psychologische Beratung empfohlen und war schroff abgewiesen worden. Hatte sie früher ihre Unzufriedenheit stumm ertragen, nörgelte sie jetzt periodisch über seine Unabkömmlichkeit. Über seine Kanzlei. Seine Prozesse. Seine Zigarren. Um diese Zeit erhielt er zu Hause Rauchverbot. Im Rückblick war die Botschaft klar: Er hatte immer noch sein Leben, in dem sie nie einen Platz gehabt hatte. Ihr aber war wenig geblieben. Erschrocken über die schroffe Abweisung, hatte Stern sie gemieden. Er hatte eine Reihe auswärtiger Verpflichtungen angenommen – einen längeren Prozeß in Kansas City, Seminare und Anschauungsunterricht in forensischer Praxis. Monatelang war er kreuz und quer durch Amerika geflogen und hatte dann klug einen unwiderstehlichen Vorschlag gemacht, eine gemeinsame Reise nach Fernost. In Japan mit seinen Riesenstädten und zauberhaften Gärten waren sie einander wieder nähergekommen.

Doch vorher, während des Prozesses in Kansas City, hatte er, wie ihm heute klar wurde, an einem seiner seltenen Tage zu Hause Gelegenheit gehabt, einen Blick in ihr Herz zu tun. Der Prozeß über eine widerwärtige kriminelle Vereinigung von Politikern und Gewerkschaftsfunktionären hatte sich über vierzehn Wochen hingezogen. Stern pflegte Freitag abend heimzufliegen und Sonntag nachmittag wieder zurück. Zu Hause anwesend war er lediglich körperlich; den größten Teil des Wochenendes verbrachte er am Telefon oder arbeitete in der Stadt in seiner Kanzlei, um sich auf die angekündigten Zeugen der Staatsanwaltschaft vorzubereiten. An einem dieser Sonntage hatte ihn Clara gebeten, mit ihr eine Ausstellung japanischer Keramik zu besuchen, Raiku-Vasen, die direkt im Feuer gebrannt wurden und ihr Dekor durch Wälzen in Stroh erhielten. Clara bewunderte diese Objekte sehr. Stern hatte dafür eigentlich keine Zeit, ließ sich aber in der Hoffnung, sie zu besänftigen, darauf ein, wohl wissend, daß sie nur in seinem Beisein ein wertvolleres Stück kaufen würde. Sie zeigte auf ein Gefäß nach dem anderen. Ob es ihm gefalle? Ein paarmal beging er den Fehler, seine Ungeduld durchblicken zu lassen. Als er merkte, wie das auf sie wirkte, begann er selbst auf die Regale zu deuten. Das da? Oder das dort? Sie empfand seinen plötzlichen Eifer als gönnerhaft und meinte abrupt, sie gingen jetzt besser. »Aber eines muß dir doch gefallen«, hatte er eingewandt. Es gab nur wenig Besitztümer, auf die sie wirklich Wert legte.

Kurz angebunden hatte Clara den Kopf geschüttelt und war vor ihm zur Tür geschritten. Das war wieder mal so ein Augenblick, da sie, wie so oft in letzter Zeit, gänzlich Verschiedenes wollten. Doch vorher ereignete sich noch eine andere kleine Begebenheit. Auf dem obersten Treppenabsatz in dem dunklen Galeriegebäude stolperte er und wollte hinter sich ihre Hand fassen. Der eiserne Geländerpfosten rettete ihn. Als er aufblickte, sah er, wie Clara in müder Irritation über ihn die Stirn runzelte, und in ihrem Blick lag eine seltene Härte. Sie hätte genausogut aussprechen können, daß er ihr nicht gefalle, und das schon lange nicht mehr. Jetzt fiel ihm ein, daß ihre Hand, nach der er gegriffen hatte, unbeweglich an ihrer Seite geblieben war.

Er hatte geglaubt, das liege hinter ihm. Statt dessen hatte es nun den Anschein, als sei dies Claras Abschiedsblick gewesen. Am Ende hatte sie das Schuldgefühl übermannt, und sie hatte eine Mitteilung hinterlassen, in der sie um Verzeihung bat. Doch nur für ihr Verhalten. Das andere war unabänderlich. Auch Claras Herz war im Feuer gebrannt worden und gezeichnet von diesem furchtbaren Groll. Besser hätte sie das Haus verwüstet, das ganze Geschirr zerschlagen und die Bilder an der Wand zerschlitzt. Doch sie hatte sich voller Zorn und Verzweiflung selbst zerschmettert und vernichtet und ihm hinterlassen, sich jedesmal zu verletzen, wenn er sich nach den Scherben bückte.

Er erzählte ihr von Argentinien.

Sein Vater war 1928 aus Berlin dorthin gegangen, um als Arzt in den Bauernsiedlungen russischer Juden zu praktizieren, die in den achtziger Jahren des vorigen Jahrhunderts eingewandert und bei Santa Fé seßhaft geworden waren. Dort war Bruno Stern Marta Walinsky begegnet. Späteren Kommentaren entnahm Stern, daß seine Mutter glaubte, sie habe durch die Ehe mit einem Arzt den Gipfel menschlichen Strebens erreicht. Jacobo kam umgehend auf die Welt und vier Jahre später Alejandro; Silvia fünf Jahre danach.

Wie manche Schauspieler immer auf der Bühne stehen, war Papa immer Arzt. Er hatte einen Vollbart und war durch die

Glut starker Ängste mit seinem professionellen Habitus verschweißt. Auf den Straßen von Entre Ríos ging er in seinem weißen Arztkittel einher, den er Mama zum Waschen nach Hause brachte. Er trug zu jeder Jahreszeit Anzüge aus Schurwolle mit Weste. Seine Fingernägel waren sorgfältig kurz geschnitten, seine Hände waren weißlich und wurden zu Beginn jedes Tages in Lavendelwasser gebadet. Jeden Morgen hängte er sich das Stethoskop um den Hals, nahm seine Arzttasche und ging zwei Straßen weiter in seine kleine Praxis. Mama erzählte ihm, Papa sei ein wichtiger Mann. Er mache Leute gesund. Sie respektierten ihn. Papa schätzte Respekt. Mit mangelndem Respekt hing es auch irgendwie zusammen – Stern erfuhr nie genau, woran sein Vater eigentlich gescheitert war –, daß die Familie nach Buenos Aires mit seiner kosmopolitischen Atmosphäre zog, als Stern fast fünf Jahre alt war. Noch so ein unglücklicher Ortswechsel. Die Stadtleute hielten sie für Landpomeranzen, und Mamas Verwandte auf dem Land behandelten die Familie sofort als dünkelhafte Porteños. *In den Vereinigten Staaten wurde die Äußerung, daß Stern als Jude in Argentinien aufgewachsen war, nur wenig besser aufgenommen, als wenn sein Vater in Berlin geblieben wäre. Sicher gab es unter den Argentiniern viele Antisemiten. Mamas Kusine Ritella erinnerte sich in ihrem Schaukelstuhl mit emphatischen Gesten an die* Semana Trágica, *die tragische Woche, als sie noch ein Teenager war und ein plündernder Mob mit Eisenstangen und Faßdauben ins Judenviertel von Buenos Aires eingedrungen war, um jeden dort vorgefundenen Bolschewiken zusammenzuschlagen, worunter pauschal auch alle Juden fielen. Doch insgesamt unterschieden sich die Jahre, an die sich Stern in Buenos Aires erinnerte, nicht besonders kraß von dem, was er bei einer Jugend in Chicago oder New York erlebt hätte. In den Gebieten nördlich und westlich von Corrientes und Callas führten fast dreihunderttausend Juden – von denen viele wie seine Mutter von russischen Einwanderern abstammten, die Ende des 19. Jahrhunderts in die Küstenprovinzen gekommen waren – ein ausgewachsenes jüdisches Ge-*

meindeleben. Es gab drei jiddische Tageszeitungen, koschere Metzgereien und Bäckereien und winzige Synagogen in ehemaligen Läden. Lauter arme Leute – kleine Ladenbesitzer und Fabrikarbeiter, Schauerleute und Schlachthofmetzger –, die nach Mamas Worten ihre Arbeitskraft verkauften, um ihr Leben zu fristen.

Vor Clara, die ihm in einer Nische im Chinesischen Restaurant mit Seitenwänden aus prachtvoll geschnitzten rotäugigen und grüngeschwänzten Drachen gegenübersaß, breitete er diese vertrauten Einzelheiten natürlich nicht aus. Er sprach über die Indios, die in Entre Ríos barfuß gingen; über die ungehobelten Gauchos im Landesinnern. Er erläuterte den verrückten Flikkenteppich der argentinischen Kultur mit ihren verschiedenen europäischen Bestandteilen britischer Korrektheit, italienischer Gefühlsseligkeit, spanischer Tapferkeit und Sündhaftigkeit. Das ferne Land und seine Sitten übten einen starken Reiz auf sie aus, das war ihrem Gesicht anzusehen, aber sie saß still wie eine Katze. Bisweilen konnte man meinen, sie sei sprachlos. Er aber erging sich lebhaft über Dinge, die er meist lieber verbarg. Ihre leuchtenden Augen empfand Stern wie eine Art Verehrung.

Danach nahm sie seinen angebotenen Arm, und sie spazierten durch den Park zurück zu George Murrays Chevrolet.

»Sie dürfen jetzt wirklich nicht mehr Mr. Stern zu mir sagen«, hatte er sie gebeten.

»Also gut. Wie heißt du eigentlich? Alejandro, oder?«

»Die meisten Leute nennen mich Sandy.«

»Schön«, meinte sie, »Sandy.« Auch bei ihren vollendeten Manieren entging ihm nicht, daß sie sich eine Reaktion auf diesen albernen Namen nur mit Mühe verkniffft. Er scherzte, nun seien sie einander endlich vorgestellt.

»Ich kannte dich schon, weißt du.«

»Wie bitte?«

»Ich hab dich wiedererkannt, von Easton.«

»Wirklich?« Er war völlig überrascht. Nach seinen privaten Berechnungen ihres Alters war sie zu alt, um auf dem College

gewesen zu sein, als er an der Juristischen Fakultät studierte, und er war sicher, Jurastudentin war sie nicht gewesen. In seinen drei Jahren dort hatten sich nur neun Frauen immatrikuliert, und er hatte inzwischen entschieden, daß sie recht attraktiv war und er sie nicht so leicht vergessen hätte.

»Ich bin sicher, das bist du gewesen. Ich hab dich immer in der Bibliothek der Jurafakultät gesehen. Du schienst dort nie rauszukommen.«

»Ach ja«, sagte er verloren, »das war sicher ich.« Er fragte, was sie an die Juristische Fakultät verschlagen habe.

»Ein Typ.« Sie blickte vor sich auf das Pflaster. »Er war in deinem Semester. Es ging ihm wie dir. Er war auch vorher in der Armee gewesen.« Stern fragte, wie er geheißen habe, doch sie wedelte abwehrend mit der Hand. Ohne Belang. »Er hat es nicht geschafft.«

Stern seufzte mitfühlend. Von den dreihundert Studienanfängern seines Semesters hatten nur etwa hundertzwanzig das Examen gemacht. Die hektische Atmosphäre der Jurafakultät und ihre gelegentlichen Schrecknisse verfolgten ihn bisweilen noch im Traum. Sie waren am Auto angelangt, und Stern hielt ihr die Tür auf.

»Daß ich einen so bleibenden Eindruck gemacht habe, haut mich glatt um«, bemerkte er im Auto.

»Oh«, sagte sie lächelnd, »du hattest noch die Bürstenfrisur von der Armee.«

»Ach so.« Stern konnte ihre Gedanken lesen. Er hatte so schrecklich fehl am Platze gewirkt. Das ging schon sein ganzes Leben so. Ein Stipendiat aus dem Ausland mit Bürstenfrisur. In Easton hatte er bestimmt wie frisch vom Einwanderungspier ausgesehen. Sie streichelte kurz seinen Arm. Es überraschte ihn nicht, daß sie jetzt schon erkannt hatte, wie wichtig ihm sein Stolz war.

Sie sagte bloß: »Bitte nicht.« Er versuchte, die Stimmung zu retten.

»Ich bin geschmeichelt, überhaupt Eindruck gemacht zu haben.«

Sie blickte in ihren Schoß. So sah er es zum erstenmal: Wie sich Clara Mittler ihre Worte verkniff. Sie merkte ganz genau, wenn es diffizil wurde, hatte einen unfehlbaren Instinkt dafür, wann sie besser einen Rückzieher machte. Er hatte gelernt, sie darin nachzuahmen, wie bei Partnern nach Jahrzehnten Ehe üblich, im rechten Moment den Mund zu halten, doch darin nie ihre Meisterschaft erlangt. Keiner von beiden nahm das Thema wieder auf; der Schmerz dieses Stichs wurde schwächer. Er ließ den Motor an, fuhr los und starrte erneut angespannt auf die Straße.

»Hat dir das Jurastudium Spaß gemacht?«

»Es ging ums Durchhalten«, antwortete Stern, »nicht um Spaß.«

»Das sagt mein Vater auch. In meinen ersten Semestern habe ich manchmal in der Juristischen Bibliothek geschmökert. Ich wollte selbst Jura studieren, aber er wollte nichts davon wissen.« Sie kämpfte einen Augenblick lang mit der Erinnerung. »Und was war mit Easton, Sandy?« Absichtlich benutzte sie jetzt diesen Namen. »Hast du dich draußen in den Hügeln wohl gefühlt?« Hier ließ Stern mehr Vorsicht walten. Easton war offensichtlich ihre Alma mater. Was durfte er sagen? In den sanft gewellten Hügeln dort, dreißig Meilen vom Getöse von Kindle County entfernt, war Easton University in den siebziger Jahren des vorigen Jahrhunderts als episkopalische Alternative zu den großen Stiftungsuniversitäten errichtet worden. Inzwischen hatte die Universität eine hervorragende Juristische Fakultät und genoß Weltruf. Allerdings wimmelte sie von snobistischen jungen Leuten in Tweeds, Jungs aus Brooklyn und Iowa, die sich wie Grafen und Fürsten aufführten. Noch stärker sogar als Yale war Easton eine Uni für Angeber. Für Stern waren es drei Jahre des Staunens gewesen. Manche dort betrachteten ihn als Exoten, andere als Versprengten.

»Easton«, sagte Stern, »habe ich als noch viel stadtferner empfunden, als es das von der Geographie her ist.«

»O ja.« Sie nickte eifrig. »Das habe ich auch immer gedacht, die ganze Zeit, als ich noch unterrichtet habe.«

»Unterrichtet?« fragte Stern. Ein paar Momente lang erfuhr er jetzt etwas über sie: Wie sich herausstellte, war sie nach dem College Lehrerin an der Prescott School in DuSable gewesen. Die Schüler waren fast ausschließlich Schwarze – »Farbige« nannte man sie 1956 noch –, mittellose Jugendliche, durch ihre Armut wie durch ein breites Meer von der übrigen Welt getrennt. An den kältesten Tagen nahm der Schulbesuch kurzfristig drastisch ab, weil viele Kinder keine Mäntel hatten.

»Nichts war vertan«, sagte sie. »Jeder Augenblick war lohnend, ob einer es schaffte oder nicht.«

»Weshalb hast du aufgehört?« wollte Stern wissen.

Im dunklen Auto seufzte sie tief. »Aufgehört hab ich vor fast zwei Jahren.«

Beantrage Streichung aus dem Protokoll als nicht fragerelevant, dachte Stern. Damals ging ihm der Fachjargon des Gerichtssaals ständig im Kopf herum, noch so ein Bereich, den er einwandfrei in amerikanischem Englisch beherrschen wollte.

»Aus einem besonderen Grund?«

»Ich dachte, ich hätte etwas Besseres.«

Danach schwiegen beide.

Als er ihr neben dem Gußeisenpfosten des Gitterzauns um Henry Mittlers Herrenhaus in Riverside gute Nacht sagte, schüttelte sie ihm die Hand, lächelte unwillkürlich dabei und nahm ihm das Versprechen ab, sie nächste Woche wegen eines gemeinsamen Abendessens anzurufen. Er sah zu, wie sie mit gerafftem Glockenrock und Petticoats die Treppe hinaufhuschte. Ohne sich umzudrehen, lief sie durch die Türen hinein, die so breit waren wie in einem Botschaftsgebäude. Kamen ihr die Tränen? Irgend etwas war geschehen. Sie war bei ihm gewesen und dann wieder weg, in ihren eigenen Kummer versunken. Eine faszinierende junge Frau, intelligent und zartfühlend, und weil sie so eifrig von ihrem nächsten Treffen gesprochen hatte, war er sicher, daß sie ihn nicht hatte stehenlassen wollen. Doch als er im Dunkeln zu den braunen Blumenkästen aus Klinkerkacheln und Schmiede-

eisen hinaufstarrte, die an Henry Mittlers Herrenhaus hingen, legte sich das Gewicht einer düsteren Überzeugung auf ihn. Wie es da drinnen aussah, würde er nie wirklich erfahren.

21

Mit seinem üblichen Hundeblick wartete Remo Cavarelli in dem Mamorflur vor dem Gerichtssaal von Richterin Moira Winchell. Stern hing an Remo wie an einer alten Krawatte – zu schreiend gemustert und zu auffallend geschnitten, um zu seinen jetzigen Anzügen zu passen. Mit seinen Schaufelhänden und seinem Nordvierteldialekt war Remo ein peinliches Relikt für die jungen Juristen in Sterns Kanzlei, die Sterns jetzige Klientel gewohnt waren – Geschäftsleute und Freiberufler, die ihre Geldgier leichtsinnig gemacht oder die anderweitig in zwielichtige Umstände geraten waren. Doch Remo war schon fast dreißig Jahre sein Mandant, und Stern mochte ihn nicht im Stich lassen. Im Getümmel des Polizeigerichts vom North End hatte er sich zum erstenmal an Stern herangemacht und kam alle paar Jahre in der einen oder anderen Verlegenheit wieder, ein harter Brocken Mann mit einem wettergegerbten, gebräunten Matrosengesicht.

Remo war ein Dieb. Er stahl berufsmäßig und dachte darüber wie ein Berufsjäger. Was ihm gefiel, stahl er, ließ es gern mitgehen und freute sich darauf, es wieder zu tun. Die Angst betrachtete er als Begleitumstand seines Berufs. Jedesmal, wenn er ins Gefängnis mußte – er hatte schon drei Haftstrafen abgesessen –, klagte er, wie schlimm das für seine Familie sei. Beim letztenmal, erinnerte sich Stern, hatte Remo beim Gedanken an die Trennung von seinem kleinen Sohn hemmungslos geweint. Doch er war unter Männern aufgewachsen, die nebenbei fallenließen, wie viele Jahre sie gesessen hatten. Also bekannte sich Remo schuldig, wenn er ertappt wurde.

So wollte er es auch mit der Anklage halten, unter der er jetzt

wegen Verabredung zur Ausraubung eines die Bundesstaatsgrenze überschreitenden Gütertransports stand. Heute natürlich noch nicht. Wie jemand mit Zahnschmerzen fand Remo nur eines noch schlimmer als seine derzeitige mißliche Lage: Wenn nachgebohrt wurde. Früher oder später jedoch, nachdem Stern ein paar weitere Termine zur Prüfung der Anklage hatte anberaumen lassen, würde Remo vor den Richtertisch treten und sich öffentlich schuldig bekennen. Diesmal allerdings gegen den Rat seines Anwalts. Die Sache der Staatsanwaltschaft stand auf sehr wackligen Füßen – sie warf ihm Verabredung zu einer Straftat vor und stützte sich dabei allein auf Remos zufällige Anwesenheit an dem Ort, wo ein gestohlener Kühllastzug um seine Ladung Rinderhälften erleichtert wurde. Stern hatte Remo zugeredet, einen Prozeß zu riskieren, sogar eine Honorarermäßigung angeboten, aber Remo lehnte ab. Prozesse waren was für Leute, die was zu meckern hatten. Remo wollte nicht meckern. Mit dieser vierten Verurteilung würde Remo jetzt wahrscheinlich für ein paar Jahre hinter Gitter müssen. Trotzdem war er nicht umzustimmen.
Vor der Tür zum Gerichtssaal schüttelte Remo Stern die Hand, und Stern nahm sich kurz Zeit und erläuterte, was heute vor Gericht anstand. Die Frist für Anträge vor Prozeßeröffnung sei jetzt abgelaufen, und Richterin Winchell werde einen Termin für die Verhandlung festsetzen. Remo brauche nichts weiter zu tun, als neben Stern vor dem Richtertisch zu stehen. Sein Erscheinen war nicht erforderlich, doch Stern drängte ihn dennoch zum Dableiben. Er würde sich wie ein gezähmtes Rauhbein unter den Juristen ausnehmen, während sie in einer Sprache verhandelten, von der er nichts verstand. Sein Jackett hing ihm erkennbar ungewohnt von den Schultern; seine breite Krawatte hatte einen riesigen Knoten und drückte die Kragenspitzen seines Polyesterhemds hoch. Seinen Kopf würde er während der ganzen Sache aufmerksam schräg und seine Schaufelhände so mitleiderregend an die Hosennähte halten, als spürten sie wie ungeschlachte Sensoren bereits die Kälte der Gitterstäbe. Stern hatte Remo diese Nummer schon früher

abziehen sehen, und wenn er so neben Sandy stand, konnte er den hartgesottensten Richter erweichen.
Heute würde er Gelegenheit dazu haben. Moira Winchell hatte als Bundesanwältin begonnen und danach ein paar Jahre als Prozeßbevollmächtigte einer großen Firma verbracht, eine jener Juristinnen, die sich mit komplexen Zivilklagen befassen, Himalayagebirge von Schriftsätzen austauschen und es nur selten zum Prozeß kommen lassen. Vor zehn Jahren war sie als erste Frau zur Bundesrichterin in diesem Gerichtsbezirk ernannt worden; inzwischen hatten sie ihre Kollegen zur Gerichtspräsidentin erhoben. Moira wurde mit Recht als triumphale Siegerin über eine generationenlange Frauendiskriminierung gefeiert. Doch warum Moira sich durchgesetzt hatte, wo andere gescheitert waren, war weniger rühmlich: Sie war ein harter Knochen, und das Richteramt hatte sie noch härter gemacht. Angesichts der vielfältigen Bürden eines Bundesrichters – überfülle Terminkalender, anmaßende Staatsanwälte, mittelmäßiges Gehalt und fast unbegrenzte Macht – reagierten manche Amtsinhaber nicht gut. Sie orientierten sich in ihrem Richteramt am Beifall ihrer Kollegen und wurden binnen kurzem so launisch wie Caligula. Moira Winchell gehörte zu dieser Kategorie – sie war bissig, sarkastisch, bisweilen regelrecht gemein. Stern hatte schon vor Jahren Angeklagte gegen Moira vertreten, als sie noch Staatsanwältin gewesen war, und zu ihr ein Verhältnis gegenseitiger Achtung entwickelt. In letzter Zeit hatten die Richterin und ihr Gatte Jason, ein Professor der Juristischen Fakultät, mit Stern und Clara gelegentlich im Symphoniekonzert die Pause verbracht. Von der Musik besänftigt, war Moira dort liebenswürdig, wenn auch ein bißchen hochnäsig. In ihrem Gerichtssaal jedoch war sie härter als Granit.
»Mr. Stern, wie kommen wir in dieser Sache weiter?«
Von der beträchtlichen Höhe ihres dunklen Richtertischs herab sprach ihn Richterin Winchell an, sobald der Gerichtsschreiber den Fall aufgerufen hatte. Sichtlich wenig Beachtung schenkte sie Staatsanwalt Moses Appleton, der Remo gegenüber auf

dem Podest neben Stern stand. Moses, ein junger Schwarzer, war ein Prädikatsjurist – zu Höherem bestimmt –, doch Staatsanwälte waren für viele Richter nichts anderes als Wachsfiguren: beliebig austauschbare junge Beamte, die routinemäßig staatliche Vergeltung einforderten.

Stern beschwerte sich prompt über die Staatsanwaltschaft mit der Behauptung, sie habe ihm nicht genug Angaben über den Fall gemacht. So könne er nicht feststellen, ob er »ohne Prozeß erledigt« werden könne, die Umschreibung für ein Schuldbekenntnis des Angeklagten, das dem Richter ein Urteil ohne Prozeß ermöglichte. Richterin Winchell, die das alles schon oft gehört hatte, entzog ihm das Wort. In dem weitläufigen alten Gerichtssaal saßen Anwälte dutzendweise auf den braunlakkierten Bänken, darauf wartend, daß sie vorne an die Reihe kamen, und lauschten der Richterin wie eine Andachtsgemeinde, während ihre Honorare die ganze Zeit taxameterartig in Sechsminutensprüngen höher schnellten.

»Zwei Wochen Frist für die Staatsanwaltschaft, sich nach § 801 Strafprozeßordnung zu erklären, untermauert durch einen Antrag nach § 302 und eine Feststellung der Grand Jury. Den Prozeß terminieren wir auf zwei Wochen danach. Keine weiteren Vorverhandlungen. Geben Sie ihm einen Termin«, wies Richterin Winchell ihren Protokollanten an, der anderthalb Meter tiefer fast auf Saalebene saß. Gerichtsschreiber Wilbur griff die Stimmung der Richterin auf und verkündete ein Datum im nächsten Monat wie den bevorstehenden Weltuntergang.

Remo, der neben Stern stand, äußerte sich zum erstenmal.

»So bald schon?« flüsterte er.

»Pscht«, zischte Stern.

Hinter dem Richtertisch warf Richterin Winchell ihr glattes schwarzes Haar mit einer Kopfbewegung nach hinten.

»Mr. Stern, kann ich Sie kurz sprechen?« Sie stieg das Treppchen neben dem Richtertisch hinab und winkte Appleton beiseite, als Stern näher trat. Er wurde nicht gebraucht. Stern wußte, was jetzt kam.

»Sandy«, sagte Moira Winchell, plötzlich auf gleicher Höhe

neben ihm, »es hat mir sehr leid getan, das mit Clara. Wir fühlen alle mit Ihnen.« Sie legte Stern ihre schmale Hand auf die Schulter und schenkte ihm einen Blick echter Trauer. Stern merkte, daß ihn die Aufrichtigkeit der Richterin seltsam anrührte. Hier im grellen Licht des Gerichtssaals, wo Moira sich nicht um Make-up kümmerte, war Stern beeindruckt, wie gezeichnet ihr Antlitz von ihrem Amte war. Ihr hübsches irisches Gesicht hatte bereits tiefe Falten; in ihren Augen war keine Heiterkeit mehr. Man vergaß allzuleicht, wieviel Ernsthaftigkeit hinter allen ihren Bemühungen stand. Alle Welt beobachtete sie, wie sie wohl wußte, und lauerte darauf, daß sie einen schweren Fehler beging.
»Euer Ehren sind zu freundlich.«
»Rufen Sie mich an«, sagte sie. »Dann gehen wir Mittagessen.«
Anschließend raffte sie ihre schwarze Robe und stieg zu ihrem Hochsitz hinauf. Sie hatte schon wieder ihre bekannte gereizte Miene aufgesetzt. Noch mehr Anwälte. Noch mehr Dispute. Noch mehr Entscheidungen. Weiter.
Appleton und Remo hatten ein paar Schritte entfernt gewartet.
»Moses«, sagte Stern im Flur, »ich rede gleich noch mit Ihnen«, und zog Remo dann ins Anwaltszimmer, einen feierlichen Raum mit alten Eichentischen und Schwarzweißfotos verschiedener Richter der letzten Jahrzehnte, alle schief an der Wand hängend und mit einer dicken Staubschicht bedeckt. Stern faßte das Geschehen rasch zusammen. Die Richterin würde bald eine endgültige Entscheidung verlangen, ob Remo sich schuldig bekenne oder nicht. Wieder drängte ihn Stern, einen Prozeß zu riskieren, doch Remo waren die Ratschläge seines Anwalts vollkommen egal.
»Die Sache da«, meinte Remo verstockt, »ist an einem Freitag gewesen. Verstehen Sie, was ich damit meine?«
Stern verstand nur Bahnhof. Er schüttelte den Kopf und hob die Schultern.
»Welchen Glauben haben Sie?« fragte Remo. »Sie sind doch katholisch, oder nicht?«

Stern schüttelte erneut den Kopf. Wegen seines südamerikanischen Akzents wurde er immer wieder irrtümlich so eingeschätzt. Sogar nach all diesen Jahren würde es den armen Remo schockieren, wenn er die Wahrheit erfuhr. Aber Remo fragte nicht weiter. Er war ganz gefangen von dem, was er auf dem Herzen hatte.

»Sehen Sie, in der katholischen Kirche haben die Priester in meiner ganzen Jugend gesagt, freitags ist Fleisch verboten, eßt freitags kein Fleisch. Kennen Sie das? Fisch ist okay. Auch Sülze, aber Fleisch nicht. Sehen Sie, viele Leute essen es aber doch. Ganz viele. Manchmal vertut man sich einfach, wissen Sie, ißt ein Steak, und dann fällt einem siedendheiß ein, lieber Gott, welchen Tag haben wir heute? Manchmal tut man's aber auch mit Absicht. Ich erinnere mich, als ich noch zur Gemeinde St. Viator gehörte, sind wir Jungs extra am Freitag in einer ganzen Gruppe Hamburger essen gegangen. Wir saßen am Fenster und winkten den Nonnen zu, wenn sie draußen vorbeikamen. Einfach so.« Remo lachte in sich hinein und verzog sein großes gebräuntes Gesicht. »Oh, wir waren ganz schön schlimm. Und dann plötzlich überlegen sich's die Priester anders. Sehen Sie? Jetzt ist es okay. Iß, worauf du Lust hast, kein Problem. Aber was ist mit all den Jungs, die unten in der Hölle schmoren, weil sie freitags Fleisch gegessen haben, he? Meinen Sie, die werden jetzt rausgelassen? Ich hab den Pater gefragt, wissen Sie, weil's mir zu schaffen macht. Ich hab gefragt, kommen die Jungs jetzt raus oder was? Aber nein, sagt er, Gottes Gebot ist Gottes Gebot. Den kann man nicht verscheißern, wissen Sie, natürlich hat er nicht verscheißern gesagt, aber Sie verstehen schon, wie ich's meine. Und das ist das Happige an diesem Ding hier – es war an einem Freitag. So ein Scheiß. Ich hab überhaupt nichts gemacht. Gott sei mein Zeuge, Ehrenwort, es war gar nicht mein Ding. Wissen Sie, ich hab bloß was läuten hören, also bin ich hin und hab mir gedacht, vielleicht krieg ich auch was ab. Aber womöglich haben die Jungs da und ich vorher ein paar Dinger miteinander gedreht. Sehen

Sie? Und so kommt das jetzt über uns. Ein Freitag war's wegen dem, was wir vorher schon angestellt hatten. Was kann man schon dagegen machen?«

Remo zuckte mit seinen breiten Schultern und hob hilflos die Hände. Er hatte keine Gewalt über die Welt Gottes; er begriff nur ein paar ihrer Gebote. In seinen sanften braunen Augen war tiefe Überzeugung zu lesen. Stern, der sich mit ihm streiten wollte, hielt an sich. Hinter Remo sah er Sonia Klonsky vorbeikommen, mit zahlreichen Prozeßakten beladen. Er rief hinter ihr her, schüttelte seinem Mandanten rasch die Hand und ließ ihn stehen, den einzigen Menschen im Gerichtsgebäude, der keinerlei Zweifel hegte, daß es eine göttliche Gerechtigkeit gab.

»Ich muß mit Ihnen kurz über Margy Allison reden«, sagte er, als er Sonia Klonsky eingeholt hatte. Sie hatte offenbar den typischen Vormittag einer Staatsanwältin hinter sich, war zwischen verschiedenen Gerichtssälen gependelt und hatte Aktennotizen bei Protokollanten und anderen Nachwuchsstaatsanwälten hinterlassen, so daß ihre zur Sachstandsermittlung oder Behandlung von Anträgen aufgerufenen Fälle verhandelt werden konnten, während sie zwischen Aussageterminen hin- und herhetzte. Stern versuchte eine Beschwerde darüber, daß die Staatsanwaltschaft Margys Vorladung nicht ihm zugestellt hatte, doch sie zeigte kein Bedauern.

»Sie kannten unsere Einstellung genau.« Klonsky schritt rasch aus, in Gedanken schon bei ihrem nächsten Auftritt vor Gericht. »Wer vertritt sie als Anwalt?«

»Wird gegen sie ermittelt?«

»Gegenwärtig nicht.«

»Dann vertrete ich sie wohl.«

Klonsky war auch darauf gefaßt. »Stan meint, es besteht die Gefahr eines Interessenkonflikts.«

»Können Sie mir das näher erklären?«

»Nein.«

»Dann dürfen Sie dem Leitenden Staatsanwalt in meinem

Namen für seine standesrechtliche Fürsorge danken und ihm mitteilen, daß ich Mrs. Allisons Anwalt sein werde.« Dazu lächelte er freundlich; er wollte entschlossen, aber nicht schnippisch klingen. »Darf ich als Margys Anwalt ein paar Fragen stellen?«

»Wenn es unbedingt sein muß.«

»Was wollen Sie von ihr?«

»Ein paar Dokumente.« Klonsky lächelte, verlangsamte aber nicht ihren Schritt. »Ein paar Fragen. Ich muß jetzt zu Pivin.« Sie zeigte auf den Gerichtssaal von Richter Albert Pivin, der schon achtundsiebzig war und trotzdem noch einen sehr ausgefüllten Terminkalender hatte. Stern folgte ihr in den Saal, doch der Protokollant erblickte sie und rief sogleich ihren Fall auf. Also ging Stern hinaus, um in der Halle gegenüber dem Gerichtssaal auf sie zu warten. Als sie ein paar Minuten später wieder zum Vorschein kam, grüßte sie ihn leicht pikiert. Offenbar hatte sie geglaubt, ihn los zu sein.

»Sandy, sehen Sie, mir selbst ist es egal, was ich Ihnen erzähle. Aber Sie wissen doch, wie Stan sein kann. Er nimmt es äußerst genau.«

Stern folgte ihr zur Garderobe, wo sie einen dünnen Regenmantel abholte, und stieg dann mit ihr die marmorne Haupttreppe des Gerichtsgebäudes hinab. Sie hatte ihre Arbeit hier für heute offenbar erledigt.

»Was genau hat Ihnen Stan Sennett über mich gesagt?«

»Ach, tun Sie doch nicht so. Er hat Hochachtung vor Ihnen. Das haben hier alle. Sie wissen das doch. Offen gesagt, blickte er sehr besorgt drein, als ich ihm eröffnete, daß Sie in diesen Fall verwickelt sind. Vermutlich dürfte ich nicht mal das erzählen, oder?«

»Ach, Mr. Sennett hat keine Angst vor mir«, sagte Stern. »Altgediente Staatsanwälte loben bloß ihre Gegenspieler. Anscheinend läßt sich ein Sieg dann besser auskosten.« Diese Schmeichelei war natürlich für die Ohren des leitenden Staatsanwalts bestimmt. Wie viele Männer mit mangelndem Selbstvertrauen war Sennett empfänglich für Schmeicheleien, und

der Südamerikaner in Stern war stets darauf bedacht, Machthaber zu beschwichtigen.
Klonsky lachte schallend.
»Jetzt aber halblang«, sagte sie. »Wir nehmen Sie bloß so ernst wie unbedingt nötig.« Sie stieß die Ausgangstür des Gerichtsgebäudes auf. Der Frühling war noch nicht vorbei, der Wind noch frisch und die Luft noch lind, kurz bevor die drückende Schwüle des Sommers einsetzte.
»Wissen Sie, was Sie da machen«, sagte Stern, »Sie halten mir Informationen vor, um Ihren Informanten zu decken.«
Ihrem Blick konnte er entnehmen, daß sie meinte, er wolle sie aus der Reserve locken. Sie gab keine Antwort.
»Bitte«, bettelte Stern. Er faßte sie kurz am Arm. »Ich muß Ihnen noch ein paar Fragen zu Margy stellen. Lassen Sie sich von mir zum Kaffee einladen. Ich hab noch nicht gefrühstückt.« Er wies auf eine kleine Eckkneipe, und zu seiner Überraschung kam sie ohne weiteres mit. Er hatte es ernst gemeint – er war wirklich hungrig – und stellte gegen seinen Willen fest, daß Mrs. Klonsky für ihn eine angenehme und anregende Gesellschaft war. In erster Linie hoffte er natürlich, sie werde in einer gelösteren Atmosphäre Amerikas Staatsgeheimnisse nicht ganz so entschlossen wahren. Mrs. Klonsky hatte, wie ihre Bemerkung eben über Sennett bewies, keinen rechten Hang zur Verschwiegenheit. Sie begriff schon, was sie eigentlich sollte, doch ihr großzügiger Charakter fühlte sich im engen Korsett der Schweigepflicht nicht recht wohl. Wie viele junge Juristen imitierte sie bloß ihren Mentor – in diesem Fall Sennett –, anstatt sich selbst Spielraum zu schaffen.
Dukes Eckkneipe war wenig mehr als ein Imbiß, ein Schnellimbiß mit offenem Grill unter einem fleckigen Aluminiumdach und einer Anzahl alter Resopaltische. Klonsky legte ihre Akten ab, als sie saßen, und schnupperte den Bratenduft.
»Köstlich«, meinte sie.
»Das ist wohl übertrieben. Recht ordentlich reicht als Prädikat. Waren Sie noch nie hier?«
Sie schüttelte den Kopf.

»Der Inhaber«, sagte Stern, »ist der kleine dunkelhaarige Mann, den Sie in der Küche sehen. Ein Rumäne. Am bekanntesten ist er wegen seiner Würstchen, die er selbst macht und auf der Karte treffend als ›Ruination‹ bezeichnet. Essen Sie was mit?« Stern hatte die Speisekarte bereits in der Hand.

»Eigentlich dürfte ich nicht«, erwiderte sie. »Ich habe schon zwölf Pfund zugenommen.« Doch dann griff sie trotzdem nach der eingeschweißten Karte. »Ihr Schwiegersohn hat sich einen Anwalt genommen, wie Sie ja wissen. Ich war ein bißchen überrascht, wen Sie ihm empfohlen haben.«

»Oh, ja«, sagte Stern und lächelte flüchtig. Im Gegensatz zu ihr war er geübt darin, bei aller Liebenswürdigkeit den Mund zu halten; wie John sich seinen Anwalt aussuchte, ging die Staatsanwaltschaft nichts an. Er hatte sich Sorgen gemacht, weil er von seinem Schwiegersohn nichts gehört hatte, doch Klonskys Bemerkung zeigte, daß er sich offenbar an Sterns Rat gehalten und Raymond Horgan beauftragt hatte. Es gab unter den Juristen viele, die sich über Sterns Verhältnis zu Horgan wunderten. Sie hatten eine Reihe berühmter Schlachten gegeneinander geschlagen, als Raymond noch Bezirksstaatsanwalt von Kindle County gewesen war. Höhepunkt waren ein paar peinliche Augenblicke vor drei Jahren gewesen, als Stern Horgan als Zeugen der Staatsanwaltschaft in einem Mordprozeß gegen Rusty Sabich, Raymonds früheren Stellvertreter, ins Kreuzverhör genommen hatte. Doch die Justiz brachte wie die Politik die merkwürdigsten Leute zusammen. Horgans große Anwaltskanzlei überwies gern Fälle, die sie wegen Interessenkonflikten nicht bearbeiten konnte, an Stern, der in anderen Rechtssachen ihrer großen Mandantenfirmen kein Konkurrent war, und er revanchierte sich entsprechend.

»Und was ist wirklich gut?« wollte sie wissen.

»Das Würstchen, wenn Sie es verkraften. Ich bin aber nicht sicher, ob es Ihnen in Ihrem derzeitigen Zustand gut bekommt.«

»Ich auch nicht«, sagte sie. »Ich habe gerade erst wieder mit Fleisch angefangen. Muß mehr Eiweiß haben.«

»Sie sind Vegetarierin?«

»Oh, ich achte schon seit ein paar Jahren ganz genau darauf, was ich esse. Ich war mal sehr krank.« Sie sah Stern voll ins Gesicht, mit flüchtiger Zurückhaltung im Blick. »Krebs«, ergänzte sie.

Dann kam die Kellnerin und enthob Stern einer Antwort. Mrs. Klonsky hatte eine entwaffnende Offenheit und setzte sich gern ohne große Bedenken über gegebene Schranken hinweg, ein Charakterzug, der Stern irgendwie verunsicherte. Sie bestellte ein Rührei, während Stern sich ein Omelett und zwei Portionen Würstchen kommen ließ. Er versprach ihr, sie dürfe davon kosten.

»Wovon habe ich gerade geredet?« fragte sie. Stern gab keine Antwort, doch sie erinnerte sich selbst und sagte nur: »Ach ja.«

»Sie kommen mir aber jetzt wie die blühende Gesundheit vor.«

»Ich glaube, ich bin auch gesund. Ich meine, ich wäre nicht in anderen Umständen...« Sie wedelte mit der Hand. »Aber die Stimmung macht viel aus. Sie vergessens nie so richtig. Sie reden sich selbst ein, daß sie gesund sind. Sie suchen nach Anzeichen, daß dem nicht so ist, und wenn sie keine finden, sind sie froh und sagen sich, daß sie jetzt wieder glauben können, unendlich lang zu leben, so wie vorher.«

»Wie alt waren Sie?«

Sie verdrehte die Augen nach oben, um sich zu erinnern. »Etwa fünfunddreißig, sechsunddreißig.«

Stern schüttelte den Kopf. Noch recht jung für so eine Sache, meinte er.

»Nun, Sie wissen ja, wie das ist. Sie kommen ins Krankenhaus und meinen, warum ich, wieso gerade ich, und dann sind dort eine ganze Menge Leute genauso dran und noch schlimmer.« Sie hatte sich Tee bestellt und unterbrach sich kurz, um den Beutel in die Tasse zu tunken, die die Kellnerin gebracht hatte. »So ungewöhnlich war das dort wohl nicht. Aber ich war für sechsunddreißig noch ziemlich unreif. Mein Leben war ein einziges Chaos. Ich studierte Jura, doch das war schon mein viertes Zweitstudium. Ich hatte keine Ahnung, was ich eigentlich wollte. Meine Beziehung mit Charlie machte ihre einmillionste Krise durch...« Sie hob die Hände zur Betonung; an einem Handgelenk trug sie heute eine Reihe grellfarbener Plastikarmbänder. »Mir schien es einfach so unglaublich, daß ich schon abtreten sollte, obwohl ich doch noch gar nicht richtig angekommen war.«

Stern mußte über die Formulierung lachen. »Und was waren Ihre andern Zweitstudien?«

»Mal sehen.« Sie zählte an den Fingern ab und verdrehte erneut die Augen nach oben zu Dukes angeschmutzten Deckenplatten. »Vom College ging ich nach Kalifornien, um mein Philosophieexamen zu machen, aber ich war noch nicht soweit, und da meldete ich mich zum Friedenskorps – wissen Sie noch? – und war dann zwei Jahre auf den Philippinen. Nach meiner Rückkehr fing ich ein Promotionsstudium in Anglistik an, wo ich auch Charlie begegnet bin. Das habe ich abgebrochen, weil ich mir nicht vorstellen konnte, wirklich eine Dissertation zu schreiben. Aber natürlich hatte ich alle Scheine gemacht, bevor mir das klar wurde. Danach war ich eineinhalb Jahre Lehrerin und ging anschließend wieder an die Uni zurück, um Pädagogik zu studieren. Doch dann habe ich vor der Kultusbürokratie kapituliert. Natürlich hatte ich da schon einen riesigen Schuldenberg an Studiendarlehen. Also machte ich mir Gedanken, wie ich an einen anständig bezahlten Job komme. Was mich zu Jura führte. Dazwischen lag noch manches, aber es dauerte so kurz, daß es nicht der Rede wert ist.«

»Verstehe«, sagte Stern. »Das hört sich tatsächlich so an, als sei es Ihnen schwergefallen, einen Anfang zu machen.«

»Nicht den Anfang«, erwiderte sie. »Der war überhaupt kein Problem. Etwas zu Ende bringen war so schwer. Ich habe immer geglaubt, nicht leistungsorientiert zu sein, aber als ich dann krank wurde, machte es mich wirklich fertig, daß ich auf überhaupt nichts Abgeschlossenes zurückblicken konnte. Es war, als sei ich durchs Leben gegangen, ohne auch nur eine Spur zu hinterlassen. Ich sah mitleiderregend aus. Ich bekam Bestrahlungen. Da lag ich nun mit ausgefallenen Haaren, erholte mich von dem chirurgischen Eingriff und ließ mir von Charlie Gedichtbände von Hart Crane bringen. Ich habe dort sogar mit meiner Dissertation angefangen. Und selbstverständlich eines Morgens voll darübergekotzt. Das war freilich ein absolutes Tief.« Klonsky lehnte sich zurück, selbst ergriffen von ihrer Erzählung. Sie nahm eine mattglänzende Chromstahlgabel vom Tisch und betrachtete sie. »Ich quatsche zuviel«, meinte sie.

»Sie sind hinreißend, Sonia«, widersprach er und hatte sofort das Gefühl, er habe sich wie sie verleiten lassen, zuviel zu sagen. Hastig versuchte er, neutraleren Boden zu gewinnen. »Und so sind Sie dann nach Ihrer Krankheit auf alternative Ernährung umgestiegen? Meine Tochter, sie ist Rechtsanwältin in New York, hat bei jedem Besuch einen Rucksack voller Tüten und Flaschen mit solchen Sachen dabei. Ich habe gelernt, keine Fragen mehr zu stellen.«

»O ja, so bin ich auch. Hier sehen Sie einen Gesundheitsapostel. Samstags fahren wir immer den ganzen Tag herum und kaufen ein. Charlie hat Gedichte darüber geschrieben. Es tut einem wirklich gut. Aber mein Arzt hat recht deutlich etwas über mehr Eiweiß gesagt.«

»Ihr Mann ist Lyriker?«

»Ein lebender Lyriker, der jeden Tag dichtet. Er schreibt das sogar in unsere Steuererklärung: ›Lyriker‹. Natürlich hat er auch noch einen Zweitjob. Man muß ja. Charlie sagt gern, wir hätten denselben Arbeitgeber.« Sie lächelte. »Er ist bei der Post. Er war jahrelang Lektor an der Anglistischen Fakultät, kam aber mit den Intrigen nicht zurecht. Und so hat er mehr Geld und mehr Zeit zum Schreiben. Es ist ein völlig unmögliches, unpraktisches Leben, dem er total verfallen ist.« Sie lächelte erneut, diesmal etwas flüchtiger. Vielleicht meinte sie, ihn schlechtzumachen. Sie blickte wieder auf die Gabel und lobte kurz die Dichtkunst ihres Mannes. Dann wurden die Eier serviert.

»Du lieber Gott«, entfuhr es Klonsky, »was ist denn das für eine schwarze Pampe?«

»Ruination«, sagte Stern. »Was sonst?« Er schnitt ein Stückchen ab und hielt es ihr hin, doch sie machte ein angewidertes Gesicht und hob abwehrend beide Hände.
»Schon beim bloßen Anblick wird mir übel. Das sieht irgendwie wie Stuhlgang aus.«
Stern ließ seine Gabel auf den Teller fallen.
»Junge Frau«, sagte er finster, »das ist mein Frühstück.«
Da lachte sie los, ein herrliches Lachen voller Lust und Lebensfreude. Auch er lachte jetzt, und sie wurde von ihrer eigenen Heiterkeit überwältigt und lachte weiter, bis sie sich mit der Serviette die Tränen wegwischen mußte. Sie quetschte ein »Bon appetit« heraus und platzte wieder los.
Er fing trotzdem an zu essen.
»Recht so«, ermunterte sie ihn. »Lassen Sie's nicht kalt werden.«
»Es ist zufällig ausgezeichnet. Und ich hab einen Bärenhunger.«
»Für das brauchen Sie den auch«, meinte sie und bekam einen neuen Lachanfall. Sie bemühte sich nach ein paar Glucksern um Beherrschung.
»Sind Sie sicher, daß Sie's nicht probieren wollen?« Er hielt ihr mit gespielter Ernsthaftigkeit die Gabel hin und brachte sie damit wieder aus der Fassung.
Sie meinte, er sei hart im Nehmen.
»Ich bin's gewöhnt«, berichtete Stern. »Meine Tochter in New York hält mir Vorträge über Fleisch. Sie hat mir schon ein paarmal den Appetit verdorben.«
»Wie heißt sie denn?«
Stern sagte es ihr.
»›Marta.‹ Ein schöner Name. Ich denke schon die ganze Zeit über Namen nach. Es scheint mir so wichtig. Ich möchte nicht, daß mein Kind einmal meint, ich hätte ihm dasselbe angetan wie meine Mutter mir.«
»›Sonia‹ gefällt Ihnen nicht?«
»Als Kind habe ich den Namen gehaßt. Meine Mutter war so eine schwermütige Linke. Mit Leib und Seele Gewerkschaftle-

rin, bis dort die Kommunisten rausgeschmissen wurden. Ich wurde nach einer russischen Revolutionärin genannt, die im Aufstand von 1905 umgekommen ist, und es war mir zuwider, Symbol für jemand anders zu sein. Ich wollte lieber ›Sonny‹ heißen, was meine Mutter fuchsteufelswild machte. Sie meinte, ich sei antifeministisch. Und dann wurde ich vierzig und Juristin und brauchte plötzlich einen seriösen Vornamen. Also heiße ich im Amt Sonia. Aber meine alten Freunde nennen mich immer noch Sonny.« Sie lachte über sich selbst. »Sie machen es fast ähnlich. Vor Gericht nennen Sie sich Alejandro, aber vorstellen tun Sie sich als Sandy.«

Stern lächelte vielsagend bei dem Gedanken an seine eigene Undurchschaubarkeit, war jedoch seltsam geschmeichelt, so genau beobachtet worden zu sein. Eigentlich aber war es selbstverständlich, sagte er sich, daß sie einen potentiellen Prozeßgegner ins Visier nahm.

»Meine Mutter war anpassungsfähig. Sie hat uns je nach Ort verschieden genannt. Ich hatte einen jiddischen Namen. Auch einen spanischen. Und natürlich war ihr verzweifelt daran gelegen, daß ich mich hier einfüge. Schon mit dreizehn war mir klar, daß für ›Alejandro‹ in den Staaten nicht die rechte Zeit war. Sie dürfen es mir ruhig als Schwäche auslegen, daß ich mich ›Sandy‹ genannt habe.« Genauso empfand er es nämlich – daß er klein beigegeben hatte. Seine Mutter hatte zu Hause das Heft in der Hand gehabt. Er sprach selten von ihr, doch sie war ihm noch immer jeden Tag gegenwärtig, mit ihren dunklen klugen Augen, ihrem brennenden gesellschaftlichen Ehrgeiz und ihrer verzweifelten Hoffnung, daß sein Vater irgendwie der Mann werden möge, den sie sich vorgestellt hatte, anstatt ein so wehleidiges Wesen zu bleiben. Stern erinnerte sich gern an sie, wie sie an den Abenden aufgetreten war, wenn sie mit seinem Vater in die Oper ging. Das prächtige Abendkleid brachte ihre üppigen Formen wunderschön zur Geltung; ihr rötliches Haar war mit einem diamantenbesetzten Kamm aufgesteckt, und aus ihrer ganzen Erscheinung sprach ihre feste Entschlossenheit, gesehen zu werden und Eindruck zu machen.

Er wußte schon immer, daß er jedes Quentchen seiner Stärke ihr verdankte.
»Und wie haben Sie sich für ›Marta‹ entschieden?« fragte Klonsky. »Sah die Welt für Alejandros damals schon besser aus?«
»Sie heißt nach meiner Mutter«, erklärte Stern. Er mußte darüber lachen und fing dabei ihren Blick auf; die Hintergründigkeit dieser Dinge war keinem von beiden entgangen. Dann hob er seine Gabel. »Der letzte Happen«, bot er an.
Sie schlug die Hand vor den Mund, markierte ein Würgen, und Stern ging darauf ein.
»Erlauben Sie mal, junge Frau, das ist mein bestes Frühstück seit Tagen.« Zur Betonung schlug er die Gabelzinken ein paarmal an den Teller, doch die spaßhaft gemeinte Bemerkung enthielt wohl auch eine gedämpfte Anspielung auf seinen Kummer. Mrs. Klonsky blickte ihn lange liebevoll und traurig an, und Stern war es plötzlich äußerst peinlich. Er hatte sich geschworen, diese Masche gegenüber allen zu meiden: Bedauert mich doch, habt Mitgefühl. Er sah wieder auf seinen Teller.
»Sie wollten mir gerade sagen, weshalb Sie Margy vorgeladen haben«, nahm er den Faden erneut auf. Er hörte sie seufzen. Doch als er sie anschaute, hatte sie die Hände gefaltet und sich gefangen.
Sie verbesserte ihn: »Sie wollten gerade ein paar Fragen stellen.«
»Ich dachte, Sie könnten mir etwas über das Wunderkind-Konto sagen.«
»Die Kontonummer steht auf der Vorladung.«
»Sonia, weshalb ist dieses Konto von so großem Interesse?«
Sie schüttelte entschlossen den Kopf.
»So geht's nicht, Sandy.«
»Sie erwarten von mir, daß ich diese Frau vor die Grand Jury bringe, ohne die geringste Ahnung, worauf sie sich einläßt?«
»Ich habe Ihnen bereits erklärt, daß gegen sie nicht ermittelt wird. Das gebe ich Ihnen gern schriftlich. Wenn sie uns die

Wahrheit sagt, hat sie nichts zu befürchten. Sie wissen doch, wie das läuft, Sandy.«

»Aber diese Geheimnistuerei.«

»Von oben verordnet«, sagte sie. »So wird's halt gemacht.« Sie sprach wieder von Sennett. Stern stieß unwillkürlich einen Seufzer aus. Das war ihm von Anfang an wie eine Sache vorgekommen, die zu bedeutend war, um von einer unerfahrenen Assistentin gehandhabt zu werden. Nun sah er ganz klar, daß Stan Sennett hinter den Kulissen agierte, Fäden zog und Hebel betätigte und förmlich erschauerte beim Gedanken an einen Fall, der seinen Namen ins *Wallstreet Journal* bringen und die Räuberbande kurz in Unruhe versetzen würde, als die er die Börsianer in ihrem Granitpalast am Flußufer betrachtete. Sennet war ein drahtiges, humorloses Männchen mit dem schmalen, vogelknochigen Körperbau eines Langstreckenläufers. Verheiratet war er mit der Notarin Nora Sennett, einer asketischen Gestalt mit starrem Kinn. Stern stellte sich die beiden immer in einem absolut staubfreien und spärlich möblierten Heim vor, wie sie sich bewußt ernährten und am Wochenende Langstreckenlauf machten. Angefangen hatte Stan als Stellvertreter des Staatsanwalts von Kindle County unter Ray Horgan, doch dann hatte er Sehnsucht nach Kalifornien bekommen und war in die Justizbehörde von San Diego übergewechselt, wo er ganz angesehen gewesen war. Als Kandidat für den hiesigen Bundesanwaltsposten war er allgemein begrüßt worden – Stan war intelligent, erfahren und vom Bürgermeister und seinen finsteren Ränkeschmieden mehr oder minder unabhängig.

Doch auch hier zeigte sich die traurige Wirklichkeit jedes politischen Reformeifers, daß nämlich Unbestechlichkeit nicht das einzige Attribut eines guten Staatsdieners ist. Sennett war eher ein verschlossener Bürokrat, ein Mensch von harter Disziplin, begrenztem Horizont und mangelnder Courage, der sich allzu häufig in den Büros seiner Staatsanwälte aufzuhalten schien. Er war zu lange Stellvertreter gewesen und konnte offenbar gar nicht richtig glauben, daß er das Amt jetzt selbst bekleidete. Nach Sterns Einschätzung zeigte er eine Mischung von Eigenschaften, die bei einem Mann von seiner Machtposition gefährlich war: großspurig und unsicher, mit einem Hang zum vorschnellen Urteil und durch nichts mehr zu erschüttern, wenn er es erst einmal gefällt hatte. Wenn man bei ihm saß und ein Problem vortrug, um Nachsicht bat oder auch nur argumentierte, verfolgte er einen mit seinen glänzenden Knopfaugen, und sein Gesichtsausdruck blieb dabei abweisend. »Nein«, sagte er, sobald man mit einer zehnminütigen Darlegung fertig war. »Das geht nicht.« Ein paar knappe Worte der Erklärung, wenig Wärme. Dann stand er auf, schüttelte dem Besucher die Hand und geleitete ihn zur Tür.

Jetzt schob er Klonsky vor. Das war nur Tarnung, faktisch war das sein Fall. Stern fragte sich, ob Klonsky ahnte, wie rasch er sie beiseite drängen würde, wenn die Scheinwerfer der Fernsehkameras aufleuchteten. Inzwischen hatte Stern tiefstes Bedauern ergriffen und machte ihn niedergeschlagen. Sennett würde verbissen auf der Spur bleiben, und Dixon mußte sich auf einen langen, blutigen Kampf gefaßt machen, einerlei, was für Ausweichmanöver er auch vollführte. In solchen Gedanken verloren, langte Stern nach der Rechnung.

»Aber nicht doch«, wehrte Klonsky ab. Sie bestand darauf, ihren Anteil selbst zu zahlen. Stern erkannte schließlich an, daß das eine Frage der Schicklichkeit war, und akzeptierte zwei Dollar von ihr. Duke mit seinem hitzegekräuselten Schopf nahm das Geld entgegen und forderte sie mit rauhem Akzent zum Wiederkommen auf.

Draußen schüttelte er ihr die Hand und sagte, daß er mit Margy am nächsten Dienstag vorbeikommen werde. Sie sah ihm mit einem allmählich vertrauten Blick von Zwiespältigkeit und Bedauern ins Gesicht.

»Vielen Dank für die Einladung. Ich hab unser Gespräch genossen.«

»Danke, ganz meinerseits.« Er machte eine kurze, knappe Verbeugung, Mr. Alejandro Stern, der Ausländer mit den vollendeten Manieren. Sie lächelte und ging, ihre dicken Aktenordner an sich gepreßt, schwerfälligen Schrittes in Richtung auf das neue Bundesgebäude einen Häuserblock weiter. Tauben mit glänzendgrauen Köpfen flogen flatternd vor ihr auf, und ein Luftschwall der Untergrundbahn aus einem Gehweggitter ließ ihr Kleid flattern. Als er sie so davonschreiten sah, ging ihm wieder in einer Art Frühlingserwachen auf, wie allein er war. Die üblichen Tagesgeschäfte, das Gericht, seine Kinder – sie schienen nicht genug. Wie Übelkeit oder Hunger überfiel ihn eine tiefe körperliche Reaktion, das Gefühl seiner eigenen Verlorenheit, wie manchmal morgens beim Aufwachen, und zu seiner eigenen Verblüffung blieb er eine Weile stehen und sah zu, wie die Gestalt Sonia Klonskys infolge der Entfernung und seiner eigenen Alterssichtigkeit verschwamm, bis sie unter den dunklen Gestalten auf der Straße nicht mehr auszumachen war.

22

Abends traf er sich mit Helen – immer öfter – die ganze Woche. Die Logik schien unabweisbar. Warum sollte er auch daheim in einem leeren Haus herumhocken, wenn doch Helen als anregende Gesellschafterin zum Abendessen greifbar war? Verschiedene Instinkte aus seiner Jugendzeit sagten ihm, daß er viel zu hastig auf ein unerwünschtes Ziel hinsteuerte. Doch ihre Gesellschaft war so angenehm, und wer blieb schon gern allein? Er war jetzt sechsundfünfzig und »ging« wie ein Jüngling mit einer Freundin.

Und wie ein Jüngling vögelte er sich auch fast um den Verstand. Im Amerika des ausgehenden Jahrhunderts schien das die Art zu sein, wie Mann und Frau umeinander warben. Zum Teufel mit Liebesbriefen und Blumen. Kommen wir lieber gleich zur Sache! Eines Mittags hatte sich Helen mit ihm zum Lunch in seinem Club in den Morgan Towers getroffen. In dieser würdigen Atmosphäre mit befrackten Kellnern und

Bankiers und Geschäftsleuten, die die Honneurs machten, faßte Helen plötzlich seine Hand und sagte: »Fick mich, Sandy.« Sie hatte ein Glas Wein getrunken, und ihre Augen waren sehr grün.
Und hatte er sich etwa gesperrt? Im Leben nicht. Mr. Alejandro Stern nahm um 1.27 Uhr nachmittags auf seinen richtigen Namen ein Zimmer im Hotel Gresham gegenüber. Sie standen vor dem Aufzug, als Stern einfiel, daß er ein wichtiges Utensil nicht dabei hatte. Am Bedarfsartikelstand des Hotels war die Verkäuferin natürlich – wie konnte es auch anders sein – eine ältere Frau in einem strenggeschnittenen Kostüm und mit hartem deutschen Akzent. Schon leicht benebelt von seiner Enthemmtheit und dem Wein zum Mittagessen, nahm Stern allen Mut zusammen und brachte sogar noch ganz deutlich »Präservative« heraus.
»Aber selbstverständlich.« Die Frau nickte gravitätisch, während sie in dem Wust von altertümlichen Schubladen nach den Gummis kramte. Schließlich präsentierte sie eine ganze Lade mit verschiedenen Marken. »Sehr sinnvolle Sache«, fügte sie mit der freundlichen Beflissenheit der guten Hotelangestellten hinzu. Im Fahrstuhl hatten Stern und Helen vor Lachen nicht mehr an sich halten können. Danach wurde das für sie zum geflügelten Wort. Im intimsten Augenblick sagte Helen dann mit tiefer Stimme: »Sehr sinnvolle Sache.«
Liebe mit Helen war immer verbunden mit Fröhlichkeit und häufig recht instruktiv. Sie hatte alle Bücher gelesen und jede Stellung ausprobiert. Manche Verrenkungen, die Stern verblüfften, waren natürlich das Ergebnis von dreißig Jahren mit nur einem Liebhaber, in denen die erogenen Zonen lange festgestanden hatten. Es verwirrte ihn beim erstenmal ein bißchen, als sich Helen seiner Umarmung entzog, ihn sanft auf den Rücken drehte und sich dann unten an ihm zu schaffen machte. Sein erster Gedanke war, daß da jetzt eine Besichtigung stattfand, und das erregte ihn viel stärker, als er gedacht hatte, doch bald war sie ganz anders beschäftigt, und was sie da mit Mund und Fingerspitzen machte und sein tolles Lustgefühl

dabei ließen ihn sogleich daran denken, wie man einer Flöte Musik entlockt.
»War das schön für dich?« fragte sie hinterher.
Er ließ sich Zeit mit der Antwort: »Wie Taubengeflatter«, meinte er schließlich.
Auch wenn er sich sagte, er habe zuwenig Erfahrung, verwirrte ihn Helens entschiedenes Interesse am Geschlechtsakt doch ein wenig. Das war kein Pauschalvorwurf gegen Clara. Was ihr auch immer gefehlt haben mochte – und wer konnte den Beweis anzweifeln? –, er war immer auf seine Kosten gekommen. Für Helen aber war die eigentliche Begegnung, der Akt, von allerhöchster Bedeutung und schien eine gelöste, verträumte Versunkenheit zu bewirken, die Stern bisweilen in Museen erlebte. Für ihn als Beobachter waren sie als Paar ein reines Phänomen: ihr Leib, der seine, mit ihren schwellenden Rötungen, ihren pulsierenden Venen, das rosaglänzende Glied, wie es vorstieß und verschwand. Von Helen dazu ermuntert, sah er genau hin. Sie half mit eigener Hand nach, um eines zusätzlichen Reizes willen.
Wie bei einem Weihnachtskalender gab es immer wieder etwas Neues. Eines Tages knetete sie seine Brustwarzen, während er sich über ihr und in ihr abarbeitete. Ein andermal zog sie die Beine an und legte sacht seine Hände so, daß seine Daumen zart das empfindliche Knöpfchen streicheln konnten, das er gerade noch erreichte, während er in sie stieß. Sie präsentierte sich von hinten und von der Seite. Sie setzte sich mit dem Gesicht zu ihm rittlings auf einen Eßzimmerstuhl. Nackt und erregt, zerrte er nach ihren Anweisungen Möbel als Vorspiel für die letzte Neuerung herbei. Später meinte er zu ihr, von dieser sexuellen Verausgabung in Verbindung mit Schwerstarbeit drohe ihm ein Herzinfarkt.
»Du bist in guter Verfassung«, erwiderte Helen, langte hin und tätschelte ihn bewundernd.
Stern merkte, daß Helen auf ihre Rolle als Tabubrecherin und Anleiterin ungeheuer stolz war. Aber bisweilen überkam es ihn, wie unmöglich diese Kapriolen doch waren. Im Hotelzim-

mer an dem Nachmittag nach dem kuriosen Segen der deutschen Dame am Bedarfsartikelstand stellte sich Helen auf zwei Kommoden, und Stern sah, wie sich ihre beiden Gestalten in der grünlichen Mattscheibe des Fernsehers spiegelten: ein kleiner Mann, bei dem die Spitze des erigierten Penis' gerade unter seinem weißen, mehlsackähnlichen Hängebauch hervorragte, die Hände vergraben in Helens flachgedrückte Pobacken, etwas gebückt und Gesicht und Zunge in den feuchten und intensiv riechenden Zugang zu jener mystischen Grotte gepreßt. Es mutete ihn an wie eine Akrobatennummer oder der gestellte Einfall eines billigen Pornographen. Das Bild verfolgte ihn stundenlang, grell, faszinierend, aber irgendwie beunruhigend. War dies sein wesentlicheres Ich oder bloß hirnlose Nachahmung dessen, wonach auch andere gierten? Wie sollten sie eigentlich sein? Er reagierte gespalten auf diese Hervorhebung des Körperlichen, das er nicht gerade für seine Stärke hielt. Doch welche Zweifel ihm danach auch kamen, er genoß es, wenn sie es miteinander trieben. Er bewunderte Helens Mangel an Zurückhaltung und ihre Beweglichkeit. An sie dachte er stets voll Dankbarkeit und Verlangen, obwohl er es sich verkniff, näher zu ergründen, was er wirklich für sie empfand.

Seine Freunde und Bekannten nahmen Helen herzlich auf. Auf diese Weise wurden sie nicht mehr so oft an Clara und ihre Tat erinnert, über die niemand gern nachdachte. Die Hartnells luden Stern und Helen zu einem piekfeinen Sommerfest ein, das Silvia im Greenwood Club ausgerichtet hatte. Zunächst erfreut über die Einladung, fühlte sich Helen dann unbehaglich angesichts des Getues der Gäste, als sie abends dort waren. Wenn gerade niemand hersah, rollte sie die Augen und schnitt Grimassen und ärgerte mit diesem Betragen Stern, der Zeit seines Lebens auf steife Höflichkeit gehalten hatte. »Diesen ganzen Sabber magst du doch gar nicht«, sagte sie einmal halblaut zu ihm. Helens Freimut war wunderbar und liebenswert, aber er merkte auch, wie unsicher ihn das machte. Sie konnte ihn an einem Abend ein dutzendmal verunsichern, wenn sie ihre offenherzigen Bemerkungen von sich gab, besonders über ihn. Hatte er genügend Mumm, Helen und ihren Eigenarten ins Auge zu sehen? Sie wollte alles über ihn wissen und es dann verbessern. Einmal, als er sich an der Bar umdrehte und quer durch das riesige Zelt blickte, das für diesen Anlaß aufgeschlagen worden war, beobachtete er sie in lebhaftem Gespräch mit Silvia und wurde plötzlich unruhig. Die beiden paßten nicht zusammen, dachte Stern plötzlich. Seine Schwester war als Frau von vielen zarten Schutzschichten umhüllt, wie das Innere einer Rose von den Blütenblättern. Sein erster Gedanke war, Silvia sei irgendwie bedroht. Er holte sie zum Tanz.

»Na?« fragte Stern. Seine Schwester hatte Helen im Lauf der Jahre nur flüchtig kennengelernt und sie vorwiegend bei familiären geselligen Anlässen getroffen.

»Eine reizende Person«, antwortete Silvia irgendwie förmlich. Eine ähnliche Reaktion hätte er von Clara erwartet, die sicher gefunden hätte, daß eine Contessa oder Professorin besser zu Stern gepaßt hätte. In diesem Augenblick kam Helen in Dixons Armen vorbeigewirbelt und sah dabei glücklicher aus als den ganzen Abend bisher. Wie die meisten Frauen genoß Helen Dixons Gesellschaft.

»Ist er es, der solche Schwierigkeiten hat?« fragte sie Stern, als sie auf dem Highway tief zwischen den dunklen Hügeln nach Hause fuhren.

»Er ist's«, antwortete Stern knapp. Mit ihrem unfehlbaren Instinkt für alles, was ihm wichtig war, hörte Helen genau darauf, was er ihr aus seiner Praxis erzählte, doch er konnte sich nicht mehr erinnern, aus welchen seiner Äußerungen sie sich das zusammengereimt hatte.

»Na, anmerken läßt er sich nichts«, meinte Helen. »Er ist sehr unterhaltsam.«

»Wenn er will«, knurrte Stern.

Im Dunkeln legte sie den Kopf auf seine Schulter. Clara, noch zu strikter weiblicher Zurückhaltung erzogen, wäre nie zu so einer Geste fähig gewesen, und er fuhr die eine Stunde dauernde Strecke zurück in die Stadt, während Helen neben ihm döste, warm und gemütlich an ihn gelehnt.

Zwei Tage später verbrachten sie einen ganz anderen Abend. Helens Tochter Maxine kam mit Rob Golbus in die Stadt, den sie erst vor ein paar Monaten geheiratet hatte. Maxine war Kates Jugendfreundin gewesen, und Helen hatte einen gemeinsamen Abend mit allen drei Paaren vorgeschlagen – Kate und John, Maxine und Rob, Stern und sie selbst. Mit ihrem typischen Ideenreichtum hatte Helen eine Veranstaltung herausgefunden, die allen Spaß machen würde, und Karten für ein Baseballspiel der Trappers gekauft. Stern genoß es immer, einen Abend in dem schönen alten Stadion mit seiner backsteingemauerten Spielfeldeinfassung und seinen freitragenden Tribünen zu verbringen, auf deren Dach hochgeschlagene Bälle bisweilen unerreichbar liegenblieben. Aber bald gab es irritierende Zwischentöne. Zu vieles wurde offenbar bereits unterstellt. Maxine sprach wiederholt davon, wie Helen und er sie in St. Louis besuchen würden, so daß er sich zugleich überfahren und in die Enge getrieben fühlte, während Kate den ganzen Abend sprunghaft und überkandidelt schien. Als Helen ganz beiläufig – zu beiläufig – erwähnte, was Stern diese Woche morgens zu ihr beim Frühstück bemerkt habe, brach Kate wie ein Teenager in nervöses Gekicher aus. Stern, dem manche Aspekte seiner Beziehung mit Helen noch immer unwahrscheinlich anmuteten, machte das alles irgendwie zu schaffen. Da erbot sich John, unten Erfrischungen zu holen, und Stern stand eifrig auf, um ihm tragen zu helfen.

Als sie ihre Bestellung am Stand unter der Tribüne aufgegeben hatten, trat er schweigend neben John. Sein Schwiegersohn, wortkarg wie immer, setzte die Brille auf, um die Fernsehübertragung des Spiels auf einem Bildschirm zu verfolgen.

»Wie läuft's denn?« fragte Stern schließlich auf der verzweifelten Suche nach einem Gesprächsthema. Er dachte daran, vielleicht zu fragen, wie Kate die Sache durchstand; es war ihm durch den Kopf gegangen, daß sie vielleicht wegen der Belastung durch Johns Schwierigkeiten so abgehärmt aussah.

»Wie läuft was?« John sah ihn fragend an.
»Die Geschichte mit der Grand Jury.« Stern hatte die Stimme etwas gesenkt.
»Ach das.« John schob seine Brille auf der Nase wieder höher und wandte sich erneut dem Bildschirm zu. »Ganz gut.«
»Staatsanwältin Klonsky hat mir gesagt, du hast dir einen Anwalt genommen.«
»Schon.« John hob eine Schulter. Für ihn war jetzt Sport angesagt; alles andere waren schlechte Nachrichten, Werktagskram.
»Du bist in den besten Händen. Raymond ist sehr erfahren.« John nahm die Brille ab.
»Ach, bei dem bin ich gar nicht gelandet. Meiner heißt Mel.«
»Mel?« fragte Stern. »Mel Tooley?« Es war Teil seines Standesethos, einen anderen Anwalt vor seinem Mandanten nie schlechtzumachen, doch Stern konnte die Verächtlichkeit aus seinem Ton nicht heraushalten. Mel hatte nicht auf der Liste gestanden, die er John gegeben hatte. Wenn Tooley überhaupt auf einer Liste Sterns auftauchen würde, dann auf der des Abschaums dieser Erde. Tooley, früher Leiter der Sonderfahndung im Büro des Bundesanwalts, bis er vor etwa einem Jahr eine eigene Anwaltspraxis aufgemacht hatte, gehörte zu den Juristen, die von der Branche offenbar deswegen angezogen worden waren, weil man da ganz legal gewisse Gemeinheiten begehen konnte. Sterns Gerichtssaalschlachten mit Tooley waren berühmt, waren Legende. Kein Wunder, daß Klonsky gesagt hatte, sie sei überrascht, an wen er John verwiesen habe. Wie war John bloß so jemandem in die Klauen geraten?
Sein Schwiegersohn hatte die Schachtel mit den eingewickelten Würstchen und das Bier an sich genommen und erklomm schon wieder die Betonstufen zu den Rängen. Stern eilte ihm nach, von väterlicher Sorge getrieben und von den Regeln für Anwälte gehemmt, und machte sich Vorwürfe. Es ging ihn schlicht nichts an, wie John seinen Anwalt ausgesucht hatte, selbst wenn es Mel Tooley war.
Auf halber Treppe stieß er auf Kate, im wahrsten Sinne des

Wortes, denn er rempelte sie an, als sie herunterstieg. Beide schrien kurz auf. Stern mußte lachen, doch sie erschrak offenbar, als sie ihn sah, und fuhr zurück, so daß er sie fragte, ob bei ihr alles in Ordnung sei. Hier im Treppenhaus, wo es heller war als auf den Rängen, fiel ihm erneut auf, wie schlecht sie aussah. Sie war hübsch ausstaffiert in einer Art Matrosen-Umstandskleid mit rosaroter Schleife, doch sie wirkte abgezehrt, und am meisten beunruhigte ihn, daß sie ihre kindliche Frische verloren zu haben schien. Dahinter steckte mehr als die Schwangerschaft, vermutete Stern. Johns Situation forderte ihren Tribut. Sogleich schoß ihm durch den Kopf, daß das jetzt Kates wahres Erwachsenengesicht war. Was er schon lange erwartet hatte, begann sich nun auszuprägen. Er berührte ihre Hand.

»Katy, bist du in Ordnung?« fragte er wieder.

»Es geht mir blendend«, antwortete sie, sie sei gerade unterwegs zur Damentoilette. Sie faßte sich an den Magen und meinte, das sei heute schon das drittemal.

»Aber ist sonst alles in Ordnung?«

»Du meinst John?« Als er nickte, schnitt sie eine Grimasse und faßte sich dann wieder an den Magen. Nach kurzem Zögern erklärte sie: »Ich darf nichts sagen.«

Kate war instruiert, sie war also voll im Bilde. Sie kannte die Fakten, das Verfahren. Aller Wahrscheinlichkeit nach wußte sie eine ganze Menge mehr als er selbst.

»Das ist in Ordnung. Ich wollte dir bloß Mut machen.«

»Daddy –«

»Ich habe solche Situationen schon häufiger erlebt, Kate. Vertrau mir. Es wird schon gutgehen.«

»Ich hoffe, Daddy.«

»Du mußt Geduld haben. Es wird sich wohl länger hinziehen, als es einem von uns recht ist. Aber du brauchst dir keine Sorgen zu machen.«

»Daddy, ich bitte dich. Du redest schon wie Mommy. Sie wollte auch immer, daß ich mir keine Sorgen mache. ›Mach dir keine Sorgen, Katy, mach dir keine Sorgen‹«. Sie hatte nachahmend die Hände erhoben. »Manchmal frage ich mich: Hat sie gedacht, ich breche zusammen oder was, wenn ich mir Sorgen mache?«

Er dachte über diese Klage nach, die so gar nicht ihre Art war, und wußte nicht recht, wie er reagieren sollte.

»Daddy, so einfach ist es nicht. Glaub mir.« Dann tat sie einen kurzen verzweifelten Seufzer und stieg eine Stufe tiefer. »Aber jetzt muß ich wirklich auf die Toilette«, verkündete sie und entfloh. Stern blickte ihr nach. Was hatte sie da zuletzt gesagt? Doch er meinte, die Bedeutung aus ihrem Tonfall heraushören zu können. Sie sorgte sich nicht bloß um ihren Mann, er bereitete ihr schlaflose Nächte. Kate hatte ähnlich wie ihr Vater mehr von John und über John erfahren, als sie hatte wissen wollen. John stampfte weiter seinen Weg und hatte einen ruhigen Schlaf, doch seiner Frau waren jetzt die Augen geöffnet. Stern stöhnte kurz auf und murmelte einen jiddischen Spruch seiner Mutter. Als er wieder nach draußen ging, heulte die Menge gerade über einen hervorragenden Catch des Rechtsaußen Tenack auf. Im Hinaufsteigen hatte Stern den Ball wie eine Sternschnuppe fallen sehen.

Wie vorher vereinbart, verabschiedeten sich Rob und Maxine, um bei Kate und John zu übernachten – Gelegenheit für einen intimeren Besuch. Helen, vom alten Weh der Mutter in einem leeren Haus erfaßt, bat Stern, bei ihr zu übernachten. »Bloß schlafen«, sagte Helen, die im Auto kaum die Augen hatte offenhalten können. Das große, etwas abgelegene Haus, das Miles und sie nur ein oder zwei Jahre vor dem Scheitern ihrer Ehe gebaut hatten, schien ihr bisweilen unheimlich, besonders, wenn eins der Kinder zu Besuch gewesen war. Im Schlafzimmer streifte Helen ihre Kleidung ab, ließ sie zusammengeknüllt auf dem Boden liegen und warf sich nackt aufs Bett. Er wußte, die Intimität, sich so entblößen zu können, ohne denken oder fürchten zu müssen, er musterte sie unter dem starken Deckenlicht kritisch, tat ihr gut. Sieh hin, wenn's dir gefällt. Helen tat gewiß ihr Bestes, und doch war sie vom Leben gezeichnet – hier und da fleckig und schlaff, Krampfadern an den Beinen bis hinauf zum Hintern. Aber kritisch waren seine

Beobachtungen nicht. Er selbst war auch kein Adonis, und er hatte immerhin keine zwei Schwangerschaften hinter sich. In letzter Zeit hatte es ihn merkwürdig beunruhigt, an sich einzelne weiße Schamhaare zu finden. Doch er und Helen kamen allmählich ins gleiche Stadium. Sie pfiffen zwar nicht auf dem letzten Loch, waren jedoch angeschlagen, ein bißchen schlapper und im Begriff, den Kampf gegen die ewigen Faktoren der Physik wie Schwerkraft und Zeit zu verlieren. Das immerhin entzog sich sogar Helens Willenskraft.

Stern, der schon Routine darin entwickelt hatte, deckte Helen im Bett zu, scheuchte die Katze hinaus und verschloß die Haustür. Aus unerfindlichen Gründen war ihm dennoch nicht wohl in seiner Haut. Hin und wieder verstörte ihn der Gedanke, was es für Dixon bedeuten könnte, daß John in den Händen eines feindlich gesinnten Anwalts war; doch Dixon betreffende Sorgen hatte er jahrzehntelang nachts beiseite schieben können. Im Einschlafen dachte er kurz an Kate, die durch das Leid der Erwachsenenwelt so verändert wirkte, dann an Nate Cawley, den er noch in die Enge treiben mußte. Morgen würde er ihn stellen. Gleich. Doch jedesmal, wenn Stern glaubte, vom Schlaf übermannt zu werden, gingen ihm neue Bilder durch den Kopf. Schließlich wurde es eine Nacht ruheloser Träume. In einem, an den er sich noch erinnerte, sah Stern aus Bodennähe einen Vogel leblos im Schnee unter den Zweigen eines immergrünen Nadelbaums liegen. Dieser Vogel, ein altes Tier mit schwarzweißem Gefieder, wurde sanft von einer weiblichen Hand aufgenommen. Sie streichelte dem alten Vogel die Brust und erklärte, sein steif vom Körper weggestreckter Flügel sei gebrochen, werde aber wieder heilen. In ihrer Stimme klangen Freude und Glückwunsch mit. Als er in Helens Schlafzimmer vom hellen Morgenlicht erwachte, das die Ränder der schweren Vorhänge umspielte, erinnerte er sich, was diese Frau betraf, nur noch an ihre ermutigende Prophezeiung. Helen lag mit flachem Atem noch im Schlaf. Er langte hinüber, um sie an der Schulter zu berühren. Aber er war sicher, daß die Stimme in seinem Traum nicht ihre gewesen war.

23

Kate hatte Stern einen Anrufbeantworter gekauft. Bei all seiner Vorliebe für technische Spielereien hatte er sich geschworen, sich so etwas nie anzuschaffen. Er war ohnehin schon ein Sklave des Telefons. Eigentlich aber berührte es ihn stets peinlich, seine eigene Stimme auf Tonband zu hören; sein Akzent klang dabei viel stärker durch, als er gedacht hatte. Doch die Großzügigkeit seiner Tochter konnte er nicht zurückweisen. Auf dem Gerät hinterließ Kate an den meisten Tagen ein paar fröhliche Mitteilungen (neuerdings, wie sich Johns Lage zuspitzte, und Stern glaubte manchmal einen bleiernen Unterton in Kates Grüßen herauszuhören); auch Helen sprach häufig einen lieben Gruß darauf, so daß sich Stern unwillkürlich darauf freute, nach Hause zu kommen und den Wiedergabeknopf zu drücken. An diesem Abend jedoch vernahm er zuerst Peters Stimme. »Es ist jetzt Zeit für deinen Bluttest.« Typisch direkt – und indiskret. Auch in dem leeren Haus langte Stern seitlich ans Gerät, um die Lautstärke zu dämpfen.

Doch die Mitteilung war auch eine willkommene Mahnung. Er lauerte am Fenster auf Nate Cawley. Schon mehrere Abende hatte er arbeitend am Eßzimmertisch verbracht in der Hoffnung, Nate beim Nachhausekommen abzupassen; Stern hatte den Versuch aufgegeben, ihn telefonisch zu erreichen. Während er wartete, öffnete er seine Post. Eine kurze Nachricht von Marta, die ihn daran erinnerte, daß sie in ein paar Wochen über das Wochenende vom 4. Juli nach Hause kommen und weiter Claras Sachen sichten werde.

Brieflich äußerte sich Marta kurz und bündig, doch hatte sie sich angewöhnt, spätabends kurz vor dem Einschlafen anzurufen, wobei sie Stern manchmal sogar zu langen, meditativen Gesprächen weckte. Marta redete immer noch mit ihm über Claras Tod – sie hatte erkannt, was für ein tiefer Einschnitt das war. Und in ihren Vermutungen, an denen sie ihn bereitwillig teilhaben ließ, fand Stern wie immer mit seiner älteren Tochter viele Gemeinsamkeiten. Er saß im Bett und hörte ihr zu, murmelte Antworten, im Halbschlaf, aber doch aufmerksam.

Marta war immer leicht bedrückt gewesen; Stern konnte sich nicht daran erinnern, daß sie jemals herumgetollt wäre. Schon im Alter von sieben oder acht Jahren schien sie die Weltordnung zu verwirren. Warum heiratet eine Frau nur einen Mann? Warum essen wir Tiere, wenn Tierquälerei böse ist? Kann Gott in die Dinge hineinsehen, oder sieht er sie bloß von außen? Stern schätzte Martas düstere, kontemplative Seite viel mehr als Clara und war unvermeidlich gerührt von ihren inneren Konflikten. Sie war das Kind, zu dem er die engste Beziehung hatte. Als Zweitgeborener seiner eigenen Familie hatte er Verständnis für ihre gelegentlichen erbitterten Gefechte mit Peter und ihr ungezügeltes – wenn auch nur zeitweiliges – Ressentiment gegen ihn.

Er hatte sich so gefreut, als sie mit Jura anfing, nicht bloß, weil es ihm schmeichelte, daß sie in seine Fußstapfen trat, sondern eher weil ihm das Recht mit seiner Substanz, seinen geheiligten Traditionen und seiner schonungslosen Betrachtung sozialer Verhältnisse geeignet schien, wenigstens ein paar Antworten auf die Fragen zu geben, mit denen sich Marta schon so lange herumschlug. Doch weder das Jurastudium noch die Praxis schienen ihr Grübeln oder ihre Ungewißheit abgebaut zu haben. Sie machte ihr Staatsexamen in vier Bundesstaaten, bevor sie sich entschloß, sich in New York niederzulassen; sie hatte vier verschiedene Arbeitsstellen ausprobiert, bevor sie sich auf die jetzige eingelassen hatte, die von allen die schlechteste Bezahlung, die größte Anstrengung und die geringsten Aufstiegschancen bot. Sie war freiberuflicher Single in New York, befangen im bekannten New Yorker Konsumrausch, kannte die neuesten Lokale, Ladengeschäfte und Veranstaltungen, doch spätabends hörte man aus ihrer Stimme ganz offen die Leere heraus. Sie hatte kein Glück mit ihren Beziehungen zu Männern, war beruflich in eine Sackgasse geraten, stand dem Leben hilflos gegenüber und war mehr oder minder allein.

Stern sah auf ihre Nachricht hinunter, und seine Tochter stand ihm deutlich vor Augen. Martas Suche – seelenvoll, sorgenschwer, sehnsüchtig – war noch lange nicht zu Ende.
Draußen vor dem Fenster, in den immer längeren Abendschatten vor einem herrlich gefärbten Himmel, fuhr schließlich der BMW die Auffahrt der Cawleys hinauf. Stern war aus der Tür hinaus und schon halb beim Auto, als er merkte, daß Fiona am Steuer saß. Er verhielt mitten im Schritt.
»Sandy.« Sie lächelte ihn an und stieg aus, eine bunte Tragetüte aus irgendeinem Laden in der Hand.
Stern blieb auf dem Rasen stehen. Er trug seine Anzughose und ein handgeschneidertes Hemd mit einem Monogramm auf der Brusttasche; die Krawatte hatte er schon abgelegt. Sein Blick fiel auf Martas Notiz, die er immer noch in der Hand hatte. Stern erklärte Fiona, er habe sie mit Nate verwechselt.
»Ich hab heute sein Auto genommen. Meins säuft jedesmal ab, wenn ich aufs Gaspedal trete.«
»Ach so«, sagte Stern und wippte auf den Zehen. Zwischen Fiona und ihm herrschte stets eine gewisse Befangenheit.
»Da ist übrigens was, was ich dir zeigen wollte«, sagte sie. »Komm doch auf eine Minute herein.« Und damit ging sie voran zur Haustür, die Schlüssel schon in der Hand, und ließ ihm gar nicht erst Zeit, sich zu sträuben. Stern schritt widerwillig auf dem Kiesweg hinter ihr her. Welche neue Gemeinheit Nates wollte sie ihm vorführen? Fiona stellte ihre Tüte auf einem kleinen Tisch in der Diele ab und knipste ein paar Lampen an. Stern wandte ein, er habe jetzt gleich einen Termin, eine Bemerkung, die Fiona geflissentlich überhörte.
»Es ist wirklich das Allermerkwürdigste«, sagte sie, »komm mit nach oben. Ich möchte es dir zeigen.« Fiona hielt an, um den Collie aus der Küche zu lassen. Den angebotenen Drink lehnte Stern ab, doch Fiona goß sich einen Bourbon ein, tat Eis dazu und stürzte sofort die Hälfte davon wie Wasser hinunter.
»Wegen der Hitze«, erklärte sie. Inzwischen sprang der Hund beide übermütig an und schlich nach einer Zurechtweisung dann friedlich hinter ihnen die Treppe hinauf.

Oben öffnete Fiona die Tür zum Schlafzimmer und ging durch einen Durchgang ins Bad. Stern blieb zögernd zurück. Es war eine gewisse erregende Intimität darin, mit einer Frau in ihrem Schlafzimmer allein zu sein. Das lag weniger am Bett als an der intimen Atmosphäre. Eindeutig Fionas Zimmer, nach ihrem Geschmack in Crêpe de Chine und verschiedenen Rosatönen eingerichtet. Auch hingen hier die intensiven Gerüche von Gesichtspuder und Parfüm in der Luft, süßliche amerikanische Duftnoten. Ein langes dunkelbraunes Negligé lag wie eine stumme Aufforderung neben dem Bett auf einem Polstersessel und erinnerte an eine hingestreckte Gestalt.
»Hier«, sagte Fiona, »das ist es. Komm her.« Sie war im Bad, die Tür war halb zu. Als Stern sie aufdrückte, betrachtete Fiona gerade ein Papiertütchen. Sie hatte ihren Drink am Waschbekken abgestellt. »Das da hab ich letzte Woche gefunden. Ich verstehe nicht, warum Nate etwas mit Claras Namen darauf in seinem Medizinschränkchen aufbewahrt.«
In seiner Verblüffung riß er es ihr regelrecht aus der Hand – das bedruckte Tütchen einer Apothekenfiliale der Stadt. Zwei computergedruckte Rezepte, kleine Etiketten, auf denen praktischerweise alle Daten für Krankenhaus oder Versicherung standen, klebten übereinander auf der Lasche des Tütchens. Auf dem oberen waren Claras Name, Adresse und sogar Telefonnummer ausgedruckt. Stern spürte durch das Papier ein Glasfläschchen. Sinnlos, danach zu fragen, warum Fiona im Medizinschränkchen ihres Ehemanns stöberte. Zweifellos hatte sie vieles so durchsucht: seine Anzugtaschen, sein Taschenkalender, seinen Papierkorb. Fiona hatte wohl keine Probleme mit den fiesen Taktiken, die für den Schlagabtausch vor dem Scheidungsrichter nötig waren.
»Indomethacin«, las Stern laut vom Etikett. »Ich glaub, das war für Claras Arthritis. Nate hat mir gesagt, daß er ihr was dafür gebracht hat.«
Fiona warf ihm einen schrägen Blick zu.
»Wenn er die rübergebracht hat, warum sind sie dann noch in der Tüte?« Stern brummte zustimmend. Da hatte sie recht.

Doch die Antwort lag auf der Hand. Nate hatte zwei Rezepte besorgen lassen, daher die zwei Aufkleber. Als Stern zum unteren blätterte, sprang ihm das Wort »Acyclovir« ins Auge, und sein Herz setzte einen Schlag aus. Rasch zog er das durchsichtige braune Fläschchen aus der Tüte. Wozu in aller Welt brauchte Nate Cawley dieses Zeug?

»Was ist das?« wollte Fiona wissen.

Stern starrte gebannt auf das Etikett. Hinter »Patient« stand »Dr. Nathan Cawley«, und auch Nates Praxisadresse und Telefonnummer waren ausgedruckt. »85 Kapseln Acyclovir 200 mg. Fünf Tage lang zwei (2) Kapseln fünfmal täglich, danach, wenn erforderlich, eine (1) Kapsel fünfmal täglich.« Dr. Nate Cawleys Verordnung für sich selbst.

Sein Gesicht fuhr zu Fiona herum.

»Nimmt Nate diese Tabletten?«

Sie zuckte mit den Schultern. »Ich denke schon. Es ist sein Arzneischränkchen. Was sind das für welche?«

»Acyclovir«, antwortete Stern und sprach den Namen dabei genauso aus wie Peter, als dieser ihm erläutert hatte, daß das Mittel häufig die akute Phase der Infektion unterdrücke. Der Herpes-Infektion.

Sie griff nach dem Fläschchen, und Stern zog es gedankenlos weg. Das Rezept war zwei Tage vor Claras Tod ausgestellt. Er schüttelte das Fläschchen. Fast leer. Er riß den Verschluß ab und schüttete den Inhalt auf ein Papiertaschentuch. Sechs Kapseln waren noch da. Neunundsiebzig also geschluckt. Stern registrierte die Zahlen: Nate hatte diese Tabletten noch mehr als eineinhalb Wochen nach Claras Tod genommen. Er starrte immer noch gebannt auf die gelben Kapseln. Der Markenname war winzig klein auf jede aufgedruckt.

Fiona sprach ihn erneut an. »Sandy, wofür ist das?«

Aber ja, dachte Stern. Er hatte das schon geahnt, oder nicht? Es fiel ihm wie Schuppen von den Augen. Daß Nate log, sich drückte und ihm auswich – die klassischen Anzeichen. Eindeutig gab es da etwas, was Nate weder aufgedeckt noch erörtert haben wollte. Und hier lag es vor ihm. Ausgerechnet hier.

Nicht bloß Claras Krankheit, sondern ebenfalls, daß Nate, der auch noch nach ihrer Beerdigung seelenruhig weiter diese Kapseln geschluckt hatte, sie damit angesteckt hatte. Es hatte eines regelrechten Willensakts bedurft, einer arroganten, vorsätzlichen Verbohrtheit, Nates Rolle zu verkennen. Schließlich hatte es für ihn eindeutig Gelegenheiten zum Anbändeln gegeben. »Bitte machen Sie den Oberkörper frei und ziehen Sie den Umhang an. Der Doktor kommt gleich zu Ihnen.« Wer so unter dem Pantoffel stand wie Nate, mußte Claras ruhige und undurchschaubare Art unwiderstehlich finden. Ja, und dennoch kam es ihm immer noch so vor – wenn er überhaupt etwas vom Charakter seiner Frau wußte –, daß dergleichen bei Clara Zeit, Gelegenheit, Vertrauen und geduldiges Zureden erfordert hätte. Es mußte unbedingt jemand sein, den sie gut kannte. Aber ja. Nate hatte Clara vormittags besucht, Fiona hatte das neulich erwähnt.

»Sandy«, sagte Fiona, »um Gottes willen, wofür sind diese Pillen?«

Er hatte das Fläschchen immer noch in der Hand und starrte wieder auf das Etikett. Die Frau hatte schließlich ein Recht darauf, es zu wissen.

»Herpes«, erwiderte er.

»Herpes«, wiederholte Fiona gedehnt. Das Kinn fiel ihr herunter, und sie wich einen Schritt zurück. »Na so was, der Drecksack.« Und mit einem plötzlichen Aufschnupfen weinte Fiona los, so überraschend wie letztesmal.

»Setzen wir uns kurz hin.« Stern sammelte die Kapseln auf und stellte das Fläschchen in seiner Tüte wieder in ein Fach von Nates Medizinschränkchen. Dann schob er Fiona um die Ecke ins Schlafzimmer und setzte sich mit ihr auf die Kante des makellos gemachten Cawleyschen Ehebetts. Die Tagesdecke war aus einem schweren lila Material mit dickem Kantensaum. Fiona versuchte sich wieder zu fangen. Sie drückte beide Handrücken gegen ihren tiefdunklen Lidschatten. Stern streckte schließlich tröstend einen Arm nach ihr aus, und sie schmiegte kurz ihren schlanken Körper an ihn. Dabei stiegen

ihm wieder die Wohlgerüche ihrer verschiedenen Parfüms in die Nase. Als sich seine Hand um ihre schmale Schulter schloß, spürte er es zum erstenmal. Er hatte keine Ahnung, wie er auf diesen Einfall kam. Vielleicht irgendein gemeiner Instinkt, meinte er, obwohl es schien, als habe dieser Gedanke schon einige Zeit unausgegoren in ihm gelauert.
Fiona stand auf und holte sich ein Papiertaschentuch, setzte sich dann aber wieder neben ihn aufs Bett. »Herpes«, murmelte sie vor sich hin. Aus dem Augenwinkel bemerkte Stern die Andeutung eines Lächelns, wobei Fiona offensichtlich durch den Kopf schoß: Geschieht ihm recht. Geschieht dem Drecksack ganz recht. Dann blickte sie Stern voll ins Gesicht.
»Kriege ich das jetzt auch?«
»Je nachdem, fürchte ich.«
»Je nach was?«
»Eurem Kontakt.«
»Kontakt?« Fiona verstand nicht gleich und starrte ihn reichlich irritiert an.
Stern suchte nach den richtigen Worten. Ach du lieber Gott, war das schwierig. Scheidungsanwälte hatten mit so was ständig zu tun. Wahrscheinlich wurden sie deutlich und direkt. »Wann haben Sie ihn das letztemal drübergelassen?«
»Ich möchte nicht indiskret werden –«
»Meinst du unser Sexualleben, Sandy?«
»Genau.«
»Da war nicht viel.«
»Verstehe.«
»Es ist nicht so, daß ich es nicht mag, Sandy, ich mag's ja«, fügte sie rasch hinzu, aus ihrer ständigen Angst heraus, vor anderen in einem schlechten Licht zu erscheinen. »Aber du weißt ja, wie man so reagiert. Ich hab ihn nicht mehr in meine Nähe gelassen, seit ich das da unten gesehen hatte.« Sie deutete zum Fußboden in Richtung Wohnzimmer und Videogerät. »Nicht, daß es ihm was ausgemacht hätte.«
»Und wann ist das gewesen, Fiona?«
»März?« Sie zuckte mit einer Schulter. »Ich schreib mir so was nicht auf, Sandy.«

»Nein, natürlich nicht.«
»Offen gestanden denke ich, daß er da schon aufgegeben hatte. So ist er halt.« Sie lächelte wieder, diesmal grimmig.
Stern konnte sich vorstellen, daß Nate bereits eher aufgegeben hatte. Er war schon übel dran. Nicht, daß das eine Entschuldigung gewesen wäre. Dennoch überwältigte Stern hier in Fionas adrettem Schlafzimmer kurz der Gedanke, was für ein Mysterium Ehen doch waren. So mysteriös wie eine Kultur oder wie Prähistorisches – tausenderlei ungeschriebene Selbstverständlichkeiten. Nate und Fiona. Was für ein ungleiches Paar. Er sanft und lässig, und sie so streng. Hübsch war sie allerdings immer gewesen. Ihre Schönheit mußte Nate viel bedeutet haben, sein ganzer Stolz gewesen sein. Sein Schatz saß zu Hause, während er in der ganzen Nachbarschaft auf Jagd ging, sich ansteckte und allerlei Ehefrauen vögelte – Sterns eigene eingeschlossen. Bei der Erkenntnis überfiel ihn leichter Taumel. Obwohl er sich jedes bewußte Wütendwerden stets versagte, packte ihn plötzlich Rachsucht so mächtig wie einen Boxkämpfer. Der Einfall von vorhin raste erneut wie eine Fieberwelle über ihn hin. War er zu so was wirklich fähig? O ja. Er fühlte sich erregt, aufgestört und böse.
»Also, was ist?« wollte Fiona wissen. »Kriege ich das jetzt auch?«
»Scheint mir wenig wahrscheinlich, Fiona, nach allem, was du gesagt hast.«
»Hm«, knurrte Fiona und dachte nach. »Ich sollte wohl dankbar sein, daß er mich in Ruhe gelassen hat.«
Stern, immer noch neben ihr sitzend, wagte sich vor: »Ich möchte sagen, das war sehr dumm von ihm, Fiona.«
Sie hielt den Kopf zweifelnd schräg, als sei er plötzlich übergeschnappt. Stern lächelte tapfer.
»Sehr dumm«, wiederholte er und hob allmählich die Hand. Er griff nach dem obersten Knopf von Fionas Strickkleid und beugte sich vor, um ihren gebräunten Ausschnitt zu küssen.
Sie fuhr zurück. Doch sie lächelte. »Aber Sandy«, sagte sie.
Sein eigener Blick war glasig; er wollte zur Sache kommen. Er

machte den Knopf auf und zog das Kleid sacht hinunter, um sie erneut zu liebkosen.

»Ach du liebes bißchen«, sagte Fiona und lachte dabei. »Das glaub ich einfach nicht.« Fiona schien sich offenbar kaum noch beherrschen zu können; das Ganze war so schreiend komisch. Die Entscheidungen, das wußte er, lagen alle bei ihm. Fiona war schwach. Ihre einzige Festigkeit lag in ihrem spröden Wesen, Grundsätze hatte sie keine. Überrumpelt, würde sie die ganze Zeit dabei kichern und nicht wissen, was sie sonst tun sollte. Und er? Wie fühlte er sich jetzt? Eigenartig, recht eigenartig, meine amerikanischen Freunde. Ach, wie schön verrückt und unwahrscheinlich und absurd war das doch. Aber sexuell was zu riskieren, war aufregender als fliegen. Sanft berührte er ihre Brust und spürte selig, verblüfft und hingerissen, daß er nicht mehr er selbst war.

Er öffnete noch einen Knopf und zog ihren BH nach unten. Ihre kleine weiße Brust überraschte ihn wie ein im Wasser vorbeihuschender Fisch, und er beugte sich vor, um sie auf ihre kleine Brustwarze zu küssen –

Jemand sah ihm dabei zu!

Stern fuhr von der Bettkante hoch. Er merkte, daß er halb stand und die Arme abwehrend vorstreckte. Auch der Collie war verschreckt zurückgefahren, die Vorderpfoten mitziehend, gab aber keinen Laut von sich.

Als er sich umblickte, hatte sich Fiona erhoben und stand nun direkt vor ihm; ihr Büstenhalter war noch hinuntergeschoben, so daß ihre weiße Brust wie ein halb ausgewickeltes Geschenk wirkte. Als er ihrem Blick begegnete, geschah etwas – vielleicht hatte sein kurzes Erschrecken sie aus der Stimmung oder einfach wieder zu sich gebracht. Aber er sah, wie sich ihre Pupille verengte, und dann holte sie mit dem Arm aus. Er wußte, was jetzt kam, hielt Abwehr jedoch für würdelos. Ein scharfer Schmerz, als sie ihm mit der offenen Hand von der Seite ins Gesicht schlug, und er spürte sofort, daß von einem seiner Schneidezähne beim Aneinanderschlagen wohl ein Stückchen abgesplittert war.

»Du bist um kein Haar besser«, sagte Fiona. »Du Saukerl.« Mit dem Rücken zu ihm brachte sie sich in Ordnung. Er fühlte sich zu einer Reaktion genötigt, war aber nicht in der Lage, auch nur ein einziges Wort zu sagen. Er setzte sich wieder auf die Bettkante und verging plötzlich vor Scham.
»Entschuldige bitte«, stieß er schließlich hervor.
»O Gott!«
Er wollte ihr sagen, sie sei eine attraktive Frau, doch das war jetzt wohl nicht ganz das richtige.
»Es hat mich einfach gepackt«, erklärte Stern statt dessen in einer seiner üblichen mehrdeutigen Formulierungen.
»Du hast meine Situation ausgenutzt.« Nachdem sie das erst einmal ausgesprochen hatte, brachte sie das so unverhofft wie vorhin zum Weinen. Sie setzte sich auf einen weißen Korbstuhl am Fenster und preßte das zusammengedrückte Papiertaschentuch gegen ihr Gesicht. Sie hatte sich ihren Drink geholt und leerte ihn zur Tröstung. Dann erhob sie sich, weil sie vermutlich noch einen brauchte. Sie bedachte Stern mit einem flammenden Blick – einem stummen Fluch – und ging ohne ein weiteres Wort. Der Collie trottete hinter ihr her, als sie in der Diele verschwand.
Während er lauschte, wie sie die Treppe hinunterging, sah er zur Schlafzimmerdecke der Cawleys auf. Spinnweben hingen an der stilvollen Lampe. O Gott, er war voller Selbstverachtung und Selbstvorwürfe. Und dabei hatte er dieses Unterwassergefühl wie bei großer Trunkenheit und wußte, es würde noch schlimmer werden, wenn das Adrenalin abgebaut war und sein Gespür für die Normalität zurückkehrte. Was um alles in der Welt war bloß in ihn gefahren? Oh, wie würde er sich selbst verabscheuen. Es fing schon an.
Er ging zu dem Stuhl, auf dem Fiona gesessen hatte. Durch die Fenstervorhänge konnte er sein eigenes Haus sehen. In den zwanzig Jahren, die er jetzt hier wohnte, hatte er das Haus nie aus dieser Perspektive betrachtet, und er schaute eine Weile auf das unregelmäßige Schieferdach des Schlafzimmerflügels hinunter, gebannt von dem Anblick. Als er den First seines

eigenen Schlafzimmers erkannte, versuchte er gar, sich Nate und Clara dort eng umschlungen vorzustellen, aber das Bild wollte gnädigerweise nicht erscheinen.
Und was war mit dem Geld? dachte er plötzlich. Wozu in Dreiteufelsnamen brauchte Nate achthundertfünfzigtausend Dollar? Doch Fiona hatte ihm die Antwort darauf schon vor Wochen gegeben: Jahrelang hatte sie Nate damit gedroht, ihn bei einer Scheidung finanziell zu ruinieren. Schon aus purer Rachsucht würde sie wie ein Terrier um jeden Penny kämpfen. Aber jetzt, nachdem er Claras Vermögen gebunkert hatte, konnte sich Nate Fionas Rache leisten. Hieß das, daß Nate und Clara einen Pakt geschlossen hatten? Hatten sie beide ihre Partner verlassen wollen? Hatte sie ihn, Stern, zum einsamen Wanderer machen wollen – wie er es nun war?
Unten hörte Stern die Haustür zufallen. Fiona war fort – vielleicht fuhr sie jetzt angetrunken durch die Stadt und führte dabei Selbstgespräche, wie schlecht die Männer doch seien, oder sie gab ihm bloß Zeit, sich schamhaft zu verdrücken. Er wandte sich vom Fenster ab. Der Collie, von seiner Herrin im Stich gelassen, schlich wieder ins Schlafzimmer. Er hob den Kopf und sah ihn mit leuchtenden Augen an. Wie ein Hund wohl leben mochte, immer kurz davor, alles zu verstehen?
Als ihn jetzt ein neuer Gedanke überfiel, blieb Stern wie gelähmt stehen. Das war Claras eigentliches Vermächtnis an ihn, die Schrecksekunden, wenn sich in dem von ihr hinterlassenen Chaos bisher verborgene Konturen abzeichneten. Schon von Berufs wegen versuchte er stets herauszufinden, was in wenigen entscheidenden Augenblicken wirklich vorgefallen war. Die Beteiligten, seine Mandanten oder die Zeugen der Anklage gaben selten verläßliche Darstellungen. Natürlich kamen sie auch durch Angst, Schuldzuweisungen oder Selbstrechtfertigung von der Wahrheit ab. Doch gelegentlich ging Stern bei der Arbeit an einem Fall plötzlich auf, was wirklich geschehen war. Ein Wort, hier oder da, Geschriebenes auf einem Blatt Papier, und auf einmal paßten die Stücke des Puzzles zusammen.

Obwohl ihm schwach und schwindlig war, hatte er jetzt das gleiche Gefühl. Die arme Clara. Nun begriff er alles. Sie hatte ihr großzügiges Geschenk als Fundament für irgendeinen Plan gestiftet, den sie mit Nate geschmiedet hatte, und war erst hinterher irgendwie darauf gekommen, von welcher Art ihre neuen körperlichen Symptome waren. Vielleicht hatte auch Nate erst durch sie von seiner Ansteckung erfahren. Unter den gegebenen Umständen hatte er wahrscheinlich keine Wahl gehabt und mußte seine andere Liebschaft eingestehen – wohl die junge Dame aus dem Video unten im Wohnzimmer. Betrogene Betrüger. Aber ja. Jetzt blickte Stern durch. Was für ein Drama. So tragisch wie Madame Butterfly. Verstoßen. Verschmäht. Infiziert. Schande und Schmähung aus jedem Fenster, jeder Tür, die Zukunft eine endlose Spiegelung ekelhafter Geschehnisse. Zorn des Ehemanns, Flucht des Liebhabers und das quälende Wissen, ein Vermögen daran vergeudet zu haben, ihrem Liebhaber eine Freiheit zu erkaufen, die er für eine andere brauchte. Welche Demütigung! Wie eine Heldin der Sage hatte Clara durch Hoffart und Begierde alles verspielt. Da saß Stern nun auf Fionas teurer Tagesdecke und hielt sich das Herz; es fühlte sich rauh und wund an, wie es da in seiner Brust klopfte.

Er mußte Cal anrufen. Sofort. Was für eine Geschichte würde der zu hören bekommen. Rechtsanwalt Hopkinson würde sich gleich noch ein Loch in den Schädel bohren. Stern wollte sofort die Klageschrift aufgesetzt haben. Mit dem Scheck war Nate in einer prekären Lage. Er mußte von vornherein geplant haben, ihn nicht gleich einzulösen, damit das Geld vor Fiona und ihrem Scheidungsanwalt sicher war. Doch jetzt, da Clara tot war und Bank, Testamentsvollstrecker und Nachlaßgericht tätig wurden, mußte er sich beeilen, schon wegen der Befürchtung, jemand könnte bald von der Transaktion erfahren und sie rückgängig machen wollen. Gleich an dem Tag, an dem Nate sich aufraffte und den Scheck einlöste, wollte Stern ihn verklagen. Dann sollten seinetwegen die Fetzen fliegen. Er würde Nate Cawley zerquetschen wie Unkraut unter einen Stein.

Mit diesem Ausbruch von Rachsucht überkam Stern plötzlich das Gefühl, wie absurd das Ganze war. Nichts von alledem war je passiert. Das wurde ihm ganz klar. Jede Sekunde würde er jetzt herumtastend den Lichtschalter finden und erkennen, wo er sich wirklich befand. Doch als er sich umwandte, stand der Collie tatsächlich da und glotzte ihn immer noch an, und das Haus, in dem er zwanzig Jahre lang gewohnt hatte, war draußen vor dem Fenster zu sehen. Seine Lippe schwoll allmählich an, wo einer von Fionas Ringen sie getroffen hatte. Er fand den Weg treppab, sperrte den Hund in die Küche und verließ dann mit dem Gefühl das Haus, daß ihm etwas entgangen war, was er nie wieder zu fassen bekommen würde.

Die stärkste Erinnerung vor der Ehe hatte er an die Zeit, als er im Salon der Villa Mittler saß, während Clara am Flügel spielte. Ihr weiches rötliches Haar schwang bei ihrem gelegentlichen Vorbeugen mit, ihre Augen blieben auf die Tasten geheftet oder geschlossen, wenn sie sich der Musik hingab. Ihre hohe Intelligenz klang aus dem Instrument. Als sie ihm das erstemal vorspielte, wußte er nicht, was er sagen sollte. Er war gekommen, um sie abzuholen, und sie hatte ihn kurz hereingebeten. Ihre Eltern waren nicht zu Hause, und sie fühlte sich offenbar frei, ihn herumzuführen. »Mein Flügel«, sagte sie. Er bat sie zu spielen, und statt sich zu zieren, wie er erwartet hatte, legte sie wieder ab. Er saß in Schal und Mantel auf dem roten Plüschdiwan, ohne jede Ahnung von Musik, aber überwältigt von der Energie, mit der sie die Tasten anschlug. Er bewunderte sie ungeheuer.

»Großartig«, sagte er.

Sie blieb scheu neben dem Instrument stehen und trank sein Lob.

Dann gingen sie ins Kino. Der Film – er erinnerte sich noch gut daran – war irgendwie sentimental. Marty. *Die Geschichte dieses einsamen, unbeholfenen Mannes voller Sehnsüchte rührte Stern tief. Das war ja er, er selbst! Später, als sie zu George Murrays Chevrolet gingen, der weit entfernt die Straße hinunter geparkt war, erkannte er, daß auch Clara traurig gestimmt war. Sie klammerte sich an ihn, während sie dahinschlenderten und über einige rührende Szenen auf der Leinwand sprachen.*

Als sie das Auto erreichten, verlor Stern die Fassung. Er schrie auf und krümmte sich sogar ein wenig zusammen.

»Ach, George!« rief er.

Wer immer George Murrays Auto gerammt hatte, hatte noch etliche andere beschädigt. Die Delle fing hinter der Tür an und wurde zur Aufprallstelle am vorderen Kotflügel hin immer breiter. Dort war das Metall fürchterlich eingedrückt, und die Birne des einen Scheinwerfers hing an einem einzelnen Draht heraus. Das Auto davor war noch schlimmer mitgenommen; sein ganzer Kofferraum war zusammengedrückt wie ein Karton.

»Du lieber Gott«, sagte Clara, als sie die Bescherung sah. Sie faßte ihn am Arm. »Das ist nicht dein eigenes Auto, oder?«

»Nein.« Der Schaden schien unermeßlich. Sein Verstand suchte vergeblich nach einer Möglichkeit, ihn zu beheben.

»Das tut mir aber leid.«

Er zuckte mit den Schultern und starrte dabei immer noch auf den Blechschaden.

»Telefon ade für diesen Monat«, sagte er seufzend.

Er mußte die Polizei rufen. Sie gingen zu einem Drugstore, und die Polizei war schon da, als sie zum Auto zurückkehrten. George Murray war dankenswerterweise nicht zu Hause. Irgendwie hatte Stern das Gefühl, alles ertragen zu können, bloß nicht, es ihm sagen zu müssen. Dieses Mädchen und seine Sympathie schienen ihm Mut zu machen. Der Polizist war liebenswürdig, ein älterer weißhaariger Mann, dem sie einen Druckposten gegeben hatten. Er fragte Stern mit ehrlicher Neugier nach seinem Akzent, legte sich dann auf die Straße und zerrte die Stoßstange wieder heraus, damit Stern seinen Anzug nicht dreckig machte. Stern setzte sich hinters Steuer und kurbelte hin und her, während der Polizist den eingedrückten Kotflügel notdürftig ausbeulte.

»Fahren können Sie damit«, verkündete der Polizist schließlich. »Da sparen Sie immerhin das Abschleppen. Das sind Haie.« Der Polizist, der Leary hieß, tippte an seine Mütze, als sie wegfuhren. Stern hatte keine Idee, wohin sie jetzt sollten. Er fragte Clara: »Soll ich dich heimbringen?«

»Ach, jetzt noch nicht«, antwortete sie so heftig, daß Stern überrascht stutzte. Ein Radio hatte das Auto nicht, aber eine Uhr. Es war fünf Minuten nach Mitternacht. »Ich muß sicher sein, daß es dir gutgeht. Bist du in Ordnung?« Er seufzte. Es hatte ihn ziemlich mitgenommen. Dennoch verblüffte ihn, wie ihn die Fürsorge einer Frau aufmunterte. Er erinnerte sich an den Zeichentrickfilm im Kino von Popeye, wie er sich mit Spinat stärkte. In ihrer Gegenwart konnten ihn George und die Rechnungen der kommenden Monate schon fast nicht mehr unterkriegen.

»Wo sollen wir also hin?« fragte er. »Hast du Hunger?«

»Eigentlich nicht. Ich könnte jetzt nichts mehr runterkriegen. Es hat mir den Appetit verschlagen. Ich nehm nicht sehr oft einen Drink, aber jetzt würde ich nicht nein sagen. Und du?«

Er brummte wieder unbestimmt. »Unter diesen Umständen könnte ich auch einen gebrauchen«, sagte er.

»Weißt du, was ganz nett wäre? Warum hältst du nicht an einem Spirituosengeschäft, und wir setzen uns dann draußen am Fluß hin. Da gibt's eine schöne Stelle. Ich zeig's dir.«

Und das machten sie dann auch. Sie kauften eine Flasche Southern Comfort und zwei billige Gläser und fuhren zwei Blocks weiter zu einem Parkplatz auf einer niedrigen Klippe über dem Fluß. Der Fluß war dort breit, schwarz und toste unter ihnen. Der Mond war schon aufgegangen, stand hoch in den Bäumen und erfüllte den Kindle mit dahineilendem Geglitzer.

Als sie die Flasche aufmachte, hob er mahnend den Zeigefinger.

»George erwartet sein Auto fabrikneu zurück«, erklärte er.

Sie sah ihn an, diesmal unbeeindruckt von seinem schwachen Humor.

*»Das wird dir noch zu schaffen machen, nicht wahr?«
Er zögerte, schüttelte dann tapfer den Kopf.
»Du würdest mich das nicht bezahlen lassen, oder?« wollte sie wissen.
Er schüttelte wieder den Kopf.
»Ich könnte das schon tun, weißt du. Ich habe einen Haufen Geld. Meine Tante mütterlicherseits hat ein Treuhandvermögen hinterlassen. Mit fünfundzwanzig konnte ich darüber verfügen, und es liegt bloß auf der Bank herum.«
»Und was würde dein Vater dazu sagen?«
»Mir egal, was mein Vater sagt.«
Stern seufzte wieder. Er dachte daran, wie er sie zum erstenmal gesehen hatte, auf Henrys Fußschemel.
»Liegt dir etwas an ihm?« fragte sie.
»Ich fürchte, ja.«
»Mir auch«, erklärte sie nach einer kurzen Pause. »Ich würde lieber nein sagen, aber mir liegt was an ihm. Ich glaube, den meisten Mädchen liegt mehr an ihrer Mutter, aber meine Mutter vergöttert ihn. War das bei euch auch so?«
Stern mußte lachen, als er an seinen Vater dachte, wie er ihn gegen Ende gekannt hatte, als einen hektischen, kraftlosen Menschen, immer kurz vor dem einen oder andern Zusammenbruch.
»Nein«, antwortete er.
»Magst du meinen Vater?«
Stern erwog die Frage. Der Motor schnurrte mit tiefem Brummen, damit es im Auto warm blieb.
»Ich glaube, ich habe zuviel Angst vor ihm, um das zu beantworten.«
Sie lachte laut heraus.
»Weißt du, was ich an dir mag, Sandy? Du erinnerst mich an niemand.«
Er hätte ihr fast geantwortet, daß man auch Fehler zu Tugenden erheben könne. Doch dann merkte er, wie ihn das freute. Er war einfach so und nicht anders. Die Katastrophe mit dem Auto hatte eine bemerkenswerte Offenheit zwischen ihnen*

ermöglicht. Außerdem erfuhr er, wie sonst auch bei den seltenen Gelegenheiten, wenn ihm jemand eine offenherzige Antwort entlocken konnte, allerhand über sich selbst.
»Und wie fühlst du für deinen Vater?«
»Genau wie du«, antwortete sie. »Ich bewundere ihn. Als kleines Mädchen wollte ich genauso werden wie er, bevor mir klar wurde, daß er mich nicht lassen würde. Ich denke, ich trage ihm was nach. Das ist schwer zu erkennen. Meine Eltern haben eine Zeitlang eine ziemliche Wut auf mich gehabt.«
Stern lehnte sich zurück an die Tür, um sie anzuschauen. Der Alkohol machte ihn allmählich warm und leicht betrunken.
»Was für eine Geschichte ist das, die du mir da erzählen willst? Ich spüre doch, da hat dich etwas sehr unglücklich gemacht.«
»Wirklich?«
»Entschuldige bitte. Das war wohl ziemlich plump.«
»Ziemlich«, sagte sie. Im Dunkeln griff die Angst nach ihm. Jetzt war er zu weit gegangen. Er stand mit diesem Mädchen am Abgrund. Jeden Augenblick konnte sich die vertraute Atmosphäre auflösen und sie sich wieder in die Tochter eines reichen Mannes verwandeln, unerreichbar für ihn. Er erkannte, genau das hatte sie eben gemeint – sie konnte ihn nicht einordnen. Wie jeder in Wohlstand Hineingeborene war sie versiert in spontaner Förmlichkeit – sie konnte augenblicklich tausend Meilen Distanz zu ihm schaffen, wenn sie wollte.
»Ich halte mich nicht für einen glücklichen Menschen«, sagte sie. »Ich bin sehr scheu. Nur bei dir nicht.« Sie lächelte. »Bist du glücklich?«
»Meine Arbeit macht mir Spaß. Ich mag meine Schwester. Doch von meinen Anlagen her halte ich mich nicht für einen fröhlichen Menschen.«
»Das habe ich auch nicht geglaubt.« Sie schwiegen beide. »Ich erzähle dir alles«, erklärte Clara Mittler dann.
Er wartete kurz im Dunkeln, bevor er sagte: »In Ordnung.«

24

»Mel? Hier Sandy Stern«, sagte er ins Telefon.
»Sandy!« trompetete Mel wie immer. Welche Freude. Begegnete man ihm von vorne, hatte Mel Tooley nur einen einzigen Gesichtsausdruck, eine strahlende Miene grenzenloser Gutwilligkeit. Kaum drehte man ihm jedoch den Rücken zu, zog er den Dolch aus dem Gewand, und der Ärger fing an. Ein abgefeimter Vogel. Tooley gab sich als Ire aus, weil das hier in der Stadt von Vorteil war, besonders in der Justiz, doch er hatte den dunklen Teint südländischer Vorfahren. Mel trug ein Toupet, schwarzlockig wie ein Pudelfell, eine Marotte, die Stern trotz allen Bemühens um Toleranz plebejisch und unehrlich fand. Der Mann schwitzte ständig und roch deswegen immer wie in Kölnischwasser gebadet. Außerdem hatte er Übergewicht – Stern saß mit solcher Kritik selber im Glashaus –, aber Tooley, von seiner Statur her einem bestimmten Haustier ähnlich, trug immer noch am liebsten Zweireiher mit modischen Einstecktüchlein und wollte sich einfach nicht seinem biologischen Schicksal fügen. Er zwängte sich in taillierte Hemden, bei denen sein dunkler, behaarter Bauch im Sitzen zwischen den Hemdknöpfen hervorquoll, und sein öliges Lächeln tat einen unerschütterlichen Glauben an die eigene Unwiderstehlichkeit kund.
Stern hatte mit Mel jahrelang zu tun gehabt, als dieser noch Staatsanwalt gewesen war, ein schwieriges Verhältnis voller erbitterter Fehden. Mel war mit einem Wort hinterhältig, eine Ausnahmeerscheinung in einem Amt, in dem die meisten Juristen zwar viel zu aggressiv waren, aber im allgemeinen Rechtsvorschriften und Strafprozeßordnung beachteten. Sterns schwerster Zusammenstoß mit Mel hatte sich vor fünf Jahren ereignet, als Stern einen Bauunternehmer vertrat, den Mel mit gewohnt verzweifelter Umtriebigkeit zur Aussage gegen zwei Herren mit italienischen Namen veranlassen wollte. Dem Bauunternehmer war Straffreiheit zugesichert worden, doch der hielt hartnäckig an einer Version der Vorgänge

fest, die selbst Stern privatim unwahrscheinlich vorkam. Als er mit seinem Mandanten zur Vernehmung vor der Grand Jury erschien, wurde der bis dahin stoische Bauunternehmer plötzlich leichenblaß; der Schweiß perlte wie Regentropfen auf seiner Glatze. Er war Mitglied einer angesehenen katholischen Verbindung, Vater von neun Kindern, und Tooley hatte ihm seine frühere Geliebte züchtig auf die Polsterbank vor dem Saal der Grand Jury plaziert. Seinem Mandanten zuliebe hatte Stern, der einen Juristenkollegen nur ungern öffentlich kritisierte, Beschwerde beim Disziplinarausschuß des Bezirksgerichts eingelegt. Die Richter hatten gezischelt und Mel zurechtgewiesen, doch am Ende sagte der Bauunternehmer genau das, was Mel hören wollte. Tooley hatte zuletzt gelacht. Darauf angesprochen, behauptete er schlankweg, nichts nachzutragen, und pries umgehend Sterns Fähigkeiten. Doch in einer Welt, in der das Ego so großes Gewicht hatte, durfte man dergleichen nicht glauben. Wieder fragte sich Stern, wie es kam, daß John ausgerechnet bei ihm gelandet war.

Mel behauptete gerade, er habe schon selbst anrufen wollen, und kam nach Sterns Ansicht damit wohl ausnahmsweise der Wahrheit nahe. Selbstverständlich verlangte Mel sein Anwaltshonorar von Maison Dixon. Er forderte als Vorschuß fünfzehntausend Dollar – für jemanden von Tooleys Erfahrung eher zuviel, doch gerade in der Größenordnung, die Stern erwartet hatte. Sie plauderten über den Fall, so gut es ging. Stern sagte Mel nichts vom Irrläuferkonto; er mußte davon ausgehen, daß jedes Wort der Staatsanwaltschaft hinterbracht wurde, um je nach Mels Gutdünken entweder einen Vorteil für John herauszuschlagen oder sich selbst für später bei der Staatsanwaltschaft einzuschmeicheln. Stern beschrieb die Kundenorders, denen die Staatsanwaltschaft nachspürte, und sagte dazu, diese glaube offenbar, Dixon habe irgendwelche ungesetzlichen Gewinne erzielt.

»Ich gehe davon aus, sie nehmen an, die Orders wurden über John plaziert«, erklärte Stern.

»Und wurden sie das?« fragte Mel, als habe er keinen Mandanten, dem er diese Frage stellen konnte. »Ich meine, mir liegen keine Dokumente vor. Es wäre mir ganz recht, einen Blick auf das zu werfen, was Sie ausgegraben haben.«

Stern notierte sich das und versprach, Kopien zu schicken.

Mit unermüdlichem Instinkt ließ Stern einen Versuchsballon los: »Also vielleicht wurden John diese Orders aufgetragen, aber es könnte sein, daß er sich nicht erinnert, weil jeden Tag so eine Hektik herrscht. Ich weiß nicht, ob diese Möglichkeit besteht oder nicht, aber jeder vernünftige Mensch hätte Verständnis dafür.« Mel war recht helle – es konnte ihm nicht entgangen sein, worauf Stern da anspielte –, doch er drückte sich um eine Antwort, was Stern wenig verheißungsvoll erschien. Trotzdem redete er weiter: »Was genau hat Klonsky Ihnen gesagt, was sie von ihm will?«

»Also mit Sonny«, antwortete Mel, »habe ich überhaupt nichts zu tun. Ich hab nur eine kurze Unterredung mit Stan gehabt.«

Schon wieder Sennett. Stern schüttelte unwillig den Kopf.

»Auf diesen Fall hält er den Daumen. Wissen Sie das schon?« fragte Mel. Es wäre für ihn ein innerer Abgang gewesen, Stern mit dieser Neuigkeit zu überraschen.

»Das habe ich bereits gemerkt. Ich denke, er läßt sich nicht gern in die Karten gucken.«

»Macht er immer so«, stimmte Mel brüderlich in das bekannte Anwaltslamento über den derzeitigen leitenden Staatsanwalt ein. Bei ihm war das allerdings vorwiegend Getue. Er hatte länger als ein Jahr für Sennett gearbeitet, bevor er seine private Kanzlei aufmachte, und Stan hatte Mel seinerzeit zum Chef der Sonderfahndung gemacht. Stan hatte ihn zu einem großen Macher erhoben. Es gab gewiß Gründe, warum Mel gerade zu ihm Fühlung aufgenommen hatte. »Und wie kommen Sie mit Funny Sonny klar?« fragte Mel, offensichtlich auf den Busch klopfend. »Sie ist umwerfend, nicht wahr?«

»Mrs. Klonsky?« fragte Stern zurück. »Diesen Spitznamen habe ich noch nicht gehört.«

»So nenne ich sie«, erklärte Mel. »Jeder nennt sie anders. Wissen Sie, das war mein Fehler. Ich hab sie eingestellt, kurz

bevor ich selber ausgeschieden bin. Ich meine, natürlich hat es Stan getan. Aber ich hab das Bewerbungsgespräch geführt. Ich dachte, sie hätte Biß. Wissen Sie, was ich meine?«
»Ja«, sagte Stern schlicht. Er verstand recht gut.
»Aber ich glaube nicht, daß sie dort schon ein richtiger Star ist. Sie ist, wie sagt man doch gleich, ambivalent. Man kriegt sie nicht dazu, was zu entscheiden. Sie wringt ständig die Hände. Sie verstehen schon. Als Staatsanwältin macht sie sich vor Gericht ganz ordentlich. Eine schöne Frau hat bei den Geschworenen immer einen Stein im Brett, meinen Sie nicht auch?«
Stern brummte zustimmend. Vielleicht. Mel tratschte weiter. Er war eindeutig kaum daran interessiert, über John zu reden.
»Wissen Sie, eigentlich müßte ich Ihnen die Schuld geben, daß sie eingestellt wurde. Mein Fehler, aber in Wirklichkeit Ihrer.«
»Meiner?« fragte Stern verblüfft. »Klonsky?«
»Ist mir gerade wieder eingefallen. Ich hab sie gefragt, warum sie Prozesse führen will, und sie hat mir erzählt, wie sie im zweiten Semester Jura Tag für Tag dem Sabich-Prozeß beigewohnt hat. Sie hat Ihnen mit Genuß bei der Arbeit zugesehen. Ich hab vergessen, was sie über Sie gesagt hat. ›Taschenspieler‹ glaube ich. Ich fand die Formulierung damals originell.«
In der Tat, dachte Stern. Mel mußte sich halb tot gelacht haben.
»Da sehen Sie's, Sie sind ihr Idol, Sandy. Ich wette, sie kriegt jedesmal fliegende Hitze, wenn Sie anrufen.«
»Dafür gibt es kaum Anzeichen.«
»Wer weiß bei ihr schon Bescheid? Sehr gefühlsbetontes Mädchen. Hat sie Ihnen schon von ihrem übergeschnappten Mann erzählt?«
»So gut wie nichts«, antwortete Stern. Er fühlte sich jetzt irgendwie immer solidarischer mit Klonsky. Mit jedem weiteren Wort Mels bekam er eine bessere Meinung von ihr.
»Dann tut sie's noch«, sagte Mel. »Sie erzählt's jedem. Wissen Sie, was der Kerl macht? Er ist Briefträger. Kein Witz. Er schreibt Gedichte und trägt Briefe aus. Der Typ glaubt, er ist ʻOmar Hayyām oder so was. Anscheinend ist er noch verrück-

ter als sie. Als ich noch im Amt war, hat sie jeden zweiten Tag auf dem Klo geflennt und gesagt, sie will sich scheiden lassen. Und jetzt ist sie schwanger, weil ihre biologische Uhr geschlagen hat. Ach ja«, schloß Mel, des Themas endlich müde. »Seien Sie nett zu ihr, Sandy.«

»Eher zurückhaltend«, erwiderte Stern in einem schwachen Versuch, etwas zu Klonskys Gunsten zu sagen.

»Ich bin sicher, Sennett beobachtet sie wie ein Luchs.«

»Scheint so«, sagte Stern. »Darf ich fragen, was er Ihnen alles erzählt?«

»Nichts Genaues«, wich Mel aus. »Nichts Genaues. Ich glaube, die wollen auf Straffreiheit hinaus. Ich bin nicht sicher, wofür.«

Stern hing in der Luft und fühlte sich ganz wie ein kleines Insekt, das gegen eine kräftige Brise anfliegen will. Viele Fragen hatte er nicht mehr zu stellen. Aus Stolz und aus der Angst, sie könnten der Staatsanwaltschaft wieder gesteckt werden, mochte er seine Wissenslücken zu den Ermittlungen nicht erörtern. Und andere Fragerichtungen gab es kaum. Was John Mel erzählt hatte, wenn überhaupt etwas, war in so einem Gespräch ohnehin tabu. Viele Anwälte gaben die Geheimnisse ihrer Mandanten preis wie Zettelnachrichten an einer Infowand, doch Stern hatte nie einen Hang dazu gehabt. Wenn ein Interessenkonflikt möglich schien, verlangte er von seinen Mandanten weder vertrauliche Angaben, noch gab er sie gar weiter, und sein persönliches Standesethos wurde ebenso als Teil von Sandy Stern und seiner ausländischen Korrektheit akzeptiert wie die Hecke und der Gitterzaun um manche alten Villen.

»Ich arbeite mich gerade erst ein«, sagte Mel. »Vielleicht ruf ich Sie nächste Woche an, wenn ich Näheres weiß.«

»Ja, natürlich«, erwiderte Stern. Er würde von Mel bis ein oder zwei Tage vor der Anklageerhebung nichts mehr hören, und dann würde Mel unklar umschreiben, warum John Dixon ans Messer liefern mußte. Stern hatte sich in anderen Fällen ähnlich verhalten. Doch versuchte er stets, seinem Kollegen zwischendurch so viele Hilfen wie möglich zu geben. Stern wollte das Gespräch jetzt beenden und ging noch mal durch, welche Auskünfte Mel von ihm wollte. Dieser hatte gerissen den Spieß umgedreht und war jetzt derjenige, der alle neuen Informationen erhielt.

»Ein netter Junge«, sagte Mel abschließend. »Vielleicht kein Raketenwissenschaftler, aber es wird schon noch was aus ihm werden.«

»Hoffentlich«, erwiderte Stern leicht pikiert, hatte er doch den Eindruck, daß Tooley sich zu einem Lob seines Schwiegersohns herabließ, noch dazu einem so schwachen.

»Irre, wie er an mich geraten ist. Ich nehme an, Sie haben ihm einige Namen genannt.«

»Einige«, versetzte Stern. Mel war mit Sicherheit klar, daß er nicht auf der Liste gestanden hatte.

»Er hat diese Leute angerufen, aber keiner war da. Offenbar haben Sie ihm eine Heidenangst eingejagt. Er hatte das Gefühl, sich auf die Schnelle einen Anwalt besorgen zu müssen. Also rief er alle Bekannten an, und ich wurde ihm schließlich von Ihrem Sohn genannt.«

»Von Peter?«

»Mein Bruder Alan und Peter waren in der Schule dicke Freunde. Erinnern Sie sich an Alan? Ich muß Peter noch anrufen und mich bedanken.«

Alan war ein netter, grundanständiger und liebenswerter Junge. Kaum zu glauben, daß dieselbe Familie ein Reptil wie Mel Tooley hervorgebracht hatte. Stern langte sich an den Kopf, während er diese neueste Mitteilung verdaute. Peter! Wieder einmal! Doch es war so unvermeidlich wie der Wechsel der Jahreszeiten, daß Peter sich einschaltete, wenn man ihn ansprach. Auch dann, wenn er keinen blassen Schimmer hatte, betrachtete sein Sohn jedes Problem der Familie als seine ureigene Sache. Stern konnte sich vorstellen, wie Mel inzwischen in seiner schwülstigen Kanzlei auf der anderen Seite der Stadt vor sich hin grinste. Er bekam sein Honorar von Sterns Mandanten dafür, daß er zusammen mit John überlegte, wie dieser Dixon in die Pfanne hauen konnte. Und Sterns eigener Filius hatte ihm das Mandat zugeschanzt. Zum Totlachen.

Wieder ein Punkt für die Staatsanwaltschaft, dachte Stern, als er den Hörer auflegte. Es gab mit Sicherheit Anwälte, die dem Beschuldigten oder seinem Anwalt freundlich gesinnt waren oder der Staatsanwaltschaft von sich aus nicht helfen wollten, die die Angelegenheit mit John ein paarmal durchgehechelt und ihn darauf gestoßen hätten, wie groß seine Gedächtnislükken waren und welche undankbare Rolle ein Zeuge der Anklage spielte. Mel dachte offenbar nicht an dergleichen. Er würde John der Staatsanwaltschaft auf einem silbernen Tablett servieren und ihn auffordern, auch noch die leiseste Ahnung oder Vermutung zu äußern. Und John hatte offenbar allerhand mitzuteilen, wenn Stern Mels Schweigen und die Indizien aus seinem eigenen Gespräch mit seinem Schwiegersohn richtig deutete.

Müßig überlegte er, wie sich das zwischen John und Dixon wohl abgespielt hatte. Unwahrscheinlich, daß Dixon angekündigt hatte, was er tun wollte; dafür war er zu geheimniskrämerisch. Er hatte Anweisungen gegeben, und John hatte sich nicht getraut, dagegen aufzumucken. Aber eine gewisse Heimlichtuerei mußte mitgespielt haben. Das ist eine Sache zwischen dir und mir. Red mit niemandem darüber. Wie Clara immer gesagt hatte, war John nicht auf den Kopf gefallen. Früher oder später mußte ihm gedämmert haben, daß diese Transaktionen nicht koscher waren. So hatten sie's im üblichen trüben Dunst von Komplizenschaft und Betrug weiter getrieben, und jeder hatte dabei einen unausgesprochenen Grund gehabt, den anderen zu verachten. Du bist ein Trottel. Und du ein Betrüger. Sein Schwiegersohn war der klassische Zeuge der Anklage, ein kleiner Mitarbeiter, der keine Fragen stellte und so prinzipienfest wie eine nasse Nudel war. Sobald ihm Tooley klarmachte, um was es in diesem Leben ging – daß seine Lizenz an der Warenterminbörse und seine spätere Zulassung zu den Geldmärkten auf dem Spiel standen –, würde er den Grad der Unbestimmtheit seiner Vermutungen auf null zurückfahren.

Wenn er dann in den Zeugenstand trat, würde er wie andere Jammergestalten aussagen, er habe bloß Anweisungen ausgeführt, ohne sich etwas dabei zu denken. Mit seinem kindlichen Unschuldsblick und seiner relativen Unerfahrenheit würde John diese Schau besser abziehen als mancher andere.
Während er sich das alles überlegte und daran dachte, wie unhaltbar die Lage allmählich wurde, bekam Stern ein flaues Gefühl. Einen kurzen Moment hatte er die gräßliche Vision, wie seine gesamte Familie im Gerichtssaal stand, Aussagen machte und mit Fingern aufeinander zeigte, hoffnungslos in die Sache verwickelt. In dieser Situation war das Opfer irgendwie er selbst, nicht als Angeklagter, aber als Uneingeweihter. Alle wußten besser Bescheid als er. Er schüttelte den Gedanken ab, starrte aber weiter auf das Telefon, wieder einmal erfüllt von dem Gefühl, daß unabwendbares Unheil aufzog.

25

Margy schien irgendwas mit ihren Haaren gemacht zu haben. An den Schultern waren sie jetzt lockig, und der Stich ins Blonde war kräftiger, wenn sie ins Licht trat. Sie wirkte größer als in Sterns Erinnerung – eine muntere, kräftige Person voller Lebensenergie. Sofort blockte er ab, bevor seine Erinnerung oder Phantasie mit ihm durchging.
»Glatt«, antwortete sie auf die Frage, wie ihr Flug verlaufen sei. »Nettes Hotel«, fügte sie hinzu. »Gut geschlafen.« Einfache Aussagen voller verborgener Anspielungen: Alles war vergessen, vergeben, vorbei. Margy war ganz gut darin, so zu tun, als sei nie etwas gewesen. Sie hatte das, wie Stern spürte, schon Dutzende von Malen praktiziert. Wie sie innerlich auch litt und schrie, der Aufruhr würde nie nach außen dringen. Da saß sie, hübsch angezogen, in einem rohseidenen Kostüm und einer orangefarbenen Bluse mit einer Riesenschleife. Sie war mit einem dicken Aktenkoffer und einer großen Tasche über der

Schulter in Sterns Kanzlei erschienen und weltgewandt genug gewesen, ihm die Hand mit ihren langen roten Fingernägeln hinzustrecken, als seine Sekretärin noch dabeistand, damit ihnen beiden das Unbehagen bei der Möglichkeit einer intimeren Begrüßung erspart blieb. Die Geschäftsfrau aus Oklahoma, entschlossen und gefaßt. Tach beisammen!

Hinter seinem Rauchglasschreibtisch schilderte Stern kurz den Tagesplan. Er und Margy tranken Kaffee dabei. Gemeinsam würden sie die von der Staatsanwaltschaft angeforderten Dokumente durchsehen und versuchen, Mrs. Klonskys Fragen durchzuspielen. Dann würden sie die Staatsanwaltschaft aufsuchen, wo Mrs. Klonsky Margy vorbereitend vernehmen würde, unmittelbar vor ihrem Auftritt vor der Grand Jury.

»Muß ich das machen«, fragte Margy, »mich hinsetzen und diesen Plausch mit ihr halten?«

»Nein, aber es ist üblich. Es nützt beiden Seiten. In den Saal der Grand Jury darf ich nicht mit hinein, also erfahren wir durch unsere Gesprächsbereitschaft vorweg, was die Staatsanwältin im Sinn hat, und ich kann dir dann bei schwierigen Stellen helfen. Mrs. Klonsky hingegen kriegt raus, was sie dich besser nicht fürs Protokoll fragt.«

»Kapiert.« Margy war damit einverstanden. Sie fragte, womit er anfangen wollte, und er deutete auf den Aktenkoffer.

»Das Unangenehme zuerst«, sagte Margy lächelnd.

»Gibt's da was?« fragte Stern. Der Unterton gefiel ihm nicht. Er setzte die Kaffeetasse ab und nahm die Vorladung aus der Akte. Margy packte zuerst die Schecks aus, die von der Staatsanwaltschaft angefordert worden waren – alle aus den ersten vier Monaten des Jahres über mehr als zweihundertfünfzig Dollar. Sie hatte sie säuberlich mit Schnur umwickelt, neun Stapel, jeder so groß wie ein Backstein, deren perforierte Seiten ein Streifenmuster zeigten wie manche Fische.

»Was wollen die nur damit?«

»Ich nehme an, Sie suchen nach Beträgen, die an Dixon gegangen sind. Gibt es irgendwelche Beweise dafür?«

»Sicher«, sagte sie. »Massenhaft. Gehalt. Prämien.«

»Sonst noch was?«

»Nein.«

»Haben irgendwelche Firmen oder Konten, für die er deines Wissens zeichnungsberechtigt ist, Gelder erhalten?«

»Nichts«, sagte Margy.

Schön, dachte er. Er blätterte die Stapel durch, hauptsächlich, um ein Gefühl für die Schecks zu kriegen. Sie hatte zwei Kopien gemacht, einen Satz für Stern und einen für sich, und hatte von einem Angestellten eine Erkennungsnummer auf jeden Scheck stempeln lassen. Man brauchte Margy nichts zweimal zu sagen.

Stern sah wieder in der Vorladung nach. Weil die meisten Unterlagen bereits hier gewesen waren, hatte Stern es vorige Woche übernommen, die von der Staatsanwaltschaft angeforderten Börsenquittungen zusammenzustellen. Die übrigen Dokumente waren in Sterns Kanzlei abgeliefert worden, und in Vorbereitung auf heute hatte er jeden Stapel sorgfältig durchgesehen und die von der Staatsanwaltschaft gewiß gesuchten Ordertickets genau dort wieder eingeheftet, wo er sie entnommen hatte – es waren die vier oder fünf Dutzend, die John ausgeschrieben hatte. Das Bündel Dokumente, kopiert und wie die Schecks durchnumeriert, lag nun in einem weißen Koffer. Er zeigte es Margy und ließ dann Claudia einen der jungen Männer aus der Kanzlei herbeirufen, der die Unterlagen im Saal der Grand Jury abliefern sollte, bevor sie selbst dort eintrafen.

Stern las laut die letzte Anforderung der Staatsanwaltschaft betreffs des Kontos *Wunderkind Associates* vor.

»Jetzt kommt das Seltsame.« Margy hatte ihren Aktenkoffer auf dem Schoß und nahm einen Hefter heraus. Maison Dixon verwendete wie viele Maklerfirmen sogenannte saldierte Kontenauszüge, auf denen Käufe und Verkäufe, Bestätigungen, Margenangaben und Salden zusammen ausgedruckt wurden. Der Computer spuckte ein einziges Formular aus, das nach jeder Kontenbewegung an den Kunden verschickt wurde. Der Durchschlag dieses Computerformulars verblieb bei MD und wurde auf Mikrofiche verfilmt. Als er den Ordner aufschlug, fand Stern zu seiner Überraschung die Originalauszüge, die an Wunderkind hätten gehen sollen.

»Seltsam« bemerkte sie. »Sieh dir mal die Adresse an.«

Auf den Dokumenten stand oben »Wunderkind Associates« und »(Selbstabholer)«. Er fragte, was dieser Vermerk bedeute.

»Selbstabholer«, sagte sie, »kennst du doch. Wie ›nicht per Post, ich hol es mir selbst‹.«

»Kommt das häufig vor?«

»Manchmal. Ein Kerl lebt in Scheidung und will nicht, daß seine Alte seinen ganzen Kram an ihren Fingern und Zehen abzählen kann. Oder er meint, daß die Steuerfahndung seine Post überwacht. Oder er hat kein Vertrauen zu seinem Briefträger. 'Ne Menge Gründe.«

Stern nickte. »Und die da wurden nie abgeholt?«

»Die waren hier in der Akte abgeheftet.«

»Ein Chicagoer Konto?«

»Nein, eins von Kindle«, antwortete sie. »Ein 05er.« Sie erhob sich kurz von dem beigen Stuhl, um auf die Kontonummer zu deuten. »Greco hat es gefunden.«

»Eigenartig«, sagte Stern.

»Das ist nicht mal das Seltsame daran.«

»Nein?«

»Blätter mal durch.«

Er tat es, und wie immer fiel ihm nichts auf.

»Sieh dir mal die Kontenbewegungen an. Und den Saldo. Erinnerst du dich? Genau hier hat er das ganze Geld hingeschoben, das er mit Trittbrettfahren verdient hat. Ich hab mit Gewißheit angenommen, daß er alle diese Überweisungsbeträge bar abgehoben und einen Scheck nach dem andern auf die Firma ausgestellt hat. Du verstehst: Das Geld runter vom Konto und fort damit.«

Genau das aber war hier nicht geschehen. Die Kontenauszüge wiesen häufige Transaktionen auf, etliche Bewegungen täglich. Keine Position kam ungewöhnlich häufig vor. T-bonds. Silber. Bohnen. Zucker. Yen. Das waren die Schwerpunkte,

aber alle Positionen wurden häufig gehandelt, oft mit mehrfachem An- und Verkauf täglich. Stern las bis Ende Februar dieses Jahres.
»Er hat Geld verloren?« fragte Stern.
»Und keinen Fliegenschiß«, antwortete Margy, »sondern alles. Von dem abgezockten Geld ist kein roter Heller geblieben, den am Ende nicht wieder der Markt geschluckt hat. Teufel noch mal, er hat nicht bloß alle seine Gewinne verloren, sondern noch viel mehr. Sieh dir mal den letzten Auszug an.«
Stern blätterte weiter. Der letzte Auszug zeigte in Fettdruck einen Sollstand von etwas mehr als zweihundertfünfzigtausend Dollar. Auf Marge zu spekulieren – also auf Maklerkredit Positionen zu übernehmen, die weitaus höher waren als der eigene Kontostand –, damit konnte man allemal große Summen verlieren, und genau das war hier passiert. Alles war in Zuckerkontrakte investiert worden, die an ein paar Tagen im Februar ins Bodenlose gefallen waren, als der Markt verrückt spielte. Bis sich Mr. Wunderkind herausgewunden hatte, war der Verlust ins Riesenhafte gestiegen, auf eine Viertelmillion Dollar mehr, als sein ursprünglicher Habensaldo auf dem Konto betrug.
»Und wurde dieser Sollsaldo ausgeglichen?« fragte er.
»Das geht aus dem Auszug hervor. Die ganzen zweihundertfünfzigtausend Eier. Ich hab nie davon gehört.«
»Also hättest du davon hören müssen?«
»Worauf du wetten kannst«, sagte Margy. Sie straffte sich ein wenig. »Ein Sollstand über hundert Riesen? Entweder ich hör davon, oder es geht von der Buchhaltung direkt hinunter zu Dixon.«
»Aha«, sagte Stern. Er grübelte. Dixon konnte vermutlich Kundenschulden mit einem Federstrich abschreiben. Doch der Kontoauszug wies eine Einzahlung auf.
Stern starrte auf die Papiere und ging alles mit der bekannten kalten Präzision seiner konzentriertesten Aufklärungsversuche mit lauter Stimme nochmals durch. Margy nickte zu jedem Schritt. Der Mann hatte als Insider bewußt eigene Orders

jeweils vor Kundenorders plaziert, was eine Straftat war. Um das zu verdecken, benutzte er verdrehte Kontonummern, und die als fehlerhaft ausgeworfenen Transaktionen landeten auf dem Irrläuferkonto der Firma, wo sich für jeden An- und Verkauf erhebliche Gewinne in Höhe von Zehntausenden von Dollar ansammelten. Dann plazierte er, um diese illegalen Gewinne abzuschöpfen, weitere Orders, wobei er wieder vorsätzlich fehlerhafte Kontonummern eingab. Diese Verlustgeschäfte wurden somit vom Irrläuferkonto abgedeckt. Die auf diese Weise anfallenden Guthaben wurden anschließend durch verschiedene Buchungsmanöver auf das extra dafür eingerichtete Sonderkonto übertragen.

»Auf Wunderkind Associates«, sagte Margy.

»Auf Wunderkind Associates«, wiederholte Stern. »Und dann, statt die Guthaben schlicht abzuheben und sich mit den ganzen illegalen Gewinnen davonzumachen, hat er damit spekuliert. Mehrfach. Und elend schlecht.«

»Richtig.«

»So daß am Ende nach Dutzenden illegaler An- und Verkäufe, alle raffiniert eingefädelt, für ihn ein Verlust von ungefähr einer Viertelmillion Dollar herauskam.«

»Wie aus den Unterlagen hervorgeht.«

»Das ist nicht stimmig«, widersprach Stern resolut. Mit eisenharter Überzeugung wußte er, daß an der Sache noch mehr dran sein mußte. Diese Manipulationen mit dem Wunderkind-Konto waren ein weiteres Zwischenglied in der langen, verschlungenen Kette. Dieses Geld abzuzocken, war für Dixon zum Sport geworden, seine Version von Hindernisrennen. Wie viele Hürden konnte er aus dem Trab heraus nehmen? Stern entschied sofort, daß diese Verluste getürkt sein mußten. Präzedenzfälle dafür gab es massenhaft. Wenn Stern richtig verstanden hatte, fanden zu jedem Jahresende Dutzende solcher fingierter An- und Verkäufe an den Börsen statt, die nur die Steuerfahndung täuschen sollten. Unter Verstoß gegen sämtliche Rechtsvorschriften wurden solche Geschäfte abseits vom Parkett arrangiert und dann dort als eine Art schlechte

Pantomime getätigt, damit für Steuerzwecke ein Verlust ausgewiesen werden konnte, während das Guthaben durch den einen oder anderen Trick wieder an seinen ursprünglichen Eigentümer zurückfloß. Zweifellos war hier etwas Ähnliches im Spiel. Vielleicht wollte Dixon irgendeinen Rekord einstellen: wie viele Gesetze man mit einem einzigen Betrugsmanöver brechen könne. Stern blieb kopfschüttelnd sitzen, überzeugt, daß er die letzten Verästelungen dieses Manövers nie durchschauen würde. Allerdings war es möglich, daß auch die Staatsanwälte das nicht schafften.

»Ich bin sicher, Margy«, sagte Stern schließlich, »daß ich darin dasselbe Problem sehe wie du.«

»Oh«, meinte sie, »das war noch nicht das Schlimme, erst das Seltsame.«

»Ach so«, sagte Stern und fühlte, wie sein innerer Aufzug wieder ein paar Stockwerke durchsackte, nicht ganz so weit und so schnell wie vielleicht erwartet. Er gewöhnte sich allmählich daran. »Und wie lautet die schlechte Nachricht, Margy?«

»In diesem Wisch da« – sie erhob sich halb von ihrem Stuhl, um auf die Vorladung zu zeigen – »werden alle Daten über das Konto angefordert. Du weißt schon, das Eröffnungsformular, der Überziehungsrahmen und das Unterschriftsblatt.«

»Ja. Die wollen herausfinden, wem das Konto gehört.«

»Und siehst du, mein Lieber, genau deswegen stehen wir hier vor einem kleinen Problem. Weil ich nicht mal das winzigste Fitzchen Papier als Beleg dafür finden kann, wer diese Wunderkinder sind.«

»Ach nein?« fragte Stern trocken.

»Wenn ich's dir sage«, antwortete sie. »Alles verschwunden. Alle diese Formulare werden auf Mikrofiche verfilmt. Das Mikrofiche für den Monat, in dem dieses Konto letztes Jahr eröffnet wurde, ist nirgends aufzutreiben. Dabei machen wir immer drei Kopien. Und dann haben wir noch eine kleine Computerdatei über jeden Kunden. Du weißt schon: Name, Adresse, Sozialversicherungsnummer. Irgend jemand hat sich ins System gehackt und alles gelöscht. Gib die Kontonummer da ein, und es blinkt bloß eine Fehlermeldung. Und die Originale aller Formulare sind selbstredend aus den Akten verschwunden.«

»Wo wurden diese Aufzeichnungen verwahrt?«

»Je nachdem. Das zentrale Mikrofiche ist in Chicago, doch wir haben hier 'ne Reservekopie. Die Originale von diesem Konto müßten hier in Kindle sein. In den Computer kommt man von überall rein, wenn man weiß, wie man's machen muß.«

»Und hätte Dixon Zugang zu diesen Aufzeichnungen?« Die Frage klang auch für Sterns eigene Ohren schwach. Die Antwort lag auf der Hand. Margy formulierte sie auf ihre Art.

»Schätzchen, es gibt nichts in den drei Städten, zu dem Dixon keinen Zugang hat, vom Hintern der Empfangsdame bis zur Schublade mit meinem Maalox. Die Firma heißt schließlich Maison Dixon. Fragst du mich etwa, ob jemand, der ihn in einem Aktenschrank hat stöbern sehen, zu ihm gesagt hat: ›Hallo, Sie, was machen Sie denn da?‹ Ausgeschlossen. Ich wiederhol's noch mal: Vor dem haben alle Schiß.«

»Hast du gründlich gesucht, Margy?«

»Ich hab die Akten letzte Nacht selbst gesichtet.«

»Verstehe.« Er klappte den Deckel seines Zigarrenbehälters auf und blickte auf seine Zigarren, die da in ihren braunen Hüllen in Reih und Glied lagen. Letzte Woche hatte er Claudia den Behälter auffüllen lassen, doch er hatte noch immer keine Zigarre angezündet oder auch nur zwischen die Zähne gesteckt. »Aber«, meinte Stern hoffnungsvoll, »manchmal gehen doch Unterlagen beim Verfilmen auf Mikrofiche verloren, oder nicht?«

»Sicher.«

»Und Computerdaten werden doch wohl jeden Tag versehentlich gelöscht.«

»Kann sein«, sagte Margy.

»Und wenn ihr nirgendwo ein Mikrofiche habt, ist vielleicht nie eins dagewesen?«

Margy blickte Stern mit vorgeschobenem Kinn und glitzernden Augen an, während er ihr diese Winkelzüge eines gerisse-

nen Kreuzverhörs vorführte. Ihr Mienenspiel war leicht zu lesen: Damit kannst du bei mir nicht landen.
Stern nahm einen großen Schluck Kaffee und wandte sich zum Fenster. Von hier oben aus dem achtunddreißigsten Stock glänzte der Fluß wie Quecksilber. An manchen Tagen war er bleigrau und trüb. Bei starkem Wind wurde die Strömung schneller, und das Wasser brandete und spritzte gegen die braunen Poller, an denen Lastkähne und andere langsame Binnenfrachter vertäut waren, die sich bisweilen stromaufwärts kämpften. Im Laufe der Zeit hatte er verstehen gelernt, was der Wechsel der Farben bedeutete. Stern konnte nach der Farbe des Flusses sagen, ob das Barometer fiel, ob die Wolkendecke geschlossen war oder sich bald auflösen würde. Hatte man genügend Erfahrung, überlegte er, konnte man lesen, was Anzeichen bedeuteten, und wußte, welche große Wirkung von kleinen Dingen ausging.
Das da würde der Staatsanwaltschaft sauer aufstoßen. Sehr sauer. Er hatte Dixon jetzt schon seit Monaten vor so etwas gewarnt. Offenbar vergebens. Dixon war schlau genug zu erkennen, daß die Staatsanwaltschaft selbst dann, wenn sie nicht herausbekam, was er mit dem Geld gemacht hatte, einen wasserdichten Fall hatte, wenn sie ihn der Entnahme überführen konnte – und dazu reichte der Nachweis der Zeichnungsberechtigung für das Wunderkind-Konto. Die Dokumente verschwinden zu lassen, war ein geradezu verzweifelter Schachzug. Die Staatsanwaltschaft mußte mit der Nase darauf stoßen, daß nur Dixon dafür in Frage kam. Wie Margy gesagt hatte, gab es vermutlich niemand anderen in der ganzen Firma, der so ohne weiteres an alle Akten herankonnte. Sobald die Staatsanwaltschaft bewiesen hatte, daß Dixon zu jeder vermißten Unterlage Zugang hatte, würde sich das Netz der Indizien stramm und unheilverkündend zusammenziehen. Eine harmlose Erklärung für eine derartige Manipulation gab es nicht. Stern war vor Gericht gut. Er konnte mit Irrläuferkonten und Kaufhöchstkursen und Verkaufsniedrigstkursen jonglieren, bis den Geschworenen schwindlig wurde. Doch wenn die

Staatsanwaltschaft den Reißwolf von MD in den Gerichtssaal rollte, konnte er das Gerät nicht ins Kreuzverhör nehmen. Dixon hätte ebensogut selbst hineinspringen können. Vor sich selber konnte man Mandanten nie schützen, dachte Stern. Nie. Vorhang auf zum letzten Akt des Trauerspiels von Dixon Hartnell, dem Kleinstadtburschen, der es ganz nach oben geschafft hatte und dann kriminell geworden war. Für Stern hatte es in jedem Fall, den er verloren hatte, einen Augenblick der Wahrheit gegeben, in dem sich seine Ahnung künftigen Unheils verfestigte und zu konkretem Wissen wurde. Manchmal war das erst, wenn die Geschworenen den Schuldspruch gefällt hatten; häufiger aber gab es schon während des Verlaufs einen bezeichnenden Augenblick, in dem Stern, wie es so schön hieß, um die Kurve sehen konnte. Im Falle Dixon Hartnells, des Gatten seiner Schwester, seines Mandanten, Landsmannes und Gefährten bei Sport und Militär, war heute dieser Tag. Zuviel kam hier zusammen – Wissen, Motiv, Gelegenheit; das Irrläuferkonto, Johns Erinnerungen, die verschwundenen Dokumente. Mit dem heutigen Tag wußte er, wie die Geschichte ausgehen würde.
Dixon würde in den Knast wandern.

Stern brauchte ein paar Minuten, um Margy in die Grundregeln des Umgangs mit Klonsky einzuweisen: Hör genau auf die Frage. Antworte knapp und präzise. Sag nichts freiwillig aus. Sag nie nein, wenn du gefragt wirst, ob etwas Bestimmtes passiert ist; sag lieber, ich kann mich nicht erinnern. Name, Dienstrang, Feldpostnummer. Harte Fakten. Keine Meinungen. Wenn du mutmaßen sollst, lehn das ab. Und denk vor der Grand Jury immer daran, Stern sitzt buchstäblich vor der Tür. Sie habe das unveräußerliche Recht, sich jederzeit mit ihrem Anwalt zu beraten, und solle um Rücksprache mit ihm bitten, wenn eine Frage auftauche, so nebensächlich sie auch scheine, auf die sie sich im entferntesten unvorbereitet fühle.
Er half ihr, die Dokumente wieder in den Aktenkoffer zu packen, und schlüpfte an der Tür in seinen Sakko. Er nahm ihre

Reisetasche und fragte, ob sie bereit sei. Margy blieb auf ihrem Stuhl sitzen.
»Ich bin ziemlich grob mit dir umgesprungen«, sagte sie sanft. Sie blickte auf ihre Kaffeetasse und tippte mit einem leuchtendroten Fingernagel daran. »Vor ein paar Wochen, bei unserem Telefongespräch.«
»Das hatte seine Berechtigung.«
»Weißt du, Sandy, ich habe eine Menge Narben.« Sie schaute kurz auf und lächelte fast scheu. »Ein Mädchen will bloß ein bißchen angemacht werden.«
Stern ging ein paar Schritte auf sie zu. Wie immer bei Margy dachte er gleich auch an ihren Boß. Dixon war vermutlich sehr gut im Anmachen und beherrschte jede abgedroschene Redensart und Geste. Er würde notfalls seinen Mantel über eine Pfütze breiten oder vor dem Fenster gurren. Und hier saß Margy und erzählte ihm, daß Frauen so was mochten. Stern wartete kurz und faßte sich. Zu mehr als einem diplomatischen Rückzieher reichte es bei ihm hier nicht.
»Margy, das ist für mich eine Zeit des Umbruchs gewesen. Viele unerwartete Entwicklungen.«
»Sicher.« Margy lächelte gepreßt, hielt ihre Tasse mit den grellroten Abdrücken ihres Lippenstifts schräg und blickte gebannt in ihren kalten Kaffee. »Sicher«, sagte sie wieder.
Gut, dachte Stern, hier müßte man jetzt Verständnis für ihr Dilemma zeigen. Margy wollte von ihren Freunden angemacht werden – damit sie ihnen eiskalt erwidern konnte, sie täten ja nur so. Stern war sicher, jetzt etwas ganz Wesentliches erkannt zu haben. Er hatte ihren Tonfall vernommen und festgestellt, daß er die Harmonie einer vollendeten Komposition auf der Notenskala menschlichen Leidens verriet. Margys Erfindung war so raffiniert wie die chinesischen Handschellen. Die wurden enger, sobald man sich bewegte. Sein Herz flog ihr wie immer zu.
Und so sprach er in einer Anwandlung von Zärtlichkeit aus, was er für die Wahrheit hielt. »Ich treffe mich seit einiger Zeit recht oft mit einer Frau, die viele Jahre mit uns befreundet

war.« Sehr knapp. Präzise. Er war nicht ganz sicher, was er mit diesem Ausbruch von Aufrichtigkeit wollte, außer der Tugend der Ehrlichkeit an sich. Ja, nach seinem bizarren Auftritt mit Fiona, bei dem er nicht einmal am Rande an Helen gedacht hatte, wußte er nicht mal, ob das jetzt nicht bloß eine Ausflucht war. Doch Klärung war geboten, und Margy, so sehr er sie bewunderte, war nicht die Frau seines Lebens. Die Mitteilung hatte die erwartete Wirkung. Ihre Pupillen verengten sich wie bei starker Lichteinwirkung. Er hatte sie wieder in ihre unvermeidliche Rolle verwiesen; erneut war sie die Verliererin; das verführte und verschmähte Mädchen. Wie alle wollte Margy ein besseres Leben als das, was sie hatte.

»Wie schön für dich«, sagte Margy. Sie schnappte sich ihre Handtasche, schloß den Aktenkoffer, strich im Aufstehen ihren Rock glatt und streifte ihn mit einem kurzen, durchdringenden Lächeln. Wie hieß es doch? Getroffen bis ins Mark. Sie hatte wieder ihr glattes, grimmiges Gesicht für Geschäftsbesprechungen aufgesetzt, war wieder Dixon Hartnells hartgesottenes Mädchen für alles.

Sie legten die drei Häuserblocks bis zum Gerichtsgebäude so gut wie schweigend zurück. Sterns einzige Bemerkungen waren Richtungshinweise wie: Da vorne biegen wir ab. Sie wurden sofort in Klonskys enges Büro geleitet, und Margy ließ sich in dem alten Eichensessel nieder wie ein Reiter zum Rodeo. Sie war bereit.

»Margy«, antwortete sie, als Klonsky fragte, wie sie genannt werden wollte. »Mit hartem ›g‹.« Mit hartem »g«, in der Tat, dachte Stern bei sich. Hart wie ein Diamantbohrer.

Sie hatten sich verspätet, und Klonsky blickte hinauf zur Uhr. Die Termine vor der Grand Jury wurden von einem Protokollanten viertelstundenweise zugeteilt, eifersüchtig überwacht von den Staatsanwälten, die stets unter Druck standen, ihre Sache in dieser Zeit zu erledigen. Klonsky begann Margy zu fragen, während Stern noch den Brief überflog, in dem ihr versichert wurde, daß nicht gegen sie selbst ermittelt werde. Er war vom Leitenden Staatsanwalt selbst unterzeichnet und

sicherte Margy zu, sie werde keiner Beteiligung an einer Straftat verdächtigt, sofern sie vor der Grand Jury wahrheitsgemäß aussage. Stern steckte das Schreiben in seinen Aktenkoffer und beobachtete dann Klonsky bei der Arbeit. Sie befragte Margy – lauter Routinefragen – und notierte die Antworten auf einem gelben Block. In ihrer Rolle als Staatsanwältin wirkte Sonia wie die meisten ihrer Kollegen, unnachsichtig, humorlos, verbissen. Sie ging so pedantisch vor, daß Stern sich sogar Hoffnungen machte, die Frage der fehlenden Dokumente werde gar nicht mehr angeschnitten. Damit bekäme er die Chance, sich nochmal Mr. Hartnell vorzunehmen. Doch ein paar Minuten vor dem terminierten Auftritt vor der Grand Jury zog Klonsky die Kopie der Vorladung aus der Akte und ging sie Punkt für Punkt durch. Margy überreichte die Auszüge für das Wunderkind-Konto und sagte dazu aufgeräumt: »Das ist alles.«
»Das ist alles?« fragte Klonsky, und ihr Blick verriet eine böse Vorahnung. Sie sah wieder in ihre Unterlagen.
Stern ergriff jetzt zum erstenmal das Wort. Irgendwo, sagte er, habe es ein Mißverständnis gegeben. Die verschiedenen Dokumente zur Konteneröffnung – zum Beispiel Unterschriftsformulare und Anträge – seien offenbar verlegt worden und derzeit nicht aufzufinden. Eingehende Nachforschungen seien von Mrs. Allison angestellt worden und würden unter seiner Anleitung fortgesetzt, erklärte Stern.
»Sie sind weg?« fragte Klonsky. »Weggeschmissen?«
Margy wollte etwas sagen, doch Stern packte sie am Handgelenk, an dem sie ein schweres Armband trug. Es sei viel zu früh für die Annahme, sagte Stern, daß die Dokumente unauffindbar seien. Die Vorladung sei vor knapp zwei Wochen zugestellt worden, und MD sei eine große Firma mit Hunderten von Angestellten und drei Büros.
»Ich glaub das einfach nicht.« Klonsky schenkte Stern so gut wie keine Beachtung und stellte Margy eine Reihe Fragen zu den einzelnen Dokumenten, den Kopien und dem Ort der Aufbewahrung. Viel präziser als Stern schälte sie die Einzelhei-

ten von Margys Suche heraus. Während dieses Verhörs saß Klonsky steif und entschlossen hinter ihrem Schreibtisch. So freundlich sie auch sonst sein konnte, Mrs. Klonsky wurde rasch wütend, wenn man sie reizte.

Sie sah Stern an. »Das werde ich Stan berichten müssen.«

»Sonia«, sagte Stern, »noch mal, ich glaube, Sie ziehen hier voreilige –«

Sie schnitt ihm mit einer mißgelaunten Handbewegung das Wort ab. In ihrem blauen Strickkleid streifte sie mit dem Bauch den Schreibtisch, als sie sich aus ihrem Sessel herauswand und voranging, hinunter zur Grand Jury.

Als die Richter aus dem neuen Bundesgebäude geflohen waren, hatten sie die Grand Jury dagelassen. Die Verteidiger protestierten gegen die räumliche Nähe zum Büro der Bundesstaatsanwaltschaft, doch dies wurde als vergebliche Drohgebärde betrachtet. Praktisch gehörte die Grand Jury zur Staatsanwaltschaft. Eine unbeschilderte Tür ein Stockwerk tiefer führte in eine Art Wartezimmer wie beim Arzt; darin stand das gleiche billige Mobiliar mit Brandflecken von Zigaretten und abgeplatztem Lack wie oben im Büro der Bundesanwaltschaft. Hinter zwei weiteren Türen lagen die Räume der Grand Jury. Stern hatte häufig einen Blick hineingeworfen. Sie machten nicht viel her: eine kleine erhöhte Bank an der Vorderseite des Raums und Sitzreihen wie in einem kleinen Klassenzimmer. Die dreiundzwanzig Mitglieder der Grand Jury, die aus der Schar der ordentlichen Geschworenen gewählt wurden, um der Staatsanwaltschaft feststellen zu helfen, ob die vorhandenen Beweise zur Anklageerhebung wegen eines Verbrechens ausreichten, waren meist gewerkschaftlich organisierte Arbeitnehmer der einen oder anderen Art, die sich um kein eigenes Geschäft kümmern mußten, oder aber Rentner, Hausfrauen mit viel Freizeit und auch häufig Arbeitslose, denen die Aufwandsentschädigung von dreißig Dollar täglich gelegen kam. Für Stern blieb die Grand Jury, angeblich zum Schutz der Unschuldigen gedacht, eine der herausragenden Scheininstitutionen der Strafjustiz. Gelegentlich zogen sich Strafverteidiger daran hoch, wie eine widerborstige Grand Jury sich ein paarmal verweigert oder mit der Staatsanwaltschaft über einen Fall angelegt hatte. Doch gewöhnlich unterwarfen sich die Geschworenen wie erwartet dem Urteil der eifrigen jungen Leute der Bundesanwaltschaft. Wie man so hörte, saßen die Geschworenen da und strickten, lasen Zeitung oder reinigten sich die Fingernägel, während irgendein armes Schwein, das im Namen der erhabenen Staatsgewalt der Vereinigten Staaten vor ihre Schranken gezerrt worden war, von der Staatsanwaltschaft nach Lust und Laune in die Mangel genommen wurde.

»Denk daran, ich bin hier vor der Tür«, ermahnte er Margy. Sie ging hinein, ihren Aktenkoffer mit sich schleppend, und blickte, immer noch sauer, nicht zurück. Auch Klonsky war noch verärgert und schlug vielleicht unabsichtlich Stern die Tür vor der Nase zu.

Das Verfahren war geheim. Der Raum hatte keine Fenster, nur eine Tür. Geschworene, Staatsanwälte und Protokollanten durften nichts von den Vorgängen offenbaren, oder erst dann, wenn die Staatsanwaltschaft die früheren Zeugenaussagen im Prozeß einzubringen hatte. In diesem Gerichtsbezirk sickerte lobenswerterweise selten etwas über die Verhandlungen vor der Grand Jury durch, und von vielem, was sich hier abspielte, hörte man nie wieder ein Wort. Ein Trost für alle, die haltlosen oder gar unbeweisbaren Verdächtigungen ausgesetzt wurden. Doch auf eben dieses Geheimhaltungsprinzip berief man sich auch, um den Anwalt des Zeugen von der Verhandlung auszuschließen; Stern durfte nur wie ein wohlerzogener Hund vor der Tür warten. Ein Zeuge, dem keine Schweigepflicht auferlegt war, konnte notfalls nach jeder Frage hinaus, um sich mit seinem Anwalt zu beraten. Doch eingeschüchtert von der Atmosphäre und darauf bedacht, den Befrager zu beschwichtigen, nutzten die Zeugen selten dieses Recht. Seine Mandanten ließen Stern gewöhnlich untätig warten, und er hielt dann vor der Tür Wache mit Hut und Aktenkoffer auf dem Schoß und einem Knoten im Magen.

Manchmal, besonders bei männlichen Stimmen eines gewissen

Timbres, konnte Stern die Vorgänge auf dem Sitzplatz dicht neben der Tür Wort für Wort verfolgen, wenn er leise atmete und draußen niemand redete. Heute wurde ihm dieses Glück nicht zuteil. Barney Hill, der Hilfsprotokollant, der die Termine machte und Verdienstausfallbescheinigungen für die Zeugen ausstellte, wollte mit Stern über die Trappers plaudern, und Frauenstimmen schienen nicht so gut durch die schwere Tür zu dringen. Vernehmen konnte er nur Klonsky in einer gewissen Stimmlage und den zuversichtlichen Tonfall von Margys Antworten. Nach fünfzehn Minuten wurde die Tür aufgestoßen, und beide Frauen kamen heraus. Sie hatten es hinter sich. Wie zu erwarten war, hatte sich Margy entschieden, sich zwischendurch nicht mit ihrem Anwalt zu beraten.

»Ich mach mir immer noch Sorgen um diese Dokumente«, sagte Klonsky auf der Türschwelle, während eine Anzahl Geschworener hinter ihr hinausdrängte. »Mrs. Allison wird noch mal danach suchen.«

»Selbstverständlich«, versicherte Stern.

»Wenn es nach mir geht, leiten wir jetzt Ermittlungen wegen Behinderung der Justiz ein.«

Stern versuchte erneut, sie zu besänftigen, doch Klonsky winkte ab und lächelte dabei sanft über seine abgedroschenen Ausreden. Sie wiederholte, daß sie mit dem Leitenden Staatsanwalt sprechen werde, und eilte davon, um offenbar genau das zu tun.

Stern, der mit Margy zurückblieb, zeigte auf einen der schmalen Räume unmittelbar neben dem Sitzungsraum der Grand Jury, die für Beratungen von Zeugen mit ihren Anwälten vorgesehen waren. Das Zimmer, zweimal drei Meter groß, war kahl; ein abgewetzter Tisch und zwei Stühle standen darin, und die grauen Wände waren verkratzt und angeschmutzt. Stern hatte es sich im Laufe der Jahrzehnte zur Gewohnheit gemacht, mit seinen Mandanten gleich hier Frage für Frage nochmals durchzugehen, solange ihre Erinnerung noch frisch war.

Stern schloß die Tür, und Margy, noch immer abweisend ihm gegenüber, aber ansonsten ruhig, setzte sich. Er fragte sie, wie es gelaufen sei.
»Ganz gut«, sagte sie gelassen. »Ich hab gelogen.«
Stern blieb, die Hand auf dem Türknauf, stehen. Das passierte natürlich ab und zu. Nicht so oft, wie man sich das gemeinhin vorstellte, doch ab und zu schon. Eine Mandantin hebt hinterher das Kinn und gibt frank und frei eine Straftat zu. Trotzdem fühlte er sich sogleich fiebrig und schwach.
Er setzte sich ihr gegenüber hin. Sie blieb hart und unwirsch.
»Darf ich fragen«, sagte Stern, »in welcher Form du unrichtige Angaben gemacht hast?«
Margy wedelte mit weißer Hand, Armreifen und langen Fingernägeln.
»Weiß nicht. Sie hat mich gefragt, ob ich irgendeine Ahnung hätte, wohin die Unterlagen geraten sind.«
»Hm«, machte Stern. Da ihm klar wurde, daß das alles irgendwie auf ihn gezielt war, versuchte er seine Erleichterung zu verhehlen. Wenn sie sonst keine Dummheit gemacht hatte – etwa ein offenes Geständnis –, würde die Staatsanwaltschaft nie wegen Meineids gegen sie vorgehen, bloß weil Margy ihre Ansichten für sich behalten hatte.
»Sie fragte mich, ob ich aus irgendeiner anderen Quelle etwas über dieses Wunderkind-Konto wüßte.«
»Und du hast das verneint?«
»Richtig.«
»Und das war gelogen?«
»Ja.«
Stern war nicht so clever gewesen, die Frage schon in seiner Kanzlei zu stellen. Vielleicht hätte Margy dort ausführlich geantwortet. Jetzt würde sie gewiß keine Einzelheiten mehr preisgeben.
»Sonst noch was?«
»Sie hat gefragt, ob ich mit Dixon über die Dokumente geredet habe. Ich habe auch dazu nein gesagt.«
»Aber du hast es getan?«

»Na klar.«
Was ließ ihn glauben, daß er schlau war, hatte er doch das Naheliegende übersehen? Natürlich hatte sie das alles mit Dixon besprochen. Aller Wahrscheinlichkeit nach hatte er ihr sogar ein paar Tips gegeben, was sie Stern sagen sollte. In Wahrheit wollte er gar nicht so genau wissen, was Dixon ihr erzählt hatte. Das würde ihn mit Sicherheit zur Weißglut bringen – und die Interessenkollision, die die Staatsanwältin so uneigennützig vorhergesagt hatte, war ohnehin jetzt eingetreten. Daß Margy gelogen hatte, gereichte Dixon aus einer gewissen platten Sicht gewiß zum Vorteil, aber Stern konnte fortan nicht mehr beide vertreten. Er wußte, daß er daran selbst schuld war. Dreißig Jahre waren seine persönlichen Beziehungen nie mit seinen Berufspflichten über Kreuz geraten, doch so oder so hatte ihn sein Witwerpriapismus an diesen Punkt geführt, wenn vielleicht auch nur insoweit, als Margy aus Wut auf ihn zu erkennen gegeben hatte, was tatsächlich vorgegangen war. Für den Augenblick kam seine Demütigung weit hinter seinen Anwaltspflichten, und die kannte er.
»Margy, ich würde dich gern mit einem anderen Anwalt bekannt machen. Und der wird dir meiner Meinung nach raten, gleich wieder vor die Grand Jury zu treten und zu widerrufen.«
»›Widerrufen‹?«
»Das Protokoll korrigieren. Wenn das sofort geschieht, passiert dir nichts.«
»Ich war dort, und jetzt mach ich 'ne Fliege.« Sie zog ein saures Gesicht und stand auf. So zornig, wie sie jetzt war, wirkte alles an ihr eindrucksvoller – ihre Lockenfrisur, ihre Accessoires, die grellroten Fingernägel, die hohen Absätze und matt schimmernden Strümpfe. Als Person bestand Margy aus vielen sorgfältig ausgesuchten Bestandteilen, doch in diesem Moment war jede Schicht von ihrem Zorn elektrisch aufgeladen. »Du hast keine gottverdammte Ahnung davon, was hier eigentlich vorgeht, oder?« Wie sie ihn, auf ihn herabsehend, fixierte, war furchterregend – nicht bloß wegen der Grobheit, sondern

wegen der mangelnden Achtung. Sie hatte sich offenbar gewisse Vorstellungen gemacht, die sie zu ihrem Bedauern nun als haltlos erkannte.

»Ich hätte gern eine«, sagte er dumpf. In diesem Moment fühlte er sich von starker Angst erfaßt – wegen Margys Zwangslage und mehr noch deswegen, wie sie ihn angesichts seiner Ahnungslosigkeit abkanzelte. So vieles war seiner Kenntnis oder Kontrolle entzogen. John. Dixon. Sogar Margy. Sie waren wie Materieteilchen, die in den Weltraum hinaustrieben.

»Nee«, sagte sie und schüttelte ihren Kopf mit den vielen Locken. »Nicht mit mir, mein Lieber. Du weißt, mit wem du reden mußt. Ich muß mein Flugzeug kriegen.« Sie warf sich die Reisetasche über die Schulter und nahm ihre Handtasche und ihren Aktenkoffer. »Die Chose hier ist ein Deppenwettbewerb: Wer ist der größte Depp? Merk dir das, aufgeklärt hat dich Margaret Jane Allison aus Polk's Cowl in Oklahoma.« In beiden Händen Taschen, stieß sie die Tür mit dem Fuß auf und schritt ohne einen Blick zurück hindurch.

26

Manche Strafverteidiger meinten, der schlimmste Moment sei der nach der Anklageerhebung, wenn man das Beweismaterial der Staatsanwaltschaft überblicke – ein unüberwindliches Gebirge. Doch Stern hatte diese Herausforderung stets begrüßt; kannte man erst einmal die Stoßrichtung der Staatsanwaltschaft, war jede andere Richtung ein Fluchtweg. Solange aber noch ermittelt wurde, konnte es für ihn völlig unerträglich werden. Normalerweise waren in dieser Zeit Leute zu befragen, Unterlagen zu sichten, Anträge zu stellen. Doch gelegentlich war er wie gelähmt, wenn er merkte: Die Staatsanwaltschaft wußte Bescheid, und er hatte keine Ahnung. Er nannte das gern den Horror des Anwalts – und gerade jetzt war er so schlimm wie nie zuvor. Blind und unwissend fürchtete man da, jeder Schritt könnte der falsche sein und den Absturz aus der Felswand einleiten. Und so hing man da voller Ach und Weh – so richtig wehrlos – in finsterer Nacht bewegungslos an steiler Wand und wartete auf den Sturm, hörte den Wind immer lauter pfeifen und merkte, wie es immer kälter wurde. Er saß im Zeugenzimmer, zusammengesackt, ausgepumpt, und spürte sein Alter und Gewicht und seine morschen Knochen. Er hatte immer größere Angst um Dixon.

Als er aufblickte, stand Klonsky im Türrahmen, lehnte sich daran und nahm das Jammerbild in sich auf.

»Sonia.«

»Für meine Freunde ›Sonny‹.« Sie lächelte; er mußte erbarmungswürdig ausgesehen haben, um sie so schnell zu erweichen. Doch ihre Freundlichkeit tat ihm gut. Also Sonny. Sie setzte sich auf den Stuhl, auf dem Margy gesessen hatte. »Stan wollte, daß ich nach Ihnen suche.«

»Und Sie haben mich gefunden.« Er lächelte verbindlich. »Können wir von Jurist zu Jurist miteinander reden, Sonny?«

»Selbstverständlich.«

»Mir ist das genauso gegen den Strich gegangen, als ich hörte, daß diese Dokumente nicht dort waren, wo sie hätten sein sollen.«

»Davon bin ich auch ausgegangen, Sandy. Aber für Ihren Mandanten wird das sehr ernst.«

Er deutete mit einem schwachen Lächeln an, daß es eines solchen Hinweises bei ihm nicht bedurfte.

»Ich habe gerade mit Stan darüber gesprochen«, ergänzte sie.

»Ach ja«, sagte Stern. »Mit dem Herrn Leitenden Staatsanwalt.« In seiner gegenwärtigen Stimmung konnte er seine Gefühle kaum noch bändigen. Wenn er an den zugeknöpften, nachtragenden Sennett dachte, knirschte er fast mit den Zähnen. Er ermahnte sich selbst zu einem liebenswürdigeren Ton, wenn er von ihrem Chef sprach. »Und was sagt er uns?«

»Er sagt«, antwortete Sonny, »daß er glaubt, Sie werden die Dokumente schon finden.«

»Wirklich?« fragte Stern. »Man stelle sich das vor, da hat einer vierundfünfzig Staatsanwälte anzuleiten und nimmt sich dabei noch die Zeit, meine Arbeit zu tun.«

Sie lächelte unwillkürlich. »Er sagt, ich soll Ihnen was ausrichten.«

»Nur zu.«

»Suchen Sie den Safe.«

Er rührte sich nicht; nicht mal ein Zucken war in diesem Moment gestattet; womöglich stockte ihm sogar jetzt eine kurze Weile das Blut. Das war die harte Schule des Gerichtssaals: sich bloß nichts anmerken lassen.

»Verstehen Sie, was er damit meint?« fragte er sie endlich.

»Ich?« fragte Sonny zurück. »Meinen Sie, ich sollte das beantworten?«

Sie mußte das nicht; es war auch so klar. Sennett benutzte sie jetzt nur als Botin. Stern wußte, was das besagte. *Ai, carajo!* Halbvergessene Worte, ein Aufschrei aus seiner Kindheit. Mr. Sennett und sein Informant. Die schienen ja allwissend zu sein. Vielleicht gab es überhaupt keinen Informanten? Das war wohl eher ein angezapftes Telefon. Ein Mikrofon in der Wand. Eine versteckte Kamera. Stern holte Luft. Seine Angst um Dixon war jetzt noch mehr gewachsen. Vor Dritten wie ihr aber lächelte er weiter, ein atavistischer Reflex.

»Was ist daran so erheiternd?« wollte sie wissen.

»Ach«, sagte er, »ich glaube nicht, in letzter Zeit einen Fall gehabt zu haben, bei dem ich soviel Angst hatte.«

»Angst?«

»Das richtige Wort.« Er nickte. »Es hat noch keine Ermittlung gegeben, bei der ich so im dunkeln gelassen wurde.«

»Von der Staatsanwaltschaft?«

»Na sicher von der Staatsanwaltschaft. Sie haben mir nicht einmal amtlich bestätigt, gegen wen oder wegen welcher Straftat ermittelt wird.«

»Sandy, es gibt keine Rechtsvorschrift –«

»Von Rechtsvorschriften ist hier nicht die Rede. Ich spreche von Fairneß. Von generellen Gepflogenheiten.« Nachdem er sich Luft gemacht hatte, konnte er seine Empörung kaum noch zügeln. »Glauben Sie nicht auch, jetzt wäre eine schlichte Mitteilung angebracht, welchem Verdacht die Staatsanwaltschaft nachgeht, statt mir selektive und minimale Andeutungen zu machen in der Hoffnung, daß ich mal hierhin und mal dorthin renne wie ein Huhn ohne Kopf? Glauben Sie denn, ich merke nicht, daß diese Vorladungen absichtlich so formuliert sind, daß mir jedes Fitzchen Information über Kenntnisstand und Ermittlungsrichtung der Staatsanwaltschaft vorenthalten bleibt?«

»Sandy – sehen Sie mal, Sie wissen doch, daß das nicht in meiner Hand liegt.«

»Aber Sie sitzen jetzt hier vor mir. Sie sind lange genug Staatsanwältin, um zu wissen, was üblich ist – und was nicht. Sagen Sie mir nur ein paar Worte.«

»Sandy, in dieser Sache ist Sennett echt pingelig.«

»Hören Sie, ich fordere Sie nicht auf, irgendeine Geheimhaltungsvorschrift oder Amtspflicht zu verletzen. Ich bin mit dem zufrieden, was Sie mir ohne weiteres mitteilen können. Wenn es Ihnen lieber ist, sage ich Ihnen, welchen Verdacht ich bei Ihren Ermittlungen habe, und Sie sagen mir bloß, ob ich richtig oder falsch liege. Mehr nicht. Da ist doch nichts dabei, das ist kein Geheimnisbruch. Das dürfen Sie doch, oder nicht?«

Durfte sie das? Ungewißheit zog über ihr Gesicht. Sonny würde es nie richtig lernen, ihre Gefühle zu verbergen.

»Sonny, bitte. Sie sind ein lebendiger Mensch, und ich spüre, daß zwischen uns eine gewisse Freundschaft besteht. Ich will das nicht überstrapazieren. Aber ich habe keine Ahnung mehr, wohin ich mich wenden soll.«

»Sandy, vielleicht weiß ich weniger, als Sie glauben.«

»Aber mehr als ich gewiß.«

Sie blickten einander über den Tisch hinweg an.

»Ich habe ungeheuer viel zu tun«, erklärte sie endlich. »Ich werde mal über das nachdenken, was Sie gesagt haben.«

»Es würde bloß zehn Minuten dauern. Höchstens fünfzehn.«

»Sehen Sie, Sandy, um ehrlich zu sein, ich habe überhaupt

keine Luft mehr. Ich habe vier Verfahren am Hals, die in den nächsten zwei Monaten vor Gericht gehen. Und jetzt auch noch das. Seit März haben wir geplant, Charlies Sohn mit hinauf zum Wochenendhaus seiner Familie in Dulin zu nehmen und dort über die freien Tage um den 4. Juli Erdbeeren zu pflücken. Und jetzt muß ich zwischendurch am Montag hierher zurück und habe Himmel und Hölle in Bewegung gesetzt, um wenigstens das Wochenende freizubekommen. Also nehmen Sie's mir nicht übel, wenn ich Ihnen sage, daß ich ziemlich in Druck bin.«

»Verstehe«, erwiderte Stern. »Für Fairneß haben Sie also keine Zeit.«

»Ach, kommen Sie mir doch nicht so, Sandy.« Er frustrierte sie, machte sie fertig. Er zog wieder mal alle Register. »Wenn es Ihnen so wichtig ist, mir fünfzehn Minuten lang ein paar Fragen zu stellen, die ich niemals beantworten kann, dann fahren Sie doch am Samstag hundert Meilen zu uns nach Dulin hinauf. Mehr kann ich nicht für Sie tun.«

Als er sie nach Richtungsangaben fragte, mußte sie laut lachen.

»Sie wollen wirklich kommen?«

»In meiner Lage muß ich jedem Hinweis nachgehen. Also Samstag nachmittag?«

»Lieber Gott«, sagte Sonny. Das Haus liege an der Landstraße D, sechs Meilen nördlich der Bundesstraße 60. Brace's Cabin. Sie beschrieb es als ausgebaute Bretterhütte. Während er sich das notierte, wies sie mit dem Finger auf ihn.

»Sandy, mal ganz im Ernst. Vielleicht bin ich nicht mit allem einverstanden, was Stan macht, aber es ist seine Show. Glauben Sie bloß nicht, ich fahre da hinaus und mache dort etwas, was ich hier nicht tun würde.«

»Natürlich nicht. Reden werde ich. Sie brauchen nur zuzuhören. Wenn Sie wollen, können Sie sich Notizen machen und jedes meiner Worte Sennett mitteilen.«

»Ein weiter Weg für nichts und wieder nichts.«

»Vielleicht doch nicht.« Völlig unerwartet hatte er ein leises

Sehnen in sich entdeckt. Gierig flüsternd wie ein Kind meinte er, Erdbeeren esse er für sein Leben gern.

Durchs Telefon konnte Stern Silvia hören, wie sie durch die langen, plattenbelegten Flure ihres Hauses Dixon suchen ging. In letzter Zeit bemerkte er jedesmal, wenn er mit seiner Schwester sprach, eine gewisse Angst in ihrer Stimme. Doch zwischen ihnen wurden niemals Dixons Angelegenheiten erörtert. Allerdings gehörte Silvia auch zu den Frauen, die in einer früheren Zeit aufgewachsen waren und sich nie in einen Bereich vorwagen würden, den sie als reine Männerdomäne ansahen.

»Was gibt's?« fragte Dixon kurz angebunden. »Ich steige gleich wieder in die feine Gesellschaft auf. Deine Schwester hat dafür gesorgt, daß wir in einer Viertelstunde das halbe Museumskuratorium unterhalten müssen.« Silvia, eine echte Tochter ihrer Mutter, wurde der Verpflichtungen eines anspruchsvollen Gesellschaftslebens nie müde: Frauenkorps, Wohlfahrtsausschüsse, der Country Club. Dixon zog sie damit auf, anstatt zuzugeben, daß er selber auch am liebsten tat, was sich für reiche Leute seiner Ansicht nach gehörte. Ihre Abende gingen für Wohlfahrtsbälle und Wahlkampfspendenessen, Galerieeröffnungen und exklusive Partys drauf. Stern sah häufig ihr Foto in den Zeitungen, ein bemerkenswert schönes Paar, das gediegen, gelassen und sorgenfrei wirkte. Silvia hatte sich in den letzten Jahren – auf Dixons Wunsch – auf ihre Rolle unter den oberen Zehntausend konzentriert und ließ sich in der Limousine zum Lunch in die City oder zu einer Modenschau in einem eleganten Laden chauffieren, typische Anlässe, wo sich die Frauen anderer schwerreicher Männer ein Stelldichein gaben, von denen die Hartnells als ihresgleichen akzeptiert worden waren. Sonst spielte sie Golf oder Tennis, oder sie ritt sogar aus.

Bei jemand anderem hätte Stern die Nichtigkeit dieses Lebensstils wohl eher hart kritisiert, doch es gab keinen Fehler seiner Schwester, den er ihr nicht längst von ganzem Herzen verziehen hatte. In mancher Hinsicht erinnerte ihn Silvia an Kate, mit der sie auch eine ungewöhnliche Nähe verband – sie hatte zugelassen, daß die Schönheit ihr Schicksal wurde. Sie war hervorragend erzogen worden, und das hatte sie in Dixons Arme geführt. Ende der Geschichte. Selbst in den Jahren, in denen Dixon draußen über die Maisfelder stapfte, um seinen Kundenstamm aufzubauen, hatte er ihr zu arbeiten verboten, und Silvia hatte sich ohne erkennbares Unbehagen gefügt. Allerdings machte Silvias schönste Zierde, ihre Güte, alles wieder wett. Sie war und blieb außergewöhnlich, und ihre Großzügigkeit ging weit über das Übliche oder Typische hinaus. Clara, die mit hohlen Figuren nichts anfangen konnte, hatte Silvia sehr gemocht und viel von ihr gehalten. Sie hatten sich zwei-, dreimal in der Woche getroffen, zum Lunch, zu Vorträgen in der Kunsthalle oder zu Theatermatinees, und jahrzehntelang hatten sie zusammen die Mittwochnachmittagskonzerte des Symphonieorchesters besucht. Was auch immer andere Silvia nachsagen mochten, Stern hatte keine Klagen über sie. Silvia himmelte ihren Bruder an wie sonst niemanden auf der Welt. Aus manchen Stimmungen heraus schickte sie ihm kurze Briefchen oder kaufte ihm Geschenke. Sie rief jeden Tag an, und mit ihr redete er noch immer wie mit keinem anderen. Es war schwer zu definieren, doch der Ton ihrer Gespräche war irgendwie unbeschwert, wie fröhliches Gesumme. Er war und blieb in ihren Augen der Mond, die Sterne, die Milchstraße, ein Weltall. Wie hätte Stern ein Leben verdrießlich nennen können, in welchem er noch immer eine solche Sternenrolle spielte?

»Wir müssen uns unbedingt treffen«, sagte Stern jetzt zu Silvias Ehemann. »Je eher, desto besser.«

»Probleme?«

»Viele.«

»Gib mir 'nen Hinweis.«

»Lieber unter vier Augen, Dixon. Wir haben allerhand zu bereden.«

»Ich muß mit dem Flieger morgen früh Viertel vor sechs nach

New York und bis zum Ende der Woche dortbleiben.« Dixon hoffte wieder auf einen Durchbruch mit seinem Spekulationspapier zum Index der Verbraucherpreise und flog zweimal wöchentlich zu Besprechungen nach New York oder Washington. »Und dann wollen Silvia und ich über den 4. Juli auf die Insel.« Damit meinte er einen seiner Zweitwohnsitze in der Karibik, ein abgeschiedenes Refugium in einer Steueroase; es hatte die Steuerfahndung bei ihren Ermittlungen vor ein paar Jahren fast zum Wahnsinn getrieben, als sie nicht einen Penny dorthin verfolgen konnte. Stern trommelte mit den Fingern auf seinen Glasschreibtisch. Dixon hatte offenbar gar keine Zeit, in Schwierigkeiten zu sein.

»Ich hab den heutigen Tag mit Margy und Mrs. Klonsky zugebracht.«

»Hab gehört, daß so was anberaumt war.«

»Ja«, sagte Stern. Natürlich hatte Dixon davon gehört. Genau darum ging es ja. Stern fühlte sich am Telefon schrecklich im Nachteil. »Es hat ein paar bedenkliche Weiterungen gegeben.«

»Zum Beispiel?«

»Erst mal scheint die Staatsanwaltschaft über deinen Safe Bescheid zu wissen. Ich glaube, sie fahnden bald danach, wenn das nicht schon im Gange ist.«

Am anderen Ende des Telefons gab Dixon einen Moment lang keinen Laut von sich.

»Und woher, verdammt noch mal, wissen sie von ihm?«

Ja, woher? Um diese Frage zu stellen, hätte Stern Dixon nicht gebraucht. Es gab da einen gewissen einleuchtenden, wenn auch beklemmenden logischen Zusammenhang: Margy tritt vor die Grand Jury, und die Dokumente fehlen; Margy kommt wieder heraus, und die Staatsanwaltschaft erwähnt den Safe. In ihrem Zorn hatte Margy unter Umständen alles mögliche aufgedeckt. Vielleicht war Dixon so umsichtig gewesen, den Safe oder seinen Transport ihr gegenüber nie zu erwähnen, doch das durfte füglich bezweifelt werden. In seiner gegenwärtigen Stimmung finsteren Mißtrauens war Stern sogar der Gedanke gekommen, Margy könnte schon die ganze Zeit die

Quelle der Staatsanwaltschaft sein. Eigentlich lächerlich, doch der Gedanke drängte sich ihm immer wieder auf. Nach diesem Drehbuch war alles heute und schon seit vielen Tagen – und Nächten – nichts weiter als ein gutgespieltes Melodram. Natürlich sehr unwahrscheinlich. Aber derlei Spielchen hatte es früher schon gegeben. Es waren sogar Fälle bekannt, wo die Staatsanwaltschaft so weit gegangen war, ihre Informanten anzuklagen, nur um sie nicht zu enttarnen. Stern schloß beim derzeitigen Stand der Dinge nichts mehr aus.

»Ich hatte gehofft, Dixon, du könntest etwas Licht in die Sache bringen.«

»Schwerlich«, meinte Dixon.

»Könnte John –«

»John? John sucht doch noch das Pißbecken, Stern. Verschon mich bloß damit.«

Die beiden Männer schnauften ins Telefon.

»Dixon, da scheinen ein paar Unterlagen verschwunden zu sein.«

»Was für Unterlagen?« fragte Dixon weit weniger heftig.

»Über das Wunderkind-Konto. Weißt du darüber Bescheid?«

»Bescheid über was?«

»Über das Konto. Die Dokumente. Daß sie verschwunden sind.«

»Ich glaube, ich kann dir nicht so recht folgen. Laß uns nächste Woche darüber reden.«

»Dixon, eben weil diese Dokumente verschwunden sind, interessiert sich die Staatsanwaltschaft jetzt für den Safe.«

»Und?«

»Wenn die Unterlagen gefunden werden könnten –«

»Keine Chance«, blaffte Dixon zurück.

Einen Augenblick lang schwiegen beide, anscheinend gleichermaßen betroffen von dem vielen Ungesagten in dieser Bemerkung Dixons und ihrem Tonfall. Dann sprach Dixon weiter, in dem schwachen Versuch, nicht ganz so schroff zu wirken: »Ich hab da keine großen Hoffnungen.«

»Dixon, das geht sehr übel für dich aus. Sehr übel. Ich hab's dir

schon mal gesagt, das ist der absolute Gipfel der Dummheit.«
Nach Dixons Lapsus konnte Stern direkter werden; er spürte einen gewissen Trotz am anderen Ende der Leitung, fuhr aber dennoch fort: »Dixon, wenn der Safe in dem jetzigen Klima aufgespürt wird, bringt uns das einen Haufen Ärger. Ganz zu schweigen davon, daß mir das äußerst peinlich wäre.«
»Peinlich?«
»Schadet meiner Glaubwürdigkeit. Du verstehst schon. Aber halten werden sie sich trotzdem an dich. Die Staatsanwaltschaft weiß doch, daß der Safe dort, wo er jetzt steht, nicht vom Himmel gefallen ist.« Am Telefon fühlte sich Stern genötigt, die Dinge etwas zu umschreiben. Zwar durfte die Staatsanwaltschaft, selbst wenn Dixons Telefon angezapft sein sollte, ein solches Gespräch zwischen Anwalt und Mandanten nicht offiziell abhören, aber man konnte nie wissen, vor allem nicht in einem so großen Haus wie dem Dixons, wer vielleicht zufällig an einem Nebenapparat lauschte.
»Du meinst, daß du das Ding jetzt zurückgeben willst, nachdem du mir erst erklärt hast, ich soll es bei dir unterstellen?«
»Durchaus nicht. Ich sage dir nur, daß du die Dinge falsch einschätzt und eine gefährliche Lage schaffst.«
»Ich nehm ihn zurück, schick ihn her.«
»Dixon.«
»Hör mal, ich muß jetzt diesen verflixten Frack anziehen. Am Sechsten bin ich wieder da.«
»Dixon, jetzt ist nicht die Zeit für einen Urlaub. Ich muß dich bitten zurückzukehren, sobald du in New York alles erledigt hast.«
»Ach geh, mir kommt das gerade recht, mal auszuspannen. Bloß ein paar Tage. Die Sache wird warten können. Ist bei Rechtssachen immer so.«
»Dixon, ich hab eine Menge Fragen und erwarte klare Antworten.«
»Sicher«, sagte Dixon. »In Ordnung. Ja, ich komm ja schon«, schrie er, als dränge ihn Silvia, obwohl Stern durchs Telefon keinen Laut von seiner Schwester gehört hatte.

27

Als er am Freitag spätabends heimkam, blieb Stern kurz in der Eingangshalle seines leeren Hauses stehen. Helen war nicht in der Stadt, sie war irgendwohin nach Texas geflogen, um eine Kongreßhalle in Augenschein zu nehmen; vor Sonntag würde sie nicht zurück sein. Mit einem gewissen inneren Ruck bereitete sich Stern darauf vor, das Wochenende allein zu verbringen. Während die Essensreste auf dem Herd warm wurden, wanderte er durchs Haus, las seine Post und spürte den Nachklang verschiedener Mißhelligkeiten. Eine anstrengende Woche war das gewesen.

Vor den riesigen Fenstern des Wintergartens blieb er stehen. Dank ihrer Vorarbeit und günstiger Niederschläge war Claras Garten prächtig gediehen. Die im letzten Herbst gepflanzten Blumenknollen trieben nun üppige Blüten – gefüllte Pfingstrosen, Lilien, so anmutig wie menschliche Hände. Stern, der in den letzten Monaten nichts davon zur Kenntnis genommen hatte, war recht verblüfft über die in Reih und Glied stehenden Stauden und trat in die milde Abendluft hinaus. Doch dann stockte er im schwindenden Licht und in der nach Regen duftenden Brise plötzlich und kam leicht schwankend zum Stehen. Über die Hecke hinweg hatte er Fiona Cawley erblickt, die gebückt in ihrem Garten werkelte.

Wenn jemand gesagt hätte, er habe Fiona gemieden, wäre das nicht ganz zutreffend gewesen. Regelrecht versteckt hatte er sich vor ihr; wie ein Geheimagent schlich er seither ins eigene Haus und verließ es auch so. Nach seiner derzeitigen Geistesverfassung war der Vorfall schlicht nicht passiert. Nur wenn er eine direkte Begegnung fürchten mußte, fiel er ihm mit tiefem Unbehagen wieder ein. Was hatte er bloß getan? Was für einen rachsüchtigen Macho hatte er da mimen wollen? Jetzt, eine Woche später, konnte er sich Alejandro Stern als Sittenstrolch, der Nachbarsfrauen zu nahe trat, einfach nicht mehr vorstellen. Andere Männer nahmen es vielleicht nicht so genau mit ihrer Ehre, doch er hatte schon ein paar Stunden später alles,

was mit diesem Vorfall zusammenhing, geradezu brachial verdrängen müssen. Nicht einmal Cal hatte er angerufen. Er fahndete auch nicht mehr nach Nate und fühlte sich irgendwie befreit von diesem vor einer Woche noch so mächtigen Drang, Dr. Cawley wie Bimsstein zu zermahlen. Zweifellos würde er Nate früher oder später am Schlafittchen packen. Aber erst, wenn er sein eigenes Verhalten akzeptiert hatte, wenn er so weit war, von Schuft zu Schuft mit ihm reden zu können; oder offen gestanden erst, wenn er sich selbst und seine eigenen unergründlichen Absichten besser im Griff hatte.
Jetzt verharrte er absolut reglos wie ein Tier in der Wildnis, aber irgendwas verriet ihn, vielleicht der Geruch der Angst. Fiona hob den Kopf, sah ihn und kam mit einem Ausdruck grausamen Widerwillens im Gesicht auf die Ligusterhecke zu, die die Grundstücke der Cawleys und der Sterns voneinander abgrenzte. Sie hatte eine riesige rostige Gartenschere in der Hand und trug, was sie für Gärtnerkleidung hielt, einfarbig avocadogrüne Hosen und ein knapp sitzendes Oberteil. Ihr Haar, sonst glatt wie ein Helm, war windzerzaust und hing in Strähnen herunter, mit ein paar welken Blättern und Zweigen dazwischen. Sie lehnte sich über den Liguster, winkte ihn herbei und zischte dazu sogar: *Komm her!*
»Sandy, ich habe mit dir zu reden.« Sie näherte sich ihm längs der Hecke. »Ich will nicht, daß du mir aus dem Weg gehst.«
Stern blieb schließlich stehen. Er wußte zwar nicht mehr so genau, wer er war, doch der Mensch, der in Sandy Sterns Haut steckte, bekam jetzt wohl eine Abreibung verpaßt. Er lächelte beschwichtigend. Fiona schien mittlerweile um Worte verlegen. Jetzt, da sie ihn hatte, wo sie wollte, wußte sie nicht mehr, was sie sagen sollte.
»Ich habe mit dir zu reden«, wiederholte sie.
Entschlossen, es ihr leichter zu machen, erwiderte Stern: »Selbstverständlich.«
In diesem Moment sah Stern hinter ihrem Rücken Nate. Er war offenbar gerade erst heimgekommen; seine Krawatte hing ihm lose um den Hals, und er hatte noch seinen Aktenkoffer in

der Hand. Er hatte um die verschieferte Ecke seines Hauses gesehen, und seine Augen waren jetzt weit aufgerissen in dem schmalen, blassen Gesicht. Fiona wandte sich um, Sterns Blick folgend. Kaum hatte sie ihren Mann erkannt, fuhr ihr Kopf wieder zu Stern herum, und sie sah ihn kummervoll an.

»Mein Gott.« Sie schlug wie ein Kind beide Hände vors Gesicht.

Stern wartete ab, wer zu sprechen beginnen würde. Wieder meinte er, etwas ungeheuer Bedeutungsvolles zu spüren. Und dann hörte er sein Telefon durch die milde Abendluft klingeln, für alle drei durch die offene Verandatür des Wintergartens gut vernehmbar. Stern empfahl sich ohne Worte; er warf hilflos die Hände hoch – Marcel Marceau hätte es nicht besser gekonnt – und trabte sogar ein wenig auf sein Haus zu, heilfroh, regelrecht beglückt, entkommen zu sein. Doch eine Ahnung, wie die Szene hinter ihm enden würde, dämpfte seine Stimmung, während ihm klar wurde, daß Fiona Nate alles erzählen würde. Sofern sie es nicht bereits getan hatte. Man bedenke nur, wie sie damit aufzutrumpfen vermochte. Mit ihrem Märchen, wie sie sich züchtig verweigert habe, konnte sie sich zugleich als die moralisch Überlegene aufspielen und Nate mit der Andeutung heftig zusetzen, auch sie sei gegen Versuchungen nicht gefeit. Mit seinem immer besseren Gespür für die Ehe der Cawleys – wie abstoßend, rivalitätszerfressen und quälend sie war – wußte Stern, daß Fiona den Vorfall nie und nimmer für sich behalten konnte. Im dunklen Haus blieb er stehen, während das Telefon weiterläutete, und seine Seele krampfte sich düster um ein hartes Körnchen von Angst und Scham.

Ach was, dachte er dann, das war doch aberwitzig. Was hatte er denn von Nate Cawley zu befürchten? Welche Entschuldigung konnte Nate denn ausgerechnet von Stern verlangen – Nate, der Clara vernascht und ihr Vermögen vereinnahmt hatte? Dennoch welkte er förmlich vor Angst bei der Vorstellung. Er erkannte plötzlich, daß er dann etwaige Gemeinsamkeiten mit Nate überblicken würde und damit genau dem

Symbol allen Versagens in seiner Ehe ins Gesicht sehen müßte. Er war nicht sicher, das bewältigen zu können, sogar jetzt noch nicht.
Der Anrufbeantworter hatte sich eingeschaltet. Durch das unbeleuchtete Haus vernahm Stern aus dem Verstärker eine auf heiser getrimmte Gruselstimme: »Ich will dein Bluuut.«
Peter natürlich. Stern nahm den Hörer vom Nebenapparat.
»Also bist du doch daheim«, stellte sein Sohn fest. Sie mußten warten, bis sich die übliche kurze Aufregung legte, bevor einer von beiden weiterredete. »Bringen wir das jetzt hinter uns, oder was?«
Stern, der schon zu glauben begonnen hatte, der Test sei nicht mehr nötig, fand nicht die Kraft zum Widerspruch.
»Ganz zu deiner Verfügung.«
»Ich hab jetzt gerade meinen üblichen aufregenden Freitagabend und diktiere meine Krankenberichte. Du kannst gleich rüberkommen, wenn du Zeit hast. Oder triffst du Helen?«
Peter mochte Helen. Bei den paar Gelegenheiten in letzter Zeit, da sie alle beisammen gewesen waren, schien Peter sich mit seinen sonst üblichen unpassenden und bissigen Bemerkungen bewußt zurückgehalten zu haben. Stern erklärte, sie sei bis Sonntag verreist, und er komme sofort. Als er die Verandatür schloß, verharrte er kurz. Die Cawleys standen noch in ihrem Garten dicht beieinander und stritten sich. Als Fiona mit der Hand auf Sterns Haus deutete, fuhr er von der Tür zurück und preßte sich an die Wand, während er leise den Rolladen herunterließ.

Vielleicht wirkte Peters Scherz am Telefon noch nach, doch es gab nur wenige Stätten, die so unheimlich waren wie ein dunkles Bürogebäude abends am Wochenende. Stern fand die beiden Glastüren am Haupteingang noch offen, aber drinnen traf ihn das Gefühl des Alleinseins bis ins Mark; das weitläufige, dunkle Gebäude drückte auf ihn. Die Apotheke im ersten Stock war ein schwarzes Loch – vergittert und verriegelt. Er fuhr mit dem Fahrstuhl hinauf und fand den langen gekachelten Flur in jeder Richtung nur von einer einzigen Neonröhre beleuchtet, nicht viel heller als ein Nachtlicht im Kinderzimmer.

Was hatte Peter gesagt? Sein üblicher Freitagabend. So unverhofft wie seine meisten Gefühle für seinen Sohn überwältigte es ihn, wie tieftraurig diese Äußerung doch war. Die modebewußten Freunde und Bewunderer aus Peters Zeit auf dem College und in der High-School schienen sich verlaufen zu haben. Stern kannte niemanden, der regelmäßig mit Peter zusammenkam, außer seinen Schwestern. Wie verbrachte er seine Zeit? Stern hatte so gut wie keine Ahnung. Er hatte von seiner Mutter den Hang zur Musik geerbt; er radelte, er machte seine Arbeit. Wenn er seine Eltern besuchte, was er zu Claras Lebzeiten hin und wieder getan hatte, joggte er gern durch den Waldpark bei Riverside. Danach hatte er dann schweißgebadet in der Küche gesessen, seiner Mutter laut aus der Zeitung vorgelesen und dabei diverse trockene Kommentare zu den Ereignissen abgegeben. Clara hatte ihm Limonade hingestellt und sich mit dem Abendessen beschäftigt. Stern bekam solche Szenen eher als Außenstehender mit, und es verblüffte ihn, wie seltsam sein Sohn war. Sympathie von seinem Vater hätte Peter eher als Affront aufgefaßt; er glaubte sie nicht nötig zu haben. Er war klug, fähig, gebildet. Seine seelische Empfindlichkeit spiegelte auch eine Art Stärke wider. Doch plötzlich, als er sich der Tür zur Praxis näherte, fühlte Stern, aus welchem dunklen Quell Peters Sarkasmus und seine Distanziertheit gespeist wurden: von seinem Schmerz.

Wie, dachte Stern bei sich, wie war es bloß so gekommen? Auf einmal hatte er nicht nur Peter, sondern auch die Mädchen im Sinn. Irgendwie waren diese Kinder so geworden – hatten sich mit dieser seltsamen Zusammenballung von Begabungen und Temperament entwickelt, die er für jedes von ihnen jeweils als wesentlich erkannte. Im Alter von drei oder vier Jahren hatten sie die Unbestimmtheit der frühen Kindheit hinter sich gelassen und waren so voll ausgeformt gewesen wie Tulpenknospen auf dem Stengel, nur der Entfaltung harrend. Als

Vater schien er so häufig bloßer Zuschauer zu sein, der den sich weitenden Fähigkeiten Beifall zollte und sich stille Sorgen um anderweitige Entwicklungen machte. Als Peter sechs war, fielen seinen Eltern schon bestimmte Charakterzüge auf. Schwermut. Eine Gemütsruhe, die schon an Verzweiflung zu grenzen schien. Peter, der sich nun zum Abweichler stilisierte, hatte den unbeugsamen Charakter eines Zinnsoldaten. Und mit der Zeit ließen auch seine Schwestern ihre jeweils eigene Unzufriedenheit erkennen. Von Marta, nach außen hin gewinnend, war bekannt, daß sie sich – fast wie ein ganz anderer Mensch – in unzugänglichen, schwerblütigen Tagträumen verlor. Kate, von allen die Intelligenteste, wie Clara stets behauptete, blieb sonnig und liebenswürdig, war aber in fast klinischem Ausmaß jeder Form von Leistung abgeneigt.
Stern schockierte das alles heute noch. In seiner eigenen Kindheit hatte ein derartiges Chaos geherrscht, erzeugt durch seines Vaters Labilität und dadurch, daß die ganze Familie ständig ein Auge auf eventuelle Feindseligkeiten von Argentiniern haben mußte. Das Heim hingegen, das er und Clara geschaffen hatten, war friedvoll, wohlhabend – und normal, soweit Stern dieses Wort recht verstand. Die Kinder wurden behütet – und geliebt. Geliebt. Ja, er mochte als Vater Schwächen gehabt haben – selbst wenn er sich Mühe gab, war er für amerikanische Verhältnisse sicher zu zurückhaltend gegenüber den Kindern gewesen –, doch auch wenn er noch so abwesend und zerstreut war, seine Liebe zu seinen Kindern war echt und hatte wie ein Feueropal in seiner Brust geglommen. Und kein Sterblicher hätte die Grenzen von Claras Hingabe ermessen können. Daher hatte ihn die Erkenntnis wie ein Schlag getroffen, daß alles, was die Welt zu bieten hatte, nicht genug war: Seine Kinder litten trotzdem. Auch Probleme waren bei jedem Kind im Laufe der Jahre festzustellen gewesen, und man hatte damit fertig werden müssen, so gut es ging.
Peter bat ihn ohne große Begrüßung herein. Da die Praxis geschlossen war, konnte er seinen Vater in ein Untersuchungszimmer führen, einen kleinen gekachelten Raum mit antisepti-

scher Atmosphäre und einer lederbezogenen Patientenliege, Testgerät und Instrumenten.
»Roll bitte den Ärmel hoch«, sagte Peter mit gespieltem deutschem Akzent. Stern kam der Aufforderung nach, und sein Sohn stach augenblicklich mit Präzision die Kanüle ein. »Ist bei dir alles in Ordnung?«
Stern nickte. »Und bei dir, Peter?«
Sein Sohn wedelte unbestimmt mit der offenen Hand: Wer wußte das schon, wer konnte so was schon sagen. Sie sprachen über Marta, die bald zu Hause erwartet wurde. Stern fragte nach Kate.
»Ich dachte, du bist neulich abends mit ihr im Stadion gewesen. Sie sieht gut aus, nicht wahr?«
»In Wirklichkeit macht mir ihr Aussehen Sorgen«, erwiderte Stern. »Eine schwierige Situation steht ihr bevor. Nach Lage der Dinge muß ich mich etwas heraushalten, aber ich fürchte, es nimmt sie ganz schön mit.«
»Ich habe davon gehört«, sagte Peter unbestimmt. Stern war ohne jede Absicht gekommen, die Sache mit Tooley zur Sprache zu bringen. Was passiert war, war passiert, und zudem wäre es unprofessionell von Stern gewesen, wenn er sich beklagt hätte. Dennoch gerieten sie in Streit, als sei dies von Natur aus vorgegeben. Es stellte sich heraus, daß Kate sich aus Sorge um ihren Mann an Peter gewandt hatte. Der Gedanke, daß die Situation sie gezwungen hatte, sich an Peter zu wenden statt an ihn, verursachte Stern unerwarteten Schmerz.
»John wollte einen Namen, da hab ich ihm einen genannt«, verteidigte sich Peter. Er zog die Nadel heraus und schnippte mit dem Fingernagel leicht ungeduldig gegen das Reagenzglas. »Mel ist doch kompetent, oder nicht? Was habe ich falsch gemacht? Du hattest doch John bereits gesagt, daß du nicht hineingezogen werden willst.«
Wie typisch, dachte Stern. Es war seine Schuld, sein Versagen. Die gereizte Äußerung, mit der Stern die standesrechtlichen Überlegungen darlegen wollte, wegen derer er mit John so hatte verfahren müssen, blieb ihm im Hals stecken. Was sollte

das noch? Er war in seiner eigenen Familie wieder mal auf Platz zwei gelandet.
Er dachte daran, ein gemeinsames Abendessen vorzuschlagen, doch Peter komplimentierte ihn sogleich wieder hinaus, Stern durch sein kleines Sprechzimmer führend, wo die Krankenberichte stapelweise auf seinem Schreibtisch lagen, beschwert vom Diktiergerät an seiner schwarzen Schnur. Draußen auf dem Parkplatz war Stern erschüttert, als er zu Peters Büro hinaufsah, dem nunmehr einzigen hellen Fenster im schwarzen Block des Ärztehauses.
Als Kind hatte Peter eine herrliche Singstimme gehabt – süß und rein wie Nektar. Sein Stimmvolumen ging mit der Pubertät zurück, und er klang rauher. Doch im Alter von sieben oder acht Jahren war Peter häufig in Theaterstücken in Schule und Gemeinde aufgetreten. Mit seiner musikalischen Begabung hatte er noch eine Möglichkeit gefunden, Clara zu bezaubern. Sie wurde eine richtige Bühnenmutter, die vor jeder Aufführung vor Lampenfieber zitterte. Stern kam ab und zu mit und wußte nicht so recht, wie er sich verhalten sollte. Von ganz hinten im Publikum beobachtete er dann die kleine Gestalt auf der Bühne. Vom Vaterinstinkt bewogen, war Stern überzeugt, daß dies die glücklichsten Augenblicke in Peters Leben gewesen sein mußten, wenn er so allein und von allen bewundert im einzigen Lichtfleck eines verdunkelten Saales stand und diese schmelzende, ausdrucksvolle Stimme ertönen ließ – er beherrschte jedes Wort, jede Note und zeigte in seinem Gesang eine für ein Kind seines Alters ungewöhnliche emotionale Ausdrucksfähigkeit.
Das war seine Vergangenheit, Peters Vergangenheit, diese Zeit des Sichäußerns, der Zuwendung, der Darbietung. Im Dunkeln sah Stern zu dem Licht hinauf, wo sein Sohn auf dem schweren Weg zu seinem eigenen Erwachsensein bis tief in die Nacht allein weiterarbeiten würde, nur begleitet von seiner inzwischen rauheren Stimme, die murmelnd die Details der Krankengeschichten diktierte.

28

Brace's Cabin war in den Abhang einer Erdschlucht hineingebaut. Von der Straße aus sah man nur das moosbedeckte Dach, das in der strahlenden Sonne hellgrün leuchtete, und das Blechrohr des Rauchabzugs. In seinem Cadillac in einer beeindruckenden Staubwolke dahinschaukelnd, wäre Stern fast daran vorbeigefahren, wenn da nicht das Holzschild schräg im gelben Boden gesteckt hätte. Er war schon unten gewesen und wieder oben, hatte an die Tür geklopft, sich die Nase am Fenster plattgedrückt und doch nur Dunkelheit gesehen. Unten beim Haus wuchsen die Bäume – Eichen, Kiefern, Pappeln und Birken – sehr dicht, der Waldboden war dunkel, feucht und wurde kaum von einem Sonnenstrahl erreicht. Beim Hochklettern zur Straße spürte er, wie heiß die Sonne niederbrannte. In der kiesbestreuten Parkbucht sah sich Stern nach anderen Reifenspuren um. Das rote Fähnchen auf dem runden Aluminiumbriefkasten stand aufrecht.

Was suchte er hier? Aufgewacht war er heute morgen sogar richtig hoffnungsfroh. Die Vorstellung, jetzt gleich in Richtung Norden durch die flachen Täler zu fahren, über die Staatsgrenze hinaus und weit weg von seinem Leben in der übervölkerten Stadt, hatte ihn regelrecht beschwingt. Jetzt aber, in der viel größeren Hitze hier auf den Plains, kamen ihm lauter Zweifel. War er wirklich zwei Stunden gefahren, um ein Gespräch von einer Viertelstunde zu führen, das höchstwahrscheinlich gar nicht stattfinden würde? Außer einer momentanen Peinlichkeit für beide würde er nichts bewirken. Sonny hatte es sich vermutlich anders überlegt und beschlossen, gar nicht erst zu kommen. Er saß auf dem Kofferraum mit dem Gesicht zur Sonne – sein erster Vorgeschmack auf die glühende Sommerhitze – und stapfte dann, als es ihm zu warm wurde, wieder hinunter und betrachtete sich die Hütte eingehender.

Mehr als drei Räume konnte sie nicht haben, vielleicht nur zwei. Und hangabwärts ging an zwei Seiten eine breite Veran-

da herum, deren Hälfte der Dielen erneuert waren; das Dach wurde von grüngefirnißten Balken gestützt. In der hintersten Ecke, wo wilde Büsche und anderer Bewuchs der Schlucht gegen das Haus drängten, war in der Veranda eine runde Vertiefung. Stern bückte sich, um Wasserhähne und Schläuche zu inspizieren; abgedeckt war das Ganze mit einer Zeltplane.
Dort stand er noch, als er oben den Kies knirschen hörte. Bis er kehrtgemacht hatte, kam Sonny Klonsky schon die Treppe von der Straße heruntergestürmt. Sie hatte die Arme voll, zwei Einkaufstüten und ein halbes Dutzend Kinderbücher, und als sie Stern erblickte, begrüßte sie ihn gar nicht erst, sondern bedachte ihn nur mit einem gereizten, verständnisheischenden Blick. Die Tür erwies sich als unverschlossen, und sie lief sofort in die Hütte. Die Fahrt war für eine hochschwangere Frau offenbar ziemlich lang gewesen.
Sich umwendend, sah sich Stern von einem Jungen beobachtet, fünf oder sechs Jahre alt, in gestreiftem T-Shirt und Bluejeans, einem dunkeläugigen, sommersprossigen Kind mit seidigem Pilzkopf und unfroher Neugier im Blick.
»Sam?« fragte Stern. Er hatte nie gewußt, wie ihm so was immer rechtzeitig einfiel.
Der Junge scharrte mit dem Zeh und entfernte sich. Stern stieg die Treppe aus in die Böschung gepflockten Brettern hinauf, um Sams Vater zu begrüßen. Der Junge war auf den Fahrersitz eines alten gelben Volkswagens geklettert, ein Cabrio, in dem aber sonst niemand mitgekommen war. Stern fragte nach seinem Vater, und Sam murmelte etwas Unverständliches.
»Nicht mitgekommen?« fragte Stern.
Sam schüttelte den Kopf.
»Nein«, sagte Sonny in Sterns Rücken, leicht erschöpft von der Hitze. »Der Dichter hat sein Klimakterium oder so was. Die Inspiration hat ihn gepackt.« Sie zog Sam an der Schulter aus dem Auto, stellte ihn Stern vor und langte dann auf den Rücksitz. Dort lagen zwei Schlafsäcke, weitere Lebensmittel und eine große Gepäcktasche. Stern half ihr, die Sachen hinunter zur Hütte zu tragen.

»Ich hoffe, Sie haben die Fahrt nicht nur meinetwegen gemacht.«
»Ich bin wegen Sam hergekommen«, erwiderte Sonny. Die dämmrige und abgestanden riechende Hütte betretend, blickte sie sich zu Stern mit einem Ausdruck um, der ihren schwelenden Zorn nicht völlig verbarg. »Und sein Vater kann mich mal.«
»Ach herrje«, sagte Stern.
»Ach herrje«, äffte Sonny ihn nach. Sie warf die Pakete auf einen abgenutzten Tisch. Die Hütte war sehr schlicht. Der Dielenboden war gestrichen, die Fachwerkständer waren mit Astkieferbrettern verkleidet. Im Hauptraum standen ein Tisch aus einer Kabeltrommel mit buntgestrichenen Stühlen und ein schmiedeeisernes Doppelbett mit einer Tagesdecke aus Chenille. Auf der linken Seite waren ein Bad und noch ein kleines Zimmer. Der Spülkasten des alten, fleckigen Klos mit seiner schwarzen Brille, eben benutzt, lief mit großem Lärm wieder voll.
Mit wimmernder Stimme quengelte der Junge um etwas.
»Ja, du darfst.« Sie öffnete ein Fenster, drehte sich gleich darauf um und ging wieder zur Tür hinaus. Stern hörte sie schwerfällig über die Veranda schreiten und vernahm kurz danach unter dem Hüttenboden ein tiefes Kollern wie aus einem Bauch. Durchs Hinterfenster konnte er zur bewaldeten Schluchtkante hinaufblicken, wo das Sonnenlicht durch die Stämme flutete. Wenn ein Windhauch aufkam, trug er einen himmlischen Duft herbei.
»Sind das da hinten etwa Himbeeren?« wollte Stern wissen, als sie wieder hereinkam.
»Ja. Und das Erdbeerfeld liegt auch dort, hundert Meter weiter. Ein ganzer Morgen. Die Luft riecht richtig süß, nicht wahr?«
»Das Aroma ist herrlich.«
»Ich hoffe, Sie haben nichts dagegen, aber ich hab Sam versprochen, daß ich gleich nach dem Mittagessen mit ihm pflücken gehe. Ein paar Enttäuschungen haben wir ja heute schon gehabt.« Ihr Blick schweifte zu dem Jungen, der sich wegen seines Vaters wohl ziemlich angestellt hatte.

»Natürlich nicht«, sagte Stern.
»Sie dürfen gern mitkommen. Oder Sie können sich in der Stadt umsehen.«
Er zeigte keine Reaktion, doch ihm war völlig klar, daß er jetzt nicht die geringste Lust hatte fortzugehen. Stern besaß nichts, was man als Freizeitkleidung bezeichnen konnte. Er trug eine Golfhose und ein offenes Baumwollhemd mit einem auf die Brust gestickten Tier. Legere Sachen standen ihm schlecht. Selbst in den für Übergewichtige empfohlenen dunkleren Tönen machte er eine seltsame Figur und wirkte in seinen Proportionen rundlich wie eine Pflaume. Dennoch befand er sich jetzt draußen an der frischen Luft, nach seiner Wahrnehmung schon in der Wildnis, und war auf jedes Abenteuer gefaßt.
Sonny kramte in den Einkaufstüten, bis sie ein Glas Erdnußbutter fand, und setzte sich an den Tisch, um dem Jungen ein Sandwich zu schmieren. Sie bot auch Stern einen Lunch an, aber er hatte schon unterwegs gegessen. Wenn man sie sich so bewegen sah, erkannte man, welchen Preis ihre vielfältigen Pflichten forderten: Staatsanwältin, Hausfrau, Wochenendreisende – und Schwangere. Der Streit mit ihrem Mann – bei dem offenbar die Fetzen geflogen waren – hatte sie kraftlos gemacht. Ihr Körper schien um den Magen ein wenig eingezogen; sie trat schwerfällig auf, ohne Anmut. In der drückenden Sommerluft waren ihre Wangen rosig, und ihr rundes, hübsches Gesicht strahlte beinahe Hitze ab. Sie trug Shorts und eine ärmellose Bluse. Von Zeit zu Zeit hielt sie ihre dunklen Haare zur Kühlung vom Nacken weg.
Sam, zu Tisch hereingerufen, fiel mit ungewaschenen Händen über sein Essen her. In Gegenwart eines Fremden war er stumm und brach sein Schweigen nur, um einmal zu fragen: »Hast du's gemacht?«
»Jaa«, sagte sie, als gebe sie nach. Sam sei ganz verrückt nach dem Whirlpool, erläuterte sie. Während der Junge aß, stellte Stern ein paar Fragen über die Hütte und wie oft sie herkämen. Das Grundstück, einschließlich des Erdbeerfelds, hatte früher Charlies Eltern gehört, wohlhabenden Leuten, die es als Som-

merfrische nutzten. Als sie nach Palm Springs gezogen waren, hatte Charlie nur eines verlangt, diese Hütte, in der Saisonarbeiter gehaust hatten, bevor Charlies Vater ein Refugium für sich selbst daraus gemacht hatte. Charlie, meinte Sonny, hänge noch dem Glauben der 68er an und sei überzeugt, Eigentum sei nur eine Last.

»Es gibt so eine stille Absprache. Als die Braces verkauft haben, waren die Käufer einverstanden, daß die Familie stets vom Feld ernten darf, das sie für den eigenen Verbrauch angelegt hat. Heute dürfen Sie Charlie ehrenhalber vertreten, und ich bin sicher, wir kommen dabei besser weg«, fügte sie so sarkastisch hinzu, wie er sie noch nie sprechen gehört hatte. Sie räumte Sams Teller ab und holte unter der Spüle ein paar Plastikeimer hervor. Sam griff sich sofort einen und drängte sie, sich zu beeilen. Sonny band sich ein buntes Tuch um die Stirn. Sie hielt Stern einen Eimer hin, holte dann einen zerfledderten Strohhut vom Regal und setzte ihm den einfach auf den Kopf.

»Den brauchen Sie wegen der Sonne.«

»Soll ich in einen Spiegel gucken?«

»Sieht toll aus«, sagte sie. »Sie können's mir glauben.« Sie langte noch mal hoch, um die Krempe umzubiegen, und sah ihn dabei belustigt an. Sekundenlang erschien sie ihm trotz ihrer Unförmigkeit so gewinnend wie eine Tanzgruppenführerin, ein Girl, das sich von einem Mann packen und herumwirbeln läßt, auch wenn es in ihrem Leben wohl kaum eine Zeit gegeben hatte, in der sie so ein Mädchen gewesen war – und er weiß Gott nie so ein Mann. Dann folgte er Sonny und dem Jungen aus der muffigen Hütte und trat blinzelnd in das grelle Tageslicht hinaus, und sein Herz klopfte heftig in einer Art fiebriger Aufregung.

Trotz ihrer Schwangerschaft bewegte sich Sonny viel flinker als er; der Junge kletterte natürlich wie eine Bergziege. Sie drangen kurz in den Wald ein und stiegen in der Schlucht einen steilen Pfad hinauf. Stern trat hinter ihnen leicht schnaufend wieder ins Sonnenlicht. Nach ein paar hundert Metern durch hohes, schon gelb verbranntes Unkraut kamen sie auf eine weitere Schotterstraße. Sie schlängelte sich trocken und weiß durch das grenzenlose Erdbeerfeld der Farm. Die niedrigen Pflanzen standen in Reih und Glied auf ihren Erdwällen, Beeren hingen rot und leuchtend wie Juwelen daran. Sam faßte Sonny an der Hand und streckte dann aus Gewohnheit Stern auch die andere hin, klein und schmutzig, und Stern ergriff sie. So, dachte er, noch immer verwirrt vom Sonnenlicht und der umwerfenden Hitze. Er hatte die Orientierung verloren. Die Hütte lag irgendwo hinter ihnen, aber umsehen wollte er sich jetzt nicht. Mit Sams Hand in der seinen ging er über die Straße und zusammen mit den beiden ins Erdbeerfeld.

»Mit Zwanzig«, erzählte Sonny, »wollte ich dem vollkommenen Mann begegnen. Jetzt mit über vierzig frage ich mich nur noch, ob es einen normalen Mann gibt.« Während sie in das Erdbeerfeld hineingingen, machte sie sich weiter Luft, mit Gesten zur Unterstreichung, und sprach ganz offen über ihren Mann. Sie schien mit ihrer Ehe in eine Art Sackgasse geraten zu sein, in der sie ihren Mann plötzlich vom Fenster oder von der Terrasse aus wie einen sich unbeobachtet wähnenden Nachbarn sah, ihn dabei nur als eigenartiges, unergründliches Wesen wahrnehmend, das zufällig in der Nähe lebte.
»Für das, was wirklich vorgeht, kann er sich nur so weit begeistern, wie er es selber lyrisch auszudrücken vermag. Kennen Sie das?« Sie wandte sich zu Stern um, ihr Schweißtuch um den Kopf gebunden, mit den Augen in die Sonne zwinkernd. Weiter unten zwischen den Erdbeerreihen rannte Sam in Jeans und Turnschuhen mit schlenkernden Beinchen, und der gelbe Eimer schlug ihm gegen die Seite. Sein dünnes Stimmchen wurde ihnen immer wieder vom Wind zugetragen.
»Und was ihn wirklich an seiner Lyrik reizt, ist, daß er alles unter Kontrolle hat. Ich bin sicher, daß er deswegen nicht mitgekommen ist.«
»Wie bitte?« Stern konnte nicht ganz folgen, so sehr er sich auch bemühte. Sie redete mehr mit sich selbst.
»Reine Eifersucht. Wie finden Sie das?« Im Dahinstolpern

lachte sie auf: Die Vorstellung war lächerlich. Stern gab es kurz einen Stich. »Ich glaube, er konnte den Gedanken nicht ertragen, mit Ihnen zusammenzutreffen. Sie sind ja mein Gegner vor Gericht – das hört sich so berufsbezogen an. Er kann sich nicht vorstellen, daß ich auch ein Leben ohne ihn habe, jemand anderem außer ihm Aufmerksamkeit schenke. Ich weiß nicht, wie er mit einem Baby wird leben können.«

»Oh, tut mir leid. Da bin sicher ich schuld, weil ich so hartnäckig war«, sagte Stern.

»Ach, ich bin schuld«, erwiderte sie. »Ich ganz allein. Glauben Sie mir. Ich habe die halbe Nacht wach gelegen, und es ist mir zum millionstenmal klargeworden. Ich glaube, wegen meiner Mutter fühle ich mich verpflichtet, launische Menschen zu ertragen.«

Als er Sonny zuhörte, die zwischen Wollen und Gefühl schwankte – flehend, blockiert, ironisch, wütend –, erkannte Stern, wie vom Glück begünstigt Clara und er doch gewesen waren. Zu seiner Zeit waren die Festlegungen eindeutiger. Überall im Abendland wollten Männer und Frauen mit Mittelschichtbildung heiraten, Kinder kriegen und sie großziehen. Und ewig so weiter. Sie alle bewegten sich in denselben eingefahrenen Gleisen. Doch für Sonny, die erst spät im Leben in einer anderen Zeit geheiratet hatte, war alles Entscheidungssache. Sie stand morgens auf und mußte jedesmal neu anfangen, sich den Kopf zerbrechen über Beziehungen, Ehe, Männer, den sprunghaften Typ, den sie sich ausgesucht hatte – und der nach ihrer Beschreibung immer noch ein halber Junge zu sein schien. Er fühlte sich an Marta erinnert, die oft äußerte, einen Partner werde sie schon finden, wenn sie erst mal wisse, wofür sie einen brauche.

»Wie lange kennen Sie sich schon, Sie und Ihr Mann?« fragte Stern. Er war ein paar Meter von ihr entfernt und kniete unbeholfen, um die Erdbeerpflanzen besser zu sehen. Sie gab ihm Anweisungen, wie er die Beeren pflücken solle. Die überreifen von dunkler, blutroter Farbe sähen zwar wunderschön aus, hielten sich aber nicht. »Und krempeln Sie ruhig die

Hosenbeine hoch. Hier draußen gibt's keinen Stolz, dafür aber reichlich Staub und Schlamm. »Was haben Sie gerade gesagt?« Er wiederholte seine Frage.

»Wir sind erst ein paar Jahre verheiratet, wenn Sie das meinen, aber ich kenne ihn schon seit Ewigkeiten. Unsere Beziehung stand von vornherein unter einem unguten Stern. Ich war seine Lektorin in seinem ersten Semester Anglistik. Die Leute an der Fakultät waren geschockt, als ich anfing, mit ihm zu gehen. Na ja, nicht gerade geschockt. An dieser Fakultät regten sie sich über nichts mehr auf, aber sie fanden es reichlich seltsam.«

»Er war Studienanfänger?«

»Ein reiferer Studienanfänger, darf ich zu meiner Verteidigung sagen. Er war in der Armee gewesen. Aber er war unwiderstehlich. Er ist sehr dunkel, sehr groß, sehr still. Es war, als hätte jemand einen Berg in meinen Seminarraum deponiert.« In der großen Hitze schüttelte Sonny den Kopf, offenbar von der Erinnerung überwältigt. »Romantisch war das schon. Wie konnte ich einem Mann widerstehen, der aus Vietnam zurückkam, mit Gedichten in den Taschen seines Tarnanzugs? Ich wollte bloß glauben, daß Lyrik die Welt verändern kann, aber Charlie glaubte es wirklich. Haben Sie je so jemanden kennengelernt?«

»Meinen Bruder, würde ich sagen. Er war ein Dichter«, erwiderte Stern, der gerade die Hosenbeine hochgekrempelt und einen Streifen weiße Haut über seinen schwarzen Nylonsocken entblößt hatte. Er sah sicher schlimmer aus als eine Vogelscheuche. Der Strohhut, den sie ihm gegeben hatte, war zu groß und saß ihm schräg auf den Ohren.

»Ehrlich?«

»Aber ja, ein junger Dichter. Er schrieb romantische Verse in mehreren Sprachen. Ich glaube, er war ziemlich begabt. Meine Schwester bewahrt Jacobos Gedichte noch immer irgendwo auf. Ich würde sie gern mal wieder lesen, aber gerade jetzt wäre das sehr melancholisch.« Er bekam kurz den verkniffenen Blick, den er bisweilen nicht vermeiden konnte, ganz nahe an einem Gesichtsausdruck eingestandenen Schmerzes.

»Ist er verstorben?«
»Schon lange. Ich rede eigentlich selten von ihm. Aber er war jemand ganz Besonderes – zur Größe geboren. Er war ein sehr bemerkenswerter junger Mann. Schön, intelligent. Er schrieb Gedichte. Er deklamierte öffentlich. Er war ein Einserschüler. Und er hatte es faustdick hinter den Ohren. Das gehörte wesentlich zu seinem Charakter. Er machte immer irgendeinen Blödsinn. Obst von einem Karren klauen. Mit sechzehn schlich er sich eine Weile nachts davon, um die Mutter eines Freundes zu wärmen.«
»Oh, là, là!« entfuhr es Sonny lüstern. »Das hört sich ja wirklich nach jemand Besonderem an.«
»War er auch«, sagte Stern. »Er war das Kind, das alle Welt vergötterte. Als jüngeren Bruder hat mich das natürlich sehr belastet.« In seinem Elternhaus war sein Bruder als Erstgeborener Mittelpunkt gewesen wie in einer Dynastie. Schön, gewinnend, eigenwillig, hatte Jacobo wohl oder übel alle anderen unterworfen. Die Mutter lebte in seinem Bann und sonnte sich in jeder seiner Leistungen, und der Vater konnte Jacobo genausowenig in die Schranken weisen wie sonst jemand. Schon als Kind hatte Jacobo den Haushalt so gut wie regiert. Und noch jetzt, mit sechsundfünfzig, konnte sich Stern an seine Eifersucht erinnern. Er hatte in seinem Leben vermutlich nie wieder so eine Wut empfunden, wie Jacobo sie in ihm geweckt hatte. Auch Stern stand unter seiner Fuchtel, war gebannt und voller Bewunderung, aber auch voller heftiger Ressentiments. Jacobo war oft grausam. Er genoß Alejandros Bewunderung, doch er duldete keinen Gleichrangigen neben sich. Wie oft hatten sie die Szene gespielt, in der Alejandro vor Demütigung und Wut weinte und Jacobo kurz auflachte, bevor er ein wenige einlenkte und ihn tröstete? »Alles Leben in unserem Haushalt war zu Ende – vor allem für meine Mutter –, als er nicht mehr da war.«
Er streckte sich und rieb sich die Knie. In der Hitze und dem Wind spürte er eine träumerische Verlorenheit. Das Erdbeerfeld, die bewässerten Furchen und die Pflanzen auf ihrem

Strohbett erstreckten sich im staubigen Dunst in alle Richtungen. Keine andere Menschenseele war zu sehen und nichts zu hören außer Sam, den Vögeln und dem Gebrumm von Flugzeugen, die zehn oder zwanzig Meilen entfernt einen kleinen Flugplatz ansteuerten. Argentinien, dachte er plötzlich. Dessen grausame Geschichte, seine schicksalhaften Zyklen von Hoffnung und Unterdrückung schmerzten ihn, als habe man ihn an einer empfindlichen Stelle gepackt; immer schon war das so gewesen. Er dachte selten an diese Dinge, aber wenn er es tat, erfüllten ihn die Erinnerungen mit einem Eifer für die Vereinigten Staaten, der so lebendig war wie bei einem Liebhaber. Es gab noch Vettern dort unten, denen es eher gutging, die aber auch schrecklich gelitten hatten; sie schrieben einmal im Jahr und schickten Geld, das Stern hier für sie bei Banken anlegte.

»Wie alt war Jacobo damals?« wollte Sonny wissen.

»Siebzehn Jahre und vier Monate.«

»Wie schrecklich. Was ist passiert?«

»Eine dieser furchtbaren Geschichten jugendlichen Überschwangs. Er geriet an Zionisten. Reiche junge Juden. Meine Mutter war anfangs restlos begeistert von diesen eindrucksvollen Kameraden. Als sie schließlich merkte, wie stark Jacobos Bindungen waren, war es zu spät, ihn da loszueisen. Das war mitten im Zweiten Weltkrieg. Argentinien war angeblich neutral, aber den Achsenmächten zugeneigt, und solche politischen Ansichten waren gefährlich. Jacobo beschloß, nach Palästina zu fahren und auf der Seite der Hagana zu kämpfen. Er war nicht davon abzubringen. Er war wie alle andern sicher, daß er zum Helden geboren war. Sie waren dreißig junge Leute. Wir kamen zum Abschied zum Hafen. Das Schiff machte den Eindruck, als werde es noch vor dem Auslaufen absaufen. Meine Mutter weinte; sie wußte, daß sie ihn nie wiedersehen würde. Und so kam es auch. Die Deutschen behaupteten, die Alliierten hätten das Schiff versenkt; die Alliierten schoben es den Deutschen in die Schuhe. Womöglich war es ein Sturm. Wir haben es nie erfahren.«

Hier auf den Feldern schien ihm sein jetziges Leben, wenn er an all das dachte und davon sprach, was verloren und doch so bedeutsam war, so labil wie ein Kartenhaus. In Sonnys Gesellschaft aber war da aus irgendeinem Grund nicht soviel Traurigkeit. Doch es war, als fahre man mit den Fingerkuppen über die Erhabenheiten eines Reliefs – er konnte die Beschaffenheit spüren und erkannte wieder einmal sein innerstes Geheimnis, daß er ohne Clara und mit den jetzt erwachsenen Kindern ohne loyalen Verbündeten dastand. Er spürte, welcher verzweifelte Kampf jeder Tag gewesen war, als er alles wie immer getan und sich dabei entschlossen bemüht hatte, nicht darüber nachzudenken. Fern von der Stadt und seinem stumpfen Routineverhalten machte diese herzliche und freimütige junge Frau starken Eindruck auf ihn. Die Bilder, die ihm kamen, gemahnten an sprießende Dinge, die sich in der schwülen frühsommerlichen Hitze entfalteten, als gehe irgendein fruchtbarer Geist von ihr aus, wie der Humusgeruch in dem gelegentlich warmen Lüftchen.

»Charlie ist keine so magnetische Persönlichkeit. Er glaubt an das Leben der Dichter. An eine höhere Daseinsform. Er will nicht leben wie jedermann. Er ist verschlossen und schweigsam und – fragen Sie nur seine Frau – vorsätzlich schwierig.«

Stern, über die Erdbeerreihe gebeugt, hob den Kopf und lachte sie an. Er hatte sich schon ein ganzes Stück von dort entfernt, wo sie angefangen hatten, hob die Blätter hoch und zupfte, und Sonny tappte jetzt nur noch hinterher und aß versunken aus ihrem Eimer. Die sonnengereiften Früchte dufteten berauschend und waren unglaublich süß, zergingen auf der Zunge.

»So lästig ist das gar nicht. Wir haben zehn Jahre versucht zusammenzuleben, es hat nie geklappt. Einer von uns wollte immer ausziehen.«

»Und schließlich hat sich was geändert, nehme ich an.«

»Ja, als ich krank wurde. Charlie kam mit einem Blumenstrauß ins Krankenhaus und hat mich gebeten, ihn zu heiraten. Mich gebeten – und ich brauchte damals kaum gebeten zu werden.«

Sie hatte ein paar Beeren in der Hand und trat über eine

Erdbeerreihe, um sie in Sterns Eimer zu tun. Dabei bemerkte sie, daß bücken sie im Kreuz schmerze. Das Tuch um ihre Stirn war inzwischen dunkel vom Schweiß. Genau da tauchte Sam auf, wie schon öfter, und hielt eine riesige Beere hoch. Stern und sie nahmen sich kurz Zeit, den Fund zu bewundern. »Er war sehr überzeugend. Und, Sie wissen ja, wie das ist – so eine Krise, Sie glauben, bis ins Innerste der Dinge zu sehen. Ich meinte, ich liebte Charlie, er liebte mich. Alles andere waren nur noch Details.« Sie schüttelte den Kopf. »Niemand kann uns garantieren, daß wir glücklich werden, oder?«

»Nein«, sagte Stern.

»Nein«, wiederholte sie. »Jedenfalls war es da schon recht kompliziert.«

»Ich kann's mir vorstellen«, sagte Stern ruhig. Er sah, daß diesem Charlie jetzt etwas Lob gebührte, da er den Mut gehabt hatte, eine Frau um ihre Hand zu bitten, die vielleicht nicht mehr lange leben würde.

»Ach, nicht, was Sie denken.« Sie schien zu lächeln. »Er war verheiratet«, erklärte Sonny. »Ich hab's ja gesagt, da waren noch ein paar Details.«

»Hm.« Stern mußte das kurz verdauen. »Mit Sams Mutter?«

»Richtig. Er hat sie nach einer unserer Trennungen geheiratet. Wie ich schon sagte, es ist eine Beziehung mit Höhen und Tiefen.«

»Na ja, Sie kennen ja das Sprichwort«, sagte Stern.

»Welches?«

»Da gibt's viele. ›Wahre Liebe überwindet alle Hindernisse‹.« Sonny zuckte mit den Schultern. Der Gedanke war kein Trost für sie.

»Wie haben denn Sie Ihre Frau kennengelernt?«

»Oh!« Stern hob die Hand und war drauf und dran zu sagen, daß sich das nicht erzählen lasse, überlegte sich aber dann, daß dies unfair wäre. »Ich hab bei Claras Vater gearbeitet. Er hat mir Büroraum vermietet. Eins führte zum andern.«

»Und was waren die Hindernisse?«

»Fast alles. Sie können sich die Komplikationen vorstellen,

wenn ein mittelloser Einwanderer sich in die Tochter des Chefs verliebt.«

»Die Eltern waren dagegen?«

Stern schnaubte. Sogar nach dreißig Jahren ging ihm die Erinnerung an den Familienkrach immer noch nach.

»Und sie haben Sie nie akzeptiert?«

»Im Gegenteil. Nachdem ich Clara geheiratet hatte, bot mir ihr Vater an, in seine Kanzlei einzutreten. Er war recht prominent. Ich lebte in ständiger Furcht vor ihm, neidete ihm aber seinen Erfolg und war viel zu unreif, nein zu sagen.«

»Und was ist dann passiert?«

»Wir haben einiges über einander erfahren. Schließlich bekamen wir ernsthaft Krach.«

»Worüber? Darf ich das fragen?«

»Ach, eine sehr peinliche Sache«, antwortete Stern. Er stand auf, um sie anzusehen, und rückte den Hut auf seinem Kopf zurecht. Die Krempe war aus Strohbändern geflochten, die sich gelöst hatten und ihn bei jeder Bewegung an der Stirn kratzten.

»Eines Tages rief mich mein Schwiegervater in sein Büro und sagte mir, da gebe es eine Akte, die ich für ihn aus dem Gerichtsgebäude stehlen solle. Eine Scheidungssache einer wichtigen Mandantin, bei der der Ehemann die Frau mit der Klageerhebung um eine Nasenlänge geschlagen habe. Das ist jetzt dreißig Jahre her, und das Ansinnen war nicht so undenkbar wie vielleicht heute, aber es war trotzdem allerhand.«

»Das kann doch nicht wahr sein! Und Ihr Verhältnis ging in die Brüche, als Sie sich weigerten?«

»Nein, unser Verhältnis ging daran kaputt, daß ich tat, was er verlangt hatte. Danach wußten wir schon zuviel voneinander. Er wußte, wie geldgierig ich war; ich wußte, daß er korrupt war. Ich denke, daß ich dazu den Mut aufbrachte, hat mich überzeugt, daß ich genausogut Henry den Bettel vor die Füße schmeißen konnte.«

Stern blickte zu Klonsky hinüber. Er hatte diese Geschichte bisher keiner Menschenseele erzählt, nicht einmal Clara, auf deren Loyalität er sich zu Beginn ihrer Ehe nicht unbedingt verlassen konnte. Sonny hatte sich nun mit dem Eimer zwischen ihren Knien hingesetzt, ihr Gesicht von der Sonne gerötet, und massierte sich die untere Rückenpartie. Es schien, als seien sie über den Punkt hinaus, da er sie noch schockieren konnte; wenn er jetzt nackt durch die Erdbeerreihen sprang, würde sie dazu nicken und es mit demselben nachsichtigen Lächeln als weiteren Austausch von Intimitäten hinnehmen.

Er bückte sich wieder – die schönsten Beeren waren unter den Blättern direkt über der Strohunterlage –, doch er blieb von seiner eigenen Erzählung gefangen. Einen Augenblick lang hatte er Henry mit seinen Hosenträgern und seiner weißen Glatze so deutlich vor sich, als hocke er zwei Reihen weiter. Er war mit diesem Ansinnen an Stern so unverfroren herangetreten wie mit so vielen anderen, indem er Stern direkt vor der Mandantin damit überfiel, einer vergrämt blickenden Frau mit straffer Frisur und dunkelgrünem Kostüm. Stern hatte sich einige Gedanken über Henrys Verhältnis zu ihr gemacht. Henry war bekanntermaßen kein Tugendbold; doch die Frage blieb wie so viele andere ungeklärt. »Ach, schauen Sie doch nicht so«, hatte Helen gesagt. »So was wird doch die ganze Zeit gemacht. Ich schieb Griffin McKenna jedesmal zu Weihnachten hundert Dollar rüber, um sicherzugehen, daß das bei den Banksachen nicht passiert, und trotzdem verschwindet die Hälfte der verdammten Prozeßakten.« Aber man müsse doch bei Akteneinsicht unterschreiben, wandte Stern ein. »Sehen die sich vielleicht Ihre Hundemarke an? Schreiben Sie einen beliebigen Namen hin. Jones. In Gottesnamen Jablonsky. Sehen Sie bloß zu, daß Sie nicht Mittler hinschreiben – oder gar Stern.« Aus irgendeinem Grund wurde er in diesen Tagen hartnäckig daran erinnert. Da fiel es ihm ein: wegen John und Dixon. In der freundschaftlichen Atmosphäre hier störte ihn der Gedanke, und er schob ihn sofort beiseite.

»Das klingt, als sei er ein ziemlich harter Knochen gewesen.«

»Das war er zweifelsohne. Ich habe nicht viele Männer getroffen, die härter waren als Henry. Er erinnerte mich an manche

Polizisten. In gewisser Weise schien er aus Stein zu sein. Entschlossen. Das war Sache. Punktum.«
»Hat Clara ihn gern gehabt?«
»Ah, das steht auf einem ganz andern Blatt.« Er wandte seine Aufmerksamkeit kurz wieder der Pflanzung zu; dieses Pflükken, anstrengend für Rücken und Schenkel, war eine befriedigende Arbeit, wurde schnell belohnt und hatte seine eigenen Versuchungen. Er entdeckte eine Beere, so groß wie ein kleiner Apfel, und zeigte sie ihr. »Clara empfand stark für ihn. Sie saß weinend an seinem Bett, als er starb. Aber bei vielen Anlässen in früheren Jahren beschimpfte sie ihn, und vermutlich heftiger, als die meisten Kinder ihre Eltern kritisieren oder zurechtweisen.«
»Das klingt nach meiner Mutter und mir«, sagte Sonny. Ein äußerst angenehmer Wind kam nun auf und schleppte Staubwirbel die Straße entlang. Als er sich nach Sonny umblickte, hatte sie die Augen geschlossen und beide Hände über ihrer runden Leibmitte gefaltet. Er bekam Angst, daß sie Schmerzen habe, doch einen Augenblick später wurde ihm klar, daß sie nur einen Vorsatz gefaßt hatte. »Lieber Gott«, sagte sie. »Lieber Gott, ich mach es einmal besser.« Dann schlug sie die Augen auf und lächelte ihn strahlend an – glücklich, hier zu sein, alles überstanden zu haben, so etwas geloben zu können und zu sehen, wie er das mit ihr teilte, ihren Boden an Gemeinsamkeit.

29

Spätnachmittags kamen sie alle drei vom Erdbeerfeld wieder zurück, wobei Stern sämtliche Eimer trug. Der Wind hatte plötzlich gedreht und von Norden her aufgefrischt. Als sie die Hütte erreichten, ließ sich Sonny schwer auf einen Stuhl fallen und preßte die Handrücken auf die Augen. Stern schlug vor, sie solle sich ein wenig hinlegen.
»Macht es Ihnen auch wirklich nichts aus?« fragte sie. »Nur

auf ein paar Minuten. Dann können Sie versuchen, mit mir zu reden.«

»Sam und ich werden schon klarkommen.«

»Sie können die Erdbeeren waschen«, sagte sie. »Sam hat Spaß daran. Und Sam – schau nach dem Whirlpool. Paß auf, daß alles in Ordnung ist.«

Die Küchenspüle war einfach an die Hüttenwand geschraubt, ganz ohne Schränkchen zur Verkleidung der Rohre. Der Junge stand auf einem alten Stuhl und wollte unbedingt jede Beere einzeln unter den Wasserstrahl halten. Bei Sterns Ankunft noch wortkarg, plapperte er nun mit der Wichtigkeit eines Fünfjährigen und gab eine Anweisung nach der anderen.

»Das grüne Ding darf nicht raus, erst wenn man sie ißt.«

»Verstehe.«

»Sonst faulen sie.«

»Verstehe.«

»Und vorsichtig abtrocknen, nicht quetschen.«

»Bestimmt nicht.«

Als die Beeren in Plastikbeutel gefüllt waren, erbot sich Sam, Stern in der Schlucht seine Höhle zu zeigen. Stern rief zweimal nach Sonny, aber sie regierte nicht, und so schlichen sie sich aus der Hütte.

Sams Höhle befand sich im ausgehöhlten Stamm einer alten Eiche. Der Junge hatte sich eine Art Nest aus trockenen Blättern und Zweigen gemacht und bewahrte in einer alten Zigarettenschachtel ein paar biegsame Plastikfiguren mit Dämonengesichtern und muskulösen Körpern auf. Sam sagte Stern, wie sie hießen – jeder einzelne war offenbar ein Star in einem Comic –, und führte dann eine Zeitlang diverse interplanetarische Kriege, denen Stern aus der Sicherheit seines Ruheplatzes an der Wurzel einer Birke etwa zehn Meter entfernt zusah. Cowboys und Indianer, der Zeitvertreib seiner Kinder in jungen Jahren, waren inzwischen aus politischen Rücksichten nicht mehr so gefragt. Die Schurken von heute waren Außerirdische, und die Waffen waren statt sechsschüssiger Colts nun Laser und Maser, in deren hellrotem Strahl alles

einfach verdampfte. Das Spiel endete abrupt, als sich Sam von seinen Figuren abwandte.
»Ich hab Hunger«, sagte er.
»Nach all den Erdbeeren?«
Sam warf die Hände hoch und wiederholte, er habe Hunger.
»Ich bin sicher, Sonny macht dir was zum Abendessen. Sollen wir mal sehen, ob sie wach ist?«
In der Hütte aber rührte sich nichts. Stern rief leise ihren Namen, und Sam fiel mit gesteigerter Lautstärke ein. Stern machte »Pscht«, hielt den Jungen zurück und schlich allein in das kleine Hinterzimmer, wo sie ohne Decke auf einem schmalen Feldbett lag, immer noch rosig von der Hitze, aber in tiefem Schlaf. Ihr dunkles Haar kontrastierte mit ihrer Haut, und ein Bein ihrer kurzen Hose war weit den Schenkel hinaufgerutscht und ließ etwas von der weichen Fülligkeit der Schwangerschaft erahnen. Sonia Klonsky, seine energische Kontrahentin, schlief mit hinreißend kindlicher Unschuld und hatte die rosa Lippen zärtlich geöffnet. Einen flüchtigen Augenblick lang strich ihr Stern spontan ganz sachte mit dem Handrücken über die Wange.
Als er sich umwandte, sah ihm Sam von der offenen Tür aus zu.
»Ich möchte sicher sein, daß sie nicht krank ist«, flüsterte Stern sogleich. Aber er hatte Herzjagen und hörte die Dringlichkeit in seiner Stimme. Der Junge hingegen brauchte gar keine Erklärung.
»Ich hab Hunger«, wiederholte er irgendwie rührend.
Stern hob den Finger an die Lippen und scheuchte Sam hinaus.
»Weißt du, wie man Abendessen macht?«
»Was möchtest du denn, Sam?«
»Würstchen und Pommes.«
»Das schaff ich vielleicht grade noch.«
Sie aßen jeder zwei heiße Würstchen. Sam schwatzte lebhaft drauflos, außer wenn er gerade kaute, was er nur kurz, aber mit großer Hingabe tat. Kaum hatte er aufgegessen, nahm er das Gespräch wieder auf und berichtete auf Sterns Fragen, er sei

fünfeinhalb, gehe ganztags in den Kindergarten an der Brementon School und könne schon lesen, obwohl er noch so klein sei. Ein bemerkenswertes Kind voll warmer, suchender Verständigkeit. Seine Gescheitheit leuchtete wie eine Kerze und verlieh ihm ein körperliches Strahlen, bei einem solchen kleinen Kerl gleichbedeutend mit Schönheit.
Er musterte Stern durch ein halb zugekniffenes Auge.
»Wie heißt du noch mal?«
»Sandy.«
»Sandy, darf ich nach dem Essen in den Whirlpool?«
»Du mußt Sonny fragen, wenn sie wieder wach ist.«
»Aber ich darf *immer.*«
»Sam, nicht so laut. Du weckst sie noch auf.«
Im schwindenden Tageslicht spielten Stern und Sam Schiffeversenken. Sam kannte beeindruckenderweise schon alle Regeln, auch wenn er sich bisweilen darüber hinwegsetzte. Einmal, als Stern den Standort eines seiner Zerstörer ermittelt hatte, radierte er heftig auf seinem Blatt herum.
»Sam, ich glaube, deine Schiffe müssen dort bleiben, wo du sie eingezeichnet hast.«
»Schau, ich wollte ihn eigentlich woanders hintun.« Er deutete auf das Blatt.
»Verstehe«, sagte Stern.
»Wirklich.«
»Na gut.« Peter, entsann sich Stern, hatte sich bis über das zehnte Lebensjahr hinaus geweigert, die Regeln einzuhalten. Er mogelte mit beunruhigender Hinterlist und weinte jedesmal laut, wenn er verlor, besonders gegen seinen Vater. Nachdem Sam beim Schiffeversenken gesiegt hatte, spielten sie ein paar Runden Mau Mau. Sam war ein umsichtiger Spieler, aber nur an vollständigen Bildkartenserien interessiert.
»Ich will jetzt in den Whirlpool«, verkündete er.
»Wenn Sonny aufwacht«, vertröstete ihn Stern. Erst vor ein paar Minuten hatte er von der Tür aus noch mal nach ihr gesehen.
»Aber dann muß ich doch schon schlafen.«

»Ich verstehe. Und was willst du im Whirlpool, Sam?«
»Die Sterne angucken.«
»Vielleicht können wir die Sterne auch so angucken.«
»In Ordnung.« Er kletterte sofort von seinem Stuhl, ohne das Spiel zu beenden.
Auf der Veranda fand Stern zwei abgeschabte Schaukelstühle, und sie setzten sich nebeneinander hinein. Der aufkommende Wind hatte den Dunst aufgelöst, und der ländliche Himmel war klar und großartig. Die Luft war nach der Tageshitze fast kühl. Sam kannte etliche Bücher über Astronomie und sprach mit seinen fünf Jahren schon vom »Himmelsgewölbe«. Er wußte die Namen von fünf oder sechs Konstellationen und verlangte, daß Stern sie ihm zeigte.
»Wo ist die Kassiopeia?«
Ach du liebes bißchen, dachte Stern. Kassiopeia. Er hatte nicht viele Abende seines Lebens damit verbracht, den Nachthimmel zu studieren.
»Da drüben, glaube ich.«
»Das dort?«
»Ja.«
»Der bläuliche da?«
»Ja.«
»Das ist ein Planet.«
»Aha«, sagte Stern.
Der Junge akzeptierte klaglos sein Nichtwissen. Stern war entfallen, daß es Sam nicht um Konkurrenz oder Auftrumpfen ging, sondern um Information. Wenn sie hier nicht zu haben war, würden sich bald bessere Quellen auftun.
»Mir ist kalt.«
»Möchtest du deine Jacke?«
»Darf ich auf deinen Schoß?«
»Natürlich.« Stern faßte den Jungen unter den Armen und hob ihn hoch, und er schmiegte sich sofort an ihn und lag schlaff an seiner Brust und seinem Bauch. Mein Gott, wie sich das anfühlte. Er hatte es ganz vergessen. Die Arme um so ein kleines wachsendes Lebewesen zu schließen. Die kleinen Glie-

der; der Harzgeruch vom Haar nach dem Spielen im Wald. Stern legte beide Arme um den Jungen und ließ es geschehen, daß sich Sam an ihn kuschelte.
»Ist die Sonne ein Stern?« wollte Sam wissen.
»Das wird behauptet.«
»Sind die Sterne heiß?«
»Das müssen sie sein.«
»Könnte man mit einem Düsenflugzeug durch einen Stern fliegen, wenn man ganz schnell ist?«
»Ich glaube nicht, Sam. Die Sterne sind so heiß, daß fast alles verbrennt.«
»Alles? Auch die ganze Erde?« Sam sah ihn jetzt beunruhigt an. Stern fragte sich, ob er ihm mehr erzählte, als er eigentlich sollte. »Und was, wenn man Trillionen und Trillionen Liter Wasser draufschüttet?«
»Das würde sicher klappen«, erwiderte Stern.
Der Junge beobachtete ihn immer noch. »Veralberst du mich auch nicht?«
»Veralbern? Nein. Ist das Veralbern?«
»Du veralberst mich«, beharrte Sam. Er drückte Stern den Finger in den Bauch, wie man es offenbar häufig bei ihm tat.
»Na ja, vielleicht ein bißchen.«
Sam wälzte sich herum und lag wieder an seiner Brust.
War das möglich? dachte Stern, von einem plötzlichen Gefühl übermannt. War das wirklich möglich? Konnte er wieder von vorn anfangen und in diesem neuen Durchgang alles besser machen? Ach, das war doch verrückt. Stern schloß in der Dunkelheit die Augen und kämpfte mit seiner Verzweiflung. Wie war ihm das alles überhaupt widerfahren? Er sah immer klarer, wie fixiert seine Gefühle waren, wie entschlossen er war, einen absolut verrückten Schritt zu tun. Er konnte einen kurzen Stoßseufzer nicht unterdrücken.
In diesem Moment drehte sich Sam wieder um.
»Darf ich in den Whirlpool? Bitte«, bettelte er. »Bitte, bitte, bitte.«
»Sam, ich kenne mich mit Whirlpools nicht aus.«

»Aber ich. Ich zeig's dir. Ist ganz leicht.«
Er schlüpfte sofort herunter und rannte über die Veranda. »Er ist voll und alles.«
Stern ging langsam hinüber. Die Wanne ragte etwa einen Fuß über den Verandaboden hinaus. Sam hatte die Abdeckung bereits heruntergezerrt. Die Wassertemperatur war lau, offenbar Sam zuliebe. Was konnte es schon schaden?
Sam umarmte ihn, sobald er ja sagte, und riß sich sofort die Kleider vom Leib. Splitternackt hielt er einen Zeh ins Wasser.
»Komm schon«, forderte er ihn auf.
»Wie bitte?«
»Komm schon. Zieh dich aus.«
»Danke schön, Sam, ich möchte nicht in den Whirlpool.«
Der Junge starrte ihn an. »Du mußt aber. Sonny sagt, ich darf nicht ohne Erwachsenen hinein. Ich bin nämlich erst fünf.«
»Ja.« Stern blieb kurz stehen und schaute zum Mond, der gerade aufging und durch die filigranen Zweige der Bäume in der Schlucht schimmerte. Schon seit einer Weile war er nicht mehr Herr seiner selbst. Im Dunkeln streifte er die Schuhe ab und löste seinen Gürtel.
Wie ihm das Leben wiederholt bewiesen hatte, war an anderer Leute Vergnügen meistens was dran. So suspekt er auch schien, der Whirlpool wirkte verzaubernd. Kleine Nebelfäden stiegen im Mondlicht auf, und die dünne Abendluft war sanft wie ein Hauch. Die Massigkeit seines Leibs spürte er im Dunkeln unter Wasser nicht mehr so. Stern saß auf einer Bank im Pool, und Sam hockte sich neben ihn.
»Wann steht Sonny auf?«
»Bald, Sam. Sie muß sehr müde gewesen sein.«
»Sie kriegt ein Baby«, erklärte Sam. Er ging damit zum erstenmal auf dieses Thema ein.
»Das habe ich auch so verstanden«, sagte Stern.
»Ist sie krank?«
»Nein«, beschwichtigte Stern.
»Du hast aber gesagt, sie ist krank.«
»Nein, ich hab gesagt, ich wollte sichergehen, daß sie nicht

krank ist.« Wieviel von seinen Beobachtungen würde er seinem Vater erzählen? Oder gar Sonny? Doch im Augenblick schien diese Befürchtung wie so vieles andere völlig nebensächlich.

»Gehst du auch da hin, wo Sonny arbeitet?«

»Gewissermaßen.«

»Manchmal, wenn jemand was ganz Schlimmes macht, muß ihm von den anständigen Leuten gesagt werden, was er Schlimmes gemacht hat.«

Stern überlegte, ob er aus der Sicht des Verteidigers etwas hinzufügen müßte, sagte aber schließlich: »Ja.«

Sam reckte sich plötzlich kerzengerade auf, im Mondlicht glitzernd wie ein Fisch. Er spähte über den Wannenrand.

»Ach je«, sagte er.

»Was?« Stern meinte, die Wanne laufe aus.

»Handtücher vergessen.«

Beide stöhnten im Dunkeln auf.

Nach kurzer Auseinandersetzung wurde Stern verdonnert, in die Hütte zu huschen. Als er nur in Unterhosen am Spiegel an der Innenseite der Badezimmertür vorbeikam, erblickte er seinen klitschnassen Hintern. Wenige Meter entfernt hörte er Sonny, wie sie im Schlaf vor ich hin murmelte.

Sam wurde eingemummelt und getrocknet und in seinen Schlafanzug gesteckt. Bevor er einschlief, wollte er eine Geschichte vorgelesen haben. In einem Comic aus seinem Rucksack wurde ein längerer Kampf zwischen zwei Fernsehfiguren beschrieben, einem blonden Riesen und einem skelettähnlichen Wesen mit Kapuze. Beide waren mittelalterlich gekleidet, tummelten sich aber weit in der Zukunft im Weltraum und stießen wilde Drohungen gegeneinander aus. Der Blonde siegte; daran jedenfalls hatte sich nichts geändert.

Der Junge legte sich hin, setzte sich aber dann wieder auf, voll der bekannten Neugier kurz vorm Schlafengehen.

»Sandy«, fragte er, »gewinnt das Gute immer?«

»Wie bitte?«

»Gewinnt das Gute immer?« wiederholte der Junge.

Stern war nicht sicher, ob sich das auf die Geschichte oder auf ihr Gespräch von vorhin bezog. Er hätte Sam beinahe gefragt, was er damit meine, zügelte sich aber bei dem Gedanken, daß es nicht richtig sei, einem Fünfjährigen ausweichend zu antworten. Auch Marta hatte immer solche Fragen gehabt. Peter vermutlich auch, aber er hatte sie nur seiner Mutter gestellt.
»Nein«, sagte Stern schließlich. »Nicht immer.«
»Im Fernsehen immer«, erwiderte der Junge. Damit wollte er ihn offenbar widerlegen.
»Na ja, eigentlich sollte es gewinnen«, gab Stern nach. »So jedenfalls siehst du es im Fernsehen.«
»Und warum gewinnt es nicht?«
»Es verliert nicht immer. Es gewinnt oft. Aber es gewinnt nicht jedesmal.«
»Warum nicht?«
»Manchmal ist die andere Seite stärker. Manchmal sind beide Seiten ein bißchen gut.« Manchmal aber auch keine, dachte Stern bei sich. Und plötzlich mußte er an Dixon denken. Er sah den Jungen an. »Sam, wer hat dir denn gesagt, daß das Gute gewinnt?«
»Im Fernsehen ist es so«, sagte der Junge unschuldig. Er hatte keine Ahnung, daß er sich auf eine abstrakte Diskussion eingelassen hatte. »Wie oft gewinnt das Gute?« fragte Sam. »Ganz oft?«
»Ganz oft«, bestätigte Stern. Er hatte sagen wollen, genauso oft, wie es verliert. Doch er spürte, das war unpassend und vielleicht nicht einmal richtig. Brutale Offenheit war bei einem Kind nicht angebracht. Jedermann empfand das so. Im Abendland galt das als natürliche Regel. Folglich erzog man seine Kinder in Liebe und Geborgenheit auf eine Zukunft hin, die sie dann nur enttäuschend finden konnten. Er sagte Sam, jetzt sei aber wirklich Schlafenszeit.
»Vielen Dank für deine Gesellschaft, Sam.«
»Ist doch klar.« Er streckte sich und fuhr noch mal hoch. »Wart mal.« Er kletterte aus dem Bett, suchte in seinem Rucksack und kam mit einem kleinen Plüschteddy und einem Stückchen

gelber Decke zurück. Im Vorbeigehen gab er Stern so selbstverständlich einen Kuß, als habe er das schon immer getan, streckte sich dann vor seinen Augen aus und schlief sofort ein.

Ein schlafendes Kind, eine schlafende Frau, er als einziger wach in einem stillen Haus. Schon viele Jahre hatte er dieses schöne Gefühl nicht mehr gehabt. Er setzte sich an den Tisch, aß ein Schüsselchen Erdbeeren und hörte Sams rasselnde Atemzüge und dann und wann als Kontrapunkt einen seufzenden Schluchzer von Sonny. Ach, er machte sich nur was vor. Das wußte er genau. Er vermochte es letztendlich nicht, sich selbst zu täuschen. Doch er genoß die Stimmung viel zu sehr, um jetzt wegzufahren. Er ging wieder hinaus auf die Veranda. Seine nasse Unterwäsche hatte zu scheuern begonnen, und nach kurzem Nachdenken holte er sich sein Handtuch aus der Hütte, zog sich erneut aus, hängte seine Unterhosen an einen Zweig und hoffte, sie würde vor der langen Heimfahrt im Wind trocknen. Dann setzte er sich wieder in den Whirlpool. Der Mond war jetzt ganz aufgegangen und stand als Zauberkulisse über der Schlucht. Alle seine Kümmernisse harrten seiner in der Stadt, am hellen Tag. In diesem Augenblick aber, in dem er die Dunstfahnen vom Wasserspiegel aufsteigen sah, spürte er sich davon frei.

Es dauerte nur ein paar Minuten, und er hörte die Fliegentür zuschlagen.

»Ach, hier sind Sie.« Sonnys Stimme kam von irgendwo hinter ihm aus dem Dunkel. Er drehte sich erst dahin, dann dorthin und sah sie immer noch nicht. »Ich dachte, Sie seien weg, bis ich das Auto gesehen habe. Wie lange habe ich geschlafen?«

»Etwa fünf Stunden«, sagte er.

»O Gott.« Sonny blieb in der Ecke der Veranda und war bemüht, diskret Distanz zu halten. »Das tut mir aber leid. Was haben Sie die ganze Zeit mit Sam angefangen? Haben Sie ihm was zu essen gegeben?«

Stern beschrieb ihre Aktivitäten. »Er ist ein prächtiger Junge. Ein helles Köpfchen.«

»Er schlägt nach seinem Vater.«
»Kein Zweifel.«
»Von seiner Mutter Rebecca halte ich nicht viel, aber bei Sam hat sie Großes vollbracht. So ganz verstehe ich das nicht. Es läßt sich offenbar nicht vorhersagen, wer der bessere Elternteil wird. Das macht mir angst.«
»Sie werden gut abschneiden, Sonny. Da bin ich sicher.«
Langsam war sie näher getreten. Sie stand jetzt nur wenige Meter von der Wanne entfernt und tat rasch die letzten Schritte. Sie beugte sich ein wenig vor und tauchte die Hand in das dunkle Wasser.
»Wie angenehm das ist. Hat Sam Ihnen geholfen, damit zurechtzukommen?«
»Er wollte unbedingt hinein.«
»Ja, wir ermuntern ihn sehr dazu. Er hat offenbar noch nicht spitzgekriegt, daß das nichts anderes ist als die Badewanne.«
»Erst als ich es ihm endlich erlaubt hatte, hat er mir mitgeteilt, daß ich auch ins Wasser müsse. Doch um ehrlich zu sein, es ist sehr angenehm. Nachdem er im Bett war, konnte ich mir das nicht verkneifen. Und so sitze ich jetzt am Samstagabend mitten im Wald. Der Himmel ist klar, der Vollmond scheint. Die einsame Stille ist wunderbar.«
Sie legte den Kopf zurück, um wie er zu den Sternen aufzusehen, und schwieg kurz.
»Trifft Sie der Schlag, wenn ich auch reinkomme?«
Ein kalter Schreck, regelrechtes Entsetzen, durchfuhr ihn wie ein Armbrustbolzen. Er schüttelte den Kopf, bevor er etwas sagte.
»Nein, nein«, stammelte er.
»Ich frage deshalb, weil die Menschen verschiedene Einstellungen haben. Sie brauchen's bloß zu sagen, wenn es Ihnen peinlich ist.«
»Nein, nein«, stammelte Stern wieder. Er war nicht sicher, ob er mehr herausbringen würde.
Als sie ihr Hemd auszuziehen begann, sah Stern weg und betrachtete die dunklen Zweige, die sich zitternd im Wind

bewegten. Aber auch diesem Bemühen um Diskretion war kein voller Erfolg beschieden. In der unteren Hälfte des Sprossenfensters der Hütte bemerkte er eine klare Spiegelung und erhaschte im Umdrehen unwillkürlich einen flüchtigen Blick auf ihre Gestalt im bläulichen Mondlicht. Nur auf ihren Oberkörper, als sie sich in die Wanne gleiten ließ, auf die satte Rundung des neuen Lebens und auf die Asymmetrie der Brust, wo das sanfte blaue Licht die glatt vernarbte linke Körperhälfte beschien und die Rippen fast wie Klaviertasten hervortraten; wie bei allem Menschlichen war der Anblick viel erträglicher, als er gedacht hatte. Sie ließ sich im Wasser nieder und schüttelte ihr Haar.

»Ah, tut das gut.«

»Ich fürchtete schon, Sie hätten einen Hitzschlag.«

»Nur Müdigkeit.«

Sie langte hinüber und legte ganz kurz ihre Hand auf seinen Unterarm. »Das war schön da draußen.«

»Ja.«

»Ich bin froh, daß wir Freunde geworden sind.«

»Ich auch.«

Das alles ging Sonny leicht über die Lippen; sie war gewohnt, frei von der Leber weg zu sprechen. Das brachte ihn ganz durcheinander. Er spürte wie so oft in seinem Leben, daß ihm der wichtige Augenblick eines starken, tiefen Gefühls entglitt, sich nicht bloß seinem Zugriff entzog, sondern völlig außer Reichweite entschwand. So war er nun mal.

»Darf ich Ihnen eine Geschichte erzählen, die Ihnen vielleicht peinlich ist?« fragte sie.

»Wenn Sie glauben, daß ich es verkrafte.«

»Ich denke schon.« Sie blickte in die Dunkelheit. »Als ich noch Jura studierte, ging ich ins Gericht, nur um Sie zu beobachten, als Sie Richter Sabich verteidigten. Ich war jeden Tag da. Das war wie Zauberkunststücke vom Logenplatz aus. Sie wissen – es kommt nicht darauf an, ob die Kugeln wirklich verschwinden, weil der wahre Zauber darin besteht, daß die Fingerfertigkeit des Magiers es so aussehen läßt. So ist es mir vorgekommen. Es war mir egal, ob er schuldig war oder nicht. Ich wollte nur können, was Sie da machten. Wie finden Sie das?«

»Es ist sehr lieb von Ihnen, mir das zu erzählen.«

Sie schielte herüber; er merkte, daß sie ihn nicht verstanden hatte, und rutschte ein bißchen tiefer in die Wanne. »Mir fällt es in letzter Zeit schwer, in meinem Berufsleben für irgend jemanden ein Vorbild zu sehen. Angesichts dessen, was es mich gekostet hat.«

»Sprechen Sie von Ihrer Frau?«

Er stöhnte auf.

»Hm«, sagte Sonny und schwieg kurz. »Hätten Sie denn irgendwas tun können?«

»Aufmerksamer sein.«

Sie schien einer Antwort abgeneigt, und er bekam sofort Angst, sie könnte in dieser Äußerung Verdruß oder gar Selbstmitleid erblicken. Einen Moment war sie verschwunden, weil sie untergetaucht war, und kam glänzend wieder hoch, verspritzte glitzernde Wassertropfen, blies durch die Lippen und strich sich das Haar glatt.

»Wissen Sie, was ich meine?« fragte sie.

»Was denn?«

»Ich denke, jeder kann nur so sein, wie er ist.« Sie wrang ihr Haar aus. War das jetzt der Gedanke für die Nacht? fragte sich Stern. »Das sag ich mir jeden Tag tausendmal. Alle Leute sind verkorkst. Und es passieren Sachen, die einen noch mehr verkorksen. Man kriegt Krebs. Oder es stirbt jemand. Aber man tut sein Bestes. Ich würde alles darum geben, ein so guter Anwalt zu sein wie Sie, glauben zu dürfen, etwas Wichtiges so gut zu tun. Ich meine, Sie müssen Ihre eigene Leistung sehen.«

»Ich sehe sie«, erwiderte er, »und spüre, daß ich es besser hätte machen können.«

»Dann machen Sie's nächstes Mal besser.«

»Im nächsten Leben?«

»Im nächsten Abschnitt von dem hier.«

Das war wohl die einzige Antwort, die einzige vernünftige

Reaktion, ging es ihm durch den Kopf. Auch das schien ein wiederkehrendes Thema zu sein.

»Und merken Sie sich«, sagte sie, »für jemanden wie mich sind Sie ein Vorbild.«

»Sie schmeicheln mir.«

»Ich meine es ernst.«

Er blickte zu Sonny hinüber. Sie hatte ihren Arm wieder auf den Wannenrand gelegt, und er berührte sie ganz kurz, wie sie ihn berührt hatte. Dann fuhr er fort.

»Offenbar war ich insofern nicht Vorbild genug, als Sie sich für die Gegenseite entschieden haben.«

Sie zog sich wie erwartet zurück. »Soll das ein Scherz sein?«

»Selbstverständlich.«

»Ich habe immer geglaubt, ich würde Rechtsanwältin. Aber Staatsanwälte haben so viel Macht. Um Gutes zu tun, wissen Sie – nicht bloß Böses.«

»Selbstverständlich«, sagte er wieder. »Ich bewundere die Rechtschaffenheit, die von Staatsanwälten vertreten wird.«

»Aber es käme Ihnen nicht in den Sinn, so was zu machen?«

»Oh, mit dem Gedanken gespielt habe ich schon. Aber ich meine – rein auf mich selbst bezogen natürlich –, ich würde nur bereits Zerschlagenes und Zerbrochenes noch mehr beschädigen. Verstehen Sie, ich glaube wirklich, daß jemand Ihre Arbeit machen muß – aber besser nicht ich.«

»Die Geschichte stimmt also?«

»Welche Geschichte?«

»Daß Sie es abgelehnt haben, Leitender Staatsanwalt zu werden, bevor Stan den Job bekommen hat?«

Er schwieg kurz und dachte nach. »Läuft dieses uralte Gerücht schon wieder um?«

Sie wußte, sie sollte damit abgespeist werden.

»Ich frage Sie nicht, damit ich's jemandem weitererzählen kann.« Mit ihrem schrecklichen Stolz war sie, das sah er, leicht gekränkt. »Ich habe einen Grund, warum ich das wissen will.«

In wenigen Sätzen beschrieb er seine Begegnung mit dem Assistenten des Senators. »Man hat mir nie gesagt, ich sei die erste Wahl. Ich habe keine Ahnung, wen sie schließlich genommen hätten, selbst wenn ich interessiert gewesen wäre.«

»Sie wissen genau, daß Sie es geworden wären«, sagte sie, »und Stan weiß das auch. Ich glaube, es macht ihm zu schaffen«, fügte sie hinzu. »Ganz ordentlich.«

Stern hegte privat schon lange dieselbe Ansicht. Sie überlegte und tauchte dann noch mal.

»Ich geh jetzt raus«, sagte sie, als sie wieder hochkam. »Mein Gynäkologe erlaubt mir nicht mehr als zehn Minuten hier drin.«

Stern wandte sich ab und starrte auf den Mond und ins Dunkel.

»Wenn Sie soweit sind«, sagte sie hinter ihm, »können wir jetzt reden.« Er hörte sie mit bloßen Füßen davonpatschen und drehte sich um, nachdem er es sich zunächst verboten hatte, und sah ihr nach, wie sie davonschritt mit ihrem Kleiderbündel vor der Brust, mit tropfnassen Haaren, der ausladenden unteren Körperhälfte, die immer noch recht appetitlich war und bei ihrem Rückzug naß glänzte.

Kurz danach stand auch er auf. Er befand sich gerade in glorreicher Nacktheit am Wannenrand, als Sonny sich mit einem weiteren Handtuch aus dem Fenster beugte. »Sie sollten bloß mal Ihr Gesicht sehen«, sagte sie und hängte das Handtuch an den Fensterrahmen. Gleich darauf konnte er sie drinnen lachen hören.

Als er hereinkam, hatte sie sich in einen weißen Frotteebademantel gehüllt und kämmte sich, am Tisch sitzend, das Haar. Ungeschminkt und unfrisiert war sie ganz sie selbst, kräftig und hübsch, ihrer eigenen Reize sicher. Sie ging ans Bett, um Sam in das kleinere Zimmer zu bringen, doch Stern bestand darauf, ihn zu tragen, und beförderte die kleine warme Gestalt unter Sonnys Anleitung auf das Klappbett nebenan. Gefangen im tiefen Kinderschlaf, war Sam meilenweit entfernt.

»Erdbeeren? Hüttenkäse?« Sonny aß gerade etwas, und auf dem Tisch stand genug. Stern lehnte ab. »Also wie machen wir's? Sie sagen mir, was Sie wissen, und ich sage Ihnen, ob Sie danebenliegen? Abgemacht?«

»Sonny, ich hab vielleicht zu sehr gedrängt. Wenn –«
»Nein«, sagte sie und griff nach einer Erdbeere. »Sennett verarscht Sie. Bisher war ich mir nicht sicher, warum er das macht. Ihrem Mandanten steht eine bessere Behandlung zu. Aber viel kann ich für Sie nicht tun.«
»Ich verstehe.«
»In Ordnung«, sagte sie. »Schießen Sie los.«
Hier gab es eine Grenze, war eine Linie gezogen, die er lieber nicht überschritt. Er sprach nur deshalb weiter, weil er dankbar war für ihre Gesellschaft, für ihr Gespräch, für jeden beliebigen Grund, noch nicht zu gehen.
Er begann mit den großen Orders, den beiden verschiedenen Börsen, den Irrläufern. Als er die Benutzung des Irrläuferkontos erwähnte, lehnte sie sich mit einem bewundernden Lächeln zurück.
»Wie haben Sie das bloß rausgekriegt? Sennett ist sicher, daß Sie nie darauf kommen.« Als er zögerte, wedelte sie leichthin mit der Hand. Nicht so wichtig. »Weiter.«
»Kann die Staatsanwaltschaft übrigens nachweisen, daß eine dieser Transaktionen die Marktpreise beeinflußt hat oder irgend jemand anderweitig geschädigt wurde?« Über diesen Punkt dachte er schon seit geraumer Zeit nach. Nach der Anklageerhebung dürfte ein Antrag auf Verfahrenseinstellung geboten sein, begründet mit der Behauptung, die Staatsanwaltschaft könne das Vorliegen einer Straftat nicht nachweisen.
»Wir haben uns die Fälle angesehen«, sagte Sonny. »Eine Straftat liegt vor. Wenn man aus Kundengeschäften Nutzen zieht, nimmt man ihnen auf jeden Fall unrechtmäßig etwas weg. Was meinen Sie denn, was die Kunden dazu sagen würden?«
Stern hob unverbindlich die Hände. Ganz abstrakt stimmte er ihr wohl zu. Viel sicherer war er sich, daß auch ein Richter das so sehen würde.
»Weiter«, forderte sie ihn wieder auf.
Er beschrieb, wie die gesammelten Gewinne nach erneuten Manipulationen auf dem Wunderkind-Konto investiert wur-

den – wo sie mit der Zeit verspekuliert wurden, restlos, und noch allerhand dazu.
»Und Sie verdächtigen Dixon, über dieses Konto verfügungsberechtigt zu sein.«
»Weiter«, sagte sie noch einmal. Sie hatte keinen Kommentar gegeben, als er darlegte, welche Beweise die Staatsanwaltschaft seiner Ansicht nach habe.
»Ich bin sicher, die Staatsanwaltschaft kann erklären«, fügte Stern trocken hinzu, »warum jemand sechshunderttausend Dollar stiehlt, um sie zu verlieren.«
»Das ist nicht Bestandteil der Straftat.« Sie wollte damit sagen, die Staatsanwaltschaft könne die Straftat nachweisen, auch ohne dieses Rätsel zu lösen. Daß das Geld verloren worden war, brauchte vor Gericht vielleicht nicht einmal erwähnt zu werden.
»Trotzdem«, beharrte Stern.
»Weiter«, sagte Sonny. Sie war jetzt ernst und gefaßt und wollte offenbar nicht debattieren.
»Gerade jetzt scheinen Sie tatkräftig nach den Dokumenten zu fahnden, aus denen hervorgeht, wer das Wunderkind-Konto eröffnet hat. Ohne diese können Sie natürlich überhaupt keine Verbindung zwischen Dixon und dem Konto, den Gewinnen und dem Trittbrettfahren herstellen.«
Zum erstenmal blieb sie ganz still. Stern wartete eine Weile, bis ihm klar wurde, daß sie ihm damit einen Fingerzeig geben wollte. Er hatte einen Schritt ausgelassen.
»Kommt hier John ins Spiel?«
»Ich weiß nicht, wo er hineingehört, Sandy. Ehrlich nicht.«
Das paßte mit dem zusammen, was ihm Tooley erzählt hatte; dieser hatte ausschließlich mit Sennett Umgang. Stern fragte sich, ob das bedeute, daß John sich ganz besonders kooperativ verhielt oder unzugänglicher als erwartet – oder lediglich, daß Sennett wie üblich geheimnisvoll tat und sich nicht einmal von seinen eigenen Mitarbeitern in die Karten sehen ließ. Doch wenn sich John haargenau daran erinnerte, wie Dixon ihm jede einzelne illegale Transaktion aufgetragen hatte, würde die

Staatsanwaltschaft Beweise brauchen, daß Dixon für das Wunderkind-Konto, wo die Gewinne kurz geparkt wurden, verfügungsberechtigt war. Ohne sie würde die Staatsanwaltschaft nur schwer den Nachweis liefern können, daß Dixon nicht im guten Glauben oder auf Anweisung eines Dritten gehandelt hatte.

»Aber Sie brauchen immer noch die Unterschriftsblätter, um die Verbindung zwischen Dixon und dem Wunderkind-Konto herzustellen.«

Wieder schwieg sie.

»Falsch geraten?« fragte Stern.

Sonny langte in die Schüssel und aß noch eine Erdbeere, während Stern sich zu konzentrieren versuchte. Es war sonst seine Stärke, die Nuancen des Beweismaterials zu erschließen. Doch hier war ihm irgend etwas von größerer Tragweite entgangen. Er wartete schweigend.

»Letztes Jahr«, sagte Sonny nach einer Weile, »habe ich als Anfängerin im Amt eine ganze Menge Drogenfälle strafrechtlich verfolgt.«

»Ja?« Er hatte keine Ahnung, worauf sie hinauswollte.

»Sie wissen ja, wie solche Fälle laufen. Die Drogenfahndung bemerkt verdächtige Aktivitäten. Es gibt einen Informanten. Sie besorgt sich einen Hausdurchsuchungsbefehl, tritt die Tür einer Anlaufstelle ein, findet Kokain im Wert von zehntausend Dollar, aber keine Menschenseele in diesem Haus. Dann verlangt sie, daß der geplagte Staatsanwalt Ermittlungsverfügungen erläßt, damit sie rauskriegen kann, wem das Haus gehört – und folglich der Stoff.«

»Ja«, sagte er wieder.

»Einblick ins Grundbuch oder in den Mietvertrag für die betroffene Wohnung oder dergleichen bringt gar nichts. Das ist immer ein Mütterchen aus dem Nordviertel mit einem Oberlippenbart und einem Rudel Katzen. Aber wir beweisen trotzdem, daß das Haus zu denen gehört.«

Stern nickte. Die Methoden der Staatsanwaltschaft waren ihm vertraut. Sie fragte bei der Gasanstalt, der Stromversorgung, bei der Telefongesellschaft nach und stellte fest, wer die Rechnungen beglich. In einem Fall, den Jamie Kemp bearbeitet hatte, bevor er nach New York gegangen war, hatte die Staatsanwaltschaft die Verfügungsberechtigung über das Haus damit nachgewiesen, daß der Beschuldigte die Mülltonnen vor der Tür bezahlt hatte. Klonsky hatte einen klaren Hinweis gegeben, aber er stand immer noch auf der Leitung.

»Der Sollstand«, stieß Stern plötzlich hervor.

Sie lächelte ihm zu.

»Dixon hat das Debet von einer Viertelmillion Dollar auf dem Wunderkind-Konto ausgeglichen.«

»Weiter.«

»Deswegen haben Sie seine Bankauszüge angefordert. Weil Sie den Scheck gesucht haben, den er zur Deckung dieses Sollstandes ausgestellt hat. Sie haben überhaupt nicht nach Geld gesucht, das er eingezahlt hat.«

»Weiter«, forderte Sonny ihn auf.

»Und haben Sie den Scheck?«

»Weiter«, sagte Sonny wieder.

Er zögerte. Auch Dixon war offenbar die Stoßrichtung der Ermittlungen in der Bank entgangen. Um ihren Informanten zu tarnen, hatte die Staatsanwaltschaft mit ihren verschiedenen Beweismittelanforderungen überzeugend vorgespiegelt, sie interessiere sich mehr für Geld, das Dixon vereinnahmt hatte, als für seine Auszahlungen.

»Warum suchen Sie denn so intensiv nach den Unterlagen der Kontoeröffnung?«

Natürlich würde sie darauf keine Antwort geben. Stern verfiel wieder in Schweigen. Was, wenn Dixon diese Dokumente entwendet hatte? Warum war die Staatsanwaltschaft so sehr hinter etwas her, das offenbar nichts zur Sache tat?

Es sei denn, die Staatsanwaltschaft wußte von vornherein, daß Dixon die Unterlagen beiseite gebracht hatte. Natürlich. Ihr Informant hatte sie wieder mal an die richtige Stelle geführt. Die Staatsanwälte – zumindest Sennett – hatten überhaupt nicht erwartet, daß die Unterlagen des Wunderkind-Kontos bei

Margy auftauchen würden. Deswegen war Sonny wieder guter Laune gewesen, nachdem sie weggegangen war, um mit Sennett zu reden. Sie hatte damals erfahren, womit Sennett die ganze Zeit schon gerechnet hatte, daß nämlich die Staatsanwaltschaft am Ende weder auf den Nachweis von Dixons Verfügungsberechtigung über das Konto noch auf den Beweis, daß er genau diesen Tatbestand verschleiern wollte, würde verzichten müssen. Wenn sie ihn dessen überführte – konkludentes Handeln nannte man das –, konnte die Staatsanwaltschaft alle schlauen Ausreden vom Tisch fegen, die sich vor Gericht als halbwegs vernünftige oder legale Beweggründe für Dixons Verhalten vorbringen ließen. Wenn die Staatsanwaltschaft erst mal nachweisen konnte, daß Dixon seine Spuren verwischte, würde kaum noch strittig sein, wie er seine Aktivitäten selber einschätzte. John war dann Dixons einzige verbliebene Hoffnung, und die stand auf schwachen Füßen. Ließ Johns Gedächtnis ihn in dem entscheidenden Punkt im Stich, wer ihn mit den irregelaufenen Orders beauftragt hatte, gab es noch eine winzige Lücke, in der ein Verteidiger eine Pirouette drehen konnte. Die Wahrscheinlichkeit dafür war aber gering. Die Staatsanwaltschaft hatte nunmehr die entscheidenden Beweise in der Hand. Die Wände schoben sich wie in Edgar Allan Poes Erzählungen auf Dixon zu, immer schwächer wurde das Licht. Hier beflügelt durch die Gegenwart dieser jungen Frau, schien Stern das Gewicht dieser harten Fakten nicht so recht zu spüren.

»Sie haben ihn wirklich gern, nicht wahr?« fragte Sonny, nachdem sie ihn kurz beobachtet hatte.

»Mir liegt sehr viel an meiner Schwester. Vielleicht ist mein Gefühl für Dixon nur die Macht der Gewohnheit. Aber ich bin sehr traurig, das zu hören.«

»Das war nur unter uns«, sagte Sonny. »Stan würde mich steinigen.«

»Sie haben mir nichts erzählt.« Er bekreuzigte sich, eine Schuljungengeste aus Argentinien aus einer Zeit, in der seine nichtjüdischen Freunde diese Bekräftigung verlangt und sein

Zögern nie so recht verstanden hatten. »Ich sage nichts weiter. Niemandem. Keine Andeutung. Fest versprochen.«

Stern sah sie über den Tisch hinweg an. Er hatte den Vorwand erschöpft, der ihn hergeführt hatte. Er stand auf und klopfte sich dabei an die Seite.

Sonny gähnte.

»Ob Sie's glauben oder nicht«, sagte sie, »ich denke, ich geh jetzt schlafen.«

Sie wollte unbedingt, daß er einen Riesenbeutel Erdbeeren mitnahm. Auf dem Weg zur Tür ließ er sie versprechen, Sam von ihm zu grüßen. Dann zog sie ihn plötzlich in einer raschen, kameradschaftlichen Umarmung an sich und kam ihm dabei so nahe, daß ihr vorgewölbter Bauch gegen den seinen stieß und ihre nasses Haar seine Wange streifte. Seine Arme kamen langsam hoch, doch bevor er die Umarmung erwidern konnte, war sie schon weg. Ein kurzer Schmerz wie von etwas Verlorenem stieg in ihm auf und verging.

»Es war sehr nett von Ihnen, mich einzuladen«, sagte er von draußen, von der anderen Seite der Fliegentür.

»Das machen wir mal wieder«, antwortete sie. Als er die Stufen hinaufkletterte, schallte aus dem Dunkel ihre Stimme hinter ihm her, glucksend mit ihrem eigentümlich ironischen Lachen. Ihr war noch etwas eingefallen.

»Wenn ich dann noch mit Charlie verheiratet bin.«

30

Er kam gegen ein Uhr nachts nach Hause, nachdem er im Dunkeln über die Landstraße und dann auf dem Highway gefahren war, während ihm der Scheinwerferstrahl und der Fluß seiner schweren Gedanken vorauseilten. Er hatte das Radio an und verfolgte ein Spiel der Trappers, schaltete es jedoch nach einer Weile wieder aus und fuhr in der Stille weiter, seinen Erinnerungen nachhängend – der Hitze und dem

Duft des Erdbeerfelds, dem elektrischen Schlag, der ihn durchzuckt hatte, als sie so gelassen zu ihm in die Wanne geglitten war. Bisweilen grübelte er natürlich auch über Dixon nach. Bald würden sie die Alternativen ernsthaft abwägen müssen. Minutenlang ließ sich Stern die ganze Situation durch den Kopf gehen, sondierte, verknüpfte und entwirrte, aber Patentlösungen fand er nicht. Natürlich mußte er an seine Schwester denken. Silvia würde leiden. Im Dunkeln seinen starken Emotionen ausgeliefert, ertrug er diesen Schmerz ein weiteres Mal.

Kaum hatte er die Haustür hinter sich geschlossen, ließ Stern seinen schweren Körper auf den antiken Melkstuhl im Windfang fallen und streckte die Beine von sich. Der Beutel mit den Erdbeeren, die nun im eigenen Saft schwammen, lag in seinem Schoß. Auf der anderen Seite der Diele erblickte er sein halbes Spiegelbild und merkte jetzt, wie lächerlich er aussah; er hatte länger als eine Stunde in dieser Wanne gesessen und keinen Tropfen Wasser an seinen Kopf gelassen. Sonnengebleichte Haarbüschelchen standen an beiden Schläfen wie Engelsflügel ab, und ein paar Schmutzstreifen angetrockneten Schweißes zogen sich vom Scheitel hinunter zu den Wangen. Wenn er sich die Lippen leckte, schmeckte es salzig vom Schweiß.

Er war erschöpft. Doch auch in der Geborgenheit seines Zuhauses wurde er noch nicht mit seiner Erregung fertig. Hier in dieser vertrauten Sphäre löste sich schließlich etwas, und er spürte endlich, wie ihn durchströmte, worauf er den ganzen Tag gewartet hatte. Er stöhnte laut auf, als ihn die Sehnsucht ergriff und er von Leidenschaft gebannt sitzenblieb. Das war ja beachtlich. Sein Blut war elektrisch aufgeladen. Sein Herz und sein Geschlecht waren von Verlangen erfüllt, nicht bloß von dieser rein körperlichen Sache, diesem Sehnen wie ein verpreßter Seufzer, sondern da war etwas anderes, Bedürftigeres, Weicheres und Schmachtenderes. Er wollte sie haben, diese junge Frau. Mit ihr zusammensein. Sie umarmen und von ihr umarmt werden. Lieber Gott! Es ging in Wellen über ihn hinweg, er staunte, wie ihn dieses Gefühl überkam, verwandelte. Das übrige Leben war nicht mehr vorhanden, nicht nur die Grenzlinien der Umstände, sondern auch die Fußfesseln seiner Persönlichkeit hatten sich aufgelöst. Für den Augenblick konnte er sich hier über alle Grenzen hinwegsetzen. Er war bereit, unter ihrem Fenster zu gurren oder ihr schlicht sein wildes Verlangen zu gestehen. Fast wollte er schon ans Telefon stürzen, als er sich erinnerte, in der Hütte keins gesehen zu haben. Das war es, was gestandene Männer veranlaßte, ihre Familien zu verlassen und junge Männer zu verrückten, draufgängerischen Taten trieb. Er aber hockte da und krallte sich in die Sessellehnen.

Sinn hatte das keinen, doch darum ging es wohl kaum. Das Reich der Träume, die Region, wo Bilder mehr waren als Worte und das Gefühl alles beherrschte, hatte diese Fixierung wachsen lassen, und mit Logik war ihr nicht beizukommen. Was wußte man denn wirklich von diesen Dingen? Von jedem hatte er Rezepte erhalten, von allen möglichen Leuten Ratschläge, wie er sein weiteres Leben gestalten solle. Gewartet aber hatte er auf so etwas – auf etwas, das außerhalb langweiliger Schicklichkeit und Üblichkeit lag, an dem er selber erkennen konnte, was er eigentlich wollte. Und er wollte diese junge Frau, die ihre eigenen Sorgen hatte, aber, so sehr sie auch schwanken mochte, jeden Atemzug darum kämpfte, wahrhaftig und echt zu sein, ihr bestes Ich zu verwirklichen.

Doch abspielen würde sich natürlich nichts.

Der Gedanke durchfuhr ihn wie das Zuschlagen einer schweren Tür. Tatsächlich abspielen würde sich gar nichts. Er hatte das überzeugend bewiesen, als sie nur Zentimeter nebeneinander gesessen hatten, nackt wie Adam und Eva, und er kraftlos und träge geblieben war. An ihren ärgerlichen Sprüchen, ihren Mann verlassen zu wollen, war weiter nichts dran – nur zorniges, müßiges Gerede. Sie gewöhnte sich eben schwer daran, daß ihr Lebensweg nun endlich vorgezeichnet war und feststand. Mit sechsundfünfzig leistete er sich hier ein Gefühlsleben wie ein Siebzehnjähriger, voller mondsüchtiger

Phantasien, die sich nie erfüllen würden. Einen Augenblick vibrierte er vor Seelenpein wie ein Kristallglas von vollkommener Resonanz beim hohen C.
Und irgendwie fiel ihm da Clara ein. Die Assoziation kam nicht sofort, denn seine Gedanken waren eigentlich bittersüß; er bewunderte sich sozusagen selber, wie gefühlsbetont er doch im Moment war. Er hatte die ganze Zeit reglos dagesessen, doch jetzt durchzuckte ihn ein neuer Schlag, denn er erkannte mit einer Genauigkeit, die über jeden denkbaren Zweifel erhaben war, was Clara gesucht hatte, als sie sich von ihm abwandte. Nur dieses eine: die Gnade der Leidenschaft. Und hier in seinem Sessel war er genauso gewiß – absolut sicher, sofern er in diesen Jahrzehnten jemals etwas über sie erfahren hatte – absolut sicher, daß sie diese Gnade nicht nur nie erlangt hatte, sondern hatte entdecken müssen, daß sie für sie – in ihr selbst – nie erlangbar sein würde. Nie und nimmer. Von diesem Augenblick an trug er ihr nicht das geringste mehr nach – er hatte nur noch Verständnis, abschließendes, vollkommenes. Mit aufgerissenen Augen saß er da, irgendwie in Schranken gewiesen von der lastenden Stille des weitläufigen Hauses und der Härte der Urteile, die er über sich selbst und sein ganzes Leben fällte. Sein Blut rauschte; das Bild dieser hundert Meilen entfernten jungen Frau schien immer noch so nah, so zwingend, daß er beinahe grüßend die Hand gehoben hätte. Und dennoch hielt er den Gedanken an Clara fest, wie sie in ihren letzten Augenblicken von Verzweiflung geschlagen wie eine biblische Gestalt auf einem schwülstigen Ölgemälde mit Gottes geflügelten Todesengeln rang. Nie, hatte sie gedacht. Nie, dachte er jetzt. Nie.

»Ich war verlobt«, sagte Clara an jenem Abend, als sie im dunklen Auto am Fluß saßen, eingehüllt vom süßlichen Spirituosenduft. »Wir haben die Verlobung voriges Jahr im Juni gelöst.« Inzwischen war fast schon Dezember. Die Straßenlampen und das sanft gebrochene Streulicht des Nachthimmels warfen tiefe Schatten; er konnte nur das Weiße ihrer Augen

sehen, während sie nach vorn durch die Windschutzscheibe starrte. Dennoch wollte sie jetzt irgendwie tapfer sein. Wenn sie sprach, wirkte sie feiner, edler; Stern war von ihrer Schönheit beeindruckt, wie in letzter Zeit schon oft. »Er hieß Hamilton Kreitzer. Erinnerst du dich an ihn? Vom Studium her?«
Der Name sagte Stern überhaupt nichts. Er erinnerte sich nur schwach an einen Typ mit einem unreifen, strahlenden Lächeln und einer störrischen blonden Mähne.
»Er ist älter. Als wir. Als ich. Er war schon von Easton abgegangen, bevor ich anfing. Aber er wurde von allen angehimmelt. Weißt du, am Wochenende kam er immer herausgefahren. Er hatte so ein kleines englisches Auto, ich weiß nicht, wie es heißt. Einen Roadster, glaub ich. Er kam mitten im Winter mit heruntergeklapptem Verdeck und flatterndem Schal auf den Campus gerauscht. Eine Zeitlang ist er mit Betty Tabourneys Schwester gegangen. Er hatte einen schrecklichen Ruf. Aber Mädchen wissen ja nie, was sie wirklich wollen, oder? Er ist ein sehr schöner Mann, das muß man ihm lassen. Er trägt ein Schnurrbärtchen wie Errol Flynn. Und natürlich ist er recht gut betucht. Sein Vater ist einer von Daddys Mandanten. Sie stellen Bonbons her. Die sind in allen Automaten. Massenware. Sie schmeckten jedesmal alt, wenn ich welche kaufte. Jedenfalls –« Sie stockte und setzte sich bequemer zurecht. Vermutlich war sie es nicht gewohnt, so lange zu reden. Stern merkte sogar im Dunklen kurz, wie sie überlegte; sie war nicht sicher, ob sie weitersprechen wollte. Dann straffte sie sich etwas und fuhr fort, wobei sie wieder durch die Windschutzscheibe starrte und ihr schönes Profil zeigte. »Sie rufen ihn Ham. Schöner Name für einen jüdischen Jungen.« Sie lachte. »Meinen Eltern hat das natürlich gefallen. Du weißt ja, wie sie sind. Sie mögen es nicht, wenn etwas ›zu jüdisch‹ ist, also überhaupt jüdisch.«
Stern gab ein zustimmendes Brummen von sich. Was sie da erzählte, kannte er gut.
»Jedenfalls habe ich ihn eines Abends bei einem Tanzvergnügen getroffen, dem Grover Hospital Cotillion. Er war gerade

von der Armee entlassen worden und studierte Jura. Ich war mit einem andern Jungen dort, aber wir redeten miteinander, du weißt ja, wie das ist, flirteten, und er rief mich dann eine Woche später an und bat mich, ihn auf einen anderen Ball zu begleiten. Ich kannte ein halbes Dutzend Mädchen, die mit ihm ausgegangen waren, und keins hatte ein gutes Haar an ihm gelassen, aber ich war ganz weg vor Aufregung. Ach.« Sie schloß die Augen und schüttelte gerührt den Kopf. »Ich freute mich so sehr darüber, daß alle meine Freundinnen, alle meine Bekannten mich in Ham Kreitzers Begleitung sehen würden.« Sie merkte, daß sie ihren Drink noch in der Hand hielt – sie schien ihn ganz vergessen zu haben –, und nippte kurz daran. Er konnte sehen, daß er ihr nicht so recht schmeckte.

»Ich war völlig überrascht, als er danach wieder anrief. Aber er schien meine Gesellschaft ehrlich zu mögen. Er sagte mir, wie ich mich seit dem College herausgemacht hätte.« Sie unterstrich das mit einer Handbewegung und stieß einen Seufzer aus, der Stern glauben ließ, sie sei ihm Dunkeln rot geworden.

»Nun, ich war um einiges erwachsener geworden. Ich vermute, ihn reizte die Seite an mir, die ihn nicht so wichtig nahm. Und die war vorhanden, auch wenn du das vielleicht nicht glaubst, wenn du mich jetzt so reden hörst. Er genoß es, mich herumkriegen zu müssen. Und natürlich hörte ich ihm zu. Er redete gern über sich. Viele Männer tun das.«

Stern lächelte, doch sie war so vertieft in ihre Erzählung, daß sie gar nicht mitbekam, daß ihre Bemerkung auch als Seitenhieb aufgefaßt werden konnte.

»Aber wenn man ihn näher kannte, war er wie jeder andere. Er hatte so viele Pläne. Er haßt seinen Vater, verabscheut den armen Mann, und meinte nach seiner Zwangsexmatrikulation natürlich, keine andere Wahl zu haben, als Tag für Tag bei seinem Vater zu arbeiten. Er möchte so verzweifelt weg, doch er wird es natürlich nie schaffen.« Sie wandte sich Stern zu. »Ich habe etwas für ihn empfunden. Und ich glaube, das war auch gegenseitig. Außerdem war er in dem Alter, in dem von ihm erwartet wurde, daß er heiratet. Er hatte sich die Hörner *abgestoßen, oder wie man das so nennt. Und ich bin gesellschaftlich akzeptabel. Meine Eltern jedenfalls sind es. Und so verlobten wir uns. Ich saß gern da und hielt Händchen mit ihm, bloß um ihn anzuschauen. Er ist ein so schöner Mann. Ich konnte es kaum glauben, daß er jetzt mir gehörte. Es schien alles so großartig. Ach ja«, seufzte sie. Zum erstenmal tupfte sie sich im Dunkeln mit ihrem Taschentuch die Augen, riß sich aber dann zusammen. Jetzt hatte sie schon mal angefangen.*

»Natürlich hat die Geschichte so nicht geendet. Wir waren vierzehn Monate vorlobt. Ich wollte unbedingt im Juni heiraten. Zwei Wochen vor der Trauung bekam ich einen Anruf. Ich merkte, daß es ein Ferngespräch war. ›Darling‹, sagte er, ›ich fürchte, ich kann das nicht machen.‹ Es hat mich nicht überrascht. Ich hatte schon gemerkt, daß er in Wirklichkeit ein kleiner Junge ist. Ich wußte, er würde kalte Füße bekommen. Dann stellte sich heraus, daß er auf Catalina Island war. Und daß eines der Mädchen vom Fließband verschwunden war – ich bin sicher, sie war bei ihm auf der Insel. Aber das war mir egal. Mich jedenfalls wollte er nicht. Ob er jemand anders vorzog, tat nichts zur Sache. Und natürlich gab es noch ein Problem.«

Sie wandte sich auf der Sitzbank Stern zu, während das Gebläse surrte und Heißluft unter dem Armaturenbrett hochwallte. »Ich war schwanger«, sagte sie.

Er merkte, daß sie ihn beobachtete, um im Dunkeln etwas von seiner Reaktion zu erhaschen. Sie hatte ihn richtig beurteilt. Ihre Mitteilung war nicht nur ein Schock für ihn, sondern brachte ihn an den Rand der Panik. Doch als Kind eines Elternhauses voller Qual hatte er gelernt, seine Miene zu beherrschen, und ließ sich auch jetzt nichts anmerken; nicht die kleinste Welle kräuselte die Oberfläche.

»Bist du geschockt?« fragte sie.

Er holte Luft und überlegte.

»Ja«, sagte er schließlich. Diplomatische Flucht war hier nicht möglich.

»Auch ich war geschockt. Natürlich nicht darüber, wie es passiert ist. Und ich möchte nicht, daß du denkst, ich sei

ausgenutzt worden oder er habe mich wie eine Zufallsbekanntschaft sitzenlassen. Wir hatten monatelang miteinander geschlafen. Um ehrlich zu sein, ich glaube, mehr als alles andere machte mir der Gedanke Spaß. Wie heimlich das zuging. Wie romantisch. Hieß es nicht, das sei das Wichtigste auf der Welt?« Sie unterbrach sich. »Ach, wenn man mich so reden hört.« Sie schien zu überlegen, ob sie nochmals zu ihm herübersehen solle, aber nicht einmal sie hatte den Mut dazu. Stern kämpfte immer noch seine kalte Panik nieder. Plötzlich tat es ihm leid, daß sie ihm das alles erzählte; aber eben das war wichtig, wurde ihm klar. Irgendwo weiter unten am Ufer ertönten plötzlich Stimmen, ein Mann und eine Frau, verloren sich aber dann.

»Natürlich wollte ich nicht glauben, daß ich in diesem Zustand war. Es war erst einen Monat her. Eine Weile hoffte ich, daß es von allein abgehen würde. Aber das tat es nicht. Dann dachte ich daran, mich umzubringen. Und das habe ich wirklich beinahe gemacht. Ich habe mir sogar Schlaftabletten besorgt. Eines Abends bin ich mit dem Fläschchen in der Hand eingeschlafen, und ich erinnere mich« – sie lachte und warf den Kopf nach hinten – »wie ich nach ein paar Stunden hochfuhr und einen Augenblick glaubte, ich hätte es getan, und mich sogar diese eine Sekunde lang damit abfand. Aber dann war ich froh, daß ich die Chance hatte, es mir anders zu überlegen. Ich war sicher, es würde die schwerste Sache meines Lebens werden, es meinen Eltern zu sagen, aber es wurde noch schwerer, als ich es mir vorgestellt hatte. Mein Gott«, sagte sie plötzlich, »ich möchte so was nie wieder tun müssen.« Erneut tupfte sie sich die Augen. »Mein Vater war rasend vor Wut. Rasend. Natürlich wollten sie, daß ich Ham heirate, aber das kam überhaupt nicht in Frage. Wir haben eine Woche lang gestritten. Aber schließlich hat mich mein Vater mit nach Mexico City genommen. Der Flug dauerte jeweils hin und zurück elf Stunden. Wir mußten in Chicago zwischenlanden. Und auf dem Rückflug war mir so elend, daß ich glaubte, ich müßte sterben. Aber die Sache war geregelt.

Und jetzt habe ich nur noch so wenig. Ich weiß, wie albern das klingt. Im Vergleich zu den meisten anderen Leuten habe ich so viel. Und selbst im Vergleich zu dem, was ich vorher hatte, besteht eigentlich kein Unterschied. Aber da ist doch einer. Es kommt mir vor, als hätte sich die ganze Welt verändert. Ich hab vor der Hochzeit meine Arbeit aufgegeben, weil Ham das so wollte. Deshalb komme ich in die Kanzlei. Und natürlich schäme ich mich. Ich weiß nicht genau, wer alles davon gehört hat. Alle, bilde ich mir ein. Ich gehe in ein Kino, in ein Geschäft oder einen Konzertsaal und denke, daß alle Leute davon wissen. Daß sie tuscheln. Man weiß ja, wie gemein die Menschen sind. Also«, schloß sie, »das ist meine Geschichte. Schrecklich, meinst du nicht?«

»Schmerzhaft«, sagte Stern.

Ein Seufzer, fast ein Schluchzer, entfuhr ihr, und sie nickte.

»Weißt du, was mich am meisten demütigt? Daß ich nicht gemerkt habe, was ich wirklich wollte. Daß ich fünfundzwanzig war und keinen blassen Dunst hatte. Ich hätte klüger sein müssen, als mich in einen Ham Kreitzer zu vergaffen. Ich war auch klüger. Und konnte nicht dagegen an.« Sie hob im Dunkeln den Arm, um auf die Uhr zu sehen.

Sie fuhren die meiste Zeit schweigend zurück. Bei ihr zu Hause angelangt, wollte er schon aussteigen, um ihr die Tür zu öffnen, blieb dann aber sitzen.

»Das war ein sehr schöner Abend.«

»Aber sicher.« Sie lachte. »Du schmachtest fortan in George Murrays Schuldknechtschaft, und deine Begleiterin hat sich als gefallenes Mädchen entpuppt.«

Stern sah ihr ins Gesicht.

»Mir ist die wunderbarste Musik auf dem Flügel vorgespielt worden.«

Sie verfiel in das Getue reicher Leute und küßte ihn nach französischer Art leicht auf beide Wangen. Dann stieg sie allein aus und lief die Betontreppe zur Prachtvilla ihrer Eltern hinauf. Unter der Tür winkte sie zurück.

Beim Wegfahren spürte Stern wieder den Alkohol. Doch er

wußte, er würde nicht einschlafen können. Zu Hause wartete eine Aktentasche voll Arbeit, und er mußte die Sache mit dem Auto durchdenken, die wie ein seltsames, unbedingt zu lösendes Rätsel seiner harrte. Aber er war nicht in der Lage, sich mit derlei Dingen zu beschäftigen. Schon ein paar Häuserblocks weiter wurde ihm klar, was er empfand. Freudige Erregung. Sein Puls jagte. Er war freudig erregt, daß sie ihm vertraute, ihm ihre tiefsten Gedanken offenbart hatte. Auch daß sie ihm ihre Fleischeslust eingestanden hatte. Am meisten aber erregte ihn, Mr. Alejandro Stern, den eingewanderten Amerikaner, den raffinierten Schuft und die still berechnende Seele – am meisten erregte ihn, jetzt zu wissen, daß sie wirklich für ihn zu haben war.

TEIL III

31

Als er Helen am Sonntagabend begrüßte, traf ihn seine eigene Aufwallung von Zärtlichkeit ganz unvorbereitet. Wie angenehm war ihm doch der Duft ihres Parfüms, ja ihre ganze Gestalt, als er die Hände hob, um sie zu umarmen. Ach, Helen. Unter ihrer Haustür packte er sie und schwenkte sie herum. Beide mußten lachen. Aber sogar dabei dachte er noch an Sonny, sehnte sich nach ihr.

»Erzähl mir von deiner Reise«, drängte Stern.

Sie beschrieb den heißen und öden Staat Texas. Man fahre auf dem Highway hundertzwanzig, die Hochhäuser einer Stadt ragten vor einem in der flimmernden Hitze auf und schienen doch nicht näher zu kommen.

»Du warst nicht brav, als ich fort war«, sagte sie. Sie standen in der Küche; Helen machte einen Salat, und Stern tat halbherzig, als wolle er helfen, während er seinen Wein trank.

»Ich?«

»Ich hab gestern abend angerufen und nur deinen Anrufbeantworter erreicht. Um elf Uhr nachts.« Sie hob fragend eine Augenbraue.

»Ich habe gearbeitet«, wich er aus. »An Dixons Fall«, fügte er zur Steigerung seiner Glaubwürdigkeit hinzu. Den ganzen Tag hatte er Dixon zu erreichen versucht. Er brauchte den Mann jetzt wieder hier in der Stadt. Er hatte ein paarmal direkt im Ferienhaus auf der Insel angerufen und schließlich Dixons Sekretärin Elise zu Hause erwischt – für sie war Dixon vierundzwanzig Stunden am Tag erreichbar, ganz wie der amerikanische Präsident. Heute aber hatte sich Dixon abgenabelt, war verschollen unter der karibischen Sonne. Vielleicht hatte er klug gewählt und beschlossen, nie wieder zurückzukommen, oder er wollte, etwas realistischer, seine letzten Stunden in Freiheit ungestört genießen. Sicher wußte Dixon am besten, wie es um seine Probleme stand. Es mußte einen Grund geben, warum er geglaubt hatte, unbedingt ausspannen zu müssen.

Stern sagte Helen nicht die Wahrheit, auch wenn er sie nicht direkt anlog. Was brachte das denn? fragte er sich. Er wußte nicht mehr, was er tun sollte. So weitermachen? Schmachten? Leiden? Ständig hatte er dieses intensive Hitzegefühl. Früher oder später würde sein Widerstand zusammenbrechen; er würde Sonny aufsuchen und irgend etwas Verrücktes tun. Zu Hause war er heute zu nichts zu gebrauchen gewesen. Er war zur Ruhe gekommen und hatte sich gesetzt und in herzerschütternder Untätigkeit mit offenem Mund und starrem Blick immer wieder dieselben Bilder an sich vorbeiziehen lassen. Es hatte ihn hoffnungslos erwischt. Was aber war mit dem Hier und Jetzt? Mit der übrigen Welt? Hier war Helen, anständig, tüchtig und gütig. Wie sollte er mit ihr umgehen? Er hatte nichts im Sinn, außer einer unbestimmten Abneigung, heute abend mit ihr zu schlafen, vielleicht aus Anstand, oder eher weil er keine weitere Aufreizung ertrug.

Helen tischte wie immer ein hervorragendes Essen auf, Krabbenremoulade, sein Lieblingsgericht, mit zweierlei Gemüse und Kartoffeln. Sie wollte ein frohes Wiedersehen feiern. Erst letzte Woche hatte Helen, als sie über Miles sprach, ganz sachte und beiläufig gemeint, sie habe sich bei der Scheidung nicht vorstellen können, jemals wieder zu heiraten. Besonders betont hatte sie das nicht, aber diese Meinung durchaus eindeutig in die Vergangenheit verwiesen. Stern war das nicht entgangen, doch er hatte ihre Bemerkung wohlweislich im Raum stehenlassen. Nun mußte er allmählich behutsam Distanz gewinnen.

Sie aßen und plauderten dabei. Sogar in seinem ausgepumpten und überdrehten Zustand war er dankbar dafür, wie liebenswürdig sie stets miteinander umgingen. Stern schob mit der Gabel seine Kartoffeln beiseite.

»Aber die ißt du doch gern«, sagte Helen verwundert.
Eine typische Sternsche Miene: Eine Welt von Gefühlen, die er nicht ausdrücken konnte.
»Ich will abnehmen«, gestand er.
»Abnehmen?« Helen nahm einen Bissen, kaute einmal und sah ihn scharf an. Verstehen blitzte in ihren Augen auf. Er spürte ein flaues Gefühl im Magen. Was um alles in der Welt hatte ihn die ganzen Jahre glauben lassen, sie sei nicht intelligent? »Ich hab richtig vermutet«, sagte sie. »Du triffst dich mit einer Jüngeren, Sandy, stimmt's?«
Was nun? Warum ist eine Lüge so oft die Wahrheit? Ob er sich traf? Aber ja, er traf sich in Gedanken mit ihr. Er begegnete ihr in der Luft, am Himmel. Wie einer Holographie. Er traf sich tatsächlich schon die ganze Zeit mit einer Jüngeren.
Er hatte sich ein paar Sekunden lang nicht gerührt.
»Ja«, gab er zu.
Helen blickte ihm voll ins Gesicht. »Scheiße.«
Es verging einige Zeit.
»Ist gut«, sagte Helen.
Ihm fiel kein einziges Wort des Trostes ein.
»Ich werd's überleben«, beruhigte sie ihn.
Komm, sag was! Er konnte bloß hinsehen.
Helen stand vom Tisch auf.
Er fand sie in der Küche an der freistehenden Arbeitsplatte, die Miles ihr gebaut hatte, bevor er sich davonmachte. Mit hocherhobenem Kinn sah sie durch das breite Fenster der Küchenrückwand in den dunkelnden Abendhimmel, wobei ihr ein seit wenigen Tagen herrlich erblühter Apfelbaum zum Teil den Ausblick verdeckte. Er berührte ihre beiden Ellbogen, als er hinter sie trat.
»Helen.«
Sie griff nach hinten, um seine Hände zu fassen.
»Ich wußte, es war zu früh. Ich hätte dich erst darüber hinwegkommen lassen sollen.«
»Helen, bitte – nimm es nicht so schwer. Helen, das ist doch nicht das –«

»Doch, das ist es«, sagte sie. »Dich hat's erwischt.« Sie drehte sich um und sah ihn an. »Etwa nicht?«
Statt zu antworten, schloß er die Augen.
Sie wandte sich ab und drückte sich die Faust auf die Nasenwurzel. Auf gar keinen Fall wollte sie weinen.
»Ich führe mich schrecklich auf.«
»Aber nicht doch«, sagte er.
»Du hast keine Versprechungen gemacht.« Sie musterte ihn. »Wie jung ist sie?«
Er überlegte, ob er ausweichen solle, tat es aber dann nicht.
»Vierzig«, sagte er. »Einundvierzig.« Schwanger. Mit nur einer Brust. Mit einem anderen verheiratet. Und an mir nicht interessiert. Der helle Wahnwitz seiner Hoffnungen drückte ihn einen Moment lang fast zu Boden vor Scham.
Helen zuckte mit den Schultern. »Wenigstens bist du vernünftig.«
Fast hätte er aufgestöhnt.
Schließlich kehrten sie an den Eßtisch zurück. Er erzählte nichts Näheres von seiner neuen Angebeteten – wie könnte er auch? –, und Helen weigerte sich tapfer zu fragen. Sie berichtete ihm, Maxine habe sich nach ihrem Besuch bei Kate über deren abgehärmtes Aussehen ausgelassen; sie wirke nicht so strahlend gesund wie andere Schwangere. Bei dieser Bemerkung fiel ihm sofort Sonny ein, und es gab ihm einen Stich, als er merkte, wie schnell er sich von seiner Sorge um seine Tochter abgelenkt hatte.
Sobald er seinen Kaffee getrunken hatte, ging er zur Garderobe, um seinen Hut zu holen. An der Tür nahm er Helen in die Arme, und sie hielt ihn einen Augenblick fest.
»Du bist mir doch nicht böse, wenn ich dir sage, daß ich mich nicht mehr mit dir treffen will, oder?« fragte sie. »Unter diesen Umständen?«
»Natürlich nicht.« Er küßte sie kurz und ging in die milde Nachtluft hinaus zu seinem Auto, voll schmerzlichen Bedauerns. Er verlor jetzt offenbar den Überblick. Er hatte das Beste an seinem derzeitigen Leben aufgegeben, um einer Pennäler-

liebe zu frönen. Doch hinter dieser unmittelbaren Qual jubilierte sein Herz immer noch. Eine seiner Fesseln war nun gelöst. Da waren noch tausend andere, aber sein Wollen war klar. Er würde alle Hindernisse überwinden, eins nach dem andern. Er fühlte sich kühn wie ein Ritter. Entschlossenen Schrittes ging er die Vorortallee hinunter, erfüllt von momentanem Schmerz und dem flatternden Gefühl seiner Freiheit, seiner wilden, unerhörten Träume.

32

Der Montag war ein Tag unvorhergesehener Mitteilungen. Die erste wartete schon auf Stern, als er in die Kanzlei kam. Dr. Cawley habe angerufen, sagte Claudia, und wolle ihn unbedingt sprechen. Sie hatte die Terminkalender bereits verglichen und ein Treffen um fünf Uhr in Nates Praxis vereinbart. »Er sagte, es sei privat«, berichtete Claudia, »und daß er Sie nicht zu Hause aufsuchen wolle. Das ist alles.«
Privat, aber nicht zu Hause. Von Mann zu Mann. Mit anderen Worten fern von Fiona. Nate war Stern seit Monaten ausgewichen. Und jetzt suchte er so plötzlich ein Gespräch? Stern ging die Möglichkeiten durch. Hatte Fiona etwas ausposaunt, was Stern ihr durchaus zutraute? War eine Szene zwischen ihm und Nate fällig? Vielleicht wollte Nate die Sache vollständig klären – den Scheck aushändigen und ewigen Frieden schließen. Seine Neugier auf neue Verwicklungen war auf einmal größer als seine Angst.
Später am Vormittag hörte Stern auch von Mel Tooley. Er hing gerade am Telefon in dem letzten Versuch, Staatsanwalt Moses Appleton zu einer weicheren Haltung gegenüber Remo zu bewegen, als ihm Claudia eine Notiz auf den Tisch legte, Tooley warte auf einer anderen Leitung. Stern beendete sofort sein Gespräch mit Moses.
»Das muß alles unter uns bleiben«, mahnte Tooley sogleich.

»Selbstverständlich.«
»Sennett schleicht herum wie ein Gespenst. Wenn er erfährt, daß ich was weitergesagt habe, geht er hoch. Sie haben also nichts gehört.«
Stern sicherte Mel nochmals seine Verschwiegenheit zu.
»Meiner kommt nächste Woche vor die Grand Jury.«
»Verstehe. Darf ich fragen, zu welchen Bedingungen?«
»Straflosigkeit. Mit Brief und Siegel. Auf Gerichtsbeschluß. Ich hab das alles für ihn ausgehandelt. Im Büro des Leitenden Staatsanwalts war Sommerschlußverkauf.«
»Und wie ist die Prognose für meinen Mandanten?«
»Schlecht.«
»Verstehe.«
»Sehr schlecht. Da gibt's einen Stapel Papiere und Tickets, die der meine ausgeschrieben hat, und Ihrer hat es ihm aufgetragen, mit jedem I-Tüpfelchen und jedem Komma.«
»Verstehe. Und Ihr Mandant erinnert sich eindeutig?«
»Wie an eine Vision. Meiner war noch neu im Geschäft, wußte nicht, wie es lief, und hat sich deshalb alles so genau eingeprägt.« Und nach einer kurzen Pause fügte Mel hinzu: »Sie wissen ja, wie man das macht.«
Stern erwiderte nichts. John hatte getan, was zu erwarten war. Es lag eine gewisse Gerechtigkeit darin. Dixon hatte letztendlich verdient, was er jetzt abbekommen würde.
»Er fühlt sich natürlich beschissen deswegen«, sagte Tooley. »Sie wissen ja, alles in der Familie. Sehr mißlich. Na, Ihnen brauche ich das ja nicht zu sagen.«
»Nein«, stimmte Stern zu.
»Ich rate ihm ständig, er soll an seine eigene Haut denken. Viel Spielraum hat er in dieser Sache nicht. Wenn er sie verscheißert, machen sie ihn platt.« Tooley meinte damit, daß die Dokumente von Maison Dixon auch John belasteten. Selbst wenn dieser behaupten würde, er habe nichts von alldem begriffen, wußte die Staatsanwaltschaft doch genau, daß auch der Naivste derlei Manipulationen nicht für sauber halten konnte. Aber weil sie eine wasserdichte Anklageschrift vorle-

gen wollte, baute die Staatsanwaltschaft lieber auf John als Kronzeugen, anstatt ihn als bußfertigen kleinen Angestellten gemeinsam mit Dixon auf die Anklagebank zu setzen. Auch das war eine völlig vorhersehbare Wendung der Dinge. »Er wird dabei wie ein geprügelter Hund wirken, wenn Sie das tröstet.« Mel sprach von Johns Zeugenaussage vor Gericht. Mit der würde sich allerdings dann ein anderer Anwalt herumschlagen müssen.

»Und wann erscheint er vor der Grand Jury, Mel?«

»Donnerstag in einer Woche. Ich glaube nicht, daß es bis zur Anklageerhebung noch lange hin ist. Die haben so ziemlich alles beieinander. Ich vermute, daß sie in Washington jetzt gerade die Genehmigung für eine RICO-Beschlagnahme einholen.«

»Ja«, sagte Stern. Der Anklagepunkt »Organisiertes Verbrechen«, mit welchem die Staatsanwaltschaft Dixon die Firma wegnehmen konnte, in die er sein ganzes Leben investiert hatte, erforderte eine Genehmigung aus Washington. Stern würde eine Anhörung im Justizministerium beantragen müssen. Die Bürokraten in Washington gingen manchmal zurückhaltender vor als die Bundesanwaltschaft, aber in diesem Fall würde es wohl keine mitleidigen Seelen geben.

Tooley und er beendeten das Gespräch mit dem vagen Versprechen, wieder miteinander zu reden. Es war überhaupt nicht Mels Art, so offenherzig zu sein. Gewöhnlich verfolgte er einen verborgenen Nebenzweck – oder gar zwei oder drei. Handelte er womöglich gar auf Sennetts Anweisung? Ja – aber er würde sich schwertun, in Stern falsche Hoffnungen hinsichtlich der Aussage seines Schwiegersohns zu wecken. Das war vermutlich der Grund für Mels Offenheit: Stern würde ohnehin alles erfahren. Tooley, der das nur zu gut wußte, wollte sich von Stern nur gutschreiben lassen, daß er es ihm als erster gesagt hatte. Stern trommelte mit den Fingerspitzen auf den Schreibtisch und nahm sich eine Zigarre. In letzter Zeit hatte er sich angewöhnt, sie unangezündet zwischen den Fingern zu rollen, ohne sie in den Mund zu nehmen. Dixon mußte

dazu gebracht werden, ernsthaft zu erwägen, ob er sich nicht schuldig bekennen wollte. Bei solchen Schuldbekenntnissen vor Gericht war das Beste, was allgemein herauszuholen war, die Unterwerfung unter eine ungeheure Geldstrafe in der Hoffnung, damit die Haftstrafe zu drücken. Was immer auch auf der Karibikinsel versteckt sein mochte, viele der sichtbaren Aktiva hierzulande waren in Gefahr, darunter das Landhaus und die vom Chauffeur gefahrenen Autos. Dixon würde Silvia zuliebe retten wollen, was zu retten war. Unter Umständen ließ sich Stan anstelle der Beschlagnahme aller Aktien der Firma auf die Einziehung einer festgelegten Millionensumme und den Rückzug Dixons aus der Firma ein.
In der Zwischenzeit würde Stern Kate – und John – anrufen und sie zum Abendessen ausführen müssen, sobald der Auftritt vor der Grand Jury erledigt war. Dixons krumme Touren hatten sein Familienleben lange genug beeinträchtigt. Stern wollte seine Tochter und sogar seinen Schwiegersohn unbedingt wissen lassen, daß er weiter mit ihnen verkehren wolle, wenn diese Sache vorbei war. Wenn Dixon beschloß, sich gegen die Staatsanwaltschaft zur Wehr zu setzen, würde Stern ihm bei der Suche nach einem anderen Anwalt helfen; das war jetzt allmählich geboten. Alles gelöst wäre damit allerdings nicht. Man konnte sich schwerlich ein Familientreffen vorstellen, bei dem Silvia, deren Mann im Gefängnis schmachtete, in der einen Ecke saß und John, der ihn dorthin gebracht hatte, in der anderen. Stern entfuhr ein Seufzer der Verzweiflung. An dieses Jahr würden sie alle noch lange denken.

Nates Sprechstundenhilfe, die Stern nach hinten ins Sprechzimmer geleitete, schien ihm vertraut – er hatte dieses schüchterne Lächeln und diese schöne schlanke Figur irgendwo schon mal gesehen. Stern blickte der hinausgehenden jungen Frau nach und versuchte kurz, sie einzuordnen, bevor Nate ihn aufforderte, in einem hellbraunen Ledersessel Platz zu nehmen.
Sie kannten sich jetzt zwanzig Jahre, doch sofort war die

Atmosphäre zwischen ihnen geladen. Sie fragten einander höflich nach der Gesundheit und fielen dann in Schweigen. Stern war noch nie hier gewesen, und dies schien die Ungewöhnlichkeit ihrer Begegnung zu unterstreichen – die Gesichter stimmten, nicht aber der Rahmen. Das Sprechzimmer war aufwendiger als das bei Peter und ähnlich wie das Haus der Cawleys im Stil Ethan Allens eingerichtet, mit einer erdrükkenden Tapete mit senkrechten grünen Streifen und einer schweren paddelförmigen Wanduhr. Nate saß in seinem langen weißen Arztkittel hinter einem breiten Walnußschreibtisch, seine Diplome um sich an der Wand, und wippte leicht in seinem hohen Ledersessel. Schließlich beugte er sich vor und kam zur Sache.

»Ich möchte dich wissen lassen, Sandy, daß ich Fiona um die Scheidung ersuche.«

Stern schwieg einen Moment. Er war wie vor den Kopf geschlagen, natürlich nicht von dieser Mitteilung, sondern von der Erkenntnis, daß Nate ihn hergebeten hatte, um ihm dies zu sagen.

»Möchtest du meinen Rat, Nate?«

»Eigentlich nicht. Aber wenn du einen hast, nehme ich ihn gern an.«

»Nein«, sagte Stern, dachte dann kurz nach und fügte hintersinnig hinzu: »Er wird vielleicht teuer.« Nate winkte ab, egal. Nate konnte es sich leisten. Stern merkte, wie sich sein Kiefer spannte, als sei ihm Stahl eingezogen worden. »Hast du's Fiona schon gesagt?«

»Nicht direkt. Ich wollte, daß du es zuerst weißt.«

»Daß ich es weiß?«

»Ja, du«, sagte Nate. Er spielte mit den kleinen Ziergegenständen auf seinem Schreibtisch herum, einem Brieföffner mit einer Klinge aus Onyx und einem dazu passenden Briefbeschwerer, und faltete dann endlich die Hände. »Sandy, es macht mir nichts aus, was zwischen dir und Fiona passiert ist.«

»Verstehe«, sagte Stern.

»Sie hat es mir erzählt.«

»Offensichtlich.« Er hatte die Füße noch auf dem Boden und die Hände noch im Schoß. Bis jetzt stand er das besser durch, als er erwartet hätte.

»Ich hab vor ein paar Wochen etwas von deiner Post im Bad neben unserem Schlafzimmer gefunden. Und es endete damit, daß Fiona und ich uns ausgesprochen haben.«

»Von meiner Post?« fragte Stern. Aber dann fiel ihm ein, was Nate meinte: Martas Mitteilung, die Stern an jenem Abend mit aus dem Haus genommen hatte. Er hatte erst neulich nach dem Brief gesucht, weil er Marta telefonisch nicht erreichen konnte und nicht mehr wußte, wann sie ankommen würde.

»Wie ich schon sagte«, erklärte Nate, »es macht mir nichts aus. Wirklich nicht. Das klingt vielleicht ein bißchen eigenartig, wenn ich das so sage, aber es macht mir tatsächlich nichts aus.«

»Ist gut.«

»Du hast mit Fiona geschlafen, was soll's.« Nate hob großmütig die Hände.

Stern merkte, daß er beide Sessellehnen umklammerte und seine Finger auf die Polsternägel preßte; vielleicht fürchtete er, das Möbelstück werde gleich fortfliegen. Mit Nates Frau geschlafen! Was hatte sie da angerichtet! Und mit einemmal erkannte er, daß Fiona aus Rachsucht großzügig mit der Wahrheit gespielt hatte. Glaubte sie vielleicht, sie und Nate könnten einen neuen Anfang machen, wenn sie sich revanchierte? Nein, entschied Stern, wahrscheinlich nicht. Fiona hatte nur den Kopf eingezogen, jede Vorsicht fahren lassen und sich das diebische Vergnügen gegönnt, es Nate heimzuzahlen: Mal sehen, was der Dreckskerl für ein Gesicht macht.

»Soll ich mich dazu äußern?« fragte er schließlich.

»Mußt du nicht.«

»Weil du, Nate, um es gelinde zu sagen, keine zutreffende Schilderung erhalten hast.« Dann bremste sich Stern, da ihm sein Dilemma erst jetzt klar wurde. Nate, es stimmt nicht, daß ich deine Frau gefickt habe. Ich hab's bloß versucht. Kein besonders erhebendes Dementi. Außerdem glaubte ihm Nate ohnehin nichts. Er wedelte jetzt wieder mit der Hand.

»Hör zu, Sandy, um das geht es im Moment gar nicht.«

Um was ging es denn dann? Stern, aufrecht in seinem Sessel sitzend, musterte Nate, der nicht gefestigt genug schien, seinem Blick standzuhalten. Er hatte Nate schon immer für einen nicht gehässigen Menschen gehalten – für einen Heiler, einen fürsorglichen Typ von der zutraulich ruhigen Art, die viele Frauen für männliches Zartgefühl hielten. Alles in allem hatten diese Urteile trotz Sterns momentaner blinder Wut immer noch Bestand. Nate hatte keinerlei Absicht, jemanden zu verletzen. Er wurstelte sich bloß durch, voller sanfter Gefühle und heimlicher Gelüste, und zerdepperte dabei versehentlich anderer Leute Leben wie Teller in einem Geschirrschrank. Er war in Wyoming aufgewachsen und als Medizinstudent in die Großstadt gekommen. Bisweilen spielte er noch gerne den tolpatschigen Jungen vom Lande. Im Laufe der Jahre war Stern zu der Ansicht gelangt, daß sich hinter dieser Haltung Faulheit, Nachlässigkeit und Schwäche verbargen. Darum gab er der Versuchung durch Frauen so rasch nach oder kam andererseits auch von seinem unbefriedigenden Leben mit Fiona nicht los. Das galt ebenfalls für die vorliegende Situation. Offenbar kostete er es aus, welche einfache und leichte Lösung ihm Fionas Geständnis anbot. Stern erkannte, was Nate durch den Kopf ging: Du hast meine Frau gevögelt, und es ist mir egal. Jetzt schaff sie mir auch vom Hals, und laß uns in Frieden auseinandergehen. Die Sache mit Clara lag weit weg – ein Geheimnis, das er für begraben und damit vergessen hielt. Ihn kümmerte nur das Hier und Jetzt. Fiona konnte er mit einem Geniestreich loswerden und versorgt wissen, und das auch noch auf die billige Tour. Er würde sich die Hände abklopfen und zur nächsten Sache übergehen.

Während er das alles einschätzte, fühlte sich Stern erstaunlicherweise sehr überlegen. Weniger aufgrund der realen Fakten. Daß Fiona log, war fast nebensächlich. Was sie gesagt hatte, stand im Raum. Beweis mir mal das Gegenteil. Aber er konnte mit dergleichen viel besser umgehen als Nate. Plötzlich erkannte er klar, wie das enden würde, und wußte, Nate würde, was immer er vorhatte, bald übel ausmanövriert werden. Und er sagte ihm das auch.

»Nate, ich glaube, du verrechnest dich.«

Nate zog ein Gesicht. Er wollte jeden Hintergedanken abstreiten, überlegte es sich jedoch anders und sagte überhaupt nichts mehr.

»Nate, ich an deiner Stelle wäre vorsichtig mit Scheidung.«

Nate erstarrte. Offenbar lief das ganz anders, als er sich das ausgemalt hatte. Wie vorhin schon, winkte er ab.

»Sandy, ich – hör zu, das soll keine Erpressung sein. Oder was du dir sonst dabei denkst. Faß es bloß nicht so auf.«

»Nein, natürlich nicht«, sagte Stern. »Ich weiß, daß du mir nicht drohen wolltest. Ich dir auch nicht.«

»Du mir?« fragte Nate.

»Ja, ich dir. Aber erlaube mir trotzdem, dich zu warnen. Nate, versuch mich nicht in das hineinzuziehen, was du mit Fiona vorhast. Wage das bloß nicht. Schließlich wissen wir beide nur zu gut, daß ich alles andere als deinen guten Charakter und deine Wahrheitsliebe bezeugen kann.«

Nate wackelte mit dem Kopf, als habe er einen Tritt bekommen.

»Du lieber Gott«, stieß er hervor.

»Wenn ich als Zeuge vereidigt werde, Nate, werde ich die Wahrheit aussagen. Über alles. Auch über Dinge, die für mich äußerst schmerzlich sind. Glaub bloß nicht, daß ich aus Stolz nicht enthülle, wie ihr mich getäuscht habt, du und Clara.«

Nate saß einen Augenblick absolut starr da, den Mund zu einem kleinen staunenden o gerundet. Dann bedeckte er seine Augen mit der Hand. Er schwankte leicht.

»Sieh mal.« Nate starrte auf seinen Schreibtisch. »Sieh mal«, sagte er wieder.

»Ja?« hakte Stern nach. Instinktiv hatte er gewußt, daß Nate hilflos reagieren würde. Er schwieg kurz und sprach dann selbst weiter. »Da du Klartext reden willst, Nate, laß mich dasselbe tun.« Er machte um der Wirkung willen eine kleine

Pause. »Da ist ein großer Scheck, den du meiner Ansicht nach Claras Nachlaß schuldest.« Nichts – keine Skrupel, keine Rücksicht auf den guten Geschmack und nicht einmal die Erinnerung an seine eigene Qual hielten ihn davon ab, diesen Moment jetzt auszukosten. Mit einem von Böswilligkeit geschärften Blick musterte Stern Nate, der in seinem Sessel zurückwich, mit wirrem schütterem Haar, da er sich unwillkürlich an den Kopf gefaßt hatte. Er wirkte niedergeschlagen, äußerst bestürzt und ordentlich verschreckt.
»Ich hab befürchtet, daß du das sagen würdest«, erwiderte Nate schließlich.
»Ich laß die Sache gerade von einem Anwalt prüfen.«
»Auch das habe ich befürchtet.«
Stern nickte. Jetzt verstand er Nates Plan. Er hatte den Scheck zurückgehalten, nicht nur, um ihn vor Fionas künftigem Anwalt geheimzuhalten, sondern auch vor Cal. Er wollte erst sehen, ob die Luft rein oder ob man ihm auf die Schliche gekommen war.
»Ich schlage vor, daß du desgleichen tust und die Anwälte Verbindung aufnehmen läßt«, sagte Stern.
Nate schluckte das schweigend, sah aber Stern schließlich an. »Ich wußte, daß du es am Ende rausfinden würdest«, sagte er. »Ich hab mich wegen dieser Sache fast verrückt gemacht, ob du's glaubst oder nicht. Wirklich. Es verfolgt mich jeden Tag. Ich weiß, du denkst vermutlich, ich sei schuld an dem, was sie gemacht hat. Am Schluß.«
»Ich geb dir nicht allein die Schuld, Nate, so viel Trost kann ich dir anbieten. Ich bin sicher, es war auch für dich ein Schock, wie sich der Knoten schließlich gelöst hat. Aber trotzdem trage ich dir das sehr nach. Claras Entscheidung, sich einen Liebhaber zu nehmen, ging selbstverständlich nur sie an. Aber als Arzt, Nate, besonders als jemand, der Erfahrung mit so was hat –« Stern hielt kurz inne, würgte einen Kloß hinunter und sprach dann weiter »– mit so einer sexuell übertragbaren Krankheit und ihrem Verlauf, hätte ich gewiß von dir erwartet, daß du sorgfältiger vorgehst. Und nach allem, was ich sehe, muß ich

annehmen, daß dir Claras Nöte am Ende völlig gleichgültig waren.«

»Du glaubst, daß ich einen Kunstfehler begangen habe?«

»Was soll ich denn sonst annehmen?«

Mit unglücklichem Blick in seinem Sessel zusammengesunken, nickte Nate mehr sich selbst zu.

»Ganz zu schweigen davon, Nate, daß du mich und unsere Freundschaft verraten hast. Du hast mich belogen. Ziemlich dreist.«

Nate schloß wieder die Augen. Nach einer Weile fuhr er sich mit der Zunge über die Lippen, um sprechen zu können.

»Sieh mal, ich hatte Angst vor dem, was du tun würdest, wenn du es rausbekommen würdest. Das gebe ich zu. Aber ich möchte, daß du eines weißt – ich hab nur getan, was sie selbst wollte. Immer.«

In die Enge getrieben und eingeschüchtert, reagierte Nate wie ein Feigling. Er schob alles auf Clara. Vielleicht war er zu schwach, um sich darüber klar zu sein, wie absolut niederträchtig sich das anhörte. Doch diese Niedertracht, ob gewollt oder nicht, traf Stern wie ein Schlag. Ja. Natürlich. Das war die Retourkutsche, die ihm gebührte: Es hat ihr doch Spaß gemacht. Einen Augenblick lang war er drauf und dran, mit Schimpfworten aus der Gossensprache zu reagieren. Doch nachdem er sich gefangen hatte, hörte er seinen eigenen Akzent wieder mal besonders deutlich.

»Nate, du bist ein Lump.«

»Lieber Gott«, stieß Nate erneut hervor.

Stern stand auf. Einen Augenblick sagte keiner etwas. Diese Konfrontation, auf die er lange gefaßt gewesen war, schien wie so vieles andere in der Wirklichkeit viel problematischer als in der Phantasie. Er hatte kein Bedürfnis, sie auszudehnen. Aber seine Gefühle waren von Nates Bemerkung noch immer in Aufruhr.

»Ein letztes Wort, Nate«, sagte Stern mit der blitzartigen Erkenntnis, die ihn seit drei Jahrzehnten im Gerichtssaal überleben ließ, mit einer vom Adrenalinpegel erhöhten Schaltgeschwindigkeit der Synapsen, die so unerklärlich war wie das Reden in mehreren Zungen oder die Fähigkeit zum Fluge. »Ich leg dir nahe, deine Sprechstundenhilfe zu entlassen, bevor du die Scheidung einreichst. Fiona hat allerhand Belastungsmaterial, und das Kreuzverhör wird viel scheußlicher, wenn die junge Dame dann noch bei dir angestellt ist.«

Die Sprechstundenhilfe war anwesend und gerade mit der Patientenkartei beschäftigt, als Stern die Tür des Sprechzimmers aufstieß. Sie hatte eine Nachricht aus seiner Kanzlei entgegengenommen und übergab Stern ihren Notizzettel. Er machte sich jetzt nicht die Mühe, ihn genau zu lesen. Er war in der Gerichtssaalstimmung und spielte auf Schau, wohl wissend, daß sein Verhalten genau beschrieben werden würde. Er sah sie von oben bis unten an, respektlos, eine komplette Musterung, und sie nahm das beinahe unschuldig hin, mit demselben ungewissen Lächeln, derselben ungerührten glatten Schönheit. Dann wandte er sich zur Tür, nachdem er in Erinnerung an Fionas Video zu dem Schluß gekommen war, daß die junge Dame zu den wenigen Menschen gehörte, die angezogen schlechter aussahen.

33

»Anruf von Claudia – dringend«, stand auf dem rosa Notizzettel, den ihm die Sprechstundenhilfe ausgehändigt hatte. Er erreichte Claudia auf der Rückfahrt in die Kanzlei übers Autotelefon.

»Es ist Ihnen also ausgerichtet worden«, stellte Claudia fest.

»Ich hab selbst etwas Dringendes. Bitte suchen Sie die Privatnummer von Dr. Cawley und seiner Frau heraus und stellen Sie mich durch.« Sie blieben verbunden, während es ein paarmal bei den Cawleys läutete. Fiona war nicht zu Hause. Stern fluchte auf spanisch – halbvergessene Kraftausdrücke.

»Hat man Ihnen das von Mrs. Klonsky ausgerichtet?«

»Von Klonsky?«
»Das war ja das Dringende. Sie hat in der letzten Stunde dreimal hier angerufen. Sie sagt, sie muß Sie heute noch sprechen. Etwas Persönliches. Ich war nicht sicher, wo Sie von dort aus hinfahren, aber sie läßt ausrichten, daß sie zu Ihrem Haus kommt und da wartet. Die Adresse hab ich ihr gegeben. War das recht so?«
Es war jetzt fast sechs. Stern machte eine Vollbremsung und riß das Auto an den Bordstein. Seine Hände zitterten. Er sah sich bereits um.
»Hallo?« fragte Claudia.
»Ja, ja. Wie lange sind Sie heute abend noch da, Claudia?« Noch ein paar Stunden, gab sie zur Antwort, sie habe noch mit einem Schriftsatz für Raphael zu tun. Stern bat sie, jede Viertelstunde bei Mrs. Cawley anzurufen und ihr folgendes auszurichten: Mr. Stern entschuldige sich, sie nicht persönlich sprechen zu können, da er unabkömmlich sei, wolle sie jedoch unbedingt wissen lassen, daß er sich heute nachmittag mit Dr. Cawley getroffen und gewisse Dinge offen und gründlich erörtert habe. »Und dann sagen Sie ihr, daß ich bei allem Respekt gern wüßte, ob sie übergeschnappt ist. Sagen Sie ihr das bitte wörtlich so.«
Claudia murmelte etwas und lachte, während sie sich das notierte; sie hatte an Stern immer ihre Freude.
Danach legte er den Hörer auf und preschte durch den Verkehr. Die Autouhr zeigte 6:02 Uhr. Dringend und persönlich. Aber ja! Er flog ja bereits.
Der gelbe Volkswagen stand in der runden Auffahrt vor Sterns Haus. Er sah ihn schon von weitem, als er viel zu schnell heranfuhr. Einen Augenblick später erblickte er Sonny. Sie saß auf der geplättelten Eingangstreppe, die Beine wegen ihres Schwangerschaftsbauchs leicht gespreizt, das Gesicht der Sonne zugekehrt, ganz Frau Natürlich, wie sie sich letzten Monat selbstironisch genannt hatte. Stern fuhr gar nicht erst in die Garage. Er parkte hinter ihrem VW und schritt gut gelaunt, aber doch etwas verlegen die Auffahrt hinauf.

Das war eine der Sternstunden, dachte er, die wie viele andere Momente in einer endlosen Prozession auf einen zukamen, aber mit der Chance zu ungeheuren Veränderungen. Davon war ihm in letzter Zeit allerhand zuteil geworden – doch diesmal war er darauf gefaßt. Seit mehr als dreißig Jahren hatte er dergleichen wohl nicht mehr gespürt, aber er erkannte es sofort. Ein Grenzgebiet lag hinter ihnen, und sie standen nun kurz vor der wahren Intimität – es ging nicht mehr um geselligen Umgang oder Gedankenaustausch, sondern um das Eindringen in allerprivateste Bereiche. Und jetzt, in Erwartung dieses endgültigen Durchbruchs, spürte er, wie komplex und geheimnisvoll ihre Persönlichkeit doch war. Ach, er wußte nichts von alledem, was sie geformt hatte. Sie kamen aus verschiedenen Weltteilen und verschiedenen Epochen. Es würde Jahre dauern, bevor er erkennen würde, wie ihre Erfahrungen sie geprägt hatten, jede einzelne Schicht, wie die aufeinanderfolgenden Seiten eines Buchs. Doch sein Herz jubelte dieser Bestimmung entgegen, und er war zuversichtlich, daß er noch die Energie dafür hatte. Jede abgedroschene Metapher schien passend. Er war trunken, benommen von dieser Verheißung.
»Was für ein unerwartetes Vergnügen«, sagte er strahlend, während sie ungelenk aufstand, sich den Staub vom Rock klopfte und, in die Sonne schauend, blinzelte.

Er wollte sie schon umarmen, als er ihren durchdringenden Blick auffing, der ihn auf der Stelle bremste. Er erkannte sofort, daß er sich geirrt hatte. Aus irgendeiner Tasche hatte sie einen weißen Umschlag gezogen und hielt ihn ihm auf Armeslänge entgegen, als wolle sie ihn abwehren oder ihn sich gar vom Leibe halten.
»Zum Vergnügen bin ich nicht hier, Sandy. Ich bin gekommen, um Ihnen das da zu überreichen.« Sie hielt ihm immer noch den Umschlag hin. »Ich wollte das lieber selbst machen.«
Er stand da wie eine Schaufensterpuppe. Wie hatte sie doch gleich gesagt? Erst mit Vierzig habe sie erfahren, daß kein Mensch auch nur normal sei.

»Da.«
Schließlich nahm er den Umschlag. Bei einiger Überlegung wäre ihm sofort klar gewesen, was das sein mußte, doch so riß er ihn ungeschickt und gedankenlos auf und las das Dokument. Eine Vorladung vor die Grand Jury, von ihr ausgestellt; sie war mit ihrem Kürzel unterzeichnet. Ermittlung 89/86. Er las den Brief drei- oder viermal, bevor ihm die Bedeutung aufging. Er war an ihn adressiert. Stern wurde aufgefordert, am Donnerstag um zehn Uhr vormittags persönlich zur Verhandlung zu erscheinen, »mit einem Safe, der am 3. April oder um diese Zeit herum aus der Firma MD Clearing Corporation Ihnen zur Aufbewahrung oder in Ihre Verfügungsgewalt verbracht wurde, mit allem, was in besagtem Safe bei dessen Übergabe an Sie enthalten war.« Sie hatte beide Kästchen auf dem Formblatt angestrichen; er würde sowohl aussagen als auch die Beweismittel vorlegen müssen. Noch während er las, stieg in ihm wieder die schon vertraute Ahnung einer weiteren Katastrophe auf.
»Ich muß Ihnen sagen«, fügte Sonny hinzu, »daß ich wirklich stocksauer bin.«
»Aber Sonny«, stammelte Stern, »das kann nur ein Mißverständnis sein. Bitte, kommen Sie auf einen Augenblick herein.« Dabei ging er bereits voraus, die Vortreppe hinauf.
»Sandy, das ist doch zwecklos.«
»Nur einen Augenblick«, bettelte er.
Sie betraten die Eingangshalle des dunklen und kühlen Hauses.
»Sonny, ich stehe natürlich unter Schweigepflicht«, sagte er und meinte damit, daß er nichts von dem wiedergeben könne, was Dixon ihm erzählt hatte, »aber ich glaube, Sie haben da einen völlig falschen Eindruck.«
»Sandy, ich würde an Ihrer Stelle nicht zuviel sagen. Ich weiß nicht, wo das noch enden wird, und ich möchte nicht auch selbst als Zeugin geladen werden. Ich kann genauso beinhart spielen wie ihr Männer. Wie jeder von euch.«
»Sonny, hier wird nicht gespielt.«
»Ach, verschonen Sie mich! Wie können Sie so was sagen,

nachdem Sie bei mir gesessen und behauptet haben, Sie wollten nach diesen Unterlagen suchen, obwohl Sie sie doch die ganze Zeit bei sich im Büro hatten? Und ich falle auch noch darauf rein. Das ist es, was ich einfach nicht glauben kann. Wissen Sie, was ich mich schon den ganzen Tag frage? Was denn so wichtig war, daß Sie deswegen hundert Meilen zu mir fahren mußten? Was hätten Sie mit den Dokumenten gemacht, wenn ich Ihnen verraten hätte, daß die ganze Anklage damit steht und fällt?«
Er öffnete vage den Mund, als ihm klar wurde, was sie da sagte: Sie beschuldigte ihn. Er ließ sich schwer auf den Melkschemel fallen, der hinter ihm stand.
»Sie mißverstehen da was«, sagte er wieder.
»Ich verstehe ganz gut. Ich hab geglaubt, Sie wären mein Freund, verdammt noch mal.«
»Ich bin Ihr Freund.«
»Entschuldigen Sie, aber das ist Blödsinn. Freunde tun einander so was nicht an, was immer sie für Mandanten haben mögen. Wissen Sie, wie ich's herausgefunden habe?«
Er nickte leicht, voller Angst, sie würde es in blindem Zorn vielleicht nicht verraten, wenn er größeres Interesse zeigte.
»Ich komme heute morgen ins Büro«, sagte sie, »irgendwie beschwingt, und da wartet Kyle Horn auf mich. Auch er hatte ein schönes Wochenende – er hat alle Schecks von MD gesichtet, die Frau Soundso letzte Woche mit zur Grand Jury gebracht hat. Und jetzt raten Sie mal, was er gefunden hat? Einen Scheck der Chicagoer Niederlassung Ihres Mandanten auf einen dortigen Spediteur. Mit einem kleinen Vermerk: ›D. H. privat.‹ Will D. H. da vielleicht was beiseite schaffen?«
Schon wieder Margy, dachte Stern. War Horn bloß gründlich gewesen, oder hatte ihm jemand einen Tip gegeben, was er in diesen Stapeln abgebuchter Schecks finden könnte?
»Also besorgt er sich natürlich eine Verfügung der Grand Jury und ist damit noch vor der Mittagspause bei der Spedition, kommt mit dem Lieferschein zurück und legt ihn mir auf den Tisch. ›Ihr großes Vorbild‹, sagt er dazu. ›Manchmal läuft es beschissen.‹ Ich bin nicht naiv, Sandy, ich verstehe schon, daß

Sie Ihren Job tun müssen. Aber es scheint Ihnen nicht das geringste auszumachen, in welche Lage Sie mich gebracht haben.«

»Ach, Sonny, es macht mir sogar viel aus.« Sein Ton, gefühlvoll und traurig, ließ sogar sie stutzen, und sie starrte ihn kurz an und überlegte, ob er es vielleicht doch ehrlich meinte. Aber schließlich verzog sie das Gesicht und wandte sich zur Tür.

»Mein Mandant«, erklärte er ihr, »kommt erst Donnerstag abend zurück.«

Sie schüttelte sofort den Kopf.

»Beantragen Sie keine Fristverlängerung, weil Sie die von Sennett nicht kriegen – und auch nicht von mir. Sie und der Safe und alles, was drin ist, sind am Donnerstag morgen vor der Grand Jury.«

»Das geht nicht ohne Rücksprache mit meinem Mandanten.«

»Dann besorgen Sie sich besser einen Anwalt, Sandy. Ich meine das todernst. Das ist nicht mehr amüsant oder drollig oder so was. Machen Sie sich Sennett gegenüber nicht angreifbar.« Sie verkniff sich weitere Ausführungen. »Du lieber Gott, jetzt tu ich es schon wieder. Sehen Sie doch, Sie brauchen einen Anwalt.«

»Einen Anwalt?« fragte Stern.

Stern schien die Schritte zuerst gehört zu haben. Sie fuhr herum und starrte zur Treppe. Stern war gar nicht in den Sinn gekommen, daß sie nicht allein sein könnten, aber er erkannte die windzerzauste Frisur und das knöchellange Kleid, noch bevor das dazugehörige Gesicht, das dem seinen so ähnlich war, über dem Geländer erschien.

»Wer braucht hier einen Anwalt?« wollte Marta wissen.

34

Die folgende Szene am Fuß der Treppe war kurz und konfus. Stern machte in höchster Gefühlsverwirrung seinem Ärger über Marta Luft, wegen ihres dramatischen Auftritts und überhaupt, weil sie so plötzlich hereingeschneit sei. Marta, die Kritik noch nie gut vertragen hatte, wehrte sich vehement und rief ihm in Erinnerung, sie habe immerhin geschrieben und sei mit denselben Schlüsseln ins Haus gelangt wie schon seit fast zwanzig Jahren.

»Ich hab mit Kate telefoniert. Sie sagte, sie hat dir gestern abend was auf dem Anrufbeantworter hinterlassen. Hörst du den Apparat denn nie ab?«

Endlich eingeschüchtert, erwiderte Stern nichts mehr. Statt dessen fiel ihm nun wieder Sonny ein, die von dem unerwartet heftigen familiären Wortgefecht völlig perplex schien. Er stellte die Frauen einander vor, während ihm Marta in ihrer zudringlichen Art den Brief aus der Hand nahm.

»Eine Vorladung vor die Grand Jury«, konstatierte sie.

»Mrs. Klonsky hat sie mir soeben zugestellt.«

»Schon wieder!« rief Marta aus. Sie wurde offenbar an den Tag der Beerdigung erinnert. »Ihr Typen seid vielleicht unverfroren. Noch nie was von Bürostunden gehört?« Sie tat einen Schritt auf Sonny zu. »Raus!« herrschte sie sie an.

»Mein Gott.« Stern griff sich an den Kopf. Er wollte Sonny verzweifelt aufhalten, doch sie war schneller als er an der Tür und entschwand, sagte nur noch »Donnerstag« und deutete dabei auf ihn.

»Mein Gott, Marta. Dein Mundwerk!«

»Soll das heißen, daß dich das da glücklich macht?«

»Marta, die Umstände sind äußerst kompliziert.«

Seine Tochter legte streitlustig den Kopf schräg, und plötzlich zuckte eine neue Erkenntnis über ihr Gesicht.

»Deine Freundin?«

»Freundin?« Völlig verwirrt konnte Stern gerade noch fragen, wer ihr was von seinen Freundinnen erzählt habe. Es war eine ganze Telefonkette gewesen, stellte sich jetzt heraus. Maxine hatte Kate gestern abend angerufen, nachdem sie es von ihrer Mutter gehört hatte; Marta hatte heute nachmittag mit Kate telefoniert, als sie sie nicht wie geplant hier angetroffen hatte. Kate hatte erklärt, sie sei unpäßlich, aber Stern erwarte Marta bereits, denn sie habe ihm gestern abend eine Nachricht hinterlassen. Alles Weitere hatte sich offenbar aus dem Gespräch gestern abend ergeben.

»Ist sie's nun?« hakte Marta nach. »Deine Freundin?«

Von alledem reichlich verstört – von Sonnys Erscheinen, der Vorladung, dem Gedanken, daß über die Buschtrommel der Weiber spätabends seine Charaktermängel erörtert wurden –, konnte Stern seine Irritation nicht mehr unterdrücken. Warum beanspruchten seine Kinder in ihren Zwanzigern ein unveräußerliches Recht auf Respektlosigkeit, ja sogar Grobheit?

»Sieht sie denn gerade jetzt so aus, als könnte sie meine Freundin sein?«

Marta zuckte mit den Schultern. Wer weiß? Wer wußte am Ausgang dieses Jahrhunderts noch, was sich gehörte?

Stern wechselte das Thema und fragte nach Kate.

»Sie meint, es ist nichts Psychisches. Sie ist bloß müde. Aber sie klingt verstört. Stimmt hier irgendwas nicht?«

»Ach, Marta«, sagte Stern und nahm seine Tochter endlich in die Arme. Er erkundigte sich nach ihrem Flug und ob sie hungrig sei. Sie beschlossen, zum Abendessen auszugehen.

»Und was machen wir damit?« fragte Marta. Sie hielt die Vorladung noch immer in der Hand.

»Da müßte ich jetzt eigentlich jemanden anrufen.«

»Du könntest dich von mir vertreten lassen«, schlug Marta vor. »Ich hab schon etliche Mandanten mit Vorladungen vor die Grand Jury gehabt, natürlich nichts von diesem Kaliber, aber du könntest mir ja sagen, was ich machen muß. Ich hab nicht viel Erfahrung vor Gericht, doch probieren würde ich es gern. Und zugelassen bin ich hier.«

Richtig, dachte Stern, und noch dazu in drei anderen Bundesstaaten. Und als Hinhaltetaktik hatte die Idee durchaus etwas

für sich. Als Mandant eines seiner Konkurrenten wäre ihm nicht gerade wohl in seiner Haut. Strafverteidiger tratschten so gern. Es würde ihm sehr gegen den Strich gehen, in der Zeitung eine spöttische Notiz über sein Erscheinen vor der Grand Jury lesen zu müssen.
»Nimm sie mit«, sagte Stern. »Wir können beim Abendessen darüber reden.«
Marta lief kurz nach oben. Da seien noch Sachen von Clara, die sie heute nachmittag beim Sortieren in den Kommoden gefunden habe und Stern zeigen wolle.

»Das ist eine Kamee«, erläuterte Stern. »Dein Großvater Henry hat sie ihr geschenkt, als sie sechzehn wurde. Ich hab sie seit Jahren nicht mehr zu Gesicht bekommen.« Stern hielt das Medaillon unter das versilberte Speisekartenlämpchen. Marta studierte das Frauenprofil in diesem Schummerlicht.
»Sie ist wunderschön.«
»Aber ja. Henry hatte ein Auge für solche Sachen.«
»Seltsam, daß sie es nie einer von uns geschenkt hat. Meinst du nicht auch?«
Vielleicht hatte sie sich nicht davon trennen können oder nicht an ihren Vater erinnert werden wollen. Vielleicht war es auch für die erste Enkelin gedacht gewesen. Es gab ihm einen Stich, daß Clara einen Plan gehabt hatte, der unerfüllt geblieben war. Er fragte Marta, was sie sonst noch entdeckt habe.
»Etwas ganz Umwerfendes.« Marta schaute in ihre geräumige Tasche und zog ein großes Knäuel Seidenpapier hervor, aus dem sie vorsichtig einen prächtigen Ring mit Saphir auswikkelte. Der Stein war recht großkarätig, auf beiden Seiten von einer Reihe Diamanten gerahmt und gefaßt in Platin oder Weißgold.
»Lieber Gott«, sagte Stern, als sie den Ring hinüberreichte. Ein so großartiges Schmuckstück; heutzutage konnte man nicht einmal die Versicherung für so was bezahlen. Er begutachtete den Ring ausgiebig. »Wo um alles in der Welt hast du die Sachen gefunden?«

»In einem schwarzen japanischen Lackschächtelchen unten in ihrer zweiten Schublade. Ich glaub, das war ihr Privatversteck oder so.« Marta berührte den Ring. »Du weißt nicht, wo sie den herhat? Er sieht antik aus.«
Ihr Privatversteck, in der Tat, dachte Stern. Konnte Nate ihr womöglich ein so großzügiges Geschenk gemacht haben? Wieder hatte er das Gefühl, als gebe der Boden unter ihm nach, wenn er Claras Geheimnisse zu fassen trachtete. Dann kniff er schuldbewußt die Augen zu. Was war er doch für ein schäbiger, mißtrauischer Kerl.
»Das«, sagte Stern, »ist zweifelsohne der Ring, den deine Mutter zu ihrer ersten Verlobung bekommen hat.«
»Sie war mal verlobt!« rief Marta verblüfft.
Stern lächelte schwach. »Wußtest du nicht, daß deine Mutter mich aus einer großen Enttäuschung heraus geheiratet hat?«
»Lieber Himmel, nein«, sagte Marta. »Erzähl's mir. Das klingt ja aufregend.« Sie hatte sich über den Tisch gebeugt, und die Kellnerin mußte sie bitten, sich zurückzulehnen, damit sie das Essen vor sie hinstellen konnte. Das Restaurant hieß Balzini, eine aufpolierte Eckkneipe von Riverside mit italienischer Atmosphäre, Scheinkaminen und rotleinenen Tischdecken. Die Steaks waren ganz genießbar. Er würde immer mindestens insoweit ein Sohn Argentiniens bleiben, als ihm nichts über ein Stück gegrilltes Rindfleisch ging, aber Marta hätte sich seiner Meinung nach so etwas kaum ausgesucht. Offenbar hatte sie im Laufe der Jahre jedoch herausgefunden, daß auch die Salatplatte nicht zu verachten war.
Er sagte ihr Hamilton Kreitzers Namen und daß die Verlobung abrupt in die Brüche gegangen war. Mehr aber erzählte er nicht. Wenn Clara diesen Teil ihrer Vergangenheit mit den Kindern nicht hatte teilen wollen, stand ihm das jetzt auch nicht zu. Ihre Privatsphäre blieb nun Claras letztes und teuerstes Gut.
Zugleich war Marta von den dreien durch Enthüllungen am wenigsten zu verunsichern. Marta, die ein recht schwieriges Verhältnis zu Clara gehabt hatte, kannte sie in mancherlei

Hinsicht am besten. Sterns vielsagendste Erinnerung an die beiden würde bleiben, wie Marta im Alter von vier oder fünf Jahren dunkeläugig neben ihrer Mutter an der Spüle gestanden und alles hinterfragt hatte: Warum schälst du die Mohrrüben? Warum wäschst du dir die Hände, bevor du das Essen anfaßt? Was wäre, wenn wir rausgingen und das Gemüse gleich vom Beet essen würden? Wie können einem Bazillen was tun, wenn man sie nicht mal sieht? Und so weiter. Clara, einer ansonsten recht geduldigen Frau, wurde es unweigerlich irgendwann zu bunt. »Marta, ich bitte dich!« Und das löste dann noch bohrendere Fragen aus. Bei manchen Gelegenheiten trieb sie Clara damit regelrecht aus der Küche.

Da sie die Empfindlichkeiten ihrer Mutter schon früh erkannt hatte, neigte Marta weniger als ihr Bruder und ihre Schwester dazu, Clara anzuhimmeln, und sah sie eher so wie andere Menschen wahrscheinlich auch. Insgesamt waren diese Beobachtungen nicht unbedingt erfreulich; im Laufe der Zeit hatte Stern etliches von Martas Ansichten übernommen. Wie sie ihre Mutter sah, ließ sich vermutlich in einem Wort zusammenfassen: schwach. Marta konnte mit Claras Häuslichkeit, ihrer Musik, ihrem Garten und ihren gelegentlichen Tees und Veranstaltungen in der Synagoge wenig anfangen. Sie hielt ihre Mutter für träge und ihr würdevolles Gehabe und ihre kultivierten Gewohnheiten für einen Schutzmechanismus gegenüber der inneren und äußeren Unruhe, mit der sie sich aus Mangel an Entschlußkraft nicht auseinandersetzte. Marta sah die Welt nach ihres Vaters Maßstäben: Handeln, Leistung. Ihre Mutter war kein Tatmensch, und das machte sie in den Augen ihrer Tochter entsprechend kleiner. Im Laufe der Zeit hatten sie ein Verhältnis entwickelt, das sich als ausgewogen beschreiben ließ. Clara war von Martas Vorhaltungen verletzt. Dennoch entzog sie sich ihr nicht. In einer Welt von Beziehungskatastrophen – wie zwischen Peter und seinem Vater – hatten es Marta und ihre Mutter noch ganz gut getroffen. Trotz eines gewissen Unbehagens anerkannten und achteten sie, was der anderen auf dieser Welt heilig war.

»Hat das ihr Herz gebrochen?« fragte Marta und tippte an den Ring, den ihr Vater noch in der Hand hielt.
»Vielleicht. Hast du sie so gesehen, Marta – als jemanden mit gebrochenem Herzen?«
»Ich weiß nicht«, erwiderte sie. »Manchmal.« Dieses Urteil traf ihn tief – wie die meisten Beobachtungen von Marta. Ohne das zu merken, fuhr sie fort: »Ich kann mir nur schwer vorstellen, daß Leute wie ihr ins Schwimmen kommt. Unglückliche Liebesaffären habt. Als ich noch klein war, dachte ich, was jedes Kind glaubt: daß ihr beide vollkommen zueinander paßt und da draußen nur aufeinander gewartet hattet. Blödsinnig, was?« Marta blickte scheu auf, und ihre kleinen Augen huschten für einen flüchtigen Moment zu ihrem Vater hin. Sicher hatte Marta mit der Zeit auch eine unbarmherzige Ansicht über die Ehe ihrer Eltern entwickelt. Stern hatte schon lange den Verdacht, daß das mit an ihrer Zwiespältigkeit gegenüber Männern und ihren Beziehungsproblemen schuld war. Doch plötzlich sah sie an Stern vorbei in die Ferne, ganz gefangen in ihren Erinnerungen. »Du lieber Gott«, sagte sie. »Ich entsinne mich noch an einen Abend, ich muß da elf oder zwölf gewesen sein; ich saß im Bett, ganz im Dunkeln. Kate schlief, es war warm, die Rolläden klapperten im Wind, und ich dachte, da draußen muß er sein. Der eine Mann, der vollkommene Mann. Es war so aufregend, sich das auszumalen.« Sie schloß die Augen und schüttelte leidend den Kopf. »Hast du auch einmal so gedacht?«
Stern überlegte. Seine Jugend, soweit er sich erinnerte, schien von anderen Leidenschaften erfüllt: Da war der stagnierende Gefühlskomplex, der die Erinnerung an Jacobo umgab, und seine glühende Entschlossenheit, Amerikaner zu werden. Nachts im Bett schmiedete er Pläne. Er sann über Anzüge nach, die er gesehen hatte – er erinnerte sich, wie er wochenlang an rote Sockenhalter gedacht hatte –, und darüber, wie junge Männer die Hände in den Taschen vergruben; er murmelte englische Redensarten, immer wieder dieselben und immer mit derselben leisen Frustration, weil er jedesmal meinte, sie klän-

gen wegen seines durchdringenden Akzents nicht richtig. Viel Romantik war da nicht in ihm gewesen, aber er wußte trotzdem, was Marta meinte: jene Romantik vollkommener Vereinigung; Herzen im Gleichtakt; sofortige Wahrnehmung jedes Wortes, jeder Geste; Spiegelung der eigenen Seele, ein Zueinanderpassen wie bei Teilen eines Puzzles. Er verstummte jetzt, weil sein Puls plötzlich losraste, als Sonnys Gestalt wieder vor seinem inneren Auge auftauchte. Das Bild verblaßte bereits leicht, war um eine Winzigkeit entfernter. Irgendein Stützprinzip der Realität hatte zu wirken begonnen und härtete sein Herz mit verzweifeltem Schmerz und einer Empfindung von Ungerechtigkeit. Er lächelte seine Tochter schwach an.

»Jetzt denke ich natürlich nicht an einen bestimmten Mann, sondern an Männer überhaupt. Irgendwas an der ganzen Sache begreife ich nicht. Mann und Frau?« Als sie den Kopf schüttelte, flog ihre dichte ungezähmte Frisur nach allen Seiten. »In letzter Zeit plage ich mich damit ab herauszufinden, ob Mann und Frau auch ohne Sex echte Freunde sein können. Weißt du eine Antwort darauf?« fragte sie ihren Vater in ihrer natürlichen, direkten Art.

»Ich fürchte, ich gehöre zur falschen Generation. Mir fehlt die Erfahrung. Die beiden Frauen, die ich als echte Freundinnen ansah, waren deine Mutter und deine Tante. Das ist sicher keine gültige Betrachtung.«

»Aber sie ist immer da, oder nicht?« fragte Marta. »Die Sexualität?«

»Das scheint der Fall zu sein«, antwortete Stern und dachte einen kurzen Augenblick wieder an Sonny.

Seine Tochter aß von ihrer großen Salatplatte und grübelte.

»Betrachtest du Mommy immer noch als Freundin?« wollte sie wissen. »Auch jetzt noch?«

Was für eine Frage eines Kindes an einen Elternteil. Wieviel Hoffnung konnte er ihr machen?

»Darf ich nur mit ja oder nein antworten?«

Zum erstenmal sah sie ungeduldig drein, ungehalten über seinen forensischen Schachzug.

»Marta, wir haben dich offenbar in vielem enttäuscht.«

»Ich verlange doch nicht von euch, daß ihr euch für euer Leben rechtfertigt. Wirklich nicht. Ich stelle mir nur Fragen. Ich finde das so deprimierend. Weißt du, da bringt man dreißig Jahre miteinander zu, und das kommt dabei heraus – jemand verwest in der Garage. Ich denk viel darüber nach. Was war sie für dich am Ende. Am Anfang. War sie die Frau deines Lebens? Wohl nicht, hm?«

Seine erste Reaktion war, die Antwort zu verweigern, doch Marta war in solchen Momenten von einer fast schon kaum auszuhaltenden Aufrichtigkeit – trotz all ihrer Weltgewandtheit, ihrem stachligen Humor, ihrer Kühnheit. Sie suchte mit demselben unschuldigen Wissensdurst, den Sam beim Betrachten des Nachthimmels gezeigt hatte. Er konnte ihr die Antwort einfach nicht verweigern.

»Wir leben in dieser Welt, Marta. Nicht anderswo. Wie du schon sagst, es ist enttäuschend, so was zu erfahren, doch deine Eltern haben auch kein besseres Leben geführt als du. Du wirst nicht irgendwann in eine höhere Daseinsform erhoben.« Ausgesprochen, klangen diese Wörter härter als beabsichtigt, doch sie akzeptierte sie mit demselben ernsten Blick. »Kein Mensch kann seine Gefühle aus Jahren und Jahrzehnten in ein paar Zeilen genau beschreiben. Ich kann deine Mutter nicht getrennt von unserem Leben miteinander sehen. Ich hatte das Glück der meisten Menschen, die überhaupt Befriedigung finden, herauszukriegen, was für mich wichtig war, und es teilweise zu erreichen. Meine Arbeit. Meine Familie. Ich hab euch drei vergöttert – ich denke, ich hab das nie so recht zeigen können, aber es war immer wahr. Und ich hab sehr an deiner Mutter gehangen. Ich weiß, daß ich sie mit der Zeit furchtbar enttäuscht habe. Ich war ihr kein so guter Freund, wie sie es mir war. Und sie hat mich genauso enttäuscht – besonders am Ende. Ich gebe zu, so schlimm das vielleicht auch klingt, daß ich ihr dieses Ende sehr übelnehme. In meinem Innersten sind viele Räume, die für Besucher geschlossen scheinen – das gestehe ich zu. Aber ich glaube nach monatelangem Nachdenken, daß ich ein besserer und fähigerer Mensch bin, als sie in mir sehen wollte.« Er sagte das zu seiner Tochter hocherhobenen Hauptes und mit von Überzeugung getragener Stimme, obwohl ihm klar war, daß Marta kaum einen Begriff hatte, worauf er sich bezog. Er kaute sein Steak und schwenkte seinen Wein im Glas. Er trank das halbe Glas Wein, doch das starke Gefühl blieb, und er konnte das nicht das letzte Wort sein lassen.

»Wir haben unser Bestes getan, Marta. Beide. Wenn man bedenkt, wie begrenzt unser aller Möglichkeiten sind. Wir haben sehr viel miteinander geteilt. Nicht bloß Ereignisse. Auch Pflichten. Werte. Sie war die Zusammenfassung meines ganzen Lebens. Ich liebte sie. Manchmal leidenschaftlich. Und ich glaube, auch heute noch, daß auch sie mich geliebt hat. Jeder Vater wünscht sich, daß sein Kind es einmal besser hat. Aber ich muß gestehen, es würde mich freuen, wenn du eine ebenso dauerhafte Beziehung eingehen würdest.«

Marta nickte ernst. Er hatte geantwortet. Stern merkte jetzt, daß er immer noch den Ring in der Hand hielt, dessen erlesener Stein sogar in diesem schwachen Licht funkelte. Er bewunderte ihn noch mal kurz und reichte ihn ihr zurück. Als Marta ihre Handtasche hochhob, fragte er, ob es noch andere Schätze gebe, die sie bei ihrer nachmittäglichen Suche gefunden habe.

»Keine Schätze mehr«, sagte Marta. »Nur etwas, über das ich mich gewundert habe.« Sie sah wieder in ihre Tasche und wühlte mit beiden Händen darin. »Was für Medikamente hat sie denn genommen?«

»Medikamente?« fragte Stern.

Es war ein silbernes Pillendöschen, oval, mit aufklappbarem Deckel. Es sei ebenfalls in der japanischen Schachtel gewesen, sagte Marta. Sie drückte auf den Verschluß, doch einen Augenblick, bevor der Deckel aufsprang, wußte Stern bereits, was darin sein würde. Er schüttete die kleinen gelben Kapseln aus und zählte sie gleich auf dem Tischtuch. Der Markenname stand winzig klein auf jeder Kapsel. Neunundsiebzig. Er zählte zweimal. Dieselbe Zahl, die aus dem Fläschchen in Nates Arzneischränkchen gefehlt hatte.

Marta sah Stern mitfühlend an. Er vermochte seine Verwirrung nicht zu verbergen.
»Nicht möglich«, stieß Stern hervor.
»Vielleicht solltest du Nate Cawley fragen«, meinte Marta.

An diesem Abend blieb er noch lange wach. Marta wollte verständlicherweise lieber in ihrem früheren Zimmer schlafen, und so kehrte Stern zum erstenmal seit Monaten in das Schlafzimmer zurück, das er zwanzig Jahre lang mit Clara geteilt hatte. Marta hatte die Kommoden geplündert; die Schubladen waren offen, und seidige Unterwäsche hing heraus. Auf dem Boden standen mehrere Kartons zum Sortieren der Sachen – die einen zum Weggeben und die anderen zum Behalten.
Wieder hatte er Einschlafschwierigkeiten. Unten am Fluß wurde lärmend der Unabhängigkeitstag gefeiert. Nach zehn Uhr setzte ein paar Meilen entfernt das Geknatter des Feuerwerks ein; aus dem Giebelfenster konnte er sehen, wie der zuckende Widerschein sekundenlang von der dünnen Wolkendecke zurückgeworfen wurde. Er gehörte zu den Einwanderern, die am 4. Juli jedesmal vor Sentimentalität – und Dankbarkeit – vergingen. Was für eine Idee stand doch hinter diesem Land. In seinen Augen war das Aufblühen der freiheitlichen Demokratie mit ihrem Gleichheitsideal, zusammen mit dem medizinischen Fortschritt und der Erfindung der beweglichen Lettern, die größte menschliche Errungenschaft des Jahrtausends. Sein Leben in der Justiz – besonders in der Strafverteidigung – war irgendwie mit solchen Überzeugungen verknüpft.
Er lag auf dem Bett und hoffte bald einzuschlafen, aber die Turbulenz des Tages hielt ihn wach: seine Konfrontation mit Nate; Sonny, die wie ein auslaufendes Schiff dem Horizont entgegenfuhr; die widerwärtigen juristischen Komplikationen, die ihm bevorstanden; die Geister, die sein Gespräch mit Marta gerufen hatte. Seine Tochter forderte schon ihr ganzes Leben lang, daß ihre Eltern in voller Aufrichtigkeit mit ihr redeten. In mancherlei Hinsicht war das das beunruhigendste Geschehen des Tages.

Irgendwann schlich er leise nach unten, um das Pillendöschen noch mal zu untersuchen, aber Marta hatte es offenbar bei sich. Statt dessen schob er die Vorhänge auseinander und starrte auf das Haus der Cawleys. Jetzt verstand er gar nichts mehr. Er würde noch mal mit Nate reden müssen, aber wo um Himmels willen sollte ein solches Gespräch nur ansetzen? Hör mal, Nate, da ist noch einiges an deiner Affäre mit meiner Frau, was ich nicht verstehe. Stern schüttelte im Dunkeln den Kopf.
Dann ging er wieder ins Schlafzimmer hinauf. Selbst nach all den Monaten war da noch Claras Duft; sie war so gegenwärtig wie die stummen Möbel. Im Bett liegend, war er darauf gefaßt, daß Clara jeden Augenblick aus dem Bad kam, eine anmutige Gestalt mittleren Alters, geschmeichelt von den üppigen Falten ihres Nachthemds, mit glänzendem Haar, eingecremtem Gesicht und wie so oft in Gedanken leise irgendein musikalisches Thema summend.
Ach! Es überkam ihn ohne eine Sekunde Vorwarnung. Ach, wie liebte er sie doch! Die Erinnerung an sie war plötzlich übermächtig, die kleinsten Einzelheiten kehrten mit schmerzlicher Genauigkeit wieder: die weiche Dauerwelle, die sie jahrelang gehabt hatte; der harmlose süße Duft ihres französischen Badesalzes; ihr rosafarbener Gärtnerinnenhut; die merkwürdigen kleinen Wülste auf beiden Seiten ihrer Nase. Er erinnerte sich an ihre langsame Art, die Hände zu heben, ihre schlanken Finger und den schmalen Ehering – Gesten, die irgendwie Intelligenz und Anmut ausdrückten. Diese Erinnerungen bestürmten ihn so heftig, daß ihm war, als könne er sie gleich umarmen, sie in drängender, herzzerreißender Zärtlichkeit aus der Luft an sich ziehen. Die Unverbrauchtheit seiner Liebe betäubte ihn; sie preßte ihm das Herz ab und ließ ihn geschwächt zurück. Er hatte keine Vorstellung, in welche finstere Ecke des Wahnsinns sie sich verlaufen hatte. Er konnte nur mit der Frau umgehen, mit der er gelebt hat, dem Menschen, den er kannte. Nach dieser Frau, diesem Menschen hatte er furchtbare Sehnsucht.
In diesem Moment starker Nähe verblieb er, bis der Geist

schließlich etwas verblaßt war. Hier war es, was er seiner Tochter hatte mitteilen wollen, dieses ewige Wogen des Gefühls. Reglos lag er dann im hellen Schein seiner Leselampe, in seinen Frotteemantel gehüllt, und versuchte diesen winzigen Moment lang das wenige festzuhalten, was er von der geheimnisvollen, bestimmten, lebendigen und tiefen Gegenwart Clara Sterns noch festhalten konnte.

35

Am Mittwochmorgen kam Marta in Sterns Kanzlei, um mit ihm zu arbeiten. Seine Sekretärin Claudia und Luke, bereits seit zehn Jahren Sterns Bürogehilfe, machten ihr Komplimente – wie hübsch, wie gereift und ausgeglichen sie sei. Dann begannen sie und Stern mit dem Entwurf eines Antrags an Gerichtspräsidentin Winchell auf Fristverlängerung für Sterns Erscheinen vor der Grand Jury. Obwohl es am Ende nur drei Seiten wurden, brauchten sie für die Formulierung Stunden, denn die aufgeworfenen Probleme waren komplex, wie Marta als erste erkannte. Normalerweise unterlagen Mitteilungen und Gespräche zwischen einem Anwalt und seinem Mandanten im Rahmen juristischen Beistands dem Anwaltsgeheimnis – die Staatsanwaltschaft konnte weder Anwalt noch Mandant zur Offenbarung zwingen. Aber konnte man sich in diesem Fall wirklich auf das Anwaltsgeheimnis berufen?

»Ist es der?« fragte Marta. Der Safe stand noch immer hinter Sterns Schreibtisch. »Und du hast ihn nicht aufgemacht?«

»Ich hab die Kombination nicht, und dein Onkel hat es mir auch nicht erlaubt.«

Marta tippte den Safe mit dem großen Zeh an; sie trug rosa Socken zu ihren mexikanischen Sandalen. Ihre Beine – soweit sie sichtbar wurden, wenn ihr wallender Rock zurückschwang – waren, wie Stern jetzt feststellte, stark behaart.

»Du lieber Gott, aus was ist der denn? Aus Blei? Dieses Ding würde einen Atomkrieg überstehen.«

»Dixon schätzt seine Privatsphäre«, erwiderte Stern schlicht.

»Na, das ist ein Problem, glaubst du nicht auch? Wie können wir sagen, daß du den Inhalt zum Zwecke juristischer Beratung erhalten hast, wenn du ihn nie gesehen hast?«

Stern, dem dieses Dilemma noch gar nicht aufgegangen war, langte nach seiner unangezündeten Zigarre.

»Aber ist es andererseits«, fuhr Marta fort, »nicht eher eine Offenbarung vertraulicher Angaben, wenn du einräumst, daß du den Safe gar nicht aufgemacht hast? Offenbart das nicht Instruktionen des Mandanten und beweist, daß der Mandant seinem Anwalt eigentlich mitgeteilt hat, der Inhalt sei so brisant, daß er ihn gar nicht herzeigen will oder kann? Und in welchem Verhältnis steht das zu Dixons Recht auf Verweigerung der Aussage, wenn er sich damit selbst belasten würde?«

Marta führte das noch näher aus. Sie hatte einen klaren, scharfen Verstand. Stern, der sich der Intelligenz seiner Tochter durchaus bewußt war, war dennoch beeindruckt, wie leicht sie mit Dingen umging, mit denen sie nicht so vertraut war. Sie war sofort nach ihrem Eintreffen in der Kanzlei in Sterns Bibliothek gegangen, hatte sich gleich das Grundsatzurteil des Supreme Court zu Gemüte geführt und dessen schwierige Unterscheidungen ohne längere Lektüre begriffen. Marta fühlte sich durchaus wohl auf einem jener komplexen Gebiete, deren juristische Abstraktionen für Stern selbst manchmal so unbegreiflich waren wie höhere Mathematik.

Als sie schließlich zusammensaßen und einen Entwurf formulierten, entschieden sie sich vorerst für eine einfache Rechtsposition: Weil es möglicherweise um den Vertrauensschutz zwischen Anwalt und Mandant ging, könne Stern korrekterweise ohne Dixons Anweisung nichts weiter tun. Daher ersuchten sie das Gericht um eine kurze Fristverlängerung für die Vorladung, damit Stern sich mit seinem Mandanten beraten könne, wenn dieser wieder in der Stadt sei. Marta schrieb Satz für Satz auf einen gelben Notizblock und las ihn laut vor, und dann formulierten beide um, wobei sie sich die Worte zuwarfen. Stern, der aus langer Gewohnheit derartige Dinge allein machte, war begeistert, wie reibungslos diese Zusammenarbeit klappte. Als der Antrag fertig war, unterschrieb ihn Marta als Sterns Anwältin.

»Was passiert, wenn sie dich anweist, morgen auszusagen?« fragte Marta. Sie meinte Richterin Winchell.

»Ich muß mich weigern, nicht wahr?«

»Und dann beantragt die Staatsanwaltschaft, dich wegen Mißachtung des Gerichts in Beugehaft zu nehmen. Sie wird dich doch nicht in den Knast stecken, oder?«

»Morgen noch nicht«, sagte Stern. »Ich würde erwarten, daß die Richterin mir Bedenkzeit gibt oder den Vollzug zumindest einen Tag aussetzt, damit wir Widerspruch einlegen können. Aber am Ende, wenn ich hartnäckig die Beibringung verweigere –« Er machte eine lockere Handbewegung. Es kam gelegentlich vor, daß Anwälte in Haft genommen wurden, wenn sie sich gegen richterliche Anweisungen sperrten, die ihren Mandanten zum Nachteil gereichen konnten. In der Anwaltskammer wurden solche – gewöhnlich nur kurze – Gefängnisaufenthalte als Auszeichnung betrachtet, aber Stern hatte keinen Ehrgeiz, sich zum Märtyrer zu machen, schon gar nicht für Dixon. »Ich bin in deiner Hand«, sagte Stern zu seiner Tochter.

»Kein Problem«, erwiderte Marta und umarmte ihn. »Aber denk daran, deine Zahnbürste mitzunehmen.«

Am Donnerstagmorgen um zehn, genau zu der Uhrzeit, da er vor der Grand Jury erscheinen sollte, betraten Stern und Marta den Warteraum des Richterzimmers von Moira Winchell, der Gerichtspräsidentin des Bundesbezirksgerichts. Die Raumaufteilung spiegelte die Verhältnisse eines anderen Jahrhunderts wider; während das Richterzimmer prunkvoll und saalartig war, waren die Nebenzimmer für Sekretäre, Schreiber und Ausrufer winzig und karg, und die Schreibtische und Büroausstattung standen so dicht beieinander wie in einem Koffer. Der schmale Warteraum war durch eine Balustrade aus kleinen dicken Säulen mit einer Klapptür abgegrenzt. Als sie hereinkamen, saß Sonny Klonsky auf der einzigen dort befindlichen Sitzgelegenheit, trotz ihrer Unnachsichtigkeit errötet und hübsch. Sterns Herz tat bei ihrem Anblick einen Sprung und sank dann wieder zurück, als sie ihn nur kurz und abweisend ansah. Er stellte Marta nochmals vor.

»Wir warten noch auf Stan«, erläuterte Klonsky, und in diesem Moment drückte der Leitende Staatsanwalt die Tür auf, schlank und geschniegelt, humorlos wie ein Hackbeil. Selbst auf Stern, der sich im Hinblick auf das eigene Erscheinungsbild sehr wählerisch vorkam – sich maßgeschneiderte Anzüge und Hemden leistete und einmal jährlich sogar ein Paar maßgefertigte Schuhe von einem New Yorker Schuhmacher –, wirkte Stan beeindruckend. Er gehörte zu den Leuten, die die Beine nicht übereinanderschlugen, um keine Bügelfalten zu zerdrücken. Er grüßte Stern korrekt, schüttelte ihm die Hand und brachte sogar ein Lächeln zuwege, als er Marta vorgestellt wurde.

Dann wurden sie ins Richterzimmer der Gerichtspräsidentin gebeten. Wegen der Vertraulichkeit der Verhandlungen vor der Grand Jury sollte diese Anhörung hier – zu Sterns Glück – nicht öffentlich sein. Obwohl der Protokollant der Richterin durch eine Seitentür hereinkam und sein Stenotypiergerät mitbrachte, würde die Niederschrift vertraulich und für Reporter, Öffentlichkeit und sogar andere Juristen unzugänglich bleiben.

In der Abgeschlossenheit ihres Richterzimmers wirkte Moira Winchell ganz stattlich. Sie trug ein dunkles Kleid – keine Robe – und kam hinter ihrem riesigen Mahagonischreibtisch hervor, der größer war als mancher Kleinwagen, um an jeden Anwesenden ein herzliches Wort zu richten. Sie war Marta vor mehr als einem Jahrzehnt begegnet – Stern hatte keine Erinnerung daran – und begrüßte sie mit Wärme.

»Praktizieren Sie jetzt bei Ihrem Vater? Wie schön für ihn.«

Das sei nur vorübergehend, ließ Marta durchblicken. Während die Begrüßung weiterging, stand Sonny plötzlich neben Stern. Sie war fast genauso groß wie er – das war ihm noch gar nicht aufgefallen –, und er wandte sich zu ihr hin, ohne an Zurückhaltung auch nur zu denken, und starrte sie an, ihr entschlossenes Gesicht und ihre schönen Züge. Wie jeder gute Prozeßjurist konzentrierte sie sich ganz auf die Richterin; sie nahm zunächst von Stern keine Notiz, und als sie endlich seinen Blick spürte, schenkte sie ihm ein rasches, zerstreutes Lächeln und kehrte sich dann von ihm ab, indem sie sich auf einen Wink der Richterin hin wie alle anderen am Besprechungstisch niederließ.

Der Raum war im massiven amerikanischen Stil möbliert, mit großen Möbeln aus schönen dunklen Hölzern, verziert nur mit tiefen, vielflächigen Kanten, ohne jeden europäischen Zierat. Alle Wände waren von hohen Bogenfenstern durchbrochen, doch die Beleuchtung blieb irgendwie indirekt, als hätten die Architekten im lichtscheuen Stil des 19. Jahrhunderts das Gebäude längs zur Sonne ausgerichtet. Moira Winchell sagte wie immer, was sie dachte, ohne zu Meinungsäußerungen aufzufordern.

»Sehen Sie, Stan, ich habe diesen Antrag gelesen. Wie können Sie Sandy den Aufschub verweigern, damit er mit seinem Mandanten reden kann?«

Marta suchte mit ausdruckslosem Gesicht ihres Vaters Blick.

Statt Sennett antwortete Sonny für die Staatsanwaltschaft. Der Leitende Staatsanwalt sei nur zur Bekräftigung da, damit die Richterin erkennen könne, daß der Staat dies als Grundsatzfrage ansehe. Hier gebe es eine Vorgeschichte, fügte Klonsky hinzu. Die Staatsanwaltschaft suche die Dokumente, die sie nun in dem Safe vermute, schon seit Wochen.

»Wollen Sie damit dem Gericht sagen«, fragte Marta, »daß der Grand Jury Beweise über den Inhalt dieses Safes vorgetragen worden sind?« Eine geschickte Frage, die den Spieß in der Hoffnung herumdrehte, die Staatsanwaltschaft werde etwas über ihren Informanten preisgeben, um ihre Position zu untermauern. Doch Klonsky mied diese Richtung sofort mit der Feststellung, sie werde überhaupt nichts darüber aussagen, was die Staatsanwaltschaft oder die Grand Jury wisse.

»Auf welcher Grundlage haben Sie dann diese Vorladung ausgestellt?«
Die beiden jungen Frauen setzten sich weiter auseinander. Stern, der sich an die Mahnung seiner Tochter hielt, keinen Ton zu sagen, lehnte sich in eigentümlicher Ruhe zurück. Am Streitgespräch unbeteiligt, fühlte er sich nicht mehr ganz er selbst. Sennett hatte am anderen Tischende beim Zuhören sittsam die Hände gefaltet; er war auch sonst ein Mann von wenig Worten. Der Protokollant notierte nichts, sondern wartete auf Anweisungen der Richterin, was er protokollieren sollte. Stern merkte nach einer Weile, daß er den Faden der Argumentation verloren hatte. Ohne hinzusehen, konnte er nicht sagen, welche der beiden jungen Frauen gerade sprach; sie hatten beide den gleichen hitzigen Ton und die gleiche selbstbewußte Stimmlage. Ohne daß er es näher begründen konnte, wurde ihm bei diesem Gedanken schwindlig und weh ums Herz.
»Sehen Sie, sehen Sie«, sagte die Richterin schließlich, »kürzen wir das ab. Wenn Dokumente vermißt werden, hat die Staatsanwaltschaft eindeutig ein umfassendes Recht auf Ermittlungen. Also werde ich keinem Antrag auf Ablehnung zustimmen, wenn es das ist, was Sie als nächstes im Sinn haben, Marta. Aber ich muß auch sagen, daß die Fragen des Vertrauensschutzes hier nicht einfach sind – das sind sie selten, wenn ein Verteidiger vorgeladen wird –, und ich vermag mir nicht vorzustellen, wie Sandy zu einer Antwort gezwungen werden könnte, ohne zuvor Gelegenheit zu erhalten, sich mit seinem Mandanten zu beraten. So also wird meine Entscheidung lauten.«
Sie machte dem Protokollanten ein Zeichen, und dieser fing nun zu tippen an. Die Parteien gaben ihre Personalien zu Protokoll, und die Richterin gestattete Marta und Klonsky, ihren Standpunkt kurz darzulegen. Dann gab sie dem Antrag auf Terminverlängerung statt.
»Das jetzt nicht ins Protokoll«, sagte die Richterin zum Protokollanten. »Welchen Termin setzen wir?« fragte sie Sonny. »Wann tagt die Grand Jury das nächstemal?«

»Nächsten Donnerstag, Euer Ehren«, gab Sonny zur Antwort, »aber das ist eine Sondersitzung, in der nur ein einziger Zeuge gehört werden soll.« Damit meinte sie John. Die Staatsanwaltschaft wollte Stern mitnichten in der Nähe haben, wenn sein Schwiegersohn vor der Grand Jury erschien, um Dixon zu belasten. Offenbar hatten sie eine längere Zeugenvernehmung vor.

Nach einem Blick in den Terminkalender der Grand Jury verlängerte Richterin Winchell den Vorladungstermin um drei Wochen. Klonsky sah über den Tisch hinweg zu Sennett, der mit den Schultern zuckte: Nichts zu machen. Sie hatten die Sache offenbar schneller durchziehen wollen. Bis zur Anklageerhebung war es, wie Tooley gemutmaßt hatte, nicht mehr lange hin.

»Zu Protokoll«, sagte die Richterin zum Protokollanten. »Mr. Stern, Sie haben am 27. Juli vor der Grand Jury zu erscheinen. Wenn irgendwelche Anwaltsgeheimnisse gewahrt werden müssen, werden wir sie Punkt für Punkt abhandeln. Ich notiere mir den Termin und stehe zur Verfügung, wenn Sie mich brauchen. So beschlossen.« Der Protokollant klappte den Ständer seines Gerätes zusammen.

»Noch eins«, sagte die Richterin, »und das gilt für Sie alle.« Mit einer Handbewegung entließ sie den Protokollanten, der in dem Glauben stehengeblieben war, es müsse noch etwas ins Protokoll. »Ich sehe nicht gerne Anwälte vor der Grand Jury. Das ist für beide Seiten eine bedenkliche Praxis. Ich fordere Sie auf, diese Sache unter sich zu klären. Sandy, Sie werden sehr fähig vertreten, sehr fähig. Dasselbe gilt für die Staatsanwaltschaft. Angesichts so vieler guter Juristinnen finde ich es kaum glaubhaft, daß sie untereinander keine saubere Lösung finden können. Ich erwarte, daß die Vernunft obsiegt.« Sie runzelte die Stirn und blickte am Tisch von einem zum andern. Mit anderen Worten, sie würde mit jedem Schlitten fahren, der nicht zurückstecken wollte.

Im Flur strebten alle auseinander. Sobald die Richterin nicht mehr anwesend war, verzichtete Sennett auf jeden Anschein von Zuvorkommenheit und stelzte kommentarlos mit starrem Gesichtsausdruck davon. Klonsky verweilte nur so lange, um Marta mitzuteilen, daß sie darauf warte, von ihr zu hören. Zu Stern sagte sie erneut kein Wort. Im Fahrstuhl auf dem Weg nach unten spürte Stern das Gewicht seiner Sorgen. Marta hingegen jubelte.

»Was für ein Durchmarsch!« rief sie, als sie aus dem Gerichtsgebäude kamen. Die Richterin hatte recht; sie hatte sich sehr gut geschlagen. Stern machte ihr ausführliche Komplimente.

»Kann ich zurückkommen, wenn wir was nicht hinkriegen?« Sie hatte vor, heute abend wieder nach New York zu fliegen.

»Du bist meine Verteidigerin«, antwortete Stern. »Ich kann ohne dich gar nicht weitermachen.«

Doch er beabsichtigte nicht, eine Wiederholung dieser Szene hinzunehmen, so aufregend sie gewesen sein mochte. Er hatte vor dem Gang zum Gericht in Dixons Büro angerufen, und dessen Sekretärin Elise hatte versprochen, er werde Stern als erstes anrufen. Es war Zeit, Dixon heimzugeigen, ein kurzes und trauriges Lied. Zu Lachen gab es nichts mehr. Stern küßte Marta im Hof des Gerichtsgebäudes und schickte sie nach Hause, wo sie mit Kate die letzten Sachen von Clara sortieren wollte. Er kehrte zurück in seine Kanzlei, und seine Gedanken weilten dabei mit gewohnter Verdrossenheit bei seinem Schwager.

36

Um fünf hatte er von Dixon noch immer nichts gehört. Er hatte inzwischen zweimal mit Elise telefoniert, und beim letztenmal, gegen drei Uhr, hatte sie ihm mitgeteilt, Dixon habe in New York ein kritisches Problem mit seinem Spekulationspapier zum Verbraucherpreisindex und werde heute abend wieder hinfliegen.

»Sagen Sie ihm, wenn er die Stadt verläßt, ohne mit mir gesprochen zu haben, lege ich das Mandat als sein Anwalt nieder.«
Elise, die von Stern allerhand Späße gewöhnt war, wartete noch, offenbar auf die Pointe, notierte aber dann kommentarlos die Mitteilung. Stern rief als nächstes bei Dixon zu Hause an, erreichte aber nur Silvia. Sie sprachen fast eine halbe Stunde über die Karibikinsel, über Helen, Martas Hiersein. Schließlich fragte Stern, ob Silvia wisse, wo ihr Mann sich aufhalte. Er komme in Kürze zum Packen nach Hause, sagte sie, und Stern nahm ihr das Versprechen ab, daß Dixon ihn anrufen werde.
Am frühen Abend saß Stern neben dem Telefon und las die FBI-Berichte über den Fall Remo Cavarelli, die Staatsanwalt Moses Appleton endlich zur Verfügung gestellt hatte. Wie Stern schon erwartet hatte, ergaben die schriftlichen Berichte der FBI-Agenten nur wenig stichhaltige Beweise gegen Remo. Seine drei Spießgesellen waren, wie es so schön hieß, in flagranti ertappt worden – im Kühllaster mit der Hand auf den Rinderhälften –, und jeder von ihnen hatte schon vor drei Wochen auf schuldig plädiert. Sie waren alle hartgesottene Berufsverbrecher der alten Schule und würden den Mund halten. Der einzige Beweis gegen Remo war sein blödsinniges Hinzukommen – die Agenten sagten aus, er sei buchstäblich an den Lastzug herangetreten und habe der Verhaftung drinnen zugeschaut – und die Bemerkung von einem der Diebe: »Unser Mann hat alles geregelt.« Die Staatsanwaltschaft würde behaupten, das beziehe sich auf Remo, der offenbar die Beute verkaufen sollte und entsprechend seiner Rolle so spät am Tatort erschienen sei. Soweit Stern sah, hatte die Staatsanwaltschaft keine wirklich fundierten Verdachtsmomente. Wenn dem Staatsanwalt keine passende Ausrede einfiel, Remos Strafregisterauszug vor den Geschworenen zur Sprache zu bringen, hatte er gute Aussichten auf einen Freispruch. Der Prozeß sollte unbedingt riskiert werden. Stern, der schon fast vier Monate, seit drei Wochen vor Claras Tod, nicht mehr vor

Gericht aufgetreten war, freute sich regelrecht darauf. Das einzige Problem war, Remo zu überzeugen.

Das Telefon klingelte. »Stern.«

»Daddy.« Es war Marta. Sie und Kate seien für heute fertig. Sie würden gleich zum Flughafen fahren, und ob er sich nicht mit ihnen vor dem Abflug zum Abendessen treffen könne. Sie hofften, auch Peter noch zu erreichen. Stern, der besonders Kate gern sehen wollte, war einverstanden. Er ging über den Flur, um Sondra um ihre Assistenz zu bitten, falls Remo den Prozeß riskieren wollte, und von ihr eine zweite Meinung einzuholen, wie stichhaltig die Anklageschrift einzuschätzen sei.

Als Stern wieder in sein Büro zurückkam, saß Dixon auf dem beigefarbenen Sofa. In Zweireiher und gelben Socken, hatte er die Beine hochgelegt und rauchte eine Zigarette. Er war gebräunt und wirkte völlig entspannt; auf seiner Stirn schälte sich die Haut. Stern, total verblüfft über sein plötzliches Auftauchen, bemerkte erst jetzt das lederne Schlüsselmäppchen, das Dixon neben sich auf das Sofa geworfen hatte. Er hatte ganz vergessen, daß er Dixon einen Schlüssel gegeben hatte.

»Silvia hat mir erzählt, daß du mit deiner Freundin Schluß gemacht hast. Ich hab dich für klüger gehalten, Stern. Ein interessantes Weib.«

Stern hatte in dieser Woche schon öfter ähnliche Kritik vernommen, wollte die Sache aber absolut nicht erörtern, vor allem nicht mit Dixon, der ihn doch nur abzulenken versuchte.

»Dixon, habe ich dir schon mal gesagt, daß du mein schwierigster Mandant bist?«

»Hast du.« Er schnippte die Asche ab. Der Kristallaschenbecher stand neben ihm auf dem Sofa. »Was gibt's?«

»Einiges.«

Dixon sah auf die Uhr. »Ich hab zehn Minuten Zeit. Das Auto wartet unten. Ich hab heute abend um neun eine Besprechung auf dem LaGuardia-Flughafen in New York. Zwei Jahre Ar-

beit habe ich in diese Sache gesteckt, und jetzt geht sie in einer Woche in die Binsen. Ehrlich«, sagte er.
Stern betrachtete seinen Schwager mit einem unerbittlich humorlosen Blick und setzte sich hinter seinen Schreibtisch.
»Du mußt ins Gefängnis, Dixon.«
»Nein, muß ich nicht, dafür habe ich dich.«
»Ich kann an den Fakten nichts ändern. Deine Motive verstehe ich nicht, wohl aber die Beweise. Es ist Zeit, daß wir uns Gedanken über Alternativen machen.«
Dixon begriff sofort.
»Du willst, daß ich mich schuldig bekenne?« Er drückte seine Zigarette aus und musterte Stern dabei – ein gelber Glanz in seinen Augen, ein katzenhaftes Lauern. Er fühlte sich offenbar angegriffen. »Du hältst mich für schuldig?«
Das, natürlich, war ein weiterer Teil ihrer stummen Übereinkunft. Dixon ersparte Stern die Fakten; Stern hielt sich mit seinem Urteil zurück. Es überraschte ihn, daß er sich sogar jetzt noch nicht festlegen wollte, aber es gab kein Ausweichen mehr.
»Ja«, sagte Stern.
Dixon spielte mit der Zunge im Mund herum.
»Dixon, die Sache wird langsam aussichtslos. John haben sie Straffreiheit zugesichert, und er sagt nächste Woche vor der Grand Jury aus.«
Selbst Dixon fuhr bei dieser Nachricht hoch.
»Und was sagt er aus?«
»Daß er nur deine Anweisungen ausgeführt hat – jede illegale Order in Kindle geht auf dich zurück. Er war ein armes verführtes Schäflein. Du kannst dir seine Aussage sicher vorstellen.«
»Hast du das von John?«
»Dixon, du weißt doch, daß ich mit John darüber nicht sprechen darf.«
»Wo hast du's dann her? Von seinem Anwalt, wie heißt er doch gleich, Toomey? Ich hab dich doch mal sagen hören, daß er falsch wie eine Schlange ist. Vielleicht will er dich nur einschüchtern, um seinen alten Kumpeln auszuhelfen.«

»Mit der Aussage meines eigenen Schwiegersohns? Ich glaube nicht. Nein, Tooley hat nur getan, was er in so einem Fall tun muß. Er hat John überzeugt, seine eigenen Interessen zu wahren. Er ist noch jung. Er hat eine schwangere Frau. Dixon, kein Mensch hätte ihm empfohlen, Straffreiheit auszuschlagen. Kein Mensch«, wiederholte Stern mit einem vielsagenden Blick.
»Ich glaube es nicht, bevor ich es nicht von John selbst höre.«
Dixon hob das Kinn und sog an seiner Zigarette. »Es gibt tausend Gründe, warum ich diese Orders plaziert haben kann.«
Stern wußte, daß Dixon eine Weile verstummen würde, wenn er ihn aufforderte, auch nur ein paar davon zu nennen.
»Außerdem«, sagte Dixon, »hast du mir doch erklärt, sie müssen mir erst nachweisen, daß ich damit Geld verdient habe. Du hast gesagt, die Gewinne seien auf dieses Konto verschoben worden – wie heißt es doch gleich?«
»Wunderkind.«
»Die finden doch die Unterlagen nie«, sagte Dixon.
»Ich glaube, sie haben sie bereits gefunden«, erwiderte Stern.
Dixon sprang unvermittelt auf. Er zog seine Hose zurecht und ging hinter Sterns Schreibtisch, um den Safe zu kontrollieren, den Stern aus Gewohnheit als Fußstütze benutzte.
»Nein, haben sie nicht«, sagte Dixon. Er schüttelte den Kopf und lächelte gerissen.
Stern tastete auf seinem Schreibtisch nach der Vorladung. Dixon nahm sich Zeit zum Lesen. Als er fertig war, wirkte er reichlich ernüchtert.
»Wie haben sie rausgefunden, wo er ist?«
»Sie erzählen was anderes, aber ich habe den Verdacht, sie haben's so rausgefunden wie alles andere auch: über ihren Informanten. Vielleicht hast du es leichtfertig erwähnt.«
»Der einzige Mensch, der von der Zulieferung wußte, war Margy, weil sie den Scheck für die Spedition ausgestellt hat. Hab ich dir doch schon gesagt.«
Hatte er das gesagt? Wenn ja, hatte es Stern inzwischen vergessen. Dieses Detail war damals nicht wichtig erschienen. Dixon studierte wieder die Vorladung.

»Der Termin war ja heute«, stellte er staunend fest.
Stern beschrieb die Anhörung.
»Du läßt sie da doch nicht dran, oder?«
»Ich halte mich an jede Anweisung, die du mir erteilst, Dixon, vorausgesetzt, Marta und ich sind uns einig, daß sie legal ist.«
»Was willst du damit sagen?«
»Ich kann mich auf den Vertrauensschutz zwischen Anwalt und Mandanten berufen.«
»Und?«
»Ich bezweifle, daß ich über unsere Gespräche aussagen muß.«
»Was ist mit dem Safe?«
»Das ist eine komplexe juristische Frage, Dixon.«
»Aber?«
»Wenn alles ausgefochten ist, Dixon, meine ich, müssen wir ihn beibringen.«
Dixon pfiff durch die Zähne und zündete sich eine neue Zigarette an.
»Sieh mal, Stern, als ich ihn herschickte, hast du doch gesagt, daß ihn die Saukerle hier nicht schnappen können.«
»Ich hab nur gesagt, daß deine *Privatpapiere* hier sicherer wären.«
»Schön«, meinte Dixon, »ist alles privat, da ist nur lauter Privatkram drin.«
Stern schüttelte den Kopf.
»Wenn ich dir sage, es ist privat«, fuhr Dixon ihn jetzt an, »wie kommst du dazu zu behaupten, daß es nicht privat ist?«
»So nicht«, erwiderte Stern. Er würde nicht behaupten, derlei Tricks nie praktiziert zu haben, aber er gestattete sich seit vielen Jahren den Luxus eines ruhigen Gewissens und war nicht bereit, Dixons augenzwinkernder Komplize zu werden.
»Es ist absolut unvorstellbar, Dixon, daß firmeninterne Dokumente über das Wunderkind-Konto nicht der Firma gehören. Sie hätten schon letzte Woche von Margy vorgelegt werden müssen.«
»Ach, scheiß drauf«, sagte Dixon. Er stand auf und riß sich seinen Blazer mit den Goldknöpfen herunter. Er trug ein Hemd

mit dunklen Längsstreifen, welches so weit aufgeknöpft war, daß man seine weißen Brusthaare sehen konnte; und seine Arme waren kräftig und sonnengebräunt. »Geh mir aus dem Weg.« Dixon schritt um Sterns Schreibtisch herum, ging in die Hocke und wuchtete den Safe mehrere Zentimeter hoch. Dann versuchte er ihn wegzuschleppen.

»Dixon, diese Vorladung ist an mich gerichtet, nicht an dich, und ich muß ihr Folge leisten. Du darfst den Safe nicht aus diesen Räumen fortschaffen.«

Den Safe mit hängenden Armen zwischen den Knien, bewegte sich Dixon ächzend zur Tür, schaukelnd wie ein Affe.

»Dixon, du machst mich unmöglich.«

»Du mich auch.«

»Marta ist ziemlich schlau, Dixon. Viel schlauer als ich. Wir können noch Anträge stellen. Mit einer Berufung können wir uns die Staatsanwaltschaft monatelang vom Leib halten. Ich verspreche dir, wir wehren uns mit allen legalen Mitteln.«

»Und du wirst verlieren.« Er hatte kaum noch Luft, schaukelte aber trotzdem weiter. »Du hast mir doch schon gesagt, daß du nichts mehr auf der Pfanne hast.«

»Dixon, um Gottes willen. Das ist Wahnsinn. Du gehst davon aus«, sagte Stern, »daß die Staatsanwaltschaft keine andere Möglichkeit hat zu beweisen, daß du für das Konto verfügungsberechtigt warst.«

Dixon, der schon am Schreibtisch vorbei war, setzte den Safe ab und wandte sich um.

»Welche andere Beweismöglichkeit können sie denn haben?«

»Es muß noch andere Wege geben«, sagte Stern leise. Einen Augenblick lang hatte er mit dem Gedanken gespielt, den Scheck zu erwähnen, den Dixon zum Ausgleich des Sollstands auf dem Wunderkind-Konto ausgestellt hatte. Aber dieser Impuls war vorüber. An einem Abend im Wald hatte er ein unwiderrufliches Versprechen gegeben. Was auch immer inzwischen geschehen sein mochte, er würde sein Wort nicht brechen. Er konnte höchstens um den heißen Brei herumreden. »Dixon, das Kontoeröffnungsformular ist mit Sicherheit nicht die einzige Möglichkeit festzustellen, wer für das Konto zuständig war. Vielleicht weiß es John.«

Dixon starrte Stern verbissen schweigend an. Endlich schüttelte er ganz langsam den Kopf, eine Geste absoluter Verweigerung.

»Keine Chance«, sagte Dixon. Er ging wieder in die Knie und packte den Safe an beiden Seiten.

»Dixon, wenn ich ohne den Safe oder eine Erklärung für sein Verschwinden erscheine, verspreche ich dir, daß mich Richterin Winchell vom Marshal in Haft nehmen läßt.«

»Ach, die stecken doch dich nicht in den Knast. Die glauben doch alle, daß du auf dem Wasser wandelst.«

»Dixon, ich bestehe darauf.«

»Ich auch.«

»Dann muß ich als dein Anwalt zurücktreten.«

Dixon stutzte kurz.

»Dann tritt zurück«, sagte er schließlich. Er straffte die Schultern und hob den Safe mit einem geübten Stöhnen wieder an.

»Dixon, du begehst vor meinen Augen eine Straftat, die in die Zuständigkeit des Bundes fällt. Dazu noch eine, bei der du mich zum Komplizen machst. Du zwingst mich, die Staatsanwaltschaft zu benachrichtigen.«

Dixon, schon in der Nähe der Tür, blickte verstockt, finster und herausfordernd über die Schulter zurück.

»Dixon, es ist mir Ernst.« Stern griff zum Telefon und wählte die Nummer der Staatsanwaltschaft. Um diese Zeit ging vermutlich niemand ran. »Sonia Klonsky«, sagte Stern in den Apparat, während er es im Hörer weiter klingeln hörte.

An der Tür ließ Dixon den Safe fallen; er war rot im Gesicht und rang nach Atem. Als Stern den Hörer wieder auflegte, winkte Dixon angewidert ab. Er tat einen Schritt aus der Tür, kam dann zum Sofa zurück und stopfte seine Zigaretten und Schlüssel in eine Tasche seines Sportsakkos. Er drohte Stern mit dem Finger, hatte aber noch nicht genug Luft zum Reden und verließ ihn ohne ein weiteres Wort.

37

Stern hatte mit seinen Kindern einen Treff im *Bygone* vereinbart, einem dieser plüschigen Kettenrestaurants, die von der Muttergesellschaft in jeder größeren Stadt Amerikas in guten Lagen hingestellt wurden. Das Restaurant in Dallas glich dem in Kindle aufs Haar – die gleichen antiken gußeisernen Laternenpfähle, die gleichen originellen Glockengläser an der Bar und die gleichen Kätzchenbilder kleiner Mädchen unter Kunstharz in den Tischplatten. Das Restaurant stand auf einer Anhöhe über dem Autobahnkreuz am Flughafen Greater Kindle County. Im Verkehrsstau steckend, konnte Stern es schon aus mehreren Meilen Entfernung erkennen.

Der Flughafen war heute für Kindle County, was der Fluß vor einem Jahrhundert gewesen war, der Ort, wo sich Kommerz und Geschäftsleben zusammenballten. Große Bürogebäude – rhomboid mit spiegelnden Glasfassaden – erhoben sich, wo vor fünfzehn Jahren noch Heuwiesen gewesen waren; gigantische Lagerhäuser mit Wellblechtoren und verschiedene Hotelkettenfilialen aus Betonfertigteilen säumten die Straße, und der Highway war überall bepflastert mit Projekttafeln für Bauvorhaben, die bis zum Ende des Jahrhunderts reichten. Zu allen Tageszeiten herrschte dichter Verkehr. Stern, der immer wieder in einen Stau geriet, schaltete in seinem Cadillac das Radio aus, um seinen diversen Gedanken über Dixon nachhängen zu können.

Vielleicht, überlegte Stern, indem er bis zu den Wurzeln seiner Probleme zurückging, hätte Silvia Dixon nicht so unwiderstehlich gefunden, wenn sie sich unmittelbar nach Mutters Tod sicherer gefühlt hätte. Stern hatte sein Bestes gegeben und für sie und sich selbst ordentlich geplant. Zur Geldbeschaffung hatte er einen Teil von Mutters Möbeln und zwei Ringe veräußert, und im Herbst darauf hatten die verwaisten Sterns Zuflucht in Easton University gefunden, diesem pastoralen Mittelpunkt anspruchsvoller Hochschulbildung des Mittleren Westens. Silvia, die sehr begabt war und wie ihr Bruder ihren

Mitschülern einiges voraus hatte, schrieb sich mit einem Vollstipendium am College ein; er selbst nahm als ehemaliger Soldat ein staatlich gefördertes Jurastudium auf. Aus Geldnot und Pietät lebte Stern weiter in Mutters Wohnung in DuSable und nahm jeden Morgen den Zug zur Universität, während Silvia bald im Wohnheim einer Studentenverbindung unterkam.
Zur Finanzierung klapperte Stern wieder die Punchboard-Route ab, wie er es schon während seiner Collegezeit für Milkie getan hatte, einen verschwitzten Geschäftemacher mit Augenklappe, der zu beinahe jeder Jahreszeit im ärmellosen Unterhemd herumlief. Punchboards waren die Kundenattraktion von Kleinstadtkrämern; für ein Zehncentstück durften die Kunden dort gerollte Lose aus der Lotterietafel ziehen, auf denen dann ein Witz oder viel seltener die Mitteilung zu lesen war, daß sie eine Waschmaschine oder ein Fernsehgerät gewonnen hatten. Freitag früh belud Stern einen von Milkies altersschwachen Lastwagen mit neuen Punchboards und den Gewinnen der Vorwoche und zuckelte dann im vierten Gang über die Prärie-highways, um die Kleinstadtläden anzufahren, die Gewinne abzuliefern und mit den Krämern abzurechnen. Wenn er dann Sonntag abends nach Kindle zurückkam, war Silvia schon mit dem Zug zu Mutters Wohnung gefahren und machte das Abendessen. Das waren lohnende, frohe Momente, wenn er mit dem Staub mehrerer Bundesstaaten auf dem Anzug heimkam, und er freute sich immer schon auf die Gesellschaft seiner Schwester, auf die wenigen Stunden Familienleben zu zweit.
Eines Sonntagabends kam er zur Tür herein und fand Silvia am Eßzimmertisch mit Dixon Hartnell, der immer noch Uniform trug. Im Urlaub auf der Durchreise, hatte er Sterns Adresse ermittelt, und Silvia hatte ihn hereingebeten. Sie behauptete, Dixons Name sei ihr geläufig gewesen, aber ganz traute er dem Frieden nicht. Silvia schwärmte für Sterns sämtliche Jurakommilitonen, und vom ersten Augenblick an merkte man, daß sich diese beiden schönen jungen Menschen ineinander verguckt hatten.
Stern war natürlich entsetzt, einen längst vergessenen Dixon

neben seiner teuren Schwester sitzen zu sehen. Er wirkte immer noch so aufdringlich glatt wie ein billiger Anzug, und weil er in Korea im Feuer gelegen und das Kommando über andere gehabt hatte, war er eher noch dreister geworden. Stern ging zurückhaltend mit ihm um und verabschiedete ihn nach dem Abendessen, ziemlich gewiß, daß man ihn nie wiedersehen würde.

Dixons Briefwechsel mit Silvia fing recht harmlos mit einem Dankesschreiben für dieses Dinner an. Stern kam gar nicht auf die Idee, ihr nahezulegen, nicht zu antworten. Acht Monate später, als Dixon wieder auftauchte, abgemustert und an der Universität immatrikuliert, war eine Romanze daraus geworden. Stern war nie Silvias strenger Erzieher gewesen und wußte jetzt nicht so recht, wie er dieser katastrophalen Beziehung Einhalt gebieten sollte, obwohl sich jedesmal alles in ihm vor Mißbilligung sträubte, wenn die beiden in seiner Gegenwart zusammensaßen und er kaum ein Wort an Dixon richtete. Die Krise wurde schließlich nach Silvias erstem Studienjahr akut. Er verbot ihr, zur Universität zu wechseln, wo sie mit Dixon zusammensein wollte. Sie gehorchte mit typisch stummer Leidensmiene, aber drei Monate später machten die beiden Heiratspläne. Silvia und Dixon konterten jeden zornigen Einwand Sterns: Dixon werde eben zum mosaischen Glauben übertreten; Silvia könne auf dem College bleiben; und Dixon, dem sein Studium ohnehin gleichgültig war, werde dieses abbrechen und einen Job bei einem Börsenmakler annehmen. Stern machte seiner langen stummen Dulderqual Luft, indem er Dixon beschimpfte: Er sei eine Krämerseele, ein Falschspieler, ein Blender. Die beiden wurden in ihrem Entschluß nicht wankend. Eines Sonntags tauchte Dixon beim Abendessen auf und bat Stern, der Hochzeit beizuwohnen; er sei als Brautvater und Trauzeuge vorgesehen. »Ohne dich können wir das doch nicht machen«, bettelte Dixon. »Mehr Familie haben wir doch beide nicht.«

Als Dixon seinen Kurs beim Rabbi absolviert hatte, wurden Silvia und er unter einem Baldachin getraut. Stern stand unmittelbar hinter dem Brautpaar. Mitten in der Zeremonie begann er zu weinen und konnte nicht mehr aufhören. So hatte er sich vor Dritten noch nie aufgeführt, und später passierte ihm das auch nie wieder, aber irgendwie hatte ihn seine Situation überwältigt: Er war vierundzwanzig und jetzt ganz allein. Seine Suche nach einer Frau, was für ihn nie bewußt Vorrang gehabt hatte, begann in diesem Augenblick.

Was Dixon und Silvia anging, ließ sich Jahre später nicht sagen, wer recht gehabt hatte und wer unrecht. Silvia genoß den Wohlstand, der sich mit der Zeit einstellte, und Dixons fast anbetende Verehrung, doch bisweilen hatte sie auch sehr zu leiden, besonders unter ihres Mannes Untreue. Angesichts der Vorgeschichte traute sie sich nie, sich bei Stern über Dixon zu beklagen, außer damals, als sie Dixon den Stuhl vor die Tür gesetzt hatte. Stern war eines Abends nach Hause gekommen und hatte Silvia und Clara am Eßzimmertisch vorgefunden. Ein Sherryglas stand zwischen ihnen, und Claras warnendem Blick konnte er entnehmen, daß etwas vorgefallen war. Verweint und leicht angetrunken, wandte sich Silvia sogleich an ihren Bruder. »Und ich hab immer gemeint, es liege alles an seinem verzweifelten Kinderwunsch«, sagte sie und lieferte damit ihre eigene Beschönigung für Dixons Fremdgehen. Eine Unfruchtbarkeit, für die die Ärzte keine Erklärung hatten, war in jenen Jahren Silvias ganzer Kummer; sie redete oft mit Clara darüber, aber nur unter vier Augen, denn Dixon nahm es so schwer, daß er den Gedanken nicht ertragen hätte, daß Dritte davon wußten. »Aber er nutzt es aus«, sagte Silvia. »Das tut er schon immer. Mir war nicht einmal klar, daß er dem Rabbi was vorgemacht hat, bis er in der Hochzeitsnacht die Unterhose auszog.«

Diese Bemerkung schien zunächst völlig mysteriös und traf ihn dann tief. Die Enthüllungen schienen jedoch abzuperlen, nicht von Silvia, aber von Stern. Er erfuhr da etwas sehr Wichtiges, doch er konnte die Botschaft nicht lesen. Damals hatte er sich auf Dutzende sportlicher Konkurrenzen mit Dixon eingelassen, hatte mit ihm des öfteren in diversen Umkleideräumen gestanden. Dixon war nicht übermäßig schamhaft; die nackte Tatsache war klar ersichtlich. Er mußte sich gedacht haben, dieses jahrhundertealte Ritual sei unter Männern und Menschen von heute als brutal oder überholt zu betrachten. Doch wer hatte je genau gewußt, was Dixon dachte? Eines aber wohl nicht: daß Stern nicht merken würde, daß Dixon sich nicht hatte beschneiden lassen.

Auf einer Kiefernholzbank an der Tür – das Restaurant war wie eine Kellerbar eingerichtet – warteten Sterns Töchter, tranken Limonade und waren ganz in ihr Gespräch vertieft. Stern nahm Kate in die Arme.

Als sie an einem Tisch Platz genommen hatten, entschuldigte Marta Peter. Er habe seine Abendvisite nicht abgeben können.

»Und wo ist John?«

Kates dunkle Augen schweiften schnell zu ihrer Schwester. Offenbar hatten sie sich abgesprochen.

»Bei seinem Anwalt«, sagte Kate. »Du weißt ja, wo. Sie lassen ihn den ganzen Abend lang Papiere sichten.« Marta hatte Kate anscheinend zugeredet, die Dinge beim Namen zu nennen, doch das Thema machte sie stumm und niedergeschlagen.

»Eine absolut beschissene Situation«, sagte Marta in einem Ton, in dem so gut wie keine Schuldzuweisung enthalten war. Viele Einzelheiten kannte sie schon von Stern, hatte aber im Laufe des Tages von Kate offenbar noch mehr erfahren.

»Wenn sich das nicht bald löst, gebe ich den Fall ab«, verkündete Stern. Marta wußte das schon, aber er wiederholte es für Kate. Ihr Anblick hatte seinen Entschluß bekräftigt. Er faßte nach Kates Hand, die neben ihm auf dem Tisch lag. Mit Tränen in den Augen fiel sie ihrem Vater plötzlich um den Hals und legte im Schutz der Sitzecke das Gesicht an seine Schulter.

Nach kurzer Debatte, ob Stern oder Kate Marta zum Flughafen bringen sollte, einigten sie sich, gemeinsam in Sterns Cadillac hinzufahren. Vor den Metalldetektoren verabschiedeten sie sich von Marta, und Stern fuhr zurück, um Kate an ihrem Auto abzusetzen. Der Parkplatz vom *Bygone* war auf dem Dach und bot einen eindrucksvollen Blick auf Flughafen, Highways, Hügel und auf den violetten Himmel, aus dem das letzte Licht entschwand. Kate küßte rasch ihren Vater und stieg aus, doch Stern, der nicht alles gesagt zu haben meinte, stieg ebenfalls aus und rief hinter ihr her. Er spurtete ein paar Schritte, holte sie ein und faßte sie an der Hand.

»Diese Geschichte mit deinem Onkel, Kate – John hat keine Schuld. Wenn es ihn irgendwie tröstet, sag ihm, daß das von mir kommt.«

Kate antwortete nicht. Sie wich mit dem Blick überallhin aus und begann aus unerfindlichen Gründen mit dem Fuß zu wippen. Stern hatte den Eindruck, sie werde gleich losweinen. Sie kramte in ihrer Handtasche. Erst als im Dunkeln das Feuerzeug aufflammte, erkannte er, was sie da machte.

»Katy! Du rauchst?«

»Ach Daddy.« Sie wich seinem Blick wieder aus.

»Wie lange geht das schon?«

»Schon immer, Daddy. Nur ein bißchen paffen. Seit dem College. Den Prüfungen und dem Streß. Es ist schlecht für das Baby. Ich muß damit aufhören«, sagte sie, inhalierte aber dann tief und hob das Gesicht in den Rauchring, den sie von sich blies.

»Kate, ich weiß, daß das alles sehr schwer für dich ist.«

Sie gab einen Ton von sich, fast ein Auflachen, ein wenig abfällig.

»Daddy, ich wünschte, du wärst nicht so leicht schockiert.« Sie sprach fast ungehalten, sagte danach aber nichts mehr, und beide schwiegen. Sie zog noch einmal an der Zigarette; im Dunkeln sah Stern den Stummel fallen, die Glut hinunterkreiseln und auf dem Boden in drei Teile zerplatzen. Sie nahm sich viel Zeit, die Glut auszutreten, indem sie den Schuh mehrmals knirschend drehte. »Daddy, schau, wir stehen das schon durch. Wir müssen.«

Einen halben Kopf größer als er, schmiegte sie ihre weiche Wange an seine und ging dann mit klackenden Bleistiftabsätzen und klirrendem Schlüsselbund zu ihrem Auto. Er blieb auf dem spärlich beleuchteten Parkdeck stehen und sah zu, wie sie mit Schwung in der Parklücke zurückstieß und dann mit einem Kavaliersstart losfuhr, eine geisterhaft dunkle Auspuffwolke hinter sich lassend.

Wer war das, fragte er sich, diese Frau? Ausgerechnet das Bild, wie sie ihre Zigarette ausgedrückt hatte, blieb in ihm haften, wie ihre Schuhspitze überlaut auf dem Asphalt geknirscht hatte. Eine gewisse finstere Entschlossenheit lag darin, von der er nie sicher gewesen war, ob sie sie in sich hatte. Er hatte beide vor Augen, die Kate von heute abend und die neulich im Stadion, und plötzlich erkannte er ziemlich klar, was mit Kate los war. Wie sie flüsterte. Mit John tuschelte. Sie war ein Mensch mit Geheimnissen, mit einem geheimen Leben. Und das größte Geheimnis war vielleicht, daß sie jemand ganz anderes war – jemand anderes als das schöne Unschuldslamm, das ihre Eltern sich wünschten oder ihr zu sein gestatteten. Sterns tiefster Eindruck, sie sei ihrer Tante sehr ähnlich – wie Silvia anmutig, fähig, gütig, nehme sich aber bewußt selbst zurück –, war ja bloß der Eindruck, den zu machen ihr am leichtesten fiel, mit dem sie alle hinters Licht führen konnte, ohne Spuren zu legen. Wer war sie wirklich? fragte er sich wieder. Da stand er in der milden Sommernacht und wandte sich zu der Stelle, wo sie eben noch gewesen war, doch sogar die dunkle Auspuffwolke hatte sich verzogen.

Stern fuhr langsam heim. Als er sich dem dunklen Haus näherte, war er sehr angespannt. Hätte er in diesem Moment woanders hingekonnt, wäre er vielleicht nicht hineingegangen. Die Wochen, ja Monate, die er im Banne verschiedener Frauen und des Betäubungsmittels Sexualität verbracht hatte, waren zwar nicht zu Ende, aber zumindest heute abend unterbrochen. Ohne das kam er sich irgendwie mehr wie er selbst vor, unerschütterlich wie ein Stein. Wie er bereits geahnt hatte, war das große Haus so gänzlich leer, wie es vorigen Abend voll vom Geist der Einmischung gewesen war. Heute war er allein. Um ihn herum wuchs das Schweigen mit der Gewalt einer unberechenbaren Kraft; er fühlte, wie er in dem unbewohnten Raum irgendwie schrumpfte. Er stand in der geplättelten Eingangshalle, wo er sich unweigerlich auf sich selbst einzustimmen schien, und es wurde ihm ganz deutlich, daß sein Leben ohne Clara weitergegangen war. Die Vorstellung war absurd; was er wirklich meinte, ließ sich einfach nicht ausdrücken. Auf der einen Ebene war ihm die Tatsache als solche bereits vor Monaten in dem Augenblick klar gewesen, als er hier gestanden hatte, weiß vor Panik, aber immer noch fähig, Luft zu holen. Doch schien ihm, daß er es erst in diesem Moment wirklich glaubte. Denn jetzt spürte er es wieder, sein eigenes Leben, diesen besonderen Strang aus dem komplizierten Gewirr von Gemeinsamkeiten, die er und seine Frau geschaffen und miteinander geteilt hatten. Es war wie Elektrikerarbeit, die Suche nach dem stromführenden Draht – so spürte er das Summen seiner eigenartigen Einzelexistenz, die mit dem hartnäckigen unmusikalischen Rhythmus eines schlagenden Herzens weitergegangen war, seines eigenen Herzens, das einfach weiterstolperte. Er war in sich, weder froh noch verbittert, doch dieser Tatsache bewußt. Sein Verstand schaltete dann irgendwie auf Helen, und er schloß die Augen und schüttelte ein bißchen den Kopf, erfüllt von Bedauern.

In dieser Nacht schlief er wieder in dem Bett, das er mit Clara geteilt hatte – einen festen, traumlosen, allerdings kurzen Schlaf. Um sechs war er wach und saß nach alter Gewohnheit bereits um sieben an seinem Schreibtisch. Er ging Stöße von Post durch, die seit Wochen ungelesen dalagen. Er fühlte sich im Innersten ruhig, zielbewußt. Aber irgendwas im Büro stimmte nicht. Er brauchte mindestens eine Stunde, bevor er dahinterkam.

Der Safe war weg.

38

»Das ist kein Spaß«, sagte Marta, als er sie am Freitag telefonisch in New York erreichte. »Sieh zu, daß du ihn zurückkriegst. Ich weiß nicht, wieviel davon unter das Anwaltsgeheimnis fällt, aber auch wenn du alle Einzelheiten erzählst, glaubt dir keiner, daß er das Ding einfach ohne deine Beihilfe mitgenommen hat. Du landest noch im Gefängnis.«

Stern brummte etwas in den Hörer. Martas Analyse war ziemlich deckungsgleich mit seiner.

»Mir wird angst«, sagte sie. »Ich glaube, du solltest dir einen richtigen Anwalt nehmen.«

»Du bist doch eine richtige Anwältin«, erwiderte Stern.

»Ich meine jemanden, der weiß, was er tut. Jemanden mit Erfahrung.«

Was für eine Erfahrung solle das sein? fragte Stern zurück. Es gebe, soweit er wisse, keine Strafverteidiger, die darauf spezialisiert seien, das Verschwinden entscheidenden Beweismaterials zu erklären.

»Sag ihm, er ist ein verdammtes Arschloch«, forderte ihn Marta gegen Ende des Gesprächs auf.

»Sofern ich ihn überhaupt telefonisch erreiche«, entgegnete Stern.

Dixon mied Stern bis Montag, aber als er ihn schließlich an der Strippe hatte, nachdem Stern Elise wiederholt bedrängt hatte, tat er unschuldig wie eine Jungfrau. »Melde es doch der Versicherung«, schlug Dixon vor. »Der Polizei auch. Da sind wichtige Sachen drin.« Während Stern stumm kochte, trieb sein Schwager sein unverschämtes Getue noch weiter. »Du lastest das doch nicht etwa mir an, oder?«

Stern bellte jetzt regelrecht gewaltbereit ins Telefon.

»Dixon, wenn du dich unbedingt mit grotesken Spielchen reinreiten willst, nur zu. Aber es geht um meinen Lebensunterhalt und meinen guten Ruf. Der Safe kommt sofort wieder hierher.« Er knallte den Hörer auf die Gabel.

Am nächsten Morgen betrat er hoffnungsvoll das Büro. Aber

der Safe war nicht da. Der Berberteppich, auf dem er wochenlang gestanden hatte, hatte nun permanente Vertiefungen von den vier schweren Füßen.
Vorübergehend hatte er in der letzten Woche sogar mit dem Gedanken gespielt, Dixon könnte gar nichts damit zu tun haben. Er sei am späten Abend in New York gewesen, behauptete Dixon. Seine Konferenz habe er wahrgenommen. Wie könne er da einen Safe geklaut haben? Aber wie stehe es mit dem Wartungspersonal, wollte er wissen, mit der nächtlichen Putzkolonne? Die hätten doch alle Schlüssel. Vielleicht sei einem von denen der Safe aufgefallen, nachdem er woanders stand, und er habe beschlossen, das Ding in der Hoffnung auf einen wirklich wertvollen Inhalt fortzuschleppen. Der Gedanke war zwar absurd, aber Dixon ritt darauf herum. Stern wollte letzte Zweifel ausräumen und erwähnte trotz einer inneren warnenden Stimme gegenüber Silvia am Mittwoch in ihrem täglichen Telefonat ganz beiläufig den Safe.
»Ach der«, sagte sie plötzlich irritiert. »Du glaubst es nicht, was sich hier abgespielt hat.« Und dann schilderte sie die Szene letzte Woche mit Dixon und dem Chauffeur Rory. Silvia, der die Zeitverschiebung noch zu schaffen gemacht hatte, war von den beiden Gestalten, die am begehbaren Wandschrank standen und sich stritten, offenbar aus tiefem Schlaf gerissen worden. Der Chauffeur hatte mit starkem deutschen Akzent Dixon gewarnt, er übernehme sich und solle ihm das Heben überlassen, während sich Silvia im Bett aufsetzte, die Decke an sich raffte und die beiden ansprach. Sie hätten sie aber fast völlig ignoriert, sagte sie. Dixon habe geflucht, getobt und sich zornig über Stern ausgelassen. Dann sei er zum Flughafen gerast, um sich ein Privatflugzeug zu mieten.
»Sender, was geht eigentlich zwischen euch beiden vor?«
Stern, der Silvia immer schon gut hatte hinhalten können, tat es auch jetzt. Eine geschäftliche Meinungsverschiedenheit, sagte er. Nach kurzem Nachdenken fügte er hinzu, sie lasse seinen Anruf Dixon gegenüber am besten unerwähnt. Seine Schwester war noch am Telefon, beunruhigt und verwirrt,

gefangen zwischen Nordpol und Südpol, zwischen den beiden Männern, die ihr Leben beherrschten. Als er den Hörer auflegte, bedauerte Stern erneut seine impulsive Frage. Erst jetzt wurde ihm bewußt, daß er sich, was diese Mitteilung seiner Schwester betraf, vermutlich nicht auf das Anwaltsgeheimnis berufen konnte. Er blieb sitzen und machte sich Vorwürfe, während er darüber nachsann, wie unsensibel das Recht gegenüber Familiengefühlen war. Im schlimmsten Falle hatte Stern die Wahl zwischen Pest und Cholera, wenn er vor die Grand Jury zitiert wurde: Er konnte Dixon belasten und damit Silvias Vertrauen mißbrauchen oder meineidig werden.
Was für ein Prozeß wurde Dixon womöglich gemacht, dachte Stern plötzlich. Zuerst würde der Ehemann von Sterns Tochter Dixon belasten, dann die Staatsanwaltschaft Stern höchstpersönlich als Zeugen aufrufen. Durch richterliche Anordnung gezwungen, müßte er aussagen, daß Dixon den Safe wegschleppen wollte und dieser kurz danach verschwunden war. Um Dixon den Gnadenstoß zu versetzen, konnte die Staatsanwaltschaft auch noch eine Ausnahme vom Recht der Ehefrau auf Aussageverweigerung beantragen, um Silvia zu zwingen, ebenfalls über den Safe auszusagen. Wie würde Stan Sennett das genießen. Die Familie Stern komplett gegen Dixon Hartnell. Stern blickte aufs Telefon hinab und erschauerte. Mit der Aussage gegen einen eigenen Mandanten, einen x-beliebigen, würde er die Überzeugungen seines ganzen Lebens verleugnen müssen, erst recht mit der Aussage gegen Dixon, was immer er auch getan haben mochte.

Stern war im Kreisgericht großgeworden. In den schummrigen, von Schulneonröhren beleuchteten Fluren mit alter Wandvertäfelung, in die Hunderte von Teenagern ihre Initialen geschnitzt hatten, bei den taktierenden Originalen von Klienten, die fast rührend alle möglichen kostenlosen Anwaltsleistungen erheischten, hatte er sich wohl gefühlt. Eine Szenerie königlicher Charakterköpfe: Zeb Mayal, gewerbsmäßiger Kautionssteller und politischer Drahtzieher des Stadtbezirks, der bis Ende der sechziger Jahre ungeniert in einem der Gerichtssäle an einem Pult stand und jedem Beteiligten Anweisungen gab, darunter auch vielen zuständigen Richtern; Wally McTavish, stellvertretender Kreisstaatsanwalt, der sein Kreuzverhör von Angeklagten, denen die Todesstrafe drohte, damit zu beginnen pflegte, daß er dicht an sie heranschlich und »Pssst!« machte; und natürlich die Galgenvögel, die Gauner – beispielsweise Louie De Vivo, der sein eigenes Auto mit einer Zeitbombe hochjagte, um den Richter bei der Urteilsverkündung aus dem Konzept zu bringen. Lieber Gott, er hatte sie alle so gemocht, alle. Stern, ein gesetzter Mann von wenig Courage, wenn es um seine eigene Sache ging, schätzte wie ein Ästhet die Schurkerei, Verschlagenheit, ichbezogene Schläue so vieler dieser Personen, die es ihm ermöglichten, menschliches Fehlverhalten zu akzeptieren, weil es so verdammt kreativ war.

Die Bundesbezirksgerichte, in denen er nun sozusagen zu Hause war, waren ein anspruchsvollerer Ort. Dieses Forum bevorzugten Anwälte mit Prädikatsexamen und prominenten Mandanten, und es war eingestandenermaßen der bessere Ort, das Recht zu pflegen. Die Richter hatten Zeit und Interesse, die vorgelegten Schriftsätze auch zu lesen. Hier war es im Gegensatz zu den Kreisgerichten selten, daß Anwälte auf dem Flur aufeinander losgingen. Gerichtsschreiber und Marshals waren leutselig und, im stolzen Gegensatz zu ihren Kollegen vom Kreisgericht, unbestechlich. Doch Stern wurde nie das Gefühl los, ein Eindringling zu sein. Prominent war er auf der anderen Seite der Stadt geworden, indem er stets umsichtig blieb, fragwürdige Kungeleien auf dem Flur nach Kräften mied und mit der Zeit bewies, daß sich Können und Klugheit sogar in dieser Arena des Schlagrings durchsetzen konnten. Noch immer hatte er das Gefühl, daß er dorthin gehörte, wo wahre Anwälte seines Kalibers praktizierten – ins Kreisgerichtsgebäude von Kindle County mit seinen schmierigen Fluren und seinen anheimelnd kitschigen Rokokosäulen.

Daß er eine weitere Grenze für Einwanderer überwunden hatte – solche Gedanken kamen Stern in den müßigen Minuten vor

Beginn der Nachmittagsverhandlung in Moira Winchells Gerichtssaal. Remo Cavarelli saß eingeschüchtert und stumm neben Stern und knabberte ängstlich an seiner Oberlippe und seinem ungepflegten Schnauzbart. Remo war zwar aufgeregt, aber über dem Saal lag die nachsichtig schläfrige Stimmung des beginnenden Nachmittags. Richterin Winchell setzte wie ihre Kollegen für den Lunch eineinhalb Stunden an – Zeit genug für ein Mittagessen mit Wein, einen heimlichen Beischlaf, einen Dauerlauf für Sportler. Dann flog ohne Ankündigung die Tür auf, und Richterin Winchell kam aus ihrem Richterzimmer geschritten und ließ sich am Richtertisch nieder, während sich Stern, Appleton und Remo und ein paar ältliche Zuschauer respektvoll erhoben.
Wilbur, der Gerichtsschreiber mit der Leichenbittermiene, rief Remos Fall zur Verhandlung auf. Trotz Sterns wiederholten Beteuerungen, heute werde nichts wirklich Wichtiges passieren, spürte Stern, wie Remo neben ihm erschauerte. Wilbur wußte bereits, daß ein Vertagungsantrag gestellt werden würde, und hatte die Geschworenen gar nicht erst kommen lassen.
»Der Angeklagte ist prozeßbereit«, gab Stern zu Protokoll, sobald er vor dem Richtertisch angelangt war.
Staatsanwalt Appleton war es nicht, wie Stern wohl wußte. Er vertrat gerade die Anklage gegen einen Käufer von zwei Pfund Kokain vor Richter Horka und würde ungefähr noch eine Woche brauchen, bevor er an Remos Fall weitermachen konnte. Bei einem weniger umgänglichen Staatsanwalt als Moses hätte Stern vielleicht verärgert reagiert – schließlich gab es ein paar Häuser weiter noch fünfzig andere Staatsanwälte, die Anklage vertreten konnten –, doch er hörte sich Appletons Bitte um Vertagung schweigend an und ließ nur am Ende seines Vortrages ein formales »Einspruch« verlauten, das Richterin Winchell mit gespielter Gleichgültigkeit zur Kenntnis nahm wie ein Störgeräusch vom Flur.
»Wie ist es mit nächsten Donnerstag?« wollte die Richterin wissen. »Ich habe da eine Sache der Grand Jury, bei der ich vielleicht gebraucht werde, aber das ist alles.« Die Richterin

notierte etwas in ihrem Terminkalender und suchte mit ihren dunklen Augen Stern. »Mr. Stern«, sagte sie mit geübter Diskretion, »wie ich mich erinnere, sind Sie da ein wenig involviert. Haben die Parteien das Patt gelöst?«

»Bis jetzt noch nicht, Euer Ehren.«

»Ach«, sagte die Richterin. »Wie schade.« Die hoheitsvolle Art verbarg das Vorhersehbare nicht: Moira war ungehalten.

Klonsky hatte Stern heute morgen in aller Frühe angerufen.

»Können Sie mir die Nummer Ihrer Tochter in New York geben? Ich habe gedacht, wir reden besser miteinander. Sie stehen nächsten Donnerstag vor der Grand Jury.« Heute war Freitag.

Ihre Stimme weckte immer noch wilde Gefühle in ihm. Wie läuft es mit Ihrem Mann? wollte er fragen. Wie geht es Ihnen? Er las ihr Martas Nummer aus seinem Notizbuch vor.

»Hat die Staatsanwaltschaft sich die Sache vielleicht überlegt?«

»Wir schließen einen Kompromiß«, hatte Sonny gesagt. »Sie bringen den Safe herbei und dazu eine eidesstattliche Erklärung, daß darin alles noch genauso ist wie damals, als Sie ihn in Empfang nahmen, dann brauchen Sie nicht vor die Grand Jury.«

»Ich verstehe.« Die Staatsanwaltschaft würde wie üblich alles bekommen, was sie wollte, aber diese Mäßigung würde der Richterin gefallen.

»Ich halte das für fair, Sandy«, sagte Sonny. »Wirklich. Die Tatsache, daß der Safe bei Ihnen steht, fällt einfach nicht unter das Anwaltsgeheimnis. Wir wollen nur den Safe und die Sicherheit, daß wir alles haben, was drin war. Wir könnten das Ding holen, wenn er es in der Firma gelassen hätte, wo es hingehört. Wir dürfen nicht zulassen, daß jemand sich einer Vorladung *duces tecum* entzieht, indem er das, was wir suchen, bei seinem Anwalt unterstellt.«

Selbst wenn er den Safe gehabt hätte, hätte Stern vielleicht widersprochen, doch war es sinnlos, jetzt darüber zu streiten. Schon daß er das mit Sonny erörtern mußte, machte ihn todtraurig. Die Situation insgesamt war unmöglich – in jeder Hinsicht.

Stern rief Marta an, um die Mitteilung weiterzugeben, und formulierte dann auf ihre Anregung hin einen Antrag, sein Mandat als Dixons Anwalt niederlegen zu dürfen. Ein schlichter Schriftsatz mit der Feststellung, zwischen Anwalt und Mandanten bestünden unüberbrückbare Meinungsverschiedenheiten. Er schickte ihn durch Boten an Dixon, kurz bevor er wegging, um sich mit Remo zu treffen. In einer Begleitnotiz hieß es, er werde diesen Antrag nächsten Dienstag einbringen, sofern die Meinungsverschiedenheiten nicht unverzüglich beigelegt würden. Während der Vorermittlung vor der Grand Jury bedurfte es eines solchen Antrags gar nicht, aber Dixon würde das sicher nicht merken, und Marta war der Ansicht, für Richterin Winchell sei es die richtige Einstimmung.

Als er die Richterin jetzt beobachtete, während Appleton noch um Fristverlängerung bettelte, wurde ihm klar, daß gewisse Vorkehrungen angebracht waren. Wenn Stern den Kompromißvorschlag der Staatsanwaltschaft ablehnte, keinen eigenen machte und sich weigerte, den Safe herbeizubringen – wie er es jetzt vorhatte –, würde Moira scharf reagieren. Auf einmal fand Stern Martas Prophezeiung, er werde noch im Gefängnis landen, erstaunlich zutreffend.

Die Richterin ließ Moses elend zappeln, legte aber dann schließlich den Prozeßtermin für Remo auf die erste Augustwoche fest.

»Und Sie kümmern sich um die andere Sache, nicht wahr, Mr. Stern?« mahnte sie, als sie sich vom Richtertisch erhob. Von dieser erhabenen Position herunter zeigte sie das eisige Lächeln eines Menschen, der gewöhnt war, daß man ihm gehorcht.

Im Flur fing Remo gleich wieder mit Stern zu streiten an, sobald sie allein waren. Er war immer noch strikt gegen einen Prozeß.

»Wieviel mehr brummt sie mir auf, wenn ich's zum Prozeß kommen lasse?« fragte Remo. »Von diesem Weib«, sagte er, »könnte ich mir ein übles Ding einfangen.«

Stern trug Remo wieder das alte Lied vor: Werde er verurteilt, müsse er auf jeden Fall für länger in die Strafanstalt, ob er sich schuldig bekenne oder nicht. Doch die Beweislage spreche bei Berücksichtigung aller Faktoren eindeutig dafür, die Verhandlung zu riskieren.

»Ja, aber wieviel muß ich dafür blechen?« wollte Remo wissen. »Sie arbeiten doch nicht umsonst, oder?«

Das sei allerdings richtig, gab Stern zu.

»Na gut«, sagte Remo. »In Ordnung. Keiner arbeitet umsonst. Was wollen Sie also haben? Vielleicht fünf Lappen?« Als Stern zögerte, weiteten sich Remos dunkle Augen. »Mehr? Sehen Sie mal, ich hab in letzter Zeit ja nicht viel gemacht. Wissen Sie, seit ein paar Monaten ist da nicht viel gewesen.« Stern hatte keine Ahnung, ob sich Remo auf legale Unternehmungen bezog oder nicht, und er hatte aus langer Gewohnheit auch keine Lust zu fragen. Aus anderen Bemerkungen entnahm er, daß Remos Routinebeschäftigung sich derzeit darauf beschränkte, die sozialen Treffpunkte der Nachbarschaft aufzusuchen, wobei er ab elf Uhr morgens Aperitifs trank und in Hinterzimmern Karten spielte, das Geld mit großer Geste und italienischen Flüchen auf den Tisch werfend. »Wie stehen denn die Chancen? Wenn ich mich drauf einlasse?« dachte Remo laut nach. »Schon jetzt ist für meine Alte und den Jungen nichts da. Und wenn ich Ihnen fünf Lappen gebe?« Remo hatte die Honorarfrage mit sich geklärt. »Seh ich nicht ein. Nee«, sagte er und lächelte dann verstohlen. Er trat dicht an Stern heran und begann zu flüstern, wobei von seinem müßig verbrachten Vormittag noch ein Hauch von Fra Angelica oder einem anderen Aperitif herüberzog. »Freilich«, fügte er lebhaft mit einem amüsierten Blick hinzu, »wenn ich ein Ding für Sie drehen soll oder so was, würden wir vielleicht handelseinig. Sie verstehen schon.«

Stern sah Remo von der Seite an.

»Sie wissen ja, eine Hand wäscht die andere. Schauen Sie, nehmen Sie's mir nicht krumm. Vielleicht sind Sie gar nicht der Typ dafür.« Remo war nicht ganz sicher, ob er nicht zu weit gegangen war, oder wie er Sterns Ausdruck fast gebannter Konzentration deuten sollte. »Nehmen Sie's mir nicht krumm«, sagte Remo wieder. »Klar?«

39

Als Stern am Samstag nach Hause kam, war er auf einen weiteren trübseligen Abend gefaßt. Er gab allmählich alten Gewohnheiten nach und verbrachte wieder die Wochenenden in der Kanzlei in dem Versuch, den Berg unerledigter Dinge aus den letzten Monaten aufzuarbeiten. Er hatte morgens mit Silvia telefoniert und sich ganz unschuldig erkundigt, was die beiden am Wochenende vorhatten. Wie er Remo bereits prophezeit hatte, würden Silvia und Dixon beide Tage im Country Club verbringen. Ihre Einladung, sie zu begleiten, lehnte er ab; er müsse Prozeßakten durchsehen. Ein Rest von Ehrgefühl hielt ihn davon ab, genaueres über seine Pläne zu sagen. Außerdem war er sich noch gar nicht sicher, ob er wirklich den Nerv haben würde, sie auszuführen.

Angesichts der Öde in seinem Haus dachte er nun mit Bedauern an die Einladungen, die er im April und Mai ausgeschlagen hatte. Viele Leute glaubten jetzt, Helen habe vorrangig Anspruch auf seine Zeit. Er müßte Rauchsignale geben oder andere Zeichen, wie es ein Witwer tat, der bereit war, sich bei Tisch neben die altbackene unverheiratete Kusine plazieren zu lassen. Nicht gerade aufmunternd, aber immer noch besser als einsames Alleinsein. Er öffnete die Autotür und erinnerte sich plötzlich in einer schwindelnden Aufwallung, daß er vor zwei Wochen wirklich geglaubt hatte, er sei verliebt.

Ein Bein schon auf dem Boden, stockte er. Nate Cawley gärtnerte auf der anderen Seite der glatten Rasenfläche zwischen den beiden Häusern. An diesem milden Abend ohne Hemd, arbeitete Nate energisch mit dem Spaten zwischen seinen immergrünen Pflanzen. Etwas aus der Fassung gebracht, fragte sich Stern, ob er wirklich willens war, auch das noch durchzustehen. Doch die Bedenkzeit war rasch vorüber. Nate spürte Sterns Blick, Stern stieg aus dem Auto, und die beiden sahen einander über die kurze Entfernung an. Nach wenigen Schritten kamen sie auf dem Cawleyschen Grundstück zusammen.

»Ich dachte, vielleicht kann ich dich überreden, mir einen Drink zu machen«, sagte Nate. Unwillkürlich blickte er sich nach seinem Haus um, vermutlich nach Fiona. Er war in Schweiß gebadet. Gras und Erdbröckchen hingen in seiner Brustbehaarung; die Hände waren grau verkrustet von angetrockneter Gartenerde. Er faßte kurz Mut, Stern ins Gesicht zu sehen. »Fiona und ich hatten vor ein paar Abenden eine heftige Auseinandersetzung. Vielleicht sollten wir beide mal miteinander reden.«

»Selbstverständlich«, sagte Stern und mußte unwillkürlich schlucken. Das Herz rutschte ihm ein bißchen tiefer und blieb hängen. Noch tiefer hinunter wollten er und sein Herz nicht mehr. Alles, was jetzt kam, mußte in der momentanen Gemütsverfassung bewältigt werden.

Stern bat Nate durch die Haustür hinein und führte ihn nach hinten in den Wintergarten. Nate wollte eine kalorienarme Limonade – Stern erinnerte sich, daß Fiona etwas von Anonymen Alkoholikern gesagt hatte – und stand dann da, mit Blick auf den Garten, als Stern mit dem Glas zurückkam. Nate war ein Leichtgewicht, um Schultern und Rücken schmal. Seine verschmutzten Khakishorts hingen ihm sackartig unterm Gesäß, und er trug ein paar alte Turnschuhe ohne Socken. Bis auf die kleine Glatze wirkte er jungenhaft. Vielleicht war es das, was die Frauen so reizte.

Nate prostete ihm zu und holte tief Luft. Dann begann er zu reden: »Als erstes muß ich mich ganz fürchterlich bei dir entschuldigen.«

Vor Gericht hatte Stern gelernt, auf unsicherem Gelände so wenig wie möglich zu sagen. Er senkte jetzt das Kinn auf eine Art, die als Kopfnicken interpretiert werden konnte.

»Nach mehr als zwanzig Jahren hätte ich klüger sein müssen und Fiona nicht glauben dürfen. Sie spuckte Gift und Galle. Vermutlich hätte es ihr real nicht halb soviel Spaß gemacht, wie es sie freute, es mir stecken zu können.« Nate lächelte flüchtig. »Was war sie sauer, daß ich mit dir gesprochen habe. Was mir bloß einfiele.« Nate schüttelte in echter Verwunderung den Kopf. »Fiona ist einmalig«, meinte er.

Er hatte sich auf einen der weißen Korbstühle gesetzt, die um den Glastisch standen, an dem Stern und seine Kinder am Morgen vor der Beerdigung Karten gespielt hatten. Das Abendlicht, fast umbrafarben, fiel durch die breiten Fenstertüren des Wintergartens herein.

»Ich meine, es war mir gerade recht, denken zu können, daß zwischen euch was läuft. Es hätte mir alles in vielerlei Hinsicht erleichtert.« Er lachte, ein nervöses Kichern, und Stern erinnerte sich jetzt, es schon bei anderen Anlässen von ihm gehört zu haben. »Ich weiß, daß ich besser von dir hätte denken sollen, Sandy. Hätte ich das, wäre ich gleich draufgekommen, warum Fiona dich rüberbat, nachdem ich den Brief unter dem Medizinschrank gefunden hatte. Anstatt so einen Blödsinn zu glauben. Aber offen gestanden war mir sogar noch nach unserem Gespräch nicht klar, daß du dir alles so zusammengereimt hast. Ich hab damals geglaubt...« Nate hielt inne und verweilte kurz bei dem Gedanken, mit einem kurzen Lacher, anscheinend über sich selbst. »Na gut, ich hab es nicht geglaubt. Ich gehe davon aus, daß du Claras Tabletten bei ihren Sachen gefunden und dich bei jemandem erkundigt hast, wofür sie sind. Und als dir Fiona dann das Fläschchen gezeigt hat, hast du sozusagen zwei und zwei addiert. Sie hat mir gesagt, du hättest die Kapseln gezählt.« Nate blickte auf, offenbar Bestätigung erwartend, und lachte noch mal, als keine kam. »Sie hatte übrigens nicht die leiseste Ahnung, wie die Dinge wirklich lagen. Sie meinte, du glaubtest, ich hätte es.« Nate wies mit dem Daumen auf die eigene Brust und lächelte bei dem Gedanken. Natürlich genoß er die Vorstellung, wie Fiona danebengetippt hatte.

Stern lauschte diesem Monolog und verstand nur hin und wieder etwas. Aber irgendwann, während Nate weitersprach, stieg Fiona allmählich in seiner Achtung. Bei ihrer Richtigstellung hatte sie offenbar nichts von Sterns Annäherungsversuch erwähnt – und auch nicht, was sie alles miteinander besprochen hatten. Vielleicht paßte ihr das genausogut in den Kram. Doch alles in allem glaubte Stern, daß ihre Motive anständiger waren. Nachdem sie ihn erst verleumdet hatte, hatte sie sich entschieden, ihn nicht noch einmal anzuschwärzen, nicht einmal mit der Wahrheit. Eine anständige Geste – und das von Fiona. Manche Menschen, dachte Stern, konnten einen immer wieder überraschen.

»Also stammten die Kapseln, die Clara hier hatte, aus dem Fläschchen in deinem Medizinschrank?«

»Sicher«, erwiderte Nate. Er nickte zur Bekräftigung. »Sie wollte das Fläschchen um nichts in der Welt im Haus haben. Sie dachte, du würdest wissen, wofür die Pillen sind, oder nachfragen. Ich hab ihr das nie ausreden können.« Nate schüttelte niedergeschlagen den Kopf. »Ich mußte alles für sie machen, außer die Pillen selber einnehmen. Das Rezept ausschreiben, das Fläschchen verwahren, ihr jeden Morgen die Tagesdosis bringen. Verdammt, ich mußte ihr sogar versprechen, daß ich das Rezept auf meinen Namen ausschreibe.« Nate lächelte sanft und sah Stern dann ins Gesicht. »Clara war nichts wichtiger, als sicherzugehen, daß du nichts merkst.« Er wartete kurz, um das wirken zu lassen. »Hinterher«, sagte Nate, »nachdem es passiert war, meinte ich, daß ich es vielleicht besser für mich behalte. Aber als du dann aufgetaucht bist und Fragen zu der Rechnung gestellt hast, bin ich in Panik geraten.«

»Du wolltest ihr Andenken wahren«, vermutete Stern.

»Schön gesagt, Sandy. Aber du und ich, wir beide wissen, daß ich bloß meinen eigenen Arsch retten wollte.« Er beugte sich vor und sah weg. Auf dem Tisch neben ihm stand eine Reihe gerahmter Familienfotos. Die Gesichter der Kinder, als sie noch jünger gewesen waren, Claras und Sterns waren Zeugen.

»Sieh mal«, sagte Nate und blickte plötzlich wieder auf, »ich möchte nicht verklagt werden. Ich hab mich eben spontan entschieden, es dir zu sagen. Ich praktiziere jetzt seit zwanzig Jahren und bin einer der wenigen unter den mir bekannten Kollegen, der nicht die halbe Woche mit Rechtsanwälten und Gegendarstellungen zubringt. Ich glaube, daß das jetzt der schlimmste Zeitpunkt dafür wäre. Nachdem ich mit Fiona über Kreuz bin. Das letzte, was ich jetzt brauchen kann, ist, daß sich meine Haftpflichtprämie für Kunstfehler verdoppelt. Ich kann mir das nicht leisten, mit zwei studierenden Kindern, ganz zu schweigen vom Unterhalt für Fiona. Und außerdem würde es mich fertigmachen, mit Patienten spinnefeind zu sein. Ich weiß schon, daß wir nun mal in so einer Welt leben. Die Patientin ist gestorben, der Arzt hat sie falsch behandelt. Oder wie sagt ihr Juristen doch gleich? Die Sache spricht für sich. Ich hab sehr wohl gehört, was du da neulich gesagt hast: Einen großen Scheck für Claras Nachlaß. Ich konnte dir sehr gut folgen, glaub mir. Das sind doch dann die Kläger? Die Nachlaßverwalter? Sicher ist damit ein Haufen Geld zu machen. Aber ich wollte wenigstens versuchen, es dir zu erklären, weil es das letztemal, als wir miteinander geredet haben, so beschissen gelaufen ist. Vielleicht überlegst du's dir anders.«

Stern, dem Nate für einen Moment völlig abhanden gekommen war, wie ein Flugzeug vom Radarschirm, fiel es plötzlich wie Schuppen von den Augen. Nate war Claras Arzt gewesen. Ihr Hausarzt. Sonst nichts. Stern öffnete den Mund, um etwas zu sagen, aber Nate sprach mit gesenktem Kopf weiter.

»Ich will nicht tun, als würde ich mit so einer Situation heute genauso umgehen. Ich habe Rückschau gehalten und erkenne heute, daß da hundert verschiedene Dinge waren, die ich hätte tun können. Rückblickend meine ich, ich hätte unbedingt einen Psychiater zuziehen müssen. Das ist offensichtlich. Vielleicht hätte ich auch dir Bescheid sagen sollen. Aber ich wollte ihr Vertrauen wahren.«

»Nate«, sagte Stern leise, »bei unserem letzten Gespräch war ich außer mir. Es wird keinen Prozeß darüber geben, wie du Clara behandelt hast.«

»Nein?« Nate brauchte einen Moment, um das zu verarbeiten. »Das erleichtert mich ungemein.«

Die beiden Männer sahen einander an. Nate, dem von der Klimaanlage im Haus kalt geworden war, rieb sich die Arme.

»Sie hat zu dir darüber gesprochen, nehme ich an?« fragte Stern. »Sich das Leben zu nehmen?«

»Hat sie«, sagte Nate. »Sie sprach auf eine besondere Art darüber.« Nate setzte sich zurecht, sah vor sich hin und versuchte sich zu erinnern. »Sie sagte, sie wolle den Lärm abschalten. Etwas in der Art. Weißt du, sie hat sich nicht immer so gehenlassen, aber über sieben Jahre, wenn es wieder schlimmer wurde, bekam ich es manchmal zu hören. Und ich kann nicht so tun, als hätte ich sie nicht ernst genommen.«

Einen Augenblick war er wie betäubt; der Ton blieb weg, die Zeit stand still. »*Sieben Jahre*« hatte der Mann da gesagt. Unter sich blickend, bemerkte Stern, daß er sich irgendwann auf einen Stuhl gesetzt hatte.

»Sieben Jahre, Nate?«

»Lieber Gott... ich hatte angenommen...« Nate stockte. »Na ja, woher solltest du es auch wissen?« fragte er sich selbst. »Sandy, das war keine Neuerkrankung. Es war ein Rückfall.«

»Ein Rückfall?«

»Versteh doch, sie war nicht frisch angesteckt. Diese Krankheit kommt bei manchen Leuten wieder. In etwa zwei Drittel aller Fälle. Normalerweise läuft das ein paar Jahre. Es wird immer besser, und zum Schluß verschwindet es. Aber manchmal, recht selten, kann man nach Jahren schwere Rückfälle bekommen. Und das ist Clara passiert. Das erstemal habe ich sie vor etwa sieben Jahren behandelt. Ich hab wirklich gedacht, daß das, was jetzt geschehen ist, damals schon geschehen würde. Ungefähr das einzige, was sie abhielt aufzugeben, war, daß du nicht da warst.«

»Ich war nicht da,« fragte Stern. »Wo soll ich denn gewesen sein?«

»In Kansas City, wenn ich mich recht erinnere«, sagte Nate. »Irgendein Prozeß.«

»O Gott, ja.« Das tat weh. Der beschämendste Moment seines Lebens, und er saß da auf seinem Korbstuhl, hatte die Augen geschlossen und dankte Gott. Vor sieben Jahren immerhin. Das wenigstens konnte er annäherungsweise begreifen. Dann aber fiel ihm etwas anderes ein: »Aber Nate, was war denn nach all dieser Zeit noch zu verbergen?«

»Sandy, ich glaube, in ihren Augen wurde es dadurch noch schlimmer. Weil sie so lange nichts gesagt hatte. Sie schien irgendwie zu glauben, das sei ein zusätzlicher Betrug. Und je mehr Abstand sie bekam, desto weniger konnte sie ihr eigenes Verhalten akzeptieren. Sie begriff nicht mehr, was sie sich damals dabei gedacht hatte. Es war ein alter, furchtbarer Fehltritt, von dem sie nicht loskam. Und ich wußte nicht mehr, was ich ihr noch sagen sollte.«

»Meinst du als Arzt, Nate? Gab es keine Antworten?«

»Du mußt das als Ganzes verstehen.« Nate blickte in sein Glas. »Sie war jahrelang mit Acyclovir behandelt worden. Am Anfang hat sie das gerettet. Ich meine das wörtlich. Damit bekamen wir die Sache schlichtweg in den Griff. Sie nahm es sechs Monate zur Prophylaxe. Doch das Mittel ist so toxisch, daß davor gewarnt wird, es länger zu nehmen. Schließlich hatte sie Rückfälle. Zwei ganz kleine, etwa zwei, drei Jahre auseinanderliegend. Aber mit dem Mittel...« Nate schnippte mit den Fingern. »Wir verschrieben es ihr wieder, und dann war sie fünf Tage nach der akuten Phase so gut wie neu. Ich meine, für sie war es ein ständiger Anlaß zur Sorge. Das leiseste Anzeichen, und sie saß bei mir in der Praxis. Ich hab mindestens dreimal jährlich Testkulturen anlegen lassen. Aber weißt du, wir hatten es im Griff. So gut wie. Wenigstens glaubte ich das.« Nate hatte beide Hände erhoben, schnitt eine Grimasse und ließ sie fallen.

»Etwa sechs Wochen vor ihrem Tod wurde es wieder akut. Sie nahm ihre Tabletten. Und die halfen nicht. Sie hatte einen vollen akuten Verlauf. Wir erleben das immer wieder bei

anderen Viren oder Bakterien – eine Art Selbstmutation, und man bekommt einen resistenten Stamm. Sie hatte ein paar schlimme Wochen. Und dann kam es noch mal. Ich konsultierte jeden, den ich kenne, aber es war so verdammt ungewöhnlich, und der Virus ist ohnehin schon unberechenbar. Und da hat sie dann schon ziemlich ernsthaft von dem gesprochen, was sie schließlich getan hat. Ich konnte zusehen, wie sie sich aufgab. Einmal habe ich etwas fallenlassen, als würde ich nur so laut vor mich hin denken, einer von uns sollte mit dir reden, und ich dachte, gleich springt sie aus dem Fenster. Kein Gedanke daran.« Er wiederholte die letzten Worte und schüttelte dabei wie schon mehrfach beim Sprechen den Kopf.
»Jedenfalls glaubte ich, ich hätte sie überredet, es noch mal mit den Medikamenten zu versuchen. Fünf Tage lang doppelte Dosis. War mir empfohlen worden. Aber da war dieser Ärztetag in Montreal. Um es kurz zu machen, ich bin hingefahren. Und hier mache ich mir wirklich Vorwürfe.« Nate saß fast völlig zusammengekauert auf seinem Korbstuhl und sah auf seine schmutzigen Hände. Hinter ihm, draußen vor den großen Terrassenfenstern, rötete sich der Abendhimmel, und die Sonne erstarb in roter Glut hinter dünnen Wolken. »Ich wußte, daß sie eine Krise hatte. Ich habe mit ihr über meine Reise gesprochen. Sie hätte sagen können, daß ich nicht fahren soll, doch Clara hätte so was nie verlangt. Du mußt wissen, sie versprach mir, keine Dummheiten zu machen. Ich hab ihr alle Kapseln gegeben, die sie brauchte, solange ich fort war – sie sagte, sie würde sie eben verstecken. Und außerdem«, fügte Nate hinzu, »hatte ich einen anderen Arzt zugezogen, der wußte, worum es ging, und ich hoffte, er würde sozusagen für mich aufpassen. Aber die Verantwortung lag bei mir. Wenn ich schon den Beichtvater gespielt hatte, mußte ich alle Eventualitäten berücksichtigen.«
»Nate, was ich dir in deinem Büro gesagt habe, war so gemeint. Da ist so viel Schuld, daß wir alle daran zu tragen haben. Du brauchst dich nicht anzuklagen. Das war deine Entscheidung als Arzt.«

»Nein, war es nicht.« Nate leerte sein Glas und sah Stern ins Gesicht. »Ich hab Greta mitgenommen. Heimlich. Wir hatten das schon lange vor. Und ich habe mich darauf gefreut«, sagte Nate sehr ernst. Greta, wurde Stern klar, war Nates Sprechstundenhilfe, die glatte Schönheit mit dem strahlenden Lächeln vom Videoband. »Bist du immer noch sicher, daß du mich nicht verklagen willst?«

»Ja«, erwiderte Stern.

»Ach, verdammt«, sagte Nate. »Und da war ich nun in Montreal, lag mit diesem Mädchen im Bett, und dann klingelte das Telefon, und Fiona ist dran und heult Rotz und Wasser. Ich denke, sie ist wieder mal voll, und plötzlich begreife ich, daß sie von Clara redet. Lieber Gott, was mir da durch den Kopf geschossen ist. Ich hab dann bloß noch gedacht, wenn das jemals rauskommt – daß ich diese gefährdete Patientin im Stich gelassen hatte, damit ich ein bißchen Französisch parlieren und meine Geliebte vögeln kann...« Nate sah Stern an. »Ich wollte, ich hätte dir das nie sagen müssen.«

»Jetzt hast du's gesagt«, konstatierte Stern.

»Ja, und wie.«

Die beiden Männer hingen schweigend ihren Gedanken nach.

»Und was ist mit Fiona herausgekommen?« fragte Stern.

»Der Geist geht nicht wieder in die Flasche zurück. Wir haben uns jeder gleich einen Anwalt genommen. Wir verkaufen das Haus. Im Moment wohnen wir beide da und reden nicht miteinander. Ein ziemlicher Mist.«

»Tut mir ehrlich leid, Nate.«

»Ja, ich würde sagen, unsere Ehe ist eines natürlichen Todes gestorben. Ich glaube, ich liebe dieses Mädchen, Sandy. Natürlich habe ich immer alle lieben wollen. Ich bin wie der Typ in dem Lied, der stets woanders sucht. Aber ich denk, jetzt ist es wahr. Also probier ich's noch mal von vorn. Schlimmer kann es nicht werden.«

»Wie hat Fiona reagiert?«

»Na, sie wird mich finanziell zugrunde richten. Sie hat mir das immer schon angedroht, und Fiona wird Wort halten, muß ich

leider sagen. Die Beweise hat sie ja wohl in der Hand. Vielen Dank übrigens für die Vorwarnung.« Er sah zu Stern auf. »Schon verdammt peinlich«, sagte er. »Mein Anwalt erklärte mir, daß ich, wenn ich wirklich so dringend rauswollte, mir mit einem kleinen Brief eine Menge Geld hätte sparen können.«
Stern vermochte darauf nur mit der Schulter zu zucken. Er konnte es Nate allerdings nachempfinden, wenn er sich vorstellte, wie der sich das Video ansah und merkte, welche Wunden er geschlagen hatte. Es lag wahrlich nicht in Nates Charakter, jemandem Schmerz zuzufügen. Seltsamerweise fühlte sich Stern mit ihm durch die Peinlichkeiten verbunden, die sie ungewollt voneinander wußten. Er wußte von Nates Schande, und Nate kannte die seine natürlich schon jahrelang.
»Alles in allem war Fiona sogar richtig munter. Weißt du, was sie gesagt hat? Das wird dich amüsieren. Sie hat gesagt, Männer fänden sie immer noch sehr attraktiv. Sie ist sicher, daß ihr sofort nach der Scheidung allerhand Kerle nachlaufen werden. Sie hat sogar deinen Namen erwähnt, nachdem sie mir gestanden hatte, was für Geschichten sie über dich erfunden hat. Kannst du das fassen?» Nate lachte, aber etwas in Sterns Blick ließ ihn abrupt aufhören. »Du kannst machen, was du willst, damit das klar ist.«
»Natürlich«, sagte Stern. Nicht mehr. Das verdarb zwar momentan die Stimmung, doch er fühlte sich verpflichtet, sich an keinen Verschwörungen gegen Fiona zu beteiligen. Sie hatten jetzt eine stille Absprache, und Stern hatte aus Nates Worten herausgehört, daß vielleicht sogar eine Aussprache zwischen ihm und Fiona fällig war. Wenn ja, war das seine eigene Schuld.
Stern geleitete Nate zur Tür. Als er wieder anfing, sich Vorwürfe zu machen, hob Stern abwehrend die Hand.
»Ich weiß, was es heißt, Verschwiegenheit zu bewahren, Nate. Clara hatte ein Geheimnis, und du warst verpflichtet, es nicht preiszugeben.«
Nate blieb stehen. Sein Verstand schien an etwas zu arbeiten. Stern fragte sich, ob da noch was war, das Nate ihm aus seinem

Rest an Pflichtgefühl gegenüber Clara nicht sagen wollte. Nate schien seine Gedanken zu lesen.

»Ich weiß nicht, wer es gewesen ist, Sandy, wenn du mich das fragen willst.«

Das kam so schroff, daß Sterns erste Reaktion war, jede Wißbegier in dieser Sache abzustreiten. Aber natürlich stimmte das nicht.

»Sie hat mir vor Jahren gesagt, daß die Person, wer auch immer, von dem Problem wisse. Das war das einzige, wonach zu fragen ich berechtigt war. Die Beziehung war bereits beendet, als sie zu mir kam.« Nate sah ihn hilflos an. »Ich nehme an, es war ein Mann. Aber heutzutage...« Er hob ratlos die Hand.

»Ja, natürlich«, sagte Stern. »Natürlich.« Diese Möglichkeit hatte Stern nur kurz erwogen und verwarf sie jetzt.

Sie schüttelten sich die Hände. Als Nate fort war, ging Stern in den Wintergarten zurück und betrachtete die gerahmten Familienfotos, die auf dem Spieltisch standen. Ganz hinten war ein Bild von Clara als sehr junge Frau. Sie war schlicht in eine weiße Bluse mit Faltenrock gekleidet und posierte in Pagenfrisur mit einer Hand auf dem Geländerpfosten der Haupttreppe der Villa Mittler. Ihr Lächeln wirkte aufgesetzt, eine Kerbe Hoffnung gegen tiefe Furchen des Mißmuts. Damals war die Welt im Krieg, und Clara Mittler schien schon mit dreizehn oder vierzehn Jahren ihre Zweifel an der Zukunft zu haben.

40

Wenn man die Sache ganz genau betrachtete, wie Stern es jetzt schon seit drei Tagen tat, war es kein Diebstahl. Jedenfalls juristisch nicht. Das fragliche Eigentum, der Safe, gehörte rein rechtlich in seinen und nicht in Dixons Besitz. Und das Risiko einer Strafverfolgung war so oder so gleich Null; weder Dixon noch Silvia würden Anzeige erstatten. Mit dieser Aktion schritt er nur zur Selbsthilfe. Er hatte Silvia ausgenutzt, als er

sie nach dem Safe gefragt hatte. Bezog er sie aber ein, wenn er sich den Safe zurückholte, kompromittierte er sie auf unverzeihliche Weise vor ihrem Mann, zumal Dixon eisern entschlossen war, vor der Staatsanwaltschaft nicht klein beizugeben. Die Lösung war drastisch und effektiv, und Dixon hatte sie angesichts seines eigenen Vorgehens vollauf verdient. Aber im Auto neben Remo nach der Abfahrt vom Highway, zwischen den bewaldeten Hügeln mit ihren kleinen Neubaugebieten und übriggebliebenen großen Landgütern dahinfahrend, bekam es Stern doch ziemlich mit der Angst – in den letzten zwanzig Jahren hatte er vor keiner Verhandlung vor Gericht derart Angst gehabt. Blase und Darm schienen kurz davor zu versagen, und im ganzen Oberkörper spürte er ein nervöses Zittern. Wenn nun plötzlich der kräftige deutsche Chauffeur auftauchte und handgreiflich wurde? Oder wenn die Polizei irgendwie Wind bekam und mit gezogenen Revolvern hereinstürmte? Schon ein dutzendmal hatte Stern sich in der Phantasie zusammen mit Remo schwerverwundet oder massakriert gesehen.
Remo saß fröhlich am Steuer seines alten Mercury. Er tat solche Arbeit gern. Er hatte Stern gedrängt, er solle ihn das allein machen lassen, aber das kam nicht in Frage. Wenn zufällig jemand auftauchte, war Stern in der Lage, wie peinlich es auch werden würde, sich wenigstens herauszureden, doch Remo allein konnte ernstlich in die Klemme geraten. So aber war das Risiko minimal, soweit sich das berechnen ließ. Die Hartnells würden im Country Club sein, Dixon bei einer späten Runde Golf und Silvia beim Sonnenbaden am Swimmingpool, und sonntagnachmittags würde niemand daheimbleiben. Koch und Hausdiener hatten beide ab zwei Uhr frei. Der Chauffeur war sicher beim Auto und vertrieb sich die Zeit hinter dem Clubhaus. Solange das Wetter schön blieb – und der Himmel war bei der Hinfahrt azurblau –, war der Plan einwandfrei.
Hinter dem Lenkrad rauchte Remo eine Zigarette und plauderte umgänglich.

»Brüche habe ich nicht viele gemacht«, sagte Remo. »Seit meiner Jugend nicht mehr. Zuwenig gute Leute, mit denen man arbeiten kann. Diese Einbrecher sind doch alle verrückt. Da war ein Ding, das vergesse ich nie. Als ich achtzehn, neunzehn war, hat mich einer zu einem Bruch mitgenommen, in eines dieser Häuser da unten am Fluß. Sie wissen schon, eine wirklich tolle Wohnung. Haben einfach die Tür ausgehebelt. Lieber Gott, was hatten diese Leute Sachen, echt schöne Sachen.« Remo hob die Hand an die Lippen und küßte zwei Fingerspitzen. »Wir haben bereits eingepackt, was wir brauchen können, und ich komme ins Wohnzimmer, und dieser Hirsch, Sangretti hieß er, sitzt da mit runtergelassenen Hosen und scheißt sich aus, mitten auf den Teppich. Ich frage, was das soll. Und wissen Sie, seither höre ich immer wieder, daß Einbrecher so was machen. Mitten hinein, was soll der Blödsinn?«
Stern, zu nervös für eine direkte Antwort, nickte nur und sah sich aus irgendeinem Grund zu der nochmaligen Erklärung genötigt, das hier sei aber kein Einbruch. Hier wohne seine Schwester; das Ganze sei eine Art Schabernack in der Familie. Remos Augen leuchteten ironisch auf. Beschönigungen brauchte er keine; er wußte, was Sache war. Immer wollte einer was haben und tat eben, was dafür nötig war. Remo gehörte zu den Gaunern, die davon überzeugt waren, auch nicht schlechter zu sein als andere Leute.
Stern, der Remos Ansichten spürte, hätte sich beinahe laut dagegen verwahrt. Er war keiner von den Winkeladvokaten am Kreisgericht mit Messerhaarschnitt, die nur für schwere Jungs tätig wurden und sich mit Kokain, gestohlenen Kunstgegenständen oder, wie in einem vor ein paar Jahren bekanntgewordenen Fall, mit einem Auftragsmord an der Ehefrau bezahlen ließen. Als junger Anwalt hatte er für Geld manchmal Sachen getan, die so widerlich waren, daß er sich heute nur ungern daran erinnerte. Doch einer seiner klarsten Charakterzüge als Anwalt war sein Bestreben, seinen Mandanten deutlich zu machen, daß er nicht in so trüben Gewässern fischte wie sie.

Wie fies diese Überzeugung und ihre zweifelhafte Grundlage waren, wurde ihm plötzlich mit beunruhigender Klarheit bewußt; wieder mal ein Einblick in etwas Abstoßendes in seinem Gemüt. Diese monatelange Selbstbetrachtung war ein bißchen wie ein Trip in eine Monstrositätenschau, wobei ihn die pure Häßlichkeit dessen, was er da fand, nie ganz am zwanghaften Hinsehen hinderte.

Auf Sterns Anweisung fuhr Remo den schmalen Waldweg hinunter, der an Dixons und Silvias Haus vorbeiführte. Unten lag das Haus, vor mehr als einem Jahrhundert aus Naturstein mit breiten Mauerfugen gebaut, davor eine Viertelmeile Rasen, nur von einem Tennisplatz mit Flutlicht unterbrochen. Hinter dem Haus glitzerte Lake Fowler, von Motorbooten und kleinen Segeljollen gesprenkelt.

»Hübsch«, bemerkte Remo. Er wendete das Auto und parkte es so, daß es teilweise im Gebüsch verschwand, das sommerlich üppig neben der Straße wucherte. Hineingehen würden sie auf dem langen Schotterweg, erläuterte Remo. Wenn sie den Safe hätten, werde einer das Auto holen. Man dürfe nämlich nie dort parken, erklärte ihm Remo, wo man leicht gestellt werden könne. Stern schluckte stumm diese Lektionen und konstatierte dabei, daß Remo offenbar keine seiner Zusicherungen, wie ungefährlich die Sache sei, für bare Münze nahm.

Sie gingen ums Haus herum zur Rückfront, wobei Remo das Gelände genau begutachtete. Ein paar größere Edeltannen wuchsen auf dem leicht abschüssigen Rasen, und die Luft, die vom klaren Wasser des Sees herüberstrich, roch irgendwie frischer. Hinter dem Patio hatten die Gärtner dieses Jahr leuchtende Sommerblumen gepflanzt, die meisten so exotisch, daß Stern ihre Namen nicht kannte. Er blickte hinunter zum See. Dort lagen das Bootshaus und ein Uferhäuschen, das Dixon winterfest gemacht hatte und in dem Sportgeräte aufbewahrt wurden. Letztes Jahr hatte er auch noch einen Swimmingpool ausheben lassen, und die lange Fläche blauen Wassers blinkte herauf. Nachdem Remo die verglaste Veranda in Augenschein genommen hatte, betrachtete er das große Haus von oben bis unten. Remos Blick folgend, sah Stern, daß Remo nicht die Architektur begutachtete, sondern die Licht- und Telefonleitungen. Er befragte Stern noch mal wegen des Alarmsystems. Remo hatte schon Hand an den blechernen Schaltkasten gelegt und langte in seiner Gesäßtasche nach Werkzeug. Er machte sich eine Weile zu schaffen und bewegte dann ein paar lose Drähte.

»Das war alles?« fragte Stern.

»Das war's.«

Remo trat durch die verglaste Veranda ein. Zwischen den anderen Werkzeugen in einer seiner Taschen hatte er auch einen Gummihammer stecken, verdeckt unter seinem weiten Velourshemd. Dazu trug er für seinen Tagesausflug zum Lake Fowler Bluejeans und Cowboystiefel. Stern dachte bei sich, er wirke doch sehr wie ein Einbrecher, kräftig, mit starken Armen und Säbelbeinen.

Bis Stern ihm auf die Veranda gefolgt war, hatte Remo bereits das Zylinderschloß der Hintertür abgedreht. Die Tür war zusätzlich durch eine Vorlegekette gesichert. Remo wollte wissen, ob er sie sprengen oder die Scheibe einschlagen solle. Er solle das machen, was echter wirke, antwortete Stern. Es mußte unbedingt wie ein Einbruch aussehen – nicht wegen Dixon, der würde schon wissen, was vorgegangen war –, aber wegen der anderen. Nach Entdeckung des Einbruchs würde die Polizei das Haus durchkämmen, dabei aber feststellen, daß nichts vermißt wurde. Nur Dixon würde am Ende merken, was verschwunden war, und er war mitnichten in der Lage, bei der Polizei den Verlust des Safes anzuzeigen, denn damit würde er eingestehen, daß er sich hier befunden hatte. Stern tat es leid, seine Schwester so beunruhigen zu müssen – er würde sie vielleicht irgendwie wissen lassen, daß er hinter der Sache steckte –, aber Dixons Verblüffung wollte er genießen. Dixon würde weiß im Gesicht werden, völlig außer sich vor Zorn. Wie er so im Schatten der Veranda stand, lachte sich Stern schon beim Gedanken daran ins Fäustchen.

Remo hob konzentriert einen gestiefelten Fuß, stützte sich an

der Verandawand ab und gab der Tür einen gewaltigen Tritt. In einer Wolke von Mörtelstaub und Glassplittern flog sie auf. »Scheiße«, sagte Remo. Auch das Fenster daneben war durch den Schwung zersplittert, mit dem die Tür innen dagegengeprallt war. Der erste Schritt des Plans, dachte Stern unwillkürlich, der schiefgegangen war.
Wie der größte Teil des Hauses waren die Flure mit Steinplatten belegt; Remos Absätze klapperten laut. Er sah sich unbekümmert um, während Stern ihn zum Treppenhaus führte. Das Haus war in den siebziger Jahren des vorigen Jahrhunderts mit der Pracht dieser Periode erbaut worden – vier Meter hohe Kassettendecken. In den Terrazzoboden des Speisezimmers war ein kreisförmiges Mosaik aus venezianischen Kacheln eingelegt. Die Stille des leeren Hauses jagte einen Schauer über Sterns Rücken. Er dachte kurz daran, auf die Toilette zu gehen, doch dann wollte er lieber schnell hinein und wieder hinaus. Das Ganze war eine Schnapsidee, schoß es ihm plötzlich durch den Kopf. Blödsinnig. Irgendwas ging ganz bestimmt schief. Remo warf einen Blick in einen Salon, um die französischen Antiquitäten und die Bilder an den Wänden zu bewundern, massiv gerahmte englische Aquarelle. »Schön, sehr schön«, lobte er. Die Gediegenheit des Hauses, die ohne Menschen vollendet wirkte, beeindruckte sogar Stern.
Im ersten Stock betraten sie die ausgedehnte Zimmerflucht des Hausherrn. Dixon hatte vor Jahren drei oder vier Räume zusammengelegt, um eine Schlafzimmerfläche von Palastausmaßen wie in Hollywood zu erhalten. Zwei Badezimmer, eines für ihn und eines für sie. Dixons Bad, durch das sie hindurchmußten, eine Höhle aus Travertin, enthielt einen Jacuzzi-Whirlpool von der Größe eines kleinen Schwimmbads und eine einsitzige hölzerne Sauna neben der Dusche. Das Schlafzimmer selbst war nicht übermäßig groß, aber mit diversen technischen Spielereien versehen – Gegensprechanlage, ein Teleskop, ein alter Börsenticker, ein großer Projektorfernseher, der sich per Fernsteuerung zum Bett hin schwenken ließ. Ein Balkon vor den Fenstertüren bot einen Panoramablick auf den See. Auf

der Bettseite, wo Dixon schlief, waren auf dem antiken Nachttisch Finanzmagazine und ein paar Kriminalromane gestapelt. In einem Aschenbecher lagen drei Zigarettenstummel. Stern blieb stehen, seltsam erregt von dieser Gelegenheit zum Spionieren.

»Hier«, rief Remo aus dem begehbaren Schrank auf Dixons Seite des Zimmers, wo er Dixons Anzüge beiseite geschoben hatte. »Ist es der?«

Da war der Safe, grau, grünlich, die Farbe von Meerwasser bei bewölktem Himmel, auf der Rückwand liegend, so daß das silbern schimmernde Zahlenschloß obenauf war. Daneben ein Satz Hantelscheiben, aufs Geratewohl aufeinandergestapelt. Eine Hebestange mit drei Gewichtsscheiben auf beiden Seiten war gegen die Wand gerollt.

»Genau«, sagte Stern.

»Zurücktreten«, befahl Remo. Stern ging zurück ins Schlafzimmer. »Verdammte Kacke.« Remo wuchtete den Safe durch die Tür und setzte ihn sofort wieder ab. »Wiegt ja 'ne Scheißtonne.« Er streckte sich und hielt sich den Rücken. »Wir hätten Helfer mitnehmen sollen.«

Beide starrten den Safe an.

»Das Ding ist ja offen«, sagte Remo. Jetzt, da der Safe wieder auf den Füßen stand, klaffte sein Türchen tatsächlich einen finsteren Fingerbreit auf. Dixon hatte offenbar den Inhalt durchgesehen, vielleicht um sicherzugehen, daß Stern nicht daran gerührt hatte. Oder war das, was die Staatsanwaltschaft suchte, schon gar nicht mehr drin? Bei dem Gedanken, der Safe könnte geleert worden sein, kniete sich Stern sofort hin und zog die Tür auf. Das Licht war schlecht, doch er konnte erkennen, daß ein doppelt und dreifach gefalteter Packen Papier darin war.

Dort, auf Händen und Füßen, noch bevor er das Geräusch vernahm, spürte Stern die Schwingungen der sich öffnenden Garagentür.

»Um Himmels willen.« Er richtete sich schwerfällig auf und lief die paar Schritte zur Tür, um zu horchen. Dann blickte er

zu Remo. »Da kommt jemand.« Draußen hatte er den Kies knirschen hören, doch bis er am Schlafzimmerfenster war, konnte er nur noch das Heck eines Mercedes ausmachen, der auf den entferntesten Stellplatz der Vierergarage gefahren wurde.
»Oh, um Gottes willen«, stöhnte Stern. Er hatte sich nicht klar genug vorgestellt, wie demütigend das werden würde. Ein krasser Verstoß gegen die guten Sitten – nicht zu entschuldigen, nicht wegzuerklären –, einfach so bei jemandem einzubrechen.
»Verstecken«, sagte Stern.
»Verstecken?« fragte Remo. »Warum?« Er kniff ein Auge zu. »Sie meinen, wir sind hier gar nicht bei Ihrer Schwester?«
»Doch, selbstverständlich. Aber ich lasse mich lieber nicht bei diesem Blödsinn erwischen.«
»Mich haben sie schon mal gekascht«, sagte Remo. »Schon öfter. Ich versteck mich nie. Dabei kann man totgeschossen werden. Bloß hinsetzen. Ganz ruhig bleiben. Vielleicht kommt niemand hier herauf.« Seinen eigenen Rat beherzigend, nahm sich Remo einen der französischen Stühle aus dem 18. Jahrhundert neben Silvias Sekretär. Er schlug die Beine übereinander und lächelte Stern geduldig an. Dann langte er in die Tasche nach einer Zigarette, ließ es aber doch lieber sein.
Remo hatte recht, dachte Stern. Er reagierte wie ein Siebzehnjähriger. Wenn es gar der Hausdiener oder der Chauffeur sein sollte, beschwor der Versuch, sich zu verstecken, echte Gefahr herauf. Aber Stern hatte trotzdem Gänsehaut. Dixon würde ihm das ein Leben lang unter die Nase reiben, würde ihn hänseln, ihm drohen – und die Tatsache, daß er Stern in flagranti bei einem Einbruch ertappt hatte, wiederholt bis zum äußersten zu seinem Vorteil ausreizen. Stern schlich mit angehaltenem Atem auf den teppichbelegten Flur, mit durchdachten Bewegungen wie ein Pantomimiker. In einer Art unbewußter Distanzierung von der ganzen Sache hatte er sich von oben bis unten in Schwarz gekleidet, in Freizeithosen und ein baumwollenes Golfhemd, und er hielt sich jetzt völlig im Schatten.

Unten hörte er Schritte auf dem Steinfußboden der Flure, eher ein gleichmäßiges Klatschgeräusch als das Klappern hoher Absätze. Würde Dixon gewalttätig werden? Stern gegenüber riß er sich normalerweise zusammen, doch das hier war etwas anderes. Wie würde Stern reagieren, wenn bei ihm zu Hause plötzlich jemand aus dem Schatten träte? Wahrscheinlich weglaufen. Aber er war schließlich bloß Stern.
Die Schritte näherten sich der Treppe. Stern drückte sich gegen eine der Türen. Wer immer da unten war, zögerte, ging wieder weg. Sein Herz tat einen verzweifelten Sprung, als ihm die Küche einfiel. Der schmale Durchgang von der Garage mündete direkt daneben; wenn der Heimgekommene die Glasscherben sah, würde er mit Sicherheit die Polizei rufen. Stern lauschte gebannt; wenn er jemanden telefonieren hörte, war er fest entschlossen wegzurennen. Er blickte sich um, um festzustellen, wo er sich befand – in Dixons kleinem Arbeitszimmer mit Faxgerät, Computer und drei Telefonen. Der alte Rolladensekretär war mit Papieren überhäuft, und aus irgendeinem Grund waren die Jalousien heruntergezogen. Auf dem Sofa lagen ein Kissen und eine Wolldecke. Daraus schloß er, daß Dixon nicht gut schlief. Dieses Zimmer stank noch stärker als das übrige Haus penetrant nach kaltem Zigarettenrauch.
Die Schritte kehrten zurück. Dann hörte er nichts mehr. Sogleich wurde ihm klar, daß der Besucher jetzt die teppichbelegte Treppe heraufkam. Stern zog sich noch weiter zurück, so daß er nur noch den Treppenabsatz im Blick hatte. Die Person war jetzt im ersten Stock, aber er hatte sie noch immer nicht im Blickfeld. Dann erschien Silvia in einem Strandanzug mit Graffitimuster und Sandalen, sich umsehend, völlig zerstreut und vor sich hin murmelnd. Sie schob die Sonnenbrille nach oben auf ihre Hochfrisur und schritt aufs Schlafzimmer zu, wo Remo wartete.
Stern hielt sich kurz den Kopf und rief nach weiterem sekundenlangen Zögern seine Schwester mit Namen an.
Sie schrie auf – nicht lang, aber reichlich hysterisch.
»O mein Gott«, stieß Silvia hervor. Sie hielt eine Hand mit

polierten Fingernägeln auf dem Herzen und stützte sich mit der andern an der Wand ab, tief Luft holend. »Sender«, sagte sie, »du hast mich fast zu Tode erschreckt.«

»Entschuldige bitte.«

»Was um alles in der Welt tust du hier?«

Stern dachte tatsächlich kurz daran zu behaupten, er sei zum Schwimmen herausgekommen. Aber jetzt war es genug.

»Ich klaue gerade was«, antwortete er.

Sie brauchte nur eine Sekunde, um zu begreifen.

»Den Safe?«

Er nickte. Silvias Gesichtsausdruck wurde verdrossen – sie war höchst irritiert. Zum erstenmal seit wohl vierzig Jahren fragte sie ihn auf spanisch: Was ist in dem Safe?«

»*Qué es eso en la caja de seguridad?*«

»*No lo sé.*« Ich weiß nicht.

»*Tu estas tratando de aiudarlo a el?*« Willst du ihm damit helfen?

Stern zuckte mit den Schultern. »Ich glaube wenigstens«, antwortete er wieder auf englisch. »Ich muß das so oder so tun.«

»Warte einen Moment. Ich möchte mit dir über das alles reden. Ich bin zurückgekommen, um mir ein Buch zu holen.« Sie wandte sich wieder ihrem Zimmer zu, doch Stern faßte sie an der Hand. Da sitze ein Mann drin, den er mitgebracht habe, klärte er sie auf.

»Oh, Alejandro!« Sie schüttelte in schärfster Mißbilligung den Kopf. »Ihr seid wie zwei Buben, du und Dixon.«

»Das ist eine ernste Sache.«

Sie schnaubte empört. Sie glaubte ihm einfach nicht.

Stern führte sie nach unten ins Wohnzimmer. Silvia bot ihm, unbeirrbar höflich, etwas zu trinken an, und er bat um ein Mineralwasser. Sie trat kurz auf die Dienerklingel im Teppich neben dem Sofa, erinnerte sich aber dann, daß Sonntag war, und ging selbst etwas holen. Stern sah sich in dem riesigen Wohnzimmer um. Silvia und ihr Innenarchitekt hatten fast ägyptischen Prunk angestrebt; dunkle Stoffe, viele mit einge-

webten Goldfäden, und überall Möbel – Chaiselongues mit schweren Behängen, zwei gleiche Sofasessel mit Fransen, aus unerfindlichen Gründen mit Voileschals dekoriert. In einer Ecke stand eine riesige Vase mit dunklen, urtümlich wirkenden Blumen. Die Stirnwand des Zimmers war aus dem gleichen Naturstein wie die Außenwände des Hauses gemauert, mit einem riesigen offenen Kamin. Ein Ölgemälde, ein Original eines bekannten spanischen Künstlers – eine seiner wilden Frauen, vor Jahren von Dixon kennerischen Auges erstanden –, hing furchteinflößend über diesem Kamin. Im Winter brannten hier den ganzen Tag Holzklötze, so dick wie Baumstämme. Es roch sogar jetzt noch, als sei die Zimmerflucht geräuchert.
»Was hast du mit meiner Küche angestellt?« fragte Silvia, als sie zurückkam. Sie reichte ihrem Bruder das Glas und sah ihn dabei strafend an. Stern zog für sie eine seiner Grimassen, und Silvia mußte kopfschüttelnd lachen. »Sender, sag mir doch, was eigentlich los ist.«
Während sie draußen war, hatte er überlegt, wie er es ihr beibringen sollte, und sich für Beschönigung entschieden. Die Staatsanwaltschaft ermittle. Das habe sie schon früher getan, aber diesmal gehe es um eine Straftat, und sie scheine Beweise über irgendwelche fragwürdigen Praktiken Dixons in Händen zu haben. Die Ermittlungen seien immer komplexer geworden, doch Dixon versuche, den Kopf in den Sand zu stecken. Der Safe werde von der Staatsanwaltschaft verlangt, und Dixon versuche ihn gegen Sterns Rat zu verstecken, ein Manöver, das nicht nur Dixon selbst, sondern auch Stern zum Nachteil gereichen werde. Er redete um den heißen Brei herum und hoffte, seine Schwester werde nicht die volle Tragweite erfassen, aber sie begriff genug.
»Ist er in Gefahr, ins Gefängnis zu müssen?«
»Ja, ist er«, antwortete Stern. Silvia saß einen Augenblick still da, eine zierliche, gefaßte Frau. Mit bloßen Beinen und in flachen Sandalen wirkte sie klein. Sie drückte die Ellbogen an den Leib und verzog das Gesicht in dem Versuch, die Fassung zu bewahren. Stern stellte zu seiner Überraschung fest, daß er

selbst den Tränen nahe war. Seine Liebe zu seiner Schwester würde stets groß und neu bleiben.

»Ich mache mir schreckliche Sorgen um ihn«, sagte Silvia.

»Ich auch.«

»Wenn du wüßtest, Sender.« Sie rang die Hände. »Er hustet eine halbe Stunde, wenn er morgens aufwacht. Seine Sekretärin sagt mir, er ist furchtbar vergeßlich. In den meisten Nächten schläft er nicht. Er tigert zu jeder Tages- und Nachtzeit im Haus herum. Oder er fährt mitten in der Nacht fort, Gott weiß wohin. In den letzten beiden Wochen hat er nicht einmal hier übernachtet.« Sie blickte zu Stern auf; das sollte eine vielsagende Bemerkung sein und galt offenbar etwas anderem als Dixons Geschäftsreisen.

»Ich versuche ihm zu helfen, doch er sträubt sich.«

»Natürlich«, sagte sie, »aber ich habe Angst, das übersteht er nicht.«

»Er übersteht es«, versicherte Stern. »Er gehört zu den Typen, die alles überstehen und oben bleiben.« Kaum ausgesprochen, kamen ihm seine Wort bloß verbindlich vor. Er hatte sich bisher nicht klargemacht, wie tief seine eigenen Ängste um Dixon auch dann noch saßen, wenn er bei seiner Prognose über Dixons Sieg ein gewisses Ressentiment in sich aufsteigen fühlte. »Ich hatte gehofft, ich könnte heute kommen und gehen, ohne dich zu behelligen.«

»Ich verrate ihm nichts«, versprach Silvia.

Dixon erwog dies, war aber nach wie vor überzeugt, daß es verkehrt wäre, Silvia zu zwingen, sich auf seine Seite zu schlagen. Dixon hatte unter seinem eigenen Dach ein Anrecht auf Loyalität.

»Nicht nötig«, wehrte Stern ab.

»Solange er mich nicht fragt«, bot sie an.

»Er fragt mit Sicherheit, wenn er das Chaos in der Küche sieht.«

»Ich lasse es reparieren. Gleich morgen. Vielleicht sogar schon heute. Ich wäre ohnehin sehr überrascht, wenn er hier übernachtet.« Sie sah wieder vor sich auf den Teppich. Vor Jahren,

vor Silvias Rausschmiß, hatte Dixon das auch schon gemacht, nicht nach Hause zu kommen. Er besaß eine Stadtwohnung, wo er gewöhnlich zu sein behauptete und sicher mit der einen oder anderen jungen Frau häufig auch war. Seit er sich aber mit Silvia ausgesöhnt hatte, hatte Stern den Eindruck gehabt, Dixon wahre wenigstens die Fassade und beschränke seine Seitensprünge auf die Geschäftsstunden oder seine vielen Reisen. »Es ist sehr beunruhigend«, fügte sie noch hinzu.
»Natürlich.« Er hätte fast ein paar Worte zu Dixons Gunsten gesagt, über seine Anspannung in letzter Zeit, doch ihm wurde klar, daß dies nur ein geringer Trost wäre.
»Fragst du ihn, wo er hingeht?«
»Arbeit.« Sie lächelte flüchtig. »Es geht freilich niemand ran, wenn ich anrufe.«
»Verstehe.« Stern sagte eine Weile gar nichts. »Ich hoffe, du hältst das durch. Es wäre schrecklich für euch beide, wenn ihr euch wieder trennen würdet.«
Silvia zog eine Grimasse. »Kommt nicht mehr vor. Ich bin es jetzt gewöhnt.« Sie lächelte noch mal, kurz und bitter. »Wie du weißt, war das nicht unser einziges Problem.«
Stern sah seine Schwester verständnislos an.
»Ach, du hast es doch gewußt. Clara hat es gewußt. Sie hat es dir sicher erzählt; es war mir klar, daß sie das tun würde. Das ist sehr lieb von dir, Sender, aber du brauchst mir nichts vorzumachen.«
»Ich mache dir nichts vor«, widersprach Stern.
»Ehrlich?«
»Ehrlich.«
»Ist schon lange vorbei«, sagte sie und winkte ab. Sie war im Begriff, das Thema zu wechseln, sah aber, daß Stern immer noch rätselte, und kam abrupt mit der Wahrheit heraus, um ihn zufriedenzustellen. »Er war mit einer Krankheit heimgekommen. Ich hatte Angst, er hätte mich angesteckt. Es war widerlich.«
»Mit einer Krankheit?«
»Einer ansteckenden Krankheit. Du verstehst schon.«

Sein Kopf dröhnte jetzt, und in Hals und Brust wurde ihm furchtbar eng. Er fragte trotzdem, weil er wußte, es wurde von ihm erwartet.
»Mit Herpes?«
Ihr Mund öffnete sich leicht, und dann lächelte Silvia zu seiner großen Verblüffung. Sie würde ihn nie durchschauen, ihn nie verstehen. In der ganzen weiten Welt ließ sie sich das nur von Stern gefallen. Wenn er unbedingt wollte, würde sie dem Schmerz der Vergangenheit etwas Humorvolles abgewinnen. Ältere Brüder hatten schließlich ein verbrieftes Recht darauf, ihre jüngeren Schwestern ein bißchen hochzunehmen.
»Ach, Sender«, sagte sie und drohte mädchenhaft mit dem Finger, »du hast es die ganze Zeit schon gewußt.«

41

Endlich kam Remo die Treppe herunter. Er schleppte den Safe und nahm jede Stufe spreizbeinig seitwärts, erst den einen und dann den andern gestiefelten Fuß aufsetzend. Einmal hielt er an, stellte den Safe kurz ab, steckte sich eine Zigarette an und bewältigte dann vorsichtig den Rest der Treppe mit der Marlboro im Mundwinkel, wobei er ein Auge vor dem Qualm zukniff. Vom Wohnzimmersofa aus konnte Stern Remo sehen, stand aber nicht auf, um ihm zu helfen, und sagte auch nichts. Bewegen konnte er sich noch, kein Zweifel; aber er hatte keine Lust. Vielleicht würde er den Rest seines Lebens mit gefalteten Händen hier sitzenbleiben. Kein Gefühl war in ihm besonders stark, außer daß er nicht ganz bei sich war. Sein Kopf dröhnte immer noch, und seine Arme waren schwerelos; aber hauptsächlich verspürte er ein Anderssein, eine Abschiedsstimmung. Er würde als ein anderer Mensch von hier weggehen – als kein besserer und kein schlechterer –, aber als ein anderer.

»Ich hab Sie vom Flur aus reden hören«, sagte Remo, als er schließlich unten war. Er wußte, daß seine Anwesenheit kein Geheimnis mehr war.
»Natürlich«, sagte Stern. »Remo Cavarelli, Silvia Hartnell.« Silvia nickte höflich dem Mann zu, der in ihr Haus eingebrochen war.
»Hauen wir jetzt ab, oder was?« wollte Remo wissen.
»Sender, ist bei dir alles in Ordnung?« fragte Silvia. Sie fragte das nicht zum erstenmal.
»Alles in Ordnung.« Stern brachte ein Lächeln zuwege. Seine Stimme hörte sich für ihn selbst merkwürdig schwach an. Ihm war, als habe sein Geist den Körper verlassen und schwebe außerhalb und beobachte ihn.
»Nehmen wir das da noch mit?« Remo wies mit dem Kinn auf den Safe zu seinen Füßen. Nachdem er sich erinnert hatte, wovon die Rede war, lächelte Stern wieder flüchtig.
»Aber ja.«
Remo ging nach draußen, um das Auto zu holen. Auch Silvia verließ das Wohnzimmer, um zu telefonieren. In der Nähe wohne ein Feuerwehrmann, der im Haus aushelfe und vielleicht sogar sonntags bereit sei, die Küchentür zu reparieren. Stern blieb mit dem Safe allein. Wirklich beachtlich, dachte Stern, daß er mit Silvia spanisch gesprochen hatte – er hätte allerhand darauf verwettet, daß er keinen kompletten Satz mehr herausbrachte. Im Laufe der Jahre waren gelegentlich lateinamerikanische Herren in Sterns Kanzlei erschienen, gewöhnlich Kubaner, die den Beistand eines zweisprachigen Anwalts benötigt hatten. In den siebziger Jahren waren es eher hilflose, bettelarme Mexikaner, die scharenweise verhaftet wurden, weil sie mit ungereinigtem Heroin handelten, traurige Analphabeten, die ihre *Chingas* ausspuckten und Stern anflehten, ihre Verteidigung zu übernehmen, zu jedem beliebigen Preis. Stern hatte solche Mandate stets abgelehnt. Der Grund war nicht so sehr der Drogenhandel, sondern die alte Angst, als jemand erkannt zu werden, der er nicht sein wollte, als ein anderer, der nicht hierhergehörte. Aber in diesem Augenblick,

in dem er andere Gedanken von sich wies, sah er recht deutlich, daß er solche Zeiten und Einstellungen hinter sich gelassen hatte. Derartige Mandanten würden ihm fortan recht sein. Sein Spanisch, da war er sicher, würde ihm mit der Zeit wieder einfallen.

Er langte nach seinem Mineralwasser und kostete. Silvia hatte gesagt, er habe es immer schon gewußt. Natürlich hatte sie etwas anderes gemeint, aber so allein hier sitzend, fragte er sich, ob das ungewollt Gesagte nicht ebenfalls zutraf. Ein Teil seiner Person reagierte auf die Wahrheit recht gefaßt; er würde sich immer zuallererst auf Fakten verlassen. Doch auf einem andern Gebiet – einem stummen, das er dennoch kannte – stieg der Tribut immer höher, war der Schaden erst noch abzuschätzen. Wenn er das vorhergesehen hatte, dann nur vor jenem inneren Auge, das stets darauf gefaßt war, schlimme Träume – die schlimmsten – wahr werden zu sehen. Klar war inzwischen, daß Clara wegen der Person und nicht wegen der Sache nicht hatte weiterleben wollen, um es nicht doch noch sagen zu müssen. Ihren Liebhaber hatte sie sich nicht zufällig ausgesucht; niemand konnte ihm etwas anderes einreden. Clara kannte ihren Mann zu gut. Hinterher mußte sogar ihr die blanke Gehässigkeit angst gemacht haben, die sie zu so etwas getrieben hatte. Das war die Enthüllung, vor der sie zitterte. Nun, wenigstens war er keiner Sinnestäuschung erlegen. Clara hatte mit Dixon tatsächlich nichts mehr zu tun haben wollen, nachdem er zu Silvia zurückgekehrt war. Sie mußte ihn verabscheut haben. Und sich selbst auch. Was war zwischen ihnen vorgegangen? Was für Gespräche? Wieder war er an dem bekannten Punkt angelangt und spürte, daß er es lieber nicht wissen wollte.

Stern beugte sich auf dem Sofa vor und tippte mit dem Zeh an die Safetür. Sie stand immer noch offen, und Stern zog sie mit dem Fuß ein bißchen weiter auf. Der Papierstapel lag darin. Ach, warum nicht? dachte er. Er konnte jetzt alles verkraften.

Es waren zwei ganzseitige Ablichtungen von einem Mikrofilm, jeweils vierfach gefaltet. Als er sie aus dem Safe nahm, fielen verschiedene Gegenstände heraus, die dazwischen gesteckt

hatten: zwei Schecks und mehrere graue Zelluloidplättchen, die Stern als Mikrofiches erkannte.
»Das Telefon geht nicht«, sagte Silvia, als sie ins Wohnzimmer zurückkam; sie war sehr verstört. »Wie kann ich den Mann nur erreichen?«
In dem Moment erschien Remo wieder.
»Wen denn?« fragte er nervös. »Wer soll herkommen?« Remo war lange genug im Schrankzimmer gewesen, um die Hanteln zur Kenntnis zu nehmen, und wollte nach alldem offenbar lieber weg sein, wenn der Hausherr zurückkehrte. Silvia erläuterte ihre Schwierigkeiten, und beide verschwanden, weil Remo das Telefon wieder anschließen sollte. Inzwischen sichtete Stern die Papiere aus dem Safe und studierte sie gründlich. Dann kam Remo zurück und einen Augenblick später Silvia.
»Der Mann ist jetzt unterwegs«, erklärte Silvia. Sie schien von dem Gedanken getröstet, daß das Durcheinander in der Küche bald behoben sein würde.
»Also, hauen wir ab«, sagte Remo, dem immer noch an einem raschen Aufbruch gelegen war. Er beugte sich über den Safe und rief: »Allez hopp!«
Stern und seine Schwester gingen hinter ihm, während er sich durch den geplättelten Flur quälte. Stern hielt alle Papiere aus dem Safe in den Händen. Silvia machte Remo die Fliegentür auf und klappte dann auf dessen Bitte hin die Hecktür des Mercury hoch. Im grellen Sonnenlicht blinzelnd, sahen Stern und seine Schwester zu, wie Remo in die Knie ging, um den Safe im verdreckten Kofferraum seines Wagens mit den kaputten Stoßdämpfern abzusetzen. Dann streckte er sich, klopfte die Hände ab und mühte sich, wieder zu Atem zu kommen. Ein Schweißtropfen war an der Schläfe hinuntergeronnen.
»Wenn ich es mir recht überlege«, sagte Stern plötzlich, »lassen wir ihn lieber hier.«
Vor Staunen blieb Remo der Mund offenstehen, und zwei Reihen schlechter Zähne wurden sichtbar.
»Wenn es dir recht ist, Remo, möchte ich dich bitten, den Safe wieder dorthin zu bringen, wo wir ihn geholt haben.«

»Nein«, stöhnte dieser ungläubig.
»Bitte.« Stern hatte ohne zu überlegen seinen gebieterischsten Ton gefunden, und Remo starrte ihn unsicher an, weil er weder gehorchen noch sich weiter sträuben wollte. Dann wandte sich Stern an Silvia: »Alles soll bleiben, wie es war. Du brauchst nichts zu sagen.«
Auch sie schien verwirrt, wußte aber wie Remo nicht, wie sie auf seinen offenbaren Sinneswandel reagieren sollte.
»Sehr gut«, sagte Stern zu beiden. Er ging zurück ins Haus und wandte sich dabei nur um, um Remo zu bitten, den Safe kurz im Wohnzimmer abzusetzen. Stern hielt immer noch alles aus dem Safe in den Händen. Er nahm wieder auf dem Sofa Platz und breitete die Papiere auf dem rohseidenen Bezug aus, damit er sie wieder so ordnen konnte, wie er sie vorgefunden hatte. Zuerst kamen die beiden Ablichtungen, dann die Mikrofiches und zuletzt die beiden Schecks, einer in den andern gesteckt. Er studierte die Schecks noch mal, jeden für sich. Der erste war Dixons eingelöster Privatscheck über 252646 Dollar, mit der MD Clearing Corporation als Begünstigter. Der Zahlungsvermerk lautete »Debet A/c 06894412«, gewiß die Kontonummer von Wunderkind. Von diesem Scheck hatte sich die Staatsanwaltschaft nach allem, was Sonny ihm in Dulin erzählt hatte, bereits durch die Verfügung an Dixons Bank eine Mikrofilmkopie verschafft.
Der zweite Scheck, den Stern gründlicher untersuchte, war auf dem langen grünen Bankformular der River National Bank ausgeschrieben, mit Bankbestätigung aus Claras Depot gezogen und auf Dixon Hartnell persönlich ausgestellt. Die Zahl, auch in Worten korrekt ausgeschrieben, war achthunderteinundfünfzigtausendeinhundertachtundneunzig Dollar. Stern hielt den Scheck in der Hand, ganz erfüllt von dem starken Gefühl, das er immer noch sehr oft hatte, wenn er Sachen von Clara berührte. Dann legte er die beiden Schecks, die Mikrofiches und die beiden Ablichtungen wieder so zusammen, wie er sie vorgefunden hatte. Diese Fotokopien zeigten die erste und letzte Seite des Kontoeröffnungsantrags für Wunderkind, also

die Seiten, auf denen die Personendaten des Kontoinhabers standen – Name, Adresse, Sozialversicherungsnummer. Auf der letzten Seite, nach mehreren Dutzend Geschäftsbedingungs- und Haftungsausschlußparagraphen, waren die Pünktchen für die Unterschrift des Kunden. Bevor er die Papiere wieder in den Safe legte, den ihm Remo zuvorkommenderweise vor die Füße gestellt hatte, sah sich Stern nochmals diese letzte Zeile an, wo Katherine Stern in fließender Schönschrift mit vollem Mädchennamen unterzeichnet hatte.

42

Glücklicher war er gewiß nicht. Von vielem, was er in den letzten paar Tagen erfahren hatte, war er hinterher noch mehr durcheinander gewesen. Irgendwie jedoch hatte er zu seiner früheren Fähigkeit zurückgefunden, sich mit Arbeit abzulenken. In letzter Zeit hatte Stern wieder seine Gewohnheit aufgenommen, morgens als erster im Büro zu sein, und in der vergangenen Woche hatte er sich auf drei größere neue Verfahren eingelassen – einen Fall von Insidergeschäften, bei dem bereits Anklage erhoben war, einen Fall von Betrug gegenüber dem Verteidigungsministerium, der von Washington aus betrieben wurde, und einen Lokalfall, bei dem ein Mülldeponiebesitzer vor einer möglichen Anklage wegen fahrlässigen Tötung stand. Sondra und Raphael, die ziemlich in Druck waren, stöhnten, für so viel Mehrarbeit sei zuwenig Personal da. Aber Stern selbst war voller Tatendrang. In der Kanzlei spürte er eine Energie und Arbeitslust, die ihm bisher gefehlt hatten. Was Menschen in der Gesellschaft so umtrieb! Dieses Hin und Her, die Anrufe und die kleinen Lichtblicke im Dschungel von Egoismus und Rechtsvorschriften. Mr. Alejandro Stern genoß es, das Recht zu vertreten. Mandanten, Mandanten! Kein Sirenengesang klang jemals verlockender, als wenn jemand in Schwierigkeiten war und ihn anrief – in der Anfangszeit seiner

Praxis ein schwerer Junge aus der Haftzelle des Polizeireviers, heute eher ein Geschäftsmann, bei dem die Steuerfahndung vor der Tür stand. Beides war so anregend für ihn, daß er vor Eifer regelrecht zu glühen begann: »Sagen Sie zu niemandem ein Wort. Ich bin gleich bei Ihnen.«

Was war es? Was war diese unsinnige Dienstbereitschaft gegenüber Leuten, die sich ums Honorar drücken wollten, ihn sofort beschimpften, wenn die Sache verlorenging, ihn unverfroren anlogen, ihm entscheidende Informationen vorenthielten und seine Instruktionen mißachteten? Diese Leute brauchten ihn. Brauchten *ihn*! Diese schwachen, versehrten, sogar komischen Gestalten brauchten die Hilfe Alejandro Sterns. Eine Katastrophe drohte ihnen. Ihr ganzes Leben stand auf der Kippe. Sie flennten in seinem Büro und schworen, ihre unzuverlässigen Kumpane umzubringen. Wenn sie dann wieder bei sich waren, wischten sie sich die Augen und warteten in rührender Ergebenheit, daß Stern ihnen erkläre, was sie tun sollten. Er indes sog an seiner Zigarre und sagte dann ruhig »Nun«.

Montag nachmittag fand er einen Augenblick Zeit für einen Anruf bei Cal.

»Ich möchte dir nur mitteilen«, sagte Stern, »daß sich die Sache mit dem verschwundenen Scheck erledigt hat.«

»Ach, wirklich?« fragte Cal. Er wollte mehr hören.

»Also sei bitte so nett, Cal, und teil unseren Freunden von der River National Bank mit, daß alles bereinigt ist. Und dank denen für ihre Bereitwilligkeit.«

»Mach ich«, sagte Cal, »mach ich.« Er räusperte sich. »Darf ich fragen, wer?«

»Ziemlich komplizierte Sache«, wich Stern aus.

»Wer der Begünstigte ist, meine ich. Der Zahlungsempfänger.«

»Schwer zu sagen«, erwiderte Stern und bemühte sich, offen zu klingen, »wenigstens im Moment noch. Aber die Sache ist in guten Händen, Cal. Du kannst ganz beruhigt sein. Meinen verbindlichsten Dank.«

»Verstehe«, sagte Cal. Natürlich war er verletzt. Er erwartete von Stern mehr Verehrung und Vertrauen, schon aus Kollegialität.
Als er am selben Abend nach Hause kam, fand er einen riesigen Schrankkoffer in der Eingangshalle vor. Er bückte sich, um den Gepäckanhänger zu entziffern. Marta war wieder da. Gewöhnlich reiste sie nur mit Rucksack und Aktenköfferchen, dem Gepäck ihres unsteten Lebenswandels.
Im Haus war sie nicht. Aber nachdem er das Obergeschoß abgesucht und nach ihr gerufen hatte, sah er sie durchs Wintergartenfenster in lebhaftem Gespräch mit Fiona über die Hecke gelehnt. Marta hörte der Nachbarin zu, weit interessierter als sonst. Stern wagte sich zu den beiden hinaus. Als Marta ihn erblickte, unterbrach sie das Gespräch, um ihn zu umarmen, und Stern griff mit eigenartiger Logik über die Hecke, faßte Fionas gebräunte Hand und küßte auch diese. Sie hatte ihre Gärtnerkluft an, ein paar Blätter und anderes Grünzeug im Haar und schien bei Sterns Überschwang zu erröten.
»Sieht sie nicht toll aus!« erklärte Fiona, auf Marta deutend, die das gewohnte formlose, knöchellange Kleid trug. Insgeheim meinte Fiona gewiß, Marta sehe wie eine der Frauen aus, die hinter den Planwagen über die Prärie gezogen waren. »Ich hab Marta gerade das Neueste berichtet«, erläuterte Fiona.
»Aha«, sagte Stern, dem Böses schwante.
»Von Nate und mir«, präzisierte Fiona.
»Ach so. Nate hat was erzählt. Tut mir leid zu hören, Fiona.«
»Wohl besser für uns beide.« Wie vielen Menschen, die eine angstbesetzte Sache hinter sich haben, ging es Fiona nach eigenen Angaben jetzt offenbar wieder ganz gut. Sie war härter im Nehmen, als man erwartet hätte.
Marta machte allmählich Anstalten, zum Haus zurückzugehen. Stern sagte, er sei schon über ihren Koffer gestolpert.
»Ich will eine Zeitlang bleiben«, erklärte sie. »Ich hab meinen Job gekündigt.«
»Tatsächlich?« fragte ihr Vater nach. »Einfach so?«
»Einen Monat Kündigungsfrist, aber ich habe noch Urlaub gut.

Ich fliege nächsten Monat für ein paar Tage zurück, um alles abzuwickeln. Als ich letztesmal hier war, ist mir aufgefallen, wie erschöpft Kate aussah, und da dämmerte es mir, daß sie ein Kind kriegt und ich ohne vernünftigen Grund fünfzehnhundert Kilometer weit weg bin. Warum hab ich denn in vier Staaten Examen gemacht, wenn ich nicht hingehe, wohin ich will? Ich such mir hier eine Arbeit. Hast du was dagegen?«

»Aber überhaupt nicht.«

Fiona mischte sich ein: Wunderbar, wunderbar – wie schön für sie alle. Stern merkte, daß er mit dem Kopf nickte.

»Ich muß Kate anrufen«, sagte Marta. »Ich soll sie und John nachher besuchen. Willst du mit?«

»Nicht heute abend«, erwiderte Stern sofort. »Sag Kate aber bitte, daß ich mit John und ihr diese Woche noch zu Abend essen möchte.«

»Mein Gott, wie ernst du das sagst.«

Hatte er wohl getan. Stern antwortete nicht, und Marta preschte ins Haus. Stern und Fiona sahen ihr nach.

»Hast du das so aufgefaßt, daß sie bei mir wohnen will?« fragte Stern.

»Hörte sich so an.«

»Ach du liebes bißchen.« Der Gedanke an Marta mit ihrem Vitamin- und Mineralientick als ständige Mitbewohnerin brachte ihn vorübergehend leicht aus der Fassung. Fiona war inzwischen näher an die Hecke herangetreten.

»Du bist sicher stinksauer auf mich«, sagte sie leise.

»Kaum, Fiona. Eigentlich ist mir recht geschehen.«

»Ich wollte dich neulich Abend warnen, als Nate heimkam. Ehrlich.« Sie prüfte Stern mit einem Blick. »Sandy, irgendwas mußte ich schließlich sagen, nachdem er diesen Brief gefunden hatte. Du hast mich in eine scheußliche Lage gebracht. Und ich hab es nicht geschafft, dem kleinen Mistkerl einzugestehen, daß ich, ganz im Gegensatz zu ihm, unsere Ehe immerhin respektiert habe. Aber weißt du, was das Schlimmste ist? Als ich ihm diese lächerliche Story auftischte, merkte ich, daß er regelrecht glücklich darüber war. Ist das denn zu glauben?« Fiona schüttelte schwermütig den Kopf. »Warum bin ich bloß immer so blöd?« fragte sie Stern und sah ihn kurz an, als erwarte sie eine Antwort. Da stand sie in ihrem Garten, genau an der Grenze zu ihrem Grundstück, hoffnungslos dem Elend ausgeliefert, gerade so zu sein und wie andere Menschen so häufig die gleichen Fehler zu machen.

»Er schwört übrigens Stein und Bein, daß das nicht seine Pillen waren«, sagte Fiona. »Er erklärte immer wieder, sie seien für einen Patienten. Schließlich bot er mir an, ich solle doch, wenn ich ihm nicht glaube, den andern Arzt anrufen, der mit dem Fall befaßt ist. Rate mal, wer das ist.«

Stern hob die Hände. Keine Ahnung.

»Peter.«

»Peter?«

»Dein Sohn. Ist das nicht ein eigenartiger Zufall?«

Die Nacht war schwül. Die Schnaken waren jetzt Ende Juli schon draußen, sirrten und stachen zu, und Stern schlug nach etwas neben seinem Ohr, während er daran dachte, wie ihn Nate neulich angesehen hatte, als sie auseinandergingen. Das also hatte Nate verschwiegen. Und Stern erkannte, daß er die ganze Zeit richtig lag. Bei dem Gedanken daran konnte er ein Stöhnen nur mühsam unterdrücken.

»Wie auch immer, es tut mir leid«, erklärte Fiona.

»Aber nein, Fiona, ich muß mich entschuldigen. Ich habe dich, genau wie du gesagt hast, in eine scheußliche Lage gebracht. Und du hast sie mehr als gut gemeistert. Ich weiß das sehr zu schätzen, daß du meine Aufdringlichkeit Nate gegenüber nicht erwähnt hast.«

»O Gott, und soll ich dir sagen, warum? Weil ich ihm einfach nicht noch mehr Befriedigung verschaffen wollte.« Niedergeschlagen schüttelte sie den Kopf.

»Dennoch tut es mir leid«, erwiderte Stern, »dich zur Leidtragenden meiner eigenen momentanen Zerrissenheit gemacht zu haben.«

»Oh, es war nicht so schlimm.« Sie sah auf, scheu, gequält, eine schöne Frau von fünfzig in ihrer grünen Gärtnerkluft. »Es hat mir sogar Auftrieb gegeben.« Obwohl Fionas Bemerkung über Peter Stern ganz schön umgehauen hatte, mußte er jetzt laut loslachen.

»Du warst sehr großmütig, Fiona.«

»Oh, sicher«, sagte sie. Sie betrachtete ihn gedankenvoll. Irgendwas ging hinter ihren bernsteingelben Augen vor. Doch ihm war klar, daß sie beide jeweils ihren eigenen Weg hatten. Sein Schiff und das von Fiona hatten Kurs auf verschiedene Meere genommen. Wenigstens einmal in letzter Zeit hatte ihn sein gewohnter Takt nicht im Stich gelassen; er wurde tatsächlich immer mehr wieder er selbst. Leicht gerührt von der ganzen Sache, streckte er den Arm aus, faßte Fionas schmutzige Hand, die auf der Hecke lag, und küßte sie auf die Handfläche.

»Jetzt fangen wir schon wieder damit an«, sagte Fiona. Sie verdrehte die Augen und ging davon. Stern rief ihr nach, sie solle ihn wissen lassen, wenn sie irgendwelche Hilfe brauche. Sie winkte tapfer ab, blieb aber dann an den grauen Stufen zu ihrer Hinterveranda stehen. »Weißt du, daß der kleine Mistkerl sogar das Saufen aufgegeben hat?« fragte sie Stern über die kurze Distanz, schüttelte dann energisch mit der Kraft der Herausforderung und des Grolls ihrer ganzen komplizierten Persönlichkeit nochmals heftig den Kopf und öffnete die Tür.

In der Küche legte Marta gerade den Telefonhörer auf.

»Wie geht es deiner Schwester?« fragte Stern.

»Nicht gut. Sie scheint ziemlich angespannt. John hat letzte Woche vor der Grand Jury ausgesagt.«

»Ja, ich weiß. Ich habe heute mit Tooley gesprochen.«

Marta bat ihn, ihr Johns Aussage zu beschreiben. Sie hatte Kate nicht danach fragen wollen.

»Unser Telefongespräch ist verlaufen, wie es bei Mel zu erwarten ist. Gerede um den heißen Brei. Er wollte mir dauernd klarmachen, daß er bei der Grand Jury nicht mit drin war – als ob ich das nicht wüßte. Es scheint jedoch ziemlich so gelaufen zu sein, wie wir erwartet hatten. John hat deinem Onkel die

Schuld in die Schuhe geschoben: Dixon habe alle Anweisungen gegeben, John habe sie ausgeführt, ohne erkennen zu können, was sie bedeuteten.«

»Igitt«, sagte Marta.

»Ja, in der Tat.«

»Und was ist mit dem Safe?«

»Ich hab ihn nicht«, sagte Stern schlicht.

»Hast du von Onkel Dixon gehört?«

»Nicht ein Wort.«

»Hast du eine Ahnung, was er vorhat?«

»Ab und zu habe ich eine Ahnung, aber dann stehe ich wieder vor Rätseln.«

»Du hast ihn wissen lassen, daß du morgen den Antrag stellst, oder nicht? Das Mandat niederzulegen?«

Stern bejahte.

»Mach das nur. Du mußt eine gewisse Distanz zwischen dir und ihm schaffen. Diese Frau, Sonia oder wie sie heißt, wird nach deinem Skalp schreien. Und Richterin Winchell überläßt ihn ihr vielleicht.«

»Ja«, sagte Stern. Das hatte er sich auch schon gedacht.

»Und?« fragte Marta.

»Wir werden sehen.« Stern ging quer durch die Küche und nahm seine Tochter in die Arme. »Fahr zu Kate, erzähl ihr von deinem Wohnsitzwechsel. Ich bin sicher, sie wird begeistert sein.«

»Und du? Macht es dir wirklich nichts aus, daß deine verrückte Tochter zurückkommt?«

Stern küßte sie. Er dachte an Peter, an John und Kate. An Dixon. An Clara.

»Du bist doch hier zu Hause«, sagte er.

43

Es war noch nicht ganz sieben, als Stern am Dienstagmorgen seine Kanzlei betrat. Er hatte Marta auf einem Notizzettel vorgeschlagen, sie solle heute nachmittag hereinkommen, um mit ihm zusammen seinen Auftritt vor der Grand Jury in zwei Tagen so gut wie möglich auszuarbeiten. Gestern hatte er sie spätabends heimkommen hören, war aber zur Begrüßung nicht wieder aufgestanden. Es war ihm ganz recht, wenn noch ein Tag verging, bevor er das Neueste über Kate und John erfuhr.
Gleich hinter der Eingangstür blieb Stern stehen. War da ein Geräusch gewesen? Irgend etwas war anders als sonst. Er stockte nochmals vor seiner eigenen Bürotür, die sonst verschlossen war, nun aber einen Spaltbreit offenstand. Er stieß sie ganz auf. Gegenüber auf Sterns beigem Sofa schlief Dixon. Er hatte den Raum mit seinen Zigaretten und den Ausdünstungen seines Schlafes ganz verstänkert.
Neben ihm auf dem Teppich stand der Safe.
Leise glitt Stern hinter seinen Schreibtisch. Er hatte etwa eine Viertelstunde gearbeitet, als ein Mandant anrief. Es war der angeklagte Deponiebetreiber, ein Schmerbauch namens Alwin Blumberg, schuldig wie die Sünde selbst und schlotternd vor Angst. Hören wollte er von ihm das Unmögliche – eine Zusage, daß er straffrei davonkommen würde. Stern lauschte geduldig, wie sich Alwin in Klagen über die Staatsanwaltschaft, seine Geschäftspartner, die Intoleranz seiner Frau erging. Nach einer Weile brach er das Gespräch von sich aus ab. Er würde Alwin an Sondra abtreten. Als er den Hörer auflegte, erhob sich Dixon, streckte sich, gähnte und rieb sich die Augen. Er trug ein einfaches Baumwollhemd und eine scharf gebügelte Hose; ein massives Goldkettchen hing an seinem Hals. Sofort klopfte er seine Hemdtaschen nach seinen Zigaretten ab.
»Wie spät ist es?«
Stern nannte ihm die Uhrzeit.
»Ich muß Silvia anrufen. Hast du was dagegen?«
Stern schob das Telefon auf eine Schreibtischecke und hörte zu,

wie Dixon mit seiner Frau redete: Er sei in der Kanzlei, um Papiere anzusehen, schon die ganze Nacht. »Sandy sitzt mir direkt gegenüber. Er hat mich schlafend vorgefunden. Frag ihn selbst. War es nicht so?« Dixon hielt ihm den Hörer hin. Stern, der ungern als Dixons Alibi für eine wer weiß wo verbrachte Nacht fungierte, murmelte ins Telefon, Dixon habe geschlafen. »Siehst du?« Dann ging Dixon seinen Tagesplan mit ihr durch, jeden Termin und alle Leute, mit denen er sich treffen wollte. »Ich liebe dich«, versicherte Dixon gegen Ende des Gesprächs. Stern musterte Dixon dabei; er war sonnengebräunt, schnurrbärtig, doch die Haut unterm Kinn wurde langsam faltig und sein gewelltes Haar schütter. Das Alter setzte ihm allmählich zu, doch Dixon ließ in sein Gespräch mit Silvia noch alle irdische Lebhaftigkeit einfließen. In ihren späten Jahren, auf dem Wege in die Senilität, würden Dixon und Silvia glücklich aufeinander fixiert bleiben, begünstigt sicher auch dadurch, daß Dixons Interesse am Fremdgehen unweigerlich erlahmen würde. Wie immer traf Stern die Erkenntnis: So verkorkst oder unreif Dixons Gefühlsleben auch sein mochte, er log nicht, wenn er Silvia beteuerte, er liebe sie. Nach seinen Entdeckungen am Sonntag hätte Stern erwartet, in Wut zu geraten, wenn er wieder ein solches Geturtel zwischen den beiden mit anhören mußte, wie im Laufe der Jahre schon so oft, doch jetzt verspürte er eher eine Leere, ein Sehnen, auch Neid – er selbst hatte keine Frau mehr.

»Besorgst du uns was zum Frühstück?« fragte ihn Dixon. Er hatte den Hörer aufgelegt.

»Was hast du mir da gebracht, Dixon?«

»Den beschissenen Safe hast du doch gewollt? Da hast du ihn. Bist du jetzt glücklich? Alle Probleme gelöst?«

»Die Staatsanwaltschaft verlangt von mir außerdem die eidesstattliche Versicherung, daß der Inhalt unverändert geblieben ist.«

»Dann versichere das doch.«

»Wie soll ich das können?«

»Willst du erst sehen, was drin ist?«

»Durchaus nicht. Ich will nur was klarstellen.«
»Ich möchte aber, daß du nachsiehst.« Der Safe stand direkt vor ihm, und Dixon ließ das Zahlenschloß schnurren. Er langte hinein und warf ein einzelnes Blatt auf die gläserne Schreibtischplatte. Es war Dixons Scheck, vierfach gefaltet, zur Dekkung des Sollstands auf dem Wunderkind-Konto ausgeschrieben. Stern suchte seine Brille und tat so, als studiere er das Dokument genau.
»Sonst nichts?«
»Blickst du überhaupt durch, was du da vor dir hast?« Dixon bemühte sich nicht mehr, höflich zu wirken. Er gab sich jetzt, wie ihm zumute war, aufgeregt und grob.
»Ich glaube, ich erfasse sehr wohl, welche Bedeutung der Scheck hat, besonders für die Staatsanwaltschaft.« Lieferten sie lediglich diesen Scheck ab, konnte Sonny Klonsky Stern eines weiteren Vertrauensbruchs bezichtigen und sagen, er habe den Inhalt des Safes auf das abgestimmt, was der Staatsanwaltschaft seines Wissens nach ohnehin bekannt war. Mehr als ein weiterer privater Vorwurf ihrerseits an ihn würde dabei freilich nicht herauskommen, denn vor Sennett konnte sie nie und nimmer zugeben, wieviel sie Stern bereits verraten hatte. »Die Staatsanwaltschaft scheint zu glauben, daß es irgendwo auch Dokumente über das Konto gibt.«
»*Gibt*?« fragte Dixon mit seinem Lausbubengrinsen, dabei das Präsens betonend.
»Das wäre eine große Dummheit, Dixon.«
»Na, irgendwo hast du recht«, räumte Dixon ein. »Ich hab mir ein kleines Freudenfeuer gegönnt und es mir dann anders überlegt, aber mehr war nicht zu retten.« Er zeigte auf den Scheck. »Die können sich nicht beschweren. Damit haben sie so oder so meinen Kopf auf einem silbernen Tablett, wenn sie das je in die Finger kriegen.«
»Sofern sie diesen Scheck nicht schon haben«, sagte Stern.
»Wo sollten sie ihn denn herhaben?«
»Möglich, daß sie mit der Verfügung an deine Bank genau darauf abzielten.«

Während er das noch schluckte, kam Dixon auf das Naheliegende: Warum kümmerten die sich noch um den Safe, wenn sie seine Verfügungsgewalt über das Wunderkind-Konto bereits nachweisen konnten? Reine Taktik, erläuterte Stern. Der Beweis, daß Dixon Dokumente zurückhielt, wäre ein zwingendes Indiz dafür, daß hier ein Schuldiger konkludent handele.«

»Du meinst, ich bin ihnen in die Falle getappt?« fragte Dixon.

»Höchstwahrscheinlich«, sagte Stern. Er hatte die Hände gefaltet. Er war jetzt unnachgiebig gefaßt. Nie hatte er besser geschauspielert. Dixon strich sich nun gedankenvoll das Kinn. Er seufzte, zupfte sich an der Nase, schüttelte den Kopf.

»Du meinst, ich sollte auf ›schuldig‹ plädieren, nicht wahr? Jedenfalls hast du das neulich gesagt.«

»Wenn jemand schuldig ist, ist das immer eine Alternative, die ernsthaft erwogen werden sollte.«

»Und was passiert dann mit mir? Was kannst du für mich aushandeln?«

»Es ist immer klug zu versuchen, sich Freiheit zu erkaufen, für eine hohe Geldstrafe eine weniger lange Gefängnisstrafe einzuhandeln.«

»Eine wie lange?«

»Heutzutage? Angesichts der Bundesrichtlinien für Strafurteile vermutlich drei Jahre.«

»Und wann werde ich auf Bewährung entlassen?«

»Im Strafvollzug des Bundes gibt es keine Bewährung mehr.«

»Lieber Gott.«

»Ja, sehr streng.«

»Und ich habe republikanisch gewählt«, sagte Dixon. Er lächelte verzerrt. »Wieviel muß ich denen rausrücken, damit ich dieses Sonderangebot von drei Jahren ergattere?«

»Das läßt sich nur schätzen, Dixon. Gewiß Millionen. Allein Gott weiß, wieviel Stan Sennett dir abzwacken will. Vielleicht einen großen Teil vom Wert deines Geschäftsanteils an Maison Dixon. Das wird sehr teuer.«

»Hm.« Wieder faßte sich Dixon ans Kinn und lächelte uner-

wartet. »Was sie nicht finden, können sie nicht beschlagnahmen, oder?«
Der Gedanke an das, was er alles in der Karibik gebunkert hatte, schien Dixon kurz Kraft zu geben. Silvia war gut versorgt. Stern sah seine Logik.
Dixon zündete sich eine Zigarette an.
»Hör zu, Dixon, ich könnte einen besseren Eindruck von unserer Verhandlungsposition gewinnen, wenn ich genauer wüßte, was eigentlich vorgefallen ist.«
»Das weißt du bereits«, antwortete Dixon, haspelte es aber trotzdem herunter. Wie ihm bekannt geworden sei, daß Großaufträge für Chicago eingegangen waren, und er sofort das zentrale Orderdesk angerufen habe, um kurz vorher entsprechende Orders an der Börse von Kindle zu plazieren. Er beschrieb, wie er das Irrläuferkonto und das Wunderkind-Konto genutzt hatte, um die Gewinne abzuziehen und weiterzuleiten. »Verdammt schlau eingefädelt«, schloß Dixon, »wenn ich mich mal selbst loben darf.«
»Und was ist mit diesem Konto, Dixon – mit Wunderkind? Wie war das?«
»Bloß ein Firmenkonto. Ich habe es dafür einrichten lassen.«
»Und welche Rolle hat John bei alledem gespielt?«
»John? John ist ein Gipskopf. Er hat getan, was ich ihm aufgetragen habe. Der würde glauben, es regnet, wenn man ihm ins Gesicht pißt.« Dixon starrte auf seine Zigarette und wippte mit dem Fuß; er trug glatte italienische Schuhe aus braungrauem Leder. Er machte auf unbeschwert.
»Ein Mann von deinem Vermögen, Dixon. Das ist doch ...«
»Ach, fang nicht an zu moralisieren, Stern. So läuft das an der Börse, okay? Da unten auf dem Parkett fressen wir unsere eigenen Kinder. Alle machen das. Scheiße, auch die Kunden machen das – wenigstens die, die wissen, was läuft. Ein menschlicher Dschungel. Die haben mich mit den Fingern im Bonbonglas erwischt, mehr nicht. Ich will das erledigt sehen. Ich will diese verdammte Scheiße hinter mich bringen.« Er schlug sich auf die Knie und blickte seinem Schwager direkt ins

Gesicht, rotbackig, vital, immer noch gutaussehend, Dixon Hartnell, der Titan der Börse. »Ich möchte auf ›schuldig‹ plädieren«, fügte er hinzu.
Stern erwiderte nichts.
»Okay?« fragte Dixon. »Wieviel Uhr ist es jetzt? Rufst du bitte diese Arschlöcher an? Bevor ich mich anders besinne. Ich möchte hören, wie dieser aufgeblasene Schweinehund Sennett vor Schreck umfällt.«
»Dixon, ich glaube, du willst mich täuschen«, sagte Stern.
Dixon fuhr sichtlich zusammen.
»Ich?«
»Ja, du.«
»Du spinnst.«
»Ich glaube nicht.«
Dixons Mund stand leicht offen.
»Du hast mit dieser Frau gesprochen, stimmt's? Wie heißt sie doch gleich? Krumke.«
»Ach, Dixon, deine Mätzchen haben mich das Vertrauen der Staatsanwaltschaft gekostet. Ich habe nicht mit Mrs. Klonsky gesprochen.«
Dixon stand auf. Er lief durchs Büro und fuchtelte mit seiner Zigarette herum.
»Du willst mich bluten sehen, was?«
»Ich wäre dankbar für die Wahrheit, Dixon, wenn du sie mir anvertrauen willst.«
Dixon, der im Zimmer hin und her gewandert war, blieb jetzt an Sterns Lieblingsplatz am Fenster stehen und blickte auf den Fluß hinunter, welcher in der Morgensonne lebendig glitzerte.
»Da ist was mit diesem Konto.«
»Mit welchem Konto?« fragte Stern.
»Wunderkind Incorporated. Oder wie immer wir es nannten.«
»Ja?«
»Es war Johns Konto. Oder es sollte so aussehen. Ich wollte nicht Geld auf ein Konto schieben, das man zu mir zurückverfolgen konnte. Also habe ich ihn gebeten, eins zu eröffnen. Ein Firmenkonto natürlich, wegen der internen Börsenverrech-

nung. Auf seinen eigenen Namen konnte es nicht laufen. An der Börse von Kindle gibt es eine Vorschrift, daß Angestellte von Börsenmitgliedern keine eigenen Konten haben dürfen.«

»Und wessen Namen habt ihr benutzt, Dixon?«

Dixon wandte sich um. Er fühlte sich äußerst unbehaglich.

»Kate. Sie hat die Dokumente zur Konteneröffnung unterzeichnet. Mit ihrem Mädchennamen. Ich bin sicher, sie hat keine blasse Ahnung gehabt, um was es ging. Der Trottel hat ihr bloß gesagt, sie soll da unterschreiben, wo angekreuzt ist.«

»Und was hat John dafür gekriegt, daß er dir so gefällig war?«

»Ach, der ist doch der Dorftrottel. Wenn ich ihm sage, er soll springen, fragt er bloß, aus welcher Höhe. Er möchte unbedingt aufs Parkett. Er hat darauf gewartet, daß ich ihn befördere. Sieh mal, er ist noch ein Kind. Er ist 'ne nasse Nudel. Den kann man in jede beliebige Form biegen. Ich habe ihm gesagt, was er tun soll, und er hat's getan.«

»Du hast ihm keinen Penny Gewinn versprochen?«

»Ich hab mit ihm nie darüber geredet. Offen gesagt, halte ich ihn für zu dämlich, um danach zu fragen. Und es hat ohnehin nie einen Gewinn gegeben. Zumindest nicht lange.«

»Ja, Dixon, erklär mir das mal. Du hast das Geld unterschlagen und dann verloren?«

»Für mich war das Las Vegas. Wen scherte das? Ein kleiner Verlust, ich hab noch mehr. Das war bloß Amüsement, Stern.«

»In das du meine Tochter und meinen Schwiegersohn verwikkelt hast – deine Nichte und ihren Mann. Eine Straftat nur zum Spaß, bei der du hinter Kindern in Deckung gegangen bist – hinter meinen Kindern?«

Dixon antwortete nicht. Er setzte sich wieder aufs Sofa und zündete sich mit dem Feuerzeug eine weitere Zigarette an.

»Ist dir nie in den Sinn gekommen, Dixon, daß John der Staatsanwaltschaft von diesem Konto erzählen würde und wie es eingerichtet wurde?«

»Ja, ist mir schon in den Sinn gekommen«, antwortete er. »Ich war nur nicht erpicht darauf, es dir zu sagen.« Dixon

lehnte sich zurück und streckte die Beine aus. »Ich hab die Unterlagen daheim. Ich bring sie her.«
»Hattest du Angst, Dixon, ich würde die Achtung vor dir verlieren?« Diese Bemerkung hatte er gut gezielt – ein Stoß mit dem Degen. Kalter Stahl.
»Ach, leck mich doch, Stern. Es tut mir leid – ich hab's gemacht, ich bin schuld, ich plädiere auf ›schuldig‹. Ich werde genug Zeit haben, es zu bereuen. Also ruf die gottverdammten Staatsanwälte an, damit wir's hinter uns bringen.«
Mit einem Arm über der Sofalehne, blies Dixon Rauchringe in die Luft.
»Schuld hast du allerhand, Dixon. Aber an dieser Straftat bedauerlicherweise keine.«
Dixon setzte sich kerzengerade auf.
»Bist du jetzt vollkommen verrückt?«
»Ich glaube nicht. Dixon, du bist unschuldig.«
»Ach, verschon mich.«
»Dixon, du erzählst mir exakt, was die Staatsanwaltschaft deiner Meinung nach glaubt.«
»Da hast du recht.«
»Und weißt dabei, daß das gelogen ist.«
Dixon stand plötzlich auf, antwortete aber zunächst nicht.
»Gelogen?«
»Dixon, lassen wir die Frage nach dem Motiv einmal beiseite. Du behauptest, ein reicher Mann unterschlägt genauso gern wie ein armer, und häufig stimmt das auch. Aber erklär mir bitte doch mal eines. Du erzählst mir, du habest John beschwatzt, dieses Konto einzurichten, damit eines Tages die Schuld auf einen anderen als auf dich fällt. Und trotzdem hast du sofort die Unterlagen vor der Staatsanwaltschaft versteckt, als sie von dem Konto Wind bekommen hatte.«
»Na und? Ich bin halt nicht ganz der Schweinehund, für den ich mich gehalten hatte. Zudem habe ich dir bereits gesagt, daß ich keine Lust hatte, dir die Sache zu erklären.«
»Dixon, ich spüre, du hattest andere Motive.«
»Du bist ja bekifft, Stern.«

»Sag mal, Dixon, wie erklärst du dir eigentlich, daß die Staatsanwaltschaft überhaupt Lunte gerochen hat? Wer ist der Informant, Dixon?«
Dixon schüttelte abwehrend den Kopf, als habe er nie über diese Frage nachgedacht.
»Wer, glaubst du denn, ist es gewesen?« fragte er.
»Nach langem Nachdenken bin ich zu dem Schluß gekommen, daß es Margy ist und daß du das schon die ganze Zeit weißt und ihr vielleicht sogar den Auftrag gegeben hast.«
Dixon saß absolut still da. Dann bewegten sich zuerst wieder seine hellen Augen, die ins Graue oder Grünliche spielten.
»Du hast deinen Scheißverstand verloren. Aber völlig.«
»Ich glaube nicht.«
»Du bist mir vielleicht eine Type«, sagte Dixon. »Weißt du das? Seit Monaten löcherst du mich, ich soll dir das erzählen. Du nimmst mich ins Kreuzverhör. Du schickst mir idiotische Anträge. Du drohst mir über meine Sekretärin. Und jetzt, da ich mich endlich habe breitschlagen lassen und dir mitteile, was läuft, nennst du mich einen Lügner und bringst hanebüchene Beschuldigungen vor, die du halluziniert hast. Leck mich doch am Arsch, Stern.«
»Eine wunderschöne Rede.« Stern hob beide Hände und klatschte ein einziges Mal.
»Ich werde auf ›schuldig‹ plädieren.«
»Für eine Straftat, die du nicht begangen hast?«
»Den Scheiß hör ich mir nicht länger an. Du bist mein Anwalt, oder nicht?«
»Zur Zeit.«
»Na gut, ich will auf ›schuldig‹ plädieren. Handle das aus. Das sind Anweisungen, Instruktionen oder wie du es nennen willst.«
»Tut mir leid, Dixon. Kann ich nicht machen.«
»Dann entlasse ich dich.«
»In Ordnung.«
»Glaubst du, ich zieh das nicht durch? Das kann ich auch ohne dich. Die Stadt ist voller Anwälte. Alle arbeiten sie für Geld.

Wie Sand am Meer. Ich hab sechs an der Hand, bevor der Tag vorüber ist.«

»Du bist nicht schuldig, Dixon.«

Dixon kniff die Augen zusammen und brüllte mit höchster Lautstärke los.

»Gottverflucht, Stern!«

Es klang wie ein Kanonenschuß. Irgendwo in dem stillen Gebäude vernahm Stern Bewegung. Ein Stück den Flur hinunter ging eine Tür auf.

»Du verdammt überheblicher Hundesohn. Gibt es auch nur eine Minute in deinem bisherigen Leben, in der du nicht geglaubt hast, klüger oder besser zu sein als ich?« Dixon blickte wild um sich. Er war bis auf ein paar Schritte an Stern herangetreten, und dieser fürchtete kurz, Dixon könnte ihn schlagen. Aber schließlich wandte sich Dixon ab und beugte sich über den Safe.

»Laß ihn stehen, Dixon. Meine Vorladung gilt immer noch. Der Safe ist meine Sache.«

Heiße Wut von Reaktortemperatur strahlte aus Dixons Blick, doch er trat vom Safe zurück.

»Hat man so etwas Beschissenes schon gesehen?« sagte er noch, bevor er ging.

»Hier Stern.«

»Hier spricht Sonny.«

Er begrüßte sie herzlich und fragte, wie sie sich fühle. Sobald er ihre Stimme hörte, tobte in ihm noch immer jedesmal, wenn auch etwas entfernter, der gleiche Sturm der Gefühle. Wie fernes Gewittergrollen. Er blickte auf die Uhr im Telefon. Auch eine seiner Spielereien. Es war schon lange nach fünf.

»Hören Sie mal«, sagte sie, »ich hatte eben einen äußerst seltsamen Anruf. Von Ihrem Mandanten. Mr. Hartnell. Er sagte, er wolle herkommen und mich sprechen.«

»Ignorieren«, empfahl Stern sofort.

»Hab ich versucht. Ich hab ihm erklärt, ich dürfte nicht mit ihm reden, weil er anwaltlich vertreten ist. Er behauptet, er habe Ihnen das Mandat entzogen. Stimmt das?«

Stern holte kurz Luft und sagte ihr dann, er wisse nicht genau, was der letzte Stand sei, und Dixon sei äußerst emotional, spüre den Streß. »Wenn ich das Mandat niederlege, mache ich das aber nicht, bevor er nicht einen Ersatzverteidiger hat. Ich muß darauf bestehen, Sonny, daß die Staatsanwaltschaft auf ein direktes Gespräch mit ihm verzichtet.«

»Nun, Sandy, ich weiß nicht. Ich meine...«

»Das ist keine Kritik an Ihnen.«

»Verstehe.«

Die meisten Richter würden es ungnädig aufnehmen, wenn die Staatsanwaltschaft das doch tat. Erklärte Stern später, sein Mandant sei von Sinnen gewesen, würde das vor Gericht den Eindruck erwecken, die Staatsanwaltschaft habe die Situation unfair ausgenutzt. Selbst Sennett riskierte so etwas nicht. Sein Fall war wasserdicht. Warum das aufs Spiel setzen? Sonny rechnete sich das gewiß ebenso aus.

»Ich rede mit Stan«, sagte sie schließlich. Ihre übliche Flucht, wenn sie nicht weiterwußte. »Hab ich richtig verstanden, daß Mr. Hartnell interessiert sein könnte, auf ›schuldig‹ zu plädieren?«

»Ich würde ihm abraten«, erwiderte Stern. »Und zwar sehr nachdrücklich.«

»Sie bluffen.« Er hörte die Kiekser in ihrer Stimme, ihre Belustigung. Sie konnte gegen ihre Gutmütigkeit nicht an. Sie genoß es, auf gleicher Stufe mit ihm zu verkehren und sich damit zu beweisen, war jedoch so freundlich, nicht nachzuhaken. »Was ist mit dem Safe?« fragte sie. »Haben Sie unseren Vorschlag mit Marta besprochen?«

»Was wollten Sie gleich wieder?« fragte Stern. Natürlich wußte er es noch genau. Nur ein Anwaltstrick, einer von tausend, in der Hoffnung angewandt, die Bedingungen könnten bei Wiederholung irgendwie besser klingen. Sie bot ihm den alten Handel an: Er solle den Safe beibringen und eine eidesstattliche Erklärung, daß sein Inhalt unberührt sei. Wieder einmal stand der Augenblick der Wahrheit bevor, Alltag des Anwaltslebens.

Letztendlich bloß eine Unterschrift. Wer außer Stern wußte es denn so genau?

»Sonny, ich glaube, ich kann dieser Aufforderung nicht Folge leisten.«

»Ach«, sagte sie.

»Ich weiß Bescheid.«

»Glaub ich nicht. Stan reagiert da sehr hart.«

»Natürlich.«

»O Gott!« Sie überlegte kurz. »Sandy, mir gefällt nicht, in welche Richtung das läuft. Absolut nicht. Ist Ihrem Mandanten bekannt, daß wir seine Verfügungsgewalt über das Konto beweisen können? Über Wunderkind.«

»Ich darf Ihnen nicht sagen, was ich mit meinem Mandanten erörtert habe, Sonny, aber Ihr Vertrauen habe ich nicht mißbraucht. Ich hoffe, Sie unterstellen mir das nicht.«

»Nein, tue ich nicht. Aber eigentlich meinte ich ... Hören Sie, ich muß mir das noch überlegen. Sollte ich keine Schwierigkeit sehen, Ihnen zu erlauben, ihm das zu eröffnen, könnte das Ihrer Meinung nach etwas ändern?«

»Sehr nett von Ihnen, Sonny, aber ändern würde das überhaupt nichts.«

Sie zögerte, dachte offenbar nach. Aus ihrem Schweigen schloß er, daß sie nicht mehr weiterwußte.

»Sandy, das ist bescheuert. Wenn Sie meinen, irgendeiner hier in diesem Gebäude habe Angst, Sandy Stern ins Gefängnis zu bringen ...«

»Derlei Illusionen mache ich mir nicht. Das kann ich Ihnen versichern.«

»Und es gibt nichts, was man tun könnte?«

Er schwieg zu dieser goldenen Brücke, weil er sie nicht schon wieder ausnutzen wollte. Das hatte er in Dulin getan, und beide hatte sie das am Ende Gefühle gekostet.

»Also was?« fragte sie.

»Nicht so wichtig.«

»Was?«

Er seufzte. »Der Informant.«

Sie schnalzte mit der Zunge. »Was ist mit dem?«
»Ich denke, Sie wissen immer noch nicht, wer es ist.«
»Und wenn ich es wüßte, dürfte ich es Ihnen nicht sagen.«
»Natürlich nicht.«
»Also?«
»Ich glaube, der Leitende Staatsanwalt genießt es besonders, mich zu düpieren. Ich vermute, Sie werden feststellen, daß Ihre Quelle eine Person ist, von der die Staatsanwaltschaft genau weiß, daß sie wegen ihres besonderen Verhältnisses zu mir für mich über jeden Verdacht erhaben ist.« Er hatte kurz erwogen, ob er »ein Mandant« sagen oder ihr sogar Margys Namen nennen sollte, aber je klarer er sich ausdrückte, desto problematischer wurde die Sache. Wie sie bereits gesagt hatte, würde sie die Identität nie bestätigen dürfen. »Sollte mein Verdacht unbegründet sein, würde ich das gerne wissen.«
»Und das ist für Sie von Bedeutung? In Verbindung mit dieser Sache? Mit Ihrer Vorladung?«
»Von ganz entscheidender Bedeutung«, bekräftigte er.
»Ich verspreche nichts«, sagte sie. »Wenn ich's herausfinde, finde ich's heraus. Was ich dann mache, weiß ich noch nicht.«
Sie hingen in der Leitung und schwiegen. Wieder einmal verblüffte sie ihn – sie war eine so starke, anständige Frau.
»Und wie lebt es sich so?« wollte er wissen. Er traute sich nicht, genauer zu fragen. Nach ihrer Ehe. Ihrem Mann.
»Besser«, sagte sie.
»Schön«, erwiderte er.
»Ja«, sagte Sonny und wartete. »Aber die Justiz zieht mich runter«, fügte sie noch hinzu, bevor sie auflegte.

44

»Nennen Sie bitte Ihren Namen, und buchstabieren Sie den Nachnamen für das Protokoll.«
»Mein Name ist Alejandro M. Stern. Vorname A l e j a n d r o. Nachname S t e r n.«

»M?« fragte Klonsky nach. Was ihn anging, würde sie wohl immer neugierig bleiben.
»Mordechai.«
»Aha.« Sie nahm das stoisch auf und blickte wieder in ihre Notizen.
Sonny sagte die übliche Präambel auf, die Stern schon in Dutzenden von Protokollen gelesen hatte. Sie setzte ihn davon in Kenntnis, daß er sich vor der Sonderjury vom März 1989 befinde – in diesem Monat waren die Geschworenen ausgewählt worden –, und beschrieb mit einem Satz die Ermittlung 89/86 lakonisch mit »Verdacht auf Verstöße gegen Paragraph 18, Abschnitt 1962 des Gesetzbuches der Vereinigten Staaten«. Sie fügte hinzu, gegen Stern selbst werde nicht ermittelt, und seine Anwältin stehe ihm vor der Tür für Rückfragen zur Verfügung.
»Und sie heißt Marta Stern. Gleiche Schreibweise?«
»Ja«, sagte Stern. Er wandte sich dabei an die Schriftführerin direkt vor ihm, an Shirley Floss, die früher in Richter Horkas Gerichtssaal gearbeitet hatte. »M a r t a.« Shirley lächelte beim Tippen. Alle Namen richtig zu haben, war für sie das Wichtigste in einem Gerichtsprotokoll.
Stern saß auf dem Zeugenstuhl vor der Grand Jury – seine Wißbegier aus dreißig Jahren sollte nun endlich befriedigt werden. Neben ihm, hinter der Verkleidung der erhöhten Geschworenenbank aus Walnußholz, saßen Sprecherin und Schriftführerin der Grand Jury, zwei Frauen mittleren Alters, von den Geschworenen für diese mehr administrative Aufgabe ausgewählt. Ein kleines Pult, das sich die Schriftführerin und Klonsky teilten, stand unmittelbar vor ihm, und dahinter saßen in einer abgetrennten Nische die übrigen Geschworenen – ein Völkergemisch aller Rassen und Lebensalter. Zwei ältere Männer schliefen; ein jüngerer, leicht brutal aussehender Mann mit buschigen Koteletten und langen fettigen Haaren las Zeitung. Ein paar Geschworene lauschten beflissen. Eine schlanke und attraktive Frau mittleren Alters hatte einen Block vor sich und machte sich Notizen. Fenster, Tageslicht gab es nicht.

»Wo wohnen Sie, Mr. Stern?«
Er nannte seinen Wohnsitz und antwortete auf die nächste Frage, von Beruf sei er Rechtsanwalt.
Sonny ging zum Tisch.
»Mr. Stern, ich zeige Ihnen jetzt ein Blatt, das von der Gerichtsprotokollantin mit G.J. 89/86, Beweisstück 192, gekennzeichnet wurde. Erkennen Sie es wieder?«
Es war die Vorladung, die sie ihm zugestellt hatte. Einhundertzweiundneunzig Beweisstücke, dachte Stern bei sich. John war sehr redselig gewesen. Ohne Frage waren die Ermittlungen fast abgeschlossen, und die Anklageerhebung stand unmittelbar bevor. Klonsky gab zu Protokoll, Stern habe den Empfang der Vorladung quittiert, und ließ ihn den Text laut vorlesen.
»Nun, Mr. Stern, haben Sie den fraglichen Safe in Ihrem Besitz, zur Aufbewahrung oder in Ihrer Verfügungsgewalt?«
»Ich verweigere die Antwort.«
»Mit welcher Begründung?«
»Wegen des garantierten Vertrauensschutzes zwischen Anwalt und Mandanten.«
Klonsky, die das erwartet hatte, wandte sich an die Sprecherin der Grand Jury, eine grauhaarige Frau mit Brille.
»Frau Sprecherin, bitte weisen Sie den Zeugen an zu antworten.«
Ganz befangen bei dem Gedanken an eine eigene Sprechrolle in dem Schauspiel, das täglich routinemäßig vor ihr ablief, sah die Sprecherin Stern kaum an und sagte nur: »Antworten Sie.«
»Ich weigere mich«, erwiderte Stern.
»Mit welcher Begründung?« fragte Klonsky.
»Mit der bereits erklärten.«
Sonny, die bis jetzt tüchtig und eindrucksvoll gewirkt hatte, schien Zweifel zu bekommen. Ihre Schwangerschaft war so weit fortgeschritten, daß sich ihre gewohnte robuste Anmut schließlich ganz verloren hatte. Sie hielt kurz vor ihm inne, gedankenverloren und mit verletztem Blick.

»Mr. Stern, ich setze Sie in Kenntnis, daß ich die Gerichtspräsidentin ersuchen muß, Sie wegen Mißachtung der Grand Jury zur Verantwortung zu ziehen.«

»Ich will niemanden mißachten«, erwiderte Stern.

Klonsky bat die Geschworenen um eine Verhandlungspause, damit sie sich mit Stern in Richterin Winchells Amtszimmer begeben konnte. Die Geschworenen waren mit diesem Gang ziemlich vertraut, da sie jede Woche alle zusammen einen Häuserblock weiter Richterin Winchell gegenübertraten, um die Beschlüsse der Grand Jury zu beantragten Anklageerhebungen zu verkünden. Stern hatte sie gelegentlich daherkommen sehen, einen Zug unbeschwerter Scharfrichter. Für sie war das bloß Routine, mit dreißig Dollar täglich bezahlt, eben ein Brauch der Justiz, so unergründlich wie die Sitten der Chinesen. Für den Angeklagten war es häufig das Ende seiner bürgerlichen Existenz. Sonny stieß die Tür des Geschworenensaals auf, und Marta schaute herein, im dunklen Kostüm und Nylonstrümpfen – Marta in Nylons!

»Was gibt's?« fragte sie ihren Vater.

»Wir sind auf dem Weg zur Gerichtspräsidentin.«

Stern erkannte in ihrem Gesicht seinen eigenen Ausdruck südamerikanischer Nachdenklichkeit, die sich ins Unvermeidliche schickt.

Die Gruppe – Sonny, Sandy, Marta und Shirley, die Schriftführerin, die auch mitmußte – wartete im Flur stumm auf einen der lahmen Fahrstühle des neuen Bezirksgerichtsgebäudes.

»Ich hab Stan angerufen«, sagte Sonny. »Er kommt dort hinzu.«

Der Leitende Staatsanwalt würde sozusagen seinen Amtsstab auf den Boden stoßen und Sühne verlangen. Offensichtlich haßte ihn Sennett mit einer Heftigkeit, über die sich Stern nie so recht klargeworden war. Scham, Groll, Demütigung; das bittere Verlangen nach einer fehlenden Selbstachtung. Menschen, dachte Stern, waren so mitleiderregend durchschaubare Wesen.

Die kleine Gruppe schritt in der Sommerhitze die von Menschen wimmelnde Avenue hinunter. Shirley hatte ihr Stenogerät und ihre Notizen in ein Köfferchen gepackt und zog es auf einem kleinen Rollgestell hinter sich her, wie eine Stewardeß ihr Gepäck. Sie erzählte Stern von ihren Kindern. Der Jüngste, schon auf dem College, wolle bei Rundfunk und Fernsehen Karriere machen. Sonny und Marta verstanden sich wider Erwarten großartig. Sie hatten praktisch zur gleichen Zeit Examen gemacht und gemeinsame Freunde. Ein Studienfreund Martas namens Jake war zusammen mit Sonny Assistent am Berufungsgericht gewesen.

Sennett wartete in seinem blauen Maßanzug und blütenweißen Hemd bereits im Vorzimmer der Richterin. Als sie hereinkamen, betrachtete der Leitende Staatsanwalt tatsächlich seine Fingernägel. Er gab Marta und danach Stern die Hand. Stern, leicht verdrießlich, erwiderte Sennetts Begrüßung nicht.

Nach einer Minute ging Moira Winchells Tür auf, und die Gerichtspräsidentin bat sie mit einer Handbewegung, näher zu treten. Sie trug einen glatten Rock, und ihr Haar, das immer mehr graue Strähnen zeigte, wurde heute von einem Haarband zusammengehalten, so daß sie ein wenig schulmädchenhaft wirkte.

»Na, glücklich bin ich nicht gerade, Sie hier zu sehen.« Durch die Seitentür rief sie nach ihrem Schriftführer.

Die Gruppe saß erneut am Besprechungstisch der Richterin, der so massiv war wie eine Festung. Das Tageslicht fiel durch schwere Fenster ein, lange Parallelogramme grellen Lichts, die das übrige Zimmer dagegen düster wie ein Gefängnis erscheinen ließen. Da hatte er die richtige Metapher assoziiert, dachte Stern bei sich.

»Zu Protokoll«, sagte Richterin Winchell zu ihrem Schriftführer. »Mr. Sennett, ich nehme an, Sie wollen etwas beantragen?«

Stan wies mit einer Handbewegung auf Sonny, die aus einem Aktendeckel einen offenbar bereits formulierten knappen Antrag zog. Darin wurde darum gebeten, Stern richterlich anzuweisen, nochmals vor der Grand Jury zu erscheinen und die verweigerten Antworten zu geben. Ein neuerliches Erscheinen war nötig, weil die Grand Jury selbst nicht berechtigt war, Antworten zu erzwingen. Erst wenn er sich auch der richterlichen Anweisung widersetzte und weiterhin die Antworten verweigerte, konnte Stern der Mißachtung des Gerichts für schuldig befunden und in Beugehaft genommen werden.

Moira legte den Antrag beiseite. »In Ordnung, lassen Sie mal hören, wie das abgelaufen ist. Ist das Ihre Schriftführerin?«

Shirley wurde vereidigt, las leiernd von ihrem schmalen Stenoblock ab und stockte dabei zuweilen bei der Rückübersetzung der Kurzschriftsymbole. Bob, der Schriftführer der Richterin, saß neben Shirley und tastete alles in sein eigenes Stenogerät ein.

»Antwort von Mr. Stern«, las sie am Ende vor. »›Ich will niemanden mißachten.‹«

Stern sah Sennett am andern Ende des Tisches die Stirn runzeln. Stan kaufte ihm das nicht ab.

»Also gut, Mrs. Stern«, sagte die Richterin, die weibliche Anrede für das Protokoll sorgfältig betonend. »Was sagen Sie zu diesem Antrag?«

»Wir erheben Einspruch, Euer Ehren.« Marta erläuterte, daß sich beide Fragen, ob Stern den Safe erhalten oder ob er ihn aufbewahrt habe, auf das Gespräch mit seinem Mandanten bezögen. Sie bat um eine Woche Aufschub, um einen Schriftsatz zur Begründung dieser Stellungnahme vorzulegen, und Sennett, der sich hier zum Sprecher der Staatsanwaltschaft machte, erhob in seinem gewohnten Ton mühsam unterdrückter Heftigkeit Einspruch. Schriftsätze seien hier überflüssig, meinte er, und würden den abschließenden Entscheid der Grand Jury ungebührlich hinauszögern. Marta wehrte sich tapfer, doch die Richterin entschied schließlich zugunsten der Staatsanwaltschaft. Sie werde sich gewiß nicht einen Austausch von Schriftsätzen zu jeder Frage an Stern gefallen lassen.

»Wenn Sie Präzedenzfälle vorlegen können, lese ich sie jetzt gleich«, erklärte die Richterin.

Marta hatte welche dabei. Aus ihrem Aktenkoffer zog sie

Kopien verschiedener Urteile über den Umfang des Vertrauensschutzes zwischen Anwalt und Mandant und händigte der Richterin und der Staatsanwaltschaft jeweils einen Satz davon aus. Die Anwesenden, einschließlich der beiden Schriftführer, blieben schweigend sitzen, während die Richterin und die beiden Staatsanwälte lasen.

Stan war offenbar nach wie vor entschlossen, binnen kurzem Anklage zu erheben. Gestern morgen hatte Stern einen Brief des Justizministeriums erhalten, der ihm für nächsten Dienstag um neun Uhr einen Termin in Washington bei der Abteilung für Organisiertes Verbrechen bestätigte. Wenn es wie üblich ablief, würde das Gespräch kurz, höflich und reine Formsache sein. Spätestens heute in zwei Wochen würde die Strafverfolgung genehmigt und der ehemalige Machtmensch Dixon Hartnell zum Aas geworden sein, das drei oder vier Tage lang von den Medien zerfleischt würde. An jenem Donnerstagmorgen würden die Wirtschaftsseiten das Gerücht der bevorstehenden Anklageerhebung verbreiten, weil sie von dem Mann dort am andern Tischende einen Tip bekommen hatten. Sofort nach der Anklageerhebung würde Stan dann eine Pressekonferenz einberufen und seine Pressemitteilung mit einem Blick verlesen, der ihn bei der Einblendung seines kurzen Auftritts in den Abendnachrichten so richtig unbeugsam wirken lassen würde. Am Freitagmorgen würde die Anklage dann Schlagzeilen machen und wahrscheinlich sogar dem *Wall Street Journal* und der *New York Times* eine Meldung wert sein. Anschließend würden die Wochenendbeilagen das Ganze noch mal ausführlich aufkochen und Sennett und seine Tatkraft im Kampf gegen die Korruption an der Warenterminbörse von Kindle County mit anderen gegen die Korruption im Lande vorgehenden vergleichen, oder schlimmer noch die tragische Geschichte vom Aufstieg und Fall Dixon Hartnells ausbreiten.

Und während so sein persönlicher Ruf vernichtet wurde, würde Dixons Lebenswerk allmählich zerbröckeln. Die Konkurrenz würde Dixons wie vom Donner gerührte Kunden kräftig umwerben, und seine leitenden Angestellten würden ihre Lebensläufe für Bewerbungen aktualisieren. Wegen der RICO-Anklage würden sofort sämtliche sichtbaren Aktiva Dixons per einstweiliger Verfügung eingefroren, so daß Stern erst Klonskys Erlaubnis einholen müßte, bevor Dixon einen Scheck auch nur auf Taschengeld ausstellen konnte. Reporter würden vor Dixons Haus lauern und ihn in der Firma auf seinem Privatanschluß belästigen. Und Dixon würde in allen Augen Abneigung oder harte Verurteilung lesen müssen. Für Stern war das immer noch unfaßbar – unmöglich, sich Dixon vorzustellen, wie er diese tiefe Demütigung hinnahm und trotz dieser Entehrung soldatisch tapfer den Kopf oben behielt.

»Also ich denke mir das so«, brach die Richterin das Schweigen. Sie hatte Martas Präzedenzfälle durchgelesen und wollte offenbar nicht einmal eine Debatte zulassen. »Ich meine, diese Fälle treffen hier nicht zu. Aus dieser Sicht, aufgrund von Urteilen wie bei Feldman und Walsh, müßte der Anwalt für jede Fragestellung oder jede Beweismittelanforderung, für die er Vertrauensschutz geltend macht, den Einzelbeweis führen. Vertrauensschutz kann nur im konkreten Einzelfall beansprucht werden und nicht pauschal. Daraus schließe ich, daß der Vertrauensschutz Mr. Stern oder einen anderen Zeugen nicht davon entbindet, darauf zu antworten, ob er einen in der Vorladung genannten Gegenstand in seinem Besitz hat. Ansonsten würden Gericht und Anwalt in einen langwierigen Streit um des Kaisers Bart verwickelt. Also, Mrs. Stern, weise ich Ihren Einspruch zurück und Ihren Mandanten an, die Frage zu beantworten. Und jetzt«, die Richterin legte ihre langen Hände auf den Tisch; sie trug keinen Schmuck außer einem schmalen Ehering, und ihre Fingernägel waren nicht poliert, »jetzt möchte ich wissen, ob Ihr Mandant antworten will oder nicht, da ich gerne etwas Bedenkzeit hätte, ehe ich gegen eine mögliche Mißachtung vorgehe. Warum nehmen Sie nicht mein Arbeitszimmer, um sich zu beraten?«

»Ich glaube, sie hat recht«, sagte Marta, sobald sie die Tür des Arbeitszimmers hinter sich geschlossen hatte.

»Natürlich hat sie recht«, sagte Stern. Das Zimmer war sehr klein – bei der Errichtung des Gebäudes vielleicht als Arbeitsraum eines Gerichtsschreibers vorgesehen gewesen. Es gab eine Bücherwand und verschiedene Fotos von Jason Winchell, auch von einem Hund, einem irischen Setter in allen Lebensstadien, vom Welpen bis zur Hundemutter mit eigenem Wurf. Die Augen der Hündin, die ihre Jungen säugte, funkelten unheimlich grün im Blitzlicht. »Du möchtest, daß ich die Frage beantworte?«

»Ich würde dir dazu raten«, erwiderte seine Tochter.

Sie gingen an den Konferenztisch zurück. Marta sagte, Stern werde antworten. Die Staatsanwälte ließen keine Regung erkennen, aber die Richterin nickte. Sie war erfreut.

»Nun gut«, sagte Moira Winchell. »Wie lautet die nächste Frage? Ich möchte nicht die Zeit der Geschworenen vergeuden, indem ich Sie alle mehrmals hin- und hermarschieren lasse.«

»Nun, wie ist die Antwort auf die Frage?« wollte Sennett wissen.

Die Richterin sah Stern an, und Marta hob die Hand, um ihren Vater am Reden zu hindern.

»Ich denke, mein Mandant wird angeben, daß er den Safe in seinem Besitz hat.« So viel wußte Marta, da sie den Safe wieder im Büro gesehen hatte. Doch Stern hatte für sich behalten, was sonst noch zwischen ihm und Dixon vorgegangen war, und Marta hatte klugerweise nicht danach gefragt. Sie nahm ihres Vaters Pflicht ernst, Dixons Vertrauen zu wahren.

Auf die Mitteilung hin, daß Stern den Safe habe, drehte sich Sennett um und sah Klonsky an. Vielleicht hatte er dagegen gewettet. Sonny reagierte nicht. Vor der Grand Jury hatte sie geschäftsmäßig gewirkt, aber hier, mit den Konsequenzen konfrontiert, war sie gar nicht mehr so lebhaft und schien sich zunehmend vom Verfahren zu distanzieren, das Sennett mehr oder minder in seine Hand genommen hatte. Auch war sie blasser geworden. Stern dachte unwillkürlich an Kate und tröstete sich verstohlen mit dem, was ihm als Zeichen von Sonnys Mitgefühl vorkam.

»Nächste Frage«, sagte die Richterin wieder.
»Die nächste Frage«, ergriff Sennett das Wort, »lautet, ob der Safe einschließlich Inhalt noch in derselben Verfassung ist wie zu dem Zeitpunkt, als Mr. Stern ihn entgegennahm, oder ob seines Wissens nach etwas daraus entnommen wurde.«
Marta wollte etwas sagen, doch die Richterin schüttelte bereits den Kopf. Nur eine Frage auf einmal, ermahnte sie Sennett. Er flüsterte mit Klonsky, die etwas teilnahmslos mit den Schultern zuckte.
»Die Frage«, sagte er, »lautet, ob nach Mr. Sterns bestem Wissen und Gewissen seit Zustellung der Vorladung etwas aus dem Safe entnommen wurde.«
Leider eine schlaue Korrektur. Mit dieser Umformulierung hielt sich Sennett an die Ermahnung der Richterin und fragte nur, ob Stern immer noch in Besitz habe, was in der Vorladung angefordert wurde. Sennett robbte sich sachte heran. Antwortete Stern, seit Zustellung der Vorladung durch Sonny sei nichts entnommen worden, versuchte Sennett bestimmt, bis zu der Zeit zurückzugehen, zu der Stern den Safe erhalten hatte. Dort war dann vielleicht eher ein Einspruch möglich. Selbstverständlich wollte Stern, wie ihm jetzt klar wurde, nicht einmal die erste Frage beantworten.
»Was ist nun, Mrs. Stern. Irgendein Einspruch gegen diese Frage?«
»Diese Frage, ob er das weiß«, erklärte Marta, »unterscheidet nicht zwischen dem, was ihm sein Mandant vielleicht gesagt hat, und dem, was er von sich aus erfahren hat.«
»Wir grenzen die Frage so ein, daß alle Mitteilungen seines Mandanten an ihn unberührt bleiben sollen«, warf Sennett ein.
»Also lautet die Frage«, verdeutlichte die Richterin, »ob nach Mr. Sterns Wissen, Mitteilungen seines Mandanten ausgenommen, seit der Zustellung seiner Vorladung aus dem Safe irgend etwas entnommen wurde?«
Sennett nickte. Das war seine Frage.
»Weitere Einsprüche?« fragte die Richterin.

Stern flüsterte Marta zu: »Auf Vertrauensschutz berufen.« Sie tat es und erläuterte, die Frage beziehe sich noch immer auf Wissen, das aus dem besonderen Verhältnis zwischen Anwalt und Mandant herrühre und zur Preisgabe dessen führen könne, was der Anwalt selbst darüber denke.
»Dann«, sagte die Richterin, »weise ich diesen Einspruch zurück. Diese Frage zielt genau wie die vorige lediglich darauf, was im Besitz des Befragten ist oder nicht, ohne Bezug auf sein Verhältnis zu seinem Mandanten. Daher werde ich Mr. Stern auffordern zu antworten. Und auch hier wieder möchte ich lieber vorher wissen, ob er antworten will oder nicht.« Die Richterin wies erneut großzügig auf ihr Arbeitszimmer.
»Nein«, sagte Stern, als sie allein waren.
»Daddy!«
»Ich antworte nicht.«
»Warum nicht?«
»Ich kann nicht.« Ein kleines Sofa stand da, ein Zweisitzer mit einem Bezug aus schwerem braunen Tweed, und Stern ließ sich darauf fallen. Er fühlte sich plötzlich ziemlich müde. Marta blieb stehen.
»Du hast mir berichtet, daß er dich den Safe nicht hat öffnen lassen, bevor er ihn abgeholt hat.«
»Richtig«, sagte Stern.
»Also weißt du nicht, ob etwas herausgenommen worden ist.« Marta starrte ihren Vater an. »Woher kannst du das wissen?« Er schüttelte den Kopf – darauf wollte er nicht antworten.
»Na komm schon«, ermunterte sie ihn.
Stern blickte an den Wänden hoch – die Richterin hatte da verschiedene Belobigungen hängen, unter anderem die Medaille einer Frauenorganisation. Wie Stern vermutet hatte, war ihr Schreibtisch hier in ihrem persönlichen Arbeitszimmer unaufgeräumt.
»Wenn ich antworten würde«, sagte Stern, »daß der Inhalt des Safes meines Wissens nach nicht mehr derselbe ist, was käme dabei heraus?«

»Sie würden dich fragen, was fehlt, woher du weißt, daß es weg ist, wer Zugang zu dem Safe hatte, wo er stand, ob du weißt, wer das Weggenommene hat.« Marta zählte die Fragen an ihren Fingern ab.
»Und kämen wir mit unserem Einspruch gegen solche Fragen unter Berufung auf den Vertrauensschutz durch?«
»Vielleicht. Bei manchen davon. Je nachdem, woher du dein Wissen hast.«
»Also vielleicht bei manchen davon. Aber Richterin Winchell verlangt dann sicher, daß ich aussage, wer Zugang zu dem Safe hatte oder wo er gewesen sein könnte.«
»Damit dürftest du richtig liegen«, bestätigte Marta. »Heißt das etwa, er hat da was rausgenommen, und du weißt das?«
Wieder weigerte er sich zu antworten.
»Dad –«
»Marta, wenn ich aussage, daß Dixon den Safe mitgenommen hat, daß Dixon den Safe zurückgebracht hat und daß etwas daraus fehlt, zu welchem Schluß kommen dann Staatsanwaltschaft und Grand Jury?«
»Das liegt auf der Hand.«
»Genau«, sagte Stern. »Und folglich kann ich mich auf diese ganze Richtung nicht einlassen. Ich werde keine Antwort geben, aus der auf eine Straftat meines Mandanten geschlossen werden kann. Auch habe ich offen gestanden keinerlei Absicht, auf Fragen von irgend jemandem zum Inhalt des Safes zu antworten.«
»Mit welcher Begründung?«
Stern war verblüfft und mußte kurz nachdenken. »Dem Recht auf den Schutz der Privatsphäre.«
Dergleichen gab es nicht, wie beide wußten. Marta musterte ihren Vater. Stern ahnte, welcher Wettlauf sich in ihrem Innern abspielte, wo der Verstand schneller sein wollte als das Gefühl. Irgendwo gab es, sofern sie flink genug war, ein Argument, mit dem er sich überreden, vor sich selbst retten lassen würde. Ihre kleinen dunklen Augen blickten gespannt.
»Keine dieser Fragen wird dir jetzt gestellt werden. Sie wollen

bloß wissen, ob der Inhalt des Safes noch derselbe ist. Ja oder nein. Wenn danach ein Problem für dich entsteht, befassen wir uns dann damit.«

»Ich sage nein. Sobald wir auch nur einen Schritt auf diesem Weg tun, gibt es keinen logischen Haltepunkt mehr.«

Marta stöhnte auf. »Was war in dem Safe?«

Stern schüttelte den Kopf.

»Wie kannst du's wissen?«

Wieder schüttelte er den Kopf.

Marta beobachtete ihn immer noch mit gespannter Aufmerksamkeit.

»Tante Silvia«, sagte sie schließlich. »Sie hat's dir erzählt. Du willst sie decken.«

»Brillant, Marta, aber daneben getippt.«

»Ich kapier das nicht«, sagte Marta. »Ich kapier einfach nicht, was du zu wissen glaubst. Und ich kapier nicht, warum du zu ihm hältst. Hast du keinen Haß auf ihn, nachdem er so viel Scheiße gebaut hat?«

Stern zögerte.

»Na sag schon«, forderte ihn seine Tochter auf.

»Ich habe eine Pflicht gegenüber Dixon. Die Staatsanwaltschaft mag auf der ganzen Welt nach Beweisen gegen ihn suchen und scheint das auch getan zu haben. Aber er hat ein Recht auf die Gewißheit, daß sein eigener Anwalt da nicht mitmacht.«

»Deine Pflicht schließt nicht ein, daß du dich richterlichen Anordnungen widersetzt. Das machst du aus eigener Überzeugung, nicht wegen juristischer Bedenken.«

»Für mich, Marta, ist das keine Sache des Beliebens. Und wenn es das wäre, würde ich nicht die Justiz benutzen, um meine Differenzen mit Dixon auszutragen.«

Enttäuscht ließ Marta die Hand fallen.

»Und wie ist es mit dem fünften Zusatzartikel zur Verfassung? Aussageverweigerung, weil man sich selbst belasten könnte?« fragte sie plötzlich.

»Nein«, sagte Stern. »Meiner Meinung nach hat Dixon unter

den gegebenen Umständen kein solches Recht auf Aussageverweigerung.«

»Nein, nein, den meine ich nicht. Wie steht es mit dir? Du kannst unschuldig sein und dich trotzdem auf dieses Aussageverweigerungsrecht berufen. Wenn du nämlich preisgibst, daß etwas weggenommen wurde, nachdem du die Vorladung erhalten hattest, könntest du dich damit selbst belasten. Damit hast du ein Recht auf Aussageverweigerung.« Marta war ganz aufgeregt. Sie redete sich ein, daß das die Lösung sei.

Stern widersprach resolut. Wenn er tue, was Marta vorschlage, werde die Staatsanwaltschaft sofort Zeugenstraffreiheit für ihn erwirken und damit sein Aussageverweigerungsrecht gegenstandslos machen. Nichts wäre gewonnen, und die Richterin werde sich durch diese Verzweiflungstaktik provoziert fühlen. Geschlagen setzte sich Marta neben ihn.

»Ich kapier das nicht. Wie kannst du dir so was antun, nur um ihm gefällig zu sein?«

»Wenn ich deinem Onkel gefällig sein wollte, würde ich einen Meineid schwören und wäre damit alle meine Probleme los. Vielleicht bin ich auch bloß zu feige, um mich auf dergleichen einzulassen.«

»Daddy, bitte. Wenn du sie auf diesem Gebiet provozierst, auf dem wir keinerlei Rechtsgrund für eine Aussageverweigerung haben, steckt sie dich in den Knast.«

»Dann muß das eben sein.«

Seine Tochter sah ihn eine ganze Weile an.

»Lieber Gott«, sagte Marta, »und du beschwerst dich über *deinen* Mandanten. Was war denn in dem verdammten Safe?«

Er schüttelte wieder den Kopf.

Sie kehrten an den Konferenztisch zurück. Die Richterin und die Schriftführer unterhielten sich über Filme.

»Also gut, zu Protokoll«, sagte die Richterin.

Marta faltete die Hände vor sich auf dem Tisch und verkündete, Stern werde sich weigern, die Frage zu beantworten, und sich dabei auf den Vertrauensschutz zwischen Anwalt und Mandant und das Recht auf anwaltliche Vertretung nach dem sechsten

Zusatzartikel der Verfassung berufen. Die Richterin, die Staatsanwälte, sogar die Schriftführer brauchten eine ganze Weile, um das zu verdauen.
»Beantrage Haftbefehl wegen Mißachtung des Gerichts«, erklärte Sennett schließlich.
»Mein Mandant ist überzeugt, daß die Staatsanwaltschaft ihn als Zeugen gegen seinen Mandanten mißbrauchen will«, fügte Marta hinzu.
»Gleichgültig, ob das stimmt oder nicht«, sagte Richterin Winchell, »antworten muß er. Weder der Vertrauensschutz für das Verhältnis zwischen Anwalt und Mandant noch die Verfassung geben ihm ein Recht, die Antwort zu verweigern.«
»Er wird nicht antworten«, erwiderte Marta mit unnachgiebigem Blick zur Richterin hin. Sie ließ sich nicht den leisesten Zweifel anmerken. Hervorragend, dachte Stern, trotz der Umstände.
Die Richterin legte die Hand über die Augen.
»Gut«, sagte sie endlich. »Ich werde darüber nachdenken, worauf sich diese Mißachtung bezieht, sofern sie gegeben ist. Und ich werde mir die Argumente genau anhören.« Sie richtete sich auf. »Doch nehmen Sie bitte zur Kenntnis, Mr. Stern, daß ich, wenn Sie auf diesem Standpunkt beharren, den Marshal beauftrage, Sie in Haft zu nehmen, und der Berufungsinstanz die Feststellung überlasse, ob mein Haftbefehl ausgesetzt wird, solange die Sache geprüft wird. Und ich sage Ihnen auch gleich, daß ich Ihre Aussage vor der Grand Jury damit nicht als beendet erkläre. Sie müssen weiter die Fragen der Staatsanwälte beantworten oder die Antwort verweigern, je nachdem.«
Richterin Winchell hatte ihn mit dem eisigen Blick einer harten Frau fixiert. Aus die Freundschaft. Keine Scherze mehr. Nichts mit Pausengesprächen im Symphoniekonzert. Jetzt rührten sie an den Kern von Moira Winchells Richterdasein – an ihre gesetzliche Autorität. Stern fing diesen Blick mit Unbehagen auf und brachte gerade noch ein Nicken zustande.
Schweigend marschierte der kleine Trupp wieder über die Straße zurück zum neuen Bundesgebäude. Einen Block davor

verabschiedete sich Stan. Er müsse irgendwo zum Lunch eine Rede halten. Sicher war er enttäuscht, nicht dabeisein zu können, wenn der Marshal die Handschellen einschnappen ließ, aber bis dahin würde es noch mindestens eine Dreiviertelstunde dauern, und der stets pünktliche Stan hatte nicht soviel Zeit. Er redete noch ein paar Worte mit Klonsky und ließ sie dann mit den andern in der Mittagshitze weitergehen, von Baulärm und Verkehrsgeräuschen umtost.

Vor dem Sitzungszimmer der Grand Jury lungerten die Geschworenen herum, tranken Kaffee, tratschten und rauchten Zigaretten. Sonny hob die Hand zum Zeichen, daß sie wieder hineingehen sollten.

Sie blieb mit Stern und Marta kurz vor der Tür stehen.

»Ich weiß, daß das für Sie eine Prinzipienfrage ist«, sagte sie zu Stern. Sie legte ihre Hand auf Sterns Hand, in dieser Umgebung eine leicht schockierende Geste. »Aber ich glaube, Sie machen da einen Fehler. Überlegen Sie sich das bitte noch mal.«

Im Sitzungszimmer der Grand Jury nahm Stern seinen Platz wieder ein. Aus ihren Notizen las Klonsky die erste Frage vor: Ob er im Besitz des Safes sei?

»Das bin ich.«

Klonsky studierte wieder ihren Notizblock.

»Weiß Mr. Stern, Gespräche mit seinem Mandanten ungeachtet – streichen Sie das. Wissen Sie, ob etwas aus dem Safe entnommen wurde, nachdem Ihnen die Vorladung G. J. 89/86, Beweisstück 192, zugestellt worden war?«

»Ich verweigere die Antwort.«

Sonny schielte zu ihm hin, bleich und entschlossen.

»Begründen Sie das.«

Sie waren schnell fertig. Die Geschworenen stöhnten auf, als Sonny eine weitere Sitzungspause verkündete.

Marta stand draußen direkt hinter der Tür. »Scheiße,« sagte sie, als sie aufging.

Klonsky bat Barney Hill, den Gerichtsdiener der Grand Jury, Richterin Winchells Sekretärin telefonisch mitzuteilen, daß sie wieder auf dem Rückweg seien. Alle vier traten sie erneut auf die Straße hinaus. Marta fiel mit Stern zurück und sprach ganz erregt zu ihm.

»Jetzt werde ich bitten und betteln. Ich werde alles anführen – deine dreißig Jahre Tätigkeit an diesem Gericht, Mommys Tod, alles. Und ich dulde keinen Widerspruch. Hast du gehört?«

Er nickte ihr zu, leicht lächelnd, und marschierte die Straße hinunter, verblüffend frei von Zweifel oder Furcht.

Das Personal der Richterin wußte, was im Gange war, und wurde ganz still, als sie hereinkamen. Die Sekretärin rief die Richterin an, um die Rückkehr zu melden, doch die Tür zu den Amtsräumen blieb verschlossen, und die vier – Stern und seine Tochter, Klonsky und die Schriftführerin – warteten im Vorzimmer. Sonny schien noch blasser als zuvor. Sie setzte sich auf den Stuhl gegenüber Stern, die Lippen zusammengepreßt, den Kiefer angespannt, und starrte ins Leere. Wie schrecklich schön war sie doch, dachte Stern in einer Art distanzierter Beobachtung. Dann kam Bud Bailey durch die Tür hereingestolpert, einer der Deputy Marshals, ein liebenswerter, rothaariger Tolpatsch in Uniform mit Revolver und klirrendem Schlüsselbund. Sein Erscheinen ließ Stern zusammenfahren wie ein Mißton im Konzert.

Bailey grüßte sowohl Stern als auch Klonsky mit Namen und sah dann die Sekretärin der Richterin an. »Sie hat mich rufen lassen?« Sonny hatte sich bei Baileys Erscheinen gespannt aufgerichtet.

Die Sekretärin schickte Bailey zuerst hinein. Er würde jetzt Anweisungen erhalten, wie er Stern in Haft nehmen sollte. Stern hatte das in Gedanken bereits durchgespielt und war gewappnet. Er würde in den Haftraum des Marshals eskortiert werden, die drahtvergitterte Arrestzelle im dritten Stock, eine Art Vogelkäfig für Menschen. Dort würde er ein paar Stunden sitzen. Wenn der diensthabende Richter im Berufungsgericht nicht sofort entschied, würde er mit dem Gefängniswagen in die Haftanstalt gefahren werden. Dort würde man ihn auffordern, sich nackt auszuziehen, ihn von Kopf bis Fuß durchsu-

chen und ihn sich bücken lassen, damit der Wärter seinen After mit der Taschenlampe inspizieren konnte. Danach würde man ihm einen blauen Trainingsanzug aushändigen. Lange würde er nicht sitzen müssen. Schon gestern abend hatten sie einen Antrag auf Haftverschonung formuliert; Marta hatte ihn dabei und würde unverzüglich in den zwölften Stock hinauffahren, um ihn einzureichen. Marta und er hatten sich mit George Mason in Verbindung gesetzt, dem Vorsitzenden der Anwaltskammer. Dieser war ziemlich prominent und hatte versprochen, seinen Vorstand zu einer Solidaritätserklärung zusammenzutrommeln. Auf jeden Fall würde Mason Dutzende von Anwaltsunterschriften unter eine Petition an die Berufungsinstanz zusammenbringen. Das Gericht würde ganz sicher auf Sterns Entlassung befinden und knappe Fristen für Schriftsätze und Gegenschriftsätze setzen. Bei der Begründung der Berufung hatte Marta bereits unbedingt zugunsten Masons zurückstehen wollen, und Stern war mit dieser Entscheidung einverstanden. Die eigentliche Frage war natürlich, was er tun würde, wenn das Berufungsgericht gegen ihn entschied und er aufgefordert wurde, vor der Grand Jury zu antworten oder zurück ins Gefängnis zu gehen.
Klonsky sagte plötzlich etwas in die Stille des Zimmers hinein. »Wollen Sie immer noch einen Schriftsatz formulieren?« fragte sie Marta.
»Selbstverständlich.«
»Ich denke auch, daß Sie einen Schriftsatz abfassen sollten«, sagte Sonny. »Ich glaube, unsere Diskussionen haben mich überzeugt, daß es hier um schwerwiegende Grundsatzfragen geht.«
Martas Lider zuckten kurz. »Sicher«, sagte sie.
Stern machte den Mund auf. Was für Diskussionen, wollte er gerade sagen, doch seine Tochter faßte ihn am Ärmel und warf ihm einen scharfen, durchdringenden Blick zu. Mit den Lippen formte sie stumm, aber deutlich: Halt den Mund.
Stern wandte sich von ihr ab.
»Sennett schmeißt Sie raus«, sagte er zu Sonny.

»Verdammt noch mal!« rief Marta.

»Die ganze Sache ist ekelhaft«, sagte Sonny. Die Bemerkung war an niemand besonderes gerichtet, eher eine Schlußfolgerung. Stern hatte keine Ahnung, was sie damit sagen wollte, aber ihr Urteil schien festzustehen. Sie suchte Sterns Blick. »Wissen Sie, Sie lagen richtig. Verstehen Sie, was ich meine?« Zuerst verstand er nicht. Dann dämmerte es ihm. Der Informant. Das war es, was sie so erschüttert hatte – sie hatte Sennetts Verschlagenheit, sein gemeines, durchtriebenes Spiel durchschaut.

Die Tür zum Amtszimmer der Richterin öffnete sich. Bud Bailey stand hinter Moira Winchell.

»Sandy«, sagte sie, noch bevor die Gruppe eingetreten war. »Bud geht mit Ihnen zur Grand Jury. Wenn Sie fertig sind, wird er Sie in seinem Büro in Haft halten, bis die Berufungsinstanz über Ihren Antrag auf Haftverschonung entschieden hat. Mehr kann ich nicht für Sie tun.« Selbst Moira Winchell, standfest und nicht leicht unterzukriegen, war etwas betroffen. Sie wackelte wie eine alte Frau mit dem Kopf, als sie ihm mitteilte, sie könne nicht mehr für ihn tun.

Dann ergriff Marta das Wort. Sie und Klonsky seien sich nach der Erörterung einig, daß es hier um Grundsatzfragen gehe. Die Staatsanwaltschaft sei inzwischen mit einer Vertagung um eine Woche einverstanden, um Stern Gelegenheit zum Einreichen eines Schriftsatzes zu geben.

»Ach wirklich?« sagte Richterin Winchell. Sie wandte sich an Klonsky. »Mr. Sennett schien doch so entschlossen.«

»Vielleicht ist er nicht einer Meinung mit mir«, erwiderte Sonny. »Wenn nicht, bin ich nächste Woche nicht mehr hier.« Sie lächelte schwach über ihren eigenen Galgenhumor.

»Möchten Sie ihn vorher noch sprechen?« fragte die Richterin.

»Er ist nicht zu erreichen«, antwortete Sonny.

»Verstehe.« Moira Winchell war klar, daß ihr damit etwas mitgeteilt wurde. »Mal ohne Protokoll«, sagte sie. »Was haben Sie ausgehandelt?«

Stern, seine Tochter und Sonny wechselten Blicke unter sich. Niemand antwortete der Richterin.
»Ihren Schriftsatz am Montag, den Gegenschriftsatz am Mittwoch und die Erwiderung darauf, wenn Sie das wollen, bei Ihrem Erscheinen am Donnerstagmorgen um zehn Uhr«, sagte die Richterin und deutete dabei zunächst auf Marta, dann auf Sonny und schließlich wieder auf Marta. Sie blickte die drei schweigenden Juristen noch mal auffordernd an und zuckte dann, zu Marshal Bailey gewandt, mit den Schultern. »Offenbar ein Geheimnis«, sagte sie.

45

In seiner Kindheit hatte Peter geschlafwandelt. Das war jedesmal furchtbar gewesen. Da Clara früh zu Bett ging, mußte sich meistens Stern um ihn kümmern. Einmal traf ihn Stern an, als er in einer schwülen Sommernacht dabei war, mit Mütze und Fäustlingen das Haus zu verlassen. Ein andermal kam Peter nachts herunter und spielte im Schlaf Klarinette. Und wieder ein andermal hörte Stern Wasser einlaufen. In der Annahme, es sei Clara, warf er einen Blick ins Bad, und da lag Peter im Pyjama in der Wanne, in tiefem Schlaf, und das Wasser rahmte spiegelnd sein gebräuntes, stilles Gesicht. Damals wurde geraten – vermutlich galt das heute noch –, man solle Schlafwandler nicht wecken. Stern holte Peter sanft aus dem Wasser, zog ihm den nassen Pyjama aus, frottierte den schmalen Knabenkörper ab und steckte seinen Sohn in trockene Sachen. Wenn er in diesem Zustand war, reagierte Peter auf Anweisungen wie die in Trance versetzte Assistentin eines Zauberers. Lauf jetzt. Nach links. Nach rechts. Sagen konnte er dabei aber nichts. Schon sein bloßer Anblick war unheimlich. Wie ein wiedererweckter Toter. Die innere Theaterbühne von Traum und Schlaf reichte Peter nicht, um seine Seelenkonflikte abzureagieren. Er mußte sie buchstäblich ausagieren. Nach der Sache mit der

Badewanne berichtete Peter, er habe geträumt, er sei schmutzig.

Der Gedanke, Peter habe ein Recht darauf, die Bürde mitzutragen, hatte Stern am späten Donnerstagnachmittag zu dem modernisierten Appartementhaus getrieben, in dem sein Sohn wohnte. Nach seinen Abenteuern vor der Grand Jury hatte er gemerkt, daß er zum Arbeiten zu abgelenkt war. Er sorgte sich um Klonsky, die sich aus Unbehagen über Sennetts anmaßende Taktik womöglich einen dunklen Punkt in einer vielversprechenden Karriere eingehandelt hatte, und hatte dennoch das emotionale Bedürfnis, den so gewonnenen Aufschub für sich zu nutzen. Und so war er schließlich auf Peter gekommen. Gegen drei hatte Stern in der Praxis seines Sohnes angerufen, wo er vom Personal daran erinnert wurde, daß Peter donnerstags keine Sprechstunde habe. Dann hatte er es in der Wohnung probiert. Zu Hause war Peter offenbar – die Leitung war besetzt –, und nachdem er mehrmals nicht durchgekommen war, entschloß sich Stern, einfach hinzufahren, solange sein Mut noch frisch war. Er beabsichtigte keine Konfrontation. Kein Gezerre. Nach außen wollte er bekunden, daß Peter in der besten Absicht gehandelt habe und an seine ärztliche Schweigepflicht gebunden gewesen sei. Doch Stern hatte entschieden, alles offen anzusprechen. Er wollte lieber keinen weiteren Störfaktor mehr haben, wenn er die unselige Aussprache anging, die zwischen John und Kate und ihm früher oder später fällig war. Durch diese, fürchtete er, könnte die Sternsche Familie auseinandergesprengt werden; ihre Mitglieder würden dann frei im Raum kreisen wie ein Asteroidengürtel, derselben Materie entstammend und auf derselben Umlaufbahn, aber ohne Verbindung miteinander. Nur Marta würde am Ende vielleicht die Dinge wie ihr Vater sehen, doch sogar sie würde zwiespältige Gefühle haben.

Stern stand im schummrigen Windfang und versuchte, den Klingelknopf mit dem richtigen Namen zu finden. »4B P. Stern.« Da war er. Nach Sterns Ansicht war die Wohngegend hier im Süden der Stadt am Fluß ein trübseliges Viertel.

Eine Gegend für Penner und Missionshäuser für Nichtseßhafte, bis sich die Baulöwen vor etwa fünf Jahren massiv über sie hergemacht hatten. Die alten Kirchen, die Druckereien, sogar der aufgelassene Bahnhof waren in Lofts umgewandelt worden, aber irgendwie hatte das Konzept nicht so recht eingeschlagen. Die Straßen waren leer; es gab wenig Bepflanzung, keine Kinder. Fürsorglich entfernte Penner wurden rückfällig, fanden aus alter Gewohnheit im Suff wieder her und lagen dann in den sandgestrahlten Hauseingängen, die schmutzigen Köpfe an das polierte Messingblech restaurierter Haustüren gelehnt. Anscheinend waren die Bewohner hier alle wie Peter jung und kinderlos und hatten für die bequeme Lage nahe dem Stadtzentrum gern auf andere Annehmlichkeiten verzichtet.
Eine hübsche junge Frau betrat die Eingangshalle. Sie hatte Sachen von der Reinigung geholt und war großstädtisch aufgemacht: blaues Kostüm, Aerobic-Treter für den Heimweg vom Büro und gelbe Kopfhörer. Die Tür zur inneren Eingangshalle mußte man mit einer Art elektronischer Schlüsselkarte öffnen, die sie jetzt aus der Handtasche zog. Stern drückte den Klingelknopf zu Peters Appartement und trat ins Haus, wobei die junge Frau ihm die Tür offenhielt. Während er die Treppe hinaufstieg – von diesen Häusern hatte keines einen Fahrstuhl –, mußte er sich wieder einmal wappnen. Keine Szenen, schwor er sich. Er klopfte bei seinem Sohn an die Wohnungstür. Einen Augenblick später erschien Peters Gesicht in dem schmalen Spalt, den die vorgehängte Sicherungskette zwischen Rahmen und Türblatt gestattete.
»Dad.« Das gewohnte Mienenspiel huschte über Peters Gesicht: Unbehagen, Überraschung. O Gott, das jetzt – die ewige Nervensäge.
»Kann ich reinkommen?«
Peter antwortete nicht. Statt dessen schloß er die Tür, um die Kette aufzuhaken. Hörte man von drinnen nicht Schritte? Niemand sonst war anwesend, als Peter die Tür weit aufriß. Er trug eine Spandex-Radlerkombination – grellbuntes Trikot und schwarze Bundhosen mit seitlichen Reflektorstreifen, da-

zu die üblichen flachen Radsportschuhe. Peters blondstichiges Haar war von seiner Trainingsfahrt zerzaust. Sein Rennrad stand mit einem schwarzen Sturzhelm über dem Lenker dicht an der Eingangstür, ein Teil der Einrichtung wie alles andere auch.

»Mein Gott, Dad, warum hast du nicht vorher angerufen?«

Stern erklärte, er sei nicht durchgekommen. »Da gibt es ein paar Dinge«, sagte Stern, »die ich mit dir besprechen möchte.«

»Dinge?« fragte Peter. Sie standen noch immer am Eingang, und Stern blickte erwartungsvoll in die Wohnung und tat sogar einen Schritt hinein. Sie war nur wenig größer als ein Studio. Küche, Eßzimmer und Wohnzimmer gingen ineinander über, und hinter der Trennwand lag ein Schlafzimmer mit Bad. Das Dekor war karg – Opernplakate und helle Sitzmöbel mit Schaumstoffüllung, billige moderne Sachen. Peter hatte ihn immer noch nicht gebeten, Platz zu nehmen. »Was für Dinge?«

»Deine Mutter betreffend«, sagte Stern. »Ich erhoffe mir ein offenes Gespräch mit dir.«

Peter zuckte regelrecht zusammen. Vielleicht war es das Thema – wahrscheinlicher noch der Gedanke an ein offenes Gespräch mit seinem Vater. Die Ungastlichkeit seines Sohnes ignorierend, schlenderte Stern in das Wohnzimmer und blickte sich um. »Sehr hübsch«, sagte er. Er war erst einmal hier gewesen, unmittelbar nach Abschluß des Mietvertrags, als die Wohnung noch leer und weißgetüncht gewesen war.

»Schau, Dad, ich bin sozusagen gerade mitten in etwas anderem.«

»Ich rechne mit keiner längeren Diskussion, Peter. Wahrscheinlich habe ich dir mehr zu sagen als du mir, und auch das ist nicht viel.«

»Worüber?«

Stern suchte sich schließlich selbst einen Sitzplatz auf dem Schaumstoffsofa.

»Peter, ich habe schon lange den Verdacht, daß es dir um mehr ging als um Rücksicht auf deine eigenen Gefühle, als du mich gedrängt hast, bei deiner Mutter keine Autopsie zuzulassen.«

Peter starrte ihn unverwandt an, ohne eine Regung in seinen blauen Augen und im schmalen Gesicht.
»Offen gestanden bin ich auf eine falsche Fährte geraten, als ich dich in der Praxis aufsuchte«, sagte Stern. »Du schienst so ohne weiteres überzeugt, daß ich zu dir gekommen sei, weil eine neue Partnerin von mir die Krankheit habe. Jetzt ist mir klar, daß ich nach deiner Theorie schon länger infiziert war, nur subakut, und die Sache selber an meine neue Bekanntschaft weitergegeben hatte. Eben deswegen hast du auf so strengen Tests bestanden.«
Peter, der ihn mit einem gehetzten, ungläubigen Blick ansah, hob plötzlich abwehrend die Hände.
»Dad, nicht jetzt.«
»Ich bin nicht hier, um dich zu kritisieren. Im Gegenteil, ich glaube...«
Peter beugte sich zu seinem Vater und sagte mit entschlossener Klarheit: »Dad, es ist jemand da, ich habe Besuch.«
Und wie auf ein Stichwort kam jetzt ein deutliches Räuspern aus dem Schlafzimmer. Der Laut war zudem unverkennbar. Es war ein Mann.
»Ich verstehe.« Stern stand sofort auf. So entschlossen er auch gewesen war, dergleichen nicht an sich heranzulassen, packte es ihn doch wie Schwindel, Unwohlsein. Dieser Lebensstil, diese Freizügigkeit – oder wie immer es genannt wurde – blieb ihm unbegreiflich. Nicht, was sich dabei abspielte, sondern die ganze Denkart. Stern hielt in Wahrheit nicht viel von Männern. Männer waren grob, manchmal bösartig und im allgemeinen unzuverlässig. Frauen waren viel besser, außer daß sie ihm natürlich angst machten. »Nun, wir müssen bald miteinander sprechen«, sagte Stern. Er versuchte seinen Sohn anzusehen, bekam es aber nicht fertig und betrachtete statt dessen seine Fußspitzen. Da fiel sein Blick auf eine Aktentasche, gewiß die des Besuchers, die an dem Quader aus starker Wellpappe lehnte, der hier als Couchtisch fungierte. Die Tasche war aus blauem Kunststoff und hatte einen Reißverschluß und einen großen Messinganhänger. Stern hatte die Tasche schon mal

gesehen. Indem ihm das klar wurde, brach etwas anderes in ihm auf – Panik, Wut, unbeherrschbare Gefühle: Den Mann kannte er doch.

»Laß uns ein Abendessen daraus machen«, schlug Peter vor.

»Heute abend?«

»Nicht heute. Aber ich ruf dich an.« Peter faßte ihn am Ellbogen.

Natürlich reagierte er wieder mal schwächlich und krankhaft. Schließlich konnte er auch leben, ohne gewisse Geheimnisse zu kennen. Doch gegen den Zwang der Gewohnheit war schwer anzukommen. Stern schielte noch mal auf die Aktentasche. Der Anhänger war eine vergrößerte Visitenkarte des Mannes – Stern hatte so etwas schon öfter gesehen –, doch so war er nicht lesbar. Peter war bereits zwei Schritte voraus zur Tür gegangen.

»Irgendwann diese Woche«, sagte Stern. »Danach bin ich vielleicht im Gefängnis.«

»Im Gefängnis?«

»Eine interessante Geschichte.«

Peter winkte sofort ab. Er wollte nichts wissen – oder seinen Besucher nicht zuhören lassen. Bei diesem Alarmzeichen schlug Sterns Puls plötzlich schneller. Er ließ seine Augen nochmals zur Aktentasche schweifen. Dank seiner Altersweitsichtigkeit würde der Anhänger vielleicht doch lesbar sein.

Und er war es. Zwar nicht direkt der Name, aber er erkannte das Bundeswappen. Nachdem er es erkannt hatte, bückte sich Stern, um sicherzugehen, daß er sich nicht getäuscht hatte.

»O Scheiße«, sagte Peter hinter ihm.

Stern stellte sich in Positur und zog verstohlen sein Jackett gerade, eine Geste aus dem Gerichtssaal. Er machte sie immer vor der Konfrontation mit einem schwierigen Zeugen.

»Agent Horn«, rief Stern laut. »Kommen Sie raus.«

»O Scheiße«, sagte Peter wieder, verzweifelter.

Stern sah sich gar nicht erst nach seinem Sohn um. Er heftete den Blick auf die Schlafzimmertür.

»Wie heißt es doch gleich, Agent? ›Muß ich erst reinkommen und Sie holen?‹«

Kyle Horn, in Sportjackett und weißen Schuhen, trat ins Wohnzimmer. Er kaute Kaugummi und versuchte ein Lächeln.
»He, Sandy«, sagte er.
Als Stern schließlich hinter sich sah, hatte sich Peter aufs Sofa gesetzt und blickte durchs Fenster in die Ferne, wo er sich sicher hinwünschte. Horn lächelte dabei unverschämt weiter. Stern nahm Haltung an wie ein Soldat.
»Sie können dem ehrenwerten Leitenden Staatsanwalt von mir ausrichten, daß es ein paar sehr interessante Anträge werden.«
Horn schüttelte sofort den Kopf.
»Wir haben nichts Unrechtes getan. Wir haben gegen niemandes Rechte verstoßen. Bleiben Sie bloß auf dem Teppich.«
»Ich werde nicht ›auf dem Teppich‹ bleiben. Jeden, der noch ein Gefühl für Anstand hat, wird das sehr empören. Den eigenen Sohn des Anwalts – und Neffen des Beschuldigten – als Informanten einsetzen?«
»Alles ganz korrekt gemacht«, sagte Horn. Er trat kurz an Stern heran und hob hastig seine Aktentasche, die vor dessen Füßen lag, auf. »Sie werden schon sehen.«
»Ich werde gar nichts sehen«, sagte Stern.
Horn war bereits an der Tür. Er machte eine verabschiedende Handbewegung zu Peter hin. »Bleiben Sie in Kontakt.«
»Was kann ich dazu sagen, Kyle? ›Manchmal läuft es beschissen?‹«
Als Horn die Tür öffnete, zwinkerte er sogar und sagte, zu Peter gewandt: »Das Leben ist voller Überraschungen.«

46

»Mir tut nichts leid«, erklärte Peter seinem Vater. »Es war richtig, das so zu machen. Also sieh mich nicht wieder so strafend an.«
Peter hielt seines Vaters Blick kurz stand und wandte sich dann ab. Aus dem Kühlschrank holte er eine Flasche Sprudel, ent-

fernte den Verschluß, setzte sich allein an den kleinen Hackklotztisch in der Küche und trank sie aus. Er rülpste, die Hand vor den Mund haltend, und starrte dann auf die Wand.
Stern folgte ihm schließlich in die Küche, einen kleinen weißgetünchten Raum, eingerichtet mit der typischen Zweckmäßigkeit des ausgehenden Jahrhunderts; Toaster und Mikrowellenherd waren unter den Hängeschränken eingebaut. Stern hängte sein dunkles Anzugjackett über die Lehne des Drahtgitterstuhls Peter gegenüber und ließ sich nieder. Sein Sohn blickte ein paarmal kurz über den Tisch zu ihm hin.
»Peter, ich glaube, ich vertrete einen Unschuldigen.«
Peter pulte etwas von der Zunge und starrte auf seine Finger.
»Er hat dir überhaupt nichts erzählt, oder?«
Stern überlegte. »Sehr wenig.«
»Das paßt. Es war für mich undenkbar, daß du aus taktischen Gründen etwas für dich behältst.« Er sah seinen Vater immer noch nicht an. »Ich war mir ziemlich sicher, daß du's nicht weißt.«
»Ich weiß jetzt genug, Peter, um zu glauben, daß du Lügen verbreitet hast.«
Da fuhr Peter zu ihm herum.
»Nicht so schnell mit dem Urteil. Du weißt ja gar nicht, was vorgegangen ist.«
Keiner der beiden sagte etwas. Der Kompressor im Kühlschrank sprang an, und unten auf der Straße rumpelte ein Bus vorbei. Peter bewegte nachdenklich die Kinnlade.
»Etwa fünf oder sechs Wochen vor Moms Tod«, sagte Peter, »besucht mich Kate. Morgens, vor der Schule. Sie steckt fünfundvierzig Minuten im Stau, kommt hier an und rennt schnurstracks aufs Klo, und ich hör sie würgen. Also sage ich als großer Diagnostiker: ›Weißt du, vielleicht bist du schwanger.‹ Und sie antwortet: ›Ich bin schwanger. Deswegen bin ich ja hier. Ich will eine gute Adresse für eine Abtreibung.‹
Ich kann nur ›Was?‹ stottern. Und dann erzählt sie mir diese lange verwickelte Geschichte. Von John. Daß er glaubt, daß aus ihm nie etwas Rechtes wird. Wie unterlegen er sich in der

Familie fühlt. Du kennst das ja, lauter Sachen, die wir selbst schon millionenmal gedacht haben. Und wie er deswegen und auch ihr zuliebe in der Firma eine Riesendummheit gemacht hat. Eine ganz saublöde Sache.

Er hatte sich in den Kopf gesetzt, selbst Börsenmakler zu werden. Ich denke, er hat geglaubt, daß er, wenn er eine gewisse Befähigung nachweisen würde, dich und Mom bitten könnte, ihm so viel Geld vorzustrecken, daß er sich einen Sitz an der Börse kaufen kann. Aber Onkel Dixon ließ ihn einfach nicht aufs Parkett. John hat ihn immer wieder darum gebeten. Doch Dixon hat ihn genauso eingeschätzt wie wir alle: so dumm, daß er brummt. Aber das ist er nicht. Wirklich nicht.«

»Offenbar nicht«, bemerkte Stern so trocken, daß Peter lächeln mußte.

Kate, erzählte Peter weiter, habe geglaubt, niemand werde John ernst nehmen, bevor er nicht bewies, daß er an der Börse Geld verdient hatte. Also schlug sie ihm vor, bei Maison Dixon ein eigenes Konto zu eröffnen. Er saß ja da direkt an der Quelle, am zentralen Orderdesk, und konnte eigene Orders aufgeben. Fast genau wie unten im Parkett. Die Formulare unterschrieb Kate. Beiden war bekannt, daß Angestellte von Maklerfirmen keine eigenen Börsengeschäfte tätigen dürfen, doch das sei eher eine Ordnungswidrigkeit, ergänzte Peter. Das machten doch alle.

»Und Wunderkind nennen sie es, weil John eines ist, du weißt schon, sie denken sich das so, sie meinen, daß er irgendwann ganz groß herauskommt.« Peter stockte bei dem Gedanken. »Ich glaube, er hatte ihr versprochen, für den Anfang fünftausend Dollar zusammenzukratzen, aber sie sind beide keine Großverdiener, und so kam er schließlich auf etwas anderes. Auf das Trittbrettfahren. Er wollte kleine Orders plazieren, wenn ihm bekannt wurde, daß Großorders für Chicago oder New York anstanden. Und über den Geschäftsgang von Maison Dixon hatte er bei der Arbeit in den entsprechenden Abteilungen genug gelernt, um zu wissen, wie er das Irrläuferkonto und das Wunderkind-Konto nutzen konnte, um die Gewinne verschwinden zu lassen.

»Er schwor sich, daß er das nur ein- oder zweimal tun würde, nur um den Anfang zu kriegen. Berühmte letzte Worte aus der Strafkolonie, was?« meinte Peter.
»Genau«, sagte Stern, »und ›bloß noch ein einziges Mal‹.«
»Ja.« Peter lachte sogar kurz auf. Dann wurde er wieder ernst und fuhr fort: »Offenbar hat dieses Vorausgeschäft funktioniert. Aber wenn er dann mit dem Gewinn spekulierte, schmolz das Geld wieder dahin, einfach so.« Peter schnippte mit den Fingern. »Er kam zu dem Schluß, daß er trotz allen Bemühens nicht genug Kapital hatte, um die Berg-und-Talfahrt der Börse durchzustehen. Was er brauchte, war großes Geld. Also fuhr er weiter Trittbrett, sagen wir dreißigmal, und sahnte in einem Monat dreihunderttausend Dollar ab.«
»Und warum hat er sich dann nicht seinen Sitz an der Börse gekauft?« fragte Stern.
»Warum hat er dies und das nicht getan?« Peter lächelte. »Ich denke, im Grunde hatte er Schiß. Er hätte nicht erklären können, woher das Geld stammte. Und außerdem hatte er vom Maklergeschäft noch keinen blassen Dunst. Er hätte den Sitz binnen einer Woche wieder verloren. Er wollte ein paar Monate verlustlos mit seinem Kapital jonglieren.«
»Und was wußte deine Schwester von der Sache, wenn die Frage erlaubt ist?«
»Kate?« Peter hielt eine Hand flach vor sich. »Die Existenz des Wunderkind-Kontos war ihr offenbar bekannt. Aber sie wußte nicht, woher das Anfangskapital stammte. Noch nicht.«
»Noch nicht«, sagte Stern mehr zu sich selbst.
Peter holte noch zwei Flaschen Sprudel aus dem Kühlschrank und stellte seinem Vater eine davon geöffnet hin. Französisches Mineralwasser, eine Marke, von der Stern nie gehört hatte, mit Rosenwassergeschmack. Stern bat um ein Glas.
»Ich nehme an, John hat die dreihunderttausend Dollar verloren?«
»Genau. Er hat noch ein bißchen dazugewonnen, aber am Schluß war alles weg.«
»Und da hat er wieder gestohlen.«

»Wenn du es so nennen willst.«
»Ich nenne es so«, beharrte Stern. »So würde es der Staatsanwalt nennen. Und der Richter, wenn er John ins Gefängnis schickt.«
Peter stand vor seinen weißen Küchenschränken und wandte sich um.
»Sieh mal, Dad, ich hab dort in den Schulferien gearbeitet. Ich will ihn nicht entschuldigen, aber es ist, als existierte das alles nicht wirklich. Bloß Zahlen auf einer Kurstafel. Das ist alles. Wenn man bei Kunden Trittbrett fährt, mit zehn oder zwanzig Kontrakten, tut man keiner Menschenseele weh. Wirklich nicht. Es ist gegen die Vorschriften, weil die Kunden ausgenommen würden, wenn es jeder täte. Aber wenn es bloß einer macht? Schadet doch niemandem. Gefundenes Geld. Geld von der Art, wie es da schon viele Leute gefunden haben. Glaubst du, Dixon hat nie bei Kunden Vorausgeschäfte gemacht?«
»Niemand hat Dixon je als moralisches Vorbild zitiert.«
»Mit Sicherheit nicht«, sagte Peter mit demselben harten Blick wie zu Beginn, als er erklärt hatte, ihm tue nichts leid.
Stern bat seinen Sohn weiterzuerzählen.
An diesem Punkt habe Kate, berichtete Peter, was gemerkt. Dann habe John die Sache gebeichtet, und es habe allerhand Tränen gegeben.
»Sie läßt ihn schwören, es nie wieder zu tun. Er hat inzwischen erneut zweihundertfünfundsiebzigtausend abgezockt und kann sie beruhigen. Kommt nicht wieder vor. Kein Gedanke. Ist gar nicht mehr nötig. Und verspekuliert sich dann prompt an der Börse. Also ist er jetzt bei seinen letzten zwanzig-, dreißigtausend Dollar angelangt, und da macht er den entscheidenden Fehler. Er hat etwas von diesem linksdrehenden Zucker läuten hören. Kennst du die Geschichte?«
»Zur Genüge«, sagte Stern.
»John bildet sich ein, er hat Insiderwissen – er verwettet Oma ihr klein Häuschen, daß der Weltzuckermarkt zusammenbricht. Und wird grausam gerupft. Am Boden zerstört. Der Zuckerpreis geht so rasant in die Höhe, daß er nicht einmal

rechtzeitig aussteigen kann. Als alles vorbei ist, hat er nicht bloß jeden Penny auf dem Wunderkind-Konto verloren, sondern schuldet Maison Dixon auch noch zweihundertfünfzigtausend Dollar.«

»Und nun kommt Dixons großer Auftritt?« fragte Stern.

»Noch nicht«, antwortete Peter. »Erst gerät John in Panik. Sag über das, was er gemacht hat, was du willst, aber das Risiko war gering. Bei verschiedenen Börsen? Der pingeligste Erbsenzähler von ganz Amerika hätte die Papierspur vom Irrläuferkonto zu seinem Wunderkind-Konto nicht verfolgen können, nicht ohne sachdienliche Hinweise. Aber jetzt, mit einem Sollstand von einer Viertelmillion, hängt er voll drin. Geld haben sie keins. Und die Familie kann er kaum anpumpen. Also macht er, was ihm als das einzig Sinnvolle erscheint. Er fängt an, sämtliche Unterlagen zu vernichten, aus denen hervorgeht, wessen Konto das ist – er meint, dann kann ihm niemand mehr auf die Schliche kommen. Er zapft das Computersystem an und löscht dort die Daten. Das Mikrofiche hat er ins Feuer geworfen. Leider aber existiert selbstverständlich ein Duplikat in Chicago. John hat dort sogar einen Angestellten angerufen, ihm irgendeinen Quatsch erzählt und ihn fast soweit gehabt, daß er die Sicherungskopien rüberschickte. Aber der hat sich bei der – wie heißt sie doch gleich – rückversichert. Wie heißt die Frau, die dort alles unter sich hat?«

»Margy Allison.«

»Genau die.« Margy, erzählte Peter weiter, habe daraufhin Dixon angerufen, der von seiner Buchhaltung inzwischen vom Wunderkind-Konto und dem hohen Soll erfahren hatte. Dixon habe sich von Margy die von John erbetenen Unterlagen schicken lassen. Als er John zwei Tage später in sein Büro bestellte, habe Dixon die Vergrößerungskopien des Mikrofiches und die Kontenauszüge vor sich auf dem Schreibtisch liegen gehabt.

»Er hat John in einem dieser Corbusiersessel Platz nehmen lassen, du weißt schon, die tiefen, eckigen mit Chromstahlrahmen. Dann hat er John an der Krawatte gepackt, ihm das Knie auf die Brust gedrückt und ihn windelweich geprügelt. Muß eine irre Szene gewesen sein. Dixon ist kräftig, wenn auch nicht so groß wie John, und John hängt wie ein Häufchen Elend im Sessel, blutet, heult Rotz und Wasser und bettelt nur noch.« Peter faßte kurz in seinen wirren Schopf. Dixon habe da schon einen Scheck ausgeschrieben gehabt, um das Soll auf dem Wunderkind-Konto abzudecken. Das sei ihm lieber gewesen, als seinen besten Kunden, an deren Großorders sich John angehängt hatte, einzugestehen, daß keiner gemerkt habe, wie einer seiner Angestellten – und ein Verwandter dazu – sie beklaut hatte. Und schlucken konnte er das Debet auch nicht so einfach, ohne seine Buchhalter mit der Nase auf die Sache zu stoßen. Weil er es ohnehin aus seiner Tasche bezahlen mußte und um die Angelegenheit vor den Kunden zu vertuschen, habe Dixon sie lieber still bereinigt.

»Aber selbstverständlich«, fuhr Peter fort, »war Onkel Dixon fuchsteufelswild. John hat sein Nest beschmutzt, den ganzen Laden in Gefahr gebracht, und Onkel Dixon verkündet daher, John müsse dafür bezahlen, nach seinem, Dixons, Gutdünken. Große Ansprache. ›Jetzt bist du mein gottverdammter Sklave.‹« Peter drückte, Dixon nachahmend, die Ellbogen nach außen und senkte die Stimme; er war ein guter Imitator. » ›Du kriegst in diesem Jahrhundert keine Gehaltserhöhung oder Prämie mehr und tust alles, was ich dir sage und wann immer ich will. Du machst den Botenjungen oder Fensterputzer oder das Scheißhaus sauber, wenn ich dir das auftrage. Und wenn es dir je in den Sinn kommt zu kündigen oder du auch nur einen geringelten Haufen scheißt, mach ich dich fertig. Dann riskier ich, daß die Kunden abspringen, und ruf die Börsenaufsicht an, das FBI, George Bush oder jeden, der mir einfällt, und erzähle denen, daß mir die Sache schon die ganze Zeit schwer auf dem Gewissen liegt und daß sie dir den Arsch ansengen sollen.‹ Und zur Bekräftigung zieht Dixon die große Schau ab, indem er die ganzen Kontenunterlagen nimmt, sie in seinen Privatsafe schmeißt und John sagt, daß sie auf ewig da drinbleiben.«

»Und John hat geglaubt, daß Dixon es ernst meint?«

»Worauf du dein Leben wetten kannst.«
Stern fiel ein, welche Geschichte ihm Margy erzählt hatte, und er dachte an die Legenden über Dixons Rachsucht, die unter seinen Angestellten kursierten. Dixon wirkte sicher überzeugend, wenn er mit seiner eigenen Grausamkeit prahlte.
»Und Onkel Dixon sagt wirklich, er hat sich's anders überlegt und zeigt ihn morgen an. Am nächsten Tag sagt er, er will es erst übermorgen tun. Dann schweigt er wieder. Und das ist jetzt Johns Leben. Er arbeitet am Orderdesk, und wenn alle nach Hause gegangen sind, findet Dixon irgend etwas Demütigendes für ihn, zum Beispiel Abfall sortieren. Und jeden zweiten Tag sagt Dixon, er habe sich's überlegt, das Beste sei, wenn er doch anrufe und Anzeige erstatte. Eines Tages bestellt er John in sein Büro, während er gerade mit der Börsenaufsicht telefoniert und ausführlich über Irrläuferkonten plaudert. Er besorgt sich ein Foto von John und malt Gitterstäbe darauf. Er händigt John sogar den Entwurf eines Briefs aus, den er angeblich an die Staatsanwaltschaft geschickt hat. Jeden Tag was Neues. Mein geliebter Onkel übt äußerste seelische Grausamkeit. Traut man ihm natürlich nicht zu.«
Stern, dem ein Kommentar auf der Zunge lag, sagte nichts.
»So also stehen die Dinge, als Kate mich aufsucht. John schmachtet bei Onkel Dixon und findet das inzwischen zehnmal schlimmer als das richtige Gefängnis. Und da beschließen Kate und er, daß John nur noch den Spieß umdrehen kann: John soll das FBI anrufen, gestehen und ins Gefängnis gehen, und Kate soll ihre Schwangerschaft abbrechen. Das ist ihr Lebensplan. Und allen ist es todernst. Klar?«
Peter trank seinen Sprudel aus und rülpste erneut. Er nickte seinem Vater zu.
»Ist dir nicht in den Sinn gekommen«, fragte Stern nach einer Weile, »daß ich auf einem Feld hilfreich sein könnte, das ich den größten Teil meines Lebens beackert habe?«
»Erstens war Dixon dein Mandant und damit Gegenstand religiöser Verehrung. Und zweitens, was zum Teufel hättest du denn getan?«

»Natürlich mit Dixon gesprochen.«
»Und wie hättest du ihn davon abgehalten, zum FBI zu gehen? Er hatte gesagt, daß er das tun wollte. Und John hätte damit auch noch ohne den mildernden Umstand einer Selbstbezichtigung dagestanden.«
»Ich hätte Dixon gebeten, es nicht zu tun.«
»Natürlich«, sagte Peter. »Und er hat auch immer genau das getan, was du wolltest, ja?» Sein Sohn hatte das Gesicht arrogant erhoben. Peter war ein zorniger junger Mann, kein Zweifel. Er war mit seinem Leben höchst unzufrieden – die Menschen wurden ihm nicht gerecht. Schwul war er nicht, dachte Stern plötzlich. Eher merkwürdig menschenfeindlich. Hilfe leistete er aus einem gewissen Überlegenheitsgefühl heraus oder in hehrer Pflichterfüllung, doch er war immer auf Undank gefaßt – und genoß ihn vielleicht sogar. Richtig Vertrauen hatte er zu niemandem. Darin schlug ihm Peter nach, wurde Stern klar, und zwar mehr, als ihm recht war.
»Ich hab mir das lange überlegt. Ich bin zum Abendessen hin und hab die ganze Nacht mit Kate und John diskutiert. Ich hab Dixons kleinen Brief an die Staatsanwaltschaft mit nach Hause genommen, in dem er sich über die ganze Sache ausgebreitet hatte. Ich bin die Einzelheiten immer wieder durchgegangen. Und dann natürlich auf die Antwort gekommen. Die gottverdammt richtige Antwort: John sollte sich schon ans FBI wenden, aber...« Peter hatte wie ein Dirigent beide Hände erhoben.
»Ja?«
»... aber die Schuld Dixon in die Schuhe schieben. Behaupten, Dixon habe das alles selbst eingefädelt. Er, John, habe nur eine Nebenrolle gehabt, als ganz kleines Würstchen.«
Sie blickten einander an und schwiegen eine Weile.
»Sehr schlau«, sagte sein Vater schließlich.
»Dachte ich auch.« Peter, der heiter wirken wollte, lächelte verkniffen. »Natürlich waren da ein paar Probleme. Zum einen hätte John das nie durchgehalten. Nicht allein auf sich gestellt. Er hatte nicht mal so viel Mumm, allein die Straße entlangzugehen, und erst recht nicht, das FBI zu verscheißern.«

»Also bist du eingesprungen?«
»Ja.«
»Du wurdest sein Vertreter.«
»Genau.«
»Sein Verteidiger«, präzisierte Stern.
Peter gab keine Antwort; klar war jedoch, daß er es noch nie so betrachtet hatte.
»Peter, wie stellst du dir eigentlich meine Tätigkeit vor?«
»Ach, verschon mich«, antwortete er. »Ich hab zu lange bei dir die Füße unter den Tisch gestreckt. Für wie viele Leute hast du Freispruch erreicht, die gelogen haben, daß sich die Balken bogen, und die Sache jedem in die Schuhe schoben, den die Staatsanwaltschaft drankriegen wollte?«
»Für weitaus weniger Leute, als du dir offenbar vorstellst, Peter. Und ihre Geschichten hatte jedenfalls nicht ich erfunden.«
»Nein? Hast du diese ›Erfindungen‹ etwa geglaubt? Ich weiß ja, du bist nur der Anwalt. Wenn ein Mandant so frech ist – oder so schlau –, dir nicht zu verraten, daß er lügt, gibst du seine Aussagen kommentarlos weiter. Und bei wie vielen dieser kleinen Märchen hast du geholfen, sie zu erfinden?«
Peter war natürlich sein Sohn. Er wußte recht gut, wovon sein Vater lebte.
»Es gibt feine Unterschiede, Peter. Ich halte so wenig von deiner Anmaßung in dieser Sache wie du von mir, wenn ich am offenen Herzen operieren wollte.«
»Aber sieh doch«, sagte Peter, »es war meine Schwester.« Er nahm wieder diese Haltung des zornigen Rächers an. Da war der Fehdehandschuh: meine Schwester, dein Kind. Sie starrten einander an.
»Du hast also das FBI angerufen.«
Peter traf Kyle Horn in einer Hotelhalle in der Innenstadt. Sie verzogen sich auf die Herrentoilette und untersuchten einander auf versteckte elektronische Abhörgeräte. Dann machte Peter seinen Vorschlag. Selbst sei er nicht in die Sache verwikkelt, aber ein Bekannter von ihm. Der Boß dieses Bekannten

habe einen großen Namen an der Börse von Kindle. Es seien illegale Geschäfte getätigt worden. Und der Bekannte, der darin verwickelt sei – als kleines Licht – habe jetzt Schiß. Er werde alles verraten – aber nur gegen Straffreiheit und die Zusage, daß Peters Rolle bei diesem Geschäft nie aufgedeckt werde. Sonst laufe gar nichts, teilte Peter dem Agenten mit.

»Und die Staatsanwaltschaft war einverstanden?«

»Zuerst nicht. Ich mußte mich mit Sennett treffen. Sie ließen mich die ganze Sache viermal wiederholen. Schließlich sagte ich, sie sollten John selbst befragen. Alles insgeheim, weil sie wollten, daß John in Deckung blieb. Aber bereits an dem Tag, als ich ihnen Dixons Namen nannte, konnte ich sehen, daß sie darauf abfuhren. Sie machten sogar Witze, wie sie die Firma beschlagnahmen und in Maison Stan umtaufen würden.«

Maison Stan, dachte Stern. »Wußten sie, daß du mein Sohn bist?«

»Ich habe es ihnen gesagt.«

»Sie müssen sich köstlich amüsiert haben.«

»Vermutlich. Hauptsächlich aber waren sie besorgt. Niemand von uns wußte mit Sicherheit, wen Dixon zum Anwalt nehmen würde, aber als du dich meldetest, wurde ich verschiedentlich gewarnt, ermahnt und angewiesen, den Fall nie mit dir zu erörtern. Ich hab mich daran gehalten. In den letzten drei Wochen haben sie gesagt, ich müsse obendrein Marta meiden, und auch das habe ich getan.

Wir alle gerieten in eine Art Panik, als – wie heißt sie doch – Margy die Hausmitteilung verschickte, du wolltest mit den Leuten am Orderdesk reden. Aber Sennett war schon seit einiger Zeit der Meinung, sie müßten John offiziell vorladen, damit seine Tarnung gewahrt blieb, und das machten sie jetzt und teilten dir dadurch mit, daß du ihn nicht anwaltlich vertreten konntest. Schlau eingefädelt, was?« Peter lächelte schwach. Stern auch. Geschah ihm recht. Sie hatten ihn umzingelt.

»Darf ich davon ausgehen, daß auch Mr. Tooleys Rolle in deiner Komödie geplant war?«

»Mehr oder weniger. Ich habe ihn vorgeschlagen, und Sennett fand das ganz toll. Ich glaube, daß Stan ihm irgendwann sogar gesagt hat, er solle nicht zuviel fragen, was ihm auch recht war. Dein größter Fan ist er nicht.«

»Wirklich nicht«, sagte Stern. Peter hatte Sterns größte Widersacher ermittelt und sich mit ihnen verbündet. Mitten in allem anderen verspürte Stern bei diesem Gedanken einen plötzlichen Schmerz, und er stand auf und ging quer durch die Küche zum Tresen. Aus irgendeinem Grund erinnerte er sich jetzt auf einmal an die ersten Jahre, als die Kinder mit Kissen und Decken hinten in die jeweilige Familienkutsche gestopft wurden und alle ins Autokino gefahren waren, um einen Film anzusehen. Von den dreien war nur Peter wach geblieben. Schon mit sechs oder sieben sah er sich den ganzen Film an und unterhielt seine Eltern mit seinen neugierigen Fragen über die Welt der Erwachsenen, während die Mädchen die Händchen ans Gesicht drückten und schliefen.

»Du weißt, daß du deinen Onkel in eine fürchterliche Situation gebracht hast.«

Peter sah ihn kurz an, und seine Augen hatten noch immer diesen harten Glanz.

»Ich habe dir gesagt, daß mir nichts leid tut.«

»Meinst du, Dixon hat das verdient? Wofür – weil er mit John so umgesprungen ist?«

»Für vielerlei. Er hat schweinisch gelebt.«

»Ich verstehe«, sagte Stern. »Für welche andern schweren Sünden seines Lebens wolltest du Vergeltung üben, Peter?«

Peter schwieg und sah weg.

»Hilf mir doch mal beim zeitlichen Ablauf, Peter. Wann genau hat dir Nate Cawley von der Krankheit deiner Mutter erzählt? Das war doch sicher um die Zeit dieser Vorgänge.«

Peter pulte mit dem Daumen an dem Etikett seiner Sprudelflasche. Er schüttelte unmerklich den Kopf, als sei er von jemandem enttäuscht.

»Nate hat mir letzte Woche erzählt, daß er mit dir über Mom geredet hat. Er hat geschworen, mich rauszuhalten.«

»Er hat deinen Namen auch nicht genannt«, sagte Stern. »Wie bereits erwähnt, habe ich viel über alles nachgedacht.«
Peter zuckte gleichgültig mit den Schultern. Er war nicht sicher, ob er seinem Vater glauben sollte, aber darum ging es jetzt nicht.
»Er meinte, jemand von der Familie müsse Bescheid wissen, weil sie so fertig war. Er hielt mich für einen ernstzunehmenden Kollegen, weißt du. Er wollte, daß ich ein Auge darauf habe und den Mund halte. Ich brauche wohl nicht zu erwähnen«, sagte Peter und blickte flüchtig zu seinem Vater hin, »daß er jetzt überzeugt ist, einen gravierenden Fehler begangen zu haben.«
»Nate macht sich selbst die schwersten Vorwürfe, Peter. Er meinte sogar, ich würde ihn verklagen. Hast du das gewußt?«
»Ich hab's gewußt.« Peter nickte. »Ich hielt das offen gesagt für möglich, wenn du die ganze Geschichte erfahren würdest. Ich meinte, du würdest es für den Gipfel der Unverantwortlichkeit halten, daß er mich eingeweiht hat und nicht dich.«
Stern dachte kurz darüber nach, wie wenig Peter von ihm hielt. Sie erwarteten unweigerlich beide jeweils das Schlechteste voneinander.
»Im Gegenteil, ich meine, das war umsichtig. Ich bin sicher, du hast dein Äußerstes versucht. Du warst ein fürsorglicher Sohn deiner Mutter gegenüber.«
Peter zitterten bei den letzten Worten die Lippen, aber er sagte nichts dazu.
»Und wie hast du erraten, was Dixons Rolle bei der Erkrankung deiner Mutter war?«
Peter blickte auf. »Ich hatte seine Krankengeschichte erhoben. Erinnerst du dich? Ich war doch mal sein Hausarzt. Nachdem ich mit Nate geredet hatte, habe ich in meinen Notizen nachgesehen. Die Daten stimmten überein. Auch einen Tripper hat er mal gehabt, in Korea, hast du das gewußt?«
Über so etwas hätten sie nie gesprochen, erklärte Stern.
»Er glaubt, daß ihn das unfruchtbar gemacht hat«, sagte Peter. Ein Gedanke, ein fachlicher Einwurf. Danach ging er ins andere

Zimmer und setzte sich auf das blaue Schaumstoffsofa. Sein Stehvermögen, seine moralische Selbstgewißheit schienen zu erlahmen. Sein Blick wurde niedergeschlagen.
»Und als du dann von Johns Zwangslage erfahren hast, war es also nicht ganz zufällig, daß du dir Gedanken machtest, wie sich die Sache gegen Dixon wenden ließe.« Peter antwortete nicht. Stern trat aus der Küche zu ihm. »Wie ritterlich von dir, Peter, die Kämpfe deiner Mutter auszufechten. Und meine noch dazu.« Stern wandte sich stehend kurz um, warf seinem Sohn einen finsteren Blick zu und trat dann ans Fenster. Unter einem prächtig rosafarbenen Himmel wurde es Abend. Die letzten Heimkehrer aus der nahen Innenstadt gingen auf die Straße, ein Strom einsamer Menschen, die ihr Abendessen aus diversen Schnellrestaurants nach Hause trugen, um es dort allein und schweigend zu verzehren. »Und darf ich jetzt noch den Schluß hören, Peter?«
»Was für einen Schluß?«
»Wie hat deine Mutter von dem Plan erfahren, Dixon zu beschuldigen?«
Vor Verblüffung entfuhr Peter ein kurzer Laut – halb Lachen, halb Stöhnen.
»Du bist schlau«, sagte Peter zu ihm. »Das muß ich dir lassen.« Stern nickte beifällig. »Und die Antwort?«
»Sie konnte sehen, wie verstört Kate war. Sie wußte, daß etwas nicht stimmte. Schließlich holte sie es zum Teil aus ihr heraus. Kate erzählte ihr, was John bei Maison Dixon angestellt hatte. Und daß ich versuchte, es hinzubiegen. Ohne Einzelheiten.«
»Und hat Kate etwas über ihre Schwangerschaft gesagt?«
»Nichts. Kein Wort. Sie wußte immer noch nicht genau, ob sie nicht vielleicht abtreiben müßte.«
Stern nickte langsam. Das mochte stimmen.
»Jedenfalls besuchte mich Mom, um herauszufinden, was im Gange war. Ich erklärte ihr, sie brauche sich keine Sorgen zu machen. Aber natürlich reichte ihr das nicht.«
»Und so hast du ihr gesagt, was du getan hattest?«
»Ja, am Ende doch.«

»Und was hast du dir dabei gedacht? Daß sie begeistert sein würde? Daß ausgerechnet sie deinen Wunsch nach Rache an Dixon teilen würde?«
»Formulier das jetzt doch nicht so haarsträubend.«
»Ah, ich verstehe deine Logik, Peter. Du hast Dixon apportiert wie ein Kater eine Maus und ihn deiner Mutter vor die Füße gelegt. Und sie hat – darf ich raten? – mit Entsetzen reagiert.«
»Mit Entsetzen«, bestätigte Peter. »Ich hab versucht, es ihr zu erklären. Du verstehst schon, daß für alle am Ende das Beste dabei herauskommt, aber sie wollte nichts davon hören.«
»Und wie weit war dein Vorhaben bis dahin gediehen?«
»Ziemlich weit. Sennett hatte sich schon mit John getroffen. Die Vereinbarung stand kurz vor dem Abschluß. Ich hatte einen Lügendetektortest für ihn abgelehnt, doch war ausgemacht, daß er unauffällig weiter zur Arbeit gehen und ein verstecktes Aufnahmegerät tragen sollte – wie nennt man das doch gleich? Eine Wanze.«
»Für Dixon?« Stern stand reglos am Fenster. »Und was sollte passieren, wenn dein Onkel auf dem Tonband zu hören war, wie er jede Beteiligung an der Sache bestritt?«
Peter sah ihn lange an.
»Du hast es immer noch nicht kapiert, was?«
Der Verhöhnung müde, schloß Stern kurz die Augen und kämpfte um seine Selbstbeherrschung.
»Mom mußte ich das auch erklären. Es ging ja nicht darum, Onkel Dixon für etwas dranzukriegen, was John angestellt hatte. Ich meine, er hat es ja schließlich nicht getan. Mir war schon klar, daß er das abstreiten würde. Er würde aussagen, John habe das auf eigene Faust getan. Und John würde aussagen, Dixon habe jetzt Schiß und versuche seine Haut zu retten, indem er ihm die ganze Sache anhänge. Am Ende sollte das auf ein gegenseitiges Anschwärzen und auf ein völliges Patt hinauslaufen. Keiner hätte strafrechtlich verfolgt werden können, da die Staatsanwaltschaft schlicht nicht in der Lage gewesen wäre herauszukriegen, welche Version nun die

Wahrheit war. Alle hätten damit leben können. Ohne Gefängnis, ohne Qual. Für die beiden eine saubere Lösung.«
»Aber?«
»Aber er hielt den Mund. Unser Onkel Dixon.«
»Warum?«
Peter warf hilflos beide Hände in die Luft.
»Das fragst du mich? Du bist doch sein Anwalt. Ich weiß nicht, was vorgeht. Ich sitze nachts wach herum. Ich kann einfach nicht glauben, wie weit es gekommen ist. Fällt dir irgendwas ein?«
Stern grübelte und wollte eigentlich nichts sagen.
»Seit ein paar Tagen habe ich den Verdacht, daß er eine Schuld auf sich nimmt, die in Wirklichkeit bei John und Kate liegt. Ich vermag mir nicht vorzustellen, was ihn dazu bewogen haben könnte, besonders angesichts dessen, was du mir erzählt hast.« Er ging zurück zu dem alten Doppelfenster, dessen Rahmen unzählige Male überstrichen und ganz uneben war. »Und was wurde aus dem Plan, Dixon auf Tonband aufzunehmen?«
»Deshalb wollten sie ihn ja vorladen. Sie waren sicher, daß er sofort zu John rennen würde, wenn er die Vorladung hatte. Eine Falle. John trug zwei Wochen lang die Wanze am Leib. Aber die Agenten fanden Dixon einfach nicht. Und als sie ihn gefunden hatten, tat er ihnen nicht den Gefallen, John anzusprechen. Ich meine, nicht mal mit Hallo oder Tschüs. Monatelang haben sie kein einziges Wort gewechselt. Onkel Dixon bedenkt ihn bloß mit seinem Killerblick – John zittert immer noch vor Angst. Sennett meint, du hättest Dixon gesagt, er solle sich von John fernhalten.«
»Muß ich noch fragen, Peter, wie Agent Horn an dem bewußten Tag schließlich deinen Onkel gefunden hat, um ihm die Vorladung zuzustellen?«
»Nein, mußt du nicht. Sie sollten ihn draußen abfangen, bevor er hereinkam.«
Stern schüttelte den Kopf. Wie erbärmlich das doch war. Er ging in die Küche, um seinen Sakko zu holen.
»Du hast dich selbst in ungeheure Gefahr gebracht, Peter.

Wenn die Staatsanwaltschaft sich das jemals zusammenreimt, kannst du deinem Schwager im Gefängnis Gesellschaft leisten.«

»Oja, am Anfang hatte ich Schiß. Aber wir haben zu dritt durchgesprochen, was passiert, wenn alles schiefgeht.« Peter lächelte schwach. »Wie können sie beweisen, daß ich wußte, daß John gelogen hat?«

Peter hatte viel gelernt in den Jahren, als er mit gelangweilter und arroganter Miene bei seinem Vater am Abendbrottisch gesessen hatte. Als seine Kinder noch klein waren, pflegte Stern sie dankbar anzusehen, wie sie so vor ihm saßen – alle waren sie klug, gesund, eine Augenweide. Sie hatten jede Möglichkeit gehabt, dachte er.

»Richtig skeptisch sind die nie gewesen«, sagte Peter, »nachdem sie erst einmal bei der Bank waren und sich vergewissert hatten, daß Dixon tatsächlich den Scheck zum Ausgleich des Sollstands auf dem Wunderkind-Konto ausgestellt hatte. Sie kamen offenbar nie auf die Idee, daß er dafür auch noch einen andern Grund haben könnte. Und natürlich besaß Dixon die Unterlagen, aus denen hervorging, wem das Konto gehörte, und hielt sie versteckt. Und die Soundso log dazu noch für ihn vor der Grand Jury. Alles sehr überzeugend«, schloß Peter.

»Sprichst du von Margy?«

»Ja. Kyle sagt, sie geben ihr nach der Anklageerhebung eine Chance, ›ihre Erinnerung aufzufrischen‹.«

Die Gänsefüßchen zeichnete er mit den Fingern in die Luft.

Stern zog die Ärmel seines Sakkos glatt. Sein Sohn, dem jetzt einiges aufging, saß da, den Kopf in die Hände gestützt. Gelegentlich wurde Stern gebeten, junge Menschen zu vertreten – Sechzehn-, Siebzehn-, Achtzehnjährige, in Wirklichkeit noch Kinder –, die in solche Scheußlichkeiten verwickelt waren, daß kein Prozeß nach dem Jugendstrafrecht mehr möglich war. Sein jüngster Fall war Robert Fouret, ein verdrossener College-Anfänger, der sich irgendein Rauschmittel reingezogen und danach die Automatik vom Porsche seines Vaters auf Vorwärts statt auf Rückwärts geschaltet und seine wartende

Freundin an der Garagenwand zerquetscht hatte. In solchen Fällen hatte Stern stets Mitgefühl mit den Eltern, reichen Leuten, die ihn in der Hoffnung verpflichtet hatten, er könne den ganzen Schaden reparieren, und mit der Zeit entdecken mußten, daß nicht einmal ein mildes Urteil den Nachhall schwerer Untaten dämpfen konnte. Es waren die Eltern, die klar und hilflos erkannten, wie Ekzesse und Triebtaten der Jugendlichen, dumme, kopflose Aktionen, in einem kritischen Moment ausagierte kindliche Zwänge die Chancen eines jungen Lebens beeinträchtigen oder ganz verderben konnten. Stern vermochte das jetzt nachzuvollziehen, doch ließ er diesen Kummer zumindest vorerst nicht an sich heran.
Zunächst war ihm nur klar, daß er mit seinem Sohn einen Endpunkt erreicht hatte. Innerlich, in seinem eigenen Gefühlstheater, war irgendein Schlußvorhang niedergerauscht. Sicher hatte auch er hier Schuld; er würde bitter leiden, wenn es an der Zeit war, die Schuld abzuwägen. Doch für den Augenblick wußte er, daß die Jahre – praktisch ein halbes Erwachsenenleben – der Vorwürfe und der zwiespältigen Bemühungen um Peter vorüber waren. Er würde seinen Sohn immer sehr herzlich begrüßen – das schuldete er der Erinnerung an die Mutter – und wußte doch, sie würden einander immer mit Schmerz in die Augen sehen. Etwas Wesentliches war vorbei. Er hatte das Seine getan und wartete nun darauf, daß sich etwas besserte, veränderte oder hingenommen werden konnte.
Er wandte sich zum Gehen, doch er hatte in seiner Rechtspraxis gelernt, daß es wichtig war, womöglich wichtiger als alles andere, Urteile auch auszusprechen.
»Peter, ich sage das nur einmal. Was du getan hast, ist unverzeihlich. Ganz und gar unmoralisch. Und, was genauso schwer wiegt, du hast jeden in dieser Familie in die Gefahr grenzenlosen Elends gebracht.«
Peter schluckte dies stumm, stöhnte dann aber doch in sich hinein und nickte ein paarmal mit dem Kopf.
»Das war auch Moms Meinung. Sie war entsetzt. Es ihr zu sagen, war das Dümmste, was ich in meinem Leben getan

habe.« Peter sah auf. »Ich bin sicher, das war für sie der letzte Schlag.« Sein Gesicht verzog sich kurz in einem erkennbaren Zucken, einem Zittern unterdrückten Weinens. Da ging Stern in voller Klarheit auf, daß Peter, so erbarmungslos er über andere urteilen mochte, sich selbst am härtesten strafte. Er hatte seiner Mutter, dem liebsten Menschen in seinem Leben, auf ewig Lebewohl gesagt, und in ihrem Abschiedsblick hatten zerstörte Hoffnung und vernichteter Glaube gelegen. Er konnte nicht leugnen, von wem er abstammte. Trotz allem, was geschehen war, war Stern tief berührt von seinem Sohn und dessen jetzt nie endender Qual.

Er ging zur Tür.

»Was machst du nun, Dad? Was wird passieren?«

Sein Sohn wollte wie alle Söhne immer noch glauben, daß sein Vater ein Mann von unendlicher Tatkraft war und alle Lösungen parat hatte. Aber eben jetzt fiel Stern überhaupt nichts mehr ein.

47

Marta kam kurz nach zehn nach Hause. Von seinem Liegestuhl im Wintergarten aus hörte Stern sie hereinkommen und vor sich hin summen, leise und falsch. Als einzige in der Familie Stern hatte Marta einen schönen Tag gehabt. Als sie das Gerichtsgebäude verließen, war sie sehr aufgeräumt gewesen. »Nicht einmal sie konnte das verknusen«, hatte Marta gesagt und damit Klonsky gemeint. Stern hielt sich mit seinem Urteil zurück; Marta war ganz aus dem Häuschen, weil sie meinte, eine Staatsanwältin eines Besseren belehrt zu haben. Sofort nach der Rückkehr in die Kanzlei rief sie George Mason an und erzählte es ihm. Danach diktierte sie ihren Schriftsatz an Richterin Winchell. Als sie damit fertig war, fragte sie beiläufig, ob es in der Kanzlei Fälle gebe, bei denen sie aushelfen könne, während sie auf Arbeitssuche sei. Gegen Stundenhono-

rar. Stern entschied nach kurzem Nachdenken, daß das zu schön sei, um wahr zu werden, und verwies sie an Sondra.
Am Nachmittag hatte sich Marta schon in dem einen leerstehenden Büro eingerichtet und sah das Aktengebirge durch, das gerade erst über einen Fall von Betrug zu Lasten des Verteidigungsministeriums hereingekommen war, machte sich handschriftliche Notizen oder plauderte jedesmal, wenn Stern vorbeikam, munter am Telefon. Marta schien ein Leben zu führen wie ein Haushaltsgerät. Man schloß sie irgendwo an, und sie lief sofort auf vollen Touren. Seine Tochter versetzte ihn in Erstaunen, doch im Innern fühlte er sich beschwingt von dem Gedanken, daß sie jetzt bei ihm war. Ein paar Wochen würde das so laufen können. Er wollte sein wie immer und mit angehaltenem Atem abwarten. Wäre das möglich gewesen, solange Clara lebte? Nein, entschied er sofort, eigentlich nicht. Marta fand ihre Heimatstadt plötzlich aus vielerlei Gründen attraktiv, aber sicher nicht zuletzt deswegen, weil ihre Mutter nicht mehr da war. Solche schmerzlichen Rechnungen macht das Leben auf. Ein Verlust, dafür ein Gewinn.
Jetzt, im Wintergarten, schloß er die Augen, kurz bevor sie hereinkam. »Schläfst du?« flüsterte sie. Er konnte sie auf Zehenspitzen näher treten hören, rührte sich aber nicht. Heute abend war er zu keinem weiteren Gespräch mit seinen Kindern bereit. Nicht einmal mit Marta. Er blieb reglos liegen und horchte, wie sie die Treppe hinaufstieg. Ins Bett zu gehen, hatte er keine Lust. Gegen eins zog er in die Küche um, setzte sich unter den grünen Lampenschirm an den Frühstückstisch und schlürfte Sherry wie an dem Abend, nachdem er Clara gefunden hatte. Verurteilen konnte er jetzt niemanden mehr. Und die Trigonometrie möglicher Lösungen beschäftigte ihn noch nicht. Und so saß er da, nahm die Dinge in sich auf, bilanzierte, trauerte erneut, bis zum Hals wie in Treibsand in zähem Leid gefangen.
Morgens gegen halb sechs schlich er hinauf, duschte und kleidete sich an. Er brühte Kaffee und backte sich ein Brötchen

aus der Tiefkühltruhe auf. Dann fuhr er in die Innenstadt, in die Zuflucht von Arbeit und Kanzlei. Er ging durch den Hintereingang hinein und hielt inne. Wieder war da irgend etwas Störendes.

Dixon war zurück.

Diesmal saß er auf dem Sofa in Sterns Büro, schlief aber dennoch. Die handgefertigten Schuhe hatte er ausgezogen und ordentlich unweit des Safes hingestellt, der noch immer da war. Er trug ein rohseidenes Sportjackett – die Klimaanlage war offenbar die ganze Nacht auf voller Leistung gelaufen, denn der Raum war kühl –, und seine Arme lagen auf dem rauhen Gewebe der beigen Sofapolster. Sein Kinn ruhte auf seinem grellgemusterten Tropenhemd.

Stern blieb vor der dunklen Glasplatte seines Schreibtischs stehen und entnahm leise seinem Aktenkoffer Papierstapel.

»Du mußt das neulich irrsinnig lustig gefunden haben«, sprach Dixon ihn klar und deutlich an, regte sich aber dabei nicht. »Bei deinem Getue wegen des Safes. ›Dixon, ich glaube, du willst mich täuschen‹.« Er schlug die Augen auf. »Warst empört wie ein Hohepriester.« Er faßte sich in den Nacken und drehte den Kopf hin und her. »Und hast dir sicher einen Ast dabei gelacht, denn du hattest den Inhalt doch schon befingert.«

»Ah«, sagte Stern. Silvia. Sie hatte wohl geplaudert.

»Der Typ, der die Hintertür reparierte, hat mir seine Rechnung geschickt. Du hättest deine Schwester hören sollen. ›Ach das, das war doch Alejandro. Tralala.‹« Er hatte die Stimme kurz ins Falsett kippen lassen. »›Hab ich doch ganz vergessen, dir zu sagen, die Tür hat mein Bruder von einem angeheuerten Gangster einschlagen lassen.‹ Vierhundert Eier übrigens. Will ich von dir wiederhaben.«

Dixon hatte seinen freudlosen Blick und wirkte verstört. Er war unrasiert und sichtlich erschöpft; seine Augen schienen in die dunklen Höhlen eingesunken. So an seine Frau erinnert, bat er Stern, zu Hause anrufen zu dürfen. Stern drückte die programmierte Nummer, gab ihm den Hörer und verließ dann den Raum, um in der kleinen Küche, ziemlich am Ende des Flurs,

Kaffee aufzusetzen. Als er zurückkehrte, verabschiedete sich Dixon gerade von Silvia.
»Deine Schwester sagt, wir sollen uns nicht so oft heimlich treffen.« Dixon lachte. Silvias Scherze waren plump, aber Dixon freuten sie. »Im Gefängnis bist du nicht, wie ich sehe.« Stern hob die Hände, um sich in ganzer Größe zu zeigen.
»Ich habe Marta angerufen«, berichtete Dixon. »Sie sagt, deine Freundin dort, die Soundso, hat dir die Haut gerettet.«
»Vorerst«, erwiderte Stern. »Der Spaß geht nächste Woche weiter. Kommst du mich dann besuchen?«
»Dich besuchen«, brummte Dixon. »Was treibst du da für ein Spiel, Stern?«
»*Ich?* Ein Spiel?« Stern machte eine volle Körperdrehung, um seinen Schwager von oben bis unten zu mustern, eine Geste aus dem Gerichtssaal. »Hast du dir einen anderen Anwalt gesucht, Dixon?«
»Ich will keinen andern Anwalt. Ich hab's mir überlegt.«
»Du brauchst einen andern Anwalt, Dixon. Anwalt und Mandant müssen einander vertrauen können.«
»Ich vertraue dir.«
»Aber ich dir nicht, Dixon – deinem Charakter oder deinen Motiven nicht. Du bist ein eitler, illoyaler, hinterhältiger Mensch. Du bist ein abscheulicher Mandant, und, wenn dir das was ausmacht, ein schlechter Freund.«
Dixon blinzelte und rieb sich die Augen.
»Ich bin nicht dein Freund«, sagte Dixon schließlich. Er hatte immer noch keine Ahnung, um was es ging, und lächelte schwach. »Ich bin mit dir verwandt. Du wirst mich nicht los.«
»Im Gegenteil. Ich hab deine Geheimniskrämerei satt. Und deine Geringschätzung mir gegenüber.«
»Geringschätzung?«
»Dixon, unter dem vielen, was ich dir vorwerfe, ist, glaube ich, nichts schlimmer, als daß niemand besser weiß als du, warum Clara gestorben ist, und du dieses Wissen für dich behalten hast. Sicher aus Eigennutz, aus irgendeinem hundsgemeinen und unklaren persönlichen Motiv heraus.«

»Du bist sauer, weil ich nichts von dem Scheck gesagt habe, den sie mir gegeben hat.«
Stern antwortete nicht.
»Das ist ganz einfach zu erklären.«
»Dixon, du willst mich schon wieder anlügen.«
»Nein«, erwiderte er mit seinem starren Unschuldsblick.
»Doch.«
»Stern«, bettelte Dixon.
»Du schuldest mir ein wenig Achtung, Dixon.«
»Ich habe große Achtung vor dir.«
»Dixon, bei deinen Motiven werde ich vielleicht zeit meines Lebens im dunklen tappen, aber über Claras Motive weiß ich voll und ganz Bescheid. Ich bin Jude und kann rechnen. Knapp sechshunderttausend mit Trittbrettfahren gestohlen, plus etwas mehr als zweihundertfünfzigtausend für das Soll auf dem Wunderkind-Konto ergibt über achthundertfünfzigtausend Dollar, also genau den Betrag von Claras Scheck auf ihr Depotkonto bei der River National Bank. Meine Frau wollte Schulden bezahlen, die ihr Schwiegersohn auf dem Maklerkonto ihrer Tochter gemacht hat. Und es würde mich freuen, wenn du meine Intelligenz nicht länger beleidigen würdest, indem du etwas so Offensichtliches abstreitest.«
»In Ordnung.« Dixon nickte und begann auf und ab zu gehen, wobei sein Verstand auf Hochtouren arbeitete. »Sie wußte, daß wir beide in die Sache verwickelt waren, John und ich. Sie meinte, vielleicht könnte ich das Ganze auf mich nehmen, und bot mir an, die Schulden zu begleichen.«
»Eine Lüge!« Stern knallte seinen Aktenkoffer zu. Langmütig und konfliktscheu, hatte er jetzt endgültig die Nase voll und war kurz davor, Dixon seine wilde Wut fühlen zu lassen. »Dixon, vielleicht hast du Margy mit dem Geseire überzeugen können, ihr hättet das gemeinsam ausgeheckt, du und John, und du seist an allem schuld, aber ich weiß, daß du mit dieser Straftat nie etwas zu tun hattest.«
»Margy?« Dixon stutzte. »Ich dachte, sie hätte bei dir verschissen.«

»Ich hab mein Urteil revidiert.« Stern war versucht, noch ein Wort zu ihren Gunsten zu sagen, da er sie bei der letzten Begegnung mit Dixon heruntergemacht hatte, doch er war immer noch überzeugt, daß sie sich bei dem, was sie Stern erzählte, irgendwie an Dixons Anweisung gehalten hatte. »Laß den Jungen.« Er konnte geradezu hören, wie Dixon das sagte. »Zu deiner Kenntnis, Dixon, ich weiß über die ganze Geschichte Bescheid. Wie du beschlossen hast, deine Firma zu schonen und selber zu strafen, und deswegen denunziert wurdest.«

Dixon erstarrte und zog sich schließlich in Richtung Sofa zurück, um diese neue Wendung zu verdauen. Er warf seinen Sportsakko drauf und setzte sich nach kurzem Grübeln daneben.

»Dixon, wie hattest du dir das eigentlich gedacht? Wie lange sollte John in deinem Fegefeuer schmoren?«

Dixon schüttelte die hohle Hand, als habe er etwas darin. Er war offenbar immer noch unsicher, ob er die Wahrheit sagen sollte.

»Zeitlich unbegrenzt«, erklärte Dixon schließlich. »Ich hab ihm sogar ganz offen angekündigt, daß ich mich in ein paar Jahren wahrscheinlich doch noch an die Staatsanwaltschaft wenden und ihn hochgehen lassen würde.«

»Anscheinend hat er dir geglaubt.«

»Sollte er auch«, sagte Dixon. Er schenkte seinem Schwager noch einen direkten und freudlosen Blick, wobei aus seinem Gesicht abzulesen war, daß sein Zorn noch nicht verraucht sei, schaute dann weg und langte nach einer Zigarette. Er klopfte den Filter mehrfach auf die Glasplatte des Schreibtischs. »Natürlich hat mir der Trottel kein Wort davon gesagt, daß seine Frau schwanger ist.«

»Hätte das was geändert?«

Dixon zuckte mit der Schulter. »Vermutlich. Ich hätte mir genauer überlegt, wie ich ihn damit in die Enge trieb.«

»Und Clara?« fragte Stern. »Ich würde gern etwas über dein letztes Treffen mit ihr hören. Wie lange vor ihrem Tod ist das gewesen?«

»Drei Tage? Vier?« Dixon blickte auf seine Zigarette. »Da gibt's nicht viel zu erzählen. Sie erschien mit diesem Scheck. Wie du schon erwähntest, sie wollte seine Schulden zahlen. Ich sagte ihr, sie solle sich nicht bemühen. Ich wollte das nicht annehmen. Ich wollte ihn am Arsch kriegen, keinen Scheck. Das ist alles. Sie aber bestand darauf, den Scheck dazulassen. Also schmiß ich ihn in den Safe. Das ist alles.«

»Das ist schwerlich alles, Dixon.«

»Doch, ist es.«

»Nein, Dixon. Du warst drauf und dran, John an die Staatsanwaltschaft auszuliefern. Du hast nicht bloß die Courage verloren, sondern auch noch stumm geduldet, wie seine Freiheit gegen deine verschachert wurde. Eine bemerkenswerte Kehrtwendung.«

Dixon Hartnell war in einem Landstrich aufgewachsen, wo geologischer Druck modernde Bäume in etwas Schwarzglänzendes und fast Steinhartes verwandelt hatte. Er hatte diese Erkenntnis gründlich beherzigt – und setzte jetzt ein so dunkles und steinernes Gesicht auf, als beziehe er sein Durchsetzungsvermögen ebenfalls aus dem Erdinnern. Von diesem Landstrich an die Börse verschlagen, hatte er gelernt, daß er mit Willenskraft allerhand erreichen konnte, und nun hatte er seinen Willen vollständig durchgesetzt. Er hatte nichts mehr zu sagen.

»Erzähl mir von deiner Anhörung heute morgen. Willst du wirklich meinetwegen in den Knast?«

»Wenn nötig. Es gibt schon genug Familienmitglieder von mir, die als Zeugen gegen dich aussagen.« Dixon schluckte die Bemerkung mit demselben unnachgiebigen Gesichtsausdruck.

»Geh ich richtig in der Annahme, daß Clara dir gesagt hat, welche Rolle Peter in alldem spielt?«

Dixon rauchte kommentarlos seine Zigarette.

»Ein anderer Anwalt, Dixon, könnte dir helfen, einen glänzenden Antrag gegen das Verfahren vor der Grand Jury und das Verhalten der Staatsanwaltschaft gegenüber Peter einzubringen. Du würdest nicht einmal etwas über den Wahrheitsgehalt der Angaben sagen müssen, die er ihnen gemacht hat.«

Flüchtiges Interesse leuchtete in Dixons Gesicht auf.
»Würde ich gewinnen?«
»Nach meiner Einschätzung? Nein. Dir würde eine Anhörung zugebilligt, um zu erhärten, daß dein Recht auf anwaltliche Vertretung nicht verkürzt wurde. Mit Sicherheit könntest du Mr. Sennetts Dampfwalze ein paar Steine in den Weg legen. Aber ich zweifle, daß ein Gericht auf rechtswidriges Vorgehen der Staatsanwaltschaft oder Verkürzung deiner Rechte erkennen würde. Die Staatsanwaltschaft darf einem geschenkten Zeugen oder Informanten nicht ins Maul schauen. Sie hat ihn hier bloß an recht unpassender Stelle gefunden.«
Dixon zuckte mit den Schultern. Es überraschte ihn nicht. Stern drängte ihn erneut, die Meinung eines zweiten Anwalts einzuholen, aber Dixon winkte ab.
»Ich verlaß mich auf das, was du sagst.« Dann stand er auf und wanderte zu Sterns Bücherbord. Dort standen Bilder, Fotografien der Familie. Clara. Die Kinder. Um der Wahrheit die Ehre zu geben – und heute ging es ja um die Wahrheit –, betrachtete Stern diese Porträts recht selten. Obligatorische Gegenstände, die passende Bürodekoration. Dixon aber nahm sich Zeit, jedes Foto anzusehen, faßte sie nacheinander am Rahmen und hob sie hoch. Stern ließ ihm diese Zeit, bis er selbst bereit war.
»Und nun, Dixon, wenn es dir recht ist, würde ich gerne erfahren, was passiert ist, als du dich das letztemal mit Clara getroffen hast. Du kannst dich kurz fassen. Ich begnüge mich mit dem Wichtigsten. Es ist nicht nötig«, sagte Stern, plötzlich einen Kloß im Hals, »mir ausführlich zu schildern, was du mir durchaus nicht sagen willst oder was ich offen gestanden durchaus nicht wissen will.«
Dixon fuhr herum, bewahrte aber recht gut Haltung, das mußte man ihm lassen, doch Stern konnte sehen, daß er jetzt hellwach war. Mit geweiteten Augen stand er militärisch straff da. Wenn Dixon diese Regeln anerkannte, würde das Thema zwischen ihnen immer unbehandelt bleiben. Nach reiflicher Überlegung hatte Stern entschieden, daß ihm diese Übereinkunft lieber war. Aber ach, Dixon wollte unbedingt bis zum

bitteren Ende pokern. Er zwinkerte und blickte Stern voll ins Gesicht.

»Was soll das heißen?« fragte er.

»Was das heißen soll?« Stern schwankte kurz und ließ sich dann ins qualmende Zentrum seiner Wut fallen. Er hob seinen Aktenkoffer hoch und knallte ihn auf die Glasplatte. »Muß ich noch deutlicher werden, Dixon?! Sollen wir hier ein leidenschaftsloses Zwiegespräch über die tödlichen Gefahren sexuell übertragbarer Krankheiten halten? Dixon, ich spreche von deiner Beziehung zu meiner Frau.«

Dixons graue Augen zuckten nicht. Als Stern auf die Schreibtischplatte hinunterblickte, sah er, daß sie gesprungen war, ein Einschlag wie von einer Kugel, wo er getroffen hatte, und ein einzelner silbriger Riß, der von dort quer durch die Rauchglasfläche bis zur grünen, rundgeschliffenen Kante ging. Der Schreibtisch war freilich nie nach seinem Geschmack gewesen.

»Soll ich mich vor dir erklären?« fragte Dixon. Er war hinter seinen Schwager getreten, und Stern sah ihn lieber nicht an.

»Nein.«

»Weil ich's nicht kann. Ich bin wirklich ein Tunichtgut und Schweinehund.«

»Willst du mich einwickeln, Dixon?«

»Nein«, antwortete er. »Es ist schon lange her, Stern.«

»Das ist mir klar.«

»Es war Zufall.«

»Ich bitte dich!«

»Das war nicht das richtige Wort.« Er hörte Dixon mit den Fingern schnippen. »Ein Versehen.« Als Stern sich umwandte, war Dixon näher herangetreten und hielt ihm mit diensteifrigem Blick den Zigarrenbehälter hin. »Zigarre?«

Stern packte den ganzen Behälter.

»Hände weg, Dixon!« Stern nahm eine Zigarre heraus, zündete sie an und schlug dann den Deckel mit einem satten Knall zu, der durch das Filzfutter leicht gedämpft wurde. Finster starrte er seinen Schwager an, während Dixon sich aufs Sofa

zurückzog, wo er sich mit seinem Feuerzeug eine neue Zigarette anzündete.
»Weißt du, es war alles meine Schuld«, erklärte er. »Brauch ich dir eigentlich nicht zu sagen. Ich war jahrelang hinter ihr her. Jahrelang.« Ein Bild drängte sich auf, wie Dixon bei einem Familientreffen in der Küche oder im Flur plötzlich aus dem Schatten trat und Clara lüstern an den Hintern faßte und abgewiesen, ja zurechtgewiesen wurde. So deutlich und kompromißlos, daß er Bloßstellung fürchten mußte. Doch daß sie darüber schwieg, mußte Dixon ermutigen, so war er nun mal. Er wußte, daß er da ein glimmendes Interesse entzündet hatte. Schritt für Schritt, durch Geste, Zunicken und Berührung, hatte er Jahr für Jahr diesen Glutpunkt genährt, wohl wissend, daß diese Leidenschaft für Clara wie ein geheimer Schatz war. Stern, dessen Phantasie zu schweifen begann, bremste sich. Es reicht, ermahnte er sich. Es reicht. »Ich hab sie bewundert«, sagte Dixon. Zum erstenmal wagte er es, Stern ins Gesicht zu sehen. »Sie war eine Frau, die man bewundern konnte.«
»Dixon, du bist gewissenlos.«
»Nein.« Er schüttelte den Kopf. »Neugierig. Ich wollte immer tun, was andere Leute nicht tun.«
»Ich glaube, das nennt man Gemeinheit, Dixon.«
Dixon drückte seine Zigarette aus. Sein Mund schien zu zittern wie eine Hundeschnauze. Dixon Hartnell war nahe daran zu weinen. Sein Gesicht rötete sich um die Augen, und er schlug den Blick nieder.
»Für mich hatte das nie etwas mit dir zu tun.«
»Fällt mir schwer zu glauben.«
»Ehrlich.«
»Du bist krank, Dixon.«
»Okay, dann bin ich das halt.« Er hatte jetzt keine Geduld mehr mit Stern. Selbstkritik gehörte nicht zu Dixons Repertoire. Er schritt im Leben voran und blickte selten hinter sich.
»Darf ich fragen, Dixon, wann sich das abgespielt hat?«
Dixons Kopf fuhr hoch; er war verblüfft. »Um welche Tageszeit?«

»Bitte, Dixon. Wann in der Geschichte der Menschheit begaben sich diese Ereignisse?«
»Weiß nicht. Es war gleich nachdem Kate aufs College ging. Clara war am Ende. Sehr deprimiert. Schwamm durch allerlei dunkle Wasser. Du hattest deinen großen Prozeß in Kansas City. Warst beschäftigt. Sehr beschäftigt.«
»Ist das deine Ausrede, Dixon?«
Dixon musterte ihn und nahm sich eine weitere Zigarette.
»Wie ich dir schon sagte, ich hab die Situation ausgenutzt. Es hätte ihr nichts gleichgültiger sein können. Es war ein Akt der Verzweiflung«, erklärte Dixon. »Verfickter Verzweiflung.«
»Vielen Dank, Dixon, für deine wichtige psychologische Erkenntnis.«
»Sie war dabei, ihr Leben zu ruinieren. Sie zahlte es dir heim.«
»Schon wieder«, sagte Stern.
Zum erstenmal spürte er absurderweise, daß er wahrscheinlich gleich weinen würde. So etwas hatte er nicht hören wollen, verborgene Seiten Claras, die ihm Dixon entdeckte. Hatte Dixon das wirklich richtig dargestellt? Vermutlich annähernd genug. Clara hatte zu Repressalien gegriffen und dabei gehofft, daß im Verbotensten vielleicht irgendeine schwarze Magie zu finden war. Sie würde sich beschmutzen und erniedrigen, um Vergebung bitten und wenn es zum Schlimmsten kam, wenigstens einen Grund für ihr Elend und ihre Selbstverachtung haben.
»Es dauerte eine Nacht und einen Tag. Und es war ein kompletter Schuß in den Ofen«, erklärte Dixon. »Völlig daneben. Und das sage ich jetzt nicht bloß so. Wenn sie nicht hinterher dieses Problem gekriegt hätte, hätte man sagen können, es sei nichts gewesen.«
»Wenn«, sagte Stern.
»Ich hatte nichts davon gemerkt«, fuhr Dixon fort. »Ich werde das nie vergessen. Bei irgendeinem Familientreffen gab sie mir dann einen Zettel. Ich erinnere mich noch genau. Bloß eine Zeile. Sie machte nie zu viele Worte. Nicht einmal eine Anrede wie ›Du Arsch‹. Nur ›Ich bin in Behandlung wegen ...‹« Dixon

schlug mit der Hand einen Kreis, um die Auslassung zu ergänzen. »Ich hatte keine Ahnung davon. Und als ich deiner Schwester sagte, sie müsse sich untersuchen lassen, schmiß sie mich prompt aus dem Haus und weinte sich bei Clara aus. Schlimmer konnte es nicht laufen.«

Dieses Drama, das ganze Stück, hatte sich vollständig außerhalb seiner Wahrnehmung abgespielt. Er hatte sich hinter der Bühne in Kansas City herumgetrieben. In den Armen seiner eigenen eifersüchtigen Geliebten. Völlig gefangen von der Rolle, die ihm am angenehmsten war, hatte er Schlüsselereignisse seines Lebens gar nicht mitbekommen.

Er sog eine Weile an seiner Zigarre. Die schlaflose Nacht forderte ihren Tribut. Seine Augen schmerzten, und seine Gliedmaßen brannten nach seinem Zornesausbruch und waren schlapp. Außerdem stellte er mit Schrecken fest, daß ihm die Zigarre nicht mehr schmeckte. Natürlich würde er sie zu Ende rauchen. Mit dem Zigarrenrauchen hatte er in Henry Mittlers Büro angefangen, als er sie sich eigentlich nicht leisten konnte, und sich dabei meist auf die beschränkt, die ihm Henry widerwillig anbot. Bei jeder Zigarre, die er in der Hand hielt, hatte er immer noch ein gemischtes Gefühl aus höchstem Triumph und Geiz. Aber es würde ihm nicht schwerfallen, keine mehr zu nehmen. Schließlich hatte sich sein ganzes Leben verändert.

»Sie kam in mein Büro«, sagte Dixon. »Tauchte einfach so auf.«

»Clara?«

»Nein, der Mann im Mond.« Er hatte sich jetzt längelang auf Sterns Sofa gelegt. »Ich wußte, warum sie so plötzlich auftauchte. Seit Jahren hatte sie nicht mehr zu mir gesagt als: ›Reich mir mal die Bohnen rüber.‹«

»Und?«

»Und sie kam rein, setzte sich und fing an zu weinen. Mein Gott, was hat sie geweint.« Dixon lag einen Moment da und hing seinen Gedanken nach. »Kein Auge blieb trocken. Na, ich hörte jedenfalls die ganze beschissene Geschichte. Peter. John. Ärzte. Behandlung. Was mich wirklich schaffte, war das Geld.

Als sie den Scheck rüberreichte, als ob sie glaube, mit Geld –« Dixon hob die Hand, hatte plötzlich wieder rote Augen, nachträglich beschämt, daß Clara gedacht hatte, er sei mit Dollars zu überreden. Nach seinem eigenen Selbstbild war Dixon nicht käuflich.

»Und was dachte sie sich dabei, Dixon? Was hat sie gewollt?«

»Was sie gewollt hat? Was eine Mutter halt so will. Sie wollte ihre Kinder retten. Sie wollte, daß ich einen Ausweg finde. Das war der Grund für den Scheck. Sie dachte, vielleicht könnte ich alle entschädigen, MD, die Kunden, und alles ungeschehen machen.«

»Was hast du ihr gesagt?«

»Daß es verdammt noch mal zu spät dafür sei. Peter hatte bereits angefangen, den Nachwuchsgeheimagenten zu spielen.«

»Hattest du Peters Theorie begriffen, daß am Ende niemand angeklagt werden konnte?«

»Ja, hatte ich begriffen. Absolut hirnrissig. Ich glaubte, wenn ich nur den Mund aufmachte, würden John und er gerädert und gevierteilt enden, glaubte, sogar diese Wichser von der Staatsanwaltschaft würden das durchschauen. Welches Motiv hatte ich denn? Warum sollte ich anfangen, Kleingeld zu klauen?«

»Hast du das Clara gesagt?«

»Sie war eine kluge Frau. Sie war sich klar über das Risiko. Sie hatte eine Todesangst um sie alle.«

»Und dann?«

»Und dann was?«

»Wie endete euer Gespräch, Dixon?«

»Ach, ich weiß nicht mehr. Der andere Grund, warum sie gekommen war, war wegen ihrer Krankheit. Sie wollte mir sagen, daß sie dich vielleicht ins Bild setzen müßte. Ich meine, sie machte sich keine Sorgen um mich – sie hatte Angst, Silvia könnte es erfahren. Schließlich, nachdem sie das hinter sich gebracht hatte, bekam sie diesen sehr gefaßten Blick und sagte: ›Dixon, ich bin wirklich nicht sicher, ob ich noch weiterkann.‹ Ich bin noch nie im Leben so erschrocken. Ich brauchte sie nicht zu fragen, wovon sie redete.«

»Und wie hast du reagiert?«

»Scheiße noch mal, was glaubst du denn? Ich hab sie gebeten, es nicht zu tun. Eine halbe Stunde lang. Ich hab ihr jeden Grund genannt, der mir einfiel. Sie redete weiter von den Kindern. Von Peter und Kate und John. Und von dir. Ziemlich viel von dir. Sie war völlig daneben. Weißt du, ich wollte sie beruhigen. Ich hab ihr gesagt, Kate und John würde nichts passieren. Aber was konnte ich eigentlich anführen, um sie zu überzeugen?« Dixon zuckte mit den Schultern. »Also hab ich's versprochen.«

Es war natürlich wie bei allem anderen. Wie Gesichter in Wolkenformationen. Er hatte es gesehen, aber nicht erkannt.

»Du hast Clara versprochen«, vermutete Stern, »daß du zur Anklage schweigen und die Schuld auf dich nehmen würdest.«

Dixon ließ einen Arm über die Sofalehne baumeln. Er schnippte seine Asche in den Aschenbecher und traf weit daneben. Dann setzte er sich auf und wischte sich mit dem Handrücken über die Augen.

»Darf ich fragen, warum, Dixon?«

»Hab ich dir doch grad gesagt. Weil ich es ihr schuldig war. Sieh mal, ich bin nicht wie du, Stern. Ich bin nicht klug oder gütig. Ich kann nicht anders. Es tut mir nur hinterher leid. Das ist mein Leben. Aber meine Scheiße mach ich selber weg.«

Sie saßen eine ganze Weile schweigend zusammen.

»Ich entlasse dich daraus, Dixon.«

»Was?«

»Ich entlasse dich aus dieser Vereinbarung. Sie war wirklich ritterlich. Du hast um Claras Leben gehandelt, bist aber trotz tapferen Kampfes gescheitert. Du bist daraus entlassen.«

Dixon schüttelte den Kopf.

»Ich hab's ihr versprochen.«

»Dixon.«

»Ich hab's versprochen.«

»Dixon, ich kann das nicht erlauben.«

»Ich hab nicht um deine Erlaubnis gebeten.«
»Dixon, ich hab über diese Sache gründlich nachgedacht. Ich glaube, daß man John und Peter ihre Karten ausspielen lassen muß. Sag du, was war. Nimm dir einen andern Anwalt, und sag ihm die Wahrheit. Laß es darauf ankommen, ob die Staatsanwaltschaft am Ende vor die Wand läuft, wie Peter es sich ausgerechnet hat.«
»Und was passiert, wenn Sennett vom Donner gerührt wird und mir plötzlich Glauben schenkt? Wenn er sich die beiden vornimmt, wird das, was er mit mir vorhat, dagegen wie Ringelreihen aussehen.«
Stern ließ seine Schultern fallen – sein Blick war müde, leer. Worte halfen hier nicht.
»Hör zu«, sagte Dixon. »Ich hab die ganze Zeit den Atem angehalten. Seit Monaten hoffe ich, daß diese Saukerle irgendeinen Fehler machen. Scheiße bauen, das Interesse verlieren oder Zweifel kriegen. Aber so spiele ich das nicht. John schafft das nie. Ich habe ihn erlebt, wie er ist, wenn jemand die Verhörlampe einschaltet. In einem Gerichtssaal, oder wenn ihm jemand wirklich zusetzt, klappt er zusammen. Denk an meine Worte. Und reißt Peter mit hinein. Vielleicht sogar Kate.«
Dixon hatte recht, kein Zweifel. Er hatte es sorgfältig durchdacht. John würde Abhörgeräte gegen die ganze Familie am Leib tragen, bevor Sennett mit ihm fertig war.
»Das war das Risiko, das Peter eingegangen ist, Dixon.«
»Ach, scheiß drauf, das sind doch Kinder.«
Stern setzte sich neben ihn aufs Sofa. Mit dem Finger tippte er sogar an Dixons Hand.
»Dixon, ich verstehe, um was es dir geht. Ich erkenne ja an, daß du mit mir klarkommen wolltest – daß du meine verbliebene Familie in Sicherheit sehen willst. Aber ich entlasse dich aus dieser Sache.«
Dixon starrte ihn kurz beleidigt an – nein, empört.
»Scheiße noch mal, kannst du nicht einfach dankbar sein und das Maul halten?« Er stand auf. »Ich werd mich schuldig bekennen, Stern. Und ich möchte, daß du das arrangierst.«

»Das tu ich nicht.«
»Komm mir nicht mit Scheiß wie ›das tu ich nicht‹. Es ist genau das Richtige.«
»Dixon, es ist Prozeßbetrug.«
»Ach, halt's Maul, Stern. Verschon mich mit deiner Ehre. Ich kenn dich schon zu lange. Du hast schon mit mieserer Begründung als hier die Beine breitgemacht. Ich rede von deinen Kindern.«
»Nein.«
»Doch. Glaubst du, du bist in dieser Familie der einzige mit einem Recht auf Edelmut?«
»Silvia –«
»Silvia wird es glänzend gehen. Sie wird dich haben, um den sie sich kümmern kann. Mich besucht sie am Wochenende. Du sorgst schon dafür, daß ich in ein Erholungsheim komme. Die Haftzeit reiß ich doch auf einer Arschbacke ab.«
Dixons größte Begabung war immer noch sein Verkaufstalent. Während er hier so hin und her schritt, hatte er sein aufdringliches Vertretergebaren angenommen. Er tat nur so – Stern wußte das. Dixons abgezehrtes Aussehen und seine schlaflosen Nächte kamen nicht von der Vorfreude auf ein Erholungsheim. Aber Dixon war früher Soldat gewesen. Er wußte, daß Mut nicht fehlende Angst war, sondern die Fähigkeit, trotz der Angst anständig weiterzumachen. In diesem Augenblick erinnerte er merkwürdig an den jungen Mann, dem Stern damals begegnet war, mit seinem kantigen Kiefer und seinem lockigen messingfarbenen Haar, der seine Uniform wie eine Trophäe trug und sich dem Ruhm geweiht hatte – ein perfektes Exemplar dessen, was Stern damals für die beneidenswerteste Spezies auf dem Planeten hielt – ein waschechter Amerikaner.
»Dixon, es ist Unrecht.«
»Ach, scheiß auf deine Prinzipien, Stern. Scheiß auf deine Ehre! Kapierst du denn nicht, du scheinheiliges Arschloch, daß ich genau deswegen Schiß hatte, mit dir zu reden?« In großer Erregung schlug Dixon einmal mit der Faust auf den Schreibtisch. Das Glas brach mit einem merkwürdigen Geräusch –

einem hellen Knacken und einem winselnden Nachklang. Beide Männer sprangen gleichzeitig hinzu. Stern lief auf seine Seite und hielt wie Dixon die beiden Stücke zusammen. Dem Riß entlang hatte sich die Bruchkante jetzt ein bißchen unter die andere verschoben. Die Papierstapel waren ins Rutschen gekommen, Sterns Zigarre war aus dem Aschenbecher gehüpft und lag qualmend daneben.

»Ob es runterfällt?« fragte Dixon.

Stern war nicht sicher. Schließlich schwang er seinen Bürosessel herum und schob ihn unter die auseinandergebrochenen Hälften. Langsam zog Dixon seine Hände weg. Die Schreibtischplatte sackte deutlich tiefer, rutschte aber nicht weiter.

Stern brauchte einen Augenblick, um sich zu erinnern, wo sie stehengeblieben waren. Der Hammerschlag von Dixons Bemerkung war in dem Durcheinander untergegangen; fürs erste brauchte er nicht zu reagieren. Er wußte, daß Dixon die Sache gründlich durchdacht hatte und auch hier richtig lag. Clara hatte am Pragmatismus ihres Mannes gezweifelt, an seiner Bereitschaft, seine Skrupel zurückzustellen, besonders wenn er mit seinem Sohn konkurrierte. Für den Augenblick jedoch konnte er diesen Gedanken beiseite schieben; leiden würde er daran später, wenn er allein war. Eben jetzt war er neugierig auf die Antwort auf eine andere Frage, die sich gestern aus einer Bemerkung Peters ergeben hatte.

»Warum hast du mich als Anwalt, Dixon? Jetzt, in dieser Sache?«

»Zu wem sollte ich denn sonst gehen? Und außerdem hättest du vielleicht gedacht, irgendwas sei nicht sauber, wenn ich einen andern Anwalt genommen hätte.«

»Aber du sagst, du hättest meine Prinzipien gefürchtet.«

»Du solltest es ja nicht herausbekommen.«

»Hast du deswegen den Safe so lange bei mir gelassen?«

»Er war ja zu.«

»Trotzdem.«

»Hör mal, du hast mir eine Scheißangst eingejagt mit deinem

Gerede um Hausdurchsuchungsbefehle. Ich hab dir geglaubt. Ich dachte, hier sei der beste Platz.«
»Aber du warst nicht einmal so vorausschauend, den Scheck zu vernichten, den Clara dir gebracht hatte.«
»Wie konnte ich? Ich hab gedacht, die Bankleute würden danach suchen. Oder der Nachlaßverwalter. Ich wußte schon, wie ich reagieren würde, wenn sie zu mir kamen: ›Sie wollte ein neues Investmentkonto für die Kinder eröffnen, ist aber gestorben, bevor wir die Papiere fertig hatten. Junge, was bin ich froh, daß Sie kommen. Quittieren Sie hier.‹« Dixon lächelte, natürlich über sich selbst.
»Aber du mußt doch eine gewisse Gefahr gesehen haben, daß ich mir das zusammenreimen könnte?«
Dixon beugte sich über die gesprungene Schreibtischplatte.
»Es sind deine Kinder, Stern. Du kannst mir alle deine hochherzigen Ratschläge geben, daß ich sie anzeigen soll, aber ich sehe nicht, wie du beim Staatsanwalt an die Tür hämmerst. Das machst du nie.« Dixon mit seinem schlauen und schönen Gesicht sah seinen Schwager müde an. »Du wirst tun, was ich will. Du mußt.«
»Du konntest das Spiel nicht lassen, Dixon, nicht wahr?«
Dixon zuckte mit den Schultern. »Wettbewerbsgeist«, sagte er.
»Aber warum fühlst du dich von meiner Schwäche so gestärkt? Du genießt es, daß ich mich krumm mache, Dixon.«
Sie hatten immer noch die Schreibtischplatte zwischen sich. Doch die Spur eines vergessenen Lachens schlich sich bereits in Dixons Gesichtsausdruck, trotz seiner energischsten Versuche, es zu unterdrücken. Er freute sich, amüsierte sich glänzend.
»Ich möchte auf schuldig plädieren«, sagte er. Er wußte, daß er gewonnen hatte, wie er es schon immer gewußt hatte, wenn es zur Sache ging.
Stern entfernte sich in Richtung Küche und kam mit Kaffee für beide zurück. Es sei, gestand er zu, ein günstiger Zeitpunkt zum Verhandeln. Sennett werde sich nur ungern gegen einen Antrag rechtfertigen, der das Verhältnis der Staatsanwaltschaft zu Peter anprangerte. Er sei sich seines Sieges zwar sicher, doch

wisse Sennett, daß er sich vorher heftiger Kritik aussetze. Die Richter würden ihn wegen seines Übereifers scharf tadeln, und die Anwaltskammer würde energisch protestieren. Die Zeitungen konnten Unangenehmes schreiben. Sennett werde sehr bemüht sein, diesen Schaden von seinem Ruf abzuwenden.

»Sicher«, pflichtete Dixon schnell bei.

»Aber ich laß mich von denen vorerst nicht ins Bockshorn jagen. Sennett könnte versuchen, das Verfahren gegen mich als Hebel gegen dich zu benutzen. Ich verhandle nicht aus einer Position der Schwäche heraus. Wenn sie mich wegen Mißachtung bestrafen müssen –«

»Schön, schön«, witzelte Dixon, »wir nehmen dann benachbarte Zellen.« Er reichte Stern den Hörer.

Es war noch vor acht; die Sekretärin war noch nicht da. Aber sie hatten Glück. Sennett selbst nahm das Gespräch entgegen.

48

Sennett war bereit, ihn um vier zu empfangen. Der Leitende Staatsanwalt war am Telefon vorsichtig und wollte wissen, um was es bei ihrer Besprechung denn gehe, doch Stern sagte nur, sie müßten unbedingt miteinander reden. Sennett war offensichtlich im Nachteil, er hatte zuviel Angst, nach Näherem zu fragen. Das ging Stern auf, noch während sie miteinander sprachen. Die störrische Unnachgiebigkeit in Sennetts Stimme ärgerte ihn plötzlich. Mit seinem nächsten Anruf wartete er, bis er Dixon hinausgeleitet und ein paar Dinge für Remos Verfahren erledigt hatte, dessen Eröffnung für Dienstag anberaumt war. Dann war es schon fast Mittag.

»Hätten Sie ein paar Minuten Zeit, mit mir zu Mittag zu essen?« Er hatte sie direkt erreicht.

»Ich esse nichts«, sagte Sonny. »Die Hitze hat mich irgendwie geschafft.« Dann war es still in der Leitung; sie wartete auf

etwas, vermutlich eine Erläuterung. »Wenn es um Ihr Gespräch mit Stan geht, da werde ich nicht dabeisein.«
Mehr eine persönliche Sache, erwiderte Stern. Ob sie ihm ein wenig ihrer Zeit schenken würde. »Könnten wir uns in zwanzig Minuten im Morgan Towers Club treffen?«
»Ach, Sandy, ich hasse diese privaten Clubs. Und angezogen bin ich wie eine Pennerin. Sie wissen ja, wegen der Hitze.« Wie immer war das Air-conditioning im neuen Bundesgebäude ausgefallen.
»Mir ist neutraler Boden lieber.« Nicht in ihrem Büro, meinte er damit. »Ihretwegen. Ich verspreche Ihnen, Ihre Kleidung wird nicht kommentiert.«
»Meinetwegen?«
»Ich erklär's Ihnen, wenn wir uns treffen«, vertröstete er sie. Zuerst fürchtete er, sie werde nicht kommen. Er saß in einem der zu weich gepolsterten Clubsessel gegenüber dem Fahrstuhl und sah die polierten Stahltüren auf- und zugehen und Geschäftsleute heraustreten. Als Sonny eintraf, wirkte sie rosig und aufgeregt und, wie sie selbst als erste einräumte, völlig fehl am Platz in ihrem schlichten ärmellosen Umstandskleid, das sich besser für einen Ausflug aufs Land eignete. Sonny schien in ihrer Schwangerschaft den Punkt erreicht zu haben, wo es ums reine Überleben ging. Beim Laufen schaukelte sie irgendwie unbeholfen. Gegen die Sonne hatte sie einen breitkrempigen Hut mit rosa Satinband dabei.
»Hier.« Stern hatte zum Gruß die Hand gehoben. Er machte ihr Komplimente zu ihrer Erscheinung und fragte nochmals nach Lunch oder einem Drink.
»Ich würde nichts runterbringen.« Sie faßte sich mit der Hand an den Magen und zog eine Grimasse. »Und ich hab's eilig. Also los, Sandy. Um was geht es?«
Nach kurzem Überlegen führte er sie den Flur hinunter in eine Nebengarderobe, einen kleinen, in rötlicher Eiche getäfelten Raum, der im Sommer unbenutzt blieb. Hinter der Wand hörte man Geschepper aus der Küche. Der Ort wirkte irgendwie verschwörerisch.

»Ich muß mich für dieses Manöver entschuldigen, aber ich dachte, Sennett könnte sie kritisieren, weil Sie sich mit mir treffen.«
Als Reaktion schnitt sie eine Grimasse: Wen juckte das?
»Sonny, ich bin zutiefst dankbar für das, was Sie gestern getan haben, aber es war unüberlegt. Ich bin sicher, der Leitende Staatsanwalt war ungehalten.«
»Fröhlich würde ich ihn nicht gerade nennen.«
»Kein Zweifel.«
Sie sah sich nach einem Stuhl um. Ihre Beine täten ihr weh, sagte sie – sie sei zu schnell herübergelaufen. Er fand einen runden Klappstuhl in einer Ecke. Sie setzte sich vor den leeren Garderobenständer und wedelte sich mit dem Hut Kühlung zu. Stern blieb stehen.
»Sandy, um was geht es?«
»Suchen Sie Stan auf, heute noch. Sagen Sie ihm, sie hätten sich die Sache überlegt und seien bereit, energisch gegen mich vorzugehen.«
»Ich bin aber nicht bereit, energisch vorzugehen. Und heute ist es ihm sowieso egal. Er ist völlig ausgeflippt, daß Sie das rausgekriegt haben mit dem« – sie stockte kurz – »mit dem Informanten. Gestern ließ er vier Assistenten bis um zwei Uhr nachts in der Bibliothek recherchieren. So ist Stan. Erst sein Machogehabe: Es wird alles gemacht, wie ich sage. Und wenn dann die Kacke am Dampfen ist, möchte er am liebsten das Marinekorps einsetzen, um seinen Hintern zu retten.« Sie bremste sich abrupt. Er wußte, daß sie wie üblich das Gefühl hatte, zu offen gewesen zu sein. »Übrigens hatte ich keine Ahnung«, sagte Sonny. »Sie verstehen schon, wer der Informant war. Schließlich habe ich Stan vor drei Tagen gefragt. Gleich, nachdem wir miteinander telefoniert hatten. Ich halte es für ekelhaft.«
»Sonny, ich kann nicht so tun, als träfe mich das nicht, doch unter uns kann ich Ihnen sagen, ich glaube nicht, daß die Staatsanwaltschaft sich in dieser Frage gesetzwidrig verhalten hat.«

»Vermutlich nicht«, sagte sie, »aber beschissen. Wenn Stan nicht immer so grinsen würde, würde es mir nicht so viel ausmachen. Für ihn ist es keine Prinzipienfrage. Er hat was gegen Sie.«
»Sonny, in der Rechtspflege gibt es keine Prinzipienfragen«, erwiderte Stern und betonte dabei jedes Wort. »In jeder Rolle, in jedem Fall sind nur Menschen. Und da zählt immer die Persönlichkeit.«
»Es war zu weit gegangen. Wie er es gehandhabt hat.« Sie spielte mit ihrem Hutband. »Hören Sie zu, Sandy, ich habe Ihnen keinen besonderen Gefallen getan, jedenfalls glaubte ich das nicht. Mir wurde nur plötzlich unwohl bei dem Gedanken, eine Vorladung aufgrund solcher Angaben zu erzwingen, ohne die Quelle zu nennen. Ich konnte es mir recht gut vorstellen: Die Richterin sperrt Sie ein und stellt hinterher fest, daß da ein kitzliges Problem vorliegt, das die Staatsanwaltschaft wohlweislich verschwiegen hat. Sie würde uns voll in die Parade fahren. Ich dachte, wenn Sie einen Antrag schrieben, würden Sie das vielleicht ansprechen, oder wir würden es tun. Ich hätte damit die Möglichkeit gehabt, mit Stan noch mal darüber zu reden.«
Stern nickte. Sie hatte umsichtig und vernünftig gehandelt. Mit mehr Überlegung – und juristischem Sachverstand – als ihr Chef.
»Denken Sie bloß nicht, ich sei nicht mehr sauer auf Sie«, sagte Sonny. »Bin ich noch. Das war ein übles kleines Spielchen draußen auf dem Land – mir Fragen über diese Kontenpapiere zu stellen, als ob Sie sie noch nie im Leben gesehen hätten.«
»Ich hatte sie nicht gesehen«, sagte er schlicht. »Nie im Leben.«
Sie studierte ihn genau und versuchte herauszufinden, ob er die Wahrheit sprach, und wenn ja, wie das möglich war.
»Ich verstehe das wirklich nicht«, sagte sie und hob dann abwehrend die Hand. »Ich weiß ja, Sie müssen Vertraulichkeit wahren, stimmt's?«
»Richtig.«

»Das muß ja eine spannende Geschichte sein.« Sie zuckte mit den Schultern. »Ich nehme an, das ist der Grund, warum Sie sie der Grand Jury nicht erzählen wollen.«

Er schwieg einen Augenblick.

»Sonny, als wir auf dem Land waren, haben Sie mir aus Fairneß so viel gesagt, wie Sie konnten. Ich würde mich gerne revanchieren. Als ich heute morgen mit Stan telefonierte, bin ich sicher, bei ihm den Eindruck erweckt zu haben, mich bei dem Treffen mit ihm darüber beschweren zu wollen, daß die Staatsanwaltschaft meinen Sohn als Informanten benutzt hat. Zweifellos werde ich das zur Genüge tun. Aber angenommen, Mr. Sennett ist bereit, die unter diesen Umständen angebrachten Konzessionen zu machen, würde ich erwarten, daß unsere Erörterungen schließlich zu einer Vereinbarung darüber führt, daß Dixon sich schuldig erklärt.«

Sie verarbeitete das und nickte dann bewundernd.

»Hervorragendes Timing«, lobte sie.

»Denke ich auch.« Beide verweilten sie kurz bei dem Gedanken, wie weit Sennett gehen würde, um Stern davon abzuhalten, das Taktieren der Staatsanwaltschaft mit Peter anzuprangern. »Sie sehen also, es wird keine weitere Befragungen vor der Grand Jury und auch kein Mißachtungsverfahren gegen mich geben.«

Sie lächelte, als sie seine Absicht durchschaute.

»Und jetzt wollen Sie, daß ich mich mit Stan versöhne, bevor er das erfährt? Richtig?« Sonny lachte laut heraus. »Oh, wie durchtrieben«, sagte sie. »Und Junge, Junge, es geschieht ihm recht.«

Stern lächelte mit ihr, sagte aber nichts. Sonny fächelte sich wieder mit ihrem Hut Luft zu.

»Sehen Sie, Sandy, es ist alles in Ordnung zwischen uns. Er hat mich nicht gefeuert. Er wußte, daß er mich in eine so kitzlige Sache schon lange hätte einweihen müssen. Und außerdem denkt er politisch genug, um sich über die Konsequenzen klar zu sein. Eine rausgeschmissene Assistenzstaatsanwältin, die ihn in dieser Frage kritisiert? Kann er sich überhaupt nicht leisten. Er muß dafür sorgen, daß nichts nach draußen dringt. Er hat mir bloß den Fall weggenommen. Er behauptet, ich sei Ihnen gegenüber nicht objektiv.« Dabei, vielleicht wegen der Hitze oder wegen des Gesagten oder wegen einer der vielen Körperreaktionen der Schwangerschaft, wurde sie wieder rot – ihre Wangen glühten so, daß es ihm vorkam, als entfalte sich eine Blume. »Bin ich auch nicht«, fügte sie rasch hinzu, mit einem flüchtigen, entschuldigenden Lächeln, und sah ihm offen ins Gesicht.

Ein lieber Blick, dachte Stern, den sie da wechselten.

»Ich glaube, ich wäre an dem Abend mit Ihnen durchgebrannt«, sagte sie ruhig, »wenn Sie mich aufgefordert hätten.«

»Und ich war so nahe daran«, antwortete er. Bevor er sich selbst reden hörte, war ihm nicht bewußt gewesen, daß sie beide von etwas Vergangenem sprachen, aber nun schien ihm das zum erstenmal ebenso recht. Im Sprechen hatte er eine gewisse Zurückhaltung gefunden, genau den richtigen Ton, so daß weder sie noch er, noch etwa ein Passant je genau wissen konnte, wo das Maß war, wieviel von jeder einzelnen Silbe freundschaftlich scherzhaft oder zutiefst sehnsuchtsvoll gesagt war.

»Leider«, fuhr er fort, »sind Sie verheiratet.«

Sie umfaßte ihren Bauch mit beiden Händen. »Ein Glück für mich.«

»Genau.«

»Ich hab zu Charlie gesagt, wir haben geheiratet, damit wir uns gegenseitig zum Wahnsinn treiben können, und so müssen wir eben weitermachen.« Sie lachte über sich selbst, drückte sich den Hut auf den Kopf und stand auf. »Sagen Sie mir, daß es Ihnen recht ist.«

»Es ist mir recht.«

»Na, wenigstens einem von uns beiden.«

Er lachte laut heraus.

»Sonny, Sie haben mich beflügelt«, sagte er. Er trat einen Schritt näher, und sie wandte leicht das Gesicht ab und hielt ihm die Wange hin. Aber er küßte sie nicht. Statt dessen legte

er bewegt, oder wie er lieber sagen würde, beflügelt, seine weichen Hände zu beiden Seiten auf ihre bloßen Schultern und ließ sie dann in seltsamer Feierlichkeit, nur wenige Zentimeter von ihr entfernt stehend, langsam an ihren Armen hinuntergleiten, eine seltsame Beinahe-Umarmung. Er faßte sie an den Ellbogen, an den Unterarmen und zum Schluß an den Händen. Und sie hatte dabei ihr Gesicht erhoben, um sich Auge in Auge von ihm zu verabschieden.
»Wenn ich groß bin«, sagte sie, »möchte ich wie Sandy Stern sein.«

49

So also spielte das Leben, dachte Stern. Er fuhr im Fahrstuhl der Morgan Towers hinunter und zwinkerte dabei die Gegenwart dieser jungen Frau weg, als käme er aus einem grellen Licht. Einen Augenblick war er voller Zweifel. Wäre das Ergebnis an einem andern Tag, an dem er vom Schlafentzug nicht so geschwächt war, anders ausgefallen? Die Fahrstuhltür öffnete sich in die Mittagssonne, die durch die riesigen Panzerglasfenster der Eingangshalle hereinbrannte, und als er mit tränenden Augen und leicht verwirrt hinaustrat, stellte er zu seiner Verblüffung fest, daß er ein positiveres Selbstgefühl hatte als seit Monaten. Das, worauf es ankam, nicht nur das Gesicherte, sondern Vertrauen und Einfluß, war unberührt geblieben, unbefleckt von seinem Versagen. Er griff nach dem mittleren Jackettknopf und hob das Kinn, wie er es so oft tat. Mr. Alejandro Stern.
In die Kanzlei ging er nicht zurück, sondern fuhr nach Hause und legte sich sofort ins Bett. Zu seinem Termin mit Sennett würde er rechtzeitig aufstehen. Aber jetzt brauchte er feierliches Nachdenken. Ein Philosoph, Descartes, erinnerte sich Stern, hatte als Ort intensiven Nachdenkens das Bett erwählt, und aus unbekanntem Grund folgte Stern schon lange diesem

Beispiel. Die meisten seiner Schlußplädoyers waren hier entstanden, mit einem Tablett neben sich mit reichlich Essen und einem gelben Notizblock darauf. Er schrieb sehr wenig nieder. Statt dessen verwob er im Kopf Argumente und Aussagen, immer wieder dieselben Sätze, dieselben Begriffe, bis er nur noch wenig mehr als die leidenschaftliche Rede im Bewußtsein hatte, die er halten wollte. Heute ging es um Clara, um ihre letzten Stunden.

Stern hatte etliche Selbstmorde erlebt. Das war eine weitere traurige Seite seiner Praxis – so viele seiner Mandanten legten es darauf an, sich selbst auf die eine oder andere Weise etwas anzutun. Schon vor Jahrzehnten hatte er es aufgegeben, nach dem Warum zu fragen. Für zu viele von ihnen lag die Antwort auf der Hand: Selbstverneinung, vorsätzliche Selbstschädigung, Verhaltensdefizite, Scham, Narben. Ende der fünfziger Jahre, kurz nachdem er als Anwalt angefangen hatte, hatte Stern einen lokalen Rock 'n' Roll-Star mit dem Künstlernamen Harky Malarky in einem Verfahren wegen Drogenkonsums verteidigt. Harky war voll der wilden mondsüchtigen Trauer eines irischen Barden und tanzte immer am Abgrund entlang. Morphiumsüchtig. Schlimme Frauengeschichten. Gewalttätige Freunde. Er starb volltrunken auf seinem Motorrad, als er vorsätzlich in einen großartigen Canyon in Utah raste.

Und es gab andere, nicht ganz so auffällig wie Harky, doch alle glaubten sie genauso unerschütterlich daran, daß sie zum Untergang verdammt seien. Und Clara hatte das auch geglaubt. Das hatte er immer gewußt. Ein schrecklich hartnäckiger Pessimismus, eine absolute Niedergeschlagenheit. Sie blickte nie in eine Zukunft, der sie selbst auch angehörte. Ein Psychiater, den er im Laufe der Jahre immer wieder getroffen hatte, Guy Pleace, hatte Stern eines Abends in einem privaten Moment auf einer Party bei den Cawleys gestanden, er ringe Tag für Tag mit dem Entschluß, Selbstmord zu begehen. Er stehe jeden Morgen auf, und es sei eine Alltagsaufgabe für ihn wie rasieren und in die Praxis gehen, daß er sich keinesfalls umbringen dürfe. An diesem Abend, erzählte Pleace, habe er

eine Art Kobold gesehen, der ihm von einer Straßenlampe zuwinkte. Er sei dreimal um den Block gefahren, um sich zu vergewissern, daß dieser in Wirklichkeit nicht vorhanden war. Seine Frau, an dergleichen gewöhnt, nehme das gelassen hin, weil sie wisse, daß er das tun müsse. Schließlich hatte Guy vor drei Jahren russisches Roulette gespielt und verloren – er hatte offenbar den Kobolden ihre Chance gegeben.
Mitten in diesem unheimlichen, halb trunkenen Geständnis hatte Pleace gelacht, denn irgendein berühmter Tiefenpsychologe, vermutlich Freud selbst, habe bemerkt, Menschen könnten die Realität ihres eigenen Todes nicht begreifen. Für Guy galt das nicht; und vermutlich auch nicht für Clara oder die meisten, die den Freitod suchten. Der Becher ist immer halb leer oder halb voll. Die meisten Menschen – und zu diesen gehörte Stern gewiß – wollten wissen, wieviel noch darin ist. Seit seinem vierzigsten Geburtstag irritierte ihn in seiner unvermeidlich gierigen Art das Gefühl, von vornherein schlecht weggekommen zu sein. Hier, zu Hause, unter seiner Bettdecke, allein mit den Nachmittagsgeräuschen der Nachbarschaft und dem Air-conditioning, das die abgestandene Luft umwälzte, erkannte er, wie sehr ihn Claras Tod verängstigt hatte. Wir kennen die Leute, nach denen wir an die Reihe kommen. Eben war sie dran. Jetzt bist du dran.
Doch für Clara mußte der Moment wie für Guy nie weit weg gewesen sein. Nate hatte sogar gesagt, sie habe ihm derartiges erzählt. Für Clara war das Leben immer eine kurze Fahrt zu einem unbekannten Ziel. Unterwegs wollte sie gern alles recht machen. Doch ein Gefühl der Vergeblichkeit, das sich mit Begriffen wie Depression oder Anomie nicht fassen ließ, überwältigte sie sicher oft. Welchen Sinn hatte es noch, auf etwas zu warten, wenn es solche Äonen, ewigen Weiten gab, an denen sie nie teilhaben würde? Und in dieser Geistesverfassung hatte sie ihre letzten Alternativen abgewogen. Dixons großartige, grandiose Tat am Ende mußte ihren überspannten Zustand eher noch verschlimmert haben. Es gab keine erträgliche Alternative am Horizont. Konnte sie wirklich danebenstehen und

zusehen, wie Dixon diesen fürchterlichen Akt der Selbstaufopferung vollzog? Konnte sie ihrem Ehemann ihre Krankheit und das Vergangene offenbaren, ihn damit niederschmettern und aller Wahrscheinlichkeit nach – in Anbetracht der merkwürdigen Kettenreaktion von Zorn und Trauer – auch Silvia? Ein trauriger Lohn für Dixon, der unter diesen Umständen vielleicht sogar die Willenskraft einbüßen würde, sein Versprechen zu halten. Konnte sie dann auch noch die Weiterungen ertragen und zusehen, wie ihre Kinder ins Gefängnis wanderten? Es war kein Selbstmord, dachte Stern. Nicht in ihren Augen. Es war Sterbehilfe in Erwartung tödlichen Kummers.

Hätte er sie retten können? War es nur billige Lüge, sanfter Balsam für seine Seele, wenn er sich dachte, daß das Ganze nicht passiert wäre, wenn dieselben Menschen heutzutage geheiratet hätten, in einer freimütigeren Zeit? Sie hatten einander ihre Rollen zu einer Zeit zugewiesen, als ihre Wünsche hinsichtlich des anderen mehr Unerforschtes enthielten. Inzwischen gab es Eheberater, Ratgeber und Selbsthilfegruppen, die Ehepaare zwangen, über den Zaun des Partners zu steigen. Er hatte Grenzen respektiert, die er mit ein bißchen mehr Stärke, Aufmerksamkeit oder Nervenkraft hätte überwinden können. Keine seiner Bemühungen wäre ihr allerdings recht gewesen.

Heute vor dreißig Jahren hatte Clara Mittler ein Stück komponiert, es Clara Stern genannt und darauf bestanden, es bis zum Ende zu spielen. Es war ein Stück für Holzbläser, von herber Anmut und durchgängiger Schönheit, und er war das unkritische Publikum, ein Paar Hände, die schon klatschten, während er noch Platz nahm. Die stille Präzision dieser Aufführung verbarg vor aller Welt – aber am meisten bezeichnenderweise vor ihr selbst – ein tobendes Durcheinander. Irgendwo mußte eine fressende Wut gewesen sein, die herauszulassen sie sich niemals überwinden konnte. Sie kannte sie selbst nur als kakophonisches Geräusch. Der Lärm, hatte sie Nate erzählt, die brodelnde Dissonanz von Angst und nie endender Enttäuschung seien stets in ihr. Am Ende war der Lärm aus allen

Richtungen unerträglich laut geworden, und Clara hatte sich der unvermeidlichen Trauer der Ästhetin ergeben, daß ihr Schönheit niemals zuteil werden würde.
Aus irgendeinem Grund wußte er jetzt etwas, das er zuvor nicht gewußt hatte – wie sie es getan hatte. Er hatte nie begriffen, warum sie sich das Auto ausgesucht hatte. Aber jetzt war ihm das klar. Sie hatte den Motor angelassen und dann eine Kassette eingelegt. Die Polizei hatte natürlich gar nicht nachgesehen. Ganz bestimmt war es Mozart gewesen, aber Stern spürte einen Stich enttäuschter Trauer, daß er nie wissen würde, welches Stück. Das *Requiem*, der *Jupiter*? Aber alles übrige konnte er sich vorstellen. Die Lautstärke war ziemlich hoch – die Holzbläser blökten wie verlorene Seelen, und die durchdringenden Geigen erfüllten die Enge, so daß selbst ein feines Gehör das Brummen des Motors nicht mehr vernahm, und sie hatte sich zurückgelehnt, die Augen sicher schon geschlossen, während die unsterbliche Musik sich in großen Wellen auf jenen vollkommenen Augenblick am Ende jedes Stückes zubewegte, wo Schweigen war.

50

Als Helen anrief, träumte Stern gerade, Dixon habe ihn an einer Straßenecke angesprochen. Er rauchte eine von Sterns Zigarren und wies ihn mit gewohnter Witzelei darauf hin, daß er kahl geworden sei. Er ließ seine Hand über seinem Kopf kreisen und drehte sich recht befriedigt um, so daß Stern die große Stelle sehen konnte, wo das glatte schwarze Haar regelrecht ausgefallen war. Während Helen ihn anredete, wurde er immer noch von dem Traum und dessen mißlichen Empfindungen beherrscht, und einen winzigen Augenblick war er überzeugt, noch zu träumen.
»Was?« Er war ganz verwirrt. Weinte sie?
»Ich brauche dich.« Sie schien atemlos. Als er sich wie in der

Kanzlei mit »Stern« gemeldet hatte, hatte sie wiederholt gesagt, es tue ihr leid, daß sie anrufe. Sorry, Sorry. »Ich brauche dich hier. Bitte.«

»Ja, ja. Ich bin sofort bei dir.«

Im Badezimmer machte ihn das Licht schwindlig. Er spritzte sich Wasser ins Gesicht, verzichtete aber aufs Rasieren. Eine Falte seines Bettlakens hatte sich in sein Gesicht eingedrückt. Hatte sie überhaupt erwähnt, worum es ging? Eines ihrer Kinder, vermutete er. Der Junge auf dem College. Er tappte in die Garage.

Als er den Cadillac startete, leuchtete die Digitaluhr auf. Es war fast drei Uhr, Freitag morgen. Er hatte seit kurz nach neun geschlafen, da er in der Nacht zum Donnerstag nur ein paar Stunden Schlaf gehabt hatte, denn Marta hatte darauf bestanden, daß er jeden Gedanken und jede Nuance für das Schlußplädoyer in der Verhandlung gegen Remo Cavarelli mitgestaltete. Stern hatte dieses Plädoyer gestern morgen um zehn gehalten und dann mit dem armen Remo den größten Teil des Tages damit zugebracht, auf die Jury, die gegen fünf Uhr zurückkam, zu warten. Nicht schuldig. Bei der Urteilsverkündung hatte Richterin Winchell Remo mit einem unfreundlichen Blick fixiert, aber ihr einziger Kommentar war an Moses Appleton gerichtet gewesen: »Nächstes Mal mehr Glück.« Marta, die ihrem Vater durchgängig assistiert und sogar einen der FBI-Agenten ins Kreuzverhör genommen hatte, wollte feiern. Moses, durch und durch liebenswürdig, hatte darauf bestanden, sie beide auf einen Drink einzuladen. Nach einem einzigen Selterswasser hatte Stern Marta und Appleton verlassen, um sich dem Schlaf alter und müder Männer hinzugeben. Warum waren Triumph und Hochstimmung immer so flüchtig? Nun fuhr er durch die nächtlichen Straßen zu Helen, wurde dabei immer wacher und machte sich zunehmend Sorgen.

Ein Kastenwagen war in Helens Auffahrt rückwärts vor der getäfelten Garagentür geparkt. Im Licht seiner Scheinwerfer konnte Stern die Beschriftung lesen, die spiegelverkehrt angebracht war, um in Rückspiegeln lesbar zu sein.

AMBULANCE
QUIK-ALERT
PARAMEDICS

Nicht schon wieder, dachte er, lieber Gott, nicht schon wieder. Er rannte den Weg hinauf, und Wechselgeld und Schlüssel klirrten dabei in seinen Taschen. Zu klingeln brauchte er nicht. Helen stand an der Tür, riß sie auf, fiel ihm sofort um den Hals, weinte dabei und dankte ihm für sein Kommen. Er hatte ihr Gesicht nur kurz gesehen, aber es war furchtbar. Sie hatte volles Make-up getragen, als sie zu weinen begonnen hatte. Wimperntusche lief über ihre Wangen, und die Tränen hatten die Schminke unter den Augen streifig ausgewaschen. Eine Haarsträhne stand hoch. Als er sie in den Armen hielt, konnte er trotz des schweren Bademantels feststellen, daß sie darunter nichts anhatte, und all dies, ihr Anblick, daß Gefühl jetzt, ihre Stimme und ihr Atem, wie sie sich an ihn drängte, weckte in ihm schlagartig einen Schwall von Empfindungen. Sein armes Herz. Er trieb eben wie eine Entenmuschel durchs Meer und suchte bloß nach einem Halt, um festzuwachsen. Und doch, wie freute ihn das alles, ihre Heftigkeit, ihre Präsenz, ihre eingestandene Not. Himmel, was für ein lieber Mensch Helen Dudak doch für ihn war. In diesem Augenblick verspürte er eine verblüffende Dankbarkeit.
»Was? Bitte?« Er hielt ihre Hände.
Sie warf den Kopf hin und her.
»Es tut mir leid, daß ich dich anrufen mußte. Du bist der einzige Mensch, der mir einfiel. Sandy, bitte...« Sie redete nicht weiter; ein Würgelaut entfuhr ihr. Sie preßte die Faust vor den Mund und lehnte sich wieder an ihn.
»Lady, he, Sir?« Ein Latino in der braunen Uniform des Rettungsdienstes stand auf dem Treppenabsatz und gestikulierte zu ihnen hinunter. »Er nicht gut.« Der Mann schüttelte langsam den Kopf.
Helen schrie auf, ein kurzer, zitternder Ton.
Stern war bereits auf dem Weg nach oben, die Treppe hinauf

und den Flur entlang. In Helens Schlafzimmer war ein furchtbarer Gestank. Das Bett war zerwühlt. Und ein Mann lag darin, eine zusammengekrümmte, reglose Gestalt, entkleidet, das Gesicht unter der Plastikhaube einer Sauerstoffmaske verborgen. In extremis hatte er sich offenbar entleert. Hier war ein zweiter Sanitäter, ein junger Weißer, und beide waren sie mit der Ausrüstung beschäftigt, die sie neben das Bett geschleppt hatten, zwei große Sauerstoffflaschen und einen Karren mit Kabeln und verschiedenen Apparaten. An einer Ecke des übergroßen Bettes stand völlig unerklärlich ein kleiner hölzerner Beistelltisch. Der Latino, den Stern schon auf der Treppe gesehen hatte, winkte Stern herbei, der in der Tür stehengeblieben war. Er nahm dem Mann gerade den letzten Bleikontakt von der Brust.

»EKG?« Er pfiff und zeichnete eine Gerade in den Raum. »Nichts mehr. Den Totenschein stellen sie in Riverside aus. Okay, wenn ich telefoniere? Ich muß die Bullen rufen.« Bevor er wegging, beugte sich der Sanitäter vor, nahm dem Mann im Bett die Sauerstoffmaske vom Gesicht und schloß ihm in einer raschen Bewegung mit Zeigefinger und Daumen die Augen.

»Ach, du lieber Gott«, entfuhr es Stern. Helen war inzwischen neben ihn getreten. Stern hielt sich am Türrahmen fest. »Wer ist es?« fragte er sie in einer Anwandlung von Zurückhaltung oder Hoffnung. Helen hatte ihm seit seiner Ankunft nicht ins Gesicht geblickt. Sie packte Sterns Hand mit beiden Händen und senkte leicht den Kopf, so daß ihre Stirn an seiner Schulter lag. »Helen, bitte sag mir, daß das nicht Dixon ist.«

Wie zuvor schüttelte sie bloß den Kopf. Im Moment hatte sie keine Worte. Was Stern von ihr hören wollte, konnte sie ihm ohnehin nicht sagen.

Mit Zustimmung des Sanitäters übernahm Stern den Anruf bei der Polizei. Er rief Abteilung 4 der Mordkommission an und bestand darauf, daß sie den Lieutenant zu Hause weckten. Als er zurückrief, reichte Stern den Sanitätern den Hörer. Auf Anweisung des Lieutenants sollten sie sich als abgelöst betrachten, zurückfahren und die Leiche der Polizei überlassen. Stern geleitete die beiden hinaus, während sie ihre Sauerstoffflaschen und ihren Karren über die Schwelle schleppten. Helen saß direkt daneben auf einer kleinen Polsterbank an der Tür, der Ablage für Briefpost, Päckchen oder Regenmäntel. Sie war immer noch niedergeschlagen und starrte in einen Kognacschwenker. Stern setzte sich neben sie, und sie reichte ihm das Glas.

»Es tut mir leid, daß ich anrufen mußte«, sagte sie wieder.

»Bitte, laß das –« Er fuhr mit der Hand durch die Luft. Die Worte brauchten nicht gesagt zu werden. »Als ihr gerade dabei wart?«

Sie nickte heftig.

In den Stiefeln gestorben. Dixon Hartnell mit seinen vielen vergeblichen Eitelkeiten hätte sich darüber gefreut. Stern versuchte vergebens ein Lächeln.

»Und wie lange ging das schon?«

»Ging was?«

»Das da«, sagte Stern nachdrücklich.

Helen schaute auf.

»Sandy, bitte sprich nicht in diesem Ton mit mir. Er hat mich angerufen. Habe ich irgend etwas Unrechtes getan?«

Stern kämpfte gegen das Gewicht diverser Urteile, offenbar zu geschockt, um seiner gewohnten instinktiven Zurückhaltung zu folgen.

»Er ist verheiratet, Helen.«

»Ich nicht.«

»Nein«, pflichtete Stern ihr bei.

»Glaubst du, das war irgendwie auf dich gezielt?«

Glaubte er das? Gott allein wußte, was er empfand. Er blickte nach oben, wo Dixons Leiche nun wie eine verhüllte Statue unter einem alten blauen Bettuch lag.

»Er hat mich angerufen. Übrigens eine Woche nachdem du mich hast sitzenlassen. Und ich habe seine Gesellschaft genossen. Das ist alles.«

»In Ordnung«, sagte Stern.

»Er war sehr romantisch.« Helens Gesicht war gespannt von unverhülltem Zorn. »Er rief an, er kam zu jeder beliebigen Tageszeit vorbei. Er war charmant.«
»Ja, verstehe«, erklärte Stern. Jetzt brauchte er nicht mehr zu fragen, wo sich Dixon abends herumtrieb. Als nächstes würde er »es reicht« sagen.
Sie blieben schweigend sitzen. Stern konnte die Uhren ticken hören, die Geräusche der Haushaltsgeräte. Die Scheinwerfer eines Autos erhellten die Auffahrt.
»Der Polizist«, sagte Stern.
Helen zog den Gürtel ihres Bademantels enger und bereitete sich innerlich darauf vor, die Geschichte zu erzählen.
Radczyk näherte sich alleine in seinem verknitterten Sportjakkett und einem alten Filzhut der Tür. Stern schob Helen ins Wohnzimmer und ließ ihn dann herein.
»Immer traurige Anlässe, Lieutenant.«
»Mein Beruf«, sagte Radczyk und lachte auf seine harmlose, hinterwäldlerische Art, über sich selbst spottend. Sein fleckiges Gesicht war vom Schlaf gerötet. Er strich sich das widerspenstige Haar zurück und hielt sich an seinem Hut fest.
Stern stellte Helen vor, die in kurzen Zügen schilderte, was sie schildern mußte. Sie hätten sich gerade geliebt, sagte sie. Radczyk stand im Wohnzimmer mit seinem winzigen Block und machte sich Notizen.
»Also wollen mal sehen«, sagte er. »Dieser Typ und diese Frau –« Er nickte Helen höflich zu, die direkt neben ihm stand. »Dieser Typ –«
»Mein Mandant«, erklärte Stern.
»Ihr Mandant«, sagte Radczyk. Schließlich forderte er Stern mit einer Kinnbewegung auf, ein Stück weiter in die Eingangshalle hineinzugehen.
»Ich nehme an, dieser Typ war nicht der Herr des Hauses.«
»Mrs. Dudak ist nicht verheiratet. Er war mein Schwager«, erläuterte Stern. »Der Mann meiner Schwester.«
»Okay«, sagte Radczyk. Er nickte ein paarmal. Jetzt hatte er begriffen.

»Das wird schrecklich für sie.«
»Sicher, sicher. Also an was denken Sie?« Er wußte, daß etwas kommen würde, weil Stern am Telefon gesagt hatte, er werde um einen Gefallen bitten. Er wolle seine Schwester schonen, sagte Stern nun. Radczyk hörte sich die Sache an. Es sei ihm egal, so oder so.
»Ich möchte mich noch umsehen, um sicher zu sein, daß alles koscher ist«, sagte Radczyk. Er war ganz sachlich. Es war sein Job.
Oben untersuchte er die Leiche, befühlte die Brust, wälzte Dixon ein wenig hin und her. Radczyk hielt sich die Nase zu.
»Hirnschlag oder Herz, was denken Sie?«
»Herz«, antwortete Stern. Das hatten die Sanitäter diagnostiziert.
Radczyk war der gleichen Meinung. »Sieht okay aus. Keine Male oder so was. Ich sehe für mich da kein Problem, wenn Sie sicher sind, daß Sie das so machen wollen.«
Stern sagte, er sei sicher.
»Ich muß ein paar Anrufe machen«, erklärte Radczyk. »Jemanden überreden, daß er am Computer die falschen Knöpfe drückt.« Er zwinkerte. Auf der Türschwelle faßte Radczyk Stern am Arm und senkte die Stimme. »Was sollte der Tisch da?« Er wies mit der Schulter zu der einen Ecke des Bettes, wo immer noch der kleine Beistelltisch stand.
Stern zuckte nur mit den Schultern.

Während Radczyk telefonierte, ging Stern zu Helen zurück. Sie hatte sich nicht gerührt. Sie trug immer noch ihren Bademantel, war immer noch blaß und verstört, barfuß, und ihre dünnen Waden sahen ohne Strümpfe weiß aus. Der Kognacschwenker stand neben ihr. Stern nahm ihn sich und sagte ihr, was er vorhatte.
»Es ist für Silvia so viel leichter«, erklärte Stern. Dixon und er hatten heute mit ihr zu Mittag essen sollen. Stern hatte zum Haus hinausfahren wollen, und gemeinsam hatten sie vor, es ihr zu sagen – daß Dixon sich nächste Woche in zwei Fällen von

Unterschlagung schuldig bekennen und bald danach in einem Bundesgefängnis einsitzen werde, vermutlich in Minnesota, ein Jahr, eigentlich zehn Monate bei guter Führung. Es war nichts gewesen, worauf er sich gefreut hatte, und eigenartigerweise machte die Vorstellung, daß er bereits auf eine schwere Pflicht seiner Schwester gegenüber gefaßt gewesen war, den Gedanken an das, was ihm nun bevorstand, ein winziges bißchen leichter.

»Silvia«, sagte Helen. Als es ihr klar wurde, fing sie wieder zu weinen an. »Ich glaube, ich wollte es dir heimzahlen.«

»Dazu hattest du jedes Recht.«

Sie wischte sich die Nase mit dem Ärmel, bevor Stern sein Taschentuch herausholen konnte.

»Hatte ich«, sagte Helen, wie nur sie es so sagen konnte, auf ihre freimütige, nachdrückliche Art. »Ich war so verletzt, Sandy. Und bei ihm fühle ich was. Fühlte. Scheiße.« Sie senkte den Kopf und lachte und weinte einen kurzen Augenblick zugleich. »Er hätte mir ohnehin den Laufpaß gegeben. Er war seit Tagen nicht mehr gekommen und hat mir heute abend gesagt, er habe beschlossen, wir müßten Schluß machen. Ich konnte es nicht glauben. Auch noch vom Ersatz verschmäht.« Helen lächelte schwach, aber dann fiel ihr etwas wieder ein, vermutlich der schlimme Augenblick, und sie umfaßte sich mit den Armen und schloß die Augen. »Er wollte mich trösten«, sagte sie.

Sie schwieg kurz.

»Ich hätte es besser wissen müssen. Ich wollte Miles auch eins auswischen, nachdem ich ihm auf die Schliche gekommen war. Hast du das gewußt? Daß ich eine Affäre hatte, bevor ich ihn verließ?«

»Nein. Sollte ich?«

»Ich hatte immer den Eindruck, alle wüßten es. Hast du es nicht gewußt? An jenem Abend war ich sicher, du wüßtest es.« Stern sah sie verständnislos an. »An welchem Abend?«

»Als Nate vorbeikam«, sagte Helen. »In deinem Haus. Ich hatte dir das Abendessen mitgebracht.«

Er nahm auch das in sich auf.
»Ich finde das nicht gut«, sagte Stern auf einmal. »Ich versteh es, aber finde nichts von alledem gut.«
Sein Ausbruch verblüffte ihn selbst. Weniger das Urteil als die plötzliche Entschiedenheit. Er merkte, daß er sich als Mann harter Urteile erwiesen hatte, die er normalerweise für sich behielt. Es schien, als habe er hauptsächlich aus Verwirrung etwas gesagt, aber die Bedeutung entging Helen nicht. Sie sah ihn tapfer an und erkannte mit ihrer starken Intuition, daß jetzt etwas bestätigt werden mußte.
»Natürlich ist es nicht gut«, sagte sie.
Da kam Radczyk zurück.
»Alles in Ordnung. Ich bin soweit, kein Bericht, rein gar nichts. Das hier ist nie passiert.« Er nickte höflich in Helens Richtung. »Ich gehe Ihnen zur Hand«, sagte er zu Stern.
Dixons Kleider waren im Zimmer verstreut. Stern sammelte sie ein, doch Radczyk nahm sie ihm ab.
»Na, lassen Sie mich schon machen. Wer bei der Mordkommission ist, ist schon ein halber Leichenwäscher.«
Als Dixon wieder angekleidet war, trugen sie ihn hinaus. Radczyk nahm die Knöchel und Stern Dixons Hände, die klamm und merkwürdig fest waren. Es fühlte sich nicht wie ein Mensch an, kalt, fast unterkühlt. Totes Gewicht, sagte man. Es war eine ziemliche Plackerei. Helen ging beim Anblick der Leiche beiseite. Sie legten Dixon auf ein Sofa in dem Zimmerchen neben der Küche, und dann fuhr Stern sein Auto rückwärts in die Garage. Gemeinsam legten sie Dixon auf den Rücksitz und deckten ihn mit dem alten blauen Bettuch zu.
»Ich stoße dort zu Ihnen«, sagte Radczyk. »Ich muß noch einen Anruf machen, und dann komme ich hin.«
Stern versicherte, da sei nicht nötig, aber Radczyk wollte nichts davon hören.
»Wenn Sie schon in der Innenstadt mit einer Leiche rumziehen, haben Sie besser einen Polizisten dabei. Sonst könnte es ganz schön brenzlig werden.«
Radczyk fuhr weg, und Stern ging zu Helen zurück, die sich

wieder auf das Bänkchen gesetzt hatte, ihren Ort der Kontemplation für diese Nacht. Sie hatte sich inzwischen angezogen, eine schwarze Bluse und Stretchhosen, und hatte sich völlig abgeschminkt. Sie sah schlicht aus, verhärmt, aber gefaßt. Er hatte über seinen Ausbruch nachgedacht, und es war ihm jetzt schrecklich peinlich. Etwas daran – dieser herablassende Ton – war so verdammt geheuchelt. Er begann sich zu entschuldigen.
»Ich bitte dich, Sandy«, wehrte sie ab.
Er tat einen langen Seufzer.
»Du mußt mich verstehen«, sagte er. Und so erzählte er ihr – direkter, als er sich das je hätte vorstellen können – von Clara. Wie sie und Dixon vor ein paar Jahren eine kurze Affäre gehabt hatten. Während er sprach, wurde ihm bewußt, daß es nichts auf der Welt gab, was er Helen Dudak nicht sagen konnte.
»Ach, Sandy.« Sie schlug die Hand vor den Mund.
»Verstehst du jetzt«, sagte er.
»Ja, natürlich.« Sie schloß die Augen. Dann faßte sie seine Hand. »Er muß dich schrecklich beneidet haben.«
»Mich beneidet?«
»Siehst du das nicht?«
Der Gedanke war atemberaubend.
Sie saßen schweigend zusammen auf dem Bänkchen. Er würde gleich fortmüssen, dachte er, sich mit Radczyk treffen. Sie hielt noch immer seine Hand, und jetzt wollte Stern nur ungern weg.
»Wie geht es deiner Freundin?« fragte sie dann.
Er begriff nicht.
»Deiner neuen Freundin.«
»Ach das.« Er lächelte. »Längst vorbei. Vorübergehende Geistesgestörtheit«, sagte er. »Ich bin offenbar wieder erwachsen geworden.«
Sie waren beide still. Schließlich beugte sich Helen vor und stützte auf ihre vertraute, jugendliche Art das Gesicht in die Hände.
»Glaubst du«, fragte sie, »daß wir verdammt sind, unser ganzes Leben lang dieselben Fehler zu machen?«

»Die Neigung dazu ist vorhanden«, antwortete er. Wenn er allerdings wirklich glaubte, die Seele sei immer Sklave ihrer privaten Fetische, warum war er dann in die Vereinigten Staaten gekommen? Warum schrie er nach Gerechtigkeit für die, die meist unrettbar verloren waren? Warum hatte er diese ganzen Monate damit verbracht, über sich hinauszugehen? »Aber ich glaube auch an eine zweite Chance.«
»Ich auch«, sagte Helen und ergriff wieder seine Hand.

Nachdem er Helen im Frühjahr darauf geheiratet hatte, sagte ihr Stern etliche Male, alles sei von dem Moment an beschlossene Sache gewesen, als sie zusammen auf dem Bänkchen gesessen hätten. Aber das war eigentlich nicht wahr. Noch Monate später war er unsicher hinsichtlich so vieler Dinge, besonders was ihn betraf. Wo lagen die Grenzen seiner Kraft, und was genau waren seine Wünsche? Doch als er in dieser Nacht aufstand, um zu gehen, nahm er sie noch mal in die Arme – Helen, die vor ein paar Stunden mit Dixon im Bett gewesen war und Stern, der Dixons Leiche auf dem Rücksitz seines Autos hatte –, und als er sie unter diesen unmöglichen Umständen umarmte, verspürte er, wenn auch nur für einen kurzen Augenblick, den klaren hellen Blitz des Begehrens. Genau das hatte er auch gefühlt, als er sie heute nacht begrüßt hatte, aber die Ereignisse, die sich seither zugetragen hatten, hatten eine neue Dringlichkeit hinzugefügt. Was war es? Er konnte es einfach nicht erklären. Aber als er ihrem seltsamen Geständnis gelauscht hatte, war er voller starker Emotionen gewesen. In ihrer Verstörtheit, ihrer Verwirrung, ihrem überstürzten Eingeständnis, daß sie wie alle anderen trotz allen Bemühens selber zum Teil noch nicht durchblickte, betete er sie an. So hielt er sie noch einen Augenblick in den Armen und erzählte ihr ein wenig mehr von der Sache. Über die letzte Wendung der Ereignisse um Dixon. Und daß seine Kinder darin verwickelt waren. Wie, sagte er nicht. Helen, das wußte er, würde jedes Geheimnis mit ihm teilen wollen, ihm jedes eigene erzählen und von ihm Dinge wissen wollen, die er niemandem sonst mitteilte. Und mit der Zeit, dachte er plötzlich, würde er das vermutlich auch tun. Von diesem Moment und diesen Entdeckungen sollte er im kommenden Frühjahr reden.

Dann fuhr Mr. Alejandro Stern in schweren Gedanken und Gefühlen durch die Nacht und war sich schaurig bewußt, daß da hinter ihm jemand war. Bei jeder Ampel kippte er den Rückspiegel, damit er auf die Gestalt auf dem hinteren Sitz blicken konnte. »Mein Gott, Dixon«, sagte er einmal laut. Er hatte ihn beneidet. Beneidet, hat Helen gesagt. Weswegen? Er war ein dicker Mann mit einem ausländischen Akzent. Die Achtung, die er gebot, die Wertschätzung, war nichts, war geringfügig, vorübergehend. Was waren denn wirklich seine Leistungen? Ein chaotisches Familienleben? Armer Dixon. Seine Sehnsüchte waren ungestillt geblieben. Große Männer, dachte Stern, hatten einen großen Hunger. Hatte das nicht irgendwer gesagt? Er war nicht sicher, auch nicht, als was er Dixon bezeichnen sollte. Der große Irgendwer, dachte er heute nacht.

Radczyks Auto, ein alter Reliant, stand in der Ladezone hinter dem Gebäude. Stern faßte den Türgriff und wollte gerade aussteigen, als ihn wieder dieses Gefühl packte, so klar wie ein Déjà-vu-Erlebnis, daß nichts von alledem geschehen war, daß der gegenwärtige Moment gar nicht stattfand. Nicht er und auch nichts von der letzten Woche, den letzten Wochen und Monaten. Er war jemand anders, irgendwo anders. Das alles hatte sich irgendein bekifftes Wrack auf dem Bett in der Ecke eines fernen Irrenhauses zusammengereimt. Er starrte auf die bernsteinfarbenen Lichtkreise, die die Kranichhälse der Straßenlampen warfen, und fand allmählich in sein Leben zurück. Sie trugen Dixon unter dem Bettuch. Radczyk hielt die Eingangstüren des Gebäudes mit Kartonstückchen offen, und sie schleppten Dixon nach hinten zum Lastenaufzug. In einem Gebäude, in dem hauptsächlich Anwaltspraxen waren, war vermutlich jemand anwesend, sogar morgens um Viertel vor sechs. In dem schmutzigen Fahrstuhl klemmten sie Dixon, der

größer war als sie beide, unter seinem hellblauen Leintuch zwischen sich ein. Radczyk hielt die Leiche mit einer Hand an Dixons Gürtel aufrecht.
In Sterns Büro versuchten sie ihn so auf das Sofa zu legen, wie er auch die beiden letzten Nächte zugebracht hatte. Stern schlug Dixons Beine übereinander, und daraufhin kippte die Leiche langsam nach vorn, bis sie mit einem schweren hilflosen Plumps auf dem Boden landete.
Stern bedeckte sein Gesicht mit der Hand. Er konnte nicht anders. Sowohl Radczyk als auch er mußten laut lachen.
Dann legten sie ihn wieder auf das Sofa und hielten ihn dort fest. Stern knöpfte Dixons Sakko auf und hob seine Hände. Er war jetzt wie eine Schaufensterpuppe. Als Stern Dixons Beine beugte, um seine Füße hochzulegen, fiel Dixons Kopf zurück, mit offenem Mund, in der unverkennbaren Haltung des Todes. Eine Weile rührten sich weder Radczyk noch er.
»Wie kann ich Ihnen danken, Lieutenant?« fragte Stern, als Radczyk sich zum Gehen wandte.
»Nicht nötig«, sagte Radczyk. Er sah Stern traurig an. »Ich war Ihnen was schuldig. Ich hab's Ihnen ja gesagt. Ich hätte das anders nie gutmachen können.«
Radczyk hatte ihm immer wieder gesagt, daß er ihm etwas schulde, und Stern hatte nie kapiert, was er meinte. Aber jetzt begriff er. Es hatte einen Grund gegeben, warum Radczyk bei jedem Gespräch Sterns mit Marvin dabeisein mußte. Einen Grund für seine nervöse Redseligkeit. Er und Marvin waren schließlich wie Brüder aufgewachsen. Sie hatten viel miteinander geteilt. Zu viel. Radczyk hatte seine zweite Chance und die Gelegenheit zur Besserung genutzt; Marvin hatte den üblicheren Weg genommen. Stern tauschte einen kurzen Blick mit Radczyk, diesem Mann, den er kaum kannte – und sie kannten doch viele von des anderen schlimmsten Geheimnissen. Dann nickte Stern einfach, ein Pakt des Vertrauens, der Dankbarkeit und der Bekräftigung.
Stern begleitete den Polizisten zur Außentür, überlegte dann kurz, ging zurück, holte das Bettuch und gab es ihm. Er wollte

nicht, daß irgend etwas Verräterisches da war, wenn die andern heute morgen kamen. Danach kehrte er zurück in sein Büro und war allein mit dem Leichnam seines Schwagers Dixon Hartnell. Es gab keinen bequemen Platz zum Hinsetzen. Das Sofa kam absolut nicht in Frage, und sein Schreibtischsessel war noch immer unter die gesplitterte Glasplatte geklemmt, die wegen der hektischen Aktivitäten um Remos Prozeß weder fortgeschafft noch ersetzt worden war. Stern mußte einen der gepolsterten Besprechungsstühle nehmen, der für ihn ein bißchen zu eng war. Er drehte ihn so, daß er der Leiche gegenübersaß. Wie traurig Dixon aussah, wie völlig ausgeleert. Seine Farbe war unnatürlich, dieser dunkelgraue venöse Teint. Das Leben war entflohen.

»Gewinnt das Gute immer, Dixon?« fragte Stern. »Im Fernsehen ist das so.«

Er hatte keine Ahnung, wie er auf diese Worte kam oder warum er dabei zu weinen anfing. Die Tränen waren schon seit ein paar Tagen fällig gewesen, soviel wußte er. Nur der Zeitpunkt verblüffte ihn. Aber jetzt konnte er sie nicht mehr zurückhalten. Der Sturm brach los und erschütterte ihn. Er bedeckte seinen Mund mit seinem Taschentuch und preßte von Zeit zu Zeit die Faust gegen die Lippen, um sein Schluchzen zu unterdrücken.

»Mein Gott, Dixon«, wiederholte er immer wieder, wenn er, ja wenn er Worte fand.

Nachdem er sich wieder etwas beruhigt hatte, stand er auf, trat ans Sofa und beschloß zu beten. Er war nicht sicher gewesen, was er eigentlich glaubte. An hohen Feiertagen ging er zur *Shul* und sprach Gott in unmittelbarem Gebet an. Das übrige Jahr schien er Agnostiker zu sein. Aber jetzt brauchte er seine Gabe der Aufrichtigkeit, da er dann sein vornehmstes Ich war, ein Fürsprecher, der nichts für sich selbst begehrte.

Lieber Gott, nimm die Seele von Dixon Hartnell zu dir, der seine eigene Buße getan hat und seinen eigenen Weg gegangen ist. Er hat gefehlt, wie wir alle fehlen, vielleicht öfter als andere. Dennoch hat er grundsätzliche Dinge erkannt. Nicht,

daß wir böse sind; denn das sind wir nicht. Aber daß wir durch verschiedenes – Selbstsucht, Trieb, Wut, Lust oder Gier – zur Bosheit neigen; daß es unsere Tragödie ist zu wissen, daß sich das nie ändern wird; unsere Pflicht, es ständig überwinden zu wollen, und unser Ruhm, wenn uns das manchmal gelingt.
Ein Anzug zum Wechseln hing hinter der Bürotür, und Stern zog sich rasch um. Er hatte ein Hemd, eine Krawatte und einen Rasierapparat in einer Schublade. Seinen Aktenkoffer würde er nicht dabeihaben, doch in der Verwirrung würde das niemand merken. Er ging den Flur hinunter, um sich zu rasieren, kam zurück und setzte sich ans Telefon. Sobald er hörte, wie sich im Büro jemand rührte, würde er Silvia anrufen und ihr sagen, er habe Dixon eben dort gefunden, wo er in letzter Zeit viele Nächte in der Absicht, ja der Obsession verbracht hatte, seine Verteidigung zu organisieren.
Von seiner Seite des Schreibtischs saß er den Regalbrettern des Nußbaumschranks gegenüber, wo immer noch die gerahmten Fotografien seiner Familie standen, die Dixon letzte Woche in die Hand genommen hatte. Sie waren nun frei. John. Kate. Sogar Peter. Dieser Gedanke kam ihm erst jetzt. Mit Dixons Tod war die ganze Sache erledigt. Die Ereignisse – ihre Schande – würden in die Vergangenheit zurücktreten. Mit Claras Vermögen waren sie jetzt sogar wohlhabend. Auch die drei würden ihre zweite Chance bekommen. Er versuchte sich ihre Zukunft vorzustellen und seine mit ihnen, aber nichts kam – undeutliche Schatten, irgend etwas Düsteres. Dann erinnerte er sich. Ein Baby würde geboren werden, ein Kind. Kinder führten eine Familie immer zusammen. Sogar seine, vermutete er. Er hatte eine Vision, wie ein leicht surrealistisches Gemälde, die merkwürdige Verbindung eines Traums, wie sie alle in einer Art Strahlenkranz zu diesem rosigen, unbekannten Säugling hingezogen wurden, jedes Gesicht strahlend von dieser wunderbaren instinktiven Freude. Sie würden dieses Kind umringen und jeder jemand Neues sein: Eltern, Großeltern, Onkel, Tanten. Neue Verantwortlichkeiten. Phantasien. Träume. Natürlich würden Fehler gemacht werden. Schlechte Gewohnheiten

würden sich wiederholen und schlimmer noch, neu weitergegeben. Jeder von ihnen würde in gewissem Maße der Narrheit erliegen, dem Zugriff unerwünschter Teile der dunklen, unbeherrschbaren Vergangenheit. Und dennoch, es geht weiter.

Vom äußeren Büro waren Geräusche zu vernehmen. Stern griff sofort nach dem Telefon. Als er die Stimme seiner Schwester hörte, nannte er ihren Namen und begann zu sprechen, trotz der Anwandlung von Trauer, die ihn plötzlich erfaßte. Wieder, flüsterte er, ein furchtbarer Schlag. Sie wußte sofort Bescheid.

»Wir werden dieses Leid gemeinsam tragen«, sagte er. »Laß mich dir helfen.«

Nachbemerkung

Als ich dieses Buch schrieb, konnte ich mich zum Glück auf das Fachwissen vieler Freunde stützen. Dr. John Weiss stand mir mit wertvollem Rat über medizinische Dinge zur Seite, und ebenso Dr. Robert Stein, der Medical Examiner von Cook County, und mein Vater, Dr. David Turow. Ich danke Nadya Walsh dafür, daß sie mir ihre Erinnerungen aus Argentinien mitteilte, und Steve Senderowitz dafür, daß er verschiedene Fragen des Börsenrechts mit mir erörterte. Meine Partner Jim Ferguson und Tom Opferman waren in anderen juristischen Fragen eine große Hilfe.

Erwähnen möchte ich auch, daß Gabriel Turow Urheber der schönsten Zeilen in Kapitel 29 ist.

Schließlich stehe ich in besonderer Schuld bei meinen Freunden von der Warenterminbörse, besonders bei Frank und Brian Gelber von Gelber Group Inc.

Die Unterstützung durch diese Personen hat sicher vielen faktischen Fehlern vorgebeugt. An etwa verbliebenen Fehlern trage allein ich die Schuld.